北宋仿唐本《唐宫七夕乞巧图》(局部),纽约大都会博物馆藏

明·仇英《乞巧图》(局部),台北故宫博物院藏

清·陈枚《月曼清游图·七夕·桐荫乞巧》，故宫博物院藏

清·郎世宁《雍正十二月令圆明园行乐图·七月乞巧》，故宫博物院藏

清·任颐(伯年)《乞巧图》,故宫博物院藏

清·吴友如《海上百艳图·银汉秋横》(1891年),见《吴友如画宝》

乞巧穿针

《穿针乞巧》,《儿童教育画》1915 年第 56 期

冯超然《七夕乞巧图》(局部)(1923 年),中华网

甘肃礼县乞巧女孩合影(20 世纪 50 年代),见《西汉村的乞巧》(毛树林主编,交流材料,2015 年)

陕西大荔县乞巧节仪式之掐巧芽(2009 年),三秦游网

广东广州天河区珠村大祠堂"拜七娘"仪式(2020年),天河融媒体中心

浙江杭州萧山区瓜沥镇"祭星乞巧"中的赛巧活动(2022年),萧山网

《民俗》周刊第 79 期（国立中山大学语言历史学研究所，1929 年 9 月 25 日）

伍受真编《武进谣谚集》（上海泰东图书局，1929 年）

陈元柱编《台山歌谣集》（国立中山大学语言历史研究所，1929 年）

朱雨尊编辑《民间歌谣全集》（世界书局，1933 年）

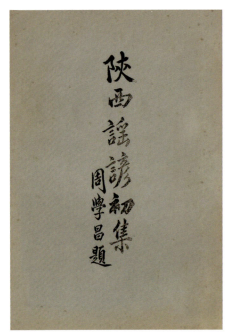
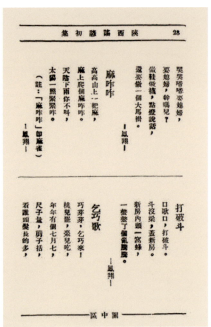

《陕西谣谚初集》（陕西省教育厅编印，1935 年）

赵子贤编纂《西和乞巧歌》（1936 年编成，2010 年香港银河出版社出版线装本；2014 年上海远东出版社出版简体横排本；2016 年外语教学与研究出版社出版汉英对照本）

西北师范大学学科建设经费资助出版

全國乞巧歌集錄

赵逵夫 主编

赵逵夫 古顺平 李凤鸣 编

上海远东出版社

图书在版编目(CIP)数据

全国乞巧歌集录/赵逵夫主编;赵逵夫,吉顺平,
李凤鸣编.--上海:上海远东出版社,2024.-- ISBN
978-7-5476-2065-6

Ⅰ.I277.2

中国国家版本馆 CIP 数据核字第 2024BL3213 号

责任编辑　王智丽

封面设计　李　廉

全国乞巧歌集录

赵逵夫　主编

赵逵夫　吉顺平　李凤鸣　编

出　　版	上海远东出版社	
	(201101　上海市闵行区号景路 159 弄 C 座)	
发　　行	上海人民出版社发行中心	
印　　刷	上海信老印刷厂	
开　　本	710×1000　1/16	
印　　张	57.25	
插　　页	5	
字　　数	909,000	
版　　次	2025 年 4 月第 1 版	
印　　次	2025 年 4 月第 1 次印刷	
ISBN 978-7-5476-2065-6/I·396		
定　　价	228.00 元	

目 录

前言 …………………………………………………………… 001

辑录说明 …………………………………………………… 001

一、甘肃乞巧歌

陇南市

【1949 年前】 ……………………………………… 003

烟鬼儿死后还有瘾(康县) / 003

摇动害了阶州城(武都隆兴镇、龙
坝乡) / 004

洋人连光绪争江山(康县) / 004

白郎反到甘肃省(宕昌县南阳镇)
/ 005

享福的都是当官的(宕昌县南阳
镇) / 006

从头夸到脚(礼县祁山镇) / 006

夸巧娘(礼县祁山镇) / 007

采茶曲(礼县祁山镇) / 008

姐妹三人降香来(礼县祁山镇)
/ 009

刷啦啦钥匙响(礼县祁山镇) / 010

跳麻姐姐(礼县祁山镇) / 011

官大一级压死人(礼县) / 012

单怕官老爷欺百姓(礼县) / 012

苦命娃担水一辈子(礼县) / 013

磕上个头儿拜你来(礼县) / 014

薛平贵和王宝钏(礼县祁山镇)
/ 015

打荷包(礼县祁山镇) / 016

十诵传(礼县祁山镇) / 017

屠夫成状元(礼县祁山镇) / 018

解放大军占礼县(礼县) / 019

纸涂灯燕挂门前(成县) / 020

石榴开花叶儿青(成县) / 021

姐妹几个打秋千(成县) / 022

青天云里飞大雁(成县) / 022

红军攻破了成县城(成县) / 023

受苦人争着当红军(成县) / 024

大嫁小难辛谁知道(两当县) / 024

十六拜(陇南)／025

【1949年后】 ………………………………………………… 026

我请巧娘娘下凡来(西和县)／026

头顶香盘把你拜(西和县)／026

七月初一天门开(西和县长道镇、
礼县永兴镇)／027

插三支信香点一对蜡(西和县长道
镇、礼县永兴镇)／027

巧娘娘穿的花裙子(西和县长道
镇、礼县永兴镇)／028

初一乞巧第一天(西和县)／029

巧娘教我穿针线(西和县)／030

七月初一庙门开(西和县、礼县)
／031

巧娘娘梳的好光头(西和县)／031

盘盘里端上一盅茶(西和县长道
镇、礼县永兴镇)／032

跳麻姐姐(西和县长道镇、礼县永
兴镇)／032

泼又泼(西和县)／033

七扫(西和县长道镇、礼县永兴镇)
／033

扎花(西和县)／034

我给巧娘娘梳光头(西和县)／035

罐罐里煮的白胡麻(西和县)／035

我把水神请进门(西和县)／036

巧娘娘给娃赐个巧(西和县)／036

巧娘娘教我来绣花(西和县)／037

牛郎织女(西和县)／037

十里亭(西和县)／038

十二个月(西和县)／039

毛主席领导建家园(西和县)／040

主席的政策下乡来(西和县)／040

晚晚开的检讨会(西和县)／042

希望懒汉快改造(西和县)／042

抗美援朝捐献嚓(西和县)／043

挣下粮食支前线(西和县)／043

今天的分粮是干证(西和县)／044

新的宪法已实现(西和县)／045

社员的生活没困难(西和县)／046

谁爱劳动谁英雄(西和县)／047

社会主义在眼前(西和县)／048

谁知道政策可好嚓(西和县)／050

包产到户粮食多(西和县)／050

三中全会(西和县)／051

牛郎织女(西和县)／052

织绫罗(西和县)／053

十条手巾(西和县)／054

二十四节气歌(西和县)／056

三国歌(西和县)／057

红手襻儿把桥搭(西和县)／058

送巧娘娘歌(西和县)／059

多嗒能见巧娘娘面(西和县)／059

取水取水取神水(西和县长道镇、
礼县永兴镇)／060

转饭歌(西和县长道镇、礼县永兴
镇)／060

照花瓣歌(西和县长道镇、礼县永
兴镇)／061

三张黄表纸一刀纸(西和县长道

镇、礼县永兴镇）/ 061

巧娘娘穿的仙家衣（西和县长道
镇、礼县永兴镇）/ 062

羊肚子手巾画牡丹（西和县长道
镇、礼县永兴镇）/ 063

野鹊哥哥把桥搭（西和县长道镇、
礼县永兴镇）/ 063

六月三十天门开（礼县祁山镇）/ 064

我把巧娘接下凡（礼县盐官镇）
/ 065

小姑娘欢乐莫安然（礼县盐官镇）
/ 066

把我的巧娘娘接进庄（礼县永兴
镇）/ 066

女儿都要迎织女（礼县）/ 067

请巧娘娘（礼县盐官镇）/ 068

庙官拿的钥匙来（礼县祁山镇）
/ 068

我给巧娘娘梳翻头（礼县永兴镇）
/ 069

我给巧娘娘梳光头（礼县盐官镇）
/ 070

黄菊花儿开满了（礼县祁山镇）
/ 070

盘盘里端的大红花（礼县祁山镇）
/ 071

巧娘娘要到你门上（礼县永兴镇）
/ 072

巧女儿请巧娘过七夕（礼县祁山
镇）/ 072

给我女娃赐个巧（礼县）/ 073

巧娘娘穿上实好看（礼县）/ 073

夸巧娘（礼县祁山镇）/ 074

贡巧茶（礼县祁山镇）/ 075

十比巧娘娘（礼县盐官镇）/ 075

十教歌（礼县永兴镇）/ 076

巧娘娘的嫣红脸（礼县永兴镇）
/ 077

夸我手巧人能干（礼县永兴镇）
/ 078

我给巧娘娘来献花（礼县祁山镇）
/ 078

七节竹子（礼县永兴镇、祁山镇）
/ 080

号召农业学大寨（礼县、宕昌）/ 080

正月里冰冻二月里消（礼县永兴
镇、盐官镇）/ 081

十二个月（礼县祁山镇）/ 082

一针一线记在心（礼县祁山镇）
/ 083

摘牡丹（礼县祁山镇）/ 084

十转娘（礼县永兴镇）/ 085

十二个月唱词（礼县盐官镇）/ 086

十唱（礼县）/ 087

取下的神水照花蕊（礼县永兴镇）
/ 088

七月初七起早哩（礼县盐官镇）
/ 089

取了神水照花影（礼县祁山镇）
/ 090

迎下的神水照花蕊（礼县祁山镇）
/ 090

东山的日头送西山（礼县祁山镇） / 091

大姐娃转饭是一盘龙（礼县祁山镇） / 091

大姐娃转饭是点香蜡（礼县祁山镇） / 092

大姐娃转饭一支龙（礼县永兴镇） / 093

巧芽芽儿嫩又长（礼县祁山镇） / 093

姐妹们诚心敬水神（礼县祁山镇） / 094

白手巾上画莲花（礼县永兴镇） / 095

白手巾上画牡丹（礼县永兴镇） / 096

七月初七会满了（礼县祁山镇） / 097

羊肚子手巾画莲花（礼县祁山镇） / 098

送巧娘娘（礼县盐官镇） / 099

七月七，节满了（礼县） / 100

等你明年再下凡（礼县） / 100

七月初一天门开（成县） / 101

水神爷面前摆香案（成县） / 102

正月里冻冰立春消（成县） / 102

正月里冻冰路上滑（成县） / 103

黄瓜熟了蔓搭蔓（成县） / 104

折牡丹（徽县永宁镇） / 104

小绣荷包（徽县江洛镇） / 106

巧娘娘给我传艺哩（徽县） / 106

下种的节气不等人（徽县） / 107

十送财（两当县） / 108

正月采茶是新年（两当县） / 109

十树花（宕昌县南阳镇） / 110

十二月梅花雪地开（宕昌县） / 110

单等蜜蜂采花来（康县） / 111

黄豆灌水结荚荚（康县太石乡、平洛镇） / 112

锄头底下有水哩（康县太石乡、平洛镇） / 112

收割小麦抢时候（康县） / 113

开财门（武都东江镇） / 114

冻冰（武都龙坝乡） / 115

番麦锄草讲究多（武都隆兴镇、龙坝乡） / 115

十二花（文县碧口镇） / 116

腊月梅花架上开（文县） / 117

一唱巧娘秦香莲（陇南） / 117

天水市

【1949 年前】 119

丰收年缺吃遭年成（武山县） / 119

绣桌裙（武山县） / 120

二姐娃上轿（麦积区） / 121

四季行兵（麦积区） / 122

种鸦片（麦积区） / 122

佟大人搬兵（麦积区） / 124

为娘生养女花童（麦积区） / 125

十姐成家（麦积区） / 126

方四娘（麦积区） / 127

十月点兵（麦积区） / 128

十可恨(麦积区) / 130

一绣日照卦台山(麦积区) / 131

太平年(麦积区) / 131

十月歌(麦积区) / 133

王祥卧冰(秦州区) / 134

女贤良(秦州区) / 135

十颗字儿(秦州区) / 136

节气歌(秦州区) / 137

拍花花手(清水县) / 138

上坡里坐的巧娘娘(清水县) / 138

风吹起叶叶儿(清水县) / 139

十道黑(清水县) / 140

给巧娘娘铰个大花袄(清水县)

　/ 141

巧娘娘夸我最灵心(清水县) / 141

烟雾霖霜照满川(清水县) / 142

十姐成家(清水县) / 143

李三娘推磨(清水县) / 144

小女婿(清水县) / 145

洛阳桥(清水县) / 145

王祥卧冰(清水县) / 147

石沟里担水(清水县) / 148

只能睡梦里转娘家(清水县) / 149

贤良女出嫁(张家川县) / 150

孟姜女(张家川县、清水县) / 151

不割高粱的喝老酒(天水) / 152

都怪世道不公平(天水) / 153

背地里姐把媒人骂(天水) / 154

【1949 年后】 ··· 155

打花花手(麦积区) / 155

刮地风(麦积区) / 156

采花(麦积区) / 157

鸭子登(麦积区) / 158

十二将(麦积区) / 159

颠倒颠世上多着哩(麦积区) / 160

十个字(麦积区) / 161

问麻姐姐(麦积区、清水县) / 162

下定决心保家乡(秦州区) / 163

庄农活(秦州区) / 163

把粉团(武山县) / 165

大务农(武山县) / 165

六月里来麦子黄(武山县) / 166

腊月咸菜缸里泡(武山县) / 167

采花调(清水县) / 167

十对花(清水县) / 168

什么子开花手拖手(清水县) / 169

什么子圆圆到天边(清水县) / 170

一树松柏一树花(清水县) / 172

夺状元(清水县) / 172

正月里冰冻立春消(清水县) / 174

摘花椒(清水县) / 174

送给人民子弟兵(清水县) / 175

正月十五玩红灯(清水县) / 175

闹生产(清水县) / 176

巧娘娘教我骑驴儿(张家川县)

　/ 177

十二个月(张家川县) / 178

数九歌(张家川县) / 178

十绣(秦安县) / 180

二姑娘窗前织手巾(秦安县) / 180

般配的婚缘成对儿(天水) / 181

平凉市

巧妙娘(华亭县)/ 183

庆阳市

我和巧娘穿花袄(正宁县)/ 184　　天上牛郎会织女(庆阳)/ 186

银河上面天门开(正宁县)/ 185　　把你巧手借给我(庆阳)/ 187

一盏灯,两盏灯(正宁县)/ 186　　姑娘们,乞巧来(陇东)/ 187

定西市

十二花(漳县)/ 189　　　　　　早几年栽花花没成(岷县十里镇)

十学(岷县闾井镇)/ 190　　　　　　/ 190

采茶(岷县马坞镇)/ 192

武威市

十二月(武威)/ 193

酒泉市

一碗油(金塔县)/ 195

嘉峪关市

十二月花(嘉峪关)/ 196

樱桃好吃树难栽(酒泉、嘉峪关)/ 197

附:甘肃七夕节俗文献 ·· 198

二、陕西乞巧歌

宝鸡市

织出锦绣好河山(陇县)/ 211　　拆开一本乞巧经(宝鸡)/ 215

千年古风传下来(陇县)/ 211　　我给巧娘献核桃(凤翔区)/ 216

七月七日掐巧来(陇县)/ 212　　春立夏,夏立秋(凤翔区)/ 216

年年有个六月六(陇县)/ 213　　巧娘娘面前献麻糖(凤翔区)/ 217

巧娘天上望人间(陇县)/ 214　　巧娘娘,下来吧(凤翔区)/ 217

扇得巧娘娘到跟前(陈仓区)/ 214　　巧娘巧娘下来吧(岐山县)/ 218

六月六,生巧哩(宝鸡)/ 215　　相亲相爱人喜爱(麟游县)/ 219

咸阳市

【1949 年前】·· 220

巧娘娘，乞巧来（咸阳）/ 220　　　　巧娘教我绣花（长武县）/ 222

送我巧娘回蓝天（咸阳）/ 221　　　　唱七巧（永寿县、乾县）/ 222

巧娘娘巧（长武县）/ 221　　　　　　七拜织女（乾县）/ 223

【1949 年后】·· 224

巧娘教我把花样儿描（咸阳）/ 224　　明年还有个七月七（乾县、永寿县）

切的细面如丝线（彬县）/ 225　　　　　/ 230

给你剪子你铰来（旬邑县）/ 225　　　今年是个七月七（乾县）/ 231

巧娘娘巧（旬邑县）/ 226　　　　　　姐妹跟你学不完（乾县）/ 231

我把巧娘娘送上天（旬邑县、乾县）　　叫我大姐给我教（乾县）/ 233

　/ 226　　　　　　　　　　　　　　牛郎织女在一起（乾县）/ 234

巧娘娘，赐巧来（淳化县）/ 227　　　我和巧娘把话拉（武功县）/ 234

巧娘娘，乞巧来（淳化县）/ 228　　　巧娘娘下凡歌（兴平市）/ 235

喜鹊给你搭桥来（永寿县）/ 228　　　看谁帽根儿长得多（渭城区）/ 235

再来给我教针线（永寿县）/ 229　　　大姐帽盖儿长一丈（秦都区）/ 236

铜川市

七姑娘婆下凡来（铜川）/ 237　　　　我拜巧娘在七夕（铜川）/ 237

西安市

【1949 年前】·· 239

姑娘家，乞巧来（关中东部）/ 239　　七夕莫忘请巧娘（长安区）/ 240

巧娘娘头发一尺长（鄠邑区）/ 240

【1949 年后】·· 241

弟弟心灵我手巧（西安）/ 241　　　　娃的心灵手又巧（周至县）/ 245

我向巧娘讨个巧（西安）/ 241　　　　乞巧，乞巧，帮帮（周至县）/ 246

牵牛花儿配织女（西安）/ 242　　　　我把巧娘送上马（周至县终南镇豆

谁个手艺高（周至县）/ 243　　　　　　四村）/ 246

只图学一个好手段（周至县宝玉村）　　豆芽芽，生得怪（鄠邑区）/ 248

　/ 244　　　　　　　　　　　　　　年年不忘请巧娘（长安区斗门镇）/ 248

静听牛郎在说啥（周至县）/ 244　　　缨缨鞋，做得好（高陵区、临潼区）

乞巧的姑娘仔细听（周至县）/ 245　　　/ 249

月月美景来描绘(关中) / 249　　棉花圪垯送宝来(关中) / 251
乞巧鞋儿做七双(关中) / 250　　做件花花袄(渭北) / 251
闺女拈针把巧乞(关中) / 250

渭南市

【1949 年前】 ·· 252
七姑娘(渭南) / 252

【1949 年后】 ·· 253
尺子剪子都拿来(渭南) / 253　　来年我们再乞巧(大荔县) / 255
红桃绿枣摆出来(华州区) / 253　　巧娘教我心手巧(大荔县) / 256
心灵手巧(华州区) / 254　　我给你献个油馍馍(合阳县) / 257
姑娘家天天等你来(大荔县) / 254　　献一豇豆(合阳县) / 257
请下巧娘梳光头(大荔县) / 255　　天天忙的走不开(华阴市) / 257

汉中市

七个姑娘乞巧哩(南郑区平川地　　巧姑娘娘显灵气(汉中) / 259
区) / 259

不明市县

【1949 年前】 ·· 260
新七巧歌 / 260　　绣花针 / 261

【1949 年后】 ·· 261
梧桐花开香四野 / 261　　年年乞巧 / 263
杠呀子 / 262　　巧娘教我绣花裤 / 263
巧娘娘,在天朝 / 262　　财东财东你甭搂 / 264

附:陕西七夕节俗文献 ·································· 265

三、山西乞巧歌

运城市

叫伢俩团圆到一搭里(运城) / 299　　拉牵牛(闻喜县) / 300
七月七日乞巧生(临猗县) / 299

临汾市

年年有个七月七（襄汾县）/ 302　　七月七（浮山县）/ 304

二十四节（襄汾县）/ 302　　女儿女儿为啥哭（临汾）/ 304

长治市

我给巧娘娘送饭吃（黎城县）/ 306　　漂小针（黎城县）/ 309

七月七乞巧歌（黎城县龙王庙乡）/ 306　　漂呀针（黎城县元村）/ 309

瞧着巧娘娘来送巧（黎城县）/ 308　　给我绣朵花（黎城县元村）/ 309

乞求牛郎和织女（黎城县）/ 308　　星（长治市）/ 310

晋中市

牛郎织女歌（和顺县）/ 311　　天河梁下一清泉（和顺县）/ 311

附：山西七夕节俗文献 ⋯⋯⋯⋯⋯⋯⋯⋯⋯⋯⋯⋯ 313

四、河南乞巧歌

三门峡市

教俺学梳头（陕县）/ 335

一个不教都不算（豫西黄土塬上）/ 336

洛阳市

半个月亮当空照（洛阳）/ 337　　我给你送饭（偃师区顾县镇）/ 338

巧娘娘，乞巧来（汝阳县）/ 337

焦作市

【1949 年前】⋯⋯⋯⋯⋯⋯⋯⋯⋯⋯⋯⋯⋯⋯ 339

做对花鞋送你老（焦作、济源及原　　乞食巧（焦作、济源及原阳县）/ 342

阳县）/ 339　　乞安巧（焦作、济源及原阳县）/ 342

偷菜歌（焦作、济源及原阳县）/ 339　　乞乐巧（焦作、济源及原阳县）/ 343

夸同行（焦作、济源及原阳县）/ 340　　十二条手巾（焦作）/ 343

夸队歌（焦作、济源及原阳县）/ 340　　上房坐个巧女娘（孟州市）/ 344

乞艺巧（焦作、济源及原阳县）/ 341　　天下黄河弯又弯（孟州市）/ 345

乞织女做衣裳（焦作、济源及原阳　　俺说一来谁对一（孟州市）/ 346

县）/ 341　　什么花姐（孟州市）/ 347

十二月开花（孟州市）/ 348　　百鸟吊孝（孟州市）/ 352

二六流（孟州市）/ 349　　　　经布谣（孟州市）/ 353

夸院（孟州市）/ 349　　　　　扎花·上房坐个巧姑娘（孟州市）

叠手巾（孟州市）/ 350　　　　　　/ 354

红线旦，绿线旦（孟州市）/ 351　只要二十份花花巧（沁阳市）/ 355

打扮（孟州市）/ 351　　　　　一把小剪（修武县）/ 356

【1949 年后】 ·· 356

牛郎织女恩爱深（武陟县）/ 356

新乡市

织女教我扎花把云描（新乡县）　织女姐姐送巧来（新乡县）/ 359

　/ 358　　　　　　　　　年年有个七月七（辉县市）/ 359

安阳市

牛郎织女会（滑县）/ 360　　　年年有个七月七（淇县）/ 362

描蓝绣花都学会（滑县）/ 360　快快教俺来学巧（豫北太行山区）

织女姐姐俺给你送饭吃（林州市）　/ 362

　/ 361

鹤壁市

七七乞巧（浚县）/ 363

濮阳市

一年一个七月七（台前县）/ 364

南阳市

牛郎织女下凡了（南阳）/ 365　　年年有个七月七（南阳）/ 365

平顶山市

鲁山坡上喜鹊多（鲁山县辛集乡）　　/ 366

　/ 366　　　　　　　　　牛郎鞭（鲁山县辛集乡）/ 367

九女潭洗衣歌（鲁山县辛集乡）

周口市

牛郎织女歌（西华县）/ 369　　织女场边翻晒粮（项城市）/ 370

七月就到七月七（周口）/ 369　送巧（郸城县）/ 370

商丘市

织女又生个胖娃娃（虞城县）/ 371

不明市县

【1949 年前】 ……………………………………………………… 373

　年年有个七月七 / 373　　　　　　乞才歌 / 373

【1949 年后】 ……………………………………………………… 374

　天上的牛郎哥去会妻 / 374

附:河南七夕节俗文献 ……………………………………… 376

五、北京、天津、河北乞巧歌

北京市

【1949 年前】 ……………………………………………………… 397

　俺请七姐下天堂(北京) / 397　　　　乞手巧(北京) / 398

　乞针线(崇文区) / 397

邯郸市

　花鞋做得美心窝(临漳县) / 399　　　做对花鞋永不得(磁县) / 399

邢台市

【1949 年前】 ……………………………………………………… 400

　俺家娶个花婶子(临西县) / 400

石家庄市

　一条手巾织得新(赵县) / 401　　　牛郎织女歌(正定县) / 403

　北斗七星儿女多(元氏县) / 402

张家口市

　拙了不好巧了好(怀来县) / 404

承德市

　牛郎织女会佳期(承德县) / 405

不明市县

　天上织女姐(河北) / 406　　　　　针影如棒槌(冀东) / 407

附:北京、天津、河北七夕节俗文献 ……………………… 408

六、山东乞巧歌

菏泽市

　　七月七闺女讨巧歌（曹县）／ 443　　　　俺请七姐姐下天堂（单县、鄄城县）／ 445

　　小香炉，冒高烟（曹县）／ 444　　　　　　插菊花（单县、菏泽）／ 446

　　七月（定陶县）／ 445　　　　　　　　　　爬东墙，望西海（单县、枣庄）／ 446

济宁市

　　俺给织女牛郎送饭去（梁山县西北部）／ 447

枣庄市

　　踏东崖，望东海（枣庄、诸城）／ 448　　　　／ 448

　　都来吃我的巧米饭儿（枣庄、诸城）　　　　扒东墙，望大海（枣庄）／ 449

济南市

　　七月里来七月七（章丘区）／ 450　　　　俺请七姐姐下天堂（章丘区）／ 450

滨州市

　　剪个牛郎拱织女（滨州）／ 451　　　　　巧巧姑（博兴县）／ 451

潍坊市

　　牛郎织女（青州市、临朐县）／ 452

烟台市

　　【1949 年前】 ·· 454

　　拍巧歌（蓬莱区）／ 454　　　　　　　初一初二巧芽生（蓬莱区）／ 456

　　十二巴掌年来到（蓬莱区）／ 455

　　【1949 年后】 ·· 457

　　打七巧（莱州市）／ 457　　　　　　　一拍巴掌一月一（莱阳市）／ 460

　　兔须长（莱州市）／ 458　　　　　　　请七姐姐（招远市）／ 460

　　七夕谣（莱州市）／ 458　　　　　　　乞眼明（蓬莱区）／ 461

　　你打一，我打一（莱州市）／ 459　　　　拍对巧歌（蓬莱区）／ 461

　　请织女歌（莱阳市）／ 459　　　　　　打花拍歌（胶东地区）／ 462

青岛市

　　七夕凉（莱西市）／ 463　　　　　　　我请姐姐吃甜瓜（平度市）／ 464

　　高玉树，矮树棵（莱西市）／ 463

威海市

    吃巧菜（荣成市、文登区）/ 465

    我请巧姐吃桃子（荣成市、文登区）/ 465

附：山东七夕节俗文献 ·················· 466

七、辽宁、吉林、黑龙江乞巧歌

辽宁

    牛郎观星（铁岭开原市）/ 489

吉林

    乞巧谣（通化梅河口市）/ 491   牛郎织女歌（长春榆树市）/ 492

    七夕谣（白山长白县）/ 491

黑龙江

    乞巧星 / 493

附：辽宁七夕节俗文献 ·················· 494

附：吉林七夕节俗文献 ·················· 500

附：黑龙江七夕节俗文献 ·················· 505

八、安徽乞巧歌

阜阳市

    接七姑娘歌（临泉县）/ 509   牛郎织女在天上（阜阳市）/ 509

六安市

    七月七（六安）/ 510

滁州市

    乞姑娘针（南谯区）/ 511

附：安徽七夕节俗文献 ·················· 512

九、江苏、上海乞巧歌

常州市

【1949 年前】 ·· 523

　相手歌（武进区）/ 523

泰州市

　绣七巧（姜堰区坡岭村）/ 524

　七月七，会鹊桥（姜堰区坡岭村）/ 524

扬州市

　乞貌巧（扬州）/ 525　　　　　巧芽芽，生得怪（扬州）/ 525

　天皇皇，地皇皇（扬州）/ 525

徐州市

　七夕话语难吐清（睢宁县）/ 526　　天上银河隔织女（徐州）/ 527

连云港市

　乞巧词（东海县）/ 528

盐城市

　乞巧祷词（盐城市）/ 529

上海市

　买点烤吃吃（崇明区）/ 530　　　梭子撩网踏车星（嘉定县）/ 531

　天上星（静安区）/ 530

不明市县

　一拜天地乞手巧 / 532

附：江苏、上海七夕节俗文献 ································· 533

一〇、浙江乞巧歌

嘉兴市

【1949 年前】 ·· 559

　七七星（嘉善县）/ 559

杭州市

　　教伢学梳头（萧山区坎山镇）/ 560

宁波市

　　七姐妹，乞巧来（镇海区）/ 561　　　　七巧扁担（宁波）/ 561

金华市

　　七月七日七妹姊（东阳市）/ 562　　　　七巧七粒星（东阳市巍山镇）/ 564

　　七仙女织绸绫（东阳市千祥镇）/ 562

台州市

　　念出七遍七月七（台州）/ 565

温州市

　　七仙娘娘坐莲台（洞头区）/ 566　　　　撞歌只有看牛郎（瓯海县）/ 567

　　每日无事免消灾（洞头区）/ 566　　　　天上星，亮晶晶（乐清市）/ 568

　　七星亭（洞头区）/ 567

不明市县

　　【1949 年前】 ·· 569

　　乞手巧，乞容貌 / 569

附：浙江七夕节俗文献 ·················· 570

一一、江西乞巧歌

九江市

　　拜北斗谣（九江）/ 597

宜春市

　　七星姑，七姊妹（宜春）/ 598

附：江西七夕节俗文献 ·················· 599

一二、福建乞巧歌

三明市

【1949 年前】 ··· 609

双脚踏了七夕桥（泰宁县）/ 609　　　金榜题名高（宁化县）/ 610

聪明标第一（宁化县）/ 609　　　七姑星，八姑姊（将乐县）/ 611

南平市

七夕歌（顺昌县）/ 612

宁德市

教我会读书（屏南县）/ 613

莆田市

织女星（秀屿区忠门镇）/ 614

泉州市

恭请七娘来吃酒（南安市）/ 615　　　七月七（闽南）/ 616

照顾阮的细汉婴（南安市）/ 615　　　七月初七七娘妈生（闽南）/ 616

附：福建七夕节俗文献 ······································· 617

一三、台湾乞巧歌

七姑星，七姊妹（苗栗县）/ 637　　　七星姑，七姊妹 / 637

附：台湾七夕节俗文献 ······································· 638

一四、广东乞巧歌

梅州市

七姑星，七姊妹（梅州）/ 649　　　入我园，摘我菜（梅州）/ 650

七姑星，七姐妹（梅州）/ 649

广州市

珠村祠堂花儿开（天河区珠村）/ 651

姐姐手艺不得了（天河区珠村）/ 652

乞到巧来人人赞（广州）/ 652

佛山市

【1949 年前】 ·· 653

一请公主仙七姐（佛山）/ 653

肇庆市

【1949 年前】 ·· 654

七月七日是良辰（端州区）/ 654

云浮市

【1949 年前】 ·· 656

女子乞巧增手艺（新兴县）/ 656　　　灯光火亮保千年（新兴县）/ 657

江门市

【1949 年前】 ·· 659

七姑星，七姊妹（台山市）/ 659　　　穿针乞巧词（江门）/ 661

老幼男女乞寿长（台山市）/ 659　　　乞得红线千万条（开平市）/ 661

乞我姊妹千万年（台山市）/ 660　　　乞得幸福千万年（开平市）/ 662

乞手巧，乞眉秀（江门）/ 660　　　　群仙陆续下凡来（恩平市）/ 663

桥尾拜仙乞寿永（江门）/ 661

【1949 年后】 ·· 663

提起水来有源头（江门市）/ 663　　　七月七拜仙歌（恩平市）/ 665

人间大地百花开（恩平市）/ 664

湛江市

七月七，罩蜘蛛（湛江）/ 666　　　七月七，冚蜘蛛（雷州市）/ 667

嫦冚蜘蛛在庭边（雷州市）/ 666　　　七月七，盖敖牙（雷州市）/ 668

七月初七冚蜘蛛（雷州市）/ 667

惠州市

七月七，乞巧节（惠州）/ 669　　　七月七，叮叮叮（惠州）/ 669

附：广东、香港、澳门七夕节俗文献 ·················· 670

一五、海南乞巧歌

【1949 年前】 ……………………………………………………………………… 699

　　琼崖七夕歌 / 699　　　　　　　　正是七月初七夜 / 701

附：海南七夕节俗文献 ……………………………………………… 702

一六、四川、重庆乞巧歌

凉山州

　　请七姐（凉山）/ 705

重庆市

　　七姑娘歌（巫山县）/ 706　　　　　仁兄歌书你能解（梁平县）/ 707

　　什么星宿当中坐（荣昌县）/ 706　　盘四元　答四元（梁平县）/ 708

不明市县

　　光悠地，铺红毡（四川）/ 709　　　吃巧果（四川）/ 709

　　姑娘邀着来乞巧（四川）/ 709　　　咬巧（四川）/ 710

附：四川、重庆七夕节俗文献 ……………………………………… 711

一七、湖北乞巧歌

十堰市

　　牛郎会织女（郧西县）/ 729　　　　娘娘庙外一景观（郧西县）/ 733

　　请七姐（郧西县）/ 730　　　　　　对歌（郧西县）/ 733

　　天河亮（郧西县）/ 730　　　　　　织女泪（郧西县）/ 736

　　织女十绣荷包（郧西县）/ 730　　　牛郎恨（郧西县）/ 738

宜昌市

年年只望七月七（枝江市董市镇）/ 741

孝感市

请七歌（孝感）/ 742 　　　　　　送七姐歌（孝感）/ 743

请七姐（孝感）/ 742 　　　　　　请七姐（云梦县、安陆市）/ 744

教我织布缝衣裳（孝感）/ 743 　　七月七日翻巧云（汉川市）/ 744

荆州市

牛郎织女歌（公安县）/ 746

黄冈市

九天牛郎会织女 / 747

黄石市

巧娘教我剪菊花（大冶市）/ 748

附：湖北七夕节俗文献 ·· 749

一八、湖南乞巧歌

岳阳市

【1949 年前】 ·· 761

请七姐（临湘市）/ 761

怀化市

唱七姐（新晃县）/ 762 　　　　　请七姐（新晃县）/ 763

附：湖南七夕节俗文献 ·· 764

一九、广西乞巧歌

桂林市

天上一颗星（桂林）/ 775

玉林市

【1949 年前】 ·· 776

请仙歌（玉林）/ 776　　　　　　送仙歌（玉林）/ 777

附：广西七夕节俗文献 ·· 778

二〇、云南、贵州乞巧歌

云南

星宿调（大理南涧县）/ 787

贵州

请七姑娘（遵义绥阳县）/ 789　　　　送七姑娘（遵义余庆县）/ 790

附：云南七夕节俗文献 ·· 791
附：贵州七夕节俗文献 ·· 798

二一、地点不明乞巧歌

巧芽芽，乞巧来 / 805　　　　　　织女乞巧歌 / 807

乞爹娘千百岁 / 805　　　　　　　顶头传盘三炷香 / 808

七七掐巧 / 806　　　　　　　　　拍打拍打巧一巧 / 808

乞我儿孙千百岁 / 806　　　　　　请七姑娘 / 809

巧娘娘，你下来 / 806　　　　　　养的蚕儿吐丝线 / 809

附录一：未搜集到乞巧歌省份的七夕节俗文献 ········· 810
（一）宁夏七夕节俗文献 / 810
（二）内蒙古七夕节俗文献 / 812
（三）青海七夕节俗文献 / 813
（四）新疆七夕节俗文献 / 813

附录二：其他相关文献 ·· 815

（一）乞巧经（1949 年前）/ 815

（二）文人乞巧歌谣（1949 年前）/ 825

（三）七夕祝词 / 828

（四）民间俗曲 / 830

参考文献 ··· 832

后记 ··· 843

前　言

一、乞巧节俗的起源与早期状况

七夕节的形成是很早的。根据历史文献所反映，在西北的陕甘一带，秦代以前民间就已经有了七夕节或乞巧节。《西京杂记》卷一：

> 汉彩女常以七月七日穿七孔针于开襟楼，俱以习之。

其卷二又云：

> 七月初一日①，共入灵女庙，以豚黍乐神，吹笛击筑，歌《上灵》之曲。既而相连臂踏地为节，歌《赤凤凰来》。至七月七日，临百子池，作于阗乐。乐毕，以五色缕相系，谓之相连爱。

灵女庙，即织女庙。女子献豚黍又歌舞以乐神，是求其能使自己心灵手巧，故称之为"灵女"，与后代西北一带称作"巧娘娘"一样，均取"灵巧"之意。《上灵》《赤凤凰来》可以说是最早的乞巧歌。"上灵"即敬神灵乞巧之意。上古秦人以凤为图腾，故《赤凤凰来》同汉魏六朝之时传说中织女同牛郎相会的具体情节有关。当时说的不似后代一些画上所画，织女就踩在飞起的喜鹊背上过天河，而是乘凤驾——飞起的凤凰拉的车而过。晋代《七日夜女歌

---

① 原作"十月十五日"，当为"七月初一"之误。上古"七"写作"十"，西汉时民间仍有书"七"为"十"者。又简策摩擦，"七"字竖弯之末磨灭而变为"十"之情形也有。隶书较扁，"初"字左侧有磨损形或如"十"，右侧"刀"字偏低与"一"字相连似"五"，则误为"十五"。此处为"七月初一"，故下面接言"七月七日"。

九首》之第八首之首句言"凤骖不驾缨",梁诗人向逊《七夕诗》云"凤驾出天潢",王筠《代牵牛答织女》云"奔精翊凤轸",陈隋之间王春《七夕诗》云"天河横欲晓,凤驾俨应飞"。唐宋时不少诗人的《七夕诗》中也都是鹊桥、凤驾并举言之。可见,所谓"歌《凤凰来》"也是属乞巧歌。这些已成为民间的乞巧习俗,一般人已不知道它产生的根源,故虽大汉王是推翻了秦王朝才得以建国,也并不以此为忌讳。唱乞巧歌中"相连臂踏地为节",而歌以及"以五色缕相系"等习俗也与至近代陇南天水一带乞巧中女孩子们的跳舞姿态一致。至穿针乞巧,后来在很多地方流行,写穿针乞巧节俗的诗文也不少。这一段文字的末尾说:"戚夫人死,侍儿皆复为民妻也。"卷三又载:"戚夫人侍儿贾佩兰,后出为扶风人段儒妻。"戚夫人为定陶(在今山东)人,当时都城在长安,其侍女必然是在陕甘一带所选,宫中的这些节俗,应主要反映着陕甘一带民间的节俗。当时是否已传至中原以至今山东东部的定陶一带,难以肯定,但在长安一带及其以西之地已经形成,则没有问题。

又《淮南子》佚文:

乌鹊填河成桥而渡织女。(《白帖》卷九引)

七月七日午时,取生瓜叶七枚,直入北堂中,向南立,以拭面靥,当即灭矣。(《太平御览》卷三十引)

这是当时七夕节女子去容貌缺陷手段之一。此类事后世乞巧活动中多有之。

上引《西京杂记》与《淮南子》中文字是关于七夕节、乞巧节的最早的反映。

关于《西京杂记》这部书,葛洪《跋》言是其家所藏刘向《汉书》一百卷,本为拟撰《汉书》之材料汇集,其内容大部分为班固《汉书》所用,葛洪从不见于《汉书》的材料中录出二万言许,为《西京杂记》。古即有对葛洪《跋》中所说持怀疑态度者,但并无有力证据。《四库全书总目提要》也以不轻易否定为然,余嘉锡《四库提要辨证》卷十七其文开头即云:

《隋志》不著撰人名氏者,盖以为此系葛洪所钞,非所自撰。

以下以近五千字的篇幅论证,本刘歆之文而葛洪选录之。对各家之疑一一加以辩驳,可以说是对这个争论最科学、全面的总结。近年丁宏武同志有论文联系出土文献从各方面加以论证,说明《西京杂记》为西汉时文献。[1]

东汉崔寔《四民月令》云:"是日设酒脯、时果、香粉于宴上,祈请于河鼓、织女,言此二星神当会,守夜者咸怀私愿。或云:见天汉中有奕奕正白气如地河之波,辉辉有光曜五色,以此为征应,见者便拜乞愿,三年乃得。"

一个节俗的形成不是短时间能完成的。所以,乞巧节俗应在秦之前已形成,其地域范围至少在陕甘一带民间已广泛传开。

七夕风俗是同秦人有关的。我在三十多年来发表的一系列论文已从不同方面论证了乞巧活动所祭祀织女为秦人始祖女修。[2]《史记·秦本纪》开头:

> 秦之先,帝颛顼之苗裔孙曰女修。女修织,玄鸟陨卵,女修吞之,生子大业。

大业即秦人第一位男性祖先,此后秦人之世系清清楚楚。秦最早生活于今山东之西部。但很早有一部分已到汉水上游(秦汉之前西汉水、东汉水相连,为一条水,汉水上游即今西汉水上游),至西周初年又迁曾助商王朝抵抗周军进攻,失败后逃到商奄的秦人和商奄上层人士于今西汉水上游之朱圉山。

《史记·秦本纪》中载:大业之后有名中潏者,"在西戎,保西垂。生蜚廉,蜚廉生恶来。"蜚廉、恶来俱当殷纣之时。则秦人在殷商晚期已居于陇右,保有西垂之地。《清华简·系年》中所载周成王时遣秦人于今西汉水上游北侧的邾圉山,就是因为当时已有秦人居于邾圉山。[3]据祝中熹先生研究,秦人之初至朱圉山,当在《尚书·尧典》所载分命羲氏、和氏"历象日月星辰,敬授民时"之时(历:推算),当时"分命和仲,宅西,昧谷。寅饯纳日,平秩

---

① 丁宏武:《从叙事视角看〈西京杂记〉原始文本的作者及写作年代》,北京大学《国学研究》第26卷,2010年12月;《考古发现对〈西京杂记〉史料价值的映证》,《文献》2006年2期;《〈西京杂记〉非葛洪托考辨》,《图书馆杂志》2005年第11期。

② 参赵逵夫:《论牛郎织女故事的形成与主题》,《西北师大学报》1990年第4期,收入《牛郎织女传说研究》,人民出版社2021年版。

③ 见《清华大学藏战国竹简(贰)》,中西书局2011年版,第141页。

西成"。（分别命令和仲，定居于西方昧谷，恭送落日，辨别则定日落的时刻）乃是受命测日至西部冬夏季节变化中的日长。祝先生指出："西的具体位置当在今甘肃省礼县、西和县相邻接的永兴、长道附近。"①昧谷，据我的看法，即朱圉山南侧、今属礼县，地方志和相关文献中也作"峁谷""茅谷"，今名冒水河。《史记·秦本纪》言秦之先祖中潏当商之后期即"保西垂"，"西垂"之义即日西落之处。自秦之时这一带即设西县。"西"字之义，甲骨文、金文可知本亦表日落鸟入巢一义。则秦先祖在尧舜之时已有一部分长于天文者先至朱圉山。古人居于山上，皆在山之南，以其向阳，冬暖，光照好，有益于身体，宜于种植，晒东西也易干之故。山阴多为林木野草，为狩猎和摄取其他生活资源之处，在上古用于耕种之地的不多。秦人后来便沿着昧谷南下，迁至今西汉水上游之地。秦人之发展壮大即在今西汉水上游。

联系前所述尧舜之时，秦人先祖由和仲所率宅于西之昧谷"历象日月星辰"，"寅饯纳日"的古老传说，则天河在上古之时命名为"汉""云汉""天汉"（见《尚书》《诗经》等上古典籍），应是秦人所为。因为秦人居于汉水上游，故命名天空中如河流的星带为"汉"，又命名天汉边上最亮的一颗星为"织女星"，以纪念其始祖。

这一带还有一座山，同秦人祭祖之俗有关，这便是西汉水边上的祁山。《三国志·诸葛亮传》载诸葛亮"攻祁山"，"复出祁山，以木牛运"等。《三国演义》中写诸葛亮"六出祁山"，人们都知道。但很少有人知道这个山何以叫"祁山"。祁山的得名在汉代以前，这不用说，不然不会在三国之时也那样有名。古代凡"示"字旁之字都同祭祀有关；双耳旁在右，表城邑之义。此山本秦人祭祖之处，原来有很多人家居于此。祁山其地当西和县以北、礼县东北部，距礼县大堡子山秦先公先王陵墓、圆顶山秦早期贵族陵群都不远，应为秦人祭祖之山。

《诗经·秦风·蒹葭》第一章云：

> 蒹葭苍苍，白露为霜。
> 所谓伊人，在水一方。
> 溯洄从之，道阻且长。

---

① 祝中熹：《秦史求知录》，上海古籍出版社 2012 年版，第 31、33 页。

溯游从之,宛在水中央。

这是表现初秋季节一个男子追求水对岸一位女子的情节。诗中所表现山水地理环境正是西汉水上游漾水河与西汉水相汇之处;"蒹葭苍苍,白露为霜",也正是初秋时的自然景象,同后代以阴历七月初为敬迎织女的情形一致。①

西汉以后,随中华大地的空前统一和社会的趋于安定,七夕乞巧风俗的范围不断扩大,西晋周处《风土记》云:"七月七日,其夜洒扫庭中,露施几筵,设酒脯时果,散香粉于筵上,以祀河鼓、织女。"文中所说庭中即院中。筵上即席子上。看起来西晋之时乞巧活动与后代的差不多。南朝梁宗懔《荆楚岁时记》中载:"七月七日,为牵牛、织女聚会之夜。"下面说:

是夕,人家妇女结彩缕,穿七孔针,或以金、银、鍮石为针,陈瓜果于庭中以乞巧。在喜子网于瓜上,则以为符应。

又引萧齐时诗人谢朓《七夕赋》中二句:"缕条紧而贯中,针鼻细而穿空。"引宋孝武帝《七夕诗》:"迎风披彩缕,向月贯玄针。"则反映在南北朝之时,东南一带已有七夕节以彩色线穿针乞巧之俗。只是只有《西京杂记》中写到众女"相连臂踏地为节歌《赤凤来》",其他文中只以在庭院中设酒脯时果以祀织女,接彩线以穿针乞巧,或捉蟢子(蜘蛛)置盒中待次日看丝之多少以乞巧,忽略了乞巧女儿歌舞的情节。

公元759年(唐肃宗乾元二年)秋,在华州(今陕西省华县)任司功参军之职的杜甫因安史之乱及大旱灾荒形成当地谷食贵,难以养家,携带家眷赴秦州(今甘肃省天水市),因为其从侄杜佐和长安时旧友僧赞公在秦州,有可以协助扶持之人。他的《秦州杂诗二十首》之第八首前四句云:

闻道寻源始,从天此路回。
牵牛去几年,宛马至今来。②

① 参赵逵夫:《〈秦风·蒹葭〉新探》,《文史知识》2010年第8期。
② 文中所引杜甫诗皆见《杜诗镜诠》卷六,下同。

这实际上是因到了古之天水一带,而用了张华《博物志》卷十《八月槎》中所言天河与海通的传说以写意。当时天水在今秦州区南部之天水镇(旧称小天水),从杜甫在秦州所作诗来看,开始当居于今秦州区之南部。在秦州诗作中有五律《赤谷西崦人家》。赤谷,在今秦州区西南的暖和湾,因山崖赤色而名。其西有崦嵫山,村名西崦。杜甫当时应即居于此,故写初至之感受。杜甫在秦州又有五言古诗《太平寺泉眼》,太平寺故址在今北道以南、暖和湾以北的甘泉镇。其老友赞公在西枝村(今甘泉镇西枝村),则《西枝村寻置草堂地夜宿赞公土室二首》及《宿赞公房》是作于其住地确定之前。又其《赤谷》一首开头云:

> 天寒霜雪繁,游子有所之。
> 岂旦岁月暮,重来未有期。

此为当年年底离开赤谷之时所作,故下面紧接着说:"晨发赤谷亭"。因赤谷在西崦稍东,故以赤谷代指西崦村。那么,他所作《秦州杂诗》之八及《蒹葭》《天河》皆听到当地牛女传说,了解了当地七夕节俗之后所作,他认为这些皆与西汉水有关。其五律《天河》一首云:"秋至辄分明",则作于初秋;云"牛女年年渡",亦同年年有七夕节有关。

另外,我以为收在《杜诗镜铨》卷十三之《牵牛织女》一诗,也是作于在秦州之时。其中写牛女七夕相会之后写当地的乞巧节俗具体生动,而且同今陇南天水一带的节俗在几个方面都一样。诗的开头写牛女传说,当中一部分则是写当地的乞巧风俗:

> 世人亦为尔,祈请走儿童。
> 称家随节俭,白屋达公宫。
> 膳夫翊堂殿(谓设其馔具),鸣玉凄房栊。
> 曝衣遍天下,曳月扬微风。
> 蛛丝小人态,曲缀瓜果中。

诗中写所见各种乞巧活动,而特别指出参加乞巧的是儿童跑来跑去,而且集体乞巧出份子,不一律要求,根据自家经济状况而出,以及乞巧时要给织女神设贡品,姑娘们穿着一新,玉佩琳琅,都同近代天水、陇南乞巧情形一样。诗中又说:"嗟汝未嫁女,秉心郁忡忡。"反映出参加乞巧的都是未出嫁的姑娘。诗中也写到当时一般家庭中姑娘们的生活、劳动及面对的社会问题。这应是对陇南、天水一带乞巧风俗的最早的反映。

历史上陇右各地乞巧风俗还是比较普遍的。乾隆六年《成县新志》卷二载:"七夕,人家室女束豆苗置碗,拜献织女星以乞巧。"县志记风俗往往极简略,尤其乞巧风俗之类以为与礼仪不合,有淫祀之嫌,往往略而不记。比如言及"束豆置碗",本是为的投影卜巧,但这里就忽略了灯下投豆苗、麦芽卜巧的情节。乾隆《西和县志》中载"人家室女陈瓜果,拜献织女星以乞巧",但没有说还贡有工艺制作的织女像,还要烧香点蜡、唱乞巧歌及七夕夜投影乞巧的细节。

魏晋以后陇右成偏僻之地,尤其唐以后,虽在茶马古道上,但文化上越来越落后,文人一般只读一点经书及科举之书,思想狭隘,所撰州志其他如礼县、成县、徽县县志大体皆如此简略。只有民国十四年成书的《重修西和县新志》卷五载:

> 七月一日至七日,女子聚一室,贡织女,点香蜡,三五人牵手跳唱,谓之祈巧。

这段文字也很短,但在民国及以前的甘肃所有省、府、州、县志中都没有说到的一点,只有这部县志说到了。这就是:

一,这一带乞巧节要从七月初一(实际上是从六月三十日夜)至七月初七,要举行七天;

二,整个乞巧活动中要贡织女像;

三,姑娘们乞巧中常三五人一起一而甩胳膊跳着,一面唱乞巧歌。

至少西和、礼县、天水市秦城区南部、天水镇一带直至现在仍是如此。这部县志是王访卿先生所著。王先生是家父的老师,王先生编此县志时家父也曾为先生到各处抄碑文、抄志书稿。1924年家父出外上陇西师范,见到北大出版的《歌谣》周刊,把北大一些大学者重视民间歌谣的情形告诉王先生,所以王先生在书末《杂录》目录的"灾异、灾祲、怪异"之后加"歌谣"一目。各地方志在"艺文志"之外另加"歌谣"者全国罕见。王老本希望等先父毕业回县后协助搜集歌谣,不想于1925年去世,先父也于次年参加了国民革命军。至十年后,先父回家,才搜集西和乞巧歌,算是完成了老师的遗愿。算是全国第一部"乞巧歌"集。[1]

天水市康熙《宁远县志》卷一只有:"七夕,小女儿乞巧"文字(按:清宁远即今武山县),不过也说天水、陇南乞巧活动自古以来只有未结婚的姑娘参加,只要一出嫁,即使回娘家之时,也不能参加,最多在筹备中协助做些工作。

总的来说陇右一带在汉唐以后变得越来越偏僻,文化欠发达,史志中记载极简略。但也正因为这样,这一带,尤其在西汉水上游的陇南市、西和县、礼县至今举行七天八夜乞巧节,姑娘们又跳又唱。

因天水为陇右交通枢纽,人员流动大,文化发达,除秦州区南部的天水镇和清水、张川两县之外,其他县乞巧节已很淡,甚至有的县早已消失。据乾隆《伏羌县志》卷六载,清代时今甘谷有乞巧风俗。至民国《甘谷县志稿》卷四尚载:"七月七日夜晚,灯下女子以彩线穿针,名之曰乞巧。"虽记述简单,但可见至民国之时乞巧之风尚存。甘谷在礼县以北,秦人最早是先至今甘谷县南部之朱圉山,后才由山南至西垂之地的。但现在甘谷、武山都没有乞巧的节俗了。

平凉各县也是自古乞巧节俗很盛。明嘉靖《平凉府志》卷二载,当地七月乞巧节"妇女以果茶饼酒、绣刺针工夜乞巧于天女,七日乃止"。虽行文简略但指出要举行七天。乾隆年《静宁州志》《庄浪志略》也都说到乞巧时陈设瓜果的细节。

庆阳的情形与平凉大体一样。乾隆《庆阳府志》卷一二载:"七月七日,女红乞巧于织女,设蔬果,抛芽水上,察影以卜巧。"道光《镇远县志》也说到除献"果、茶、饼、酒"之外,也"刺绣针工乞巧于天女"。

关于陇中一带,据光绪《通渭县新志》所载,清以前同平凉、庆阳大体一样。兰州一带,据乾隆《平番县志》卷五载:"间有设香案于星光之下穿针乞巧者"。(清平番县即今永登县)道光《皋兰县续志》也有载。

---

[1] 参赵子贤编纂《西和乞巧歌》,香港银河出版社2010年出版线装本,上海远东出版社2014年出版简体字横排本,外语教学与研究出版社2014年出版彭建明、蒋贤萍、李彦、张清菡、宋燕译汉英对照本。有关问题请参看赵逵夫:《西和乞巧节》,上海远东出版社2014年版;《中国女儿节:西和乞巧文化》,中州古籍出版社2015年版。

清代以前张掖也有乞巧节俗。乾隆《永昌县志》载："七月七日,妇女对月穿针,乞巧于天孙。"到酒泉,就虽有七夕节,但已变为其他内容。

总的来说,七夕乞巧节俗古代在甘肃大部分地方是有的。

清高台盛应祺(1885—? 字寿予,举人,光绪二十五年选授崇信县训导,后任循化厅训导)有《吟七夕乞巧》云:

> 星渡银河鹊早填,家家有女拜天仙。
> 一钩弓影争看月,满院炉香欲篆烟。
> 诗学回文重织锦,瓜雕别样妒花鲜。
> 深闺最喜金针度,绣到鸳鸯合有缘。

这首诗反映出甘肃乞巧风俗中拜织女满院香炉喜庆之气和穿针乞巧、比赛绣花等习俗。清末西和学者赵元鹤《七夕一首示子女》云:

> 银河光灿烂,织女出天门。
> 离违连年月,亲和惹梦魂。
> 人间欢歌舞,天上叙忧烦。
> 殷勤人自巧,侥幸不当存。

当时秦州学者同样在西和县漾源书院任教的光绪九年(1833)进士丁秉乾也有《步鸣九道兄〈七夕示子女〉》:

> 上弦新月好,漫步出东门。
> 树影花铺路,歌声韵断魂。
> 群姝乞巧慧,鄙士乐纷烦。
> 一看髫髻舞,山城古礼存。

诗中写到姑娘们聚在一起唱乞巧歌令人陶醉,而唱乞巧歌时跳舞的状况也实为古代七夕节俗的遗存。

由这三首诗可以看出甘肃乞巧活动的大体情况。

由以上这些来看,今天水市甘谷县朱圉山以南、西汉水上游之地在很早的时候便存在秦人祭祖活动,就像祁山的名字一样,存到现在。早期秦人不仅将天汉边上最亮的一颗星命名为"织女"以纪念其始祖,也在西汉水上游留下了数千年未曾消失的祭祀织女的节俗——七夕节或曰乞巧节,传遍陇右大地。

二、沿汉水和随秦人东迁的传播

汉水流域很早就有关于织女和牵牛的传说。上古之时织女星在天汉的西侧,牵牛星在天汉的东侧(现织女星稍偏北,牵牛星稍偏南)。牵牛星本是很早就生活于今陇东庆阳马莲河流域的周先民为纪念其先祖叔均而命名的。《山海经·海内经》中说:

> 稷之孙曰叔均,始作牛耕。

稷即周人始祖后稷。他的孙子叔均发明了牛耕。《大荒西经》中又说:

> 有西周之国,姬姓,食谷。有人方耕,名曰叔均。稷之子曰台玺①,生叔均。叔均是代其父及稷播百谷,始作耕。

其言"始作耕",是此前先民耕种用耒耜以铲、插翻土。发明牛耕之后代替了人力翻地的劳作,于是周人将天汉东侧的一颗亮星名为"牵牛",以纪念在农耕生产上作出了重大贡献的先祖叔均。秦人发起于天水、陇南一带,周人发起于陇东,周秦文化的交融形成了"牵牛织女"的传说。经长时间流传,人们渐渐忘记了这两个星所代表人物的原型,而同我国长期男耕女织的家庭结构经济特征联系起来,变为一个农耕社会的青年男子和一个以纺织为特长的心灵手巧的女子的故事。

《诗经·周南·汉广》第一章云:

> 南有乔木,不可休思。

① 稷之子曰台玺:"子"今误作"弟",据《海内经》改。

> 汉有游女，不可求思。
>
> 汉之广矣，不可泳思。
>
> 江之永矣，不可方思。

"南有乔木"和"汉有游女"是相对应而言，前句为隐喻，乔木，即高耸的树。喻女方地位高，难以靠近，思之而不可求。"汉之广矣"和"江之永矣"也是互文见义，"汉""江"，均指汉江。它又宽（宽即"广"），又长（即"永"）。这也是以男主人公的口吻，表现着牵牛追求织女的情节。①

《蒹葭》表现了在西周末年到春秋初期汉水上游有关牵牛织女的传说，《汉广》表现了春秋初年周地的汉水中流有关牵牛织女的传说。在民间，至少牵牛已变为普通的农民青年，织女也已成为人间的青年农民追求的对象。

两汉之间的著名赋作家崔篆的《周易林》中《屯之小畜》一首云：

> 夹河为婚，期至无船。
>
> 摇心失望，不见所欢。

这同该书《大畜之益》中"天女推床，不成文章"（床，指安放织机的支架）一样是写织女的。崔篆为涿郡安平（今河北）人。

班固的《西都赋》中写到长安昆明湖上"左牵牛而右织女"，张衡《西京赋》中也写到昆明湖上"牵牛立其左，织女处其右"，至于汉代《古诗十九首》中"迢迢牵牛星，皎皎河汉女。纤纤擢素手，札札弄机杼"，就更可以看出牛女传说之广。又汉代古诗：

> 兰若生春阳，涉冬犹盛滋。
>
> 愿言追昔爱，情款感四时。
>
> 美人在云端，天路隔无期。
>
> 夜光照云阴，长叹恋所思。
>
> 谁谓我无忧，积念发狂痴。

---

① 参赵逵夫：《〈周南·汉广〉探微》，《古典文学知识》2010 年第 3 期。

显然,这首诗的抒情主人公是一名男子。他在思念在云端的美人。这是以牵牛(牛郎)的口气唱的。诗开头二句所写春节,清代初年学者宋长白的《柳亭诗话》论《古诗十九首》中《明月皎夜光》一诗联系诗中所言季节及所写景致说:"高祖以十月之霸上,因用为岁首,至武帝元初年丁丑五月,始改夏正。然此诗为汉初人所作,又何疑哉!"《兰若生春阳》一首写兰草、杜若至冬尚茂盛,其冬,实为秋季。则亦汉初之作。这也同民间乞巧之节相合。

七夕节俗祭织女,同秦人的祭祖活动有关,最早是起于天水、陇南一带便可以理解。从《诗经》中的《蒹葭》《汉广》《大东》这几首诗和《西京杂记》所载宫廷中乞巧节俗看,牵牛织女的传说是由天水、陇南主要是经陇东东传至长安一带再向南北扩散的。《汉广》收入《国风·周南》之中,应产生今陕西汉中至湖北郧西之间的汉水边上。西周建都镐京(今西安稍偏西),秦建都咸阳,西汉建都长安,故陕西是甘肃之外乞巧节俗最盛的省份。其早期的传播路线是:

一,由今天水市秦城区和清水、张家川向北再向东直至咸阳、西安的传播;

二,由今平凉、庆阳向陇县、长武、郴县、旬邑一带的传播;

三,由今西和县、礼县向南再向东的西汉水沿岸,直至湖北省西北部的传播。这一带很早就有相关传说并留下一些乞巧歌。

经调查,全国乞巧节至今要举行七天八夜的只有西和县、礼县和天水秦城区天水镇一带。其次便是陕西省汉中市南郑县平川地区是从七月初五开始,到初七,举行三天(见陕西省南郑县委文史资料委员会编《南郑县文史资料》,1990年12月)。这里至今保持要持续三天的乞巧节俗,也同这一带既在汉水边上,又较为偏僻有关;而从根源上说,又同这一带从很早就有关于牛女的传说和七夕节俗,传说节俗的维持比较稳定有关。《诗经》中的《汉广》一诗,就应产生在这里至湖北省西北部郧西县之间的汉水边上。同样处于《诗经》中所谓"周南"之地的今郧西县一带,也有极浓的乞巧风俗,留下来很多乞巧歌。

历史上陕西省的乞巧活动亦极普遍。差不多各府县地方志中都有关于七夕乞巧活动的记载,而且记载较为详细。如雍正《陕西通志》卷四五引此前一些县志记载的各种乞巧形式,如引《石泉县志》"招贫家女未笄者击缶坏唱歌",就很重要,而多不及之。陇南、天水一带过去乞巧活动是只有未出嫁女孩子参加,只要一出嫁,就只能协助做些事,不能又跳又唱参与其中。而且,按巷道或村庄设坐巧处,供巧娘娘(即织女)像,主要是十二岁至十六岁的女孩子参加;家庭贫困的可以少出钱、少出东西,以至于不出钱物参加。《石泉县志》就反映出来这一点。

关于程序方面,雍正《凤翔县志》卷三写到"亦有供牛女乞巧者",民国《重修咸阳县志》更记载是"缚草作织女像,加以衣冠,祭以瓜果"。民国《续修醴泉县志稿》卷十并指出"以五色纸制鞋袜"的细节。《民国同官县志》卷二六言如此"具偶像,名'巧娘娘'"。与今陇南、天水一些地方乞巧风俗一样。明嘉靖《高陵县志》、天启《渭南县志》等不少县志都具到事先要生麦芽、豆芽,乞巧中有七夕浮针乞巧的情节。康熙《西乡县志》卷四:"七夕,幼女有乞巧会,亲邻有女者集焉。皆以豆芽置水碗中,月下顾影,以占巧拙。"乾隆《商南县志》《雒南县志》等写到穿针乞巧,也还有一些写投芽卜巧。

陕西清晚期和不少民国县志也对七夕乞巧节俗有记载,文多不录。而民国《续修南郑县志》载,七月七日"是夕,幼女亦设瓜果,供神乞巧,掷芽水碗中,视影变幻以卜巧拙。迨学校设立,此风渐息",此志民国十年即1921年刻成。南郑县在汉水南岸靠近汉中。至今乞巧活动举动三天之地即在此处。而这里的乞巧节俗在100年前就已经慢慢淡化,以至在有的地方开始消失,则其他地方的情形可见。由此可以看出整个陕西甚至全国乞巧节俗在近100多年来的变化情况。现在全国存下来的乞巧歌极少,不少地方没有存下来一首,其原因也就可以知道。

在西北,宁夏也有女孩子群聚歌舞以乞巧的风俗。如乾隆《中卫县志》卷一载:

> 孟秋七月,闺人以指工、茗果作乞巧会,甚有群聚歌舞,俗称"跳巧"者。

这里指出乞巧活动中的一个重要内容,即女孩子数人一起牵手跳唱乞巧歌,俗称"跳巧"这一点。很多地方志以为这种行为有违女戒,都忽略不言,只以"乞巧"二字带过。靠近甘肃景泰的中卫乞巧活动也同今西和、礼县的一样有"跳巧"活动,"群聚歌舞",则宁夏南部夹在兰州、定西、平凉、庆阳之间的一大片地方清以前也是有的。乾隆《宁夏府志》卷四言"七夕闺人亦有以针工、茗果作乞巧会者"，可见是比较广泛的。至于其具体内容，同上面所举各地方志一样，只举其一端而讳言跳巧的作法。

同甘肃、陕西、山西相连的内蒙古也有乞巧节俗。光绪《丰镇厅志》卷六载：七夕时"家家与小女儿缠足穿耳，学针黹，取乞巧之意"。据《翁牛特旗志》载，当地至今在七月七讲女郎织女鹊桥相会，"老人常仰望银河，指点牵牛、织女二星座，妇女结采缕，穿七孔针，陈设瓜果，到庭院中乞巧。"《呼和浩特市郊区志》也有相关记载。清丰镇厅在今呼和浩特东南的丰镇市；翁牛特旗在赤峰市以北，靠近河北。则其由南向东传播的情形很明显。可以说，牛郎织女传说和七夕风俗沟通了汉蒙少女的心，这个节日也成了沟通汉蒙广大人民心灵的契机。

以上的分析弄清了七夕节、乞巧节俗的早期阶段的扩散与传播。

三、七夕节俗在中原一带的传播

七夕节与乞巧节俗的进一传播，是向中原一带及其周边地带扩散。《诗经·小雅·大东》中说：

维天有汉，监（鉴）亦有光。

跂（qí）彼织女，终日七襄。

虽则七襄，不成报章。

皖彼牵牛，[①]不以服箱。

这首诗是东方谭国的官吏讽刺周王室之作。西周时谭国在今山东历城县东南。诗中说的"汉"即天汉，上古时也叫"云汉"。将天汉同织女、牵牛联系起来，自然是就处于天汉两边的织女星和牵牛星而言，而其中又将织女同织布帛联系起来、将牵牛同用牛驾车联系起来，则当时牛女传说至少已传至今山东省的西部、中部地区。这对于乞巧节俗在这一带的流行，已有了一种文化的铺垫。由此看来，中原一带七夕节俗的形成也不会太迟。由中原向南、向北的传播应在东汉以后，两汉之间、汉末魏初和魏晋之间的战争引起的人员

---

① 皖（wǎn），原作"晥"，据《十三经注疏》阮元校勘记改。明亮的意思。

大流动,和士人、商贾的流动都会形成民间风俗的扩散。

三国魏曹丕的《燕歌行》中说:

> 明月皎皎照我床,星汉西流夜未央。
> 牵牛织女遥相望,尔独何辜限河梁?

曹丕生于其故乡沛国谯郡(今安徽亳县)人,随其父到过不少地方,而成年后居于邺城(属今河南)为久。这首诗至少反映出中原地带关于牛女传说的情形。魏晋之间诗人潘尼有《七月七日侍皇太子宴玄圃诗》。潘尼为荥阳中牟(属今河南)人。又西晋王鉴有《七夕观织女诗》,写织女从天上渡星汉会牵牛写得阵势很大,一派喜庆之势。"一稔期一宵,长期良可嘉",也反映出对"七夕"的企盼心情。宋孝武帝刘骏(430—464)有《七夕诗二首》,第一首写织女渡天河相会,第二首写人间女孩子的乞巧活动。诗中说:

> 偕歌有遗调,别叹无残音。

显然是说姑娘们在一起唱乞巧歌,带有自古相传的韵味,同姑娘们的情感相融。这同《西京杂记》所载汉初宫中姑娘们乞巧中"歌《上灵之曲》,既而相连臂踏地为节,歌《赤凤凰来》"的记载前后相照应,上下(宫廷与民间)相照应。其中又说:

> 迎风披弱缕,迎辉贯云针。

则当时已有对月穿针的乞巧节俗。这同至今保存的陇南、天水一带的乞巧风俗大体一致。齐梁诗人柳恽(465—517)的《七夕穿针诗》中云:

> 迎寒理衣缝,映月抽纤缕。
> 的皪愁睇光,连娟思眉聚。
> 清露下罗衣,秋风吹玉柱。

写青年妇女为在七夕之时月下抽线缝衣,是因为丈夫从征不归,而天已寒,当七夕之时穿针，而心上忧思不断。反映出七夕时妇女月下抽线自悲的情节。柳恽原籍为河东解县（今山东永济），而先后仕于齐、梁。诗中所写，应反映了山西至江南一带的社会状况。梁诗人刘遵（488—535）、刘孝威（496—549）皆有《七夕穿针诗》，与刘骏皆彭城（今江苏徐州）人而主要生活于江南之地。魏晋南北朝时期苏彦、谢灵运、谢惠连、谢庄、王僧达、谢朓、鲍照、萧衍等人俱有咏七夕之作。由此可以看出当时七夕风俗在中原与长江下游一带的状况。

《乐府诗集》卷四十五收有晋代的清商曲辞《七日夜女郎歌》九首，反映了七夕之夜妇女相聚乞巧中抒发内心的状况。其开头二句"三春怨离泣，九秋欣期歌"是双关，既写织女分离之悲情，也有自伤之意。

由以上这些诗句即可以看出至晋南北朝之时，七夕乞巧风俗在江南一带的流传情况。

现在江南很多地方乞巧风俗淡了，因为这一带经济、文化发达，人民流动频繁，旧的习俗难以保存。

魏晋南北朝时期西北一带七夕乞巧的节俗在今存诗人诗作中反映较少。这是因为东汉、曹魏俱建都于洛阳，吴都于建业（今南京），蜀都于成都，西北为争战之地，显达的武夫能文章诗赋者少。故虽然民间存此节俗，而多不见于文人笔下。西晋也建都洛阳，东晋、南朝也俱建都于建康（今南京），北方多少数民族政权，文人也少，故一些民俗只在民间流传。但也正因为成偏僻之地，民间节俗也得长期延续保存。

山西、河南当中原之地，尤其河南在东周东汉及以后几次建都，长期成为全国的政治文化中心及东西南北的交通枢纽之地，乞巧节俗由西北东传之后，先是在中原一带兴盛起来。明嘉靖《荣河县志》写到七夕"穿针斗巧"，清顺治《乡宁县志》写到"女辈设瓜果、茶酒，祀织女乞巧"，康熙《徐沟县志》云："七夕，闺中献瓜果，望月穿针祈巧。"清雍正《猗氏县志》写到"浮针乞巧，针影奇者为得巧"，《汾阳县志》卷四载："七月七日，乞巧节，曝书。既夕，女子罗瓜果于庭，祭牛女星，穿针祈巧。"乾隆《乐平县志》载："七月七日，妇女结彩线，望月穿针祈巧。"乾隆《乐平县志》和《平定州志》记载了"幼女以面制禽鸟形坠果为戏，名曰'巧食'"等情形。

在山西，至清前期还保存着唐、宋、元时代中原地区七夕节庆中杂入的印度摩睺罗（又作"摩侯罗""摩唯乐"等）习俗，为木、泥所作小儿，一些妇女买上置于家。明正德《大同府志》卷一：

> 七夕，婚姻之家馈礼，果肴外又作泥美人，高二三尺，名暮和乐。无
> 此则不成礼。

这二三尺高的"泥美人"，应只是头面为泥做成，然后着色画出眉眼、口唇等，身子是纸做的衣服，不可能是泥塑二三尺的织女像。至近代以至今日天水、陇南一带七月初供织女像，也均为彩纸做的衣裙，中由竹杆、麦草扎成身、臂，两腿撑起，用胶泥模子，层层糊纸做成头面，以黑色细纸条做头发，编成高髻流丝，描眉画脸，饰以花簪。

康熙《朔州志》卷二：

> 七夕，乞巧，作泥美人，高尺许，名"暮和乐"。无此则女儿不喜。

"泥美人"的高度变了，名称写法也与唐宋时有所不同。明正德《大同府》中也有关于七夕的记载，有的地方还有七夕河灯之俗。光绪《孟县志》卷六载：

> 七月七日，女子穿针乞巧，居民以油灯横列河岸，或置灯瓢中，浮游
> 水上，数十步不灭，谓之"放河灯"。

此本七月十五中元节之俗（见《帝京景物略》之《春场》），这里也融入七夕节中。个别地方也融入一些别处不见的地方习俗，不再详述。总之，山西的七夕乞巧内容丰富，保留有一些古老的节俗，这同山西各县所处地理位置、历史发展情况有关。康熙《永宁州志》言："七夕，女子设瓜果于庭，拜牛女乞巧。今不行。"这反映出北方、中原很多地方本是有乞巧风俗的，由于种种原因后来慢慢消失了。

河南历史上乞巧节俗之盛，不亚于山西。陈设瓜果、茶酒祀织女及穿针乞巧、浮针乞巧、生巧芽、投芽乞巧都有。同时河南多地还有看蛛网以乞巧者。这个活动在清以前不少地方即有。如乾隆《河南府志》卷二十六载：

> 妇女置水碗，浮绣针，候其影有锋芒与否，分巧拙。夜陈瓜果祀牛

女,晨起视有蛛网在上者为得巧。

嘉靖《尉氏县志》也写到"每以瓜果皿器上凝蛛丝为验"。乾隆《荥阳县志》卷二载:

> 七月初七日之午,妇女乞巧,以盆贮水曝烈日中,顷之水膜凝面,举绣针浮之,谛视水底针影,有呈云物花鸟之影者为上,有呈剪刀牙尺之影者为次,谓之得巧,女伴相贺;其影粗如槌、细如丝为拙,则群相哄笑。

乾隆《新郑县志》记载内容大体相同,也很细致,而且还写到,当幼女看到未得巧而为拙,"尤忌或至垂涕泣,其母每曲慰之。或于夜对月穿针,亦曰乞巧"。

历史上河南乞巧活动中,还有一个男女都可进入境界的活动,便是偷视牛郎织女相会的情景。民国《淮阳乡村风土记》载:

> 七月七日,是日相传为牛郎织女相会之期。此种趣事,我处人人莫不以得睹为快。俗传观此景,必须躲于眉豆架下,否则必于目力有所损伤也。

可以看出,河南的乞巧节俗中也留有一些很古老的习俗。乾隆《扶沟县志》载,则"登楼乞巧,妇女多有仰卧中庭看天孙渡河者"。

可以看出,中原一带乞巧节俗直至明清时代都还是比较普遍的,也保留着一些古老的形式。

中原以北的北京、天津、河北也都有浓厚的乞巧风俗。元代熊梦祥《析津志辑佚》载当时七夕节情形:

> 宫廷宰辅、士庶之家咸作大棚,张挂七夕牵牛织女图,盛陈瓜果、酒饼、蔬菜、肉脯,邀请亲眷、小姐、女流,作巧节会,称曰女孩儿节,占卜贞咎,饮宴尽欢。……亦古今之通俗也。

这进而说"咸作大棚"云云,应是相邻几家共作一大棚,或周围一片中有女儿的人家轮流承担,大家参与,只是家道好或女儿多或独生女之家承担的次数多一点。要不然哪能叫别家小姐、女流？由上面这段文字可以看出这样盛大的乞巧习俗，元代以前即有。河北各市县志中关于七夕节俗陈设瓜果于中庭，结彩、祀织女，设盆水投针或穿针、蛛丝验针之俗极为普遍。

山东各市县与河北相近，只是乞巧活动中张挂牛女图的习俗比较普遍。如顺治《招远县志》卷四：七月七日"今则妇女悬牛女图，设盘案，列豆麦诸芽，谓之'巧芽'；瓶注时花，陈瓜果罗拜。夜则注水浮针，测其影以占巧拙，谓之乞巧"。乾隆《黄县志》则明确是"设帷幕悬牛女图，陈瓜果、巧芽、巧饼供祀，邀女伴罗拜"。则其仪式与今陇南、天水之间几个县、镇的乞巧习俗大体一样，只是陇南天水一带是纸糊的织女像（头面是模子上层层糊纸做成）。

由河北、内蒙向北传播到辽宁、吉林，直至最东北的黑龙江省都有七夕乞巧风俗。辽宁省，如清咸丰《开原县志》卷六载："七月七日，幼女针浮乞巧。"光绪《安宁县志》也写到七夕，其他将近三十部地方志中都对七夕乞巧活动有记载，与河北、山东相近，但全是民国县志。如《建平县志》载："今俗七月七日谓为女节，乡村幼女也有穿针乞巧者。"《兴城县志》写到浮针乞巧，《新民县志》写到"是夕小儿女穿针引线，希邀织女赐巧，又名为乞巧节"等。只是对有关情节缺乏细致的记载，同陇南一带相似，说明这些地方在明清时代普遍文化教育不够普及，文人思想不够开阔，对民俗比较关注的人少，因而视而不见，以旧礼仪为准则撰写地方志，很多有价值的东西全被忽略。

吉林省情形与辽宁差不多，清代地方志中，只有《吉林通志》中有记载："七夕，妇女陈瓜果，以采缕穿针乞巧。"其他全见于十来部民国县志。1992年出版《吉林省志》之《民俗志》中则作了详细的记载，其中说到吉林的乞巧习俗多种，大体和中原、山东一带一样。另外讲了吉林所传牛郎织女传说，并说长化山上还有牛郎渡、织女峰、洗儿石等，反映出牛女传说总同当地自然环境相联系的普遍规律。

黑龙江省则只见于近十部民国时地方志。如《望奎县志》载："七月七日为乞巧日，闺中少妇长女设瓜果于庭，以针一枚向月穿线，穿过者谓之得巧。"有的地方还有投针乞巧等习俗。《双城县志》载，"七夕地上无乌鸦，皆往天上填桥去，翌日视其顶毛必脱，盖为牛女践踏所致"云云。和陕甘民间传说一样。

七夕风俗之所以传播得广，有几个原因：

一，这个节俗是同"牛郎织女"传说联系在一起的。"牛郎织女"传说是中国四大民间传说中蕴育时间最长、形成时间最早、反映社会面最宽，又同中国几千年封建社会中广大劳动人民的愿望一致。说它蕴育时间最长，因为织女是由以织而名列青史的秦人始祖女修而来；说它形成时间最早，因为它在周末春秋初已经形成基本情节；说它反映社会面最广，因为它由我国数千年农业经济中男耕女织两个最典型、最有代表性的人物和人生最重要的事情婚姻与家庭形成基本情节；[①]说它同几千年广大人民的愿望一致因为它表现了反封建礼教、争取婚姻自由的思想愿望；说它流传最广，因为它不仅传遍全国各地，而且传到日本、韩国、东南亚一些国家；说它影响最大，因为它而形成了一个七夕节或曰乞巧节。乞巧节俗传播快、传播广，在相当程度上是凭借着"牛郎织女"传说而扩散开的。在漫长的封建社会中，女孩子上学读书的很少，从小学着做针线活，在跟着大人一起做活的时候，会听老人或姑、姨、姊嫂讲一些故事，也听她们讲一些附近县、镇、村庄的乞巧习俗。有乞巧节俗之地妇女出嫁外地，借着"牛郎织女"的传说，将乞巧风俗带到相邻的其他地方。

二，封建社会的包办婚姻造成大量的婚姻悲剧。一般来说，这种的悲剧是双方的，但由于旧礼教中男子可以迎新弃旧，女子只能从一而终，所以造成无数青年妇女的悲剧，这在《诗经》中已有不少作品有所反映。再者，在旧社会一般人家女子大一点便不让出门，邻里间姑娘也难得在一起玩一玩。姑娘们借着乞巧的活动在一起也算是互相交流、互相学习和交友的机会，所以对乞巧活动都特别感兴趣，特别热情。

三，在整个封建社会中让女子上学的极少，只有一些官宦人家可能会请专门师傅来家里教，但一般也常在楼上，仍然是除了读点书，便是女红之事，还是希望与家中和邻里的姑娘们会聚会笑谈以调解沉闷的生活。

由于这些原因，从古至于近代，无论城乡、贫富，姑娘们对于乞巧节、乞巧活动都很感兴趣。所以，乞巧风俗在两千多年中，传遍中华大地，也成了贯通中华各民族的一道血脉。

四、客家人的几次南迁与七夕乞巧节俗的传播

民族迁徙和戍守及经商、仕宦人家的迁徙，历代都有。而中原土族大家

---

① 参拙文《由秦简〈日书〉看牛女传说在先秦时代的面貌》，刊《清华大学学报》2012 年第 4 期；收入《牛郎织女传说研究》，人民出版社 2021 年版。

的南迁是较集中的迁徙，在古代几次大的战乱之中都有。最突出的有四个时期：

第一期为五胡十六国初期北方极为混乱之时，从汉代到西晋形成的一些士族大家受猛烈的冲击，便成批雇上车马，带上多年积聚的金银财宝并雇上有武力的人护送南迁。有的迁至今河南的南部、湖北的南部，长江、赣江沿岸之地。

第二期为唐代末年。由于黄巢起义在中原及长江沿岸一带造成重大冲击，在今安徽、河南、湖北、江西的一些士族大家和从商而致富者，包括第一期南迁立足于此的，又南迁至皖南、赣东南、闽西南，最远者迁至今广东东北部。因南北风习差距太大，南方人将这些由北方迁来的人叫做客家人，包括第一期南迁而保持其固有习俗与语言之人。

第三期为北宋末至南宋末。自两宋之间开始，从金人南侵至元人势力的向南扩张以至入主中原，很多名宦富商，包括前两次南迁中的大部分士族之家继续向南，由福建迁至广东的东部、北部。

第四期为明末清初，分别迁至广东中部及滨海地区。同治年间也有些北方和长江以北的人南迁。这些就都是今天说的客家人。广东、闽南和台湾、海南的乞巧风俗，主要是客家人带去的。所以这一带的乞巧风俗突出的一个特点是显得奢华、铺排，比如摆贡案，有各种精美的丝绸、珠宝工艺品、瓜果工艺等。当然，也会慢慢渗入一些当地习俗，但总的来说是下层社会的带有当地习俗，上层社会的保持北方贵族七夕节俗多。

从地方志中可以看出，绝大部分地方都是将七夕节的乞巧活动同牛郎织女传说联系起来，但已出现异化的现象。下面对南方几个省的情况按从北向南的顺序来看看。

安徽省雍正《舒城县志》载："七月七日为牵牛织女聚会之夕。"关于乞巧内容，也多为穿针乞巧、浮针乞巧、收蜘蛛占巧。南方则同当地的地理气候相应，多了曝书辟蠹、晒衣的内容。这是所有南方七夕活动中都有的内容。由于远距离迁徙和在完全陌生的环境中传播，难免会形成错位理解现象。同治《太湖县志》卷三云：

> 七月七日，妇女于月下以彩丝穿针，谓之乞巧。中庭祀黄姑星，张饮具达旦。瞻望有五色云，见则相庆，谓之看巧云。

显然，"黄姑"是指织女。这是牛郎织女向南久经辗转相传而出现的讹误。织女怎么能变成"黄姑"呢？其实，这正是由于在民间流传，人们对织女、织女星、牵牛、牵牛星、河鼓星的关系不是很清楚，将"河鼓"理解为"黄姑"，以为"黄姑星"是女的，便认同为织女星。我国在上古之时确定二十八宿，先取比较显眼的星座以命名，其中有银河（上古称"天汉"）两岸的织女星和牵牛星。但后来天文学发展，感到此两星距离黄道较远，不便观测日月的运行的情况，故另选两星，但因二十八星有织女与牵牛人们已习惯，故新选二星名之曰"牛星""女星"。后来为避免称说上的相混，改称原牵牛星为"河鼓"。在南方一些地方，民间则说成"河姑"，遂变为女性。由这一点也可以看"牛郎织女"传说和七夕节俗传播到南方后产生的一些现象，都有特定自然环境、生活习俗、语言等方面的原因。

江苏为魏晋以后文化发达之地，人才凑集，今存各府县志关于七夕节、乞巧风俗的记载，比北方几个省的记述都细致。南宋景定《建康志》卷二十二《城阙志三·台观》载：

> 层城观，亦名穿针楼，旧在华林园景云楼东。宋元嘉中造，后废。考证：《舆地志》云："齐武帝七月七日使宫人集层城观穿针乞巧，因号穿针楼。"

下引诗二首，不录。上文也见乾隆《上元县志》卷十四《古迹下》。由此可知，在南朝萧齐之时，这里的乞巧节俗就很盛，因这里建都，宫廷中专门为嫔妃宫女修有穿针楼。明正德《江宁县志》："七夕，曰巧节，饤果皆曰'巧'，如巧果、巧饼之类。"明万历《扬州府志》云："七夕，俗传天孙渡河，小儿女旦起看彩云，或为乞巧瓜果之宴。"康熙《常州府志》卷九：

> 七夕，妇女采凤仙花染指甲，设瓜果礼织女星。以水盆曝日中，浮影以为乞巧之验。而士大夫家必以巧果相饷。果式不同。大约以面为主，人物花钱无定形。

采凤仙花染指甲及作巧果成种种形状，陇南、天水一带至今如此。万历《昆

山县志》等也都记有这些乞巧节俗。雍正《扬州府志》并载:"或焚清香,设时果,乞巧穿针。"乾隆《锡金识小录》卷一:

> 七月初七日,于隔夜设桌于天井,供以时果。铜盆贮水,渍杂花。取蜘蛛藏盒中,明旦启视,结网者为得巧。酌盆中水,映日光,浮细针,视水底影分巧拙。皆小儿女戏为之。食巧果,夜有设宴者。

江苏、上海明清以来各州县志中关于乞巧风俗的部分,差不多都有记载姑娘们用凤仙花染指甲,用白面捏、剪成各种花,小动物形状油煎"巧果",陈设各种水果等作乞巧会,对月穿针,投针验巧,看蛛丝验巧,等等。

江苏是中原一带历代南迁的"客家人"经过之地,所以这一带也留下了某些古代士族家庭乞巧的特征,如办会请客之类,但也明显有同当地习俗结合的情形,如"设宴乘凉"之类。

浙江省虽然在江苏之南,但南宋时也曾在杭州建都,故不是太封闭,杭州的七夕节俗也同南京一样保持传统的内容要多一些。如凤仙花染指甲、油煎巧果、穿针乞巧、投针乞巧,在明清时一些府县志中都有说到。但其他较偏远之地,比起北方各省来,差异更大。

南宋周密《乾淳岁时记》中载:

> 乞巧:立秋日,都戴秋叶,饮秋水、赤小豆。七夕节物,多尚果食、茜鸡及泥孩儿摩睺罗,有极精巧饰以金珠者,其直(值)不赀。供以腊印鸟雁水禽之类,浮之水上。妇人女子,至夜时多月穿针,饾饤杯盘,饮酒为乐,谓之乞巧。及以小蜘蛛贮合(盒)内,以候结网之疏密,为得巧之多少。小儿女多衣荷叶半臂,手持荷叶,效颦摩睺罗。大抵皆原旧俗也。

下面记宫中七夕之俗,文长不录。由上文可以看出南宋时七夕风俗在都城临安(今杭州)的情形,除了保留乞巧活动中最基本的向月穿针、浮针、贮蜘蛛看丝以占巧,及杂有从唐代由佛教带进的摩睺罗之外,也体现出士大夫之家的豪华气息,给妇女孩子们的玩具上有极精巧"饰以金珠者",这显然不是一般人家能做到的。在下层社会,则主要同当地自然条件相联系的一些旧俗,如戴"秋叶","小儿女多衣荷叶半臂,手持荷叶"等。望月也是江浙一带妇女常见的情节,这同南方天热,多室外活动有关。

南宋吴自牧《梦粱录》卷四《七夕》:

> 七月七日,谓之"七夕节"。其日晚晡时,倾城儿童女子,不论贫富,皆着新衣。富贵之家,于高楼危榭,安排筵会,以赏节序,又于广庭中设香案及酒果,遂令女郎望月,瞻斗列拜,次乞巧于女、牛。或取小蜘蛛,以金银小盒儿盛之,次早观其网丝圆正,名曰"得巧"。内庭与贵宅皆塑卖"磨喝乐",又名"摩睺罗",孩儿悉以土木雕塑,更以造彩装襕座,用碧纱罩笼之,下以桌面架之,用青绿销金桌衣围护,或以金玉珠翠装饰尤佳。又于数日前,以红熁鸡、果食、时新果品互相馈送。禁中意思蜜煎局亦以"鹊桥仙"故事,先以水蜜木瓜进入。市井儿童,手执新荷叶,效"摩睺罗"之状。至今不改,不知出何文记也。[1]

嘉靖《象山县志》卷四载:"妇女陈瓜果乞巧,为手巾备仙桥,以一日成。(此戏今稍不行)。验鹊首无毛,谓填河和桥渡牛女。观无河无影,验几日现以占米价。"万历《杭州府志》卷十九:"七夕,设瓜果为乞巧会。殷富之家,果列七品,益以肴饵,女妇辈对月穿针乞巧,及以蜘蛛贮盒内,观结网疏密为得巧多寡,或采荷花养水盆中,露置高所,次日以濯手。"既保留传统的备果品肴饵以祀织女之仪式,也有穿针乞巧、贮蜘蛛看丝网观巧的习俗。

万历《新昌县志》载:"七夕,设香醪迎织女乞巧。煮槿汤沐发。"乾隆《绍兴府志》卷十八:

> 七夕,《嘉泰志》:"七夕立长竿于中庭,上设莲花,谓之巧竿。以酒果饼饵祭牛女,盖乞巧也。"旧《志》:"'女子陈瓜果祭赛乞巧。'"

同治《嵊县志》卷二十作"彩槿叶沐发以去垢",另外还有的写到七夕之夜"投各种草子汤以澡浴"的。这些都同南方的气候条件有关。但有些在陕甘一

---

[1]《全宋笔记》96,大象出版社 2019 年版,第 234 页。

带也较常见的节俗,如乾隆《宜平县志》载:"七夕,剪端午所系小儿缕掷屋脊上,谓鹊衔此驾桥为银河之会。"此又见于康熙《龙游县志》、康熙嘉庆两部《西安县志》(此西安县即今浙江衢州市衢江区)、同治《江山县志》、乾隆《宜平县志》《平阳县志》、道光《丽水县志》、光绪《乐清县志》、光绪嘉庆《瑞安县志》、光绪《处州府志》等十部志书,而此种乞巧习俗在甘肃的西和县、礼县及周围一些县区至今保留。

总之,浙江的七夕乞巧活动既保留一些古老的习俗,也有些与当地自然状况相合产生的新内容,而士大夫之家的特色,还是显得铺张繁盛。

相较而言,江西一带的七夕乞巧风俗要简朴而更接近于民情。嘉靖《南安府志》卷十载:

> 七月七日,妇女各备酒果,悬箕月下罗拜,请画花样,谓乞巧。以线刺针孔,中者为得巧。

这里所说"各备酒果",是各自在家准备好,然后汇集一起为乞巧会,故下面说"罗拜"。"以线刺针孔",也是在月下。同甘肃很多旧方志的记载一样,行文简而不明。万历《南安府志》卷二也记有这些习俗。江西也在客家人南迁时经过的范围之中,但在西部边缘,从其地方志记载看其乞巧风俗,在历史上也远不及江苏、浙江、安徽之盛行和普遍。当然,这同江西历史上在经济、文化发展上不及以上三省,富有文才又眼界开阔的文士不及江浙皖一带有关。关于"悬箕月下",同治《鄱都县志》卷五所记是:"妇女家以衣蒙箕向天暗祝,谓之箕卜。"

这同陇南西和县、礼县在七天八夜的乞巧活动中跳麻姐姐的情形相近。那是在初四、初五,选一个晚上,挑一个十二三岁的小姑娘,旁边有两姑姑托着跳,之后这个小姑娘处于昏迷状态,于是大家向她问事、问吉凶。这是带有一点迷信色彩的活动。康熙《都昌县志》载:"七月七日,乡市士女备瓜果祭馈,向牛女乞巧。"康熙《浮梁县志》卷一:"七夕,女人陈瓜果,结彩缕穿针,拜庭下以乞巧。"康熙《新建县志》卷十二:"七夕,日间士家曝书,夜则女妇为乞巧会,具瓜果祭织女。"除曝书之外,大体同北方的一样。

《古今图书集成·历象汇编·岁功典》卷六十五:"广昌县,七月七日,妇女作乞巧会,罗拜月下。以诸果置糖蜜水中,露一宿,厥明饮之,谓之'巧水'。"我们将相近府县几处的记载联系起来才可以大体看出其乞巧活动的内容。

江西和江苏、浙江个别志书中有的将"祀织女"表述为"祀牛女",应传播中同"牛郎织女"传说联系造成的混乱。这就同江苏有的地方将"祀织女"变为"祀河姑"的情形一样,反映出漫长传播中同相关传说关系的淡化和传播中民间性的体现。

历史上福建一带的七夕乞巧风俗也是很浓的。明弘治《八闽通志》卷三:"七夕,乞巧。是夜儿女罗酒果于庭,直到更阑夜欲终。"崇祯《闽书》中还说到乞巧时"稚年儿女争击土瓦于门首"。康熙《光泽县志》卷一:"以篾缚为层楼,饰以彩纸,绘牛女像于上,谓之巧楼,载旧志。今无。"这应是早期客家人遗俗。道光重纂《福建通志》引述十来种福建方志上关于七夕节乞巧活动的记载,如"取绣线,于焚楮光中伏地俄倾穿之,以能否夸得巧之多寡","以瓜枣雕刻为龙凤形","以面为饼,作鸟兽鱼龙之状,曰巧饼",陈瓜果拜祭织女(或拜"牛女")。穿针乞巧、藏蟢子(蜘蛛)卜巧等为常见活动。有的不是向月穿针,而是背月穿针。亦有将端午所系彩线抛于屋顶,供鹊"含之以布桥"的。而比较特殊的是小学生将所作写过的墨纸焚化以乞文才。这里乞巧仍主要是穿针,但不是向月,而是在桌下或背月光穿,以穿上者为巧。也有以盒子贮蟢子占巧者。所祀大部分地方为礼织女或"祉牛女"。福建大部分地区称七夕节或为"女节""天孙节""小儿节""双七节",而闽南民间则说是"七娘妈生日",俗称"七娘妈生"(《厦门市志》,东方出版社2004年第5册)。有的地方称所祀为"七娘妈"。可以看出牛郎织女传说受到当地戏曲的影响,同七仙女故事相混淆的情形。应是受浙江一带民间传说影响。同江南一样,也有文人于七夕试文才者。

台湾省的七夕节俗也历来很盛。康熙《台湾府志》卷七载:"七月七日,是夕,人家女儿罗瓜果、线针于中庭为乞巧会。"康熙《诸罗县志》卷八:"七夕,女儿罗瓜果、针线于中庭,为乞巧会,看牛郎织女星,或云魁星于是日生,士子多于是夜为魁星会,置酒欢饮。"康熙《台湾县志》卷一:

> 七夕为乞巧会,家备牲醴、果品、花粉之属,向檐前烧纸,祝七星娘寿诞。解儿女前系五彩线同焚。今台中书舍以是日为大魁寿诞,生徒各备酒肴以敬其师。

康熙《台海使槎录》卷二：

> 七夕呼为巧节，家供织女，称为七星娘。纸糊彩亭，晚备花粉、香果、酒醴、三牲、鸡蛋七枚，饭七碗，命道士祭献毕，则将端阳男女所结丝缕剪断，同花粉掷于屋上。食螺蛳以为明目。黄豆煮熟洋糖拌裹，及龙眼、芋头相赠贻，名曰"结缘"。

康熙《凤仙县志》也有相关记载。看来在清代早期，台湾的七夕节风俗同福建一带大体一样。所敬都是织女，有的地方称作"七星娘"。文人的活动在七夕之时也比较突出。此后乾隆、嘉庆、道光、同治、光绪近二十部府县志和民国时以至二十世纪七十年代所出各种志书，都对七夕节俗有所记载，大体相近，只是不少同魁星相联系，因而学生活动似乎更为突出活跃。

从东南一直向南传播的最后落脚点是广东、海南。广东的乞巧风俗更突出地体现出士族豪门的特征。

广东、海南是客家人最后着脚之地。能最后一直到这里的，一般来说自然是家底最为雄厚的家族。嘉靖《广东通志初稿》卷十八：

> 七月七日出衣服、书帐于中庭晒之。有用六日[者]。其夜儿女聚集为之乞巧会。

南方较潮湿，故同江浙一带一样，借七月七日晒衣、晒书。之所也有用六日者，应是由于据某些天气现象估计可能七日天阴，故初六即开始晒衣、书，这样，即使初七晒不成，也不误事。万历《广东通志》卷十所记除晒衣书之外，还说："至夕，乞巧、穿针、结缕存其名，惟沐浴灵泉（俗谓之圣水）。每于子夜贮之，经年不败。"道光《广东通志》卷九十二除上面内容之外，并说："以备酒浆，曰'圣水'。儿女以花果作供，捕蜘蛛乞巧。"又说："七月初七夕为七娘会，乞巧、沐浴天孙圣水。以素馨茉莉结高尾艇，翠羽为篷，游泛沉香之浦，以象星槎。"康熙《花县志》卷一："其夕，女儿陈花果于空阶祀天孙。置蜘蛛盒中，次早观其结网疏密；又用采缕背手着穿针过否谓之乞巧。"雍正《阳春县志》：

> 七月七日,汲圣水,曝衣裳。女儿以绿豆、小豆、小麦浸磁器内生芽,以彩缕束之,谓之"种生"。陈瓜果为七娘会,穿针乞巧,卜喜藏蛛。

这当中除曝衣裳之外,其他同今陇南天水一带生豆芽,长高后以丝带束起,七夕用以投芽卜巧、穿针乞巧,用竹竿头上作一圆圈取蛛网以卜巧的情形相同或大体相似。关于织女又称"天孙",又称"七娘"或"七娘妈",故将乞巧会也称作"七娘会"。

广东多有于七夕夜取水贮之以治病或作酒浆者,最早见于康熙《增城县志》卷一云:"是夕,女儿乞巧。先子夜汲水贮之经年不败,谚谓'圣水'。"乾隆《高州府志》言"家汲井华水贮之,以备酒浆",有的说是用以作醋,有的言用以和药。乾隆《归善县志》卷十五:

> 七夕,男女晨起担水贮之,谓之"七夕水",饮之可以治疾。先一夕用水盛花露置庭中,晓起洗眼谓之洗花水,能明目。

道光《鹤山县志》言"是日汲井水存之,永不生虫,可已百病"。康熙《龙门县志》卷六:

> 七夕,是夜,鸡初唱即汲河水贮之,家中以疗热病。若鸡二唱则水味不同,不能久贮。仍各备酒肴针线,夜半乞巧。

宣统《南海县志》卷二十六则云:"广州人每七月七夕鸡初鸣,汲江水或井水贮之。是夕水重于他夕数斤,经年味不变,益甘,以疗热病,谓之'圣水',亦曰'天孙水'。若鸡二唱则不然矣。《广州竹枝词》云:'七夕江中争汲水,三水田上竞烧盐。'"也有的言汲潮水,有的言取河水,应是同当地地理环境有关。

汕头、揭阳、汕尾的七夕节俗如穿针乞巧、蛛丝卜巧、葡萄架下听"私语"等与广东其他地方同,有的地方唯又向庆妇女的生育靠拢。乾隆《南澳志》卷十:"七月七日,家家中祀睡床,以祝公婆生;男女年十五者就床而食,谓之出花园。是夕,人家女儿罗瓜果、针线于中庭为乞巧会。"乾隆《普宁县志》卷八:"曝书籍衣裳,妇女粉米为巧果。及夜陈设于中闺,女儿以彩穿针向天孙乞巧。次日,有蛛丝牵于巧果之上者为得巧。"关于蛛丝占巧的方式稍有不同。这当中除地理特征上的差异之外,也同乞巧内容丰富,而行文简略,往往挂一漏万的情形也有。尤其是"乞巧"二字差不多所有地方志都是以这两个字即交待了一切,关于具体作法,差不多都不说,似乎是因为"大家都知道",或不值得细说。比如乞巧时唱乞巧歌的,都不提一字,似乎是因为那些小女孩所唱,似乎是既不合礼仪,内容又可笑。这是民国以前很多地方志的共同特征。

关于海南的乞巧风俗,明正德《琼台志》卷七载:

> 七月,乞巧。用彩色纸糊作冠履衣裙,剪制金银纸为首饰带锭之类,备牲醴祭祖先,毕,焚之,曰"烧冥衣"。富室斋醮焚纸衣以振孤魂。

万历《琼州府志》、康熙《琼山县志》及乾隆以后三种《琼山县志》记载同。康熙《澄迈县志》载:"初七夜,女孩间有乞巧之戏。"乾隆《安定县志》同。而该县光绪志上无"间"字。道光《万州志》卷三载:"七夕,幼女家设果品于中庭,拜星乞巧,用丝线向星穿针,穿过者谓之得巧。"则岛内不同地域之间也稍有差别。

总之,七夕风俗很早就传到最南方的海南岛和西南的台湾岛。覆盖了整个东南、南方各省份。大体上,广东及相邻省份的客家人的节俗显得铺张,而民间的则更带有当地的习俗。传统乞巧活动中的陈设瓜果以敬织女、办乞巧会、穿针乞巧、蛛丝卜巧、女孩子取端午所系彩线手带投屋顶为乌鸦衔以填河修桥,这些节俗大部分地方都有。在东南、南方才有的七夕午夜贮水之俗也多有,应主要是出现于下层社会或一般人家的乞巧活动中。

五、由西北和中原向西南的传播

由西北和中原向四川、湖北、湖南、广西、云南、贵州的传播是另外一条路线,带动传播的因素也不完全相同,形成的特色也不一样。

前面说过,七夕、乞巧节俗的传播往往与"牛郎织女"传说联系在一起。因为传说故事在个体间就很容易传播,所以也易于扩散,而七夕节俗、乞巧风俗则带有实践性质,又带有群体性,在缺乏相关社会习惯的地方只由个体难以在某一个地方推行开。所以"牛郎织女"传说的传播为七夕节、乞巧风俗的扩散形成一种心理愿望上的铺垫。

前面已说过,反映了牛郎织女的早期传说的《诗经·周南·汉广》是产生于汉中至今湖北省西北角当周南之地,可知在春秋时代"牛郎织女"传说已沿汉水传至汉水中游一带。所以,在今湖北一带,七夕乞巧风俗也是比较浓厚的。

先看靠甘肃陇南和陕西南汉中一带最近的四川省。乾隆《广元县志》。其卷七载:"七月七晚,看巧云,女儿祭织女,谓乞巧。"乾隆《蓬溪县志》卷一:

> 七月八露横秋,蝉声鸣树,梨枣枣熟。七日为乞巧节,是夕,妇女焚香献瓜果,向牛女二星跪拜乞巧,取针投于水中观其影以征巧拙,俗谓之女儿节。

乾隆《射洪县志》卷一:

> 七月七日为乞巧节,童稚以凤仙花染指甲,妇女用瓜果香花供奉牛郎织女二星,对月穿针,谓之乞巧。

乾隆《遂宁县志》关于生巧芽和卜巧记述较细致:

> 七夕为牛女渡鹊桥。先期用水浸豌豆于碗中,今芽长尺余,红笺束之,名姓其详。至此夕,妇女焚香献瓜果向空跪祝天孙以乞巧……投水中对灯月下照之,或现针形,或露花,相与为欢,谓"得巧"。

四川大部分府县志都对七夕节、乞巧有记载,也大部分为献瓜果供织女以祀之,也有的作祀牵牛、织女二星;借以祀土地神之类亦有之。多有生豆芽习俗,乞巧方式有投芽乞巧,也有穿针乞巧、看蛛丝卜巧。

重庆市在1997年以前归四川省,其七夕节俗大体与四川同。乾隆《涪州志》卷五:

七月七日,孩稚以凤仙花染指,少女结伴以酒食祀织女,对月穿针,名曰乞巧。

乾隆《巴县志》:"七月七日,俗称牛女会期,妇女结彩缕,穿七孔针,陈瓜果于庭,曰乞巧。以蟢子网瓜上为验。"关于投影乞巧,道光《夔州府志》所述甚详:

　　今俗女子先养豆芽,七夕月下掷碗中视其影,或像笔、或像花、或像如意,则为之巧;或像锄、或像扁担、或不成形,则谓之拙也。其他穿针、看蜘蛛,与古同。

　　总的来看重庆、四川乞巧风俗与甘肃、陕西相近之处多,虽也有联系当地民俗有所变化者,但变化不多,与西北、中原截然不同者大体没有。

　　今湖北处于四川以东,当汉水中下游,"牛郎织女"传说在西周春秋之间已在其西北部汉水西岸流传。南朝梁宗懔的《荆楚岁时记》中记载:

　　七月七日为牵牛织女聚会之夜。……是夕,人家妇女结彩缕,穿七孔针,或以金、银、鍮石为针,陈瓜果于庭中乞巧。有蟢子网于瓜上,则以为符应。

明弘治《黄州府志》卷一:"七夕,乞巧。古于是夜,民间陈瓜果于庭,儿女罗拜牛女之星以乞巧。次晓有蛛网于上得巧。今俗尚然。"乾隆《房县志钞》卷三:

　　七月七日,妇女为乞巧会。先以豆入竹筒或碗生芽,长尺许。缚草为织女像,包头描画眉目、珠冠霞披,妆饰如生。祀以瓜果花,姊妹各严妆叩拜。贮水于盆,捻豆芽映之,其影成花彩、云朵、人物者为得巧。

同治《房县志》所载大体相同。关于女子严妆拜织女,两书均作"咒拜",则应是在织女像口中有所念或有所唱,唱完之后拜。这就同今陇南西和县、礼县和天水市秦城区一些地方的情形一样。尤其供织女像及做织女像的方法,也大体一样。这两地的乞巧风俗都是产生很早的。其中并记男子不得偷窥。房县在湖北省西北部，汉水以南不到二百里。汉水边上郧西、郧县、竹山县、宜城县的同治年县志所载与上述大体相近而文字简略。

顺治《江陵志馀》卷十："七夕，《事始》云楚怀王初置七夕，妇女是日以彩缕穿七孔针，陈瓜果于庭以乞巧。有蟢子网瓜上则以为得也。"康熙《监利县志》所载大体相同。很多府县志都只是大体提一下。如乾隆《汉阳府志》："孝感县，乞巧，七夕闺中陈瓜果，祭天孙以乞巧慧。"光绪《孝感县志》则云：

> 七月七日晚，看巧云，设瓜果，谓"吃巧"。"吃"者，"乞"之讹音也，至有以食瓜果为"咬巧"者。重在夕，故曰"七夕"。……江宁以此日为女儿节。是后数日不见鹊，天河亦少隐。俗云鹊顶天河往扬州籴米，归早米贵，归迟米贱。又云为织女架桥。皆诞语也。然也夕后，鹊顶果秃，不知何故。

这段文字可以使我们认识到民间一些习俗和一些不同说法是如何的产生的。一是由于语言上的误解。二是同当地生活环境的关系（这一点，乾隆《江夏县志》卷二已说到）。孝感产粮不够，靠由扬州运入，因而把七夕由天河看丰歉变为了看粮价之贵贱。

总之民国以前湖北各府县志大部分都提到七夕乞巧之事，唯多行文简要，未能写出其具体情节，往往几句带过。根据同一地之府县志记载对比。有些极简的，未必没有丰富的内容，只是旧文人以为妇女儿童之事，无甚意义，未能详细记载而已。

乾隆《湖南通志》卷四十九："七夕，有妇女陈瓜果于中庭，穿七孔针以乞巧者。"光绪《湖南通志》卷四十："七月七日为牵牛织女聚会之夜。是夜，人家妇女结彩缕，穿七孔针，或以金、银、鍮石为针，陈瓜果于庭中以乞巧。有蟢子网于瓜上，则以为符应。"两部清代《湖南通志》关于湖南七夕乞巧风俗的记载，都比较简略。光绪本比乾隆详细一点，但也大体是抄《荆楚岁时记》中文字（见上文所录），但也是反映了总体情况。康熙《永州府志》卷二、乾隆《邵阳县志》卷五、嘉庆《常德府志》卷十三、同治《巴陵县志》卷十所刊文字也大体一样。道光《重辑新宁县志》卷二十九："七月七日，俗传牵牛织女会聚。是夕，妇女陈瓜果，结彩缕穿七孔针，谓之乞巧，兼采桃叶濯发。"康熙《耒阳县志》卷一、同治《浏阳县志》卷八提到"曝经书"，乾隆《沅州府志》卷二十三有"人家妇女多沐发者"，乾隆《兴宁县志》言"民间设香案乞巧，士多吟咏"，嘉庆《湘潭县志》卷三十九提到"妇女于月下曝水浮针，以卜女工之巧"，光绪《石门县志》卷十一中还提到"妇女于月下容针，以凤仙花染指甲"，光绪《龙山县志》卷十一提到"看巧云，以天河来去久暂占秋收之丰歉"，此是最常见者。此外还有《古今图书集成》卷六十五《湖广志书》：

> 邵阳县：七夕，或见天汉中有奕奕正白气，光耀五色，见者便拜，而愿乞富、乞寿及子，唯得乞一，不得兼求。三年连求之，颇有受其许者。
>
> 新田县：七月七日，晨起，儿童散发以取草露，冀发青长。此日多订婚纳采。又气候七日不宜赴河沐浴，生花癣。

总的来说，湖南清代府县志关于七夕、乞巧风俗并不是十分认真。一是多记述简单，二是往往照抄此前之书。封建社会中一些较偏僻地方的读书人真是纯粹的"读书人"，不是学者、学问家，更没有了解社会实际的思想能力。比起湖南来，明清时代甘肃这方面的情形更为突出。

广西和云南也有七夕乞巧风俗。

广西乞巧风俗在地方志中最早见于记载是嘉靖《南宁府志》，只是过于简单。康熙《灌阳县志》卷九："七夕，士人于是日晒书籍及衣服，取水以造酱醋。至夜，也有陈瓜果以乞巧者。"嘉靖《南宁府志》、雍正《广西通志》、乾隆《宁远府志》也有乞巧的记载，各有侧重而已。乾隆《桂平县志》卷一："七夕，列酒果于庭，拜日姑神乞福。乡之妇人，用箩盆置米其中，请朱氏姑。妇人两旁挟箕，其箕自动画在米中，占验一家吉凶。"按：此即《异苑》迎紫姑神之法。这同前面所介绍江西鄠都县人在箕下又以衣蒙之而问事的情形相同，这里的"朱氏姑"，也与陇南一带乞巧中跳麻姐姐的情形相似。乾隆《柳州府志》卷十一："七月七日，设瓜果祀牛女，名曰乞巧。此在府城中则有之，亦柳子之遗风与？至乡村则懵然罔觉矣。"乾隆《梧州府志》卷三："七月七日夕，设瓜果祀牛女，名曰乞巧。"同治《苍梧县志》卷五录《府志》文，下云："女娘穿针月下以乞巧。是日，取河水或井水贮瓮，经久不变味，谓之银河水。"咸丰《南宁县志》卷一则作"瓜果祀织女星"。光绪《北流县志》卷九：

　　　　七月初七夜,女女登楼拜双星乞巧,陈设花果,多有用芝麻作成供馔及器皿等物,备极工巧,穿针相赛。又取河水瓮贮,名为"胜水",可浴疮疥,作醋尤佳。

北流县今属玉林市,靠近广东,故带有广东客家人乞巧的特色。又道光《廉州府志》卷四:

　　　　七月七日,曝衣、书,汲井华水贮之,曰"圣水"。小儿女以花果作供乞巧。

清廉州府治今合浦到,属北海市,其东近广东而南临海,其贮水之俗带有一点广东七夕节的特色。

　　总之,广西七夕乞巧风俗既有从湖南传入者,也有从广东传入者,也有北面湖南、贵州传入的。当然也同当地习俗结合带有一些地方色彩。

　　云南从地理位置上看,在广西以西,贵州之西南,从这方面说,云南的七夕乞巧节俗要比贵州的淡,不计西藏、青海、新疆,应是全国乞巧风俗最淡的一个省。其实不然。云南的乞巧习俗比广西和贵州普遍,也显得更为浓厚,其程序表现也更为接近西北和中原乞巧习俗。这原因是,从宋代开始,西北同西南之间茶马古道使更多的川陇商人和从事商业运输的人到云南,也有更多的云南商人到川陇之地,这两方面也都会有人留居在经商之地,甚至娶妻生子。这就自然也把乞巧节俗较早、较直接地带到这个少数民族众多的地方。

　　明隆庆《云南通志》卷一载:"七夕,妇女陈瓜乞巧。"万历《云南通志》卷一、天启《滇志》卷三也都有"妇女穿针乞巧"的记载。康熙《云南通志》卷七载:"七夕,妇女穿针乞巧,以瓜果祀织女星。"康熙《云南府志》卷二、《黑盐井志》(清黑盐井即今禄丰县)卷一文字同,并作"以瓜果祀织女星",没有织女误传为其他神名的情形。其他如康熙《罗平州志》卷、《平彝县志》卷三(清平彝即今富源县)、雍正《马龙州志》卷三、乾隆《云南通志》卷八也虽行文有异,而关于七夕乞巧的一些关键因素如祀织女、穿针乞巧、浮芽乞巧、主要为妇女行其事等方面没有相互冲突者。其他有几种康熙、雍正、乾隆时州县志也载有相关内容。乾隆《沾益州志》卷二云:

七夕，妇女设花果，罗拜织女星，穿针乞巧，或以针浮水中验其影。

光绪《霑益州志》卷二同。康熙《建水州志》卷六作"七夕，女子穿针，设瓜果醯醢，祭天孙织女以乞巧。"乾隆《陆凉州志》则作"妇女穿针乞巧，以瓜果祀织女"。咸丰《邓川州志》卷四："七夕，妇女以针漂盂中，观灯视影媸妍，比诸乞巧。"还有不少清代府县志也是行文稍异或侧重点不一，而反映节俗大体可以明了。其中只有雍正《阿迷州志》等个别地方志提到祀魁星现象，似乎并不普遍，大概也是个别少年学生、青年文士趁热闹的行为，当是受东南一带省份的影响。则云南乞巧风俗基本上与陇右、关中一样，只是各地方志所记详略不同，往往各举其一二。

贵州的七夕风俗见于记载也少，应同样与历史上经济、文化不够发达，大部分地方撰写地志，尤其是对一些习俗作客观叙述的认识不足有关。但所存文献中也反映出大体情况。嘉庆《桑梓述闻》卷三："七月七日，女子以酒果祀织女乞巧，唯士人家有之。亦有曝书及衣者。"光绪《平越直隶州志》卷五同。道光《永宁州志》卷十："七夕，牛女渡河，妇女以瓜果祀织女，名曰乞巧。又以天河隐现见卜年之丰歉。"道光《安平县志》卷五、咸丰《安顺府志》卷十五大体同。光绪《续修正安州志》卷六：

> 七月七日，妇女捉蜘蛛，贮于盏，覆以杯。既夕，启杯拭洁，仍覆之，置讲天井，正容焚香，肃拜织女，卜一年利吉。移时启视，吉者蛛网满器，作诸巧形；否则空空，名乞巧。

光绪《毕节县志稿》卷八亦载："七月七日，设瓜果，祀天孙，小儿竟穿针以乞巧。"此"小儿"应指小姑娘，行文简而不清。所祀或言"织女"，或言"天孙"，说明对织女的身份是清楚的，显然对"牛郎织女"的传说也很了解。光绪《镇宁州志》卷五载有"是夜，妇女于月下穿针乞巧"，光绪《晋安直隶州志》载有七夕"童稚以凤仙(花)捣烂染指甲，妇女陈瓜果、香花供牛郎织女于月下，以针穿之，谓之乞巧"。

联系上面所提及各种地志看，在乞巧中的活动也同西北及中原一带大体一致。但也反映出个别地方形成的分化现象。如道光《仁怀直隶厅志》卷十四："初七日为道德腊,乞巧,降王母九皇灯,穿针渡织女"。这是将七夕节俗将"牛郎织女"传说中织女渡河同当地的信仰习俗结合了起来,也算是一种地方特色。

由以上元明以来尤其是明清大量地方文献所载,可以看出全国绝大部分地方七夕节俗、乞巧风俗的传播路线和不同传播路线、不同地理位置形成的各自特征。归纳起来,大体有以下三点:

一,东南传播路线上的传播,同晋代以后几次客家人的南迁关系较大,故江浙、广州一带乞巧节俗古代上层社会士族大家奢华的特征比较明显。

二,无论南面、北面距西北、中原一带近者,保留较早的乞巧节俗多,距离越远者形成的分化、变异越突出。

三,西南传播路线,一般说距中原或东部有乞巧风俗地方的越近者保留早期乞巧风俗越多,但不完全决定于此。同陇右、关中在长时间中有茶马交易的云南比起广西、贵州更为偏远,但因同陇右、关中很长时间中有茶马交易,人员相互流动及相互滞留的情形较多,故其七夕乞巧风俗比起广西、贵州的乞巧节俗更普遍,也更显得古老。

六、七夕节俗向浙、赣、闽、粤、台一带的传播

广东有的地方乞巧风俗很盛,而且很有特色,从乞巧歌中也可以看出来。但以往之研究民俗、节俗者对此没有给出一种合乎历史、合乎情理的解释,也没有想到这当中其除了地域环境、自然条件的差异,还有什么原因。

东汉之时一些豪门大族已膨胀起来,曹魏又采取团结世族大家的政策,门阀制度越来越突出,在朝为宦者中有家族背景的所占比例越来越高。因为曹魏向晋的过渡是属于"篡权"一类,蜀降于魏,而吴降于晋,轻松统为一体,同经过战争败者亡而胜者立的情形不同。故均未造成社会大震动。至西晋末年,士族门阀的统治激起广大人民的反抗,社会很不稳定,一些少数民族的上层分子认为实现自己政治野心的时机到了,纷纷举起反晋的旗帜,有匈奴、鲜卑、羯、氐、羌等北方少数民族,建起一些小国,史称"五胡十六国"。因为敌对方来自北方,那些士族大家便结队南迁,驮着金银财宝,雇了保镖结队南行,有的到了鄂豫南部,有的至皖赣之地的长江沿岸。一般是选一个地方筑起很高很厚的围墙,周边修房,院中有井,以防止被劫、被困。这

便是最早的"客家人"。400多年后至唐末,巢州(今山东巢县)黄巢起义,因北攻中原不利,遂南渡长江,一些已定居于皖、豫、鄂、赣的豪门大族,又再迁至皖南、赣之西南、闽之西南,以至于粤之潮州、嘉州、惠州,这些在南方客家人族谱中即有反映。其后两次原居长江南北的客家先民的南迁,一次是北宋末至南宋,受金人南下及元人入主中原两次大的社会动荡的影响而南迁至粤之东部、中部及沿海地区;一次是明末清初满州人南下入主中原的影响。几次迁徙中也有至沿海之地及台湾、海南者。至近代尚有客家人向广东南部及海南岛迁者。清咸丰、同治年间广东台山、开平、恩平高州等地客家人与当地土著发生大规模械斗,死伤人数甚大,史称"广东西路事件"。后清政府也因客、土两方争夺土地资源,也拨银两资助客家人继续东迁,以至进入广西,为广西客家。亦有至澳门者。[①]

广东距西北和中原之地最远,但有些地方的乞巧风俗超过四川江苏、安徽、浙江、福建。至于广西、云南、贵州,则更是差得远。这就是因为一些势力强、家底更厚的,直远迁到广东。当然,广东也不是全省兴盛乞巧风俗,而是集中在几个地方,以客家人集中居住区为多。而且,广东的乞巧风俗最突出的是显得豪华、排场,带有一种富贵之家铺排的特征。清番禺诗人汪瑔(1828—1891,字玉泉,号芙生)作《羊城七夕竹枝词》十首。其第二首云:

> 绣阁瑶扉取次开,花为屏障玉为台。
> 青溪小妹南桥姊,有约今宵乞巧来。

看其所写居室设备已知非平常平民百姓之家。其第三首云:

> 十丈长筵五色光,香奁金翠竞铺张。
> 可应天上神仙侣,也学人间时世妆。

所写"十丈长筵"正是至今为广东乞巧一大特色的"摆贡案"。注云:

---

① 参拙文《从广东七夕节的传播源流看其文化特征》,刊中山大学《文化遗产》2011年第3期。

　　乞巧设长筵用方几数十,其所陈设自瓜里、灯烛而外,香査缕箱中器具,几乎无一不备。又有织女梳妆盘,圆径数尺,中盛镜匣衣扇之类,皆用杂彩及砑金五色等笺制成。

可见其所摆不是一般人家的妇女的缝绣女红之类,而是金银细线或串珠设计编造的精巧工艺品和豪门大家所用之物。其第四首写生巧芽之事。第五首写用胶治治串珠之类,以下写姑娘们乞巧活动不细述。其第十首云:

　　升平旧事记从前,动费豪门百万钱。
　　昔日繁华今日梦,有人闲说道光年。

这首是说清末之时已不如诗人小时候,即道光年(1821—1850)间姑娘乞巧的盛奢。由此推想,在此前,客家人乞巧的场面应是更为豪华盛大的。

　　毫无疑问,乞巧节俗自最早传入南方,也慢慢被南方原住居民了解,在经过很长时间之后,也逐渐同当地习俗、自然环境结合起来,又慢慢扩散到当地居民中。只是它的突出的奢华风格作为这种节俗的主流,至今体现出来。这最有力地反映出七夕节俗、乞巧风俗向广东传播的途径与过程。自然,向台湾、海南传播的情形也一样。

　　只是,近大半个世纪以来,因为社会的变化,过去豪门大家的消失,同上面所说豪华乞巧仪式相应的乞巧歌已消失,带有"大地主""大资本"观念的一些乞巧歌已湮没于历史中,今天广东所存乞巧歌大多为一般平民百姓所流传。如陈元柱编《台山歌谣集》(国立中山大学语言历史研究所,1929年)收《乞巧歌》:

　　乞手巧,乞容貌,乞心通,乞颜容,乞我爹娘千百岁,乞我姊妹千万年。

当代所收集更多,看本书可知。

　　总之,我们从广东乞巧风俗的特征上,可以看出过去一千多年中的社会状况,看出中华民族南北融合历史的一个方面,也看出古代乞巧风俗在不同阶层中的不同形式,以及发展演变情况。

七、各地乞巧歌中对织女称呼的变异

乞巧风俗由牵牛(牛郎)织女的传说而引起。本来是反映着中国几千年中男耕女织经济特征和重天象历法、天人合一的社会文化特征。只是在西汉开始独尊儒术统治阶级思想观念的影响,父母之命、媒妁之言决定女孩子婚姻的思想下,同"牵牛织女"传说相关的七夕节只留下了乞巧的主题。虽然在北方,尤其西北的乞巧歌中也多有反映,当时当地社会生活甚至国家大事,表现女孩子揭露社会丑恶现象和表现自己愿望的乞巧歌但总体上被局限在"乞巧"的范围内。在上层社会看来牵牛、织女的自由结合有违礼仪,汉末魏门阀制度越来越得到强化的社会风气下,一个天帝的孙女同一个农民成婚又有违当时的思想观念,故另外造出一个似与"牵牛织女"传说相近,而实质上表现家长决定女儿婚姻的典范,已同"牵牛织女"传说所表现自由恋爱观念完全相反的"董永"的故事。以勤劳、诚恳而获得爱情的牛郎已被以孝而受到天帝关顾的董永所替代,其后织女也慢慢被"仙女""七仙女"所替代,这个董永的故事最早见于曹植的《鞞舞歌·灵芝篇》,比较简单,说了董永家贫,为人佣作而多举债,于是"天灵感至德,神女为秉机"。较具体表现在托名为刘向的《孝子传》中,神女作"仙女"。敦煌发现句道兴本《搜神记》中仙女作"天女"。后来戏曲、歌谣中"七仙女"的"七",实质上是由"七月七""七夕"的"七"而来,但其思想、精神却完全变了,她并没有什么爱情,而唯天帝之命是从。但是几千年中天下的穷人多,有孝心的穷人也不少,难道每一个无法送父母上山的孝子,天帝都派自己的女儿或孙女去为妻、帮助他还债吗? 其带有佛教故事中哄骗缺乏文化知识的一般平民百姓的特征一眼可以看出。

但如前所述,南方的乞巧节俗是由魏晋以来不断南迁的豪门大户带去的。所以,比起北方"牛郎织女"的传说来,南方主要讲"七仙女"的故事。所以,在南方的乞巧歌中,女孩子们乞巧所祀的女神,不是织女,而是"七仙女",很多地方不是称作"巧娘娘""巧娘"而是称作"七姐""七姐妈"等。当然,在民间传播中,也有些交叉和混乱的现象,但南方所表现,多近于"七仙女"的传说。

从魏晋之时上层统治以"董永"的故事极力遮蔽淡化"牛郎织女"的传说

故事,但不可能完全抹杀掉它,它同样在民间流传。但是南方所传"牛郎织女"故事不是王母在看到牛郎要赶上织女时在二者之间划出一道天河来,而是织女自己要离家而去,牛郎担了孩子追赶近时,她自己划出一道天河来。我们由"牛郎织女"传说在北方和东南、南方传说上的不同,也可以看出七夕节(乞巧节)传播的过程。

以上对七夕节(乞巧节)产生、传播过程的揭示,可以帮助我们弄清各地乞巧节的差异以及与之相关的乞巧歌在歌词内容以至于对于这个节日中所祀神灵称呼的差异形成的原因。

八、从地方志看乞巧歌的意义

本文开头录《西京杂记》卷二中一段文字,记西汉初年宫人于七月一日即以豚黍献于灵女之神,并"吹笛击筑,歌《上灵》之曲,既而相连臂踏地为节,歌《赤凤凰来》"。《上灵》和《赤凤凰来》实际上就是西汉时宫中所唱乞巧歌。

乞巧中唱乞巧歌,这个风俗在西北、中原一带大部分地方至清代应保存的。而绝大部分地方志中不载,不是没有,而是听而不闻,视而不见,以为不合礼仪而不载。

陕西有几部县志对唱乞巧歌的现象有所记载。雍正《陕西通志》卷四十五于"七夕"下引《石泉县志》文:"七夕,俗于是日养女之家供七姑水,主于院落中,献以瓜、桃、枣、梨。月上星辉,招贫家女未笄者击瓦坏唱歌。"有意思的是:今存康熙《石泉县志·风俗》中并没有这个记载。看来,应是引自明代的《石泉县志》。只是明代《石泉县志》已佚。这个风俗明代存在而清代消失的可能性极小,这只能说明是后来之编县志者思想狭隘,大概只读"四书",连《诗经》也未必读过,或者即使读过一点,也只认为是"经书",不会同民间歌谣联系起来考虑,根本就没有见过《乐府诗集》之类的书籍,完全缺乏文学素养,认识不到姑娘们所唱乞巧歌的意义。咸丰《澄城县志·风俗》有大体同样的记载:"贫家妹笄者击瓦坏唱歌。"则清代在陕西不止一两个县有此风俗。

宁夏在清代乞巧中唱乞巧歌,也见于地方志。乾隆《中卫县志·风俗》:"孟秋七日,闺人以指工、茗果作乞巧会。甚有群聚歌舞,俗称'跳巧'者。"道光《中卫县志》、民国《豫旺县志》、民国《朔方道志》记载大体相同,都说到七夕时"群聚歌舞"以"跳巧"的现象。甘肃西和县、礼县及天水有些地方乞巧,也是几个女孩子手托手前后摆着一面跳一面唱。这也同《西京杂记》所记汉初宫廷中唱以祭天孙的情形一样。西和县清末举人赵元鹤(字鸣九)的《七夕一首示子女》一诗中说:"人间欢歌舞,天上叙忧烦。"正是说乞巧的女儿们高兴地一面跳一面唱着乞巧歌,而织女和牛郎相见后叙述忧思。同时人丁秉乾《步鸣九道兄〈七夕一首示子女〉》中前四句:"上弦新月好,漫步出东门。树影花铺路,歌声韵断魂。"也是说诗人在七夕之夜走出门,清静中听到远处传来的唱乞巧歌的声音。

甘肃在上古为周、秦两民族发祥之地、丝绸之路文贯东西,从五代以后远离政治文化中心,显得越来越偏鄙,故地方志多极为简略,而且体现旧的理学观念与科举应试思想突出。如西和县,《宋史·艺文志》著录张士佺纂《西和州志》十九卷已佚,嘉靖《陕西通志》中引有《西和县志》文,此志应为明前所成,今亦不见。今所见最早为康熙二十六年《西和县新志》全书不足一万字,其《风俗考》亦只"虽非声名文物之所,庶几淳厚浑朴之俗。往者君子重廉耻,小人乐田亩,如婚嫁、葬祭、服舍、宴会之间,崇尚节俭,不事浮华,亦美俗也"云云。关于岁时节俗,并未道及。其后乾隆县志于七夕节俗,只是简单一提。至民国初年王访卿编《重修西和县新志》,本仍作"七月七日各家妇女陈瓜果拜献织女星,谓之祈巧"。1924年先父入陇西师范,在校见到北京大学《歌谣周刊》,寒假回家中将当时一些大学者重视民间歌谣之事告诉王先生,王先生亦知合于《诗·国风》之义,在原述七夕文字处在处贴一条子,书:"七月一日至七日同里女子聚一室贡织女,点香蜡、陈瓜果,三五人牵手跳唱,谓之祈巧。"并在书末《杂目》目录的"灾异、灾祲、怪异"之后加了"歌谣"一目,本来想等先父暑假时帮助收集,不想次年王老即去世。数月后父亲亦参加了冯玉祥国民命军。1933年因祖母去世奔丧回家。后曾在民众讲习所和水南镇学校任教。至1936年祖母去世三年过后,即组织学生搜集乞巧歌,以了老师之愿。这些在偏僻的西和县,也是很不被人理解之事。此书至新时期不仅以"西和乞巧歌"为书名在香港银河出版社出版线装本,连印四次,上海远东出版社后又出版了简体字横版本,外语教学与研究又出版了汉英对照本。该书中也包括今属礼县的祁山、盐官一带的乞巧歌。它看起来只是西和、礼县的乞巧歌,实也反映了民国时期陇东南一带乞巧歌题材、内容、艺术形式等方面的特色，也反映了全国乞巧歌的大体情况。

　　中国在两千多年的封建礼教影响下，男尊女卑思想占主导地位，女孩子从小习针线、茶饭，即使有钱人家的女孩子，也是从小在绣花楼上习绣花、针黹，极个别的请教师在家中让认一些字，以后自己独个读一点唐诗什么的，没有同男孩子一样上学的机会。民间广泛流行的乞巧风俗，尤其起于汉水流域连续进行几天的乞巧节俗，让女孩子可以在一起编歌，一起商量、确定各种活动的内容、细节，一起跳、唱，一起做祭品，这不仅是练习诗歌创作的机会，进行歌舞比赛和抒发自己情感、表示自己愿望的机会，也是练习手工和仪式活动策划、管理上相互学习的机会，年年都是小的向大的学，技能差的向技能好的学。每一个乞巧点上每年有出嫁离去的，每年有年龄增长新加入的。它就像姑娘们自己组织的短期自修学校，在一定程度上打破了封建礼教的束缚，给女孩子走向社会、互相学习的机会，是有很大意义的。这在今天国家倡导的"一带一路"的文化交流中同样具有很大意义。

辑录说明

一，本书收录今存全国各地乞巧歌与古今省、府、县志及其他各种地方志、岁时著作中有关七夕节、乞巧活动的文字记载，以全面反映七夕节乞巧活动的传播、演变情况。所收乞巧歌主要由民国至今的大量书籍报刊文献中查询辑录所得，还有些是据私人抄本或从各网站上录出。也有些是我们在完成文化部民族民间文艺发展中心《中国节日志》的子项目《七夕节》中实地调查所收集。

二，目前所收集各地乞巧歌，有很多是产生于二十世纪四十年代以前，这由其中的地名、物名、官名、所写事件可以看出（如"秦州""巩昌府""银两""铜圆""县官""商号""当铺""拉兵""丫环""缠脚""绣楼""后花园"等）。也有的在流传过程中会加上或替换上新的事物（如"参军""公路""电话""布票""的确凉衣裳"等），产生较早的乞巧歌在传唱过程中会失去一些时间印记，所以很多作品的时代难以确定，这里先按地区分类辑录。

三，编排次序。按照乞巧风俗的传播路线分为三个顺序：一是由西向东再向北，即：甘肃、陕西、山西、河南、北京、天津、河北、山东、吉林、辽宁；二是由中原向南，包括安徽、江苏、浙江、江西、福建、台湾、广东、海南；三是由甘肃向西向南，即四川、重庆、湖北、湖南、广西、云南、贵州等。今即按此顺序排列。所存作品多省又分市编排，顺序也大体按传播走向排列。各市中明显看出为民国以前者列于前，其他即使本为民国以前所传，但已失去明显标志者，仍以市县为类排末。所存作品少，且相近的省则并在一起。

四，同一省市的作品尽可能注明该首歌流传于哪一县，甚至注明采集于哪一乡，但这只是就采集地而言，也说明了该歌词流行于何处，但未必就是其产生之地。因为乞巧歌作为民间歌谣的一种是自由传播的，有很多作品是受别处歌词的影响，有的间架结构、构思方式相似或相同，只是句子有所变化。

五，本书辑录全国各地乞巧歌目的在于反映各地乞巧风俗的流传分布情况，故着重在辑录民间所流传的。有的材料中所载似新近所编，或带有学生腔，不接地气，如此之类者不录。

六，有的书籍资料中所列相近歌词，尽管介绍说同乞巧风俗或七夕有关，但从内容看同传统的乞巧活动的主题不一致者不收。如《河南省非物质文化遗产普查成果汇编·平顶山市类别卷·民间音乐1》（平顶山市非物质文化遗产普查成果汇编编委会，2009年）所收《牛郎成了牛郎仙》中说："娶个织女比蜜甜"，就不是女孩子的口吻；同书中的《牛郎织女歌》中说"织女妹妹天仙女，不由得俺动了情"，不是敬织女而是调戏织女；《牛郎探花》中"牛郎哥是护花才"等，也不是乞巧，而是谈情说爱口吻。此类歌词本书皆不收。再如《湘西歌谣大观》（湖南文艺出版社，1990年）上册所收《送七姑娘娘》中"送姐送到困床边，摸不到鞋喊青天。口口唤姐快莫喊，男鞋不离女鞋边"等描写，完全是送女情人的口吻。凡此之类，即使题上有"迎巧""送巧"字眼，也不收。

七，有些完全是歌唱牛郎织女故事的，因这类诗歌全国多地都有，其中有的从语言等方面可以看出不是民间创作。如标为湖北十堰市郧西县的《牛郎织女》《牛郎会织女》《牛郎织女闹龙船》《牛郎和织女对歌》等即如此，本书不收。

八，有的地方七夕节时在庙内有宗教性质的活动，其中巫师会有俚曲演唱，但内容多是祭天、祭地的内容，其中也会唱到牛郎织女的故事，但与乞巧活动无关，如河北内丘县七月七庙会上善友（巫师）的唱词即属此类。这类作品本书也不收。

九，甘肃陇南、天水一带乞巧歌唱的时候在每一节（一般四句为一节）之后即有副歌（或曰"声词"），一般是"巧娘娘，下云端，我把巧娘娘请下凡"，七月七日下午转饭仪式和灯下卜巧时则作"七月里，七月七，天上牛郎会织女"，七夕半夜送巧时是"巧娘娘，上云端，我把巧娘娘送上天"。为避免书面文本中排印和阅读太烦，今依已出版《西和乞巧歌》之例，只在篇末或较长歌词的每部分之末列出副歌以示其例。

十，所辑录各地歌词一般不改，尽量保持原样。但明显的错别字加以改正，如作语气词的"哩"写作"里"，"角"写作"锅"，"膝裤"（20世纪40年代以前老人在两腿上套的棉筒或皮筒）写作"西裤"，"进"写作"敬"，"跨"写作"垮"等。有的乞巧词中个别太难理解的方言词语也稍有改换。个别流传中产生的讹误，则加以订正或调整；同时收集到其他文本的，对其缺失或失误处加以订正。

十一，所有作品注明出处，搜集者与提供者、演唱者及其情况清楚者，也尽量加以说明。

十二，原注释或原书中的介绍说明文字基本保留，而就无关文字加以删节。为了确定歌词的产地或流行地域，也会加些说明文字。但关于各省、各地区乞巧节、七夕节的活动状况，不作详细介绍，因为往往同一省之不同市县也并不相同。有的问题在《中国节日志》我主编的《七夕节》一书中有较详细论述，可以参看。

十三，各省乞巧歌之后附有记载该省乞巧节俗的文献，包括历代省、市、县方志与各种古文献的记载。每一省市按文献形成的时间先后排列；该省市今无乞巧歌存世者，单列于该省市之下。

十四，未收集到乞巧歌的三个省份，将有关该省乞巧节俗的历史文献列于书后，作为附录一，以便学者们了解与研究。

十五，广东不少地方流传下来一些《乞巧经》，均篇幅较长，其中也有些与乞巧活动无关的内容。民国以前有的文人写有"七夕谣""乞巧谣"之内容作品，收入诗文集或刊于报刊。这些虽非乞巧歌，但间接反映了历史上该地乞巧风俗的情况。民国时有的文献中也收有广东在大型乞巧仪式上的"庆典词""祝词"之类。今一并作为附录二列于书后，以便研究。

一、甘肃乞巧歌

　　甘肃收录陇南、天水、平凉、庆阳、武威、酒泉等市的乞巧歌共 233 首。近代以来,很多县的乞巧节俗已经淡化以至消失。清水县温小牛《邽山秦风》中说:"就乞巧民俗而言,也由来已久。据考察,清水县七夕乞巧程式大致与西和、礼县相同",又说:"又称七夕、乞巧、叫巧娘娘。《清水县志》记载:'室女设瓜果,束豆苗及绣刺针工,祀织女星以乞巧。'叫巧娘娘是未婚女子在成年女人的指导下进行的一项集体活动,有一套程式",并列出八个程式:选择坐巧人家、生巧芽子、糊巧娘娘、拜巧娘娘、叫巧娘娘、跳麻姐姐、验巧、送巧娘娘。可见天水市各县区近代以前的乞巧节俗同今陇南市西和县、礼县的基本一样。

　　已收入《西和乞巧歌》(中国香港银河出版社 2010 年出版线装本,上海远东出版社 2014 年出版简体字横排本,外语教学与研究出版社 2014 年出版汉英对照本)、《西和乞巧歌续编》(上海远东出版社,预计 2025 年出版)二书和《西和乞巧歌中对新中国历史的反映》一文(见《七夕文化透视》,人民出版社 2022 年出版)的这里不重收。

陇南市

【1949 年前】

烟鬼儿死后还有瘾 (康县)

甲子乙丑丙寅年，
道光手里出洋烟。
洋烟泡儿黑得怪，
谁抽上瘾把谁害。

马勺背写字水洗了，
洋烟把人抽死了。
死了还不叫戴帽子，
棺材里要放灯罩子。

死了还不叫穿衫子，

棺材里要放烟钎子。
死了还不叫穿套裤，
棺材里要放烟葫芦。

死了哪怕浑身精，
棺材里要放抽烟灯。
瞎眼的癞蛤蟆跳了井，
烟鬼儿死后还有瘾。

巧娘娘，下云端，
我把巧娘娘请下凡。

录自杨克栋编著《陇南老山歌》（敦煌文艺出版社 2021 年版）。个别文字有订正。另一首《商户人抽烟耍得大》开头四句变为六句："商户人抽烟上了炕，活像杨六郎坐了帐。葡萄繁得垂下了，斜斜儿一躺睡下了。大方砖砌了佛塔了，乌木的烟盘摆下了。"后十四句同。

摇动害了阶州城（武都隆兴镇、龙坝乡）

阶州城里响大钟，
光绪五年龙翻身。
到处狗咬给信哩，
五月十二地动①哩。

石头乱滚山吼哩，
土雾满天地抖哩。
半片南山滑坡了，
几十丈城墙摇塌了。

地裂口子一丈宽，
大水冲走人九千。
摇塌了房子几千间，
压死的百姓过了万。

摇动害了阶州城，
老天爷罚了造罪人。

巧娘娘，下云端，
我把巧娘娘请下凡。

录自杨克栋编著《陇南老山歌》。个别文字有订正。
① 地动：方言，地震。

洋人连光绪争江山（康县）

头上响雷地下颤，
洋人连①光绪争江山。

洋人联手发了兵，
洋枪洋炮轰天津。

朝廷上下没能人，
洋人打到了北京城。

朝廷没倒世道乱，
光绪皇帝遭了难。

北京城里战事紧，　　　　　打不过讲和订条约，
光绪帝想逃陕西省。　　　　给洋人赔钱把地割。

坐朝二十六年半，　　　　　给洋人割地赔银钱，
腾出北京逃西安。　　　　　光绪才坐上金銮殿。
为逃难两站当一站，　　　　放银子能买世上有，
不分黑明把路赶。　　　　　赔银子换来了九龙口。

木马勺越镟越薄了，　　　　巧娘娘，下云端，
打不过洋人讲和了。　　　　我把巧娘娘请下凡。

录自杨克栋编著《陇南老山歌》。
① 连：方言，相当于"和""同"。

白郎反到甘肃省(宕昌县南阳镇)

镰刀割了透花秆，　　　　　想走武都攻文县，
白郎①河南造了反。　　　　听着有川军路线变。
白郎反到甘肃省，　　　　　五月里来五月半，
丢盔撂甲想休整。　　　　　攻下宕昌攻岷县。

白水江上打一伏，　　　　　五月底又攻武都城，
新的军装才换上。　　　　　攻下城杀了几百人。
换了军装来精神，　　　　　川军从文县打来了，
四月攻入了成县城。　　　　白郎慌忙离开了。

来得匆忙撤得快，　　　　　巧娘娘，下云端，
老百姓没有受大害。　　　　我把巧娘娘请下凡。

录自杨克栋编著《陇南老山歌》。
① 白郎(1873—1914)，河南宝丰人。1912 年在鲁山等地开展武装斗争，自称"公民讨贼军""中原扶(复)汉军"，布告中肯定"君权推到，民权伸张"，肯定辛亥革命。1914 年 4 月白郎率军入甘肃南部诸县。

享福的都是当官的(宕昌县南阳镇)

开天辟地朝代多，　　　　　当官的总能发大财。
都是换汤不换药。
朝朝代代接茬换，　　　　　割韭菜镰子刀弯的，
百姓的穷根挖不断。　　　　享福的都是当官的。

拿的铁锤砸烂磬，　　　　　巧娘娘，下云端，
受罪的都是老百姓。　　　　我把巧娘娘请下凡。
朝代换去可换来，

录自杨克栋编著《陇南老山歌》。

从头夸到脚(礼县祁山镇)

巧娘娘的好头发，　　　　　金梳子梳，银箄子刮。

戴银簪子戴银花，
青丝如墨油啦啦。

巧娘娘的好眼睛，
两股眉毛弯又弯。
杏核眼睛圆又圆，
线杆鼻子端又端，
樱桃小嘴一点点。

巧娘娘的好衣衫，
又是高领外衬间，
又是左襟配骈线①。
巧娘娘披的青云间，

四个蝴蝶往来旋。

巧娘娘的好巧手，
白啦啦手啊摘石榴，
摘上一颗驾云走。

巧娘娘的好巧脚，
看起来像个大麦签。
走起路来咯载载，
大小只有三寸三。

巧娘坐的莲花台，
腾云驾雾下凡来。

搜集者：菊爱娣。高中毕业，祁山镇西汉村民，礼县乞巧文化传承人。
录自毛树林主编《西汉村的乞巧》（交流材料，2015年）。
① 骈线：民国以前妇女衣襟边、袖边一种装饰性长条绣花。

夸巧娘（礼县祁山镇）

巧娘的头，光油油，
八宝簪子戴上头。
金梳子梳，银篦子刮，
打扮巧娘过会嗉。
巧娘的会，七月七，
年年大家要和气。

巧娘的衣，云衫衣，
肩上蝴蝶旋着哩。
又是高领好衬衫，
又是左襟配骈线。

巧娘的脚，三寸三，

好像是个大麦签，
走起路来咯载载，
膝裤带子腿上缠。

巧娘的手，白腊腊，

白腊腊手啊摘石榴，
摘上一颗驾云走。

巧娘娘，下凡来，
给我教针教线来。

搜集者：菊爱娣。
录自毛树林主编《西汉村的乞巧》。个别文字有所订正。

采茶曲（礼县祁山镇）

正月里采茶是新年，
过路的君子赶茶园。
拿上一锭做盘缠，
再拿一锭开船钱。

二月里采茶茶发芽，
满地茶树长得欢。
茶树底下敬土地，
山神土地保平安。

三月里采茶茶叶尖，
多栽杨柳少栽桑。
栽了杨柳蔽荫凉，
栽了桑叶喂蚕养。

四月里采茶茶叶圆，
茶树底下织手绢。
上头织上两条龙，
中间织上个采茶人。

五月里采茶五端阳，
哥哥叫我过端阳。
随身的袜子随身的鞋，
随身的荷包带回来。

六月里采茶热难当，
姊妹二人两头忙。
大姐娃忙在灶头上，
二姐娃忙在麦山上。

七月里采茶茶叶香，
风吹茶花满院扬。
大姐娃煮啊二姐娃尝，
早茶倒比晚茶香。

巧娘娘，下云端，
我把巧娘请下凡。

搜集者：菊爱娣。
录自毛树林主编《西汉村的乞巧》。根据搜集，个别语句有所订正。

姐妹三人降香来（礼县祁山镇）

正月十五庙门开，
姐妹三人降香来。
大姐姐上香二姐姐等，
三妹妹跪下不起来。

为啥三妹妹不起来？
就像个老牛揍起来。
三妹妹嫁妆都赶成，
只差两条花手巾。

石榴开花叶叶青，
给我的妹妹织手巾。
大哥哥请人装机子，
二哥到江南请匠人。

大姐二姐纺丝线，

心灵手巧又能干。
匠人哥哥机子上坐，
妹妹在绣楼上点花名。

不织长来不织短，
刚织上三尺三寸半。
不织宽来不织窄，
刚织上二尺二寸宽。

先织上天上的日月星，
再织上地上的草芽生。
上头织上两条龙，
中间织上孔雀戏牡丹。

上织上观音莲台上坐，
下织上童儿拜观音。

009

织上个老虎穿林走，
再织上狮子滚绣球。

织上个竹叶梅花绽，
再织上喜鹊闹声喧。
三妹妹嫁妆都赶成，
端一盘金银谢匠人。

不要你金来不要你银，
只要三妹妹送出门。
宁舍金来宁舍银，
三妹妹送你是不可能。

巧娘娘，下云端，
我把巧娘请下凡。

搜集者：菊爱娣。
录自毛树林主编《西汉村的乞巧》。

刷啦啦钥匙响 (礼县祁山镇)

刷啦啦钥匙响，
打开一个牛皮箱。
拿出白银去街上，
上街逛到下街上。
只有丝线没买上，
专等南阳的货郎哥。
过了一个石景桥，
丫环过来把手招，
姑娘采线要绣荷包。

一绣上牡丹富贵开，
二绣上鸳鸯成队来。

三绣上蜜蜂采花来，
四绣上喜鹊闹梅来。
五绣上兔子把菊卧，
六绣上月季开得红。
七绣上仙女驾云顶，
八绣上西瓜满地滚。
九绣上九月菊，
十绣上十样景，
姑娘们看着多高兴。
荷包绣成了没人捎，
专等南阳的货郎哥。

巧娘娘，下云端，　　　　　　我把巧娘请下凡。

搜集者：菊爱娣。
录自毛树林主编《西汉村的乞巧》。个别文字有所订正。

跳麻姐姐（礼县祁山镇）

麻姐姐，神来了，　　　　　　窠箩端，罐罐提，
黑天半夜里咋来了，　　　　　巧娘要给我赐房子。
端的盖碗茶来了。
盖碗茶，红坛酒，　　　　　　麻姐姐，神来了，
巧娘要给我赐巧手。　　　　　虚空驾云咋来了，
　　　　　　　　　　　　　　给我送的亲来了。
　　　　　　　　　　　　　　成婚事，送好运，
麻姐姐，神来了，　　　　　　巧娘要给我赐好命。
隔山跨岭咋来了，
腰里缠的钱来了。　　　　　　麻姐姐，快点来，
腰缠钱，几十贯，　　　　　　香蜡表纸接你来。
巧娘要给我赐钱串。　　　　　麻姐姐，早点来，
　　　　　　　　　　　　　　大家姐妹跳着哩。
　　　　　　　　　　　　　　麻姐姐，走着来，
麻姐姐，神来了，　　　　　　姐妹真心等着哩。
隔河水土咋来了，
窠箩端来银子了。

搜集者：菊爱娣。
录自毛树林主编《西汉村的乞巧》。

官大一级压死人(礼县)

骑的骆驼吆的鸡，
世上的官场讲高低。
天高地厚常不变，
知府管的是知县。

锦鸡飞高可落下，
总督小来相爷大。
鼻子在上压的口，

小腿难把大腿扭。

秋雨连连天不晴，
官大一级压死人。

巧娘娘，下云端，
我把巧娘娘请下凡。

录自杨克栋编著《陇南老山歌》(敦煌文艺出版社 2021 年版)。

单怕官老爷欺百姓(礼县)

伤了十指连心疼，
世道怕的人欺人。
黄铜片儿说成金，
单怕能人欺笨人。

洋麦秆儿拧草绳，

单怕晚辈欺老人。
砸破缸来打烂盆，
单怕坏人欺好人。

数九寒天刮大风，
单怕恶人欺善人。

捏住脖子要老命，　　　　　　世事乱道不安宁。
单怕官老爷欺百姓。

　　　　　　　　　　　　　　　巧娘娘，下云端，
若是到处人欺人，　　　　　　我把巧娘娘请下凡。

录自杨克栋编著《陇南老山歌》。

苦命娃担水一辈子(礼县)

娘老子见钱只粘哩①，　　　　年年有个九月九，
把姐成在了干山里。　　　　　天天担水来回走。
山大沟深趄趄坡，
一年四季缺水喝。　　　　　　青冈棒入窑烧成炭，
　　　　　　　　　　　　　　　一月要担水几十担。
桑木扁担五尺长，　　　　　　肩上的衣裳磨烂了，
担水桶落在娃肩上。　　　　　浑身的骨卯③担散了。
山前担水要下山，
山后担水路程远。　　　　　　老天爷世人不公正，
　　　　　　　　　　　　　　　把娃世了个担水命。
桦树上缠的烂刺蔓，　　　　　放的麻纸写对子，
天晴了担水几身汗。　　　　　苦命娃担水一辈子。
没系的瓦罐不能提，
天淋②了担水一身泥。　　　　娘老子爱钱卖了我，
　　　　　　　　　　　　　　　推到火坑里受折磨！
年年有个三月三，
一天到晚把水担。　　　　　　巧娘娘，下云端，

我把巧娘娘请下凡。

录自杨克栋编著《陇南老山歌》。
① 粘(zhān)：往上贴，靠的意思。本句意为父母贪钱财。 ② 天淋：方言，阴雨连续不断的天气现象。 ③ 骨卯：方言，骨头的关节。

磕上个头儿拜你来(礼县)

巧娘娘坐的莲花台，
磕上个头儿拜你来。

一拜蓝天一朵云，
二拜日月天下明。
三拜风雨救善良，
四拜雷电除顽凶。
五拜刘海撒金钱，
六拜唐僧取真经。
七拜八仙各有能，
八拜孙悟空闹天宫。
九拜孟姜女哭长城，

十拜沉香救母亲。

东拜真龙除妖魔，
南拜南洋普陀山。
西拜昆仑王母庙，
北拜苏武饮马泉。
四大部洲齐拜到，
再拜天外一层天。

巧娘娘，下云端，
我把巧娘娘请下凡。

搜集者：田佐。部分语句有订正。

薛平贵和王宝钏（礼县祁山镇）

正月里来是新年，
平贵宝钏把身现。
蛇转七窍宝钏见，
心儿里爱上薛平男。

二月里来龙抬头，
王三姐梳妆上彩楼。
王府公子有千万，
绣球飘打薛平男。

三月里来菜子黄，
高楼上急坏了王三娘。
王三娘舍衣裳，
照得王府亮堂堂。

四月里来四月八，
平贵宝钏出了家。
前门里赶出了薛平贵，
后门里赶出了王宝钏。

五月里来五端阳，
平贵收马下西凉。

西凉女儿招东床，
他们二人配成双。

六月里来热难当，
宝钏在寒窑实冤枉。
吃穿无靠手接床，
大雁捎书下西凉。

七月里来七月半，
私盗令箭出三关。
平贵收马回家院，
武家坡前把妻见。

八月里来八月半，
八月十五月儿圆。
代战女，真能战，
来找平贵和宝钏。

九月里来九月九，
赶了平贵没路走。
打了平贵脱了手，
寒窑里安家又长久。

十月里来十月半，
平贵回府吃家院。
上席里坐的王宝钏，
气死魏虎二姐难。

十一月来十一月半，
平贵上府把粮算。
杀了无良的贼魏虎，
王相爷因罪削了官。

十二月来满一年，
平贵宝钏来团圆。
平贵要坐金銮殿，
白头偕老到永远。

巧娘娘，下云端，
我把巧娘娘请下凡。

搜集者：菊爱娣。
录自毛树林主编《西汉村的乞巧》。本书根据搜集资料，部分语句有订补。

打荷包（礼县祁山镇）

打一个荷包正月正，
青草芽儿往上生。
打一个荷包二月二，
二郎爷庙里栽柏树。

打一个荷包三月三，
三个鸭娃绣牡丹。
打一个荷包四月四，
四个铜钱四个字。

打一个荷包五月五，

五面箩儿五面鼓。
打一个荷包六月六，
六把扇儿遮热头。

打一个荷包七月七，
七个鸽子七对七。
打一个荷包八月八，
八角子地里打西瓜。

打一个荷包九月九，
酒家门上九缸酒。

打一个荷包十月一,　　　　巧娘娘,下云端,
孟姜女儿送寒衣。　　　　　我把巧娘娘请下凡。

搜集者:菊爱娣。
录自毛树林主编《西汉村的乞巧》。

十诵传(礼县祁山镇)

一唱巧娘白蛇传,　　　　　七唱巧娘胡凤莲,
青白二蛇下凡间。　　　　　胡凤莲受难在江边。
二唱巧娘花木兰,　　　　　九唱巧娘赵五娘,
花木兰从军十二年。　　　　孝敬公婆世人传。

三唱巧娘秦香莲,　　　　　十唱巧娘孟氏母,
手拖儿女实可怜。　　　　　孟母三迁为儿郎。
四唱巧娘王宝钏,　　　　　蜜蜂采,蝴蝶旋,
寒窑受苦十八年。　　　　　蜜蜂采花花才香。

五唱巧娘祝英台,　　　　　巧娘娘,下云端,
女扮男装读书来。　　　　　我把巧娘娘请下凡。
六唱巧娘窦娥冤,
窦娥死得实可怜。

搜集者:菊爱娣。
录自毛树林主编《西汉村的乞巧》。部分语句据搜集有所改动。

屠夫成状元 <small>(礼县祁山镇)</small>

正月里是新正，
朱文进困在路途中。
半路无人泪在心，
碰见胡三救命人。

二月里，二春风，
碰见胡三好心人。
他俩把话才说明，
雪山结拜成弟兄。

三月里三月三，
胡三救命记心间。
胡三救命心间记，
终于说明了心间事。

四月里四月八，
两人说尽知心话。
知心话，话知心，
不知朱文进是狼心。

五月里五端阳，
朱文进考上状元郎。

状元本是朱文进，
世上的坏事齐出尽。

六月里六月忙，
胡三杀猪又宰羊。
杀猪宰羊还不算，
世上的好事他都干。

七月里秋风凉，
成了驸马不认娘。
胡三做事人善良，
朱文进狼心丧天良。

八月十五月儿圆，
胡三认了文进娘。
孤苦伶仃是缘份，
妈的好话全都听。

九月里九重阳，
朱文进回心又敬娘。
娘胸宽，肚又大，
一双儿子谢老天。

十月里十月八，
把娘背上回了家。
天下路儿长又长，
胡三孝敬文进娘。

十一月水冻冰，
胡三又来救凤英。
他俩二人成了情，
母女团圆一家亲。

十二月满一年，
手捧宝珠成状元。
手捧宝珠是胡三，
当年的屠夫成状元。

巧娘娘，下云端，
我把巧娘娘请下凡。

搜集者：菊爱娣。
录自毛树林主编《西汉村的乞巧》。部分语句有订正。

解放大军占礼县(礼县)

正当七月一十九①，
中央军想把盐官守。
断线的风筝虚空飘，
泥菩萨过河身难保。

开冬的冰凌立冬草，
秋后的蚂蚱长不了。
解放军盐官打一仗，
活捉了中央军崔营长②。

解放盐官的第四天，

解放翻过大堡山③。
大炮安在高坡梁，
小钢炮安在水城旁。

炮弹一响飞上天，
打得西山起火烟。
长袍马褂没里子，
阎广④跑了个没影子。

好日子七月二十三，
解放大军占礼县。

巧娘娘，下云端，　　　　　　　我把巧娘娘请下凡。

录自杨克栋编著《陇南老山歌》。
① 七月一十九：即公历 1949 年 8 月 13 日。　② 崔营长：中央军 119 军营长崔学礼。
③ 大堡山及以下高坡梁、水城、西山均在礼县。　④ 阎广：民国最后一任礼县县长。

纸涂灯燕挂门前(成县)

正月里来是新年，
纸涂灯燕挂门前。
二月来呀龙抬头，
西汉水，往东流。

三月里呀三月三，
桃花开来杏花灿。
四月里来呀四月八，
娘娘庙里把香插。

五月里来呀五端阳，
吃粽子来点雄黄。
六月里来呀热难当，
叫一个丫环搭凉床。

七月里来呀秋风凉，

叫一个丫环缝衣裳。
八月里来呀八月半，
中秋一轮月儿圆。

九月里来呀九重阳，
黄菊花开在两路旁。
十月里来呀十月一，
家家户户送寒衣。

十一月里来呀冷寒天，
铺开了被面暖开了毡。
腊月里来呀要过年，
胭脂粉称上两三钱。

巧娘娘，下云端，
我把巧娘娘请下凡。

提供者：王映祥。搜集者：贾群。

石榴开花叶儿青(成县)

石榴开花叶儿青，
女娃子长大要嫁人。

大姐娃嫁给铁匠家，
跟上抡锤拉风匣。
二姐娃嫁给木匠家，
跟上改板把锯拉。

三姐娃嫁给石匠家，
跟上凿锤把石打。
四姐娃嫁给瓦匠家，
跟上抬砖提泥巴。

五姐娃嫁给农户家，
跟上吆牛把籽撒。
六姐娃嫁给酒坊家，
跟上烧锅倒酒渣。

七姐娃嫁给饭店家，
跟上擀面炝葱花。
八姐娃嫁给染坊家，
跟上织布纺棉花。

九姐娃嫁给戏子家，
跟上唱套吹喇叭。
十姐娃嫁给官宦家，
跟上摆阔讲王法。

跟上官是官娘子，
跟上杀猪匠洗肠子。
硬按的牛头强扭的瓜，
女娃子的婚事不由她。

巧娘娘，下云端，
我把巧娘娘请下凡。

提供者:徐世忠。搜集者:贾群,席小翠。

姐妹几个打秋千(成县)

正月里来是新年，
姐妹几个打秋千。
上搭檩子下支椽，
秋千栽在后花园。

大姐娃秋千虎生风，
二姐娃秋千龙翻身。
三姐娃秋千鹰点水，
四姐娃秋千凤摆尾。

一点点的小金莲，
手把麻绳板上站。
金莲一蹬上下翻，
细腰一躬空中旋。

巧娘娘，下云端，
我把巧娘娘请下凡。

提供者：徐世忠。搜集者：贾群，席小翠，赵逯夫。

青天云里飞大雁(成县)

青天云里飞大雁，
巧娘娘给我教针线。
针线学会没人见，
绣一些鸟兽给你看。

二绣鸳鸯戏水边。
三绣天鹅飞青天，
四绣鹁鸽绕长安。

五绣兔子草中卧，
一绣锦鸡窜牡丹，
六绣大雁空中过。

七绣鹿儿距斜山，　　　两边绣上两条龙，
八绣老鹰大旋旋。　　　中间绣上心上人。

九绣猴儿啃西瓜，　　　巧娘娘，下云端，
十绣喜鹊闹梅花。　　　我把巧娘娘请下凡。

提供者：徐世忠。搜集者：贾群，席小翠。
按：此歌与《西和乞巧歌》(上海远东出版社 2014 年版) 附杨克栋等《四十年代西和乞巧歌补辑》所收"绣一些禽兽给你看"基本相同。

红军攻破了成县城(成县)

成县城①来四四方，　　　保安大队③投降了。
红军神兵天上降。　　　土地祠前头搭戏台，
鸡儿叫鸣天将亮，　　　成立了成县苏维埃。
成县城里打一仗。

　　　　　　　　　　　东大街上开大会，
城里城外枪炮响，　　　成立了成县游击队。
云梯搭到城墙上。　　　城乡四下里红旗飘，
红军攻破了成县城，　　　老百姓起身打土豪。
消灭了守军辎重营②。

　　　　　　　　　　　巧娘娘，下云端，
秋后的树叶变黄了，　　　我把巧娘娘请下凡。

录自杨克栋编著《陇南老山歌》(敦煌文艺出版社 2021 年版)。
① 1936 年 9 月 17 日，贺龙、任弼时等率领红二方面军攻克成县县城。　② 辎重营：驻成县国民党军队。　③ 保安大队：成县地方武装。

受苦人争着当红军(成县)

高高山上敲钟哩，
红军宣传召兵哩。
虚空里飘的五彩云，
受苦人争着当红军。

大刀把把上吊红绫。

背上刀枪离了家，
跟上红军打天下。

红布条条脖子上挂，
木把手榴弹腰上挎。
刺刀擦得锞灿明，

巧娘娘，下云端，
我把巧娘娘请下凡。

录自杨克栋编著《陇南老山歌》。

大嫁小难辛谁知道(两当县)

脱了花鞋褪裹脚，
妹下水栽秧栽四角。
光着小脚一个人忙，
单为家单没人帮。

娘老子是个糊涂人，
大嫁小把妹推出门。

扁担断了没啥挑，
也不问女婿大么小。
光小脚做活苦断筋，
大嫁小把妹尽难辛。

不是光小脚爱做活，
男人太憨小靠不着。

光小脚做活莫了笑，　　　巧娘娘，下云端，
大嫁小难辛谁知道？　　　我把巧娘娘请下凡。

录自杨克栋编著《陇南老山歌》。

十六拜（陇南）

六月三十日，十六拜，　　　巧娘娘的好衣裳，
把我的巧娘娘请下来。　　　四角遮起藏麝香。
六把扇子扇风凉，　　　　　巧娘娘的好白手，
再问我巧娘娘凉不凉。　　　白蜡蜡手儿摘石榴。

巧娘娘的好头发，　　　　　巧娘娘的好罗裙，
黄金簪子戴银花。　　　　　罗裙下面一朵云。
巧娘娘的好眉毛，　　　　　巧娘娘的好巧脚，
弯弯的眉毛两眼笑。　　　　十根带子白裹脚。

杏核眼睛圆又圆，　　　　　巧娘娘，下云端，
线杆鼻子端又端。　　　　　我把巧娘娘请下凡。
巧娘娘的好耳环，
耳环背后压两扇。

录自李浩、王加华主编《传统节日与百姓生活》（青岛出版社 2010 年版）。部分文字有
订正。

我请巧娘娘下凡来 (西和县)

（接巧娘娘歌之一）

七月初一天门开，　　　　甜瓜香果家家摆。
我请巧娘娘下凡来。
仙女飘飘驾彩云，　　　　巧娘娘，想你哩，
飞到人间度佳节。　　　　请快到我家中来。

歌儿铺平天地路，　　　　巧娘娘，下云端，
花儿搭起迎仙台。　　　　我把巧娘娘请下凡。
鞭炮声声闹喜庆，

录自华杰:《七月七日西和乞巧节》(见中国民间文艺研究会甘肃分会、甘肃省群众艺术馆编《甘肃传统节日》,交流本,1985 年)。

头顶香盘把你拜 (西和县)

（接巧娘娘歌之二）

七月七,天门开,　　　　拜你爱我凡家女,
仙女巧娘娘下凡来。　　　善心赐巧育人才。
喜接亲人桌上坐,　　　　人间要比天上好,
头顶香盘把你拜。　　　　巧娘娘你安心住下来。

巧娘娘，下云端，　　　　　　我把巧娘娘请下凡。

录自华杰：《七月七日西和乞巧节》。

七月初一天门开（西和县长道镇、礼县永兴镇）

七月初一天门开，　　　　　　盘盘里端的是核桃，
我请巧娘娘下凡来。　　　　　　姑娘们磕头心里头笑。
一支信香插在炉，　　　　　　巧娘娘给我们教本事，
香烟升起南天门开。　　　　　　心变灵来手变巧。
巧娘娘穿的缎子鞋，
驾着白云走下来。　　　　　　巧娘娘，下云端，
　　　　　　　　　　　　　　　我把巧娘娘请下凡。

附记：这是距城较远的乡镇去县城接巧娘娘造像的路上唱的歌。
录自沈瑞各、沈文辉：《西汉水上游之乞巧风俗》（《中国乞巧》2014 年第 2 期）。

插三支信香点一对蜡
（西和县长道镇、礼县永兴镇）

插三支信香点一对蜡，　　　　　把我的巧娘娘接上行。
磕个头儿起来嚓。
一根麻叶一根绳，　　　　　　一炉香儿两炉香，

把我的巧娘娘接进庄。

我把巧娘娘坐桌上，

巧娘娘给我教文章。

我把巧娘娘坐桌前，

巧娘娘给我教茶饭。

巧娘娘，下云端，

我把巧娘娘请下凡。

附记：这是接完巧娘娘往回走时唱的歌。

录自沈瑞各、沈文辉：《西汉水上游之乞巧风俗》。

巧娘娘穿的花裙子

（西和县长道镇、礼县永兴镇）

一碗油儿两碗油，

我给巧娘娘梳光头。

前面梳的像菩萨，

后面梳的光又滑。

巧娘娘眼眉弯又弯，

杏核的眼睛圆又圆。

线杆鼻子端又端，

糯米牙齿尖又尖。

巧娘娘穿的花裙子，

对着姑娘们笑嘻嘻。

巧娘娘，乞巧来，

莲花骨朵你找哩。

附记：这是将巧娘娘接请到坐巧点上房的供桌后，在接巧仪式末尾唱的歌。

录自沈瑞各、沈文辉：《西汉水上游之乞巧风俗》。部分句序有调整。

初一乞巧第一天(西和县)

(一)

初一乞巧第一天，
要请巧娘娘来下凡。
姑娘们歌舞迎神仙，
神仙他在云头上看。

巧娘娘穿的登云鞋，
我点信香请你下凡来。

巧娘娘，下云端，
我点信香请你下凡来。

(二)

香烟冲开南天门，
南天门上有规程。
十二大仙来聚会，
八大金刚来堵门。

织女来回天上转，
驾起祥云下了凡。

巧娘娘，下云端，
我把巧娘娘请下凡。

(三)

我给巧娘娘点香蜡，
磕一个头了起来嗉。
我给巧娘奠一杯酒，
我把巧娘接上走。

列成总队一齐行，
我把巧娘请进门。

巧娘娘，下云端，
我把巧娘娘请进门。

(四)

进门坐在桌子上，
姑娘们欢聚唱一场。
弦管乐器齐配上，
英姿舞蹈好修装。

年年乞巧齐欢唱，
我把巧娘请进庄。

巧娘娘，下云端，
我把巧娘娘请下凡。

录自吕科：《甘肃省西和县稍峪乡团庄村乞巧歌词》(《中国乞巧》2016 年第 2 期)。部分文字有所订正。

巧娘教我穿针线(西和县)

初一乞巧第一天，
巧娘教我穿针线。
初二乞巧第二天，
巧娘教我配绸缎。

初五乞巧第五天，
神水豆芽齐备全。
初六乞巧第六天，
准备神水照花瓣。

初三乞巧第三天，
巧娘教我绣花瓣。
初四乞巧第四天，
巧娘教我绣神仙。

初七乞巧七夕会，
七夕会上开智慧。

巧娘娘，下云端，
我把巧娘娘请下凡。

录自吕科：《甘肃省西和县稍峪乡团庄村乞巧歌词》。

七月初一庙门开（西和县、礼县）

七月初一庙门开，　　　　　叫我的巧娘娘降香来。
庙官拿把钥匙来。　　　　　一匣马鞭一匣炮，
钥匙透来锁子开，　　　　　把我的巧娘娘接进庙。
香在炉中蜡在台。

　　　　　　　　　　　　　巧娘娘，下云端，
花在瓶中四季开，　　　　　我把巧娘娘请下凡。

附记：这是到云华山、凤凰山天孙殿参拜织女神时所唱的歌。
录自沈瑞各、沈文辉：《西汉水上游之乞巧风俗》。

巧娘娘梳的好光头（西和县）

一两油，二两油，　　　　　窝窝嘴儿糯米牙，
巧娘娘梳的好光头。　　　　白啦啦手儿红指甲。
前面梳上一座城，　　　　　上身穿的十样锦，
左右梳下两条龙。　　　　　下身穿的水落裙。

巧娘娘的脸，粉坛坛，　　　水落裙，风摆开，
杏核眼睛圆又圆。　　　　　绿绸子裤儿亮起来。
线杆鼻子端又端，　　　　　巧娘娘穿的偏带鞋，
两个耳朵赛牡丹。　　　　　脚下踩的莲花台。

巧娘娘，下云端， 　　　　我把巧娘娘请下凡。

唱述者：卢米兰。搜集者：南学勤，贾向荣。

盘盘里端上一盅茶
（西和县长道镇、礼县永兴镇）

盘盘里端上一盅茶， 　　　　三叩头三拜三作揖。
全庄合营①在一搭。
盘盘里端上一碗面， 　　　　只求巧娘娘教本事，
两家合营来见面。 　　　　　一生一世不忘你。

全庄的姑娘都跪下， 　　　　巧娘娘，下云端，
烧香点蜡敬神嚓。 　　　　　我把巧娘娘请下凡。
奠一盅茶来烧黄表纸，

附记：这是参神后到坐巧点拜巧时唱的歌。
录自沈瑞各、沈文辉《西汉水上游之乞巧风俗》。
① 合营：合伙。

跳麻姐姐（西和县长道镇、礼县永兴镇）

麻姐姐神来了， 　　　　　　麻姐姐神来了，
麻姐姐的魂来了。 　　　　　端的杏核茶来了。

杏核茶，封坛酒，　　　　　上河里淌，下河涝，
麻姐姐来喝茶和酒。　　　　黑天半夜赶来了。
麻组组穿的登云鞋，　　　　拔鸡毛打开轿，
腾云驾雾空中来。　　　　　麻姐姐拿的降妖斗来了。

附记：跳麻姐姐一般在七月初六晚上十点以后进行。
录自沈瑞各、沈文辉：《西汉水上游之乞巧风俗》。

泼又泼(西和县)

泼又泼呀，　　　　　　　　可惜大家的手段了。
白菜的芽儿落一落呀。
　　　　　　　　　　　　　脱了花鞋细看哩呀，
咯蹭咯蹭载翻了，　　　　　拉开抽屉取线哩，
新做的花鞋扭偏了。　　　　扎花要扎扣线哩呀，
扭偏了呀扭端了，　　　　　扎下的花儿动弹哩呀。

录自华杰：《七月七日西和乞巧节》。个别文字有所订正。

七扫(西和县长道镇、礼县永兴镇)

一扫玉皇大帝赐恩惠，　　　四扫山头烟雾快散尽，
二扫四海龙王收雨尺，　　　五扫天上云开来，
三扫地王善萨地晾干，　　　六扫蓝天亮出来，

033

七扫天气天天晴。　　　　巧娘娘，下云端，
　　　　　　　　　　　　我把巧娘娘请下凡。

附记：这是乞巧活动中遇见连续阴雨天时，举行扫巧，又叫"扫天晴"仪式上唱的歌。
录自沈瑞各、沈文辉：《西汉水上游之乞巧风俗》。

扎花(西和县)

巧娘娘来到我家里，　　　　扎花要扎水上莲，
教我巧女女扎花哩，　　　　扎下的花儿打旋旋。
　　　　　　　　　　　　扎花要扎金降哩，
扎花要扎大红哩，　　　　要扎上个月亮哩。
我和巧娘娘有情哩。
扎花要扎茄子色，　　　　扎花要扎麻叶哩，
我和巧娘娘亲姊妹。　　　　要扎十朵莲花哩。
　　　　　　　　　　　　十朵莲花九朵开，
扎花要扎扣线哩，　　　　只有一朵没开开，
扎下的花儿动弹哩。　　　　放到院里风吹开。
扎花要扎老金黄，
扎下的花儿渗蜜糖。　　　　巧娘娘，下云端，
　　　　　　　　　　　　我把巧娘娘请下凡。

录自华杰：《七月七日西和乞巧节》。

我给巧娘娘梳光头 (西和县)

一碗油，两碗油，　　　　二姐手笨不会扎，
我给巧娘娘梳光头。　　　扎个老鼠没尾巴。
前头梳个凤展翅，　　　　只有三姐扎得好，
后头梳个彩绣球。　　　　扎了个老鼠啃西瓜。

梳好头发到谁家？　　　　巧娘娘，下云端，
到我对门大姐家。　　　　我把巧娘娘请下凡。
大姐手巧会扎花，
一扎扎了个牡丹花。

录自华杰：《七月七日西和乞巧节》。原题作"一碗油，两碗油"。

罐罐里煮的白胡麻 (西和县)

罐罐里煮的白胡麻，　　　陕西去了赶麦场，
我给巧娘娘梳头发。　　　挣下银钱扯衣裳。
梳头要梳剪发头，　　　　扯时要扯天蓝的，
我和巧娘娘陕西走。　　　巧娘娘穿上安然哩。

巧娘娘，下云端，　　　　我把巧娘娘请下凡。

录自华杰：《七月七日西和乞巧节》。

我把水神请进门 (西和县)

水神水，好水神，　　　　巧娘娘，下云端，
我把水神请进门。　　　　我把巧娘娘请下凡。
天水地水照花瓣，
巧我手手灵我心。

录自华杰：《七月七日西和乞巧节》。原只节录一节。

巧娘娘给娃赐个巧 (西和县)

清水涟涟红烛照，　　　　要变家乡旧面貌。
巧娘娘给娃赐个巧。　　　照个拖拉机巧耕田，
　　　　　　　　　　　　农业要跨马儿跑。
照个银针巧绣花，
花朵飘飘蜜蜂绕。
照个金笔巧学文，　　　　照个火车驰万里，
科学种田走新道。　　　　坐上旅游兴致高。
　　　　　　　　　　　　照个飞机天上飞，
　　　　　　　　　　　　笑看祖国风光好。
照个锄头夺高产，

巧娘娘,下云端,　　　　　　　我把巧娘娘请下凡。

巧娘娘教我来绣花(西和县)

七色彩线置买下,　　　　　　蓝绣长空晴万里,
巧娘娘教我来绣花。　　　　　白绣云朵飘天涯。
不绣龙,不绣凤,　　　　　　　红绣一轮太阳升,
绣我家乡一幅画。　　　　　　照亮天地暖万家。
　　　　　　　　　　　　　　金丝银线绣五字:
绿线巧绣山川美,　　　　　　"共产党万岁"闪光华。
青松翠柏映红花。
黄线巧绣好庄田,　　　　　　巧娘娘,下云端,
五谷丰登乐哈哈。　　　　　　我把巧娘娘请下凡。

牛郎织女(西和县)

正月里,是新年,　　　　　　她把织女打下凡。
牛郎织女有姻缘,
狠心的王母看见了,　　　　　二月里,草芽长,

牛郎随后下天堂，
投生人间孙家庄，
苦命早把父母亡。

三月里，春来临，
牛郎嫂子坏良心，

毒药未把人害死，
又把牛郎赶出门。
……

巧娘娘，下云端，
我把巧娘娘请下凡。

录自华杰：《七月七日西和乞巧节》。原只节录，原无题，为编者所加。

十里亭（西和县）

（送巧娘娘歌）

我送巧娘娘一里亭，
手掌洋盘一盏灯。
灯影上头风摆柳，
灯影下面观亲人。

我送巧娘娘二里亭，
远离家门心不宁。
有心回去把门锁，
丢不下孩儿二亲人。

我送巧娘娘三里亭，
桃花开开杏花红。
桃花杏花人人爱，
摘上一朵送老人。

我送巧娘娘四里亭，
满院韭菜绿生生。
割倒韭菜根还在，
我问巧娘娘多喒来。

我送巧娘娘五里亭，
鸿雁双双飞空中。
大雁死了宛缰①配，
小雁死了不配婚。

我送巧娘娘六里亭，
六月天气热森森。
丝绸花伞送一把，
上遮日头下遮身。

我送巧娘娘七里亭，
云遮路儿看不清。
仙扇一把拿在手，
左扇右扇往前行。

我送巧娘娘八里亭，
风狂雨猛遇恶人。
头上金簪抹一根，
宁舍金簪不舍身。

我送巧娘娘九里亭，

怀里掏出酒一瓶，
先敬三杯相对笑，
后敬三杯脸儿红。

我送巧娘娘十里亭，
十月天气冷清清，
上送棉衣下送袄，
巧娘娘穿上进天庭。

巧娘娘，上云端，
我把巧娘娘送上天。

录自华杰:《七月七日西和乞巧节》。
① 宛缰:方言,上吊之意。

十二个月(西和县)

正月里,正月正,
红灯高挂大门厅。
国泰民安春光好,
社员个个喜盈盈。

二月里,龙抬头,
农民取掉了心上愁,
党的富民政策好,
责任田里笑声稠。

三月里,艳阳照,
计划生育要搞好。
生活幸福人有劲,
建设新农村志气高。
……
巧娘娘,下云端,
我把巧娘娘请下凡。

录自华杰:《七月七日西和乞巧节》。原无题,为编者所加。

毛主席领导建家园(西和县)

过了一山又一山，
快步走到海边前。
海边前的水鸭子，
我给八路军捎袜子。

捎下的袜子骡马驮，
日本鬼子赶出国。
三座大山齐推翻，
毛主席领导建家园。

毛主席的功劳大，

五星红旗高高挂。
五星红旗插边疆，
全国人民得解放。

抬起头，挺起胸，
当家做主翻了身。
从此不再受欺压，
人民当家笑哈哈。

巧娘娘，下云端，
我把巧娘娘请下凡。

提供者：王加叶。搜集者：李凤鸣，王金锐。

主席的政策下乡来(西和县)

一盏花灯正月开，
主席的政策下乡来。
斩恶霸啊斗老财，
从此翻身站起来。

二月里来刮春风，
土地改革要实行。
农民都有田地种，
人人脸上笑盈盈。

三月里来三月三，
社员人人都大干。
男女老少上山梁，
妇人娃娃送饭忙。

四月里来四月四，
组织民兵来识字。
民兵社员都来念，
人人都能考状元。

五月里来五端阳，
今年的麦子遍山黄。
包谷大,麦子黄，
宣传干部梁科长。

六月里来热难当，
冷子打麦从天降。
麦子吃得实难肠①，
县上发话免公粮。

七月里来秋凉了，
互助组里入粮了。
合作社里借钱哩，
解决穷人的困难哩。

八月里来八月半，

人民拥有选举权。
人人拿着选举票，
红旗高挂多热闹。

九月里来九重阳，
山前山后收割忙。
合作互助好处多，
日子越过越红火。

十月里来冷寒天，
大门外来了美国狼。
毛主席北京做主张，
抗美援朝保家乡。

十一月来雪花扬，
县上干部下了乡。
积极捐谷做军鞋，
志愿军跨过鸭绿江。

十二月来冷清清，
十八岁姐姐不成②人。
不成人的啥心愿?
要叫小哥上前线。

巧娘娘,下云端，
我把巧娘娘请下凡。

提供者:叶天恩母亲。搜集者:李凤鸣。
① 难肠:方言,难受。 ② 成:嫁人。

晚晚开的检讨会（西和县）

一树花,花一样,
三十八年来解放。
二树花,凑地盘,
各庄有个民兵团。
民兵团,妇女会,
晚晚开的检讨会。
阿家的脑筋太守旧,
媳妇离婚没有救。

阿家的脑筋转得快,
媳妇擀饭她炒菜。
掌柜的①不能揽大权,
媳妇也有发言权。

巧娘娘,下云端,
我把巧娘娘请下凡。

提供者:任泉梅。搜集者:李凤鸣。
① 掌柜的:20世纪50年代以前,媳妇对当家丈夫的称呼,一般是中年妇女所用。一般称青年妇女的丈夫为"某某的男人",妇女自己也如此称丈夫。

希望懒干快改造（西和县）

东边太阳早出来,
懒干①睡下不起来。
起来各处胡乱转,
不背土来不垫圈。

别人挖地满头汗,

他在旁边站着看。
不变工分不分粮,
别人吃饭他喝汤。

希望懒干快改造,
莫叫旁人看着笑。

姑娘家都爱勤户②人，　　　巧娘娘，下云端，
看着懒干绕着行。　　　　　我把巧娘娘请下凡。

提供者：常妹霞母亲。搜集者：常玉红，丁海鹏。
① 懒干(gān)：懒惰不知道干活的人(一般只指男性)。　　② 勤户：方言，勤快，勤劳。

抗美援朝捐献嗒(西和县)

巧娘娘戴的金银花，　　　增产节约爱国家，
抗美援朝捐献嗒。　　　　人人见了人人夸。
只要把敌人能打垮，　　　多吃洋芋多吃菜，
巧娘娘头上不戴花。　　　社会主义来得快。

大布子衣裳粗布鞋，　　　巧娘娘，下云端，
开会发言在前排。　　　　我把巧娘娘请下凡。

提供者：姬会琴。搜集者：王治安，强倩。

挣下粮食支前线(西和县)

月亮出来照山间，　　　　挣下粮食支前线，
不分昼夜和白天。　　　　鸭绿江边红旗翻。
争取粮食大丰产，
抓住整地这一关。　　　　香椿开花一疙瘩，

打得敌人生^①害怕。
香椿开花杆儿红，
打垮敌军摞一层。

巧娘娘，下云端，
我把巧娘娘请下凡。

提供者:杜朱亨。搜集者:李芳,王治安。
① 生:方言,很。

今天的分粮是干证(西和县)

五月里来天气大，
番麦晒得黄哒哒^①。
人民愁着吃啥嚓，
快给北京打电话。
电话打到北京城，
毛主席讲话大家听:
"晒得轻的把粮免，
重的要拨救济款。"

六月里来六月半，
干部转到地里看。
先估产，后计算，
一个工分四斤半。
叫你干来你不干，
你说工分是枉然。

按劳取红你不信，
今天的分粮是干证。

七月里来秋风凉，
快叫军属上操场。
上了操场把队站，
队长把话讲一遍:
孩子都去把书念，
有啥困难说困难。

把书念到口边前，
科学种田多心闲!

巧娘娘，下云端，
我把巧娘娘请下凡。

044
提供者:赵桂英。搜集者:李凤鸣。
① 黄哒哒:方言,此处指玉米叶子被晒干了。

全国乞巧歌集录

新的宪法已实现（西和县）

正月里来正月半，
互助生产搞得欢。
抓紧生产不放松，
人民的生活往上升。

二月里来二月半，
互助合作不单干。
多打粮食争模范，
为得农业社早实现。

三月里来三月半，
新的宪法已实现。
人民的事情人民办，
人民的领导人民选。

四月里来四月半，
毛主席领导把国建。
英明制定总路线，
瞅准目标往前干。

五月里来五端阳，
工农联盟要加强。

人民保证多打粮，
支援工业有保障。

六月里来天气长，
男女老少收割忙。
快打快碾快收仓，
准备积极交公粮。

七月里来秋风凉，
民族团结力量强。
民族团结力量大，
不怕战争把人吓。

八月里来八月半，
学习苏联的好经验。
建设祖国不困难，
社会主义早实现。

九月里来九月九，
黄菊花开在两路口。
公私合营气象新，
工农联盟手拉手。

十月里来天气短，　　　　十二月来满一年，
全国冬学大开展。　　　　欢欢喜喜过新年。
男女农民把书念，　　　　各族人民团结紧，
写信看报没困难。　　　　建设幸福大家庭。

十一月来雪花扬，　　　　巧娘娘，下云端，
人民力量更加强。　　　　我把巧娘娘请下凡。
打倒美帝野心狼，
解放台湾保家乡。

提供者：铁月娃，其舅崔治青20世纪50年代编。搜集者：王建勋。

社员的生活没困难(西和县)

五五年的四月半，　　　　要给种子要给粮。
冷子①如盆泼天边。
麦子打成乱丝线，　　　　给了粮，又给钱，
玉米打了个稀巴烂。　　　　社员的生活没困难。

干部下乡查一查，　　　　巧娘娘，下云端，
冷子下下的②大疙瘩。　　　　我把巧娘娘请下凡。
干部工作特别忙，

提供者：姬会琴。搜集者：强倩，王治安。
① 冷子：方言，冰雹。　　② 下下的：方言，降下来的。

谁爱劳动谁英雄(西和县)

正月里来是新正，
大年初一粪场里行。
民兵队长村口站，
抓住拜年的来批判。

二月里地醒不冻了，
队里吆喝出粪了。
新盘的土炕砸烂哩，
光给社会添乱哩。

三月里来种田忙，
队长在村头喊得慌。
妇人家都镟洋芋籽，
男人家背粪一齐上山梁。

四月里来四月八，
队长叫着锄地嗓。
洋芋包谷锄得好，
年轻人勤快老年人夸。

五月里麦子遍山黄，
书记找人来商量。

男男女女一齐忙，
麦垛子摞得像山梁。

六月里，碾麦场，
碾的碾来扬的场。
队长笑脸成一朵花，
又捎粮口袋又扬场。

七月里，秋凉了，
新兵记起他娘了。
记起他娘也不挣^①，
掏出钢笔来写信。

八月里来八月八，
队长和大家拔胡麻。
你一把，我两把，
队长给我把帮搭。

九月里来九月九，
社员跟上队长走。
黄菊花开在路边前，
你看队长心闲不心闲？

十月里，十月底，
信用社庄前才建起。
他借款来我存钱，
解决穷人的大困难。

十一月，天气晴，
毛主席坐在北京城。
伟大领袖一招手，
天大的事情能干成。

十二月，年满了，
分红的指标发展了。
社里的制度很公平，
谁爱劳动谁英雄。

巧娘娘，下云端，
我把巧娘娘请下凡。

提供者：吕四姐。搜集者：吕社会，杨峰。
① 挣：方言，哭。

社会主义在眼前（西和县）

正月里来正月正，
红灯高挂大门厅。
穿的新来戴的新，
人人笑脸喜盈盈。

二月里来二春风，
社员快要忙春耕。
社员快把春耕种，
打炕换墙要送粪。

三月里来窝粪哩，

实行社员点种哩。
社员点种点得好，
挣下的工分吃不了。

四月里来四月八，
公家组织种胡麻。
胡麻籽籽长得大，
交给公家把油榨。

五月里来五端阳，
麦子豌豆遍山黄。

手拿镰刀上了山，
队长领导收黄田①。

六月里来麦子黄，
割背碾晒四大忙。
快打快碾快进仓，
晒干簸净交公粮。

七月里来七月七，
家家买下的收音机。
收音机，实好哩，
打扮女儿乞巧哩。

八月里来八月半，
栽电杆，拉电线。
大人娃娃出来看，
社会主义在眼前。

九月里来九重阳，
守庄稼男人晚晚忙。

想把庄稼收到手，
谁家的地里谁家守。

十月里来土冻了，
地里的活儿不干了。
女人做起针线了，
扎下的花儿好看了。

十一月里冷寒天，
懒干身上穿得单。
不挣工分不分粮，
肚子里喝得是清汤。

十二月啊月满了，
社会早就发展了。
新社会里好好干，
幸福生活享不完。

巧娘娘，下云端，
我把巧娘娘请下凡。

提供者：周振叶。搜集者：李凤鸣。
① 黄田：成熟的庄稼。

一、甘肃乞巧歌

谁知道政策可好嗦(西和县)

打墙的板儿翻上下，
谁知道政策可好嗦。
包产到户谁不爱，
家家都把骡马喂。

天天要来检查团，
耽误生产人心烦。
现在不来检查团，
社员安静人心闲。

想起当年记起话，
社员上地光挨骂。
头一天不来把工扣，
二一天不来会上斗。

巧娘娘，下云端，
我把巧娘娘请下凡。

提供者:常妹霞母亲。搜集者:常玉红,丁海鹏,赵逵夫。

包产到户粮食多(西和县)

包产到户粮食多，
好日子真要唱着过。
放宽政策好处多，
日子越过越红火。

帮助农民脱了贫。
多种经营多茂盛，
八仙过海各显能。

责任田好比聚宝盆，

多喂鸡鸭多养猪，
人民走向富裕路。

三中全会政策好，　　　　巧娘娘，下云端，
幸福全靠党领导。　　　　我把巧娘娘请下凡。

提供者：刘元。搜集者：王治安，王莉。

三中全会(西和县)

三中全会是春风，　　　　三中全会是聚宝盆。
寒冬过后冰雪融。　　　　小河有水大河满，
土地承包划到户，　　　　水涨船高好行船。
先是温饱再致富。

　　　　　　　　　　　　山丹丹开花红艳艳，
三中全会是春风，　　　　社会主义艳阳天。
久旱田里逢甘霖。　　　　共产党一心为人民，
精耕细作流大汗，　　　　民富国强乐太平。
科学种田夺高产。

　　　　　　　　　　　　巧娘娘，下云端，
桃花开开满树红，　　　　我把巧娘娘请下凡。

唱述者：南稀琴。搜集者：南勤学，贾向荣。

牛郎织女（西和县）

正月里来是新年，
牛郎织女有姻缘。
金牛星当中来撮合，
作为黄牛降人间。

二月里来是春天，
牛家窑上把家安。
早上耕田两亩半，
晌午时放牛野鹊湾。

三月里来是清明，
桃李开花万物生。
织女在云头向下看，
男耕女织喜盈盈。

四月里来入夏天，
把牛放在卧牛滩。
黄牛给牛郎把话说，
樱桃熟了结善缘。

五月里来端阳天，
七仙女洗澡汉水源。

牛郎藏下了织女的衣，
牛家窑上结姻缘。

六月里来三伏天，
织女织的布胜绸缎。
麻子坎里好种麻，
麻姐姐帮忙纺线线。

七月里来是秋天，
瑶池上王母会群仙。
七个仙来六个到，
不见织女为哪般？

八月十五月儿圆，
王母娘娘变了脸。
抓来织女要惩罚，
把牛郎挡在天河边。

九月里霜重百花惨，
织女在天上心难安。
牛郎带着儿和女，
一年中相会只一天。

十月里来天气寒，
天桥变成云华山。
野鹊年年要上天，
七月里聚在野鹊湾。

十一月大雪冬至天，
女儿娃绣花纺线线。
学了纺线学绣花，
还要有一手好茶饭。

十二月里来满一年，
乞巧的风俗代代传。
一庄的女儿娃齐来到，
年年七夕把愿还。

巧娘娘，下云端，
我把巧娘娘请下凡。

搜集者：石俊峰。
又见吕科：《甘肃省西和县稍峪乡团庄村乞巧歌词》(《中国乞巧》2016 年第 2 期)。

织绫罗 (西和县)

巧娘娘院里的水萝卜，
姊妹四人织绫罗。
大姐扯布二姐卷，
三姐旁边把针穿。
四姐拿的花样看，
照着样子配丝线。
样样准备齐整了，
就请大姐试针了。

大姐上机夸巧手，
双手把住鸳鸯走。

先织太阳空中悬，
后织金鱼水中玩。
朱雀玄武前后站，
青龙白虎站两边。
巧手精灵织八遍，
南极寿星空中悬。

二姐上机夸巧手，
双手把住云牙走。

先织牛郎把地耕，
后织织女下天宫。

牛郎织女有婚缘，　　　　宝剑插在三江口，
王母娘娘把路拦。　　　　逼得老龙卧沙丘。
牛郎隔在河东岸，　　　　一机织了二丈四，
织女站在河西边。　　　　丈六缝件混元衣。

三姐上机夸巧手，　　　　还有八尺没处用，
双手把住月牙走。　　　　缝个包袱包东西。
先织日月北斗星，　　　　东包东洋东大海，
后织八仙来拜寿。　　　　南包南海普陀山。
上织金乌和玉兔，　　　　西包西域雷音寺，
下织龙虎把丹守。　　　　北包北京北燕山。
织就阴阳和四象，　　　　上包玉皇凌霄殿，
再织八卦配成双。　　　　下包阎王鬼门关。
　　　　　　　　　　　　四大部洲齐包尽，
四姐上机夸巧手，　　　　再包天外一层天。
双手把住兔儿走。
先织昆仑一座山，　　　　巧娘娘，下云端，
后织黄河波浪宽。　　　　我把巧娘娘请下凡。

提供者：豆大女。搜集者：王响应，王治安。

十条手巾 (西和县)

一条手巾织得薄，　　　　老子①他在河边坐，
上织昆仑一条河。　　　　苦对众生无奈何。

两条手巾织得花，
上织菩萨去出家。
香山顶上苦修炼，
千手千眼活菩萨。

三条手巾织得青，
上织蝴蝶戏蜜蜂。
蜜蜂卧在花心上，
惹得五鼠闹东京。

四条手巾织得新，
上织童儿站两边。
观音菩萨坐中堂，
手洒甘露奔四方。

五条手巾织得红，
上织红绸两条龙。
龙子龙孙谋前程，
水晶宫里龙飞腾。

六条手巾织得宽，
上织老母造法船。
法船造在南海岸，
不渡无缘渡有缘。

七条手巾织得艳，
上织织女河边站。
牛郎对岸把手招，
夫妻二人上鹊桥。

八条手巾织得忙，
上织八仙闹龙王。
各坐宝贝大海中，
八仙过海显神通。

九条手巾织得黄，
上织孟姜女找范郎。
范郎命丧长城上，
寒冬腊月送衣裳。

十条手巾织得全，
上织王母坐云盘。
瑶池宫里蟠桃宴，
增福延寿保平安。

巧娘娘，下云端，
我把巧娘娘请下凡。

搜集者：西和一中乞巧课题组。
录自西和文联《仇池》2006 年第 3 期。
① 老子：姓老，名耳，字聃，春秋末年宋国相（战国时苦县厉方）人，道家的创始人，留下《老子》一书。

二十四节气歌（西和县）

天爷庙①里响铜钟，
正月头上要立春。
凌霜②落在高山嘴，
立春一过是雨水。

惊蛰一到炸雷响，
出洞的蜘蛛盘下网。
春分昼夜一样长，
脱下冬装换春装。

敞河坝里起烟雾，
三月清明要扫墓。
谷雨梨树开白花，
家家种豆又点瓜。

水萝卜儿刀切了，
立夏的麦子起节了。
立夏的谷子小满的糜，
四月的大蒜八叶齐。

芒种一过天气长，
夏至到了农活忙。

六月麦子满山黄，
小暑大暑热难当。

立秋一过是处暑，
嫩番麦儿锅里煮。
八月大雁空中飞，
白露高山好种麦。

秋分一到天气凉，
白天黑夜一样长。
寒露一凉给信哩，
霜降一冷要命哩。

十月立冬河冻了，
懒人的日子没混了。
毡毡帽儿棉衣裳，
小雪大雪落两场。

十一月冬至要数九，
九九尽了看河柳。
小寒一过是大寒，
家家准备过老年。

节气完了年满了，　　　巧娘娘，下云端，
春暖花开不远了。　　　我把巧娘娘请下凡。

提供者：田书兰。搜集者：田初十，张桂琴。
① 天爷庙：位于观（guàn）山内。观山是西和城东面的一座小山，山上有朝阳观，本清代以前所建。太平天国起义中尽毁，仅留古柏一株，光绪三年（1877）重修。　② 凌霜：即雾凇，俗又称冰花、树挂等。

三国歌（西和县）

正月里来立了春，　　　出五关连斩六员将，
桃园结义三弟兄。　　　兄弟相会古城边。
不求同生求同死，
灭了黄巾立了功。　　　五月里来芒种连，
　　　　　　　　　　孔明庞统把棋玩。
二月里来过罢年，　　　一马踏破落凤坡，
三英大战虎牢关。　　　一炮打到五丈原。
打得吕布难招架，
张飞鞭打紫金冠。　　　六月里来热难当，
　　　　　　　　　　三顾茅庐卧龙岗。
三月里来桃花红，　　　隆中说破天下事，
长坂坡前赵子龙。　　　刘皇爷搬劢诸葛亮。
七出七进保阿斗，
身穿的战袍血染红。　　七月里处暑莲花红，
　　　　　　　　　　周瑜挂帅领三军。
四月里来是小满，　　　庞统设下连环计，
关老爷曹营十八年。　　草船借箭祭东风。

八月里正好白露到，
火烧战船捉曹操。
大营里立下生死状，
关老爷义释华容道。

九月里霜降天气寒，
赵子龙保主会孙权。
甘露寺乔老牵红线，
刘皇爷续妻结姻缘。

十月里立冬百草黄，
巴州老将勇无双。
粗中有细设巧计，
张飞招得严颜降。

十一月大雪落一场，
单刀赴会称刚强。
关老爷兵败中奸计，
夜走麦城把命丧。

十二月一年到了头，
发兵东吴大报仇。
陆逊火烧七百里，
刘皇爷晏驾托阿斗。

巧娘娘，下云端，
我把巧娘娘请下凡。

录自西和文联《仇池》2006 年第 3 期。

红手襻儿把桥搭(西和县)

烧的长香点的蜡，
红手襻儿把桥搭。
驾的云,敲的锣,
我把巧娘娘送过河。

驾的云,打黄伞,
我把巧娘娘送上天。

驾的云,坐的轿,
我把巧娘娘送进庙。

驾的云,乘的风,
我把巧娘娘送进宫。
红手襻儿把桥搭,
我把巧娘娘送回家。

巧娘娘，上云端，　　　　　我把巧娘娘送上天。

录自西和文联《仇池》2006 年第 3 期。

送巧娘娘歌（西和县）

金香银香满炉香，　　　　　五谷丰登福寿长。
我送巧娘娘上天堂。
上天多多言好事，　　　　　巧娘娘，上云端，
给我凡间降吉祥。　　　　　我把巧娘娘送上天。
风调雨顺年景好，

录自华杰：《七月七日西和乞巧节》。部分文字有所订正。

多嚓能见巧娘娘面（西和县）

骑白马，搭黄伞，　　　　　多嚓①能见巧娘娘面，
我把巧娘娘送上天。　　　　除非明年再下凡。
巧娘娘走了我心寒，　　　　……
白手巾擦眼泪不干。　　　　巧娘娘，上云端，
　　　　　　　　　　　　　我把巧娘娘送上天

录自华杰《七月七日西和乞巧节》，原只节录。
① 多嚓：方言，"几时"的意思。

取水取水取神水（西和县长道镇、礼县永兴镇）

取水取水取神水，　　　　水神爷面前点黄蜡，
取下神水照花瓣。　　　　你把神水赐给我。
水神爷面前摆香案，
取下神水照花瓣。　　　　七月里，七月七，
水神爷打坐水晶宫，　　　天上牛郎会织女。
你把神水赐两罐。

附记：这是七月六日早晨取水时唱的歌。
录自沈瑞各、沈文辉：《西汉水上游之乞巧风俗》（《中国乞巧》2014 年第 2 期）。

转饭歌（西和县长道镇、礼县永兴镇）

巧娘娘，你坐着，　　　　五姐转饭六姐迎，
大家给你转饭喽。　　　　七姐看着喜盈盈。
大姐转饭双双对，
二姐转饭差一人。　　　　七月里，七月七，
三姐转饭不会转，　　　　天上牛郎会织女。
四姐跪下不起身。

录自沈瑞各、沈文辉：《西汉水上游之乞巧风俗》。部分文字有订正。

照花瓣歌（西和县长道镇、礼县永兴镇）

取啥水，取神水，
取来的神水照花瓣。
巧娘给我赐花瓣，
照着花瓣了心愿。

巧了赐个巧绣花，
不巧了给个桃杏花。
巧了赐个铰花剪，
不巧了给个割草铲。

巧了赐个擀面杖，
不巧了给个吆猪棒。
巧娘娘给我赐古祥，
我给巧娘娘上长香。

巧娘娘，乞巧哩，
莲花骨朵里找你哩。

七月里，七月七，
天上牛郎会织女。

录自沈瑞各、沈文辉：《西汉水上游之乞巧风俗》。

三张黄表纸一刀纸
（西和县长道镇、礼县永兴镇）

三张黄表纸一刀纸，
我给巧娘娘搭桥子。
三张黄表纸一对蜡，

头绳鸡毛把桥搭。

上河里淌，下河里捞，

拔鸡毛,搭鹊桥。　　　　叫我的巧娘过桥来。

巧娘娘穿的绣花鞋,

鹊桥那边走着来。　　　　巧娘娘,上云端,

巧娘娘穿的云子鞋,　　　我把巧娘娘送上天。

附记:这是将巧娘娘送到乞巧点坐好后举行的鸡毛搭桥仪式上唱的歌,这一程序有的地方不举行。

录自沈瑞各、沈文辉:《西汉水上游之乞巧风俗》。

巧娘娘穿的仙家衣

(西和县长道镇、礼县永兴镇)

巧娘娘穿的仙家衣,　　　我送巧娘娘心里乱。

巧娘娘走嗉我送你。　　　有心把你留一天,

巧娘娘神像出了门,　　　害怕去迟了天门关。

你先走,我后行。

　　　　　　　　　　　　巧娘娘,上云端,

巧娘娘神像出了院,　　　我把巧娘娘送上天。

附记:这是七月初七晚上在坐巧点送别巧娘娘时唱的歌。

录自沈瑞各、沈文辉:《西汉水上游之乞巧风俗》。

羊肚子手巾画牡丹
（西和县长道镇、礼县永兴镇）

羊肚子手巾扎兰花，　　　　我把巧娘娘送上天。
巧娘娘走了我咋嚓。　　　　今年去，明年来，
羊肚子手巾画牡丹，　　　　香蜡表纸接你来。
巧娘娘走嚓我没管。

　　　　　　　　　　　　　巧娘娘，上云端，
骑白马，搭黄伞，　　　　　我把巧娘娘送上天。

附记：这是在送巧点将巧娘娘安放在地上时唱的歌。
录自沈瑞各、沈文辉：《西汉水上游之乞巧风俗》。根据所搜集资料，次序有所调整。

野鹊哥哥把桥搭
（西和县长道镇、礼县永兴镇）

烧的香，点的蜡，　　　　　一股子青烟升了天，
野鹊哥哥把桥搭。　　　　　把我的巧娘娘送上天。
野鹊哥哥搭桥哩，　　　　　羊肚子手巾画水仙，
送我的巧娘娘过河哩。　　　再也见不上巧娘娘的面。

巧娘娘，上云端，　　　　　我把巧娘娘送上天。

附记：这是在送巧点点燃巧娘娘神像时唱的歌。
录自沈瑞各、沈文辉：《西汉水上游之乞巧风俗》。

六月三十天门开(礼县祁山镇)

六月三十天门开，　　　　　宽阳大路你不走，
我请巧娘娘下凡来。　　　　蔓挂石崖有多陡。
三十黄昏发信香，　　　　　六月三十这一天，
我请巧娘娘在河旁。　　　　我把巧娘娘接下天。

三张黄表一刀纸，　　　　　接过山，接过湾，
我给巧娘娘搭桥子。　　　　接到凡间欢一欢。
三张黄表一对蜡，　　　　　一对黄蜡三炷香，
手襻红绳把桥搭。　　　　　我把巧娘娘接进庄。

巧娘娘穿的云子鞋①，　　　一根绳，两根绳，
腾云驾雾空中来。　　　　　我把巧娘娘接进门。
巧娘娘穿的缎子鞋，　　　　一根线，两根线，
仙女把你送着来。　　　　　把我的巧娘娘接进院。

巧娘娘穿的高跟鞋，　　　　进了院了炮响哩，
天桥那边游②着来。　　　　巧娘娘看见实好哩。
巧娘娘穿的带带鞋，　　　　进了院抬头看，
你在高山蔓③着来。　　　　先在院里转三转。

064

转上三转把香点，
我给巧娘娘跪桌前。
一盘仙桃桌上献，
我给巧娘娘把黄表点。

巧娘娘坐的莲花台，
腾云驾雾下凡来。

巧娘娘，下云端，
我把巧娘娘请下凡。

搜集者：菊爱娣。
录自毛树林主编《西汉村的乞巧》。
① 鞋：方言读"孩"。 ② 游：方言，走的意思。 ③ 蔓(wàn)：方言，绕着。

我把巧娘接下凡(礼县盐官镇)

六月三十这一天，
我把巧娘接下凡。
接过山，接过湾，
接到凡间欢一欢。

对着天上把头磕，
巧娘驾云过了河。
一对黄蜡三炷香，
我把巧娘接进庄。

一根绳，两根绳，
我把巧娘接进门。
一根线，两根线，
我把巧娘接进院。

进了院，炮响哩，
巧娘看见实好哩。
进了院，抬头看，
先在院里转三转。

转上三转把香点，
我给巧娘跪桌前。

八仙桌上贡仙桃，
我给巧娘点黄表。
巧娘坐的莲花台，
腾云驾雾降下来。

巧娘娘，下云端，
我把巧娘娘请下凡。

提供者：王立红。搜集者：韩应宽，赵逵夫。

小姑娘欢乐莫安然(礼县盐官镇)

六月三十这一天，
姑娘家欢乐不安然。
一片砖，两片砖，
巧娘娘乘云到凡间。

进院坐在桌儿上，
我给巧娘娘快上香。
盘盘里端着大红花，
我给巧娘娘齐跪下。

接过山，接过湾，
接到凡间欢一欢。
一炉香，两炉香，
我把巧娘娘接进庄。

巧娘娘穿着三色衣，
三叩三拜三作揖。
巧娘娘坐的莲花台，
腾云驾雾下凡来。

一根绳，两根绳，
我把巧娘娘接进门。
一根线，两根线，
我把巧娘娘接进院。

巧娘娘，下云端，
我把巧娘娘请下凡。

搜集者：田佐。

把我的巧娘娘接进庄(礼县永兴镇)

一根香，两根香，

把我的巧娘娘接进庄。

一根线，两根线，　　　　巧娘娘，下云端，

把我的巧娘娘接进院。　　把我的巧娘娘请下凡。

一根绳，两根绳，

把我的巧娘娘接进门。

演唱者：永兴公社峡口大队的张引儿、赵美子、赵登登、赵姑娘、张托儿等。搜集者：刘志清。

附记：六月三十傍晚，姑娘们在村外大路边接巧娘娘时边走边唱。

录自礼县民歌集成办公室、礼县文化馆编《礼县民歌集锦》(1981年油印本)，总题为"巧娘娘"，甘肃省民歌集成办公室编《中国民间歌曲集成甘肃卷·陇南分卷》(1981年油印本)同。《礼县志》(陕西人民出版社1999年版)、《中国歌谣集成·甘肃卷》(中国ISBN中心2000年版)亦收录，题作"接请巧娘娘歌"。

女儿都要迎织女(礼县)

七月初一天门开，　　　　教得女人心花绽。

我请巧娘娘下凡来。

不下凡去不得成，　　　　年年有个七月七，

下了凡了教女人。　　　　女儿都要迎织女。

见了女人教针线，　　　　巧娘娘，下云端，

天上人间一样看。　　　　我把巧娘娘请下凡。

一包子针，两包子线，

录自季风：《乞巧节习俗》(《天水晚报》2010年8月14日第15版)。

请巧娘娘(礼县盐官镇)

七月里，乞巧来，　　　　　　一根线，两根线，
我把巧娘娘请下凡。　　　　　我把巧娘娘请进院。
巧娘娘，乞巧来，　　　　　　一炉香，两炉香，
莲花骨朵你找来。　　　　　　我把巧娘娘请上桌。

一根绳，两根绳，　　　　　　巧娘娘，下云端，
我把巧娘娘请进门。　　　　　我把巧娘娘请下凡。

提供者：王立红。搜集者：韩应宽，赵逵夫。

庙官拿的钥匙来(礼县祁山镇)

七月初一天门开，　　　　　　保佑平安耍热闹。
庙官拿的钥匙来。　　　　　　家神庙门开着哩，
钥匙倒把锁子开，　　　　　　我把巧娘接着哩。
凡间的女子们敬神来。

　　　　　　　　　　　　　　七月初一敬土地，
　　　　　　　　　　　　　　保佑平安耍和气。
七月初一烧早香，　　　　　　七月里七月七，
早敬巧娘早进庄。　　　　　　我耍巧娘实好哩。
巧娘来了先进庙，

东山的热头照西山，　　　　　保佑凡人多平安。

孔明爷坐的是真祁山。

西山的热头东山照，　　　　　巧娘娘，下云端，

孔明爷坐的是祁山庙。　　　　我把巧娘娘请下凡。

孔明爷你真灵验，

搜集者：菊爱娣。

录自毛树林主编《西汉村的乞巧》。

我给巧娘娘梳翻头（礼县永兴镇）

一碗油，两碗油，　　　　　　我给巧娘娘梳光头。

我给巧娘娘梳翻头，　　　　　前头梳得照娃娃，

前头梳了一支龙，　　　　　　后头梳得照菩萨。

后头梳了一座城。

　　　　　　　　　　　　　　巧娘头上一支龙，

桃花颜色掸①口唇，　　　　　石枣子花儿开得红。

口唇抹了一点红。　　　　　　折上一朵头上戴，

巧娘娘穿的红缎子鞋，　　　　再折一朵送亲人。

南天门上转着来。

　　　　　　　　　　　　　　巧娘娘，下云端，

一碗油，两碗油，　　　　　　我把巧娘娘接下凡。

演唱者：张引儿、赵美子、赵登登、赵姑娘、张托儿等。搜集者：刘志清。

附记：将巧娘娘接来后唱的梳头歌。

录自礼县民歌集成办公室、礼县文化馆编《礼县民歌集锦》（1981年油印本），删去了原段
中多处副歌，在篇末皆予保留。《中国歌谣集成·甘肃卷》（中国 ISBN 中心 2000 年版）亦
收录，《礼县志》（陕西人民出版社 1999 年版）节选前六句。

① 掸：方言，敷、擦的意思。

我给巧娘娘梳光头（礼县盐官镇）

一碗油，两碗油，
我给巧娘娘梳光头。
梳光头，前面梳得照娃娃，
后面梳得照菩萨。

菩萨背后是卢家，

卢家大家会扎花。
扎上个老鼠啃西瓜，
谁知道老鼠害人嚛。

巧娘娘，下云端，
我把巧娘娘请下凡。

提供者：王立红。搜集者：韩应宽，赵逯夫。

黄菊花儿开满了（礼县祁山镇）

A:黄菊花儿开满了，
你把我接得太远了。
B:黄菊花儿开败了，
我把你接得太近了。

AB 合唱：
盘盘里端的是薁黄①，
两家合营在路上。

七月里啊乞巧哩，
两家合营实好哩。

盘盘里端着一点针，
两家合营一条心。
心连心，根连根，
两家的友谊比海深。

巧娘娘，下云端，　　　　　我把巧娘娘请下凡。

搜集者：菊爱娣。
录自毛树林主编《西汉村的乞巧》。部分文字有订正。据该书记载：各乞巧点之间行情互访，拜巧娘娘时，一般都是两家巧队对着唱，你一句我一句，一唱一合，都是些谦词，表示敬重对方。
① 奠黄：方言，李子。

盘盘里端的大红花(礼县祁山镇)

B：盘盘里端的大红花，
你家的巧娘人人夸。
A：耍下的不好莫笑的，
这是耍下热闹的。
耍下的不好没嫌的，
这是耍下联合的。

AB 合唱：
盘盘里端的像夹子，
两家合营一家子。
今年乞巧合营哩，
明年乞巧还来哩。
再见再见实再见，
等到明年还见面。

A：黄菊花开满了，
你把我送得太远了。

B：黄菊花开败了，
我把你送得太近了。

AB 合唱：
盘盘里端着一盅酒，
两家合营一搭走。
今年乞巧端酒哩，
明年乞巧还走①哩。
拜巧拜巧常走哩，
两家友谊长久哩。

A：两家合营走着哩，
你送我去远着哩。
B：盘盘里端的大红花，
你家的巧娘人人夸。
夸你们巧娘耍得好，
明年我们再乞巧。

再见再见实再见，　　　　巧娘娘，上云端，
等到明年还见面。　　　　我把巧娘娘送上天。

搜集者：菊爱娣。
录自毛树林主编《西汉村的乞巧》。
① 走：走动，拜访。

巧娘娘耍到你门上（礼县永兴镇）

巧娘娘耍到你门上，　　　金银财宝用不完。
平安顺利多安康。　　　　巧娘娘给你没唱全，
巧娘娘给你唱得好，　　　唱得不好你莫嫌。
金银财宝用不了。

巧娘娘给你唱得全，　　　巧娘娘，上云端，
　　　　　　　　　　　　我把巧娘娘送上天。

演唱者：赵圆子。
录自赵毅：《乞巧女儿　在水一方——在礼县永兴镇寻访乞巧文化传承人》，见陇南市文联
办《中国乞巧》2014 年第 1 期。部分文字有所订正。

巧女儿请巧娘过七夕（礼县祁山镇）

七月里来七月里七，　　　姑娘我常把你心里记。
巧女儿请巧娘过七夕。　　……
望巧娘你把巧给我赐，　　巧娘娘，下云端，

我把巧娘娘请下凡。

录自蒲向明:《从一个村庄解读中国乞巧民俗——关于西汉村完整乞巧活动的考察研究（上）》。

给我女娃赐个巧(礼县)

巧娘娘，心眼好，
给我女娃赐个巧。
巧了给个花瓣，
不巧了给个鞋扇。

巧了给个扎花针，

不巧了给个大羊针。
巧了给个笔把，
不巧了给个锄把。
……
七月里，七月七，
天上牛郎会织女。

录自赵养廷:《陇原物华》(人民日报出版社 1988 年版)。

巧娘娘穿上实好看(礼县)

巧娘娘的好头发，
金梳子梳来银篦子刮。
头发梳好拿油擦，
戴金钗子戴银花。

巧娘娘的好白手，

白蜡蜡手儿折石榴。
折个石榴驾云走，
再折上一颗往回走。

巧娘娘的好衣裳，
四角子折起包麝香。

人又年轻话又响，
走路活像李慧娘。

巧娘娘穿的水落裙，
步步她在水上行。
见了牛郎也不喘，
见了儿女把心软。

巧娘娘穿的方口鞋，
有心给你绣花来。
方口鞋，缎子面，
巧娘娘穿上实好看。

巧娘娘，下云端，
我把巧娘娘请下凡。

搜集者：田佐。

夸巧娘 (礼县祁山镇)

巧娘的脸粉团团，
巧娘的眼睛像灯盏。
灯盏背后坐谁家？
灯盏背后坐吾家。

吾家的大姐会扎花，
扎了个老鼠啃西瓜。
将有二姐会扎的，
扎了个老鼠啃瓜的。

将有三姐不会扎，
扳倒机子纺棉花。
一天纺了二斤半，
还说三姐纺得慢。

巧娘娘，下云端，
我把巧娘娘请下凡。

搜集者：菊爱娣。
录自毛树林主编《西汉村的乞巧》。

贡巧茶 (礼县祁山镇)

一树的茶叶,一树的花呀,
摘上了一两贡巧娘。
二树的茶叶,二树的花呀,
摘上了二两贡巧娘。

三树的茶叶,三树的花呀,
摘上了三两贡巧娘。
四树的茶叶,四树的花呀,
摘上了四两贡巧娘。

五树的茶叶,五树的花呀,
摘上了五两贡巧娘。
六树的茶叶,六树的花呀,
摘上了六两贡巧娘。

七树的茶叶,七树的花呀,
摘上了七两贡巧娘。
八树的茶叶,八树的花呀,
摘上了八两贡巧娘。

九树的茶叶,九树的花呀,
摘上了九两贡巧娘。
十树的茶叶,十树的花呀,
摘上了十两贡巧娘。

巧娘娘,下云端,
我把巧娘娘请下凡。

搜集者:菊爱娣。
录自毛树林主编《西汉村的乞巧》。

十比巧娘娘 (礼县盐官镇)

一比巧娘祝英台, 　　女扮男装读书来。

女扮男装三年多，　　　　巧娘娘，下云端，

手拖梁兄把桥过。　　　　我把巧娘娘请下凡。

……

演唱者：杨牡丹等，搜集者：张芳。

录自张芳：《西和、礼县乞巧仪式乐舞之研究》（西北师范大学 2011 年硕士学位论文）。

十教歌（礼县永兴镇）

一教梅花朵朵灿，　　　　七教鹭鸶闹莲花，

二教菊花年年生。　　　　八教猴儿啃西瓜。

三教兰草长砚中，　　　　九教兔儿卧菊花，

四教小女子摆笛声。　　　　十教燕雀闹梅花。

五教锦鸡戏牡丹，　　　　巧娘娘，下凡来，

六教杨柳串子莲。　　　　给我教针教线来。

演唱者：张引儿、赵美子、赵登登、赵姑娘、张托儿等。搜集者：刘志清。

附记：从接巧娘娘到送巧娘娘的七天中，唱的歌很多，这里仅收集了《十教》《扎花》《七节竹子》中的一段。这些歌中的末尾反复句不再唱前边的"下云端……"。

录自礼县民歌集成办公室、礼县文化馆编《礼县民歌集锦》（1981 年油印本）。也见于《礼县志》（陕西人民出版社 1999 年版）、《中国歌谣集成·甘肃卷》（中国 ISBN 中心 2000 年版）。原书中有几处失校处据刘志清存稿校正，如"年年生"误作"生一生"、"摆笛声"误作"摆留声"。

巧娘娘的嫣红脸 (礼县永兴镇)

巧娘娘的脸，嫣红脸，
巧娘娘的眼睛像灯盏。
灯盏背后坐王家，
王家的大姐娃会扎花。

大姐娃扎了个芍药花，
二姐娃扎了个牡丹花。
只有三姐娃不会扎，
搬倒车子纺棉花。

扎花要扎扣线哩，
扎下的鱼儿动弹哩。
扎花要扎冰兰线，

扎下的鸟儿满天转。
扎花要扎麻叶哩，
要扎十朵莲花哩。

十朵莲花九朵开，
将①有一朵没开开，
拿到梁上风吹开。
风没吹，雨没洒，
谁把莲花掐一把，
谁知道莲花害人喀。

巧娘娘，下凡来，
给我教针教线来。

演唱者：张引儿、赵美子、赵登登、赵姑娘、张托儿等。搜集者：刘志清。
附记：一支歌中分两句或分四句，可以唱末尾的反复句，也可以将一支歌全部唱完后，唱反
复句。
录自礼县民歌集成办公室、礼县文化馆编《礼县民歌集锦》。也见于《中国歌谣集成·甘
肃卷》。部分语句有删减。
① 将：只有，"刚"的方言。

夸我手巧人能干（礼县永兴镇）

巧娘娘的脸,嫣红脸,
巧娘娘的眼像灯盏。
灯盏背后坐王家,
王家的大姐娃会扎花。

大姐娃扎了个芍药花,
二姐娃扎了个牡丹花。
只有三姐不会扎,
搬倒车子纺棉花。

一天纺了一斤半,
拿到城里换丝线。
线换线,他不换,

要我帮他晒丝线。

挂一墙,晒一院,
忙的我满身满脸汗。
忙到黑,没管饭,
挑着给了两串线。

哥哥嫂子都来看,
夸我手巧人能干。

巧娘娘,下云端,
我把巧娘娘请下凡。

搜集者:赵逵夫。

我给巧娘娘来献花（礼县祁山镇）
（十献花）

正月里开的什么花呀？　正月里开的爆竹花。

我给巧娘娘来献花，
爆竹花献给巧娘娘。

二月里开的什么花呀？
二月里开的迎春花。
我给巧娘娘来献花，
迎春花献给巧娘娘。

三月里开的什么花呀？
三月里开的桃杏花。
我给巧娘娘来献花，
桃杏花献给巧娘娘。

四月里开的什么花呀？
四月里开的牡丹花。
我给巧娘娘来献花，
牡丹花献给巧娘娘。

五月里开的什么花呀？
五月里开的芍药花。
我给巧娘娘来献花呀，
芍药花献给巧娘娘。

六月里开的什么花呀？
六月里开的玫瑰花。

我给巧娘娘来献花，
玫瑰花献给巧娘娘。

七月里开的什么花呀？
七月里开的月季花。
我给巧娘娘来献花，
月季花献给巧娘娘。

八月里开的什么花呀？
八月里开的是桂花。
我给巧娘娘来献花，
桂花献给巧娘娘。

九月里开的什么花呀？
九月里开的黄菊花。
我给巧娘娘来献花呀，
黄菊花献给巧娘娘。

十月里开的什么花呀？
十月里开的雪莲花。
我给巧娘娘来献花，
雪莲花献给巧娘娘。

巧娘娘，下云端，
我把巧娘娘请下凡。

搜集者：菊爱娣。
录自毛树林主编《西汉村的乞巧》。个别文字有订正。

七节竹子（礼县永兴镇、祁山镇）

一根竹子将一节，　　　　一根竹子将两节，
巧娘下凡将一天。　　　　巧娘下凡将两天。
刮一股寒风下一股雪，　　刮一股寒风下一股雪，
谁人知道冷寒月。　　　　谁人知道冷寒月。

巧娘娘，下凡来，　　　　巧娘娘，下凡来，
给我教针教线来。　　　　给我教针教线来。

演唱者：张引儿、赵美子、赵登登、赵姑娘、张托儿等。搜集者：刘志清。
附记：此歌词有人说每节不同，也有人说每段只变节数、天数，其余词从一节唱到七节都一样。但收集时访问了很多人都说忘记了。此歌演唱时，四个姑娘站在四角，你来她往，交叉走唱，又名曰《插花菊子》。
录自礼县民歌集成办公室、礼县文化馆编《礼县民歌集锦》。毛树林主编《西汉村的乞巧》亦收录菊爱娣整理的流传于祁山镇的歌词，题作"一根竹子"，从第一节到第七节，每节末无"巧娘娘，下凡来，给我教针教线来"。

号召农业学大寨（礼县、宕昌）

号召农业学大寨①，　　　广播喇叭天天讲，
过好光阴谁不爱？　　　　吃饱肚子谁不想？
叫粮食亩产上纲哩，　　　大会战调来大兵团③，
还要过河跨江哩②。　　　学大寨单单修梯田。

一镢头一镢头挖土哩，　　　睡半夜来起天明，
修梯田社员下苦哩。　　　　学大寨地要修平。
单为学大寨吃饱饭，　　　　一身一身淌汗哩，
黑明都在地里干。　　　　　十冬腊月苦干哩。
　　　　　　　　　　　　　腊月三十忆苦饭④，
一日里修梯田不落家，　　　正月初一还苦干。
一晚夕苦干地里趴。

一锨一锨把土掀，　　　　　巧娘娘，下云端，
修梯田做的下苦活。　　　　我把巧娘娘请下凡。

录自杨克栋编著《陇南老山歌》（敦煌文艺出版社 2021 年版）。
① 1964 年全国开展学习山西昔阳大寨公社大寨生产队的先进事迹的运动。　② 农业学
大寨的粮食亩产指标是上纲 400 斤；过黄河 500 斤；跨长江 600 斤。　③ 本句意为修梯
田时，公社组织数个大队上千人一同会战。　④ 忆苦饭：除夕，生产队食堂给社员供给的
一顿质量最差的饭，意为忆旧社会的苦。

正月里冰冻二月里消（礼县永兴镇、盐官镇）

正月里冻冰二月里消，　　　九月里荞儿一笼笼，
河里的鱼儿水上漂。　　　　十月里学生关学门。
三月里桃花满街红，　　　　十一月，冬至节，
四月里杨柳摆出城。　　　　麻连被，暖不热。

五月里雄黄闹端阳，　　　　十二月，月满了，
六月里麦子遍山黄。　　　　巧娘娘上天不管了。
七月里葡萄搭成架，　　　　不管你穿，不管你戴，
八月里西瓜弯月牙。　　　　只管一双金环戴。

巧娘娘，上云端，　　　　　　我把巧娘娘送上天。

演唱者：张引儿、赵美子、赵登登、赵姑娘、张托儿等。搜集者：刘志清。
附记：最后一天唱的歌。
录自礼县民歌集成办公室、礼县文化馆编《礼县民歌集锦》。《礼县志》所录流传区域为盐官镇。

十二个月（礼县祁山镇）

正月里正月正，
歌唱咱们的北京城。
北京城四四方，
住着咱们的党中央。

二月里二春风，
歌唱我们的领导人。
毛泽东真英明，
他是新中国领路人。

三月里三清明，
科学种田袁隆平。
试验田抓得紧，
多打粮食是根本。

四月里四月八，
歌唱我们的甘肃啦。
甘肃有个陇南市，

西礼二县乞巧地。

五月里五一二，
大地震受灾害。
虽是国家一大难，
万众一心重新建。

六月里六月忙，
计划生育多紧张。
生男生女都一样，
少生孩子致富强。

七月里风风凉，
苹果丰收喜洋洋。
脱贫致富奔小康，
农民脸上喜盈盈。

八月里八月八，

奥运火炬传天下。
上海世博召开啦，
和谐中国多强大。

九月里艳阳天，
人造火箭上了天。
载了籽种载人员，
举国上下人人欢。

十月里十月半，
再来说说咱西汉。
村庄道路已改建，
小康致富人人赞。

十一月冷寒天，
大家过桥不再难。
党的政策来宣传，
党的政策实在好，
多亏了咱们的好领导。

十二月满一年，
家家团圆来过年。
过新年，锣鼓欢，
文明和谐咱西汉。

七月里，乞巧哩，
天上的牛郎会织女。

搜集者：菊爱娣。
录自毛树林主编《西汉村的乞巧》。据该书记载：这是大地震那年根据所发生的几件大事编的乞巧歌，此后每年还在唱，只不过内容上有点变化，比如：八月的唱词改成"八月里八月八，迎接十八大人人夸，富民政策就是好，六十岁老人进社保"。还根据神九号载女航天员上天，把九月的唱词改成"九月里艳阳天，神州九号上了天，中国女人半边天"等。

一针一线记在心（礼县祁山镇）

刷啦啦钥匙响，
打开一个牛皮箱。
取出一张莲红纸，
来剪一个荷包样。
一剪上勺药花，

二剪上凤仙花。
三剪上高崖的山丹丹，
四剪上石榴火红艳。
五剪上蝴蝶莲花上旋，
六剪上刺梅高崖上挂。

七剪上七仙女，
八剪上八翠花。
九剪上九宫王母娘，
十剪上十样景，

一针一线记在心。

巧娘娘，下云端，
我把巧娘请下凡。

搜集者：菊爱娣。
录自毛树林主编《西汉村的乞巧》。

摘牡丹（礼县祁山镇）

正月里煮茶哩，
牡丹开在石峡里，
把把①短着咋拿哩？
拿花它有拿法哩。

二月里地动哩，
牡丹开在墙缝里，
把把短着咋蹦②哩？
摘不上牡丹吃命哩。

三月里种田哩，
牡丹开在河南哩。
河大水涨干旋③哩，
花儿旋到跟前哩。

四月里四月八，

牡丹开在庙门下。
害怕恶霸来杀她，
撒一把乌药④保护她。

五月里五月八，
牡丹开在路口下。
害怕羊娃儿来吃它，
撒一把刺刺罩一下。

六月里入伏天，
提上笼笼摘牡丹。
有心摘无心戴，
摘上一朵拿回来。

七月里秋凉了，
牡丹越来越黄了。

不见时日心凉了，　　　　有心摘她看不到，
想要摘它叶黄了。　　　　想起牡丹哭一场。

八月里八月八，　　　　　十月里冰冻了，
牡丹开在敞河坝。　　　　牡丹不开不俊了。
上来下去擦眼花，　　　　上来下去不返了，
想要摘它没办法。　　　　想要摘它不在了。

九月里九月九，　　　　　巧娘娘，下云端，
牡丹开在人心头。　　　　我把巧娘娘请下凡。

搜集者：菊爱娣。
录自毛树林主编《西汉村的乞巧》。部分词句据陇南市文学艺术界联合会编《千年乞巧千年唱》(交流材料，2016)有所修改。
① 把把：花柄。　② 蹦：摘。　③ 干旋：无可奈何之意。　④ 乌药：毒药。

十转娘(礼县永兴镇)

正月里来想转娘，　　　　五月里来想转娘，
亲戚来了下厨忙。　　　　大麦割了小麦黄。
二月里来想转娘，　　　　六月里来想转娘，
种了洋芋种高粱。　　　　牛娃耕地碾麦场。

三月里来想转娘，　　　　七月里来想转娘，
菜子开花满山黄。　　　　大人娃娃没衣裳。
四月里来想转娘，　　　　八月里来想转娘，
锄了洋芋锄高粱。　　　　番麦叶叶唰喇响。

九月里来想转娘，
扳了番麦割高粱。
十月里来想转娘，
先敬神来后敬娘。

巧娘娘，下云端，
我把巧娘娘请下凡。

录自陇南市文学艺术界联合会编《千年乞巧千年唱——"女儿梦·中国梦"乞巧文学采访作品集》（内部资料，2016 年）。

十二个月唱词（礼县盐官镇）

正月里，正月正，
冰草芽儿往上升。
忙了一天点夜灯，
大姐夜夜一个人。

二月里，二月二，
桃花开来杏花绽。
大姐出嫁守病人，
半年上病人归了天。

三月里，是清明，
家家户户上新坟。
人家上坟双双对，
大姐上坟独一人。

四月里，四月八，

娘娘庙里把香插。
有心插来无心跪，
手把栏杆抹眼泪。

五月里，五端阳，
糯米粽子齐端上。
香气荷包扬一扬，
大姐没有心思尝。

六月里，热难当，
一日三餐进厨房。
菜有园，井有水，
半辈子独身没儿郎。

七月里，七月七，
天上的牛郎配织女。

人间多大单身女，
老天爷睁眼看仔细。

八月里，八月半，
家家吃个团圆饭。
怀抱西瓜把月弯，
大姐心上如刀剜。

九月里，九重阳，
黄菊开在两路旁。
有心摘来没心带，
眼瞅着花儿都开败。

十月里，十月一，
孟姜女儿送寒衣。
寒衣送到坟上了，

孟姜女儿愁肠了。

十一月里，冷寒天，
王哥穿的单凉衫，
有心给你脱一件。
又是左襟白编线，
还是高领外衬肩。

十二月，月满了，
巧娘娘上天不管了。
不管穿，不管戴，
只要巧娘娘的音容在。

巧娘娘，下云端，
把我巧娘娘请下凡。

提供者：王立红。搜集者：韩应宽，赵逵夫。

十唱（礼县）

乞巧一唱王昭君，
千里路上去和亲。
乞巧二唱祝英台，
女扮男装读书来。

乞巧三唱穆桂英，

带兵打仗抗辽兵。
乞巧四唱王宝钏，
寒窑受苦心安然。

乞巧五唱赵五娘，
孝敬公婆心善良。

乞巧六唱花木兰，　　　　乞巧九唱秦香莲，
替父从军十二年。　　　　手拖儿女真可怜。

　　　　　　　　　　　　乞巧十唱窦娥冤，
乞巧七唱白蛇传，　　　　窦娥冤死雪满天。
水淹金山找许仙。
乞巧八唱胡凤莲，
胡凤莲受难在江边。　　　巧娘娘，下云端，
　　　　　　　　　　　　我把巧娘娘请下凡。

搜集者：田佐。

取下的神水照花蕊（礼县永兴镇）

取水取水取神水，　　　　取下的神水照花瓣。
取下的神水照花蕊。　　　照了头遍还不算，
照了头遍还不算，　　　　除非照个莲花瓣。
除非照个牡丹瓣。

　　　　　　　　　　　　巧娘娘，下云端，
取水取水取神水，　　　　我把巧娘娘请下凡。

演唱者：张引儿、赵美子、赵登登、赵姑娘、张托儿等。搜集者：刘志清。
附记：取水段落的演唱时间，有的地方是在接来巧娘娘的第六天，也就是七月初六日，有的
地方在初七日。取水这一天，姑娘们抬着巧娘娘唱着取水歌，有的到井边，有的在泉边，将
水盛在盆子里，将生好的豆芽菜掐上芽，扎上红头绳撂入盆中，然后在盆中看各种形象。
据说手巧的撂下的啥像个啥，手笨者撂啥不像啥。另外，有姑娘撂下的像笔连砚台，传说
就象征着将来她的婚姻对象必是个识字人。有的姑娘撂下的像个犁头，就意味她将来她
找的对象必是个庄农人。所以，每人撂过几样看了，将盆水倒掉，再取新水，另一个姑娘再
撂再看，直到每一个（十一至十七岁）参加的姑娘撂完、看完。
录自礼县民歌集成办公室、礼县文化馆编《礼县民歌集锦》。又见《礼县志》，《中国歌谣集
成·甘肃卷》上下两段互倒。

七月初七起早哩(礼县盐官镇)

七月初七起早哩，
五里路上取水哩。
凌晨赶着烧早香，
早把神水迎进庄。

神泉里取水放鞭炮，
一股神水往上冒。
神泉里取水点黄蜡，
取上神水早供下。

水神爷出了南天门，
你把神水赐两瓶。
水神爷打坐水晶宫，
你把神水赐两桶。

水神爷身下骑的龙，
你把神水赐两盆。
水神爷神泉通九江，
你把神水赐两缸。

水神爷给我显灵验，

迎上神水照花瓣。
水神水，迎水神，
我把神水端进门。

迎进门，照花瓣，
照个花瓣了心愿。
泉水出自九龙江，
点拨我全靠巧娘娘。

老人喝了清泉水，
健康长寿一百岁。
年轻人喝了清泉水，
精明能干啥都会。

水神爷面前摆香案，
迎上神水照花瓣。
巧娘娘面前供几天，
照起花瓣好灵验。

巧娘娘，下云端，
我把巧娘娘请下凡。

提供者：王立红。搜集者：韩应宽，赵逢夫。

取了神水照花影(礼县祁山镇)

七月初六起早哩，　　　　　　瓶儿里装,罐里提,
五里路上取水哩。　　　　　　请了神水供巧娘。
凌晨赶着烧早香，　　　　　　巧娘面前供几天,
早把神水迎进庄。　　　　　　照花瓣时好灵验。

神泉里取水放炮哩，　　　　　七月里,乞巧哩,
两股子神水直冒哩。　　　　　取了神水照花影。
神泉里取水点香蜡，
取下的神水早供下。

搜集者：菊爱娣。
录自毛树林主编《西汉村的乞巧》。部分文字有订正。

迎下的神水照花蕊(礼县祁山镇)

敬水神,迎神水,　　　　　　神泉边前水涟涟。
迎下的神水照花蕊。　　　　我给龙王爷来下跪,
点黄蜡来烧长香,　　　　　龙王爷让我取神水。
巧姑娘专来拜龙王。

　　　　　　　　　　　　　取两瓶,装一罐,
今天本是火焰天,　　　　　供到初七照花瓣。

神水神,神水清,　　　　　　神泉的神水真灵验。
神水越照眼越明。

　　　　　　　　　　　　　　七月里,七月七,
巧姑娘取水照花瓣,　　　　　天上的牛郎会织女。

录自毛树林主编《西汉村的乞巧》。

东山的日头送西山（礼县祁山镇）

东山的日头送西山,　　　　　巧娘娘你多显灵验,
巧娘娘坐下多心闲。　　　　　保佑凡人多平安。
西山的日头东山照,　　　　　……
巧女儿取下的神水到。　　　　巧娘坐的莲花台,
　　　　　　　　　　　　　　腾云驾雾下凡来。

录自蒲向明:《从一个村庄解读中国乞巧民俗——关于西汉村完整乞巧活动的考察研究
(上)》,载《甘肃高师学报》2016 年第 2 期。

大姐娃转饭是一盘龙（礼县祁山镇）

巧娘娘,你坐着,　　　　　　巧娘娘,你坐着,
大姐娃转饭是一盘龙啊。　　　三姐娃转饭是差一个啊。
巧娘娘,你坐着,　　　　　　巧娘娘,你坐着,
二姐娃转饭是双对啊。　　　　四姐娃转饭是手托盘啊。

巧娘娘,你坐着,
五姐娃转饭是五福寿啊。
巧娘娘,你坐着,
六姐娃转饭是六畜兴旺。

巧娘娘,你坐着,
七姐娃转饭是七姐妹啊。
巧娘娘,你坐着,
八姐娃转饭是八仙过海啊。

巧娘娘,你坐着,

九姐娃转饭是九仙女啊。
巧娘娘,你坐着,
十姐娃转饭是十全十美啊。

上河里淌呀下河里捞,
拔鹊毛啊搭鹊桥,
把我的巧娘送上庙。

巧娘娘,上天去,
天上的牛郎会织女。

搜集者:菊爱娣。
录自毛树林主编《西汉村的乞巧》。

大姐娃转饭是点香蜡(礼县祁山镇)

巧娘娘,你坐着,
大姐娃转饭是点香蜡呀。
巧娘娘,你坐着,
二姐娃转饭是双双对呀。

巧娘娘,你坐着,
三姐娃转饭是三作揖呀。
巧娘娘,你坐着,
四姐娃转饭是化表纸呀。

巧娘娘,你坐着,
五姐娃转饭是盖碗茶呀。
巧娘娘,你坐着,
六姐娃转饭是红酒坛呀。

巧娘娘,你坐着,
七姐娃转饭是仙寿桃呀。
巧娘娘,你坐着,
八姐娃转饭是八宝衫呀。

巧娘娘,你坐着,　　　　巧娘娘,下云端,
九姐娃转饭是珍珠串呀。　我把巧娘娘请下凡。

巧娘娘,你坐着,
十姐娃转饭是十回转呀。

录自蒲向明:《西汉水上游乞巧民俗考察报告——以陇南礼县祁山镇西汉村七天八夜完整乞
巧活动为重点》,见毛树林主编《西汉村的乞巧》。

大姐娃转饭一支龙(礼县永兴镇)

大姐娃转饭一支龙,　　　六姐娃转饭六兴腾,
二姐娃转饭虎翻身,　　　七姐娃转饭七仙女。
三姐娃转饭把香插,
四姐娃转饭四季青,　　　巧娘娘,下云端,
五姐娃转饭五角星,　　　我把巧娘请下凡。

演唱者:张引儿、赵美子、赵登登、赵姑娘、张托儿等。搜集者:刘志清。
附记:取水的当天晚上,姑娘们用棉花粘一只鸭娃,放在盛着水的碟子里浮在水面上,从坐
巧娘娘的房子到院中各房子端出端进,一边唱着转饭歌。
录自礼县民歌集成办公室、礼县文化馆编《礼县民歌集锦》。又见《礼县志》《中国歌谣集
成·甘肃卷》。

巧芽芽儿嫩又长(礼县祁山镇)

巧芽芽儿嫩又长,　　　　把愿许给巧娘娘。

巧芽芽儿嫩又绿，
红丝腰儿束三束。

金芽芽，银芽芽，
掐个如丝的巧芽芽。
想着心愿放盆里，
巧娘娘赐我心灵哩。

心儿灵，手儿巧，
巧娘娘教我剪石榴。
手儿巧，心儿灵，
巧娘娘教我绣黄莺。

清水盆里丢几根，
巧娘娘叫我变聪明。
巧了给个绣花针，
笨了给个钉鞋钉。

巧了给个花瓣来，
笨了给个鞋扇来。
巧了给个铰花剪，
笨了给个挑草铲。

巧娘娘，下云端，
我把巧娘娘请下凡。

录自蒲向明：《西汉水上游乞巧民俗考察报告——以陇南礼县祁山镇西汉村七天八夜完整乞巧活动为重点》，见毛树林主编《西汉村的乞巧》。部分语序有调整。

姐妹们诚心敬水神(礼县祁山镇)

姐妹们诚心敬水神，
水神赐下的神水灵。
巧娘娘面前许心愿，
取下的神水照花影。

照了花影还不算，
直到照一个牡丹瓣。
牡丹瓣，实好哩，

巧娘娘给我赐巧哩。

巧了赐个花剪来，
不巧了赐个铁铲来。
巧了赐个绣花针，
不巧了赐个钉鞋针。

巧了赐根丝扣线，

不巧了赐个麻绳来。

巧了赐个花瓣来，

不巧了赐个鞋扇儿来。

清水盆，盆水清，

巧娘娘给我赐巧针。

神水清，碗里盛，

巧娘娘叫我变聪明。

金芽芽，银芽芽，

掐上咱的豆芽芽。

清水盆里撒一把，

巧娘娘给我赐婚嫁。

清水碗里丢几根，

赐下的婚姻要随心。

巧娘娘，下云端，

我把巧娘娘请下凡。

搜集者：菊爱娣。

录自毛树林主编《西汉村的乞巧》。

白手巾上画莲花（礼县永兴镇）

白手巾上画莲花，

巧娘走嗦我咋嗦？

白手巾上画牡丹，

巧娘走嗦不了然。

去嗦去，上天去，

天上牛郎配织女。

牛郎织女齐相会，

再等明年七月七。

白手巾上一支龙，

巧娘走嗦留不成。

留来留去没留下，

巧娘娘还说没留她。

有心把巧娘留一天，

害怕上天生故端①。

有心把巧娘留两天，

巧娘心里不了然②。

有心把巧娘留三天，

害怕上天心不甘。

骑白马，搭黄伞，　　　　　给我巧娘搭鞍桥。
把我的巧娘送上天，
今年去，明年来，　　　　　野鹊哥，野鹊哥，
头顶香盘接你来。　　　　　把我巧娘送过河，
　　　　　　　　　　　　　河河那岸一座轿，
一匣子马鞭两匣炮，　　　　把我巧娘送上庙。
把我的巧娘送上庙。
上河里淘，下河里捞，　　　巧娘娘，上云端，
捞了一把野鸡毛，　　　　　我把巧娘娘送上天。

演唱者：张引儿、赵美子、赵登登、赵姑娘、张托儿等。搜集者：刘志清。
附记：七月初七晚，姑娘们抬着巧娘娘在大路边或河边去烧，唱着凄厉的送别歌。
录自礼县民歌集成办公室、礼县文化馆编《礼县民歌集锦》。《中国歌谣集成·甘肃卷》从
"骑白马，搭黄伞"开始分作两首，部分文字有异，"巧娘走嗦我没留"据改为"巧娘走嗦留不
成"。《礼县志》所录盐官镇流传《送巧歌》为前后两段缩编而成。
① 故端：方言，是非。　　② 了然：方言，安然。

白手巾上画牡丹 (礼县永兴镇)

白手巾上画莲花，　　　　　有心把巧娘娘留两天，
巧娘娘走嗦我咋嗦？　　　　巧娘娘心里不了然。
白手巾上画牡丹，　　　　　有心把巧娘娘留三天，
巧娘娘走嗦不了然。　　　　牛郎抱娃在银河边。
白手巾上一支龙，
巧娘娘走嗦留不成。　　　　哪一个姑娘不留她，
　　　　　　　　　　　　　留来留去没留下。
有心把巧娘娘留一天，　　　牛郎等着来相会，
害怕上天生故端。　　　　　野鹊早就把桥搭。

野鹊哥，野鹊哥，　　　　　巧娘娘，上云端，
把我巧娘娘送过河。　　　　我把巧娘娘送上天。

搜集者：赵遠夫。

七月初七会满了 (礼县祁山镇)

七月初七会满了，　　　　　巧娘娘，驾云去，
巧娘娘上天不管了。　　　　天上的牛郎配织女。
不管穿，不管戴，　　　　　牛郎织女双双对，
只求明年你再来。　　　　　再等明年的七月七。

羊肚子手巾画莲花，　　　　今年去，明年来，
巧娘娘送了我咋嗉？　　　　我头顶香盘接你来。
羊肚子手巾写黑字，　　　　巧娘娘，上云端，
巧娘走嗉我没治。　　　　　我把巧娘娘送上天。

我有心把巧娘留一天，　　　姊妹们哭得挣命哩，
害怕桥拆了没渡船。　　　　各有各的心病哩。
我有心把巧娘留两天，　　　姐妹眼泪如雨下，
害怕王母把天门关。　　　　硬把巧娘娘没留下。
我有心把巧娘留三天，
害怕天兵天将寻麻烦。　　　巧娘娘，上云端，
　　　　　　　　　　　　　姊妹们送你快上天。

搜集者：菊爱娣。
录自毛树林主编《西汉村的乞巧》。个别字句有所订正。

羊肚子手巾画莲花（礼县祁山镇）

（一）

羊肚子手巾上画莲花，
巧娘娘送走了我咋嗦？
羊肚子手巾上写黑字，
巧娘娘走嗦我没治。

巧娘娘影子驾了云，
抬头就到了南天门。

一股子青烟上天了，
巧娘娘把我不管了。
不管穿，不管戴，
只要你两朵银花在。
……

巧娘娘，上云端，
我把巧娘娘送上天。

（二）

我有心把巧娘娘留一天，
害怕桥拆了没渡船。
我有心把巧娘娘留两天，
又怕王母把天门关。

留留留啊留不住，
站站脚儿要走嗦。
去嗦去，上天去，
天桥上面团聚去。

七月七啊节满了，
巧娘娘把我不管了。
一股子青烟上天了，
凡间的女子心安了
……

巧娘娘，上云端，
我把巧娘娘送上天。

（三）

上河里淌啊下河里捞，　　拔鹊毛，搭鹊桥，

把我的巧娘娘送过河。　　　牛郎配婚双双对，
今年去啊明年来，　　　　　巧娘娘配婚差一人。
我头顶香盘接你来。　　　　　……
　　　　　　　　　　　　　　巧娘娘，上云端，
去嗦去，上天去，　　　　　我把巧娘娘送上天。
天上的牛郎配织女。

录自蒲向明：《西汉水上游乞巧民俗考察报告——以陇南礼县祁山镇西汉村七天八夜完整乞巧活动为重点》，见毛树林主编《西汉村的乞巧》。这首分三段，与上一首语句有同有异。个别字句有所订补。

送巧娘娘(礼县盐官镇)

盼啊盼到七月七，　　　　　骑白马，搭黄伞，
七对骡子七对鸡。　　　　　我把巧娘娘送上天。
转娘家要看乞巧哩，　　　　喜鹊哥，喜鹊哥，
送巧娘娘上天哩。　　　　　你把巧娘娘捎过河。

今年去，明年来，　　　　　巧娘娘，上云端，
头顶香盘接你来。　　　　　我把巧娘娘送上天。

提供者：王立红。搜集者：韩应宽，赵逵夫。

七月七，节满了（礼县）

七月七，节满了，　　　　　　白肚子手巾写黑字，
巧娘娘上天不管了。　　　　　巧娘娘走了我没治。

　　　　　　　　　　　　　　巧娘娘走了我心寒，
有心把你留一天，　　　　　　花手巾擦眼泪不干。
害怕上天后生故端。　　　　　巧娘娘身影出了门，
有心把你留两天，　　　　　　石头压心沉又沉。
害怕老天爷不了然。
有心把你留三天，　　　　　　巧娘娘，上云端，
害怕天上心不甘。　　　　　　我把巧娘娘送上天。

录自魏建军编著《人文礼县》（中国文史出版社 2016 年版）。

等你明年再下凡（礼县）

骑白马，搭黄伞，　　　　　　喜鹊快快飞上天，
我把巧娘娘送上天。　　　　　飞到千里银河边。
喜鹊姐呀喜鹊哥，　　　　　　多多拔毛搭鞍桥，
把我巧娘娘送过河。　　　　　牛郎织女要见面。
喜鹊姐呀喜鹊哥，
把我巧娘娘送上庙。　　　　　今日送走巧娘娘，

多喈再能见你面。
双双泪眼把你望，
等你明年再下凡。

巧娘娘，上云端，
我把巧娘娘送上天。

录自魏建军编著《人文礼县》。

七月初一天门开(成县)

七月初一天门开，
我请巧娘娘下凡来。

一炷香，两炷香，
我把巧娘娘接进庄。
一根绳，两根绳，
我把巧娘娘接进门。

一对蜡，两对蜡，
我把巧娘娘接进家。
去年去了今年还，
接巧娘头上顶香盘。

一拜蓝天一朵云，
二拜地狱十八层。
三拜我佛莲台坐，
四拜童子拜观音。

五拜五佛雷音寺，
六拜唐僧取真经。
七拜天堂七仙女，
八拜八仙显神通。

巧娘娘，下云端，
我把巧娘娘请下凡。

提供者：徐世忠。搜集者：贾群，席小翠。

水神爷面前摆香案(成县)

水神爷面前摆香案，
迎上神水照花瓣。

水神爷出了南天门，
你把神水赐两瓶。
水神爷打坐水晶宫，
你把神水赐两桶。

水神爷身下骑的龙，

你把神水赐两盆。
水神爷神泉通九江，
你把神水赐两缸。

水神爷给我显灵验，
赐上神水照花瓣。

巧娘娘，下云端，
我把巧娘娘请下凡。

提供者：贾顺兵。搜集者：贾群，赵逵夫。

正月里冻冰立春消(成县)

正月里冻冰立春消，
二月里鱼儿水上漂。
三月里桃花满山红，
四月里杨柳梢儿青。

五月里雄黄闹端阳，

六月里麦子满山黄。
七月里葡萄搭上架，
八月里西瓜弯月牙。

九月里大荞割成垅，
十月里雪花飘进门。
十一月柿子满街红，

腊月里年货摆出城。

巧娘娘,下云端,
我把巧娘娘请下凡。

提供者:徐世忠。搜集者:贾群,席小翠。

正月里冻冰路上滑(成县)

正月里冻冰路上滑,
牡丹埋在地底下,
想要摘它没发芽。

二月里满坡长青草,
牡丹芽芽出土了,
想要摘它没长高。

三月里清明去上坟,
牡丹叶叶长成拢,
想要摘它花未成。

四月里有个四月八,
牡丹开在刺底下,
想要摘它刺儿扎。

五月里栽桑养家蚕,
牡丹开在河对面,

想要摘它没渡船。

六月里入伏热难当,
牡丹开在广场上,
想要摘它叶晒黄。

七月里立秋天渐凉,
芍药参了牡丹行,
想要摘它闹一场。

八月里霜降快到了,
牡丹花落叶败了,
想要摘它不在了。

九月里登高敲大钟,
牡丹要开等来春,
今年摘它落了空。

巧娘娘，下云端，　　　　　　我把巧娘娘请下凡。

提供者：徐世忠。搜集者：贾群，席小翠。

黄瓜熟了蔓搭蔓(成县)

黄瓜熟了蔓搭蔓，　　　　　　六绣西瓜弯月牙。
巧娘娘给我教针线。　　　　　　七绣菊花满院香，
针线学会没人见，　　　　　　八绣辣子挂上墙。
绣些花草给你看。

　　　　　　　　　　　　　　　九绣古树腊梅红，
一绣百草坡上生，　　　　　　十绣雪花飘进门。
二绣麦苗地里青。　　　　　　四面绣上四朵云，
三绣菜籽满山黄，　　　　　　中间绣上你的名。
四绣艾蒿闹端阳。

　　　　　　　　　　　　　　　巧娘娘，下云端，
五绣葡萄架上搭，　　　　　　我把巧娘娘请下凡。

提供者：徐世忠。搜集者：贾群，席小翠。

折牡丹(徽县永宁镇)

正月里来熬茶哩，　　　　　　牡丹开在石峡里，

把把短了咋拿哩。

二月里来冰消哩，
牡丹开在崖缝里，
胳膊短着咋奔哩。

三月里来三月三，
牡丹开在水河湾，
上来下去放眼观。

四月里来四月八，
牡丹开在刺底下，
早上摘去露水大，
晚上摘去刺又扎。

五月里来天晴哩，
牡丹开在草丛里，
找不着时急人哩。

六月里来热难当，
牡丹开在阴山上，
不见日光靠月亮。

七月里来秋风凉，
牡丹越长越长了，

小哥心里越忙了。

八月里来八月八，
牡丹开在房檐下，
牡丹爱我我爱她。

九月里来九月九，
牡丹开在后门口，
我连牡丹手拖手。

十月里来十月一，
牡丹开在风地里，
折起供在花瓶里。

十一月来雪花飘，
移在房里拿布包，
只怕牡丹冻坏了。

十二月来北风拍，
咱把牡丹窖里藏，
等到来年再种上。

巧娘娘，下云端，
我把巧娘娘请下凡。

演唱者：宋庆元。搜集者：邸作人。
录自甘肃省文化局编《陇南民歌初稿（上集）》（1964年油印本）。

小绣荷包（徽县江洛镇）

一绣金线十万丈，　　　　十绣状元转回程。
二绣地狱十八层。

三绣桃园三结义，　　　　上河绣的捞鱼网，
四绣四季花儿红。　　　　下河绣的钓鱼竿。

五绣五子中五举，　　　　钓鱼竿上三尺三，
六绣状元转翰林。　　　　太公钓鱼八百年。

七绣七姐七姊妹，
八绣童儿拜观音。　　　　巧娘娘，下云端，
九绣九龙来戏水，　　　　我把巧娘娘请下凡。

演唱者：冉志学，姚生采。搜集者：陈开敏。
录自甘肃省文化局编《陇南民歌初稿（下集）》（1964 年油印本）。

巧娘娘给我传艺哩（徽县）

天河坝里的岁姐娃，　　　人人见了都说馋！
天爷黑了干啥嗦？　　　　擀的面，像丝线，
绣花哩，描字哩，　　　　下着锅里团团转，
巧娘娘给我传艺哩。　　　客人吃了一碗想两碗。

好茶饭，好针线，　　　　做袄哩，做鞋哩，

就是没有你娃的。　　　　　爹娘答应媒人言，
要说有哩就有哩，　　　　　我俩说了才算哩。
我提上酒肉来换哩。

把你想得甜想得美，　　　　巧娘娘，下云端，
叫上媒人才算哩。　　　　　我把巧娘娘请下凡。

搜集者：成子恒，梁晓明。

下种的节气不等人(徽县)

石砌墙脚砖包城，　　　　　过了夏至插稻秧，
下种的节气不等人。　　　　能喝两顿稠米汤。
梨树开花一身白，　　　　　头伏的萝卜二伏菜，
吆牛耕地种番麦。　　　　　三伏的荏荞熟得快。

谷雨梨树开花哩，　　　　　过了大暑不种荞，
家家种豆点瓜哩。　　　　　种上荞了不长苗。
和尚没帽光秃子，　　　　　咕噜雁儿虚空飞，
谷雨一到种谷子。　　　　　八月白露高山麦。

一看枣树出了芽，　　　　　秋风一刮天气凉，
赶紧翻地种棉花。　　　　　野菊花黄了种麦忙。
一帮麻雀趴在墙，　　　　　野菊花儿满坡开，
柳絮扬时种高粱。　　　　　赶快抽空种菠菜。

麦子种在泥窝窝，　　　　靠的天来种的地，
来年好吃白馍馍。　　　　务庄稼不能误节气。
九九尽了种胡麻，
长得七股八柯杈。　　　　巧娘娘，下云端，
　　　　　　　　　　　　我把巧娘娘请下凡。

录自杨克栋编著《陇南老山歌》（敦煌文艺出版社2021年版）。

十送财（两当县）

进了门来九窗开，　　　　九送九龙来戏水，
天官赐福送财来。　　　　十送状元转回城。
　　　　　　　　　　　　左面送的摇钱树，
一送父母寿缘长，　　　　右面送的聚宝盆。
二送粮食憋破仓。
三送三茶六饭足，　　　　摇钱树来聚宝盆，
四送四季走八方。　　　　日落黄金夜落银。
　　　　　　　　　　　　日落黄金夜落银，
五送关公出五关，　　　　十二个元宝滚进门。
六送诸葛亮出祁山。
七送天上七姊妹，　　　　巧娘娘，下云端，
八送海上过八仙。　　　　我把巧娘娘请下凡。

演唱者：吴全中，冠中平，刘怀德，杨世荣。搜集者：索象武，罗天鸷。
录自甘肃省民歌集成办公室编《中国民间歌曲集成甘肃卷·陇南分卷（上册）》（1981年油
印本）。据赵逵夫所搜集有所订正。

正月采茶是新年(两当县)

正月采茶是新年，
姐妹二人进茶园，
大姐摘了十五两，
二姐姐捡了多半斤。

二月采茶茶发芽，
姐妹二人摘茶花，
大姐摘了十五两，
当现①嫌了二万元。

三月采茶茶叶青，
姐妹二人织手巾，
两头织的两条龙，
当中又织采茶人。

四月采茶四月半，

茶树底下老龙②盘，
多烧纸钱多成灰，
保佑我茶树太平年。

五月采茶五端阳，
多栽杨柳少栽桑，
栽下杨柳避阴凉，
栽下桑树养桑郎。

六月采茶热难当，
姐妹二人两头忙，
大姐忙得团团转，
二姐忙着养蚕郎③。

巧娘娘，下云端，
我把巧娘娘请下凡。

演唱者：李如贵。搜集者：索象武。

录自甘肃省民歌集成办公室编《中国民间歌曲集成甘肃卷·陇南分卷(下册)》(1981年油印本)。

① 当现：当即的意思。　② 老龙：指蛇,农人视为吉祥之兆。　③ 蚕郎：即蚕。

109

十树花（宕昌县南阳镇）

一树花呀花一样，
一九四九年得解放。
人民解放得胜利，
全靠恩人共产党。

二树花呀满地红，
大家团结成一家。
全国人民齐努力，
反动势力连根拔。

三树花呀水倒流，
人民翻身抬起头。
抬起头，说起话，
劳动人民当了家。

巧娘娘，下云端，
我把巧娘娘请下凡。

演唱者：曾为刚。搜集者：兴业。
录自甘肃省文化局编《陇南民歌初稿（下集）》。

十二月梅花雪地开（宕昌县）

正月里采花无花采，
二月里采花花正开。
三月里桃花红似火，
四月里蒲毛儿连地开。

五月里石榴一点红，

六月里葡萄结地上。
七月里锦鸡等凤凰，
八月里风吹桂花香。

九月里菊花头上戴，
十月里松柏层层开。

十一月里本是无花采，　　巧娘娘，下云端，
十二月梅花雪地开。　　　我把巧娘娘请下凡。

演唱者:沈长海。搜集者:郭子凡。
录自甘肃省文化局编《陇南民歌初稿(下集)》。部分文字有所订正。

单等蜜蜂采花来(康县)

正月里采花无花采，　　九月菊花人人爱，
二月里采花正开花。　　十月的冬花忙采摘，
三月里桃杏红似火，　　十一月腊月无花采，
要采刺玫花四月八。　　雪地里闪出腊梅来。

五月里石榴赛玛瑙，　　墙里栽花墙外开，
六月的黄花遍地开。　　单等蜜蜂采花来。
七月里谷花泉中宝，
要采丹桂八月来。　　　巧娘娘，下云端，
　　　　　　　　　　我把巧娘娘请下凡。

演唱者:李俊南。搜集者:蒋顺仁,郗镇潮。
录自甘肃省民歌集成办公室编《中国民间歌曲集成甘肃卷·陇南分卷(下册)》。个别字句
有所订补。

黄豆灌水结荚荚（康县太石乡、平洛镇）

媒婆子说媒靠的嘴，
庄稼的收成靠的水。
活人一天三顿饭，
一季庄稼三遍灌。

秋水是老子冬水娘，
灌好了春水粮满仓。
种好庄稼没啥窍，
要灌就把水漫到。

有水没粪稻收半，

没水有粪稻不见。
小麦十月灌一遍，
来年顿顿吃白面。

小麦春灌为抽芽，
油菜春灌为开花。
番麦灌水抽天花[①]，
黄豆灌水结荚荚。

巧娘娘，下云端，
我把巧娘娘请下凡。

录自杨克栋编著《陇南老山歌》。
① 天花：方言，玉米雄花穗。

锄头底下有水哩（康县太石乡、平洛镇）

作务的秋田不锄草，
一季的工夫白搭了。
天热黄狗娃张嘴哩，
锄头底下有水哩。

按时地里锄杂草，
天虽旱庄稼收成好。
秋田少锄一两遍，
到时少收一两石。

耕干种干锄时干，
番麦收成翻一番。
高粱要锄三遍草，
秆高穗大子儿饱。

二遍锄深三遍壅，

多收的洋芋吃到春。
黄豆地里锄三遍，
颗颗儿长成麻雀蛋。

巧娘娘，下云端，
我把巧娘娘请下凡。

录自杨克栋编著《陇南老山歌》。

收割小麦抢时候(康县)

铁匠打铁看火候，
收割小麦抢时候。
山羊皮子鞔扇鼓，
小麦见穗四十五。

黄挂鸹儿叫立夏，
赶紧手攥镰刀把。
麦黄龙口夺粮哩，
绣花女也请下床哩。

夏至前后白雨多，
麦子边黄边收割。
九成黄动镰十成收，
十成黄动镰二成丢。

小暑一到连阴雨，
麦子不收烂地里。
六月山川麦子黄，
割背碾晒四大忙。

树上的核桃将饱瓢，
麦子开镰割上场。
夏至过了一十八，
山川的麦子一起杀。

一趟买卖怕误丢，
一季庄稼怕误收。
务好庄稼莫丢盹，
抢收的时候最要紧。

一、甘肃乞巧歌

113

巧娘娘，下云端， 　　　　　我把巧娘娘请下凡。

录自杨克栋编著《陇南老山歌》。

开财门(武都东江镇)

一扇财门两扇开，　　　　　八送神仙吕洞宾。
天官赐福送财来。
　　　　　　　　　　　　　九送九龙来戏水，
一送父母寿缘长，　　　　　十送状元转回程。
二送粮担装破仓。　　　　　十一送的摇钱树，
三送桃园三结义，　　　　　十二送的聚宝盆。
四送四季财气旺。　　　　　聚宝盆来摇钱树，
　　　　　　　　　　　　　早落黄金晚落银。
五送五级是魁首，
六送童子拜观音。　　　　　巧娘娘，下云端，
七送天上七姊妹，　　　　　我把巧娘娘请下凡。

演唱者：郭进财。搜集者：蒋顺仁。
录自甘肃省民歌集成办公室编《中国民间歌曲集成甘肃卷·陇南分卷(上册)》。又见陇南
行署文化处编《陇南地区民歌集成》(1988年)。

114

冻冰（武都龙坝乡）

正月里冻冰立春消，　　　　九月里菊花拢一拢，
二月里鱼娃水上漂。　　　　十月里柿子满街红。
三月里桃花满园红，　　　　十一月姑娘关上门，
四月里杨柳搭上棚。　　　　十二月抬盘还明春。

五月里麦子遍山黄，　　　　巧娘娘，下云端，
六月里鲜桃你先尝。　　　　我把巧娘娘请下凡。
七月里葡萄搭成架，
八月里石榴露红牙。

演唱者：张慈世。搜集者：蒋顺仁。
录自甘肃省民歌集成办公室编《中国民间歌曲集成甘肃卷·陇南分卷（下册）》。又见陇南
行署文化处编《陇南地区民歌集成》。

番麦锄草讲究多（武都隆兴镇、龙坝乡）

下种四月初五了，　　　　娃娃不教不成人，
番麦苗苗出土了。　　　　番麦不锄没收成。
要得光阴走上路，　　　　蒜皮要放指甲剥，
番麦锄草要作务。　　　　番麦锄草讲究多。

115

想要做饭不缺面，　　　　谨防锄刃伤苗根。

一季番麦锄三遍。　　　　三遍壅根的土堆大，

头遍刮草用力轻，　　　　番麦秆长高防倒下。

谨防土扬淹苗心。

　　　　　　　　　　　　巧娘娘，下云端，

二遍用力要锄深，　　　　我把巧娘娘请下凡。

录自杨克栋编著《陇南老山歌》。

十二花（文县碧口镇）

正月里什么花儿开？　　　　七月里什么花儿开？

正月有个迎春花儿开。　　　　七月有个荞麦花儿开。

二月里什么花儿开？　　　　八月里什么花儿开？

二月有个菜籽花儿开。　　　　八月有个韭菜花儿开。

三月里什么花儿开？　　　　九月里什么花儿开？

三月有个桃杏花儿开。　　　　九月有个黄菊花儿开。

四月里什么花儿开？　　　　十月里什么花儿开？

四月有个豌豆花儿开。　　　　十月有个黄椒花儿开。

五月里什么花儿开？　　　　十一月里什么花儿开？

五月有个石榴花儿开。　　　　十一月有个枇杷花儿开。

六月里什么花儿开？　　　　腊月里什么花儿开？

六月有个水荷花儿开。　　　　腊月有个梅花遍地开。

巧娘娘，下云端，　　　　　我把巧娘娘请下凡。

演唱者：张俊德。搜集者：李春发。
录自甘肃省民歌集成办公室编《中国民间歌曲集成甘肃卷·陇南分卷（上册）》。又见陇南
行署文化处编《陇南地区民歌集成》。个别语句有订正。

腊月梅花架上开(文县)

正月里采花无花采，　　　　九月菊花遍地开，
二月里采花花正开。　　　　十月棉花遍地开。
三月里桃花红似火，　　　　十一月十二月无花采，
四月里葡萄架上开。　　　　腊月梅花架上开。

五月里石榴开的鲜，　　　　巧娘娘，下云端，
六月里荷花满池开。　　　　我把巧娘娘请下凡。
七月里鹦哥浮水面，
风吹八月桂花开。

演唱者：杨中贵。搜集者：武都地区民歌办。
录自甘肃省民歌集成办公室编《中国民间歌曲集成甘肃卷·陇南分卷（下册）》。

一唱巧娘秦香莲(陇南)

一唱巧娘秦香莲，　　　　　手托儿女实可怜。

遇到包公张正义，　　　三唱巧娘祝英台，
抚育儿女心安然。　　　念书遇着梁山伯。
　　　　　　　　　　　柏木箕子柏木桶，
二唱巧娘王宝钏，　　　千提万提提不醒。
寒窑受苦十八年。
五家坡等来薛仁贵，　　巧娘娘，下云端，
忠贞之志万代传。　　　我把巧娘娘请下凡。

录自李旭峰：《浅析甘肃陇南乞巧文化艺术特征》（《戏剧之家》2015 年第 6 期）。文字据民间流传版本有所订正。

天水市

【1949 年前】

丰收年缺吃遭年成(武山县)

风调雨顺天睁眼，
庄稼人遇上丰收年。
丰收的麦子收上场，
要缴租子上皇粮。

硬把鱼儿吆上网，
丰收年租高皇粮涨。
高得吓人涨得凶，
缴过后麦子没几升。

庄稼人一年苦断肠，
丰收年还是缺口粮。
大热天起了寒风了，
丰收年遭了年成了。

缺了口粮喝清汤，
野菜吃得脸势黄。
丰收年缺吃遭年成，
庄稼人成了要饭人。

高山上起了大雾了，
庄稼人再没活路了。
衙门的老爷瞎了眼，
老百姓受苦没人管。

巧娘娘,下云端,
我把巧娘娘请下凡。

录自杨克栋编著《陇南老山歌》。

119

绣桌裙 _(武山县)

姊妹绣阁中，
巧手要用功，
姑娘你听我丫环说，
听心中，随姑娘绣桌裙。

姑娘上绣房，
手提钥匙响，
打开一对龙凤箱，
细心看，花线和针齐拿上。

要绣一座山，
绣在桌裙边，
再绣上高山洞里的老神仙，
抬头看，清风明月常作伴。

要绣一只鹿，
绣在林里面，
再绣上猛虎在山尖，
抬头看，天上飞鸟空中旋。

要绣一口钟，
绣在山寺门，

再绣上松柏青万年，
抬头看，飞禽走兽齐绣全。

要绣一条江，
绣在三峡上，
再绣一团鱼儿水上漂，
水上漂，鱼跳龙门都绣上。

要绣一只船，
绣在江边前，
再绣上稍公把船扳，
往里看，伯牙抚琴在里边。

白日里绣得好，
夜间梦里观，
山水相连实好看，
试深浅，哗啦哗啦如浪翻。

桌裙绣停当，
挂在桌子上，
对着桌裙烧上满炉香，
来人看，这才是姑娘的巧

手段。　　　　　　　　　　巧娘娘,下云端,
　　　　　　　　　　　　　我把巧娘娘请下凡。

演唱者:康义文。搜集者:裴冠生。
录自李益裕选编《天水歌谣》(甘肃文化出版社 2005 年版)。个别文字据本书编者所搜集
有所订正。

二姐娃上轿(麦积区)

太阳下山往西落,　　　　　阖家大小齐送我。
二姐娃点灯进绣阁。　　　　哥哥嫂嫂轿前站,
绣阁里绣的鸳鸯鸟,　　　　爹爹妈妈叮咛多。
鸳鸯戏水好事多。

二姐娃绣得瞌睡来,　　　　花轿出门离家远,
梦见有人来娶亲。　　　　　山又大来路盘盘。
来时抬的花花轿,　　　　　抬轿的人儿实难走,
还有两个迎亲人。　　　　　北风吹得雪花旋。

一个端的胭粉盒,　　　　　翻过山岭村庄到,
一个端的细银盅。　　　　　进了大门下了轿。
白腊胭粉擦白脸,　　　　　下了轿儿先拜堂,
水并胭脂抹口红。　　　　　醒来原是梦一场。

　　　　　　　　　　　　　巧娘娘,下云端,
扎花西裤尖尖脚,　　　　　我把巧娘娘请下凡。

搜集者:李新田
录自李益裕选编《天水歌谣》。部分歌辞有所删改。

四季行兵（麦积区）

春季里行兵二月天，
黄风土雾裹山川。
刮得人马打旋旋，
身穿盔甲坐马鞍。

夏季里行兵六月天，
日头出来难熬煎。
我王他在凉床睡，
十二个侍女来擦汗。

秋季里行兵八月天，

牛毛细雨雾绵绵。
箭插领口麻布子衫，
人马要过火焰山。

冬季里行兵腊月天，
鹅毛雪片空中翻。
北风呼啸如穿箭，
冻死疆场有谁怜！

巧娘娘，下云端，
我把巧娘娘请下凡。

搜集者：李新田。
录自李益裕选编《天水歌谣》。

种鸦片（麦积区）

正月里来是新年，
清朝兴起了鸦片烟。
一天睡觉晚上喧，
倒不开阴阳颠倒颠。

二月里来龙抬头，
扛上犁犁吆上个牛。
耕了头遍翻二遍，
一心想种鸦片烟。

三月里来三月三，
鸦片烟地里一点点。
锄子锄来铲子铲，
好像女娃子做针线。

四月里来四月八，
鸦片烟地里把根扎。
扎下根来苗又大，
叶叶繁来艳艳花。

五月里来五端阳，
锄头松土草刮光。
堆堆壅上粪上上，
吃烟的人儿有想望。

六月里来三伏天，
鸦片烟地里绣牡丹。
绣的牡丹实好看，
结的骨朵象鸡蛋。

七月里来七月七，
婆媳女子都上齐。
双刀儿割来烟又稀，
恐怕黑些有暴雨。

八月里来八月八，
鸦片烟地里倒了茬。
割了杆杆扭了头，
倒下籽籽熬成油。

九月里来九重阳，
吃烟的人儿好排场。
手里拿着打狗棒，
怀里抱着长明灯。

十月里来冷寒天，
吃烟人儿穿得单。
披上皮袄捂不来汗，
好像死了气没断。

十一月来天气短，
鼻子痒人眼睛酸。
鼻子痒人眼睛酸，
肠肠肚肚不安然。

腊月里来整一年，
吃烟的人儿好可怜。
借不来麦子拿不来面，
享受容易后悔难。

巧娘娘，下云端，
我把巧娘娘请下凡。

演唱者：李仓。搜集者：李峰。
录自李益裕选编《天水歌谣》。

123

佟大人搬兵（麦积区）

正月里，是新年，
紫红灯笼挂门前。
风吹灯笼旋旋转，
多回望着太平年。

二月里，二春分，
佟大人领兵走北京。
大水桥上住一营，
抬枪压得肩膀疼。

三月里，正清明，
士兵家中面袋空。
打着仗儿想着家，
佟大人看着很难辛。

四月里，没了粮，
个个士兵饿得慌。
这月军粮没连上，
苦菜芽儿做口粮。

五月里，五端阳，
这月的口粮没寻上。

佟大人急得没法想，
端起碗来泪汪汪。

六月里，热难当，
身穿一件锁子甲。
滴滴汗水流不尽，
头带军帽明沙沙。

七月里，七月七，
七合谷子八合米。
吃粮的哥哥逃出营，
佟大人督阵快行军。

八月里，八月八，
佟大人困在哈密峡。
进不是的退不是，
只怨朝廷兵不发。

九月里，九月九，
佟大人分散挖壕沟。
壕沟挖了万丈深，
吃粮的人来要小心。

十月里,冷寒天, 　　巧娘娘,下云端,

吃粮的人没有棉衣穿。 　　我把巧娘娘请下凡。

身上冷了把天怨,

肚子饿了打冷颤。

搜集者:高自英。

录自李益裕选编《天水歌谣》。佟大人指佟麟阁(1892—1937),字捷三,河北高阳县人。1912 年加入冯玉祥部队。1926 年五原誓师后,率部入甘肃,肃清张兆钾、孔繁锦等部,进驻兰州,代理甘肃督办。1927 年驻军天水,兼任甘肃省陇南镇守使。同年 5 月调离。

为娘生养女花童(麦积区)

为娘生养女花童, 　　一织天,二织地,

要为女儿做陪房。 　　再织福禄寿人四个字。

大鞋做了无其数, 　　上织一个红丝线,

小鞋做了两皮箱。 　　下织飞鸟满天转。

石榴开花叶叶青, 　　上织一个蓝丝线,

大姐栽花花没成。 　　下织孔雀赛牡丹。

二姐栽花开成了, 　　上织马莲长路边,

我给三妹织手巾。 　　下织鱼儿满泉转。

匠人请来炕上坐, 　　上织老鼠墙头过,

喝盅茶了挂线纬。 　　下织女猫蹑墙根。

问声匠人织多大? 　　上织喜鹊树梢站,

不大不小二尺八。 　　下织黑鹰打旋旋。

上织兔儿满山跑，
下织枪手瞄着跟。
上织铁货短一寸，
下织千锤打来万锤砧。

上织木匠短一寸，
下织咬牙把天恨。
上织裁缝短一寸，
下织口扯牙齿扽。

一盘金子一盘银，
辞送匠人回家中。

不要你一盘金，
不要你一盘银。
指望你是个有情人，
偷偷地多来问一声。

宁丢金来又丢银，
要我问你万不能。
你问我来万不能，
我要撕碎这手巾。

巧娘娘，下云端，
我把巧娘娘请下凡。

搜集者：高自英。
录自李益裕选编《天水歌谣》。也见于温小牛《邽山秦风》(敦煌文艺出版社 2018 年版)。个别文字据本书编者所搜集版本有所改动，并删去四句。

十姐成家(麦积区)

石榴开花叶叶子青，
十个姐儿成给人。

大姐成给木匠家，
又会扽锯劈木楂。
二姐成给铁匠家，
又会对锤煽风匣。

三姐成给石匠家，
又会錾磨刻石花。
四姐成给农户家，
又会吆牛对梿枷。

五姐成给戏子家，
又会掌号吹喇叭。

六姐成给衙门家，　　　　　九姐成给酒坊家，
又会问事讲王法。　　　　　又会烧烤倒酒渣。
　　　　　　　　　　　　　十姐成给乞丐家，
七姐成给店子家，　　　　　提根棍子捣狗牙。
又会擀面炝葱花。
八姐成给染房家，　　　　　巧娘娘，下云端，
又会织布纺绵花。　　　　　我把巧娘娘请下凡。

演唱者：王进玉。搜集者：孟勤学。
录自李益裕选编《天水歌谣》。个别字句有所订正。

方四娘（麦积区）

渭河两岸十七乡，　　　　　宣来爹爹多商量。
谁不知有个方四娘。
四娘七岁学针线，　　　　　三月里来正清明，
十二跟娘进绣房。　　　　　王家相公来提亲。
　　　　　　　　　　　　　花红蕊里十七香，
正月里来正新春，　　　　　十六花轿到门上。
王家相公来提亲。
双媒双亲双吃酒，　　　　　四月里来天气长，
从此不让再出门。　　　　　一天三次进厨房。
　　　　　　　　　　　　　烧锅抱柴还算好，
二月里来二春风，　　　　　缸里无水要她挑。
王家相公来提亲。
东问公婆西问娘，　　　　　五月里来五端阳，

127

做吃做喝实在忙。
侍奉了公婆侍侯郎，
鞋袜做好床头上放。

六月里来热难当，
田里做罢回家忙。
一日三餐饭做上，
公婆不吃嫌不香。

七月里来秋风凉，
宣来亲家要商量。
梨树上面老鸹叫，
亲戚关系不久长。

八月里来没黑天，
四娘日夜织绸缎。
一天织了三丈五，
还说四娘不动弹。

公公打来婆婆骂，
小姑子过来拔头发。
一根头发一根线，
娘家听着干瞪眼。

九月里来九重阳，
手提麻绳三尺长。
眼泪淌完心已死，
杨柳树上寻无常①。

十月里来冷寒天，
四娘死得实可怜。
娘家人有话不敢说，
隔家邻居空想念。

巧娘娘，下云端，
我把巧娘娘请下凡。

搜集者：李新田。
录自李益裕选编《天水歌谣》。个别文字有所订正。
① 寻无常：方言，自杀。

十月点兵 (麦积区)

正月里点兵百草生，　　　县里文书来抓人。

家有三子去一人，
家有五子二当兵。

二月里点兵下教场，
教场坝里竖刀枪。
长枪短枪齐举起，
一催人马二催粮。

三月里点兵拜我的爷，
爷爷胡子白生生。
头戴金盔身穿袍，
一双朝鞋双脚蹬。

四月里点兵拜我的婆，
你孙子当兵无奈何。
人留子孙树留根，
我婆抓我一场空。

五月里点兵拜我的爸，
儿子当兵你在家。
大斗小秤亏了人，
你儿子今日去当兵。

六月里点兵拜我的娘，
儿子当兵你心凉。

早上烧香朝东拜，
盼儿归来到晚上。

七月里点兵拜我的哥，
兄弟拉手没话说。
只有弟弟替哥哥，
哪有哥哥来替我。

八月里点兵拜我的嫂，
你兄弟当兵躲不掉。
灶火里无柴要你抱，
水缸里无水要你挑。

九月里点兵拜我的妹，
小妹妹问我几时归。
我是江里长流水，
水不倒流永不回。

十月里点兵拜我的妻，
抱着脖子眼泪淌。
替我尽孝看老人
我天天都会把你想。

巧娘娘，下云端，
我把巧娘娘请下凡。

演唱者：张保善。搜集者：王改玲。
录自李益裕选编《天水歌谣》。部分语句据其他传本有所订正。

十可恨(麦积区)

一可恨来日本兵，
烧杀抢掠太残忍。
幸免鬼子失了算，
没过潼关死了心。

二可恨来大衙门，
个个只做发财梦。
马步芳来心太贪，
又拉兵来又要钱。

三可恨来胡宗南，
统治西北几十年。
统治西北几十年，
城乡老百姓实可怜。

四可恨来贼县长，
刮得人民没有粮。
苛捐杂税天天长，
日本侵略不抵抗。

五可恨来是镇长，
他是地方土皇上。

富汉家当兵有他挡，
穷人当兵一绳绑。

六可恨来保甲长，
月儿款来壮丁粮。
月儿款来壮丁粮，
逼得穷人去逃荒。

七可恨来是老财，
搜刮钱粮再放出来。
高利贷来驴打滚，
祖祖辈辈还不清。

八可恨来是富农，
该他牛工还不清。
该他牛工还不清，
还说穷人没良心。

九可恨来大商户，
口里念佛心里毒。
家里顿顿酒肉香，
不叫穷人喝面汤。

十可恨来阎锡山，
组织特务谋江山。
一贯道来装罗汉，
清红帮装下不言喘。

巧娘娘，下云端，
我把巧娘娘请下凡。

演唱者：阎志荣等。搜集者：周祖昌。
录自李益裕选编《天水歌谣》。部分文字有所订正。

一绣日照卦台山（麦积区）

一绣日照卦台山，
二绣神水玉泉观。
三绣黄河起波浪，
四绣渭水九道湾。
五绣秦州伏羲庙，
六绣松柏万万年。

七绣凤凰单展翅，
八绣神鹰天上盘。
九绣绿水绕青山，
十绣太平万万年。

巧娘娘，下云端，
我把巧娘娘请下凡。

搜集者：赵逵夫。

太平年（麦积区）

正月里要唱是新年，
纸糊灯笼挂门前。

风吹叶叶啪啦颤，
风调雨顺太平年。

二月里要唱龙抬头，
溜秋鬼总是往西走。
溜秋鬼总是往西走，
四川的蛮子把关口。

三月里要唱三月三，
桃园结义三弟兄。
要知兄弟名和姓，
刘备张飞和关公。

四月里要唱四月八，
娘娘庙里把香插。
小伙子插香为骡马，
秋海棠插香为娃娃。

五月里要唱五端阳，
磨房里受苦李三娘。
有朝一日儿长大，
再让亲娘出磨房。

六月里要唱热难当，
刘秀十二走南阳。
有心不到南阳去，
大刀苏显赶驾慌。

七月里要唱秋风凉，
骑士打马过乌江。
有心不到乌江去，
乌江岸上女贤良。

八月里要唱八月八，
刺楸树上绣莲花。
刺楸树上莲花开，
庄户人家笑开怀。

九月里要唱九重阳，
黄菊花开在两路旁。
有心摘花无心戴，
摘上一朵怀里揣。

十月里要唱下大雪，
红绫被儿暖不热。
红绫被儿暖不热，
怀抱太子多半月。

巧娘娘，下云端，
我把巧娘娘请下凡。

演唱者：刘毛桃，刘满子。搜集者：周祖昌。
录自李益裕选编《天水歌谣》。

十月歌（麦积区）

正月里来是新年，
钟离洞宾来下凡。
二位仙家闲游转，
云门闯苌白牡丹。

二月里来龙抬头，
坐在禅路实拜修。
张果老骑驴桥头过，
两边狮娃滚绣球。

三月里来三月三，
武王要修五台山。
要发张家传贤女，
皇姑老母泪涟涟。

四月里来四月八，
高皇太子要出家。
八十老母留不下，
亲皇寺里出了家。

五月里来麦梢黄，
先有喇嘛渡姨娘。

姊妹二人跪行事，
跪在黄河两岸上。

六月里来热难当，
朝里有个包丞相。
铜铡铡了戚国舅，
多夸倩娘来报仇。

七月里来秋风凉，
玩耍的姐儿洗衣裳。
花鞋落在石板上，
怀抱顽石投了江。

八月里来月正圆，
昭君娘娘和北番。
月夜琵琶怀中抱，
哭着出了雁门关。

九月里来九重阳，
菊花开在路两旁。
有心折来无心戴，
折上两朵怀里揣。

133

十月里来十月一，
家家户户送寒衣。
早走的老人超生了，
一定要送新坟里。

白纸烧下风吹了，

浆水泼下渗地了。
活人免的心上的意，
谁知道亡魂在哪里。

巧娘娘，下云端，
我把巧娘娘请下凡。

搜集者：李新田。
录自李益裕选编《天水歌谣》。

王祥卧冰（秦州区）

草叶儿青，树叶儿黄，
有一个孝子是王祥。
王家庄里有个王员外，
所生一子叫王祥。

王祥七岁离了母，
十二停学请后娘。
后娘害的馋疾病，
想喝半碗鲜鱼汤。

王祥一听着了忙，
急急忙忙上集场。
东街摆的牛羊肉，
西街猪肉摆两行。

各街货物样样有，
哪有鲜鱼上集场？
王祥一看着了忙，
急急忙忙赴江上。

衣裳倒挂杨柳树，
鞋袜脱在江岸上。
热肚子爬在冰凌上，
暖得冰凌咥嘟嘟响。

王祥卧冰动天地，
感动四海水龙王。
龙王一看着了忙，
把一条鲜鱼送出江。

王祥得了一条鱼，
急急奔跑回家忙。
头一碗舀上敬天地，
第二碗舀上敬后娘。

后娘喝了鲜鱼汤，

拐拐一柱离了床。
王祥卧冰第一孝，
把他的美名天下扬。

巧娘娘，下云端，
我把巧娘娘请下凡。

搜集者：朱金泉。
录自李益裕选编《天水歌谣》。

女贤良 (秦州区)

金莲开花渗金黄，
为娘生下女贤良。
娘前教你十四五，
十六七上要离娘。

离了娘家到婆家，
日后活人更难当。
有事先给公婆说，
不要独断把理伤。

要和小姑子常和气，
有错了婆婆不生气。
在家勤快要仔细，
省吃俭用有出息。

扫地不要笤帚扬，
尘土落不在床头上。
说话不要占地方，
闲言不落你身上。

三句好话暖人心，
不要争执势上风。
做饭不要太慌张，
油盐酱醋齐调上。

公公婆婆先端去，
依次不忙都端上。
先为他人后为己，
和和气气把家当。

娘言女要记心上，
免得日后把心伤！

巧娘娘，下云端，
我把巧娘娘请下凡。

讲述者：苏联社。搜集者：胡云林。
录自李益裕选编《天水歌谣》。

十颗字儿(秦州区)

一颗字儿一把剑，
平贵西凉招英贤。
好酒灌醉代战女，
智盗令箭出三关。

两颗字儿成一双，
织女爱的是牛郎。
天河隔着难相见，
七月七日望一面。

三颗字儿三桃园，
董卓要谋汉江山。
王司徒定下美人计，
凤仪亭吕布戏貂蝉。

四颗字儿成两双，
裴生爱的李慧娘。
西湖玩景动情义，
五更三点闹书房。

五颗字儿五更天，
西门庆偷情潘金莲。
武大郎卖饼沿街叫，
武二郎知情心里焦。

六颗字儿闪明星，
张梅英花园动哭声。
惊动了花园高文举，
花亭府上配成姻。

七颗字儿七星剑，
王景隆爱的小苏三。
临禁寺受罪三年整，
三堂会审才团圆。

八颗字儿八面方，
延安府逼反是双良。
界牌关马踏几万将，
只为情敌少年郎。

九颗字儿九连环，
陈庆元小姐去和番。
他夫妻从此离别后，
放悲声哭出雁门关。

十颗字儿十样锦，

双锁山前刘金定。
高琼得了脱身计，
下兰仓失缺母子恩。

巧娘娘，下云端，
我把巧娘娘请下凡。

演唱者：成瓜儿。搜集者：朱路燕，苏卫平。
录自李益裕选编《天水歌谣》。

节气歌（秦州区）

岁朝宜黑四边天，
大雪纷纷是丰年。
最好立春晴几日，
农夫不用力耕田。

惊蛰闻雷米似泥，
春风有雨病人稀。
月中若得天气好，
到处棉花豆麦宜。

风雨相逢初一头，

沿村柳丝顺风游。
清明风若从南至，
定是农家大有收。

夏至风从东北起，
瓜果园内受熬煎。
端阳有雨是丰年，
芒种闻雷美亦然。

巧娘娘，下云端，
我把巧娘娘请下凡

搜集者：王永成。
录自李益裕选编《天水歌谣》。

拍花花手(清水县)

拍一个花花手一月一，　　　　六把扇儿遮日头。
一人一马到宝鸡。

拍一个花花手二月二，　　　　拍一个花花手七月七，
二个铜钱两个字。　　　　　　七人七马过陕西。

　　　　　　　　　　　　　　拍一个花花手八月八，
拍一个花花手三月三，　　　　八十阿婆不管家。
三巧芽儿打搅团。

拍一个花花手四月四，
四个老牛来耕地。　　　　　　拍一个花花手九月九，
　　　　　　　　　　　　　　个人田禾个人守。

拍一个花花手五月五，
五面锣儿五面鼓。

拍一个花花手六月六，　　　　巧娘娘，下云端，
　　　　　　　　　　　　　　我把巧娘娘请下凡。

录自温小牛《邽山秦风》。这是女子在叫巧娘娘时，互相换拍对方的手时念唱的民歌。

上坡里坐的巧娘娘(清水县)

巧娘娘，吃巧来，　　　　　上坡里①坐的巧娘娘，
喝汤来，洗澡来。　　　　　下坡里坐的是牛郎。

　　　　　　　　　　　　　做牛郎鞋，摆两双，

穿一双,放一双。　　　　　给巧娘娘剪个大花袄。

梨花帮儿,高底子,
展开花布八九尺。　　　　　巧娘娘,下云端,
尺子等②,剪子铰,　　　　　我把巧娘娘请下凡。

① 上坡里:方言,陇东南指刚进正门上挂中堂、下设神位的地方。　② 等:方言,用尺子量。

风吹起叶叶儿(清水县)

风吹起叶叶儿,　　　　　巧娘娘教我缝被子。
落下杆杆儿。
金水儿,银碗儿,　　　　　我给巧娘娘献桃儿,
巧娘娘,洗脸儿。　　　　　巧娘娘教我缝袍儿。
洗下的脸,如白面,　　　　我给巧娘娘献双鞋,
巧娘娘叫我做针线。　　　巧娘娘教我要学乖。

我给巧娘娘来献瓜,　　　巧娘娘,下云端,
巧娘娘叫我来扎花。　　　我把巧娘娘请下凡。
我给巧娘娘献柿子,

演唱者:马翠巧。搜集者:牟军红。
录自李益裕选编《天水歌谣》。与上一首原并为一首,总题为"乞巧歌"。今参照温小牛《邽山秦风》所收将第一首独立,并订正了个别字句。题目据内容改作"迎巧歌"。因系1949年前传下来,其中显然有缺漏。

十道黑 (清水县)

漂白衫子青丝带，
系在腰中一道黑，
难道世上白呀！

青铜明镜墙上挂，
看见眉毛二道黑，
难道世上白呀！

粉白墙上写大字，
横一斜二三道黑，
难道世上白呀！

姐姐穿的妹妹鞋，
试来试去试到黑，
难道世上白呀！

庄农汉戴黑毡帽，
一日不抹捂到黑，
难道世上白呀！

鹦哥飞到椒树上，

绿来绿去绿到黑，
难道世上白呀！

木匠做了白匣匣，
漆来漆去漆到黑，
难道世上白呀！

八十老人去上坟，
哧哧吭吭爬到黑，
难道世上白呀！

先生遇上病婆娘，
吃药不应灸到黑，
难道世上白呀！

两个童生下教场，
不中靶子拾到黑，
难道世上白呀！

巧娘娘，下云端，
我把巧娘娘请下凡。

录自温小牛《邽山秦风》。这是20世纪40年代以前所流传的一首乞巧歌。

给巧娘娘铰个大花袄(清水县)

年年有个七月七，　　　　　　穿上展展，脱下板板。
牵牛郎，会织女。
尺子等，剪子铰，　　　　　　巧娘娘，下云端，
给巧娘娘铰个大花袄。　　　　我把巧娘娘请下凡。

录自温小牛《邽山秦风》。开头原还有几句，同《上坡里坐的巧娘娘》"做牛郎鞋，摆两双"之前几句全同，两部分意思也连贯，应是流传中窜在一起的。后面应有缺文。

巧娘娘夸我最灵心(清水县)

石榴子开花叶叶儿青，　　　　再织两个提锤人。
年年栽花花不成。　　　　　　织一个木匠雪花儿飘，
哥哥呀南学去读书，　　　　　再织上两个拉锯人。
妹妹呀在家织手巾。

　　　　　　　　　　　　　　织一个锦鸡林子里窜，
织一个山来织一条水，　　　　再织个黄莺打旋旋。
再织一群鸟儿满天飞。　　　　织一个野狐满山跑，
织一个牧童抬头唱，　　　　　再织两个猎户要放箭。
坡上羊儿吃得肥。

　　　　　　　　　　　　　　手巾子织了十样锦，
织一个铁匠铁花儿溅，　　　　巧娘娘夸我最灵心。

141

巧娘娘，下云端，　　　　　我把巧娘娘请下凡。

搜集者：赵逵夫。
按：温小牛《邽山秦风》所收有几句相同。

烟雾霖霜照满川(清水县)

烟雾霖霜照满川，　　　　　樱桃小口红一点，
呼雷爷白雨①闪火闪，　　　　糯米儿银牙尖又尖，
泡湿了巧娘娘的好衣衫。　　　看着巧娘娘心里甜。

头上青丝如墨染，　　　　　身穿一领褐云衫，
柳叶儿眉毛赛弯月，　　　　红绫带一条系腰间，
你说她好看不好看！　　　　脚下露出了小金莲。

杏仁眼睛圆又圆，　　　　　巧娘娘，下云端，
线杆子鼻子端上端，　　　　我把巧娘娘请下凡。
看着你眼儿直发酸。

录自温小牛《邽山秦风》。
① 呼雷爷：方言，指天打雷。白雨：方言，指暴雨。

十姐成家 (清水县)

石榴开花叶叶青，
十个姐儿成给人。

大姐成给木匠家，
又会拉锯劈木楂。
二姐成给铁匠家，
又会对锤煽风匣。

三姐成给农户家，
又会吆牛对连枷。
四姐成给戏子家，
又会掌号吹喇叭。

五姐成给衙门家，
又会问事讲王法。

六姐成给乞丐家，
常常讨要捣狗牙。

七姐成给店子家，
又会擀面炝葱花。
八姐成给染坊家，
又会织布纺棉花。

九姐成给酒坊家，
又会烧烤倒酒渣。
十姐成给石匠家，
又会錾磨刻石花。

巧娘娘，下云端，
我把巧娘娘请下凡。

录自温小牛《邽山秦风》。此歌也流行于天水其他地区。

李三娘推磨(清水县)

九月里来菊花黄，
李三娘①早起进磨房。
走进磨房粉白墙，
半墙上修下土地堂。

土地爷爷本当老，
浑身上下劲大了。
土地爷爷本姓张，
窑窝子②修在半墙上。

磨子好比河湾石，
能工巧匠錾得齐。
磨子本是石两扇，
上搭麦子下淌面。

箩儿好比一层线，

上翻麸子下淌面。
磨棍好比一根棍，
推死推活没人问。

磨扇不大转悠悠，
圈圈小路没有头。
扫帚好比仵作手③，
圪里圪崂都扫净。

黑里明星一根头走，
李三娘受苦有谁救。
李三娘呀泪汪汪，
啥年月里出磨房。

巧娘娘，下云端，
我把巧娘娘请下凡。

录自温小牛《邽山秦风》。原又收有异文之后半段，本书参考互校录成。
① 李三娘：相传为后汉高祖刘知远皇后。刘知远与李三娘的故事见于宋人《五代史平话》和金代《刘知远诸官调》，后被元人改编为南戏。　② 窑窝子：即小窑洞。　③ 仵(wǔ)作：旧时官府中检死伤的差役，后主要用来指代以殡葬为业的人。仵作手：言各处都不能遗漏。原作"五做寿"，今正。

小女婿(清水县)

荞麦开花乱嚷嚷，
将姐嫁到远山上。
不怨爹来不怨娘，
只怨媒婆瞎心肠。

日头跌窝鸡上架，
小女婿这时转回家。
板凳支上才上炕，
还要姐儿脱衣裳。
睡着醒来要吃馍，

没吃两口又睡着。

一泡尿湿了绣花被，
二泡尿湿了姐的衣。
一心想着寻无常，
到底舍不下我爹娘！

巧娘娘，下云端，
我把巧娘娘请下凡。

演唱者：王怀西。搜集者：谈治平。
录自李益裕选编《天水歌谣》。

洛阳桥(清水县)

正月里，春节到，
状元要修洛阳桥，
要修桥呀万丈高。

二月里，菜花开，

状元下了读书台，
盼得文书捎回来。

三月里，正清明，
南京文书到北京，

洛阳桥儿要动工。　　　　两面栽起石栏杆。

四月里，四月八，　　　　九月里，菊花开，
状元无钱不修它，　　　　洛阳修起九道街，
攒下银钱再修它。　　　　花花世界谁不爱。

五月里，五端午，　　　　十月里，水冻冰，
状元把你本花上，　　　　洛阳桥儿修完工，
花上银钱修洛阳。　　　　二人过桥远传名。

六月里，中伏天，　　　　十一月，雪花飘，
观音菩萨下凡间，　　　　张果老儿踩金桥，
凡间出了女神仙。　　　　再问桥头牢不牢。

七月里，正立秋，　　　　腊月里，梅花开，
曹国舅来吕洞宾，　　　　梁山伯配祝英台，
骊山老母在后跟。　　　　从打杭州读书来。

八月里，八月半，　　　　巧娘娘，下云端，
洛阳桥儿修一面，　　　　我把巧娘娘请下凡。

录自温小牛《邠山秦风》。

王祥卧冰（清水县）

离城十里王家庄，
员外生子叫王祥。
王祥母亲病卧床，
百样茶饭用不上。

快把鲜鱼送出江，
冻坏孝子谁担当。
龙王听了好慌张，
急忙送鱼出西江。

一心要喝鲜鱼汤，
王祥用心来思量。
打开柜子取银两，
步行来到大街上。

大鱼送出五十双，
送出小鱼几箩筐。
拿了大鱼煮鱼汤，
送回小鱼下西江。

猪肉羊肉摆两行，
不见鲜鱼上集场。
寻得王祥着了忙，
转身来到江岸上。

灶里柴干火正旺，
煮好鱼汤给老娘。
喝上一碗眼睁开，
喝上两碗拾起来。
喝了三碗溜下床，
拄着拐棍数牛羊。

脱了鞋子脱衣裳，
身子卧在青冰上。
暖得青冰叮当响，
惊起天上张玉皇。

巧娘娘，下云端，
我把巧娘娘请下凡。

录自温小牛《邽山秦风》。该书另一首郑长保提供者与此部分语句大同小异，此不录。
说明：王祥，汉末至晋初琅玡临沂人，字休征，王览之异母兄。早丧母，继母不慈。父母有疾，衣不解带，汤药必先尝。母尝欲食鲜鱼，时天寒冰冻，乃解衣欲"剖冰求之"。被封建社会视为至孝之标本，列入"二十四孝"。王祥卧冰故事最早见于干宝《搜神记》，后代宣传孝行之书画中皆有之。

石沟里担水_(清水县)

石沟里担水上南坡，
南坡里碰上娘家哥。
叫一声哥哥你等着，
妹妹我有话对你说。

一言两语呀说不完，
搬下个胡墼①坐下说。
说来说去我眼泪多，
你看重银钱卖了我。

我在他家里受折磨，
多少的委屈和谁说。
早起来担水四十担，
半夜里推磨三斗半。

一更推来二更里箩，
三更在睡房黑里摸。
三九天睡得冷被窝，
冻得妹妹我睡不着。

靠着墙根丢了个盹，
就听着公婆在吆喝。

一夜里头来不挨枕，
顶上个头巾又起身。

哗啦啦开开门两扇，
天上的星星亮闪闪。
手拿笤帚呀奔上房②，
上房有个三爷娘。

扫净了上房连身转，
拿起了扫帚又扫院。
问一声公婆做啥饭，
十声问了个九不喘。

公公要吃韭叶的面，
婆婆要喝醋拌汤酸。
锅又大来呀水又多，
柴儿湿着呀烧不着。

急里忙里我把面擀，
擀完了面来把汤拌。
左手端的韭叶面，
右手里端的醋拌汤。

公公嫌着没放盐， 公公的脸色更难看。

婆婆嫌着咸又酸。 多年的委曲肚里咽，

一天的活儿干不完， 哥哥你说我难不难？

累得我浑身骨头散。

　　　　　　　　　　巧娘娘，下云端，

婆婆骂我来丈夫怨， 我把巧娘娘请下凡。

录自温小牛《邽山秦风》。原文后又有异文一，依之增补了"公公嫌着"二句，修改了此上的说"韭叶面""醋拌汤"的二句。这首《石沟里担水》系清水县秦亭镇南沟村杨杏儿唱本，另有白沙镇景园村郑长保唱本，文字小异。此歌同《西和乞巧歌》中《热头出来一盆火》在情节、构思上极相近。由这几首歌可以看出在一个世纪上下的时间中乞巧歌流传和演变的状况。因为清水县的乞巧活动已基本消失，这首乞巧歌以一般民歌的形式流传下来。

① 胡墼：即土坯。清水农村用木模填土，用石碡夯实，晒干后用作盘土炕，或砌房墙。

② 上房：即正屋、主房，一般为长者居住，或会客。

只能睡梦里转娘家（清水县）

娘家路上雾腾腾， 虚空的黄风乱刮哩，

想转娘家转不成。 纺得少了挨打哩。

马把驮子驮着哩，

阿家安顿下活着哩。 纺车把磨得手心疼，

办下的棉花几捆捆， 满沟子坐下的死肉丁。

要没明没黑纺一冬。 为赶快贪黑又起早，

　　　　　　　　　　几捆棉急忙纺不了。

纺车摇得吱吱响， 大风地里难点蜡，

一天叫纺斤八两。 只能睡梦里转娘家！

油瓶单怕倒挂哩，

纺得慢了挨骂哩。 巧娘娘，下云端，

我把巧娘娘请下凡。

录自杨克栋编著《陇南老山歌》。

贤良女出嫁(张家川县)

石榴子开花叶叶儿黄，
人人都爱女贤良。

老母常叮咛：
你要为娘争刚强。
七岁八岁跟娘转，
十二岁留头进绣房。

一学针尖儿挑上线，
二学巧女绣鸳鸯。
三学纺车织绫缎，
四学裁剪缝衣裳。

五学家务样样会，
六学茶饭无阻挡。
七学罗裙把脚藏，
八学花堂拜新郎。

九学挖菜王二姐，
十学研磨李三娘。

各样活计都学会，
才有娘家的好嫁妆。

大红袄，二十件，
各样袜子十五双。
梳头匣子摆两行，
蚕丝的包头有五双。

大鞋儿陪了七八对，
小鞋儿陪了十几双。
梳子篦子光对光，
一头的玛瑙明晃晃。

贤良女上马娘说话：
阿公家不比在娘家。
迟迟睡来起早点，
扫了庭房扫后院。
泉里担水少歇缓，
见了生人少搭言。

蒿柴棍棍都拾上，
给你阿公好烧汤。
揽柴时不要手脚忙，
尘土扬不到你头上。

大门边里不要站，
过路的馋汉会把你看。
烧锅时火棍一头搅，
妯娌们一搭有大小。
炒菜时不要尝油盐，
阿家见不的媳妇馋。

头一碗端给你公婆，
第二碗端给你新郎。
阿公骂你不要犟，
你不是他的小婆娘。
阿家骂你也不要犟，
指头儿指不到你身上。

巧娘娘，下云端，
我把巧娘娘请下凡。

演唱者：阎八虎。搜集者：翟存菊。
录自李益裕选编《天水歌谣》。

孟姜女(张家川县、清水县)

正月里来是新年，
家家户户挂门帘。
风吹门帘啪啪响，
孟姜女扶门哭一场。

二月里来二月八，
娘娘庙里来烧香。
人家烧香求儿女，
孟姜女烧香为范郎。

三月里来三清明，
家家户户去上坟。
人家上坟双双对，
孟姜女上坟孤一人。

四月里来养蚕忙，
家家户户去采桑。
有心采来无心养，
手扶桑条泪汪汪。

五月里来五端阳，　　　　家家户户缝衣裳。
大麦子割了小麦子黄。　　人家的衣裳有人穿，
人家的麦子收上场，　　　孟姜女衣裳压皮箱。
孟姜女麦子放牛羊。

　　　　　　　　　　　　九月里来九重阳，
六月里来小麦黄，　　　　黄菊花开在两路旁。
家家户户烧米汤。　　　　有心插来无心戴，
人家的米汤有人喝，　　　手把着枝条哭一场。
孟姜女米汤顺墙泼。

　　　　　　　　　　　　十月里来寒风临，
七月里来七月七，　　　　孟姜女担心受冷冻。
红牡丹开了白牡丹开。　　千里路上送寒衣，
折上一枝我戴上，　　　　哭倒长城十万里。
再折一枝等范郎来。

　　　　　　　　　　　　巧娘娘，下云端，
八月里来八月八，　　　　我把巧娘娘请下凡。

演唱者：白梅梅。搜集者：翟存菊。
录自李益裕选编《天水歌谣》。温小牛《邽山秦风》所录清水县仅为"一至八月"部分。
部分语句根据其他传本有所订补修改。

不割高粱的喝老酒（天水）

受罪哩来享福哩，　　　　穿靴子的吃鹿肉。
精脚片的打鹿哩。
有的吃肥有饿瘦，　　　　不务果园的吃桃子，

不种棉花的穿袍子。　　　　　巧娘娘，下云端，

不割高粱的喝老酒，　　　　　我把巧娘娘请下凡。

当官的坐衙门啥都有。

录自杨克栋编著《陇南老山歌》（敦煌文艺出版社 2021 年版）。

都怪世道不公平（天水）

想走西阻挡走了东，　　　　　背炭的手上冻了疮，

乞巧唱个世不公。　　　　　　奶妈的娃娃瘦又黄。

木匠住的破草房，　　　　　　编凉席的睡光床，

织布人穿的烂衣裳。　　　　　抬棺送葬人死路旁。

做庄稼的吃谷糠，　　　　　　大旱没雨涝不晴，

贩盐人家喝淡汤。　　　　　　都怪世道不公平！

卖面的顿顿吃瓜秧，　　　　　巧娘娘，下云端，

商户家厨娘光闻香。　　　　　我把巧娘娘请下凡。

录自杨克栋编著《陇南老山歌》。

背地里姐把媒人骂 (天水)

姐儿二十郎八岁，
姐大郎小配成对。
不怨老子不怨娘，
单怨媒人坏心肠。

老鸹垒窝鼠打洞，
媒人把钱看得重。
硬在石板上钉铁钉，
能不能配对看得轻。

板凳要稳靠的腿，
媒人骗钱靠的嘴。
黄亮的麦子快镰割，
骗钱的媒人嘴会说。

指住曲蟮当龙了，
绿的给你说红了。
烂脸盆打响当锣了，

死的给你说活了。

老和尚天天把钟撞，
说得娘老子上了当。
二十的姐儿八岁郎，
为骗钱媒人拉成双。

着火了还要放油泼，
不管姐儿的死与活。
放的铁棒槌磨针哩，
把姐儿推到火坑里。

不怪南来不怪北，
单怪媒人老乌龟。

巧娘娘，下云端，
我把巧娘娘请下凡。

录自杨克栋编著《陇南老山歌》。

打花花手(麦积区)

憨憨的脸蛋像老虎，
咱俩打个花花手：

打上一个正月正，
青草芽儿往上升。
再打一个二月二，
老龙抬头咯吱吱。

再打一个三月三，
苦苣芽儿打搅团。
再打一个四月四，
一个铜钱四个字。

再打一个五月五，
五面锣儿五面鼓。
再打一个六月六，

六把扇儿遮热头。

再打一个七月七，
花儿落了结枣儿。
再打一个八月八，
八十老儿不管家。

再打一个九月九，
舅舅门口拴黄狗。
再打一个十月十，
十家门上插黄旗。

再打一个十一月，
舅舅家的娃娃做出月。
再打一个十二月，
你要把我叫外爷。

演唱者：王彩兰。搜集者：李修德。
录自李益裕选编《天水歌谣》。

155

刮地风（麦积区）

正月里来是新春，
青草芽儿往上升，
天凭日月人凭心。

二月里来龙抬头，
大沟小岔水长流，
二月草儿沿江绿。

三月里来三清明，
桃花盛开杏花红，
蜜蜂儿来去忙做工。

四月里来热风刮，
割了豆子种西瓜，
忙住农活难想她。

五月里来五端阳，
杨柳梢儿插门窗，
雄黄药酒闹端阳。

六月里来三伏天，
珍珠汗衫遮阴凉，

大麦不黄小麦黄。

七月里来七月七，
天上牛郎配织女，
织女本是牛郎妻。

八月里来月儿圆，
西瓜月饼香又甜，
有心吃来无心咽。

九月里来九重阳，
黄菊花儿开路旁，
无心看花收获忙。

十月里来寒冷天，
辘辘轴儿团团转，
碾上五谷把仓装满。

十一月来冬至节，
刮起大风又下雪，
新棉袄儿暖人身。

十二月来一年满，　　　　巧娘娘，下云端，

胭脂银粉都办全，　　　　我把巧娘娘请下凡。

打打扮扮过新年。

演唱者：雷守孝。搜集者：周祖昌。
录自李益裕选编《天水歌谣》。《中国歌谣集成·甘肃卷》收录有采自武都县《刮地风》，与
此大同，部分文字据以修改。

采花（麦积区）

正月采花无花采，　　　　九月菊花人人爱，

二月采花花未开。　　　　十月雪花飘过来。

三月桃杏花红似火，　　　　十一腊月无花开，

四月月季带刺开。　　　　雪里头冻出腊梅来。

五月石榴花赛玛瑙，　　　　巧娘娘，下云端，

六月荷花莲池飘。　　　　我把巧娘娘请下凡。

七月水莲招水面，

要采桂花八月开。

演唱者：雷凤午。搜集者：周祖昌。
录自李益裕选编《天水歌谣》。

鸭子登（麦积区）

正月里来是新春，
正月十五玩花灯。
二月里来龙抬头，
各沟水儿向东流。

三月里来三月三，
桃花杏花开满川。
四月里来四月八，
娘娘庙里把香插。

五月里来五端阳，
雄黄药酒加艾香。
六月里来热难当，
荷花开在莲池旁。

七月里来七月七，

牛郎织女配夫妻。
八月里来月儿圆，
中秋月饼献苍天。

九月里来九重阳，
黄菊花开满大路旁。
十月里来十月一，
家家户户送寒衣。

十一月来冬至节，
刮起大风又下雪。
十二月来一整年，
家家户户人团员。

巧娘娘，下云端，
我把巧娘娘请下凡。

演唱者：刘芝荣。搜集者：周祖昌。
录自李益裕选编《天水歌谣》。

158

十二将（麦积区）

正月里来正月正，
瓦岗寨上程咬金。
急急忙忙的秦叔宝，
白马银枪小罗成。

二月里来龙抬头，
王三姐梳妆上彩楼。
王孙公子千千万，
绣球单打平贵男。

三月里来三月三，
刘皇爷勒马斩貂婵。
钢刀斩了貂婵女，
张飞哭得泪涟涟。

四月里来四季红，
李渊兵回太原城。
杨广太子来交战，
闪上秦琼保江山。

五月里来五端阳，
镇守三关杨六郎。

宗保招了桂英女，
多亏了焦赞和孟良。

六月里来热难当，
刘秀十二走南阳。
有心不到南阳去，
大刀苏显赶得忙。

七月里来七月七，
列国有一个养由基。
十八国王子来斗宝，
斗宝临潼伍子胥。

八月十五月正圆，
姜太公钓鱼在江边。
左钓一杆真天子，
右钓周朝八百年。

九月里来九重阳，
楚汉相争摆战场。
硬死霸王乌江口，
软死的刘邦坐咸阳。

十月里来小重阳，
梁山一百单八将。
三十六个天罡星，
七十二员地煞神。

腊月里来整一年，
数了庞统数孔明。
神机妙算传千古，
出奇制胜鬼神惊。

十一月里雪花扬，
岳飞要救二君王。
十二道金牌调回京，
秦桧害死在风波亭。

巧娘娘，下云端，
我把巧娘娘请下凡。

演唱者：何建国。搜集者：马明山。
录自李益裕选编《天水歌谣》。

颠倒颠世上多着哩(麦积区)

翻天地来天地翻，
乞巧唱个颠倒颠。

颠颠倒来倒倒颠，
地上的鸡毛飞上天。
倒倒颠来颠颠倒，
红屁股猴儿坐花轿。

兔儿睡觉枕狗腿，
小鸡嚼①破鹰的嘴。
豹子鹿羔儿一搭走，

一个癞蛤蟆两张口。

老鼠拉的大黑猫，
秫秫秆上结大桃。
绵羊追着咬黑狗，
小升子里头装大斗。

青冈树开的栀子花，
麻柳树上结冬瓜。
把油当水泼着哩，
颠倒颠世上多着哩。

巧娘娘，下云端，　　　　我把巧娘娘请下凡。

录自杨克栋编著《陇南老山歌》。
① 嘈(zǎn)：啄。

十个字 (麦积区)

一个字儿一条街，
门正无事赶过斋。
太公失遇江边钓，
刘备西厢卖草鞋。

五个字儿一张弓，
重孝本是铁石心。
杀得天下无敌手，
奸臣奏本五牛分。

两个字儿两条龙，
关张儿郎显神通。
三皇爷诏他本领大，
差他下凡降妖精。

六个字儿满天星，
英台灯下陪梁兄。
山伯不知其中意，
急煞英台一片心。

三个字儿三桃园，
刘关张发誓天地间。
徐州一仗败得惨，
各奔前程大失散。

七个字儿八步跳，
临潼斗宝子胥公。
当殿上举起千斤鼎，
面不改色走三圈。

四个字儿四堵墙，
挥枪摆队王彦章。
回马枪刺死高仕纪，
气死沙陀国李靖王。

八个字儿两面排，
昭君打马和番来。
玉石琵琶无心弹，
声声哭过雁门关。

161

九个字儿钓鱼钩，　　　　七十二贤数颜渊。

烈性张飞站桥头。　　　　颜渊三十二上死，

当阳桥上独战曹，　　　　孔子哭得泪涟涟。

大喊三声水倒流。

十个字儿草木干，　　　　巧娘娘，下云端，

　　　　　　　　　　　　我把巧娘娘请下凡。

演唱者：蒲成德。搜集者：周祖昌。
录自李益裕选编《天水歌谣》。

问麻姐姐（麦积区、清水县）

扯扯儿，麻姐姐，　　　　坡哪？雪盖了。

你搌胭脂我搌粉，　　　　雪哪？消成水了。

咱俩搌了个油烧饼。　　　水哪？和成泥了。

你半个，我半个。　　　　泥哪？抹墙了。

你的半个吃上了，　　　　墙哪？猪拱了。

我的半个给放羊娃留下了，　猪哪？放羊娃哥哥拉着

放羊娃来了要馍哩。　　　杀了。

　　　　　　　　　　　　刀子哪？口里噙着呢。

馍哪？猫叼了。　　　　　肠子哪？腰里系着呢。

猫哪？上坡了。　　　　　尿泡呢？头上戴着呢。

录自温小牛《邽山秦风》。原题为"扯扯儿"，意思不明白。本是乞巧过程中跳麻姐姐的问
答词，改为"问麻姐姐"。歌词看上去是儿歌式的对白，但说的都是农村中的一些现象，在
天水市麦积区、清水县均有流传。

下定决心保家乡 _(秦州区)

石榴开花叶叶青，
我给亲人织手巾。
亲人前年参了军，
当了人民解放军。

隔山隔水不隔心，
织个手巾表衷心。
手巾织成四四方，
再织上鸳鸯成一双。

手巾儿织上绣金匾，

再织上孔雀戏牡丹。
金丝的手巾放光芒，
再织上凤凰展翅膀。

手巾儿织好寄前方，
手巾儿虽小情意长。
鼓励亲人守边疆，
下定决心保家乡。

巧娘娘，下云端，
我把巧娘娘请下凡。

演唱者：苏卫，温映儿。
录自李益裕选编《天水歌谣》。

庄农活 _(秦州区)

正月里，打罢春，
农人收拾来动农。
积肥送粪备春播，
庄稼丰收要粪多。

二月里，龙抬头，
麦子油菜绿油油。
春雨朦朦撒化肥，
不撒化肥两不收。

三月里，三月三，
脱了棉衣换单衫。
人人种瓜点豆忙，
蔬菜瓜果收益双。

四月里，四月八，
麦子豌豆淹老鸦。
风调雨顺天心顺，
致富能手人人夸。

五月里，五月五，
雄黄老酒加艾香。
凉粉粽子家家有，
纪念屈原闹端阳。

六月里，忙又忙，
场上忙来地里忙。
责任到户人人夸，
富民政策暖万家。

七月里，七月七，

白露要种来年麦。
撒一斗，望一石，
不撒化肥要赔产。

八月里，中秋节，
家家摘些苹果来。
盛在筐里把月献，
丰收在望好开怀。

九月里，九重阳，
篱下秋菊能傲霜。
霜袭雪杀枝儿傲，
政策好了农民笑。

十月里，十月一，
农人要穿新棉衣。
农民生活年年富，
男女老少心欢喜。

巧娘娘，下云端，
我把巧娘娘请下凡。

演唱者：苏联社。搜集者：胡云林。
录自李益裕选编《天水歌谣》。

把粉团(武山县)

把粉团成给庄稼家，
又会提篮着把籽撒。
把粉团成给木匠家，
又会扯锯着雕木花。

把粉团成给画匠家，
又会莲台上画菩萨。
把粉团成给读书郎，
学会提笔着写文章。

把粉团成给铁匠家，
又会对锤着煽风匣。
把粉团成给石匠家，
又会石头上錾梅花。

巧娘娘，下云端，
我把巧娘娘请下凡。

演唱者:史海星。搜集者:王正强。
录自李益裕选编《天水歌谣》。

大务农(武山县)

到春来阳气上升，
土解冻百草芳生。
送粪选籽样样齐行，
我说务农人呀，
一年四季要忙转筋。

到夏来酷暑热天，
脱棉衣忙换单衫。
锄草割麦手脚忙乱，
我说务农人呀，
迟睡早起昼夜不眠。

到秋来雨多天凉，
晾晒打碾不离场。
天空有云愁在心，
我说务农人呀，
直等粮食归仓心才宽畅。

到冬来土冻冰封，

手里没钱心里慌。
出门跑生意赚钱忙，
我说务农人呀，
一年到头真的苦断了肠！

巧娘娘，下云端，
我把巧娘娘请下凡

录自李益裕选编《天水歌谣》。

六月里来麦子黄(武山县)

前山后山倒对山，
陡坡地变成了梯田。
满地的麦子像金山，
社员们收割着喜欢。

六月的太阳像火山，

汗珠儿滚过下鬏间。
不怕腿疼胳膊酸，
为收割社里的黄田。

巧娘娘，下云端，
我把巧娘娘请下凡。

演唱者：李作枢。
录自李益裕选编《天水歌谣》。

腊月咸菜缸里泡(武山县)

正月里黄豆生芽卖，　　　　九月里白菜叶叶黄，
二月里嫩韭人人爱。　　　　十月里红辣子挂上墙。
三月里乌龙头炒一锅，　　　十一月洋芋下了窖，
四月里水萝卜集上多。　　　腊月里咸菜缸里泡。

五月里新蒜扎把把，　　　　巧娘娘，下云端，
六月里架上折黄瓜。　　　　我把巧娘娘请下凡。
七月里豆角结得繁，
八月里茄子长满园。

录自杨克栋编著《陇南老山歌》。

采花调(清水县)

正月里采花无花的采，　　　六月荷花水面上漂。
二月里采花花没开。　　　　七月里的南风吹丹桂，
三月里桃杏花红得艳，　　　要采桂花八月里来。
要采刺玫四月天。

　　　　　　　　　　　　　　九月里的菊花人人爱，
五月里的石榴赛玛瑙，　　　十月里棉花遍地开。

十一月天冻呀不见人，　　　巧娘娘，下云端，
雪地里腊梅开一树红。　　　我把巧娘娘请下凡。

录自温小牛《邦山秦风》。此系清水县金集镇曹沟村董继宗提供《采花调》唱本。

十对花(清水县)

我说上一来，谁对上一？　　我说上五来，谁对上五？
什么花开在水里？　　　　　什么花开过端午？
你说上一来，我对上一，　　你说上五来，我对上五，
水泉花开在水里。　　　　　牡丹花开过端午。

我说上二来，谁对上二？　　我说上六来，谁对上六？
什么花开在路旁？　　　　　什么花开滴溜溜？
你说上二来，我对上二，　　你说上六来，我对上六，
马莲花开在路旁。　　　　　豇豆花开滴溜溜。

我说上三来，谁对上三？　　我说上七来，谁对上七？
什么花开叶叶尖？　　　　　什么花开叶叶细？
你说上三来，我对上三，　　你说上七来，我对上七，
辣椒花开叶叶尖。　　　　　杨柳花叶叶细。

我说上四来，谁对上四？　　我说上八来，谁对上八？
什么花开一身刺？　　　　　什么花开一疙瘩？
你说上四来，我对上四，　　你说上八来，我对上八，
玫瑰花开一身刺。　　　　　石榴花开一疙瘩。

我说上九来,谁对上九?

什么花开手拉手?

你说上九来,我对上九,

豌豆花开手拉手。

我说上十来,谁对上十?

什么花开无人拾?

你说上十来,我对上十,

张棉叶花开无人拾。

巧娘娘,下云端,

我把巧娘娘请下凡。

录自温小牛《邽山秦风》。《十对花》在乞巧节是女儿们以"花花手"的表演形式对唱的。有的成为对口词,随着击掌拍手的节奏,边问边答,也很有气氛。

什么子开花手拖手(清水县)

什么子开花手拖手?

什么子开花老两口?

什么子叫唤把头抬?

什么子叫唤屁出来?

月亮圆圆在天边,

葫芦圆圆在地边。

西瓜圆圆街上卖,

眼睛圆圆在面前。

豌豆子开花手拖手,

荷豆儿开花老两口。

鸡娃子叫唤把头抬,

黑驴子叫唤屁出来。

什么子有腿不走路?

什么子无腿游九州?

什么子有嘴不说话?

什么子无嘴闹喳喳?

什么子圆圆在天边?

什么子圆圆在地边?

什么子圆圆街上卖?

什么子圆圆在面前?

板凳有腿不走路,

扁担无腿游九州。

茶壶有嘴不说话,

三弦无嘴闹喳喳。

巧娘娘，下云端，　　　　　　我把巧娘娘请下凡。

录自温小牛《邽山秦风》。此系清水县红堡镇安坪村安俊德唱本。

什么子圆圆到天边(清水县)

什么子圆圆到天边？　　　　什么子开花人不见？
什么子圆圆到地边？　　　　什么子开花在路边？
什么子圆圆到路边？　　　　什么开花一把伞？
什么子圆圆到眼前？　　　　什么开花串珠帘？

月亮圆圆到天边，　　　　　苍耳开花人不见，
西瓜圆圆到地边。　　　　　马莲开花在路边。
车轱辘圆圆在路边，　　　　芍药开花一把伞，
眼睛圆圆到眼前。　　　　　豌豆开花串珠帘。

什么子穿青又穿白？　　　　天上的娑罗什么人儿栽？
什么子穿下一锭墨？　　　　地下的黄河什么人儿开？
什么子穿的十样锦？　　　　什么人把定三关口？
什么子穿的绿豆色？　　　　什么人喊了个水倒流？

喜鹊穿青又穿白，　　　　　天上的娑罗王母娘娘栽，
乌鸦穿的一锭墨。　　　　　地上的黄河禹王爷爷开。
喜鹊穿的十样锦，　　　　　杨六郎把定三关口，
鹦哥穿的绿豆衣。　　　　　张翼德喊个水倒流。

洛阳桥是什么人儿修？　　地下的黄河有九道弯，
玉石栏杆什么人儿留？　　九道弯里出青牛。
什么人骑驴桥上过？　　　大老君放二老君收，
什么人推车在后头？　　　三老君挽的铁笼头。

洛阳桥是鲁班修，　　　　什么花开滴溜掉？
玉石栏杆菩萨留。　　　　什么花开掉滴溜？
张果老骑驴桥上过，　　　什么花开扎人手？
柴王爷推车在后头。　　　什么花开向日头？

地下的黄河有几道弯？　　茄子开花滴溜掉，
几道弯里出青牛？　　　　辣椒开花掉滴溜。
青牛头朝哪里卧？　　　　玫瑰开花扎人手，
什么人打柴那里走？　　　葵花开花向日头。

地下的黄河有九道弯，　　变一棵桑树栽路边，
九道弯里出青牛。　　　　单等姐儿来采桑。
青牛头朝东北卧，　　　　桑枝拉住你的手，
刘海打柴那里走。　　　　今生一世配鸳鸯。

地下的黄河有几道弯？　　巧娘娘，下云端，
几道弯里出青牛？　　　　我把巧娘娘请下凡。
什么人放来什么人收？
什么人挽的铁笼头？

录自温小牛《邽山秦风》。第四节清水县红堡镇咀头村王怀西以"天上的娑罗"为题，仅唱
八句。其中"黄河"为"黄蒿"，系音差字误。第四句、第八句分别为"什么人骑驴桥头上
过"，"韩湘子出家不回来"。

一树松柏一树花(清水县)

一树松柏一树花，
花笑松柏不如它。
有朝一日花落了，
只见松柏不见花。

一河石头一河沙，
沙笑石头不如它。
有朝一日发大水，
只见石头不见沙。

一窝老鸦一窝鸭，

鸭笑老鸦不如它。
黄莺过来抓一抓，
只见老鸦不见鸭。

一支香来一支蜡，
蜡笑香来不如它。
有朝一日黄风刮，
只见香来不见蜡。

巧娘娘，下云端，
我把巧娘娘请下凡。

录自温小牛《邽山秦风》。

夺状元(清水县)

正月里走亲串门欢，
家家户户过新年。
这样的新年过得好，
各行各业夺状元。

二月里冰消土解冻，
日头出来照山川。
耕的耕来种的种，
要夺高产夺状元。

三月里来三月三，
家家户户上坟苑。
清明回想先辈的苦，
读书的儿孙夺状元。

四月里来四月天，
公益事业要当先。
八十老儿门前站，
雨浇芍药进状元。

五月里来过端阳，
技术革命搞得欢。
工人专家手托手，
三十六行出状元。

六月里来六月天，
蚕儿老了吐丝难。
青蚕吃来黄蚕吐，
大姑娘绣花夺状元。

七月里来乞巧节，

妇女创业都争先。
葡萄蔓子上了架，
好大的苹果夺状元。

十月里来十月一，
镜盒端在床边前。
能唱能跳巧打扮，
舞台夺魁进状元。

十一月来雪满天，
红军长征过岷山。
铁脚踏过千里雪，
英雄个个是状元。

十二月来到年底，
行行状元来团圆。
各行各业有榜样，
国家富强万万年。

巧娘娘，下云端，
我把巧娘娘请下凡。

搜集者：赵逵夫。

正月里冰冻立春消(清水县)

正月里冰冻立了春，　　　　九月里的黄菊花遍地金，
二月里迎春花开得旺盛。　　十月里的冬梅花冬夏常青。
三月里的桃花一齐开，　　　十一月的雪花飘来飘去，
四月里的菜籽花黄似金。　　十二月的腊梅花雪里生根。

五月里的芍药花开得好，　　巧娘娘，下云端，
六月里的鸡冠花弯弯绕绕。　我把巧娘娘请下凡。
七月里的珍珠花开得齐，
八月里的莲花水面上漂。

搜集者:赵逵夫。

摘花椒(清水县)

高高山上一窝鸡，　　　　全家老少么来摘椒。
扑啦啦飞上燕麦地。　　　椒刺扎在手心里，
前山后湾一地椒，　　　　九天仙女来给我挑。
椒串串赛过红玛瑙。
　　　　　　　　　　　椒皮红来内里黄，
收了麦来耕罢地，　　　　一遍又一遍晒上场。

腾净椒籽打成包，　　　　巧娘娘，下云端，
新疆青海呀远地销。　　　我把巧娘娘请下凡。

录自温小牛《邽山秦风》。

送给人民子弟兵(清水县)

石榴子开花叶叶儿青，　　　织上个老鹰飞天空，
我给亲人织手巾。　　　　　再织火车出洞门。
　　　　　　　　　　　　　小小手巾情意深，
先织上日头往上升，　　　　送给人民子弟兵。
再织葵花笑盈盈。
织上个蓝天架彩云，　　　　巧娘娘，下云端，
再织铁牛遍地耕。　　　　　我把巧娘娘请下凡

演唱者：程发祥。搜集者：谈治平
录自李益裕选编《天水歌谣》。

正月十五玩红灯(清水县)

正月十五玩红灯，　　　　五月天干不落雨，
二月杨柳喜盈盈。　　　　六月晒死小麦根。
三月桃花满树红，　　　　七月牛郎会织女，
四月不见摘茶人。　　　　八月神仙出门洞。

175

九月荞麦捆上场，
十月柿子满树红。
十一月河水结冰霜，
腊月里梅花雪里藏。

巧娘娘，下云端，
我把巧娘娘请下凡。

演唱者：郑长保。搜集者：谈治平。
录自李益裕选编《天水歌谣》。

闹生产（清水县）

正月里来是新年，
元宵佳节闹花灯。
闹罢花灯闹生产，
农具种籽齐备完。

二月里来龙抬头，
掀起整地要加油。
山上山下齐出动，
普遍展开闹春耕。

三月里来是清明，
庄稼长得绿油油。
金光大道往前走，
今年定有好收成。

四月里来四月八，

锄草育苗把肥加。
三防工作除虫害，
不让锈虫害庄稼。

五月里来五端阳，
小麦扬花拔节长。
小麦好似长江浪，
微风吹动一片香。

六月里来天气热，
龙口夺食好时光。
火红太阳麦子黄，
丰收粮食堆满仓。

七月里来七月七，
天上牛郎会织女。

男女老少齐上场，　　　　高坡植树好处大，
晒干簸净交公粮。　　　　荒山穿上花衣裳。

八月里来月儿圆，　　　　十月里来寒风吹，
不献西瓜不烧香。　　　　粮食归仓有家底。
满场粮食堆成山，　　　　农田建设搞得欢，
打净粮食归到仓。　　　　水利工程提前完。

九月里来九重阳，　　　　巧娘娘，下云端，
社员植树种草忙。　　　　我把巧娘娘请下凡。

演唱者：王应子。搜集者：谈治平。
录自李益裕选编《天水歌谣》。

巧娘娘教我骑驴儿(张家川县)

巧娘娘巧，吃巧来，　　　　我给巧娘娘献花花，
喝汤来，洗澡来。　　　　　巧娘娘教我打阿家。
　　　　　　　　　　　　　我给巧娘娘献李子，
上座里坐的巧娘娘，　　　　巧娘娘教我打女婿。
下座里坐的是牛郎。
做牛郎鞋，摆三双，
穿一双，放两双。　　　　　我给巧娘娘献鸡蛋，
　　　　　　　　　　　　　巧娘娘给我扎花线。
　　　　　　　　　　　　　我给巧娘娘献梨儿，
我给巧娘娘鞠个躬，　　　　巧娘娘教我骑驴儿。
巧娘娘教我打阿公。

巧娘娘，下云端，　　　　　我把巧娘娘请下凡。

演唱者：王秀花。搜集者：翟存菊。1986年8月采录。
录自《中国歌谣集成·甘肃卷》。

十二个月 (张家川县)

正月里冻冰立春消，　　　　九月里菊花人人爱，
二月里鱼儿水上漂。　　　　十月里雪花闭了门。
三月里桃花漫山红，　　　　十一月农闲做买卖，
四月里杨柳绿生生。　　　　腊月里年货摆铺门。

五月里樱桃你先尝，　　　　巧娘娘，下云端，
六月里麦子遍山黄。　　　　我把巧娘娘请下凡。
七月里葡萄搭上架，
八月里西瓜圆月大。

演唱者：李德成。搜集者：翟存菊。
录自李益裕选编《天水歌谣》。部分文字有所订正。

数九歌 (张家川县)

一九要数正一九，　　　　韩湘子奔上终南山，
韩湘子跟上洞宾走。　　　丢下林英女受孤单。

二九要算一十八，
刘全以死进南瓜。
寻妻直到鬼门关，
借尸还阳李翠莲。

三九要算二十七，
孟姜女本是范郎妻。
范郎死在长城里，
孟姜女为郎送寒衣。

四九要算三十六，
马超十八坐秦州。
四川反了黄煞妖，
坝桥路上等曹操。

五九要算四十五，
九里山前活埋母。
只因埋母短了寿，
未央宫里把命丢。

六九要算五十四，

平贵吃粮去征西。
平贵西凉没回转，
宝钏寒窑受孤单。

七九要算六十三，
昭君娘娘和北番。
双手扶着马鞍桥，
悲声哭出雁门关。

八九要算七十二，
唐僧西天去求经。
挑挑唆唆的猪八戒，
一路降妖的孙悟空。

九九要算八十一，
洞宾他把牡丹戏。
早知牡丹是妖精，
仙丹他就盗不成。

巧娘娘，下云端，
我把巧娘娘请下凡。

演唱者：杨元顺。搜集者：王承科。
录自李益裕选编《天水歌谣》。

十绣（秦安县）

一绣天高十万丈，
二绣地狱十八层。
三绣我佛莲台坐，
四绣童子拜观音。
五绣五百真罗汉，
六绣长老念真经。
七绣鹦鹉巧说话，
八绣猛虎窜山林。
九绣菊花头上戴，
十绣莲花海内生。

我叫你绣来你就绣，
绣下的鱼儿顺水流。
上河里插下青丝网，
下河里插下钓鱼钩。
钓下的鱼儿肉三钱，
吃鱼容易退骨难。

巧娘娘，下云端，
我把巧娘娘请下凡。

演唱者：胡眼明。搜集者：王朋君，高国祥。
录自甘肃省民歌集成办公室编《中国民间歌曲集成甘肃卷·陇南分卷（上册）》。

二姑娘窗前织手巾（秦安县）

石榴子花开叶子儿青，
二姑娘窗前织手巾。
鸡叫三遍月儿明，
织得心里热腾腾。

豌豆开花虎张口，
巧不过姑娘一双手。
你看那狮子滚绣球，
一片深情织上头。

雪白鹁鸪儿盘满天，
二姑娘穿针引线线。
织活了孔雀戏牡丹，
朵儿红云飘上脸。

二姑娘心灵人干散，
牛郎织女情相连。
这边织来那边看，
扑哧一笑灯打翻。

枣红的箱子金黄的柜，

二姑娘织手巾不觉累。
织了喜鹊探梅成双对，
满面春风心头上醉。

石榴子花开叶子儿青，
心想的手巾都织成。
送给那亲人表深情，
表一表二姑娘的一片心。

巧娘娘，下云端，
我把巧娘娘请下凡。

录自《秦安县志》（甘肃人民出版社 2001 年），李益裕选编《天水歌谣》据以收录。

般配的婚缘成对儿(天水)

象牙筷子要成对，
婚缘讲究的要般配。
战场上元帅配武将，
朝廷里文官配丞相。

红芍药来白牡丹，
薛平贵配的王宝钏。
绿皮西瓜红瓤子，
许仙配的白娘子。

夜明珠不怕土里埋，
梁山伯配的祝英台。
玉石坠儿镶的金，
牵牛郎配的织女星。
杨宗保配的穆桂英，
张书生配的崔莺莺。

虚空里月亮配星星，
人世间勤快配机灵。
鸳鸯荷包双穗儿，

般配的婚缘成对儿。　　　　巧娘娘，下云端，

　　　　　　　　　　　　　我把巧娘娘请下凡。

录自杨克栋编著《陇南老山歌》。

平凉市

巧妙娘(华亭县)

年年有个七月七，
牛郎渡河会织女。
巧娘娘，下凡吧，
儿子女子照顾他^①。

写下文章传文化，
纳下鞋帮做庄稼。
要把文章写好，
要把庄稼务早。

儿子给个笔儿砚，
女子给个针儿线。
笔儿砚，写文章，
针儿线，纳鞋帮。

男要老实能干，
女要心灵手巧。

演唱者：夏朝阳。搜集者：曹汉雄。1981年采录于华亭县西华刘磨。
录自中国民间文学集成全国编辑委员会，中国民间文学集成甘肃卷编辑委员会编《中国歌谣集成·甘肃卷》。
① 儿子：男孩子，也叫"儿子娃"。女子：女孩子，也叫"女子娃"。

我和巧娘穿花袄<small>（正宁县）</small>

姑娘家，乞巧来，
梧桐树下花儿开。
花儿开，树又摆，
我把巧娘请下来。

今年是个七月七，
明年还有七月七。
牵牛郎，写文章，
笔墨纸砚都拿上。

我给巧娘献梨瓜，
巧娘教我铰梅花。
我给巧娘献西瓜，
巧娘教我铰菊花。

我给巧娘献蜜桃，
巧娘教我来绣描。
我给巧娘献红枣，
巧娘教我铰棉袄。
我给巧娘献辣子，

巧娘教我铰袜子。

一碗油，两碗油，
我跟巧娘洗光头。
一碗酒，两碗酒，
我跟巧娘洗白手。

一碗水，两碗水，
我跟巧娘洗白腿。
一碗雪，两碗雪，
我跟巧娘洗白脚。

一盏灯，两盏灯，
我跟巧娘亮眼睛。
一碗饭，两碗饭，
我跟巧娘擀长面。

一页瓦，两页瓦，
我跟巧娘打着耍。
一块砖，两块砖，

我把巧娘送上天。　　　　巧呀巧，长得好，

　　　　　　　　　　　　我和巧娘穿花袄。

录自王仲保、胡国兴主编《甘肃民俗总览》(民族出版社 2006 年版)。又见于正宁县委员会编《正宁文史资料选辑》第 7 辑(内部资料,2007 年)，部分文字略异。

银河上面天门开(正宁县)

姑娘们，乞巧来，　　　　巧娘教我剪菊花。
银河上面天门开。
天门开，云儿摆，　　　　我给巧娘献蜜糖，
我把巧娘请下来。　　　　巧娘教我剪鸳鸯。

　　　　　　　　　　　　我给巧娘献蜜桃，
好牛郎，喂金牛，　　　　巧娘教我来绣描。
年年夏秋大丰收。　　　　我给巧娘献红枣，
种庄稼，念文章，　　　　巧娘教我缝棉袄。
五谷瓜果满山庄。

　　　　　　　　　　　　我给巧娘献柿子，
　　　　　　　　　　　　巧娘教我缝被子。
我给巧娘献梨瓜，
巧娘教我剪梅花。　　　　我给巧娘献苹果，
我给巧娘献西瓜，　　　　巧娘教我蒸馍馍。

录自赵逵夫:《陇东、陕西的牛文化、乞巧风俗与"牛女"传说》(《文化遗产》2007 年第 1 期)。

一盏灯，两盏灯(正宁县)

一盏灯，两盏灯，　　　　　我跟巧娘洗白腿。

我跟巧娘亮眼睛。　　　　　红头绳，绣花鞋，

一碗油，两碗油，　　　　　巧娘接到我家来。

我跟巧娘洗光头。

一碗酒，两碗酒，　　　　　巧娘你在上面站，

我跟巧娘洗白手。　　　　　我给巧娘擀长面。

　　　　　　　　　　　　　常乞巧，巧常乞，

一碗水，两碗水，　　　　　我为巧娘穿花衣。

录自赵逵夫:《陇东、陕西的牛文化、乞巧风俗与"牛女"传说》。王长生《正宁民俗》中将以上两首并作一首,误。今分作两首,并对其中个别字加以订正。

天上牛郎会织女(庆阳)

七月七，　　　　　　　　　……

天上牛郎会织女。

发白面，买颜色，　　　　　巧娘娘巧，

蒸个巧娘娘献给你。　　　　把你巧手借给我，

先捏牛郎再捏你，　　　　让你俩天天在一起。

录自窦世荣:《庆阳民俗礼仪大观》(甘肃文化出版社 2013 年版)。据该书记载:乞巧节这天,妇女们要用白麦面做成一个个肥肥胖胖的大头娃娃,肚子里包上肉、豆腐做的馅子,用黑豆点上两只眼睛,用红豇豆点上嘴,用手捏个梁梁作鼻子,用剪子在眼睛上方剪几个面牙儿,再染上黑颜色作眼眉,大脸两旁捏个片片作耳朵。然后在锅里蒸熟,巧娘娘就成了。每逢乞巧节,娃娃们要拿上面塑的巧娘娘走村串邻,互相攀比,看谁的好看。

把你巧手借给我(庆阳)

巧娘娘巧，　　　　　　　织个牛郎会织女，
把你巧手借给我，　　　　天天相会多么好。

录自窦世荣:《庆阳民俗礼仪大观》。

姑娘们，乞巧来(陇东)

姑娘们,乞巧来，　　　　巧娘教我剪窗花。
梧桐树上花儿开。　　　　我给巧娘献芝麻，
我把巧娘请下来，　　　　巧娘教我绣梅花。
一起过个乞巧节。
牵牛郎,写文章，　　　　我给巧娘献红枣，
请巧娘,缝衣裳。　　　　巧娘教我做棉袄。
　　　　　　　　　　　　巧娘眉毛月亮弯，
我给巧娘献西瓜，　　　　我跟巧娘选花衫。

一碗酒，两碗酒，　　　　　一页瓦，两页瓦，
我跟巧娘比白手。　　　　　我跟巧娘打着耍。
一盏灯，两盏灯，　　　　　一块砖，两块砖，
我跟巧娘亮眼睛。　　　　　我把巧娘送上天。
一碗饭，两碗饭，
我跟巧娘擀长面。

录自米占宏编著《陇东民间礼俗》（甘肃文化出版社 2013 年版）。

定西市

十二花 (漳县)

正月里开的什么花？　　　七月里开的什么花？

正月里开的迎春花。　　　七月里开的葡萄花。

二月里开的什么花？　　　八月里开的什么花？

二月里开的看灯花。　　　八月里开的月季花。

三月里开的什么花？　　　九月里开的什么花？

三月里开的桃杏花。　　　九月里开的黄菊花。

四月里开的什么花？　　　十月里开的什么花？

四月里开的刺玫花。　　　十月里开的松柏花。

五月里开的什么花？　　　十一月开的什么花？

五月里开的麦穗花。　　　十一月开的是雪花。

六月里开的什么花？　　　十二月开的什么花？

六月里开的水荷花。　　　十二月开的腊梅花。

演唱者：金兴奎。搜集者：水俊川。

录自甘肃省民歌集成办公室编《中国民间歌曲集成甘肃卷·陇南分卷（上册）》。个别语句
有订正。当时漳县归陇南专区。

十学 (岷县闾井镇)

一学上金针巧妹子绣，　　水点溅不到你身上。
二学上金针绣鸳鸯。　　　掏火去不要多说话，
三学高机子织绫缎，　　　老婆舌追不到你身上。
四学上裁剪缝衣裳。

　　　　　　　　　　　　揽草去不要草根里站，
五学上来人勤是问，　　　朽麦子落不到你身上。
六学上茶饭无阻挡。　　　擀饭去不要擀杖响，
七学上担水王三姐，　　　隔壁子不骂死张慌。
八学上园门李三娘。
九学上罗裙把脚苦，　　　炒菜去不要隔锅子尝，
十学上八面拜四方。　　　隔壁子不骂馋嘴狼。

　　　　　　　　　　　　洗锅去不要碗碟响，
担水去不要高马勺扬，　　隔壁子不骂破家狼。

演唱者：王文治，王苟存。搜集者：宋志贤。
录自陇南行署文化处编《陇南地区民歌集成》。当时岷县、归陇南专区。

早几年栽花花没成 (岷县十里镇)

石榴开花叶叶青，　　　　早几年栽花花没成。

今年栽花花成了，
先给妹妹织手巾。

棉花称了三两半，
拿在楼上纺细线。

细线纺了三两整，
哪里请个巧匠人。

大哥二哥上街去，
分头街市上请匠人。

匠人请在前边走，
大哥二哥紧随跟。

匠人请在我家中，
倒茶装烟把酒敬。

不抽烟来不喝茶，
先给妹妹织手巾。

匠人他在高机子上坐，
妹妹一旁说分明。

甬织长来甬织短，
长短织上三尺三。

甬织窄来甬织宽，
宽窄织上一尺三。

上织上天下织上地，
再织上日月并二极。

上织天上灵霄殿，
下织地上百花园。

上织天上圆月亮，
下织上河里水波浪。

上织上天上明星宿，
下织上池中莲并头。

织上锦鸡林里过，
老鹰盘旋在空中。

织上麋鹿满山跑，
枪手后面紧随跟。

左边织上红芍药，
右边织上十样锦。

鸟兽花草织齐全，
叫声妹妹收手巾。

端上金来抬上银，
酬谢匠人手艺精。

不要金来不要银，
只要妹妹喘①一声。

演唱者:李凤鸣。搜集者:宋志贤。
录自陇南行署文化处编《陇南地区民歌集成》。部分语句有删减,个别字词有订正。
① 喘:方言,即招呼应答的意思。

采茶 (岷县马坞镇)

正月里采茶是新年，
纸糊灯笼挂门前。
风吹灯笼嘟噜噜转，
风调雨顺太平年。

二月里采茶茶生芽，
姐妹二人打茶芽。
你打的多来我打的少，
打满茶篓转回家。

三月里采茶茶叶青，
茶叶底下绣龙门。
四月里采茶茶叶圆，
茶叶底下绣龙盘。

五月里采茶五端阳，
雄黄药酒闹一场。
六月里采茶热难当，
采茶人儿苦又忙。

七月里采茶秋风凉，
茶叶刮得满院场。
八月里采茶八月半，
献一杯清茶把月玩。

九月里采茶九重阳，
茶叶采尽杆杆光。
十月里采茶冷寒天，
再要采茶到来年。

演唱者：王有娃。搜集者：宋志贤。
录自陇南行署文化处编《陇南地区民歌集成》。

十二月(武威)

正月里来是新春，
青草芽儿往上升，
天凭上日月人凭上心。

六月里来热难当，
珍珠汗衫遮荫凉，
小麦不黄大麦子黄。

二月里来龙抬头，
大河小河水长流，
二龙戏珠江沿上游。

七月里来七月七，
天上牛郎会织女，
织女本是牛郎的妻。

三月里来三清明，
桃花不开杏花红，
蜜蜂儿采花花心上蹲。

八月里来月儿圆，
月饼西瓜香又甜，
有心吃来无心看。

四月里来四月八，
种罢豆子种西瓜，
豆子地里发白芽。

九月里来九重阳，
黄菊花儿开路旁，
文士赏菊在花园。

五月里来五端阳，
杨柳梢儿插门上，
雄黄药酒闹端阳。

十月里来天气寒，
北雁南归团团转。
刮风下雪三寸三。

十一月来天更冷，

下大雪来刮大风，

寒衣送到十里墩。

十二月来一年满，

新衣新帽都办全，

欢欢喜喜过新年。

演唱者：杨玉贞。搜集者：卢玉芳。1959 年采录于武威市牌路村。

录自中国民间文学集成全国编辑委员会，中国民间文学集成甘肃卷编辑委员会编《中国歌谣集成·甘肃卷》。陈泳超主编《中国牛郎织女传说·民间文学卷》（广西师范大学出版社 2008 年版）据《中国民间歌谣集成·甘肃省武威市分卷》收录，题作"正月里闹新春"。每段末尾重复的声词删去不录。

一碗油（金塔县）

一碗油，两碗油，　　　　　　大姐手巧会扎花，
我给巧娘梳光头。　　　　　　一扎扎个牡丹花。
前头梳个凤展翅，
后头梳个彩绣球。　　　　　　二姐手笨不会扎，
　　　　　　　　　　　　　　扎个老鼠没尾巴。

梳好头发到谁家？　　　　　　只有三姐扎得好，
到我对门大姐家。　　　　　　扎个老鼠啃西瓜。

录自桂发荣主编《金塔非物质文化遗产集萃第 7 辑·民间歌谣》（甘肃文化出版社 2014 年版）。"光头"原误作"尖头"。此与西和县《我给巧娘娘梳光头》文字大体相同，当为人口流动中由西和流传至金塔的。

十二月花（嘉峪关）

正月里来无花采，
唯有那迎春花儿开。
采来一枝头上戴，
我扶着小姐看花来。

二月里来龙抬头，
王三姐梳妆上彩楼。
王侯公子有千百，
绣球儿单打平贵头。

三月里来三清明，
小姐无心去游春。
手扶栏杆往下望，
一心思念李家郎。

四月里来四月八，
刺梅花开的红芽芽。
有心去采一支花，
有怕刺尖儿把手扎。

五月里来五端阳，
石榴花开红满堂。
小姐亲自绣花样，
一旁迷倒了少年郎。

六月里来是伏天，
燕子衔泥玉池边。
开起菱花浮水面，
五色金鱼对对玩。

七月里来七月七，
织女牛郎相会时。
一条银河隔两岸，
喜鹊搭桥成佳期。

八月里来中秋节，
家家户户都赏月。
月儿圆圆当空挂，
和郎相会在何时。

九月里来九重阳，
秋风吹来菊花香。
阵阵秋风吹人凉，
小姐心思对谁讲。

十月里来冷寒天，
孟姜女送衣长城边。
动地哭声倒长城，
有情人分离天地远。

十一冬月寒风急，
青松劲柏迎风立。
女儿抱的真心在，
地动山摇志不移。

十二月风雪来，
雪里边一支腊梅开。
只有其情感天地，
不怕人祸和天灾。

樱桃好吃树难栽 (酒泉、嘉峪关)

樱桃好吃树难栽，
小曲好唱口难开。
要吃樱桃先栽树，
要唱小曲先开口。

花儿有开也有落，
这时落了那时开。
墙里栽花墙外看，
喜得蜜蜂采花来。

蜜蜂喜花飞来采，
花将蜜蜂拥花怀。
相亲相爱在一处，
狂风暴雨打下来。

打得蜜蜂登空去，
打得花飘落尘埃。
蜜蜂爱花心不死，
花想蜜蜂头难抬。

以上二首录自陈泳超主编《中国牛郎织女传说·民间文学卷》。该书据《中国民间歌谣集成·甘肃卷·嘉峪关市资料本》收录。原为两首合一。赵逵夫据 1964 年在酒泉社教中所了解到乞巧歌将两首分开，并对上一首末尾稍作改动。

(清光绪)《甘肃新通志》卷十一《风俗》(清宣统元年刻本):

七月七日,儿女设瓜果于庭前祀星,穿针乞巧。(《皋兰县续志》)七夕,儿女设瓜果,陈针工,作乞巧会。(《会宁县志》)七夕,室女束豆苗置碗,拜织女星以乞巧。(《成县新志》)七夕,女红乞巧于织女。设蔬果,抛芽水上,察影以卜巧。(《庆阳府志》)七夕,室女设香案于星光之下,拜织女,穿针乞巧。(《平番县志》)

按:(民国)《甘肃通志稿》卷十一删去《成县新志》一段,《平番县志》后另补《永昌县志》"七夕,妇女对月穿针,乞巧于天孙"。

《甘肃省志·文化志(上古—1985)》(甘肃人民出版社 2017 年版)

乞巧节:甘肃民间,姑娘们尊织女为"巧娘娘",七月七这一天夜间,妇女向织女星乞求智巧。陇东一带风俗,在乞巧节到来的前一个月,姑娘们就把精选出来的豌豆浸泡在清水碗里,生豆芽,待豆芽长到两三寸,用五彩丝线拦腰束起来。长到七寸左右,便束了三到五道彩线,这就成了"巧芽芽"。七月七日晚上,弯月当空时,姑娘们开始"占影测巧",即在"巧娘娘"面前放置一盆清水,姑娘们依次将自己的"巧芽芽"掐下寸许投入水中,借月光看盆底映出的影子。如果影子像纺车、花朵,就象征姑娘是纺织刺绣能手;如果像剪刀、锅碗等,则象征姑娘是做茶饭的能手;如果影子像凤冠、霞帔,则预示姑娘将来大福大贵。掐"巧芽芽"完毕,姑娘们将"巧娘娘"拾到水边,送其"过天河"、会"牛郎"。有的地方在这一天把面食烙、蒸成人形或动物形,叫"巧娃娃",送给妹妹或姨姑,称"送巧"。

陇南地区西和县的"乞巧节",相传已流传了 1800 多年。与其他地区不同的是,西和县的"乞巧节"是从每年农历六月三十晚至七月初七晚,共进行七天八夜。每年乞巧节期间,西和县未出嫁的姑娘都要举行隆重的祭祀歌舞活动,有坐巧、迎巧、祭巧、拜巧、跳麻姐姐、卜巧、送巧等诸多环节,还有祭神、迎水、照花瓣、跳舞、唱歌等内容。

陇南市

(清乾隆)《成县新志》卷二《风俗》(清乾隆六年刻本):

    七夕,人家室女束豆苗置碗,拜献织女星以乞巧。

按:束豆苗置碗,则必有照影卜巧之活动。

(乾隆)《西和县志》卷二《风俗纪》(清乾隆三十九年刻本):

    七夕,人家室女陈瓜果,拜献织女星以乞巧。

(光绪)《重纂礼县新志》卷二《风俗》(清光绪十六年刻本)

    七夕,室女束豆置碗,拜织女星以乞巧。

(民国)《徽县新志》卷三《礼俗》(民国十三年石印本):

    七月七日,儿童以瓜果之属,祭织女星以乞巧。

按:儿童本只限于女孩子,此亦故意模糊之。

(民国)《重修西和县新志》卷五《风俗》(王访卿,民国十四年钞本):

    七月一日至七日,邻里女子聚一室,贡织女,点香蜡,三五人牵手跳唱,谓之祈巧。

(民国)《西和县志》卷四《民族志·风俗》(朱绣梓,民国钞本):

    七月七日,儿女设香案陈瓜果,拜织女星以祈巧。是夕,于灯下折豆芽置水碗中,察影以卜巧拙。

按:1949 年前陇南一带偏僻,一般文人思想不够开放,以女子相聚又跳又唱不合礼仪,有失风化,故不细述。整个甘肃大体皆如此。

《陇南风物志》(韩博文、陈启生,兰州大学出版社 1996 年版):

    乞巧节:农历七月七日,是西和县东北部地区农村妇女传统的"乞巧节"。乞巧是乞求"巧娘娘"(天上的织女)赐予灵慧、利巧的意思。著名理论家兼学者邓拓在《燕山夜话》中曾称"乞巧节"为"我国古代的妇女节"。

根据历史资料"乞巧节"始于唐而兴于宋,历史悠久,流传广泛,但在各地又有不同的方式和内容。西和"乞巧节"从七月初一开始,到初七日晚结束,分为迎巧、坐巧、乞巧和送巧 4 个阶段。初一举行迎巧仪式,由姑娘们化装成巧娘娘,身着洁净艳丽的服装,纵横排列;唱着迎巧歌词"七月里,七月七,石榴花开结子密,姐儿把巧乞",载歌载舞到村边或城郊去,把巧娘娘造像迎请到提前商定好的一家庭堂里,此即迎巧和坐巧。初二到初五乞巧活动正式开始。姑娘媳妇们连日歌舞,以唱为主,歌唱内容除乞求巧娘娘保佑自己心灵手巧外,主要是颂扬牛郎织女的忠贞爱情,抨击封建包办婚姻和买卖婚姻,控诉封建宗法制度压迫妇女的种种罪恶,乞巧活动进入高潮。所唱曲调为当地民间小调和民歌,按照歌词内容,或欢快轻松,或悠扬嘹亮,或哀怨忧伤,或激越高昂,动听感人。初六日为"巧娘娘赐花瓣"。天尚未明,姑娘媳妇们端着鹅黄葱绿的五种庄稼苗到水边祭祀,从井中汲回第一桶水倒入盆中,掐下五种庄稼禾苗的叶穗,投入水中,叶穗飘浮在水面上,就着灯光看叶穗折射在盆底的图案,以测吉祥,这就是"巧娘娘赐花瓣"。照时众人齐唱:"巧娘娘,快给我姊妹赐花瓣,赐双巧手会绣花,花儿红来叶儿繁;赐给我一副巧心眼,做的饭菜馋神仙;赐个阿家(婆家)懂瞎好(好坏),赐个女婿懂人言。"七月七日晚送巧,将巧娘娘造像进行焚烧,姑娘媳妇们怀着难舍难分的心情遥望银河,齐声高唱送巧歌:"巧娘娘,今年去了明年来,牛郎哥哥陪你来,骑着牛背云里来。"歌声婉转悠扬,深情感人。宋代诗人杨朴在《七夕》诗中描写乞巧活动的生动场面曰:"未获牵牛意若何,欲邀织女弄金梭。年年乞与人间巧,不道人间巧已多。"

《西和县志》(陕西人民出版社 1997 年版):

乞巧节:农历七月初七日,本县民间妇女乞巧活动非常活跃,各处内容不尽相同,但大致可分为坐巧、迎巧、乞巧、送巧四个阶段。坐巧,商定将巧娘娘(织女星)纸扎像请在谁家。迎巧,七月初一前又举行迎巧仪式。妇女们化妆成巧娘娘的样子,排列成队,载歌载舞到村边或城郊去,将巧娘娘迎到座堂。从七月初一至初七日,进行乞巧活动。妇女连日歌舞,用歌词乞求巧娘娘保佑自己心灵手巧,也常常抨击封建买卖婚烟,控诉封建宗法制度造成的种种罪恶。

七月初七日上午迎水。这天,妇女们凑分会餐,先到附近神庙寺院祭神,然后排队,到井里或泉里汲回第一桶水。入夜,将水倒进盆中,掐下早已育好的"芽子"(豆类叶穗),投进水中,叶穗飘浮在水面上,以灯光折射在盆底的图像,预测各自的吉祥或晦气。照花瓣时妇女们边唱:"巧娘娘,快给我姊妹赐花瓣,赐双巧手会绣花,花儿红来叶叶繁;赐给我一副巧心眼,做的饭菜馋神仙;赐个阿家懂瞎好,赐个女婿懂人言"。一直唱到深夜开始送巧。妇女们列队送至附近河边以难舍难离的心情齐唱《送巧歌》:"巧娘娘,今年去了明年来,牛郎哥哥陪你来,骑着牛背云里来"。然后焚化纸像,惆怅回家,乞巧活动遂告结束。

《武都县志》(生活·读书·新知三联书店 1998 年版):

七夕,时在农历七月七日之夜,称为"七夕"或叫"乞巧节"。七夕活动与牛郎织女故事有关。是日,武都乡下妇女们有乞巧活动。当夜幕降临时,有的人家把庭院打扫干净,桌上献列香花、瓜果等供品"乞巧"。妇女们则拿出丝线穿针,看谁先把线穿进了针孔,就算谁乞到了灵巧。乞巧是一种游戏,有诱导妇女们向织女求巧除笨之说,故妇女们乐于参与这种活动。

天水市

(清康熙)《清水县志》卷一《天文记·节序》(康熙二十六年刻本):

七月七日,乞巧。

按:(乾隆)《清水县志》卷四同。

(康熙)《宁远县志》卷一《舆地·风俗》(康熙四十九年刻本):

七夕,小儿女乞巧。

按:清宁远县即今武山县。

(乾隆)《伏羌县志》卷六《典礼志·风俗》(清乾隆刻本):

　　元宵之花灯、端阳之蒲酒、七夕之乞巧、中秋之献瓜,戚友饷遗,非
不亲睦也。

按:清伏羌县即今甘谷县。

(民国)《天水县志》卷三《民族志·风俗》(民国二十八年铅印本):

　　七夕有祈巧之会,中秋有献月之交,重九有登高之宴,与他处同。

(民国)《清水县志》卷三《民族志·令节杂仪》(民国三十七年石印本):

　　七月初七日,室女设瓜果,束豆苗及绣刺针工,祀织女星以乞巧。

(民国)《甘谷县志稿》卷四《礼俗志》(民国间稿本):

　　七月七日夜晚,灯下女子以彩线穿针,名之曰乞巧。

《天水市志》(方志出版社 2004 年版):

　　乞巧节:农历七月初七日为七夕,称乞巧节,民间传说为牛郎织女
而设。是日,姑娘少妇陈瓜果于庭中,穿七孔针,向织女乞巧求艺。午
间把一盆清水放于院中生膜,投针则浮,看水中针影若呈花草状,便以
为得巧。此俗今已不传。

平凉市

(明嘉靖)《平凉府志》卷二《风俗》(明嘉靖刻本):

　　七月,旋覆玉簪,青木香始华,桃李实熟。妇女以果茶饼酒、绣刺针
工夜乞巧于天女,七日乃止。

(清康熙)《静宁州志》卷三《风土志》(清康熙五十五年刻本):

　　七夕,妇女乞巧,间行之。

(乾隆)《静宁州志》卷三《风俗》(民国铅印本):

　　七夕,妇女陈瓜果祈巧。

(乾隆)《庄浪志略》卷十《风俗》(清乾隆五十五年增补本)：

七夕,女子设瓜果,乞巧天孙。

《平凉市志》(中华书局 1996 年版)：

七月七亦称乞巧节。旧时,多在入夜教儿童穿针比赛,称为"斗巧"。胜者奖给糖果或针线等。

庆阳市

(乾隆)《新修庆阳府志》卷十二《风俗》(清乾隆二十六年刻本)：

七月七日,女红乞巧于织女,设蔬果,抛芽水上,察影以卜巧。

按:(民国)《庆阳县志稿》卷三同。

(乾隆)《合水县志》卷下《风俗》(民国二十二年钞本)

七夕,女儿陈枣果于庭以乞巧。

按:(光绪)《合水县志》卷下同。

(道光)《镇原县志》卷十三《风俗志》(清道光二十七年刻本)

七夕,是日,妇女以果茶饼酒、绣刺针工夜乞巧于天女。

按:(民国)《重修镇原县志》卷四同。

《正宁县志》(正宁县志编纂委员会,1986 年)：

七夕:农历七月七日晚。传说此夜牛郎织女在天河相会。旧时民间妇女此夜掐豆芽或麦芽,放入水碗,借助月光或灯光察影,向织女星乞求智慧,谓之乞巧。此日习惯吃淤面、烙干粮,并用麦面蒸、烙成人或动物形状,谓之"巧娃娃"。给姊妹或姑姨赠送东西,谓之"送巧"。现在七夕节饮食沿袭旧习,其它已不再进行。

《镇原县志》(镇原县志编辑委员会,1987 年)：

乞巧节:农历七月七日为乞巧节。旧时,姑娘们于这天晚上,供瓜果、糖、茶、饼、酒之类,聚在一起,观星赏月。然后将身躲在黑暗处引线穿针,向织女乞巧,先穿上线者谓之"巧姑"。

《宁县志》(甘肃人民出版社 1988 年版):

七月七,乞巧节:姑娘之节日。习以清晨入草"打露",并以五谷子粒各 7 颗,置于瓷盘,加水生芽,以生芽快慢与多少卜其聪巧,含祝良缘之意,只不明言。传说此日,喜鹊不出,其后,皆头颈缺羽,因为织女牛郎七夕相会去搭"鹊桥"之故损落羽毛。

《庆阳地区志》第三卷《民情风俗志》(兰州大学出版社 1998 年版):

乞巧节:七月初七为乞巧节,也叫"姑娘节"。相传为牛郎和织女相会之期。姑娘称织女为巧娘娘。当晚姑娘们供瓜果于院中,观赏星月,祭奠织女,并在黑暗处引线穿针,向织女乞巧,先穿上线的是"巧姑"。宁县等地,此日清晨有入草打露水的习俗,并以五谷子粒各 7 粒,置于瓷盘,加水生芽,以生芽快慢与多少卜其聪愚巧拙。正宁一带此日俗吃玉面、烙饼。用麦面烙蒸成人或动物形状,叫"巧娃娃";给姊妹或姨姑赠送,叫"送巧"。民间传说,此日喜鹊上天为织女牛郎相会搭桥,过后,额头羽毛焦黑,是搭桥时被天火烧的。

《华池县志》(甘肃人民出版社 2004 年版):

乞巧节:农历七月初七,亦称"七夕节""女儿节"。华池民间传说,七月初七为牛郎织女渡"鹊桥"相会之日。在华池民间,织女被尊为"巧娘娘",是女孩子崇拜的偶像。七月初七之夜,姑娘们将事先在水中生好的豌豆嫩枝、嫩叶,掐成小段抛浮水碗中,在灯光下观看影像,谁掐的花繁、影实、美丽,谁就乞得灵巧。是夜,姑娘们还于暗处比赛穿针,先穿上者为巧。"七夕乞巧"这一习俗近年来还被一些城乡男女青年赋予了东方"情人节"的含义。

《合水县志》(甘肃文化出版社 2007 年版):

乞巧节:农历七月七为乞巧节,又称"姑娘节"。相传,此日为牛郎织女相会之日。姑娘们称织女为巧娘娘。入夜,供瓜果于院中,姑娘们向织女乞巧,并在月光下比赛穿针,胜者谓之"巧姑"。亦盛一盆消水,姑娘把麦芽或豌豆芽掐入水中,视影而卜巧。影像似花朵者,表示此女心灵手巧。此俗始于汉代。

《甘肃历代诗歌选注(庆阳卷)》(甘肃文化出版社 2023 年版):

庆阳民间旧俗,七月七为乞巧节。俗以纸扎织女神像,各家女儿罗拜之。夜晚献瓜果,并掐豆芽抛水中,于月下观其映于碗底之形状以卜巧,俗名"掐巧娘娘"。该诗写瓜果满庭,笑语欢声,女子卜巧、虔诚祝拜织女的节俗情景。百年前盛行于庆阳民间之节俗,今已渐趋消失。

按:此为该书所收杨立程(1871—1922)《乞巧》诗"满庭瓜果绮筵开,笑语喧喧乞巧来。若是天孙能乞得,人间儿女尽成才""神女临凡事有无,俗将乞巧绘成图。深闺多少小儿女,虔祝如同拜紫姑"的解题。

白银市

(清道光)《会宁县志》卷四《风土志》(清道光十一至十二年刻本):

七夕,儿女设瓜果,陈针工,作乞巧会。

《靖远县志》(甘肃文化出版社 1995 年版):

七夕:农历七月初七日传为牛郎织女天河相会之日,是日剧团演秦剧《天河配》,妇女有穿针乞巧的风俗。

定西市

(康熙)《古今图书集成·方舆汇编·职方典》卷五百六十八(清雍正铜活字本):

临洮府:七夕,妇女陈瓜果于庭乞巧。

(清光绪)《通渭县新志》卷八《礼俗》(清光绪十九年刻本):

七夕,闺中有以针缕、瓜果乞巧者。

(民国)《渭源风土调查录·风俗》(民国十六年铅印本):

七月七日为乞巧节。

《定西县志》(甘肃人民出版社 1990 年版)：

七月初七日,谓牛郎织女鹊桥会之日。剧团于此日前后,上演以牛郎织女为题材的戏目如《天河配》等。

《岷县志》(甘肃人民出版社 1995 年版)：

农历七月七日为乞巧节。这一天,相传喜鹊为牛郎织女去搭银河渡桥。职业剧团晚演《天河配》剧,群众中有"坐看牵牛织女星"的习惯。

《渭源县志》(兰州大学出版社 1998 年版)：

七月七日:七夕节,传说牛郎会织女的节日,当晚人们夜观天空,以祈情人相会。县城或有条件的地方,演出戏剧《天河配》。

临夏州

(康熙)《河州志》卷一《风俗》(清康熙二十六年钞本)：

七夕,妇女陈瓜果于庭乞巧。

兰州市

(乾隆)《平番县志·风俗志》(清乾隆十四年刻本)：

七夕,是夜,间有设香案于星光之下穿针乞巧者。

按:(民国)《永登县志》卷二同。清平番县即今永登县。

(道光)《皋兰县续志》卷四《风俗》(清道光二十七年刻本)：

七月七日,妇女祀星乞巧。

按:民国四年(1915),兰州甲辰科进士王烜《七夕》诗展示了晚清民国初年兰州女孩乞巧的习俗:"彩楼针黹暗疑猜,破得工夫送巧来。闻说相思无限苦,情思斩断即仙才。瓜果庭前众女儿,巧娘祭黑爱游嬉。闲歌一曲长生殿,好为今宵谱竹枝。"

《榆中县志》（甘肃人民出版社 2001 年版）：

七月七又称乞巧节，剧院唱《天河配》，老人讲说牛郎织女，女孩讲究对着月牙儿穿针乞巧。

《兰州市安宁区志》（兰州大学出版社 1999 年版）：

七月七，牛郎织女相会，唱兰州鼓子《天河配》。

武威市

《民勤县志》（兰州大学出版社 1994 年版）：

七夕，农历七月七日为七夕节，俗称"乞巧节"。相传是牛郎织女相会之日，故乞巧者于当夜对月穿针，穿入者则称为"巧娘"。

《武威市志》（兰州大学出版社 1998 年版）：

乞巧节：农历七月七日为"乞巧节"。传说是牛郎织女鹊桥相会的日子。旧时在这天晚上，姑娘和年轻媳妇们坐在月下穿针，看谁穿得快，穿得多，穿得巧，据说这样可以把手笨的人练得灵巧。此俗现已不存。唯城内剧团，每年照例上演神话剧《天河配》。四乡居民蜂拥而至，场场爆满，至七月下旬停演。

金昌市

(乾隆)《永昌县志·风俗志》（清乾隆十四年刻本）：

七月七日，妇女对月穿针，乞巧于天孙。

《金昌市志》（中国城市出版社 1995 年版）：

七夕，农历七月初七，俗称"乞巧节"，亦称"女儿节"。相传为牛郎织女相会之日。是夜，妇女聚在院中陈供果品、燃香，每人手拿 7 枚针，相互比赛穿针孔，谁穿得多，谁就向织女乞讨到了"巧"，日后会心灵手巧，万事如意。

张掖市

(民国)《新修张掖县志·风俗》(民国三十八年稿本)：

　　七月七日，为牵女织女聚会之期。是夕，人家妇女结彩缕，穿七孔针，陈瓜果、祭品于庭中以乞巧。

　　按：(民国)《高台县志》卷八《艺文下》收有盛应祺(字寿予，甘肃举人，光绪二十五年选授崇信县训导，宣统元年 55 岁时调任循化厅训导)《吟七夕乞巧》："星渡银河鹊早填，家家有女拜天仙。一钓弓影争看月，满院炉香欲篆烟。诗学回文重锦织，瓜雕别样妒花鲜。深闺最喜金针度，绣到鸳鸯合有缘。"

《张掖市志》(甘肃人民出版社 1995 年版)：

　　七巧节：七月初七，晚上看星星，各剧团竞演《天河配》。

《民乐县志》(甘肃人民出版社 1996 年版)：

　　乞巧节：农历七月初七日，相传牛郎织女鹊桥相会。晚上看星星，姑娘媳妇对月比赛穿针。传说，先穿好针的姑娘配佳婿，媳妇生儿子。

酒泉市

(乾隆)《重修肃州新志·肃州·风俗》(清乾隆二年刻本)：

　　七夕为城隍会，人家多采紫苏和面酥煎食。

　　按：(光绪)《肃州新志·风俗》同。

《酒泉民俗研究》(孙占鳌主编，甘肃人民出版社 2014 年版)：

　　如今，酒泉仍流行着七夕之夜设香案、陈瓜果、拜织女、即兴作诗，以及"迎巧""占影测巧""送巧"、供奉纸糊的"巧娘娘"等活动。

二、陕西乞巧歌

陕西由西向东收录宝鸡、咸阳、铜川、西安、渭南、汉中等市乞巧歌共80首。陕西各地乞巧歌中关于"巧娘娘"的写法，宝鸡、旬邑、西安等地有关文献作"巧娘娘"或"巧娘"，《上海文学》1986年第3期郑彦英《七月七》所引录五首陕西乞巧歌也作"巧娘娘"；咸阳的写作"巧芽芽"，说："巧芽芽，乞巧来"。应是"巧娘娘"之误，"娘"在西北很多地方方言中作"niá"（陇南、天水一些县农村至今如此），二字音相近，歌唱中时久音稍变，采录认误写作"芽"。华阴和关东中部的录作"巧伢伢"，"伢"同样为"娘"之误。乾县有的录作"巧呀呀"，情形同上。有的录作"七姐"，是受七仙女故事的影响。周至县有的录作"巧娘娘"。联系西安、华阴等地情况看，最早应都作"巧娘娘"，在20世纪50年代关于"七仙女"的戏剧、电影上演后，一些人对方言中"巧娘娘（芽芽、伢伢）"或"巧娘"不能理解，而解读为"巧姐"或"七姐""仙姐"。如长武县、宝鸡市、旬邑县、乾县，有的采录本作"巧娘娘"，有的作"七姐"，似是录者不明就里而误录。今本着保存民歌本来面目的原则，"去伪存真"，将"巧芽芽""巧伢伢""巧呀呀"皆改为"巧娘娘"，"巧姐""七姐"改为"巧娘"，其他均不变。

织出锦绣好河山 (陇县)

天上月牙儿星星繁，　　　巧娘天上望人间，
千河上泱泱飘云烟。　　　千万个女子抬头看。
推开庙门拜三拜，　　　　巧娘下凡到人间，
抬头仰望姐的面。　　　　教我针线缝衣衫。

暗想着心愿把她唤，　　　巧娘教我养桑蚕，
一年只能见一面。　　　　桑蚕吐出金丝线。
千呼万唤眼望穿，　　　　巧娘教我心手巧，
快快下凡到人间。　　　　织出锦绣好河山。

搜集者:李凤鸣。
杨金霞:《三羊河畔》(江西高校出版社 2022 年版)收有一首一些句子与之相同。

千年古风传下来 (陇县)

巧芽芽来生得怪，　　　日日浇水天天拜。
千年古风传下来。
碗中生来瓮中盖，　　　巧姐保佑长出来，

211

白白嫩嫩身不歪。　　　　　七月七日来摘采，
脖颈长着绿叶叶，　　　　　放在水中似花开。
朵朵花儿尖上开。　　　　　姐姐妹妹照影来，
　　　　　　　　　　　　　又像花儿又像菜。

摆在神龛掐巧来，
摆在神龛掐巧来。　　　　　妹妹掐巧乞英杰，
巧芽芽来生得怪，　　　　　姐姐掐巧乞貌才。
千年古风传下来。　　　　　看谁心灵手儿快，
　　　　　　　　　　　　　看谁心灵手儿快！

录自杨金霞：《三羊河畔》。部分语句次序有调整。

七月七日掐巧来（陇县）

六月六日生巧来，　　　　　给我姐姐教巧来，
七月七日掐巧来。　　　　　巧的给个花样子，
……　　　　　　　　　　　拙的给个鞋样子。
巧娘巧娘你下来，　　　　　灵的学会绣龙凤，
……　　　　　　　　　　　笨的从此变灵醒。

录自陇县地方志编纂委员会编《陇县志》（陕西人民出版社 1993 年版）。

年年有个六月六（陇县）

春立夏，夏立秋，   春立夏，夏立秋，

年年有个六月六。   年年有个六月六，

六月六，生巧来，   六月六，生巧来，

七月七，掐巧来。   七月七，掐巧来。

跪在神龛拜三拜，   跪在神龛拜三拜，

叩头作揖叫巧娘，叫巧娘。   叩头作揖叫巧娘，叫巧娘。

灯里油儿点干啦，

巧娘巧娘下来吧。   天皇皇呀地皇皇，

     巧娘驾云下天堂。

一碗水，两碗水，   不图你的财和钱，

巧娘下来洗白腿。   不图你的针和线，

一碗茶，两碗茶，   光学你的好手段，

巧娘下来洗白牙。   学下女红千千万。

一碗油，两碗油，

巧娘下来梳油头。

录自阎铁太编著《陇州社火大典》（陕西人民美术出版社 2013 年版）。并据当地流传，第一段中补了"叩头作揖叫巧娘，叫巧娘"，第三段补了"叫巧娘"。第四段在"光学你的好手段"下删去"巧娘教我学针线"一句。陈爱珍主编《土腔土调：陇州步社火小调鉴赏》（三秦出版社 2017 年版）所收与此部分文字有异。

巧娘天上望人间（陇县）

巧娘天上望人间，望人间，　　今晚要回银河畔，银河畔，
我把巧娘拜下天。　　　　　　　我把巧娘姐送一番。
巧娘教我学针线，　　　　　　　跪在河边把香点，
学下手艺做衣衫。　　　　　　　叩头作揖烧纸钱。

巧娘下来一天半，　　　　　　　河边青柳飘云烟，
没吃我家一碗饭。　　　　　　　我送巧娘飞上天。
只顾给我教手段，　　　　　　　别时容易见时难，
没有陪你转一转。　　　　　　　要想再会等明年。

录自阎铁太编著《陇州社火大典》。

扇得巧娘娘到跟前（陈仓区）

扇、扇、扇哩扇，　　　　　　　巧娘娘堂前献西瓜，
扇得巧娘娘到跟前。　　　　　　教下姑娘扎菊花。
巧娘娘堂前献辣子，　　　　　　巧娘娘堂前献麻糖，
教下姑娘做袜子。　　　　　　　教下姑娘做茶汤。
　　　　　　　　　　　　　　　……

录自宝鸡县志编纂委员会编《宝鸡县志》（陕西人民出版社 1996 年版）。也见于郁宁远主编《中国童谣》（中国妇女出版社 1996 年版），题作"乞巧"，后两句据以补之。

六月六，生巧哩(宝鸡)

六月六，生巧哩，   看你①早来不早来。
七月七，掐巧哩。

录自郁宁远主编《中国童谣》。
① 你：指巧娘娘。

拆开一本乞巧经(宝鸡)

拆开一本乞巧经，   秋夏粮食打得多。
乾坤黑白仔细分。
云河天上渡双星，   乞巧乞在夜三更，
织女有个牛郎星。   要我给女儿教礼情。
     女儿要干净，
头炷香插得高，   时时把娘跟。
请给女儿把活教。   语言要温柔，
二炷香左边插，   脚手要端正。
教得女儿会插花。

     乞巧乞在月夜天，
三炷香满炉插，   要我给孩子教礼情。
教得孩子种庄稼。   念书务农要虚心，
只要你迟睡早起勤劳作，   孝敬老人不放松。

215

……

巧的给个花样子，
拙的给个鞋样子。

六月六，生巧来，
七月七，掐巧来。

灵的学会绣龙凤，
笨的从此变灵醒。

录自宝鸡民俗博物馆编《宝鸡民俗集萃》（陕西人民美术出版社 2017 年版）。部分文字据他本有校改。

我给巧娘献核桃（凤翔区）

我给巧娘献核桃，
巧娘教我缝棉袄。
我给巧娘献辣子，
巧娘教我缝袜子。
我给巧娘献西瓜，
巧娘教我扎菊花。

我给巧娘献李子，
巧娘教我蹬机子。
我给巧娘鲜果子，
巧娘教我开锁子。
……

录自李亚妮：《女儿节的狂欢与日常——对曹家庄村乞巧活动的社会性别观察》（《妇女研究论丛》2007 年第 6 期）。

春立夏，夏立秋（凤翔区）

春立夏，夏立秋，
年年有个六月六。

六月六些生巧哩，
七月七些掐巧哩。

今日起，早晚来，　　　说你巧来不巧来，
说你早来不早来，　　　巧娘娘快下凡来。

巧娘娘面前献麻糖(凤翔区)

巧娘娘面前献麻糖，　　切开西瓜看瓢瓢，
生下儿娃作文章。　　　掰开梨瓜甜水淌。
巧娘娘面前献栗子，
生下女娃蹬机子。　　　打破石榴慢慢剥，
　　　　　　　　　　　切一个水瓜大口喝。
枣儿甜，柿子涩，　　　熟透的桃儿使劲吸，
山里核桃是格格。　　　尘世样样有规矩。

巧娘娘，下来吧(凤翔区)

巧娘娘，下来吧！　　　巧娘娘，下来吧，
今天晚上夜深啦。　　　今天晚上夜深啦。
一对蜜蜂采花来，　　　五谷丰登百姓安，
采这盏，采那盏，　　　红红火火过大年。
巧娘娘围下一圆圈。

以上三首录自薛九来著《凤翔民间拾趣》(凤翔县档案局编印，2014 年)。原总题为"乞巧歌"，分为四首，今将第三四首合为一首，取首句为题。部分语句据新搜集有订补。

巧娘巧娘下来吧(岐山县)

巧娘巧娘下来吧，
头戴两朵大莲花。
花又开，树又摆，
摆我巧娘下凡来。

巧娘巧娘嗨嗨，
梧桐树上花又开。
花又开，树又摆，
把我巧娘摆下来。

我给巧娘献李子，
巧娘教我蹬机子。
我给巧娘献挂面，
巧娘教我纺线线。

我给巧娘献枣儿，
巧娘教我缝袄儿。
我给巧娘献核桃，
巧娘教我缝皮袄。

我给巧娘献辣子，
巧娘教我缝袜子。
我给巧娘献瓜，
巧娘教我绣花。

我给巧娘献苹果，
巧娘教我织绫罗。
我给巧娘献油糕，
巧娘教我绣荷包。

我给巧娘献石榴，
巧娘教我缉鞋口。
我给巧娘献包子，
巧娘教我挽绦子。

巧娘巧娘嗨嗨，
梧桐树上花又开。
花又香，叶又美，
巧娘收我当徒弟。

演唱者：李雪樱。搜集者：万百实。
录自白冠勇总编《中国民间文学集成·陕西卷·宝鸡歌谣集成》(内部资料，1988年)。又
见岐山民间文学编辑委员会编《中国民间文学集成·陕西卷·岐山歌谣集成》(内部资料，
1989年)。倒数五至八句据《岐山县志》(陕西人民出版社1992年版)补。

相亲相爱人喜爱 _{（麟游县）}

巧娘、巧娘，咳！咳！　　牛郎哥哥紧相随，
梧桐树上花儿开。　　　　相亲相爱人喜爱。
花又开来树又摆，　　　　……
把我巧娘摆下来。

录自中国人民政治协商会议陕西省麟游县委员会文史资料研究委员会编《麟游文史资料》
第 3 辑（内部资料，1991 年）。也见于《麟游县志》（陕西人民出版社 1993 年版）。

咸阳市

【1949年前】

巧娘娘，乞巧来(咸阳)

巧娘娘，乞巧来！
桃儿罢，枣儿吃，
年年有个七月七。
尺子量，剪子括，
看谁头发长的多。

一碗水，两碗水，
请我巧娘洗白腿。
一碗茶，两碗茶，

请我巧娘洗白牙。
一碗油，两碗油，
请我巧娘梳光头。

一叶瓦，两叶瓦，
连我巧娘抛着耍。
一叶砖，两叶砖，
把我巧娘送上天。

附注：旧历七月七日，是民间神话中牛郎织女银河相会的日子。乡俗每到了此日，妇女便扎成草人，给它穿上女人的衣服，戴上女人的帽子，供在桌上，摆上油水、茶果等物。爆竹三声，灯烛齐鸣，一般小女孩就全来向草人跪拜，然后绕着桌子走，唱这首歌。绕三回，又跪拜一次，起来把预备好的豆芽，每人折开一瓣，放在水碗里，就着灯光看碗中的豆芽影子，或似剪子，或似绣包。若像剪子等，这投豆芽的小女孩，便属聪明，谓之"乞巧"。并于是日各女孩把头发稍稍剪齐，用尺去量，以比较昨年长了多少。

录自《陕西谣谚初集》(陕西省教育厅1935年编印)。又见于胡怀琛、杨荫深选注《民歌选》(商务印书馆1938年版)、柳一青编《儿童歌谣》(华华书店1948年版)，前者篇题为"七巧"，后者无篇题。

送我巧娘回蓝天(咸阳)

巧娘娘,乞巧来!
桃儿罢,枣儿吃,
年年有个七月七。
尺子量,剪子括,
看谁头发黑又多。

一碗水,两碗水,
请我巧娘润润嘴。
一杯茶,两杯茶,

请我巧娘来吃茶。
一滴油,两滴油,
帮我巧娘梳梳头。

鱼戏水,鸟鸣春,
请我巧娘度金针。

搭鹊桥,栽栏杆,
送我巧娘回蓝天。
……

录自毛锜散文《挑荠菜——童年生活慢忆之二》,收入其《听雪记》(上海文艺出版社 1988
年版)。文中说到:"给我印象最深的是有一度挑荠菜时,一些女孩子竟学着村上大姑娘每
年七夕惯常跳舞唱歌的样儿,在田垄上绕着大圆圈,跳乞巧舞,唱乞巧歌,至今我还记得那
歌词的片断。"便是上面所录《乞巧歌》。由此看,咸阳在二十世纪三四十年代以前,不但有
乞巧活动,唱乞巧歌,而且也跳乞巧舞,又跳又唱。

巧娘娘巧(长武县)

巧娘娘巧,要乞巧,
摆上桃瓜和梨枣。
尺子量,剪子铰,

一铰铰个大红袄。

儿子穿上进学堂,

女子穿上进绣房。　　　　老汉穿上扫粪场。

老婆穿上补裤裆，

讲述者:方素琴。搜集者:惠新升。

录自长武县民间文学集成办公室编《中国民间文学集成·陕西卷·长武县歌谣集成》
(1989年)。陈泳超主编《中国牛郎织女传说·民间文学卷》据以收录。

巧娘教我绣花(长武县)

巧娘巧娘咳咳，　　　　巧娘教我绣袍。

梧桐树上花开。　　　　我给巧娘献辣子，

花又开来树又摆，　　　巧娘教我铰袜子。

我把巧娘请下来。　　　我给巧娘献瓜，

　　　　　　　　　　　巧娘教我绣花。

我给巧娘献桃，

讲述者:方素琴。搜集者:惠新升。

录自长武县民间文学集成办公室编《中国民间文学集成·陕西卷·长武县歌谣集成》
(1989年)。陈泳超主编《中国牛郎织女传说·民间文学卷》据以收录。

唱七巧(永寿县、乾县)

巧呀巧,梨儿枣,　　　　第一巧,巧我心,

众家姐妹唱乞巧。　　　心巧人心换人心。

　　　　　　　　　　　好心要报好心人,

十人见了九人亲。

第二巧,巧我耳,
耳巧好坏能明清。
女娃要听好人言,
不做惹事是非精。

第三巧,巧我口,
口巧人前不出丑。
多在人前说好话,
背后少惹众人骂。

第四巧,巧我眼,
眼巧看近能看远。
不偏不斜看得正,
好事坏事能看清。

第五巧,巧我手,
手巧样样都会做。
会织会纺会做饭,
一世不穷有吃穿。

第六巧,巧我脚,
脚巧不缠烂裹脚。
穿上花鞋走正路,
一直走到天尽头。

第七巧,巧我头,
不戴花来不搽油。
世上好人配好人,
恩恩爱爱到白头。

演唱者:尹月善。搜集者:林海。
录自《咸阳大辞典》(陕西人民出版社 2007 年版)。又见《咸阳市志 4》(三秦出版社 2000 年版)。陈泳超主编《中国牛郎织女传说·民间文学卷》据《中国民间文学集成·陕西卷·永寿民间文学作品选》以收录。李世斌、李恩魁编著《陕西风俗歌》(陕西旅游出版社 2003 年版)所收第一段多出"年年有个七月七,天上的牛郎配织女"两句,其他语句大同小异。

七拜织女(乾县)

七夕夜,月芽芽,
月下跪拜献上花。

一拜织女高堂坐,
红花绿树飞鸟过。

二拜织女好模样，
福禄寿喜临庭堂。
三拜织女手儿巧，
织纺裁绣扎又铰。

四拜织女品行高，
痴心不改会鹊桥。

五拜织女飞梭忙，
匹匹锦缎叠一床。

六拜织女守绣房，
天上取样人间藏。

七拜织女功德高，
年年七夕奉一遭。

录自赵明博主编《乾县文化体育志》（中央文献出版社 2013 年版）。

【1949 年后】

巧娘教我把花样儿描(咸阳)

巧娘娘，送巧来，
梧桐树下花儿开。
花儿开，树儿摆，
我把巧娘迎下来。

牵牛郎，写文章，
我把纸砚献上来。

我给巧娘献西瓜，
巧娘教我铰菊花。

我给巧娘献蜜桃，
巧娘教我把花样儿描。
……

录自王炽文、孙之龙编著《黄土高原的民俗与旅游》（旅游教育出版社 1996 年版）。

切的细面如丝线（彬县）

巧娘娘，乞巧来，　　　　　　巧娘巧，乞巧来，
红桃绿枣摆出来。　　　　　　锅锅灶灶立起来。
快把巧娘迎下来，　　　　　　快把巧娘迎下来，
教咱描凤绣花来。　　　　　　给咱做出饭菜来。

递把剪刀你剪来，　　　　　　递根擀杖你擀来，
剪出花儿惹蜂采。　　　　　　擀出薄面花卷来。
送上针线你纳来，　　　　　　给把刀子你切来，
纳的衣裙人人爱。　　　　　　切的细面如丝线。

搜集者：梁炜。

录自阎可行、郑智贤、李忠堂编《中国民间文学集成·彬县歌谣集成》（1990 年）。陈泳超
主编《中国牛郎织女传说·民间文学卷》据以收录。王新民 1986 年 5 月收集整理仅录前
八句，见其《旬邑"乞巧"习俗》（《咸阳文史资料》第 4 辑，1988 年 12 月）与《旬邑文库·民
间歌谣谚语卷》（三秦出版社 2016 年版）。

给你剪子你铰来（旬邑县）

巧娘娘，乞巧来，　　　　　　给你尺子你按来。
给你剪子你铰来，　　　　　　给你干饼你咬来，

......

录自《旬邑文库》编委会编《旬邑文库·民间美术卷》（三秦出版社 2016 年版）。据该书记载：这是七月初七傍晚给巧娘娘敬献用面食烙制的干饼（尺子、剪刀、花朵、小动物等形状）时唱诵的歌。

巧娘娘巧（旬邑县）

巧娘娘巧，
两只手儿穿针妙。

尺子按，剪子铰，
给娃铰个花花袄。

搜集者：宁淑良。1988 年 3 月搜集于旬邑县城。
录自《旬邑文库》编委会编《旬邑文库·民间歌谣谚语卷》（三秦出版社 2016 年版）。

我把巧娘娘送上天（旬邑县、乾县）

巧娘娘，乞巧来，
梧桐树下花儿开。
花儿开，树儿摆，
我把巧娘迎下来。
牵牛郎，写文章，
笔墨纸砚都拿上。

我给巧娘献西瓜，
巧娘教我铰菊花。

我给巧娘献梨瓜，
巧娘教我铰梅花。

我给巧娘献蜜桃，
巧娘教我来绣描。
我给巧娘献红枣，
巧娘教我把衣铰。

我给巧娘献辣子，
巧娘教我铰袜子。

一碗茶,两碗茶, 　　一页瓦,两页瓦,
我跟巧娘洗白牙。 　　我跟巧娘打着耍。
一碗水,两碗水, 　　一块砖,两块砖,
我跟巧娘洗白腿。 　　我把巧娘娘送上天。
一碗雪,两碗雪,
我跟巧娘洗白脚。

录自宁锐、淡懿诚主编《中国民俗趣谈》(三秦出版社 1993 年版)。李振学《汝阳民俗志》(中国文联出版社 2013 年版)所录河南汝阳县乞巧歌与此首文字完全相同,王仲保,胡国兴主编《甘肃民俗总览》(民族出版社 2006 年版)中的《乞巧歌》与此大同小异。据《中国民俗趣谈》记载:七月初七这天黄昏,各村未成年的女子和待要出嫁的姑娘公推一位俊秀灵巧、人才出众的姑娘领头,折来柔柳枝条,绑扎成一个人的模样,用木勺做头,画上脸谱,艳服盛妆,扮作织女,犹如真人,置于场心或柳荫之下,唤作"巧娘娘"。待天色将晚,姑娘们在"巧娘娘"前摆置香案供奉鲜花、水果,以及用面烙成的刀、尺、剪等小巧玲珑的干饼,姑娘们平时绣的枕巾、鞋垫、针葫芦(别针线之物)等,然后虔诚地跪于香案前,每人手执两个饭碗,齐声唱乞巧歌。两碗磨擦发出的声音,伴着优美甜润的歌声,异常悦耳。这样反复吟唱,三炷香烧完,"迎巧"结束。

巧娘娘,赐巧来(淳化县)

巧娘娘,赐巧来, 　　递把尺子你量来,
核桃枣儿献上来。 　　五彩金线送的来,
快把巧娘迎出来, 　　教我描龙绣花来。
红绸绿缎摆出来,

递把剪子你铰来, 　　千句万句为乞巧,
　　　　　　　　　　请你把巧手传给我。

录自涂元玲:《村落中的本土教育》(山西教育出版社 2010 年版)。政协淳化县文史资料研究委员会编《淳化文史》第 6 辑(1992 年 5 月)文字略异,无后两句。

巧娘娘，乞巧来 (淳化县)

巧娘娘，乞巧来，　　　　　递把尺子你量来。
红桃绿枣摆出来。　　　　　五色彩线送得来，
姐妹围成一圈来，　　　　　教咱描凤绣花来。
快把巧娘迎下来。

　　　　　　　　　　　　千句万句为乞巧，
递把剪子你铰来，　　　　　请把巧手传给我。

录自刘晓义主编《中国民间文学集成·陕西卷·淳化歌谣集成》(淳化县民间文学集成编委会 1992 年)。最后两句据《咸阳大辞典》(陕西人民出版社 2007 年版)补。此首与前一首大同小异。

喜鹊给你搭桥来 (永寿县)

巧娘巧娘嗨嗨嗨，　　　　　手里提着麻下来。
喜鹊给你搭桥来。
树又摇，花又开，　　　　　一碗油，两碗油，
我把巧娘请下来。　　　　　我和巧娘梳光头。
　　　　　　　　　　　　一碗水，两碗水，
巧娘乘云走下来，　　　　　我和巧娘洗白腿。
手里提着斗下来。
巧娘云上滑下来，　　　　　一碗茶，两碗茶，

我和巧娘洗白牙。　　　　巧娘给我传巧手。

一碗酒，两碗酒，

录自《咸阳大辞典》(陕西人民出版社 2007 年版)。又梁澄清主编《中国民间文学集成·陕西卷·咸阳歌谣集成》(1988 年)收有《乞巧歌》一首，共 26 句，其中 20 句与乾县《乞巧歌》(见后)同，只是次序有所不同，有 4 句与本首相同，另有两句"牵牛郎，写文章，笔墨纸砚都拿上"为前述两首所无。今不再另出，只在乾县也注出"永寿县"，说明两县都有流传，而大同小异。

再来给我教针线(永寿县)

我给巧娘献辣子，　　　　我陪巧娘到深更。

巧娘给我铰袜子。　　　　巧娘对我有厚情，

我给巧娘献柿子，　　　　我陪巧娘到天明。

巧娘给我缝被子。

　　　　　　　　　　　　巧娘回到广寒殿，

我给巧娘献核桃，　　　　抬头望月常思念。

巧娘教我绣花草。　　　　常思念，常思念，

我给巧娘献枣儿，　　　　思念的话儿听不见。

巧娘教我做袄儿。　　　　盼你明年七月七，

　　　　　　　　　　　　再来给我教针线！

巧娘和我心连心，

录自《咸阳大辞典》。原与前一首连为一首，今参考附近其他县所传及原诗结构，分为两首。个别词语有所订正。

明年还有个七月七（乾县、永寿县）

巧娘巧娘嗨儿嗨，
梧桐树底花儿开。
今天是个七月七，
巧娘给我赐巧哩。

巧娘坐在高堂上，
先点蜡来再上香。
我给巧娘献梨瓜，
巧娘教我铰梅花。
我给巧娘献西瓜，
巧娘教我铰菊花。

我给巧娘献蜜桃，
巧娘教我来绣描。
我给巧娘献红枣，
巧娘教我铰棉袄。
我给巧娘献辣子，
巧娘教我铰袜子。

一碗油，两碗油，

我跟巧娘洗光头。
一碗酒，两碗酒，
我跟巧娘洗白手。

一碗雪，两碗雪，
我跟巧娘洗白脚。
一盏灯，两盏灯，
我跟巧娘亮眼睛。
一碗饭，两碗饭，
我跟巧娘擀长面。

一页瓦，两页瓦，
我跟巧娘打着耍。
一块砖，两块砖，
我把巧娘送上天。

巧呀巧，长的好，
我和巧娘穿花袄。
今年过了七月七，
明年还有个七月七。

录自强万康、袁志英主编《乾县民俗风情录》（政协乾县文史资料文员会 1994 年），部分文字有调整。李世斌、李恩魁：《陕西风俗歌》（陕西旅游出版社 2003 年版）所收两首结构、字句与此中有关句子全同，只是句子组织次序或句子多少有变化。反映了民间歌曲流传中的常见现象。

今年是个七月七（乾县）

今年是个七月七，　　　　　巧娘教我剪花袄。
明年是个八月八。

　　　　　　　　　　　　　我给巧娘献柿子，
我给巧娘献香瓜，　　　　　巧娘教我缝被子。
巧娘教我剪梅花。　　　　　给我巧娘献黄梨，
我给巧娘献红枣，　　　　　巧娘教我选个好女婿。

录自中国人民政治协商会议陕西省咸阳市委员会文史资料研究委员会编《咸阳文史资料》
第 4 辑（1988 年 12 月）。第八句"铰袜子"与上句"献柿子"不押韵，今据当地流传改为"缝
被子"。末两句也据当地通行唱本补。此歌亦流传于渭南地区。

姐妹跟你学不完（乾县）

巧娘巧娘咳儿咳，　　　　　芙蓉出水牵人魂。
梧桐树上花儿开。
花又开，树又摆，　　　　　月亮月亮弯又弯，
咱把巧娘拜下来。　　　　　我给巧娘掌灯盏。
　　　　　　　　　　　　　樱桃小嘴柳叶眉，
　　　　　　　　　　　　　脸蛋赛过大水梨。
巧娘本是天上仙，
织纺裁剪好手段。
巧娘本是天上神，　　　　　今拜巧娘为哪般，

巧手一双织锦缎。
尺子按,剪子铰,
看谁帽根长得好。
帽根长过三尺三,
赛那昭君和貂蝉。

一碗油,两碗油,
咱给巧娘梳油头。
油头乌黑粉面艳,
单等今朝去会面。

一盆水,两盆水,
咱给巧娘洗白腿。
巧娘梳妆坐殿堂,
众女跪拜上高香。

巧娘巧,官家保,
千家女儿属谁好。
今年有个七月七,
明年有个八月八。

我给巧娘献梨瓜,
巧娘给我寻婆家。
我给巧娘献西瓜,
巧娘教我铰菊花。
我给巧娘献辣子,

巧娘教我做袜子。

我给巧娘献大桃,
巧娘教我学绣描。
我给巧娘献红枣,
巧娘教我做棉袄。

我给巧娘献核桃,
巧娘教我学电脑。
学会电脑用处大,
啥事不会就学啥。

我给巧娘献香茶,
巧娘教我刷白牙。
我给巧娘献香蕉,
巧娘教我画眉毛。

我给巧娘献酥梨,
爱情忠贞志不移。
我给巧娘献香瓜,
巧娘教我学绣花。

绣荷花,绣鸳鸯,
鸳鸯对对浮水上。
心灵手巧真乃贤,
姐妹跟你学不完。

录自赵明博主编《乾县文化体育志》(中央文献出版社 2013 年版)。部分文字有所订正。

叫我大姐给我教(乾县)

下来了,下来了,　　　　　　　尺子按,剪刀铰,
叫我大姐给我教。　　　　　　　一下铰个花花袄。
教不了,教不了,
叫我二姐给我教。　　　　　　　我给七姐献梨瓜,
　　　　　　　　　　　　　　　七姐教我铰梅花。

教不了,教不了,　　　　　　　我给七姐献西瓜,
叫我三姐给我教。　　　　　　　七姐教我铰菊花。
教不了,教不了,
叫我四姐给我教。　　　　　　　我给七姐献蜜桃,
　　　　　　　　　　　　　　　七姐教我来绣描。

教不了,教不了,　　　　　　　我给七姐献红枣,
叫我五姐给我教。　　　　　　　七姐教我铰棉袄。
教不了,教不了,
叫我六姐给我教。　　　　　　　我给七姐献辣子,
　　　　　　　　　　　　　　　七姐教我铰袜子。

教不了,教不了,　　　　　　　我献七姐一盏茶,
叫我七姐给我教。　　　　　　　七姐给我洗白牙。

录自刘立军:《乞巧节》(见"行走在乾县"公众平台,https://baijiahao. baidu. com/s? id＝1648424985509545087＆wfr＝spider＆for＝pc,2019－10－28)。

牛郎织女在一起(乾县)

今年有个七七，　　　　　年年有个七七，
牛郎织女在一起。　　　　巧娘教我做花衣。
明年有个七七，　　　　　明天就是七月八，
相思泪儿水叽叽。　　　　满树喜鹊叫喳喳。

录自刘立军:《乞巧节》。

我和巧娘把话拉(武功县)

七月七日呼儿咳，　　　　我和巧娘同洗腿。
梧桐树上花儿开。　　　　桂花油,桂花油,
花儿开,花儿摆,　　　　我和巧娘梳光头。
我把巧娘请下来。　　　　一碗茶,一碗茶,
　　　　　　　　　　　　我和巧娘把话拉。
清清水,清清水,

录自《武功县志》(陕西人民出版社 2001 年版),又见《咸阳大辞典》(陕西人民出版社 2007
年版)。

巧娘娘下凡歌_(兴平市)

巧娘娘,你下来,   巧娘娘,下凡来,

来给姑娘送巧来。   今年有个七月七,

瓜桃梨枣,年年乞巧。   明年有个七月七。

机子灵,剪子铰,

看谁帽根儿长得好。

录自张教武编撰《兴平县风俗志》(兴平县文化馆1987年印)。此文本并不全,第三句应该是排比的若干句,这里只有一句。"帽根儿"原作"毛根",指发辫,今正。原第五句后有两句声词"今年有个七月七,明年有个七月七"。为避免和最末两句重复,今删。

看谁帽根儿长得多_(渭城区)

巧娘娘,乞巧来,   尺子量,剪子括,

今年有个七月七,   看谁帽根儿长得多。

明年有个八月八。

八桃梨枣,年年乞巧。

录自马忠:《乞巧》,见中国人民政治协商会议咸阳市渭城区文史资料工作委员会编《渭城文史资料》第2辑(1994年2月)。

大姐帽盖儿长一丈 (秦都区)

巧娘娘，下来吧！　　　谁的帽盖儿长得多。

今年又是七月七，　　　梳一梳，洗一洗，

姐妹们一起把巧乞。　　大姐的帽盖儿长一尺。

七桃梨枣，年年掐巧，　摔一摔，扬一扬，

掐巧掐巧，看谁最巧。　大姐帽盖儿长一丈。

　　　　　　　　　　　……

尺子量，剪子括，

据《中国节日志·七夕节》项目组所搜集整理。又见中国人民政治协商会议陕西省咸阳市
秦都区委员会文史资料委员会编《秦都文史资料》第 8 辑(1997 年)；文字有异。

铜川市

七姑娘婆下凡来(铜川)

七姑娘婆下凡来,   ……
锥子剪子都拿来。

录自《铜川市志》(陕西师范大学出版社 1997 年版)。与铜川相邻之渭南有乞巧歌为"巧娘娘,下凡来,尺子剪子都拿来。巧娘娘吃枣,教的娃娃纳袄……",当与此相类。

我拜巧娘在七夕(铜川)

巧娘娘巧——官保!   我给巧娘献桃,
今年是个七月七,   巧娘教我绣描。
我拜巧娘在七夕。   我给巧娘献枣,
明年是个八月八,   巧娘教我铰袄。
我跟巧娘把手拉。   我给巧娘献果,
                    巧娘教我铰裤。
巧娘巧娘嗨儿嗨,
梧桐树底花儿开。   我给巧娘献梨瓜,
花又开,树又摆,   巧娘教我铰梅花。
把我巧娘拜下来。   我给巧娘献辣子,

237

巧娘教我铰袜子。

一碗水,两碗水,
我跟巧娘洗白腿。

一碗茶,两碗茶,
我跟巧娘洗白牙。

一碗雪,两碗雪,
我跟巧娘洗白脚。

一页瓦,两页瓦,
我跟巧娘打着耍。

一块砖,两块砖,
我把巧娘送上天!

牵牛郎写文章,
笔墨纸砚都拿上!
……

录自李子迟、王志标:《千城记 陕西铜川 药王故里1》(中国科学文化音像出版社2010年版)。部分语句据我们所搜集有所删节调整。

西安市

【1949 年前】

姑娘家，乞巧来（关中东部）

巧娘娘，下凡来，
姑娘家，乞巧来！
桃儿罢，枣儿吃，
年年有个七月七。
尺子量，剪子刮，
看谁长的好头发。

一碗水，两碗水，
请我巧娘洗白腿。

一碗茶，两碗茶，
请我巧娘洗白牙。
一碗油，两碗油，
请我巧娘梳光头。

一页瓦，两页瓦，
连我巧娘撒着要①。

一页砖，两页砖，
把我巧娘送上天。

附民国刘安国注：乡俗每年七月七日，妇女扎草为人，衣女衣，带妇冠，供置几上，桌间设陈油水茶叶。爆竹三声，灯烛齐明。先是将女儿发梢剪齐，用尺量之，看较昨年长长了多少。然后，诸儿女皆捧豆芽咸集案前。先作跪拜，然后绕案环走，口中喃喃唱此歌三匝，乃复跪拜。起，折豆芽投水碗中，灯前看水中芽影，似剪刀乎？似尺乎？抑或似绣包乎？反复如是，谓之乞巧。

宗鸣安注：此段《乞巧歌》的原注，为民国 15 年（1926）以前人所写。所述"乞巧"时的做法，当是关中东部诸县的习俗。而陕西其他县区旧时均有"七七"节乞巧的习俗，只是陈设、道具、方法、内容各不尽相同。……笔者 20 世纪 70 年代后期，在关中东部的大荔县生活过数年。当时，每年的七月七日，乡人仍沿旧俗举行"乞巧"活动。仪式虽较记载简单了许多，但庭院中供设瓜果莱蔬还是少不了的。

录自宗鸣安：《陕西近代歌谣辑注》（陕西人民教育出版社 2007 年版）。

① 连：关中方言有"和""跟""与"等意。撒：关中方言有"扔""掷""抛"等意。"撒着要"，即是言乞巧人与"巧娘"一起玩扔瓦片的游戏。

巧娘娘头发一尺长（鄠邑区）

巧娘娘,你下来,　　　　　乞巧乞巧,帮帮,
今年有个七月七,　　　　　巧娘娘鞋儿做两双。
明年有个八月八,　　　　　剪子扩,尺子量,
瓜桃梨枣,年年乞巧。　　　巧娘娘头发一尺长。
　　　　　　　　　　　　　……

录自齐志义:《解放前民俗两则》,见中国人民政治协商会议陕西省户县委员会文史资料委员会《户县文史资料》第 7 辑(1991 年 10 月)。原最后两句词序有误,失去韵脚,今据所搜集相关歌词做了调整。

七夕莫忘请巧娘（长安区）

巧娘娘,乞巧来,　　　　　蜜桃献给巧娘尝,
梧桐树下花儿开。　　　　　巧娘教我缝纫忙。
花儿开,树儿摆,
我把巧娘请下来。　　　　　各种花形真逼真,
　　　　　　　　　　　　　剪花刺绣更叫神。
我给巧娘吃西瓜,　　　　　巧娘教我心手巧,
巧娘教我刺绣花。　　　　　七夕莫忘请巧娘。

录自傅功振、樊列武:《长安斗门牛郎织女传说考证与民族文化内涵》(《民俗研究》2008 年第 2 期)。又见张西昌:《千阳布艺》(陕西人民美术出版社 2008 年版)。

【1949 年后】

弟弟心灵我手巧(西安)

巧娘娘,乞巧来,
梧桐树下花儿开。
花儿开,树儿摆,
我把巧娘迎下来。

我给巧娘献西瓜,
巧娘教我铰窗花。
我给巧娘献蜜桃,
巧娘教我把画描。

我给巧娘献石榴,

巧娘教我把花绣。
我给巧娘娘献李子,
巧娘教我缝棉衣。

家里还有小弟弟,
要给牛郎献柿子。
好牛郎,写文章,
我把纸砚也献上。
弟弟心灵我手巧,
我爸我妈心情好!

据《中国节日志·七夕节》项目组所搜集整理。又见寇振安:《解读西安方言》(国防大学出版社 2009 年版),文字有所异同。

我向巧娘讨个巧(西安)

梧桐树,花儿开。
我请巧娘下凡来。

巧娘巧娘下凡界,
六根彩线都带来。

我用彩线来绣花，
巧娘笑着把我夸。

一碗油，两碗油，
我给巧娘梳油头。
梳油头，戴翠花，
巧娘回到牛郎家。
我的巧娘白又亮，
巧娘给你找对象。

我给巧娘吃辣子，
巧娘教你补袜子。
我和巧娘来赛巧，

巧娘说我绣得好。
说赛巧，就赛巧，
我的绣品最最好。
我的好，我的好。
……

七仙姐，胆子大，
玉皇大帝都不怕。
天上神仙她不爱，
就爱地上放牛娃。

巧娘静，巧娘好。
我向巧娘讨个巧。

演唱者：陈鸿梅等。
录自王志杰指导电影《两对半》(1986 年)。

牵牛花儿配织女 (西安)

年年有个七月七，
牵牛花儿配织女。
配上织女年年巧。

右手织璎珞，
左手绣花朵。

一绣绣个啥花？
一绣绣个佛爷牡丹花。

一风吹到桃花苑，
桃花苑里纺青线。
青线梦见王青海，

七姑娘娘把菇采。

搜集者：李加善。
录自华商网《"咪咪猫，上高窑"这么多陕西童谣里　哪一句是你的童年?》(https://news. hsw. cn/system/2018/0401/973932_3. shtml，2018 - 04 - 01)。第三句后疑有缺漏。

谁个手艺高<small>(周至县)</small>

七月七，乞巧节，
梧桐花开香四野。
花儿开，树儿摆，
快把巧娘请下来。
牵牛郎，写文章，
笔墨纸砚都拿上。

巧娘巧娘下凡来，
尺子剪子都拿来。
尺子量，剪子响，
精心裁剪巧式样。

我给巧娘献蜜桃，
巧娘教我缝花袄。
我给巧娘献李子，
巧娘教我纳底子。

我给巧娘献南瓜，

巧娘教我学扎花。
我给巧娘献西瓜，
巧娘教我铰菊花。
我给巧娘献梨瓜，
巧娘教我铰梅花。

我给巧娘献红枣，
巧娘教我把衣铰。
我给巧娘献瓜籽，
巧娘教我缝袜子。

我给巧娘献吃喝，
巧娘把黑发送给我。
我给巧娘献果果，
巧娘赏我福多多。

瓜桃梨儿枣，
年年来乞巧。

谁个手艺高，　　　　　明年七夕瞧！

录自张长怀：《庙会风情》（三秦出版社 2008 年版）。"献瓜籽"原作"献辣子"，据当地流传改。

只图学一个好手段（周至县宝玉村）

巧娘娘，乞巧来，
梧桐树下花儿开。
花儿开，树梢摆，
我把巧娘迎下来。
牵牛郎，写文章，
我把纸砚献上来。

我给巧娘献西瓜，
巧娘教我铰菊花。
我给巧娘献蜜桃，

巧娘教我画与描。
……

年年有个七月七，
我给织女送饭去。

越东洋，过东海，
巧娘娘给我送巧来。
不图你针，不图你线，
只图学一个好手段。
……

据课题组所搜集整理，又见张长怀：《庙会风情》（三秦出版社 2008 年版），文字有异。

静听牛郎在说啥（周至县）

七月里来七月七，
天上个牛郎会织女。

姐妹们穿针又飞线，
乞求织绣的好技艺。

葡萄架下别说话，　　　静听牛郎在说啥。

搜集者:《中国节日志·七夕节》项目组。

乞巧的姑娘仔细听(周至县)

乞巧的姑娘仔细听，　　　三姐四姐东西奔。
敬神乞巧要诚心。　　　　五姐六姐南北走，
苦命的姐妹要求福，　　　七姐教大家学巧手。
好心的七姐下凡来。　　　只要勤快又机灵，
大姐二姐坐天宫，　　　　天底下没有饿死的人。

据课题组所搜集整理，又见张长怀:《庙会风情》、《西安市志》第七卷《社会　人物》(西安出版社 2006 年版)，文字有异，稍有脱漏。

娃的心灵手又巧(周至县)

七巧七巧呼儿嗨，　　　娃的帽根长一坨。
七姑娘，下凡来，　　　走一走，摇一摇，
尺子剪子都拿来。　　　娃的心灵手又巧。
尺子量，剪子扩，

录自王晓如:《西安古代音乐文化》(三秦出版社 2016 年版)。部分文字有订正。

乞巧,乞巧,帮帮(周至县)

乞巧,乞巧,帮帮,
一双鞋,做两双。
瓜桃梨枣,
年年有个乞巧。

七姑娘,下凡来,
尺子剪子都拿来,
给娃教针教线来。
教得好,才算巧,
三年活儿忘不了。

我给巧娘献香瓜,

巧娘给我教绣花。
我给巧娘献花馍,
巧娘给我教细活。

我给巧娘献李子,
巧娘教我纳底子①。
我给巧娘献红枣,
巧娘给我教缝祆。
我给巧娘献葡萄,
巧娘给我教皮祆。
······

据课题组所搜集整理。本首与上所录周至县终南镇豆四村乞巧歌前半部分几同,唯部分文字详细明确,今保留以备参看。
① 纳底子:纳鞋底。

我把巧娘送上马(周至县终南镇豆四村)

乞巧,乞巧,帮帮,
一双鞋,做两双。

瓜桃梨枣,
年年有个乞巧。

七姑娘,下凡来,
尺子剪子都拿来,
给娃教针教线来。
教得好,才算巧,
三年活儿忘不了。
……
我给巧娘献瓜,
巧娘给我教花。
我给巧娘献桃,
巧娘给我教活。

我给巧娘献李子,
巧娘给我教底子。
我给巧娘献枣,
巧娘给我教袄。
我给巧娘献葡萄,
巧娘给我教皮袄。
……
瓜也香,桃也香,
西瓜赛过红沙瓤。

尺子量,剪子铦,
娃的帽根儿长得妥。
尺子量,剪子铰,
娃的帽根儿长得好。

金铃铃,银铃铃,

铰下花儿一层层。
金盘盘,银罐罐,
铰下花儿一串串。

我和巧娘洗绒线,
洗了几条线,
洗了七条线,
大小人儿都穿遍。

乞巧,乞巧,嗨嗨,
梧桐树,花儿开。
花又开,树又摆,
我把巧娘拜下来。

一碗水,两碗水,
我给巧娘漱口水。
一碗茶,两碗茶,
我给巧娘洗白牙。

一碗油,两碗油,
我给巧娘梳光头。
梳的梳,挽的挽,
穿的皮袄套活衫。

一页砖,两页砖,
我把巧娘送上天。
一页瓦,两页瓦,

我把巧娘送上马。

录自杨家辰：《豆四村的七夕》(2009 - 09 - 11)，见杨家辰的博客：http://blog. sina. com.
cn/s/blog_513d842b0100ex69. html。蒋惠莉主编《陕西剪纸·西安卷》(陕西人民美术出
版社 2012 年版)录周至县豆村的一首乞巧歌，"我给巧娘献葡萄，巧娘给我教皮袄"前与本
首文字几同，其后接"金铃铃，银铃铃"以下四句，及本首无者"我和巧娘洗绒线"以下四句，
今据以补入，删去原省略号。另有一首与本首"梧桐树，花儿开"以下文字略同，末增四句
"一页砖，两页砖"以下四句，今据以补入，亦删去原省略号。

豆芽芽，生得怪(鄠邑区)

豆芽芽，生得怪，　　　　　　摘朵巧芽照影花。

盆盆生，手帕盖，　　　　　　盆盆清，影影明，

七月七日取出来。　　　　　　看谁手巧心又灵。

妹妹呀，姐姐呀，

录自户县志编纂委员会编《户县志》(西安地图出版社 1987 年版)。又见陕西省地方志编
纂委员会编《陕西省志·民俗志》(三秦出版社 2000 年版)。

年年不忘请巧娘(长安区斗门镇)

巧娘娘，乞巧来，　　　　　　接牵牛，写文章，

梧桐树下花儿开。　　　　　　我把纸砚就献上。

花儿开，树儿摆，　　　　　　我给巧娘吃西瓜，

我把巧娘请下来。　　　　　　巧娘教我刺绣花。

　　　　　　　　　　　　　　蜜桃献给巧娘尝，

巧娘教我缝纫忙。　　　　　巧娘教的我心上灵。

各种花阵像得很，　　　　　家里富，人安康，
剪花刺绣样样成。　　　　　年年不忘请巧娘。
巧娘教的我两手巧，

据课题组所搜集整理。又见傅功振、樊列武：《长安斗门牛郎织女传说考证与民族文化内涵》（《民俗研究》2008 年第 2 期），个别字句不同。

缨缨鞋，做得好（高陵区、临潼区）

你会乞，我会巧，　　　　　缨缨鞋，做得好！

录自王仲一、洪济龙：《民俗文化探幽》（陕西旅游出版社 2006 年版）。此歌亦流行于咸阳市三原县、泾阳县等地。

月月美景来描绘（关中）

巧娘娘，下凡来，　　　　　教给娃娃纳棉袄。
尺子剪子都拿来。　　　　　巧娘娘，吃柿子，
　　　　　　　　　　　　　教给姑娘纳裤子。
巧娘娘，吃葡萄，
教得娃娃手艺巧。　　　　　一般手艺都学会，
巧娘娘，吃红枣，　　　　　绣个图儿鹊桥会。

年年教娃学手艺，　　　月月美景来描绘。

提供者:杨景霞。
录自毛生铣、程万里主编《三秦揽胜》(人民日报出版社 1988 年版)。又见于刘万兴、李润乾编著《可爱的陕西》(三秦出版社 1994 年版)。"巧娘娘"原误辑为"七姑娘娘"，当是因方言音近而误。参以上陕西其他各地歌词改。

乞巧鞋儿做七双(关中)

乞巧乞巧，邦邦！
乞巧鞋儿做七双。
乞巧乞巧，嗨嗨！
乞巧菜儿端上来。

梧桐树，花儿开，
花又开，树又摆，
我把巧娘请下来，
……

我给巧娘献瓜，
巧娘教我扎花。
我给巧娘献桃，
巧娘教我缝袄。

我给巧娘献李子，
巧娘教我纳底子。
……

录自张长怀:《村口老碾盘》(《西安日报》2003 年 11 月 17 日第 8 版)。

闺女拈针把巧乞(关中)

七月里，七月七，　　　天上牛郎会织女。

家家庭前排香案，　　　　闺女拈针把巧乞。

录自宗鸣安：《长安节令与旧俗》（陕西人民出版社 2015 年版）。

棉花圪垯送宝来（关中）

七月七，乞巧来，　　　　眼窝窝看，镜片片照，
棉花圪垯送宝来。　　　　看你脸蛋俏不俏？
巧娘娘，你下来，　　　　剪子剪，尺子量，
瓜桃梨枣等你来。　　　　看你辫子长不长？

录自张应之编著《神奇黄土地》（中国旅游出版社 1992 年版）。也见于郑彦英：《太阳》（《萌芽》1984 年第 3 期）。王大悟等编《怎样旅游》（陕西人民教育出版社 1994 年版）少第二句及后两句。原题作"七巧歌"。

做件花花袄（渭北）

巧娘娘，巧娘娘，　　　　尺子裁，剪子铰，
我们来乞巧。　　　　　　做件花花袄！

录自侯雁北：《从几则神话故事说到长安文化和"长安学"研究》（见李炳武总主编《长安学丛书·文学卷》，陕西师范大学出版社 2009 年版）。

渭南市

【1949 年前】

七姑娘(渭南)

七姑娘，乞巧来，
给七姑娘洗白腿。
桃花园里摘枣来，
珍珠玛瑙往下流。

看巧婆手，
金银戒指抹半斗。
金木梳，银木梳，
前头梳得光溜溜。

看巧婆头，
东头一碗油，
西头一碗油，
给七姑娘梳光头。

看巧婆脚，
红绸鞋，绿裹脚。
东头一碗水，
西头一碗水，
乞求巧爷相逢来。

录自王杰山编著《陕西东府名胜与民俗·民俗歌谣卷》（陕西旅游出版社 2004 年版）。

【1949 年后】

尺子剪子都拿来(渭南)

巧娘娘,下凡来,　　　巧娘娘吃核桃,
尺子剪子都拿来。　　教得娃娃缝棉袄。

巧娘娘吃枣,　　　　若要会做活,
教得娃娃纳袄。　　　年年来乞巧。
巧娘娘吃柿子,　　　要想手艺高,
教得娃娃纳裤子。　　明年七夕瞧。

搜集者:甄葵。
录自渭南市民间文学集成编委会编《中国民间文学集成・陕西卷・渭南歌谣集成》(1989
年),陈泳超主编《中国牛郎织女传说・民间文学卷》据以收录。

红桃绿枣摆出来(华州区)

众姐妹,乞巧来,　　　递把剪刀你剪来,
红桃绿枣摆出来。　　剪的花样惹蜂来。
快把巧娘迎下来,　　送上针线你衲来,
教咱描凤绣花来。　　衲得衣裳送情哥,

253

情哥把你抱起来!

演唱者:王菊凤。搜集者:杨隆基,孙华文。1985 年 4 月采录于下庙乡文化站。
录自华县民间文学集成编辑委员会编《中国民间文学集成陕西卷·华县歌谣集成》(1988
年)。又见王杰山编著《陕西东府名胜与民俗·民俗歌谣卷》。

心灵手巧 (华州区)

乞巧乞巧,　　　　　　　　绣绣描描。
心灵手巧。　　　　　　　　……
飞针走线,

录自华县地方志编纂委员会编《华县志》(陕西人民出版社 1992 年版)。据县志所述,此当
为民国以前流传乞巧歌。

姑娘家天天等你来 (大荔县)

巧娘娘,赐巧来,　　　　　　看谁活儿做得好。
姑娘家天天等你来。
桃儿罢,枣儿吃。　　　　　　搭机子,布好线,
年年盼着七月七。　　　　　　巧娘教我织绸缎。
　　　　　　　　　　　　　　擦桌子,泡清茶,
先点香,后点蜡,　　　　　　巧娘娘教我来绣花。
巧娘娘给我教绣花。
尺子量,剪子铰,　　　　　　端清水,泡巧芽,

只想灵巧不邋遢。　　　　巧娘的好处记心头。

一碗油，两碗油，

搜集者:《中国节日志·七夕节》项目组。

请下巧娘梳光头(大荔县)

巧娘娘，下凡来。　　　　织布绣花赛能手。
姑娘家，乞巧来。　　　　泡巧芽，端清水，
桃儿罢，枣儿吃，　　　　请下巧娘洗白手。
年年有个七月七。

　　　　　　　　　　　　一碗茶，两碗茶，
尺子量，剪子铰，　　　　请下巧娘洗白牙。
看谁活儿做得好。　　　　一碗油，两碗油，
搭机子，支撑子，　　　　请下巧娘梳光头。

搜集者:《中国节日志·七夕节》项目组。

来年我们再乞巧(大荔县)

七月七，乞巧来，　　　　我把巧娘迎下来。
梧桐树下花儿开。
花儿开，树儿摆，　　　　我给巧娘献西瓜，

巧娘教我学绣花。

我给巧娘献李子，

巧娘教我纳底子。

各种水果都献给，

剪纸花馍形逼真。

姑娘们，来乞巧，

乞了巧，就能巧，

头脑灵活真正好，

读书做活会电脑。

传承文化年年搞，

来年我们再乞巧！

搜集者:《中国节日志·七夕节》项目组。

巧娘教我心手巧(大荔县)

巧娘娘，送巧来，

梧桐树下花儿开。

花儿开，树儿摆，

我把巧娘接下来。

我为巧娘娘献西瓜，

巧娘教我刺绣花。

蜜桃献给巧娘尝，

巧娘教我缝纫忙。

各种花馍样子真，

剪花刺绣更叫神。

巧娘教我心手巧，

来年大家再乞巧！

据《中国节日志·七夕节》项目组搜集整理。又一传本结尾两句变为"姑娘们，来乞巧。乞了巧就能巧，心儿灵，手儿巧，聪聪明明就是好。传统文化年年搞，明年我们还乞巧。"千阳所传大体相同，末句作"七夕莫忘请巧娘"。

我给你献个油馍馍(合阳县)

巧娘娘,巧娘娘,　　　　我给你送菜,
我给你献个油馍馍,　　　教我学剪裁。
我给你送汤,　　　　　　我给你送瓜,
教我纳鞋帮。　　　　　　教我纺棉花。

录自史耀增:《合阳风情》(陕西旅游出版社 1999 年版)。

献一豇豆(合阳县)

献一豇豆,　　　　　　　献一茄子,
送子巷头。　　　　　　　送一娃子。

录自《合阳县志》(陕西人民出版社 1996 年版)。

天天忙的走不开(华阴市)

巧娘娘,赐巧来,　　　　桃儿罢,枣儿吃,
天天忙的走不开。　　　　年年有个七月七。

尺子量,剪子割,
看谁手艺学的多。

一碗酒,两碗酒,
请给巧娘洗白手。
一碗茶,两碗茶,
先请巧娘歇一下。

一碗油,两碗油,
我给巧娘梳好头。

一页瓦,两页瓦,
请来巧娘院中耍。
一块砖,两块砖,
请把巧娘送上天。

据《中国节日志·七夕节》项目组搜集整理。《华阴县志》(作家出版社 1995 年版)也有相近篇章,字句有几处不同。

汉中市

七个姑娘乞巧哩（南郑区平川地区）

（佛歌调）

年年有个七月七，　　　　教我种田禾，

七个姑娘乞巧哩。　　　　教我织绫罗。

巧姑娘娘莫嫌弃，　　　　教我作锦衣，

下凡给我教手艺。　　　　教我绣花描凤雏。

录自孟学范：《岁时节日·七月七》（陕西省南郑县委员会文史资料委员会编《南郑县文史资料》第 7 辑，1990 年）。据该文记载："乞巧"是平川地区的未婚姑娘们向"巧姑娘娘"（即织女星）求艺的活动。初五至初七的三天，姑娘们聚集在某姑娘家里，各拿些菜金和米面，同吃同住一起活动（一般为七个人）。过去，要供奉"巧姑娘"牌位，每日烧香燃烛，敬献供果。每晚，姑娘们围坐一起乞巧，一一唱"乞巧歌"。

巧姑娘娘显灵气（汉中）

（佛歌调）

年年有个七月七，　　　　教我织绫罗，

七个姑娘乞巧哩。　　　　教我绣锦衣，

巧姑娘娘显灵气，　　　　教我描画与针刺。

教我裁剪好手艺。　　　　……

录自孟学范编著《汉中民俗》（中国文史出版社 2008 年版）。

【1949 年前】

新七巧歌

年年七七好时光，
天河织女会牛郎。
自从日寇进中国，
阻我牛郎在他乡！

年年七七喜洋洋，
今年七七夜茫茫。
天河北岸呆呆望，
不见牛郎在那方？

年年七七同歌唱，
今年七七雨断肠。
鹊桥听得枪炮响，
我的牛郎可安康？

牛郎哥哥听端详：
你我不必空悲伤，
若望夫妇早团圆，
先要合力打东洋。

牛郎哥哥要武装，
为妹也穿战时裳。
你在前面正面攻，
我打游击扰后方。

日本鬼子发了慌，
最后胜利归我方。
待到明年七七夜，
银河之上渡双双。

录自陕西省合作委员会办事处编《陕西合作》1939 年第 46 期。

绣花针

（掐巧唱词）

绣花针，一头尖，　　　　毛笔毛笔杆杆端，
绣对鸳鸯穿花衫。　　　　膏墨写字一天天。
低头鸯是凤仙女，　　　　一写写个文状元，
抬头鸳是她老汉。　　　　武状元就是你老汉。
——从早到晚衫挨衫。　　——光宗耀祖回乡间。

录自郑彦英《七月七》（《上海文学》1986 年第 3 期）。原作两首，第一首作"绣呀花针"，第二首作"毛呀笔"。看句式，应为一首之两段，今合并。题中"呀"字亦删。

【1949 年后】

梧桐花开香四野

七月七，乞巧节，　　　　尺子剪子都拿来。
梧桐花开香四野。　　　　尺子量，剪子响，
花儿开，树儿摆，　　　　精心剪裁新衣裳。
快把巧娘接下来。

　　　　　　　　　　　　我给巧娘献蜜桃，
巧娘娘，下凡来，　　　　巧娘教我绣旗袍。

你给巧娘献李子，　瓜桃梨儿枣，

巧娘教你纳底子。　年年来乞巧。

她给巧娘献甜瓜，　谁个手高超，

巧娘教她学绣花。　明年七夕瞧。

录自王世雄,黄卫平编著《黄土风情录》(陕西人民教育出版社1991年版)。第三句原作
"啥子花儿开,花儿摆",据《陕西省志·民俗志》(三秦出版社2000年版)改。这首同周至
县《乞巧歌》"谁个手艺高"其中几段有同有异。

杠呀子

（掐巧唱词）

杠子杠子不打弯，　后边走的她老汉。

水桶放在山中间。　——抬水生个金蛋蛋。

前边走的玉玉女，

录自郑彦英:《七月七》(《上海文学》1986年第3期)。

巧娘娘,在天朝

巧娘娘,在天朝,　教咱嘴巧唱歌谣。

天天给咱把心操。　巧!巧!巧!巧!

教咱手巧绣花朵,　十个女儿九个巧!

录自郑彦英:《七月七》。"乞巧"原作"七巧",音同而误,今正。下同。

年年乞巧

乞巧！乞巧！
年年乞巧！
巧娘娘，你真好，

快向我们笑一笑。
瓜、桃、梨、枣，
送你满地都是宝。

录自郑彦英：《七月七》。

巧娘教我绣花裤

（齐唱）：
巧娘巧娘嗨咳，
梧桐树上花开。
花又开，树又摆，
把我巧娘拜下来。

（巧女化身巧娘唱）：
二姐娃，姐给你教，
赶这么裁，赶这么缝。

三姐娃，姐给你教，
赶这么纺，赶这么织。

（齐唱）：
我给巧娘献核桃，
巧娘教我做棉袄。
我给巧娘献白馍，
巧娘教我绣花裤。
……

录自王世雄、黄卫平编著《黄土风情录》。又见高丙中：《中华文化通志·宗教与民俗典·民间风俗志》（上海人民出版社 2010 年版）。

财东财东你甭搂

财东财东你甭搂①，　　　穷汉穷汉你莫愁，
世间不容害人虫。　　　将来给你米和油。

录自王世雄、黄卫平编著《黄土风情录》。
① 甭搂：意为别贪财。

附：陕西七夕节俗文献

(清雍正)《陕西通志》卷四十五《风俗》(清雍正十三年刻本)：

汉彩女常以七月七日穿七孔针于开襟楼。(《西京杂记》)唐《辇下岁时纪事》曰："七夕,俗以蜡作婴儿形,浮水中以为戏,为妇人宜子之祥,谓之'化生'。"(《全唐诗话》)七夕,幼女设果、酒、豆芽祀告织女神,民间亦具果、鸡、蒸食相馈。(《兴平县志》)七月七日,女儿陈瓜果,以金针漂水碗中,视影之妍媸以觇巧拙。(《临潼县志》)七夕,俗于是日养女之家供巧姑水主于院落中,献以瓜、桃、枣、梨。月上星辉,招贫家女未笄者,击瓦坯唱歌。(《石泉县志》)七夕,男家馈衣仪竞丰,几与聘等。(《白水县志》)

(民国)《续修陕西通志稿》卷一百九十八《风俗四》(民国二十三年铅印本)：

七月七日,妇女以瓜果祭于月下,用花针七穿五色花线插瓜上,谓之乞巧。士人作奎星会。(《孝义厅志》)是日谓牛女相见之期,名七夕节,女儿陈瓜果,以金线漂水碗中,视影之妍,名曰乞巧。(《临潼县志》)妇女以豌豆灌溉生芽,名曰"巧娘"。至夕,设瓜果祭于中庭以乞巧。(《盩厔县志》)七夕,乞巧,装饰草人为巧姑,陈瓜果、研篮、麦芽各事,麦芽高尺许,供巧姑前,折少许掷水面,视碗底影,成物形为得巧。麦芽风干能治病,曰"百索"、"七夕线"。是夕雨曰"洗车雨",谚云："七夕不洗车,贵了麦豆麻。"是日,亲友投瓜,女新嫁者馈遗尤繁。(《大荔采访册》)七夕,妇女夜焚香祀河鼓、织女,亦有乞巧者,瓜副之,有法如华状。(《延安府志》,榆林府同)是日,奎星诞,士皆会祭。(《汉中府志》)七夕,处子祀天孙乞巧,凡新妇之母家邀同亲串,备具瓜果、酒脯、衣服,馈于婿室,俗云"女儿节"。(《华阴采访册》)昔年七月七日,村塾学生皆礼拜奎斗。是夕,幼女亦设瓜果供神乞巧,掷豆芽水碗中,视影变幻以卜巧拙。迨新学校设立,此风渐息。(《南郑新县志》)按：七夕为牛女相会供神乞巧,自《西京杂记》及《玉烛宝典》均载之甚详,然未有谓女儿节者,《华阴册》所述可为时序备一掌故。

《陕西省志·民俗志》(三秦出版社 2000 年版):

乞巧节

每年农历七月初七日为乞巧节,也叫做"七夕节"。是为了纪念牛郎与织女相爱的故事,逐渐形成的节日。……

按:讲述七夕来历的神话传说部分略去不录。

"乞巧节"普遍有祭祀牛郎与织女及乞求巧遇等风俗活动,远在唐代就很盛行。林杰的《乞巧》诗,就记载了这件事:"七夕今宵看碧霄,牵牛织女渡河桥。家家乞巧望秋月,穿尽红丝万几条。"唐以后各代,民间的乞巧活动,一直盛行不衰。建国后祭奠织女与牛郎的活动逐渐少了,但乞巧活动,仍然在各地农村中流行。

乞巧棚

农历七月初七日,一群姑娘以自然村为单位,或在一个村庄分数片,搭成彩色"乞巧棚"以纪念七夕。彩棚的搭法,有繁有简。最常见的是用五色彩纸,剪成仙楼,刻牛郎织女像于其上。织女的形象也很简单,端一张椅子,椅子上放一个斗,斗下穿一件裙子,椅背上套一件大襟衫,顺领口插个竹笊篱,凸出的一面向外,贴一张纸画的女人脸,戴上耳坠,头脑用黑色丝帕绾个圆髻头,插上金银首饰,这样织女的像就扮成了。

据宋时陈元靓《岁时广记》记载:彩棚"内摆五色彩剪成的仙楼,刻牛郎、织女像及仙人等于其上以乞巧。小儿则置笔砚纸墨于牵牛前,书曰'某乞聪明';女孩则致针线箱筐于织女位前,书曰'某乞巧'。"这种乞巧活动盛行于宋代,近代农村,每年"乞巧节",也有类似的活动。

耍巧姑娘

在陕西关中广大农村,流传着一种"耍巧姑娘"的风俗活动。就是在五色彩棚内的织女像前,献上各式各样的供品,有糕点、乞巧馍(花馍)、鲜果,以及专门为过节生下的"巧芽"。织女像前两旁,围坐盛装的众家姑娘,她们不时地烧香,做虔诚的祷告活动。这时,织女棚的外边,成群的男青年组成的锣鼓队,使劲地敲打。时间长了,若有一个姑娘,或因身体虚弱，或因受传统的观念而产生的幻觉，突然神志不清，发起抖来，哭笑不止，就认为是织女的魂灵下凡了。这时，"耍巧姑娘"的活动进入高潮，众姑娘不断地向发抖的"巧姑娘"焚香礼拜，"巧姑娘"口吐类似织女的话，如说："众家姑娘仔细听，苦命的七姐下凡来。大姐二姐坐天宫，三姐四姐奔东西。五姐六姐走南北，苦命的七姐来这里。"顿时，织女棚内外，人山人海，争相向"巧姑娘"叩头礼拜，求卜吉凶。这样一直耍到天亮。这种传统的民俗活动，一直流传不衰，建国以后，很少有人搞这样的活动了。

比巧芽

　　农历六月初六日为"天贶节"，天贶就是天赐的意思。这天，有晒棉衣、晒书籍、晒毛料等风俗。有心的姑娘在这天晒上一碗豌豆，然后用井水泡上。放在既通风又不让太阳直射的地方。到了晚上，月上柳梢头的时候，把豌豆苗拿出来照一照。这样生出来的芽苗，既壮实又肥嫩，高达1～2尺，名为"巧芽"。

　　七夕，当天下午，姑娘们把自己精心炮制的"巧芽"，拿出示众。并在巧芽周围缠几道红丝线（或用红纸条）端端的置放在织女像的前边，作为节日珍贵的献礼。

　　最后，众姑娘围坐在织女像前，焚香，跪拜，行大礼。然后各人把自己的"巧芽"，挑出几根来，用花剪剪成一寸长的短节，投放在清水盆里，视巧芽所呈现的形状卜人的巧拙。若像一苗针、一条线、一朵花，就认为那位姑娘心灵手巧；若像一根椽、一条檩，就认为那位姑娘手笨、愚蠢。

接牛女泪、穿七孔针

　　"接牛女泪"的风俗始于唐代，以后各个朝代都继承，且多有人仿效而行之。每年农历七月初七日夜，姑姑、媳妇将采来的七色鲜花，散放在水盆里。对空焚香祷拜。同时，将七色鲜花水盆放在庭院、天井或屋顶上，承接夜间露水洗头发，可以使头发乌黑而有光泽。

　　"穿七孔针"的风俗兴于唐代，至今陕西广大农村，仍有流传。七孔针形如箆子，有七孔（或二孔、三孔……不等），专为"乞巧"之用。现时七孔针失传了，多以绣花针代之。"乞巧节"一群姑娘坐在"乞巧棚"内，手执绣花针和彩色丝线，当场比赛绘绣本领。看谁的手儿巧、穿针快，谁家的绣花技术就是好。

看蜘蛛网、瓜田听诉

"看蜘蛛网"的风俗活动,起源于唐代。宋、明、清以至建国后,在陕西的农村中,仍可看到有这样的活动。是在"七夕",捉一只蜘蛛放在小盒内。翌晨,观看其结网情形,以卜巧运。有的人家把蜘蛛放在葡萄架上或瓜果上,视其结网情况,予卜巧运。

"瓜田听诉"的风俗,始于唐代,在陕西的广大农村中仍在流传着。农历七月初七日的晚上,一群姑娘跑到村边的瓜田地里或葡萄树下。这时,夜阑人静,万籁无声。痴心的姑娘倾听着织女与牛郎的窃窃私语。

磨碗乞巧

流行于陕西省大荔县一带,在乞巧节时,人们用蒜辫编成一个仙女,脸部贴上纸。画出眉眼,让她坐在凳子上,脚下放鼓一面。当人用绳子牵动仙女双脚时,鼓就响了起来。与此同时,乞巧的姑娘、媳妇们每人手握两个小瓷碗不断地磨擦碗边。时间长了,看谁在磨碗的进行中打瞌睡,就被讥笑为笨人;看谁磨碗到最后,一直精神抖擞不打瞌睡,就被人们誉为"巧女"或"巧妇"。

灞桥赛巧会

赛巧会的风俗流传很久,但西安市灞桥区的赛巧会,做到了"推陈出新",使节日风俗增添了时代的色彩。新中国成立后,特别是中国共产党十一届三中全会以后,农村经济改革迅速发展,妇女们的观念也有了新的变化,她们认识到"巧"是由自己的双手创造的,并非乞巧所赐。因此从1986年农历七月初七日起,将"乞巧节"改为"赛巧会"。会上展出了姑娘、媳妇们的针织、刺绣、编织等手工艺品、书画作品、科技成果等。举行了一年一度的成果展览和比赛活动,通过评比,表彰奖励了一批巧姑娘和巧媳妇。

宝鸡市

(明万历)《岐山县志》卷一《风土志》(明万历十九年刻本):

七月七夕,女辈设瓜果、茶酒于庭,祀织女乞巧。

(清康熙)《麟游县志》卷一《舆地·风俗》(清康熙四十七年刻本)：

　　七夕,乞巧。

(雍正)《凤翔县志》卷三《政治志·风俗》(清雍正十一年刻本)：

　　七月七日,亦有供牛女乞巧者,不尽然也。

(乾隆)《凤翔县志》卷一《舆地志·风俗》(清乾隆三十二年刻本)：

　　七月七夕,闺秀设瓜果、茶浆祀织女以乞巧。

(乾隆)《宝鸡县志》卷一《地理志·风俗》(清乾隆二十九年刻本)：

　　七月七夕,妇女以瓜果祭献牛女,名乞巧。

按:(民国)《宝鸡县志》卷十二省作"七夕,乞巧"。

(光绪)《凤县志》卷八《风俗志》(清光绪十八年刻本)：

　　七月七日,乡塾多有作魁星会者,陈设颇丰。晚间妇女乞巧,瓜果盈庭,俗以豌豆渍水养芽,自六月朔日始,至是有长至二尺馀者;或不善养而差短,则羞而不献,沉盆水中视作何状,以为得巧之验。

(民国)《岐山县志》卷五《官师志·风俗》(民国二十四年铅印本)：

　　七夕,乞巧。幼女设果、酒、豆芽供巧娘神。金鼓叮当,取豆芽漂水中,视其影以觇巧拙,名曰乞巧。此俗最普通,盖自古有之也。

《凤翔县志》(陕西人民出版社1991年版)：

　　乞巧节:过去每年农历七月七日,姑娘"乞巧"。从六月六日,未婚姑娘用绿豆、大麦、豌豆、谷子、高粱五色粮种,泡入水内,置于橱柜之中,后浇水,随长随用七色丝线捆扎,直到七月初七夜晚取出"露面",名曰"巧芽"。尔后,放在桌面上置于村庄中心,姑娘们互相参观比赛,看谁的"巧芽"生得白、长得高、花样多,谁就被公认心灵手巧。就会有一个好女婿,夫妇会天长地久白头到老。这也是一种自我占卜活动。有些地方流行有"乞巧会"。建国后,逐渐衰落。

《千阳县志》(陕西人民教育出版社 1991 年版):

乞巧节。农历七月七日,旧有"看巧"之俗。姑娘们于六月六日,碗盛豌豆,置于箱中,让其发芽。待七月初七夜,豆芽白胖尺许,取出同瓜果献于院中。虔诚的姐妹们,拆豆芽尖放水中,灯光映出芽影的各种形象,以预测姑娘们的巧拙。此俗不科学,然系旧时女子的玩乐,也反映出她们对未来美好生活的憧憬。

《岐山县志》(陕西人民出版社 1992 年版):

乞巧节:俗称七月七,相传为牛郎织女相会日。女孩子于是夜虔祀织女,呼为七姐。多以纸糊成七仙女形像,制作佳者,望之宛如生人。供物除瓜果、点心外,还有用面制成的刀、尺、剪、顶针等。礼祀已毕,群拜送神。未送之前,要掐"巧"。所谓"巧",又名巧芽芽,是用清水浸生的豌豆芽,佳者长至过尺雪白如银丝。掐巧时,即将豆芽掐成小节,漂于水碗,看其影象何物,以卜巧拙。或刀或尺,或笔或墨,均尚可喜;若不成形,则感不欢。

乞巧祀神,事前由一家倡导,其他有女之家相和。事前若无预生之"巧",即以绿豆芽或麦芽充代。女子乞巧时口诵《乞巧歌》,尚须给神焚化纸鞋。建国后,此俗渐渐消失。

《陇县志》(陕西人民出版社 1993 年版):

乞巧节:农历七月初七日是乞巧节,群众俗称"掐巧娘娘"。传说这一天是牛郎织女相会的日子,旧有"掐巧"之俗。六月六日,姑娘们 7 人 1 组,用小豌豆生豆芽,把生出的豆芽移入空瓮里,每天淘洗,长成 2 尺多长的鲜嫩茎杆,用红纸条一节节捆成豆芽束,俗称"巧娘娘"。7 月 7 日夜晚月亮初升,姑娘们在嫂嫂的帮助下,摆好香案灯烛,上供"巧娘娘",献上 7 碗鲜果品。香案前放好跪垫,生巧的 7 位姑娘焚香、燃表、叩拜静跪等待掐巧,看热闹的姑娘、媳妇,手拿扇子向跪着的姑娘们扇风,边扇边念着乞巧曲:六月六日生巧来,七月七日掐巧来……七姐七姐你下来……给我姐姐教巧来,巧的给个花样子,拙的给个鞋样子,灵的学会绣龙凤,笨的从此变灵醒。念罢,就开始掐巧,掐者把供上的豆芽尖掐下来,丢入桌上的水碗中,豆芽漂在水面,看水下芽影的各种形象,预测姑娘们的巧拙,其意是向织女祈祷请教刺绣技术,称乞(七)巧。此俗已自行消失。

《麟游县志》(陕西人民出版社 1993 年版):

七月七日乞巧节:乞巧节前,妇女姑娘们在盆罐内用扁豆泡植巧芽芽。看谁的巧芽长得好,至七夕一般长至尺许,鲜嫩欲折,用三道红纸条束腰,是夜各带"巧芽芽"相约聚会一处,磨碗悉悉作声,举首观明月,遥望银河,叫牛郎织女下凡,口念词曰:"七姐,七姐,咳!咳!梧桐树上花儿开,花又开来树又摆,把我七姐摆下来,牛郎哥哥紧相随,欢乐亲爱大家悦……"传说牛郎织女今夜渡鹊桥相会,故向他们乞巧问事。凡参加此项活动的人,可望心灵手巧,婚姻如意。

《凤县志》(陕西人民出版社 1994 年版):

七月七:农历七月初七,称七夕节,本县也叫"七巧节"。民间有祭祀"巧娘娘"(也叫掐巧)的活动。事先,将豌豆浸水,待其发芽至 2 尺许。七夕之夜,于庭院设祭棚,用彩纸制作一女子,立于秋千之上,称"巧娘娘"。再将豌豆芽分置两侧,摆各种瓜果祭品,烧香祭祀,儿童列队围绕祭棚行走,并唱祭歌。祭祀完毕,女孩子们回于灯下,各将豌豆芽折断一节,置于盆水中视其映于水底的影状,卜测自己未来的巧拙和命运。

《太白县志》(三秦出版社 1995 年版):

乞巧节:七月初七,也称掐巧节。旧时,农村姑娘于六月初六以豌豆或小豆生芽谓"生巧"。到七月初七夜,供"巧娘娘",默祷、掐巧芽尖置水盆,相其映影以判运,为封建迷信习俗。本世纪 50 年代后,此俗在破除封建迷信中随之消失。

《宝鸡县志》(陕西人民出版社 1996 年版):

掐巧:祈巧,又称掐巧。60 年代前,盛行于本县农村。60 年代后被禁绝。80 年代又逐渐兴起。掐巧系农村闺女们举行的祈祷神灵赐予灵巧的迷信活动。每年农历六月初六日,姑娘们选择颗粒饱满豌豆一捧,置于碗中生成白嫩的豌豆芽,并用红纸腰束三道。至农历七月初七晚,由村中中老年妇女摆起巧娘娘神堂,选12～15岁村姑7人,沐浴新装后坐于神堂前,充作巧姑。再由人敲打锣鼓助兴,由几名中老年妇女用蒲扇或簸箕对着巧姑边扇边念道:"扇、扇、扇哩扇,扇得巧娘娘到跟前,巧娘娘堂前献辣子,教下姑娘做袜子;巧娘娘堂前献西瓜,教下姑娘扎菊花……"等等。祷词念完后,已至深夜。神志恍惚、困倦已极的巧姑娘们便由人搀离座位,经人引导后,便在昏迷中默默做起纺线、织布、切菜、擀面、绣花等女红动作,谓此是巧娘娘下凡附身,围观者如堵,煞是有趣。待巧姑们神志清醒后,便由她们把巧芽掐下,丢进清水盆中。盆中映出的影子像纺车、布机,便预兆这姑娘是纺线织布的能手;影子若像诸般灶具,就预兆姑娘善做茶饭;影子像花卉,预兆姑娘精于刺绣等等。同时,也让十二三岁的男孩掐巧,其影子若像犁、锄、牛、马,就预兆这孩子善种田;影子像图书、文具,就预兆这孩子将来读书有成。有些巧姑不动作,则视为巧娘娘没有附身。祈巧纯属民间的一种迷信活动,但也反映了农村姑娘们希望聪明灵巧的美好愿望。

《宝鸡市渭滨区志》(陕西人民出版社1996年版):

乞巧节:本区民间,在此日前,姑娘们用绿豆、豌豆、大豆、麦子、谷子、高粱等多色粮种,泡入水碗,蔽见天日,使其长芽,七月初七夜端出,芽已尺许,名曰"巧芽"。姐妹的巧芽放在一起,互相比赛,看谁的巧芽生的白、长得高,花样多,谁就心灵手巧,会找一个好女婿。此时,男女青年轮流将巧芽掐一节,掷一大碗水中,看巧芽投影,名曰"掐巧",实为青年女子玩耍取乐之节。新中国成立后,此俗逐渐消失。

《宝鸡市志》(三秦出版社1998年版):

乞巧节:"七月七"俗称乞巧节。相传这一天是牛郎织女相会之日。六月六日,姑娘们用绿豆、大麦、豌豆、谷子、高粱等五色杂粮入水浸泡,藏于箱中,让其生芽,到七月七日晚端出来,名曰"巧芽"。姑娘们把巧芽放在一起,看谁的芽生的白,长的高,谁将来就心灵手巧,能找一个如意郎君白头到老。接着姑娘们掐折巧芽,丢入水碗中,以灯下水中映出的形状猜测前途,同时还要聚集灯前,唱乞巧歌;并制穿针刺绣状,意思是请织女星传授女工技巧,叫做"乞巧"。有些地方有"乞巧会"。姑娘们先把巧芽收集起来,放到一张桌子上,桌上供尊七仙女神像,设供品,众女轮流上香化表,最后围在一起唱《乞巧歌》,乞求七仙女赐以灵巧之心之手。此俗新中国成立后消失。

《东岭村志》(方志出版社 2017 年版):

乞巧节:农历七月初七,也称掐巧。因循牛郎、织女七月七相会神话传说而起。姑娘们于农历六月初六,将豌豆置于碗中浸泡催生成芽,称为巧芽。农历七月初七夜,村摆巧娘娘神堂,选少女充作巧姑入座。数名中老年妇女围巧姑,边做动作边念祷词后,扶巧姑离座,因瞌睡在神志模糊中作纺线、织布等女红动作,称为"巧娘娘附身"。待巧姑"清醒"后,将巧芽掐下,丢入水盆,以灯光视芽影形象,预测姑娘巧拙。同时,也有让少男掐巧,预测其是否善耕田或读书。今乞巧活动旧习无存。

按:东岭村在金台区陈仓镇。

咸阳市

(清雍正)《武功县后志》卷三《典礼志·节序》(清雍正十二年刻本):

七夕,陈瓜果乞巧。

(乾隆)《咸阳县志》卷一《地理·风俗》(清乾隆十六年刻本):

七日,妇女以豌豆生芽,祀而祝之,曰乞巧。

(乾隆)《兴平县志》卷三《建设·风俗》(清光绪二年重刻本):

七月七日,闺中以豌豆灌溉生芽,曰"巧娘"。

(光绪)《永寿县重修新志》卷四《风俗》(清光绪十四年刻本):

《輶轩琐记》:七夕,儿女设瓜果、豆芽,祝告织女神。

按:(民国)《永寿县志》卷十九同。

(民国)《重修兴平县志》卷六《风俗志》(民国十二年铅印本):

乞巧:七月七日,陈瓜果于庭,妇女罗拜,谓之乞巧,以为织女会牛郎也。《续齐谐记》曰:"桂阳成武丁有仙道,忽谓其弟曰:'七月七日织女当渡河''暂诣牵牛',至今云织女嫁牵牛。"周处《风土记》曰:"七夕施几筵,设酒果,祀织女牵牛二星,乞富寿及子。"《岁时记》曰:"七夕,妇人以彩缕穿七孔针,陈瓜花以乞巧。"则七夕乞巧自成武丁始也。

(民国)《重修咸阳县志》卷一《地理志·礼俗》(民国二十一年铅印本):

七月七日,缚草作女像,加以衣冠,祭以瓜果,名乞巧。

(民国)《续修醴泉县志稿》卷十《风俗志》(民国二十四年铅印本):

七月七日为乞巧节,是夕,焚香、陈瓜果于庭中,并以五色纸制鞋袜祀织女,名曰乞巧。率皆小儿女为之。

《礼泉县志》(三秦出版社出版 1999 年版):

"七巧节":农历七月七日为七巧节。相传是牛郎织女渡鹊桥相会之日。过去,农村青年女子在村中设香案,敬献瓜果,把自养的"豌豆花"分节束上彩带(俗称"巧芽芽")放在桌上。然后,围绕"巧芽芽",口唱"乞巧歌"拍手跳舞,其意是要变个心灵手巧的姑娘,找个称心如意的郎君。此俗现已消失。

《咸阳市志》(三秦出版社 2000 年版):

祈巧节:农历七月初七是祈巧节。又称乞巧节,七七节。传说是牛郎织女隔年重逢之时。这也是传统节日的一个姑娘节。各地讲究提前五六天泡出豌豆芽,名叫"巧芽芽"。届时村中未成年的女子和将要出嫁的姑娘公推一位俊秀灵巧、人才出众的姑娘领头,折来柳枝扎成"巧娘娘",待天色将晚,设案祭奠,姑娘们把平时绣制的枕巾、鞋垫等女红陈列于前,然后虔诚地跪拜祈祷,边祈边唱《乞巧歌》,以保佑她们心灵手巧。然后在熄灭灯光的暮色中穿针剪花,直到深夜。

按:此后附永寿县《唱七巧》:"巧呀巧,梨儿枣,众家姐妹唱七巧……"略而不录。

《淳化县志》(三秦出版社 2000 年版):

乞巧节:俗称七月七,传说牛郎织女相会日。民间称织女为七仙女、"巧娘娘"。"乞巧节"为民间女子于此日虔祀织女传授手艺之俗。具体做法为,是日先以草缚人形坐式,画其脸,穿其衣,打扮停当,便为"巧娘娘"。黄昏,摆来油炸馓子、菱角酥等供果,还有以面做成的尺、刀、顶针等祀礼。乞巧"掐巧",这种朴素的习俗,今渐消失。

《三原县志》(陕西人民出版社 2000 年版):

七巧节:农历七月初七日为七巧节。传说此日晚为牛郎织女相会之时,姑娘们将预先泡好的豌豆芽,用红纸裹在腰里。在灯下将豆芽卸下,放入水碗中,以碗中的影子断人巧拙,名曰"掐巧"。又在桌下黑摸穿针以示其巧。建国后,此活动自行消失。

《旬邑县志》(三秦出版社 2000 年版):

七月七:家家户户做干饼让孩子们吃食玩耍。年轻姑娘和媳妇结伙用禾草、瓜芦做成"巧娘娘"(织女)塑像。节日正午烧香化纸从野外将巧娘娘请回,供奉于堂屋祭拜,晚间夜深人静后又烧香送于野外。将豌豆泡成的嫩芽掐下放入水碗中,在灯影下观看形态各异的投影,以此判断各自往后的职业和命运。

《彬县志》(陕西人民出版社 2000 年版):

七夕:七月七日晚上,是中国女孩子乞巧的节日,故称"七夕"。据说,这天傍晚人们将桌子抬到院中,摆上西瓜、甜瓜、水果,让女孩子将线穿入针孔内,一次能穿过者,将来就是巧媳妇。这项活动现已不多见。

《长武县志》(陕西人民出版社 2000 年版):

乞巧节。七月初七为"七巧日",有看天河流云、喜鹊搭桥的传说。神话故事中的织女、牛郎七夕相会。姑娘、媳妇推俊秀灵巧者领头,采柔柳枝条扎成织女形象,披红挂绿,艳装素裹,置于场心,唤做"巧娘"。傍晚,供奉瓜果,点燃香烛。捧出早已渍水生成、五彩丝线缠束的麦芽、豌豆芽,各人拿几根,沉入盆内清水,从不同角度视月影折射的形状,猜测为花草之类,以为得巧,验证自己巧拙、判断命运,姑娘乞求有个好婆家,找个如意郎君。乞巧寄托着人们祝愿婚姻家庭美满幸福的渴望。民间还有七月七出生的娃聪明伶俐的说法。

《武功县志》(陕西人民出版社 2001 年版):

乞巧节:过去七月七日晚,姑娘们欢聚在葡萄架下或者空场上摆上香烛供果,坐在一起念唱:"七月七日呼儿咳,梧桐树上花儿开。花儿开,花儿摆,我把七姐请下来。清清水,清清水,我和七姐同洗腿。桂花油,桂花油,我和七姐梳光头。一碗茶,一碗茶,我和七姐把话拉。"传说七姐临凡,会给每个姑娘增添聪明和才艺。有的还当场表演剪纸、结线络子,第二天如果男子争着观看,谁就被公认为心灵手巧,能嫁个好女婿,夫妻会白头偕老。建国后,此俗渐衰。

《泾阳县志》(陕西人民出版社 2001 年版):

七月七乞巧节:每年农历七月初七日,姑娘趁牛郎织女相会的良辰佳期,向织女"乞巧"。乞巧节到来之前,姑娘们先泡"巧芽芽"。当天黄昏,众人选出一位俊秀灵巧的姑娘扮作"巧娘娘",柳荫之下摆设香案,供奉鲜花水果以及平日绣的鞋垫,手执饭碗,边敲边唱乞巧歌。三炷香完,"迎巧"结束。接着开始"赛巧""测巧"。完毕后,姑娘们以手挽成"花轿",将"巧娘娘"抬往水渠边,送"织女"过天河去会牛郎。夜深人静,大姑娘小媳妇们来到葡萄架下,倾听牛郎织女窃窃细语。此俗建国后消亡。

《乾县志》(陕西人民出版社 2003 年版):

乞巧节:即农历七月七日,由牛郎织女的传说演绎而来,后来在民间形成了"乞巧"的风俗。这天晚上,闺秀们用谷草等物扎制七姐像,在庭院中陈列瓜果,用五彩线穿针乞巧,一穿便进,即为得巧,也是女红长进的好兆。"乞巧"的习俗现在已很少见到。

铜川市

(清乾隆)**《同官县志》**卷四**《风土·岁时》**(清乾隆三十年刻本):

七月七日，民间具果、鸡、蒸食相馈。幼女设果、酒、豆芽，祀告织女神，以豆芽漂水碗中，视影之妍媸以觇巧拙；又以此夕穿七孔花针。以蜡作婴形浮水中以为戏，为妇人宜子之祥。

按：清同官县即今铜川市。

(民国)《同官县志》卷二十六《风俗志》(民国三十三年铅印本)：

巧节：七月七日为"巧节"。相传此夕牛郎过天河与织女相会，鹊填桥焉。妇女至夕，具偶像，名"巧姑娘"，设瓜果，焚香奠酒，又以面蒸成剪刀、尺及各花样供献；预泡豆芽长尺许，亦陈偶像前，旁置清水一碗，妇女孩童竞将豆芽掐置水中，视影之妍媸，以断人之巧拙，曰"掐巧"。

旧《志》："七月七日，……"

按：旧《志》所录为上，乾隆《同官县志》文字，此处略。

《铜川市志》(陕西师范大学出版社1997年版)：

乞巧节：七月初七。相传，此日晚上，喜鹊上天搭桥，帮助牛郎渡过天河与织女相会。1949年前，每逢此夕，一些农村青年妇女制作偶像曰"巧姑娘"，供以果品、酒类和面粉蒸成的剪刀、尺子等，并选一幼女坐于偶像前，闭眼想象做针工活。众人点燃香束熏于幼女鼻下，伴以两只碗口互磨的噪声，群女合唱"七姑娘婆下凡来，锥子剪子都拿来"之类的歌谣。许久，幼女呈"迷魂"状，做出纺织、做饭等模仿性动作。最后，众人用凉水喷面，使幼女清醒，借以开心取乐。还有预泡豆芽尺许，谓之"泡巧"；是夜，掐段放入水碗，看豆芽掐段影形的好坏(如想象中的花草及其他物体)，以判断女人的拙巧，谓之"掐巧"。还有将用蜡制作的婴儿放入水中漂浮，再用七色彩线穿七根钢针以为戏，被认为是妇女喜生贵子的吉兆。民国后期，上述习俗渐废。

《耀县志》(中国社会出版社1997年版)：

七月七：农历七月七日为乞巧节。民间旧有祀告七姑娘(即织女神)的习俗。幼女于巷中，搭设简易帐棚，供奉七姑娘塑像(也有供七婆、七爷两个神像的)，献瓜果、豆芽、香烛、祭品及刀、尺、顶针等女红工具。下午众女跪于两旁，闭目入梦，向七姑娘学习女红。天黑之后开始

"乞巧",即将事前泡好的长约尺许、雪白如丝的"巧"(即豆芽)掐成小节,漂于水碗,视水底"巧"之影像以占巧拙。这一习俗,民国时期仍很普遍,解放后逐渐淡漠。

西安市

(东晋)葛洪撰《西京杂记》卷一(周天游校注,三秦出版社2005年版):

汉彩女常以七月七日穿七孔针于开襟楼,人俱习之。

又卷三:七月初一日,共入灵女庙,以豚黍乐神,吹笛击筑,歌《上灵》之曲,既而相与连臂踏地为节,歌《赤凤皇来》。至七月七日,临百子池,作于阗乐。乐毕,以五色缕相羁,谓之"相连爱"。

按:"七月初一日"原作"十月十五日"。具体考证见赵逵夫《七夕文化透视》(人民出版社2022年版,前言第9—10页)。

(五代)王仁裕撰《开元天宝遗事》卷下(中华书局2006年版):

蛛丝卜巧:帝与贵妃每至七月七日夜,在华清宫游宴。时宫女辈陈瓜花酒馔列于庭中,求恩于牵牛、织女星也。又各捉蜘蛛于小合中,至晓开视蛛网稀密,以为得巧之候。密者言巧多,稀者言巧少。民间亦效之。

乞巧楼:宫中以锦结成楼殿,高百尺,上可以胜数十人,陈以瓜果、酒炙,设坐具,以祀牛、女二星。嫔妃各以九孔针、五色线向月穿之,过者为得巧之候。动清商之曲,宴乐达旦。士民之家皆效之。

(北宋熙宁)《长安志》卷六《宫室》(宋敏求撰,清乾隆嘉庆间镇洋毕氏经训堂丛书本):

乞巧楼,光化三年造二楼,构飞桥以通来往。

按:(乾隆)《西安府志》卷五十五同。

(明嘉靖)《高陵县志》卷三《礼仪抄略》(明嘉靖二十年刻本):

七夕,女子生麦、豆蘖以乞巧,每有灯处,游针以验能。

按:(光绪)《高陵县续志》卷三省作"七夕,乞巧"。

(清康熙)《咸宁县志》卷一《星舆·风俗》(清康熙七年刻本)：

七夕，用麦、豆生巧芽，女子设香花拜星下，谓之乞巧。

按：清咸宁县今属长安区。

(康熙)《临潼县志》卷五《风俗志》(清康熙四十年刻本)：

七月七日，谓牛女相见之期，名七夕节。女儿陈瓜果，以金针漂水碗中，视影之妍，名曰乞巧。

按：(乾隆)《临潼县志》卷一同。

(乾隆)《盩厔县志》卷九《风俗》(清乾隆五十八年补刻本)：

七月七日，妇女以豌豆灌溉生芽，名曰"巧娘"。至夕，设瓜果祭于中庭以乞巧。

按：(民国)《盩厔县志》卷四同。清盩厔县即今周至县。民国《西北文化日报》(1933 年 8 月 28 日第 8 版)载有大野生《长安七夕竹枝词》四首并注释，其云："几家姐妹斗新装，生出巧芽豌豆香(土俗人家，女儿多于夏日植豌豆盆盎中，养之以水，生长芽，有高至四五尺者，束以红帛或纸，七夕掐去尖，掷水中，视所现花纹曰乞巧)。织锦天孙识得未，偷闲竞拜巧姑娘(乞巧时，所敬之神名巧姑娘娘，以泥像女头刍木为肢体，妆以纸或帛类制成之衣履)。西舍东邻觅伴游，街头巷尾小勾留。朦胧月影人如玉，团扇轻挥不解愁。款罢柳腰莲步忙，娇嗔薄怒怨同行。阿谁省识侬心事，低首先拈一瓣香。香闺秋来无限情，娘娘妙相闲中成(巧姑娘之头，购自市上，其衣履则女儿辈于闺中自制之)。恼煞小弟忒事多，故问牵牛织女星。"可为参看。

(嘉庆)《蓝田县志》卷二《风俗》(清嘉庆元年刻本)：

七月七日，女儿陈瓜果，以针漂水碗中，视影之妍媸以乩巧拙。

(宣统)《蓝田县乡土志·风俗》(清宣统二年钞本)：

七月七日，幼女缚草作巧娘状，陈瓜果祭奠。日午，捻截六月六日浸长豌豆芽漂水碗中，视影之妍媸以觇巧拙。或于黄昏时以针于暗中穿之，能者巧，否者拙。

（民国）王光如《西安市一周年风俗纪》（收杨博编《长安道上：民国陕西游记》，南京师范大学出版社 2016 年版）：

七月初七日，牛女会期，俗呼七月七。闺阁女子于是夜虔祀织女，呼为七姑娘。以纸扎成七姑娘偶像，衣以生人衣，扎制佳者，望之宛如生人。劣者以水桶为身，木瓢作首，装成无盐嫫母，令人望而生畏。与神所供之物，瓜果点心而外，有以面制成之刀、尺、剪、笸箩、顶针环等。礼祀已毕，烛见拔，乃群拜送神，在未送之先，尚需掐巧（掐巧疑即乞巧转音）。所谓巧者，乃以水浸生之豌豆苗，此须于事前预生，忌见天日，佳者长几过尺，雪白如银丝。掐巧时，即将豆苗掐成小节，漂于水盆，视其影痕何似，以卜个侬巧拙。或刀或尺，或笔或墨，均尚可喜；若事不成形，即愀然不欢矣。乞巧祀神，事前由一家倡首，他家有女儿者和之，不能家家皆祀。事前无预生之巧，即以绿豆芽充代，女子乞巧时，与神尚需焚化纸鞋。

按：本文原载《新陕西月刊》1931 年第 5 期。

《临潼县志》（上海人民出版社 1991 年版）：

七夕节：七月七日为"七夕节"，又称"乞巧节"，传说织女牛郎相会的日子。此夕，村中少女欢聚，有将豌豆在暗室泡长的豆芽（约四五寸长），用丝线绑扎成妙女形状，身着彩衣，名"巧姑娘娘"，设香案，供瓜果食品；又以金针漂浮水中，照自己的影子，名曰："乞巧"。乞巧会上，村女们各携自己所作的手工，刺绣等活计进行展赛，品评优秀。然后，大家围坐一团，或猜谜说唱，或观银河，或讲神话故事，谈笑风生，饮宴极情，至深夜方息。此日又称"喜鹊会"。传说，喜鹊此日去天上银河边为织女牛郎搭桥。此夕，有的村女用一根木扁担糊上红纸，横在水瓮上，从上边走过，叫做"过鹊桥"，民间以喜鹊为"喜事"的象征。

《周至县志》（三秦出版社 1993 年版）：

七月七，又称乞巧节或少妇节。西乡晚上妇女们趁传说的织女与牛郎团圆之际，摆香案，穿针引线乞求织布绣花的技巧。在葡萄架下或井边静听并幻想牛郎织女谈话。

东乡少女乞巧，是在节前将麦、豆种子撒在盆碗的沙上，置阴凉处，天天浇水,发芽猛长,谓巧娘至。到七月七,将芽盆摆在乞巧彩棚供桌上,比谁的巧芽长得高,比各人的刺绣等手工活儿,交流技巧。并围供桌跳舞,唱《乞巧歌》通宵达旦。是日,新娘新郎走娘家,岳丈为新女婿置衬衣,其后几年送扇子、手帕。

《长安县志》(陕西人民教育出版社 1999 年版):

乞巧节:七月初七,传说为牛郎织女相会日。此前,六月六日,姑娘们便种豌豆、扁豆、小麦等于香炉、盆子或碗中,置室内让其发芽生长,到了七月七日拔出,分成七撮,七道红纸条扎束,夜里围在一起掐其尖端放净水盆中,若上浮呈花形则为得巧,若下沉无花样则示笨拙。夜深人静时姑娘们爬到井口,若闻有牛郎织女哭声,则示己命不好;若默无声息,则示己命好。

《高陵县志》(西安出版社 2000 年版):

乞巧节:七月七日是姑娘的节日,当晚由 7 个姑娘主持这一活动。先把用谷草扎成的巧姑娘坐像,高高安置在供桌上,前面摆好供品,焚香后开始乞巧。第一场,姑娘们挨个向巧娘娘礼拜默祝后,每个人将自己事先浸泡的大麦或豆蘖芽抽出一苗,剪去头置于水盆之中,以验证巧拙,叫"悬针"。浮于水上者为"巧",沉于水底者为"拙"。第二场,姑娘们又挨个默祷后,各抽一撮巧芽投入水盆中,若能浮现出一个花瓣图形来,算是最吉祥的兆头。第三场,姑娘们再次默祷后,轮流钻到供桌下边摸着穿针,谁能穿得上,就验证谁心灵手巧,预示将来遇合一定会好。乞巧活动民国后期渐少,今已绝迹。

《西安市志》第七卷(西安出版社 2006 年版):

乞巧节:民间乞巧节主要是姑娘们参与的活动,一般都以村庄为单位,有时大一点的村子几条街上会搭建乞巧棚,有点比试斗赛的劲头。乞巧棚多以彩纸或彩布搭建,或剪出牛郎织女图像,或用草编扎再用彩布包裹做成织女神。织女神多安放在木椅子上,椅子上放一个斗,斗下穿一件裙子,椅背上套一件大襟衫,织女头上戴着花和耳坠等饰物。七月七日夜晚,姑娘们会聚在乞巧棚内,摆上瓜果、乞巧馍、糕点和各种自制的乞巧物,进行"耍巧姑娘"的活动。众人围绕织女神像不时地烧香、祷告、唱乞巧歌,求织女神下凡。棚周围还往往有男青年敲打锣鼓,形成特别的气氛。时间长了,若有一位姑娘产生幻觉或神志恍惚时,便会发抖颤动,甚至哭笑不停,人们就认为这是织女神"附身"下凡了。大伙向发抖的"巧姑娘"焚香礼拜,"巧姑娘"也往往会唱念一些从小耳熟能详的口歌,如"众位姑娘仔细听,苦命的七姐下凡来……"这时,周围的人就会向"巧姑娘"叩头礼拜,求卜问吉凶,这样的活动多会进行到深夜甚至要到天亮。事后你若问那位抖颤说事的姑娘是怎么感受时,她多会说迷迷糊糊的,什么都记不起来了。

乞巧节夜晚姑娘们还会比试"巧豆芽"。用事先发好的长豆芽放在水碗上,看是否能在碗底浮现出花的形样。有些地方还有"穿七孔针"的比试,用一根细线穿七根绣花针,穿的又快又全者为巧手。还有的姑娘会在瓜地里或葡萄树下悄悄等待,俗信这样可以听到天上牛郎织女窃窃私语的说话声。

渭南市

(明嘉靖)《渭南县志》卷九《风土考》(明钞本):

七夕,女子则杂陈瓜果于庭,以器贮水,漂绣针于其上,视影以验巧拙,谓之乞巧。影如剪刀、描笔形者,谓之"得巧"。

按:(天启)《渭南县志》卷五省作:"七夕,女子杂陈瓜果于庭,以器贮水,漂绣针于上,以验巧拙,曰乞巧。"

(万历)《富平县志》卷九《习俗志》(清乾隆四十三年重刻本):

七月七日,陈瓜果于星月下,曰乞巧。

(天启)《同州志》卷二《舆地·风俗》(明天启五年刻本):

七夕,处女陈瓜果、酒饵,生麦、豆芽高尺馀许,祀织女,漂针乞巧。

按:漂:原作"飘",今正之。(乾隆)《大荔县志》卷六"尺馀"作"尺""漂"作"穿"。明同州即今大荔县。

(清顺治)《白水县志》卷上《风俗》(民国十四年重印本)：

　　七月七日，男家馈女仪竞丰，几与聘等，贫者耻不逮。近闻亦渐缩。

(康熙)《蒲城县志》卷一《舆地·风俗》(清康熙五年刻本)：

　　七夕，闺人以针工、瓜果、麦豆芽作乞巧会。

按：(乾隆)《蒲城县志》卷三同。(光绪)《蒲城县新志》卷一省"瓜果"。

(康熙)《潼关卫志》卷上《地理志·风俗》(清康熙二十四年刻本)：

　　七夕，为瓜果会，乞巧。

(雍正)《渭南县志》卷二《舆地志·风俗》(清雍正十年刻本)：

　　七夕，女子陈瓜果礼织女，以针漂水碗中，以验巧拙，名曰乞巧。

(乾隆)《同州府志》卷十三《风俗志》(清乾隆六年刻本)：

　　七月七，处女陈瓜果，生麦、豆芽高尺许，祀织女，漂针乞巧。七夕，男家馈衣仪，竞丰几与聘等。(《白水县志》)

按：清同州府治今大荔县。

(乾隆)《白水县志》卷一《地理志·风俗》(清乾隆十九年刻本)：

　　七夕，男家必馈女家仪，贫富皆然。

(乾隆)《富平县志》卷一《地理志·风俗》(清乾隆四十三年刻本)：

　　七月七日，妇女陈瓜果于星月下乞巧。

(乾隆)《华阴县志》卷二《封域·风俗》(民国十七年铅印本)：

　　七夕，处子祀天孙乞巧。先期以豌豆填置盂内，清水渍溉，长尺馀。及夕，安置几上，移于院落，罗列瓜果、庶品，并面作女工所需，焚香拜祷。即掐豆苗漂于水碗，视现何形以兆巧拙。凡新妇之母家邀同亲串，备具瓜果、酒脯、衣服馈于婿室，俗云"女儿节"。

按：(民国)《华阴县续志》卷三"填置"作"盛"。

(咸丰)《澄城县志》卷五《风俗》（清咸丰元年刻本）：

七月七日，处女陈瓜果、酒饵，生麦、豆芽高尺馀，祀织女，漂针乞巧。招贫家女未笄者，磨碗、击瓦坯唱歌。

(光绪)《新续渭南县志》卷二《舆地志·岁时》（清光绪十八年刻本）

七夕，女子陈瓜果拜织女，用针漂水碗中以验巧拙，名曰乞巧。《西京杂记》："汉彩女于七月七日穿七孔针于开襟楼"，即此也。

(清)《白水县乡土志·岁时》（钞本）：

七月七日夕，女子以豌豆殖芽，长尺五六寸，谓之巧芽。并陈设瓜果，穿针乞巧。

按：(民国)《平民县志》卷一省作"七夕，乞巧"。民国平民县今属大荔县。

《澄城县志》（陕西人民出版社 1991 年版）：

乞巧节：七月七日是乞巧节。传说牛郎织女每年七月七日晚相会一次，因此，青年男女于是晚在村院中缚蒿草人二，衣着打扮，俨如生人，并供以香案，献以瓜果等食品，以示纪念，以表同情。与此同时，备冷水一碗，摘取期前用麦、豆之类泡长而成的"巧芽"置水中，视其影状，以占巧拙。新中国建立后，乞巧之俗废，献巧之俗仍在。

《韩城市志》（三秦出版社 1991 年版）：

七夕：农历七月初七为七夕节，又称为乞巧节、女儿节。相传牛郎织女七夕相会。清康行铜编《韩城县续志》载："七月七日夕，妇女乞巧，设香案，陈瓜果，以麦豆生芽，长尺许，列案上，名为'巧芽'。又以金针（按：多为取一巧芽茎）漂在水碗中，灯下视所照影，以验巧拙。皆望天河祷织女，以是夕天孙（按：即织女星）渡河会牛郎故也。"民国时期，还有搭彩棚乞巧者。解放后，只在节日前为出嫁女儿送五果花馍，并为男孩蒸砚台馍，为女孩蒸壳儿馍（韩城方言把放针线锥剪的柳条管叫壳儿），为长者蒸瓜儿馍，为幼童蒸笼笼馍等。

《华县志》（陕西人民出版社 1992 年版）：

乞巧节：时在农历七月七日。传说，是日牛郎织女鹊桥相会。是夜农村未出阁的青年女子，结伴围巧姑娘娘（扎成的草人或由人装扮）旋转，口中念："乞巧乞巧，心灵手巧，飞针走线，绣绣描描……"名曰"乞巧"。还把事先浸泡好的豌豆芽端在月光下，对着月光看下面影子形状，以此来判断自己的命运。此俗解放后废。

《蒲城县志》（中国人事出版社 1993 年版）：

农历七月初七，称"乞巧节"。民谚："七月七，天上牛郎会织女。"旧时妇女于七夕设香案，献瓜果，以敬织女、牛郎星神，乞福寿及子；少女则乞巧，以彩线对月穿七孔针，过者为"得巧"。有的地方，少女在乞巧时还敬献"巧芽"。在茶碗里培育的一撮豌豆芽，长尺许，团根形成图案。

《大荔县志》（陕西人民出版社 1994 年版）：

乞巧节：农历七月初七日为乞巧节。相传，此日喜鹊搭桥，牛郎、织女相会。旧时，农村姑娘节日里搞乞巧活动较为普遍。妇女们晚上缚绑"巧姑"，在巷中置案，献瓜果、巧芽，祭拜巧姑。乞巧时，姑娘们轮流跪伏案前，身盖布单，剪花鸟。后将花鸟漂于水盆中观影，比谁剪的好。并伴以磨碗，取乐助兴。有的不让剪花，待磨碗声刺激发懵时，让其起来表演动作，看谁灵巧。还有的让其掐巧芽漂于水盆，会意图影像什么。建国后，乞巧之俗已不存在，"送节"习俗相传不衰。近几年，娘家给女儿送西瓜仍较为普遍。

《华阴县志》（作家出版社 1995 年版）：

乞巧节：农历七月初七，传说此日是牛郎、织女鹊桥会的日期。白天，农家做各式各样的花馍。晚间，未出嫁的女青年，7 人一组围坐"巧姑娘"神像前，7 名男青年手执大簸箕用力扇动，使女子周身摇摆（称"扇巧"）。继而由女青年将事先浸泡好的豌豆芽分别放入水中，看豆芽在水中形状，依此判断自己命运（称"乞巧"）。此俗解放后渐废。

《合阳县志》(陕西人民出版社 1996 年版)：

乞巧节：农历七月七日夜晚，谓之"七夕"，是民间千百年来以妇女为主的节日。节前各家泡"巧芽"，长至尺许，以供娘娘神。"娘娘神"由妇女们仿造，用小口瓷舩（音杭）作腹、谷草扎制四肢，购置一空心泥塑粉面头或以白布制成头，戴凤冠、首饰，着霞帔、盛装，俨然端坐，名曰"巧娘娘"。设香案、摆贡品，供桌上列站蒸制的童男童女面人。"乞巧"开始，少男少女自取一支巧芽，放置水盆或水碗内，其倒影若像书、笔、手镯等，则视为"有福气"、"命好"；若像鞭、牛、针等，便视为"下苦的命"。老妇多借此拜神求孙，默念"献一豇豆，送子巷头（大门里道）。献一茄子，送一娃子。"亦有村姑数人叩头后伏地假睡，以求梦中神仙教以针工，名曰"度巧娘"。调笑娱乐，夜深方散。

《渭南市志》第四卷(三秦出版社 2011 年版)：

乞巧节：农历七月初七为乞巧节，当日晚上亦称"七夕"。相传，此日喜鹊搭桥，织女牛郎相会。农村姑娘当日晚上要搞乞巧活动。节日前几天，各家用豌豆等泡"巧芽"，使之长至尺许。初七晚上，妇女们用干草缚"巧姑"，在村巷置案，献瓜果、巧芽，拜祭巧姑。乞巧时，姑娘们轮流跪伏案前，身盖红布，剪碎巧芽，放入水盆中观影，如若剪的巧芽像鱼儿、花鸟在水中漂游，则算谁的手巧。剪放时伴以击碟磨碗之声，取乐助兴，直至深夜方散。1949 年后，此俗渐废。

《东街村志》(三秦出版社 2016 年版)：

七夕节：农历七月七日晚，称之"七夕"，是民间以妇女为主角的节日。村上的巧手妇女用小口瓷坛作腹、谷草扎制四肢，购置一空心泥塑粉面头，戴凤冠、首饰，着霞帔，俨然端坐，名曰"巧娘娘"。"巧娘娘"在灯光照耀下光彩炫丽。设香案，摆贡品，村民跪拜于"巧娘娘"之前，祈求婚姻美满、早生儿女，期盼聪灵手巧，生活幸福等。

按：东街村在合阳县城关街道。

汉中市

(清康熙)**《城固县志》**卷二**《风俗》**(清康熙五十六年刻本)：

七月七日，奎星诞，士皆会祭。是夕，幼女皆设瓜果、豆芽，穿针乞巧。

(康熙)《西乡县志》卷四《风俗》(清康熙二十二年刻本)：

七夕，幼女有乞巧会。亲邻有女者集焉，皆以苣芽置水碗中，月下顾影，以占巧拙。

按：(道光)《西乡县志》卷四云："寻常端阳、七夕、中秋、除夕与各处同风，兹不备载。"

(康熙)《洋县志》卷一《舆地志·风俗》(清康熙三十三年刻本)：

七夕，女子设瓜果，庭中供织女，谓之乞巧。

(嘉庆)《汉南续修郡志》卷二十一《风俗》(清嘉庆十九年刻本)：

城固县：七月七日，奎星诞，士皆会祭。是夕，幼女皆设瓜果、豆芽，穿针乞巧。

洋县：七夕，女陈瓜果拜星乞巧。

西乡县：七夕，邻女相集，皆以豆芽置水碗，月下顾影，互观巧拙。

(光绪)《定远厅志》卷五《地理志·风俗》(清光绪十八年刻本)：

七月七日，妇女相集，以豆芽置水碗中，焚香拜祝，视芽影如花如云者为得巧。

按：清定远厅即今镇巴县。

(光绪)《洋县志》卷三《风俗志》(清光绪二十四年刻本)：

七夕，女陈瓜果拜星乞巧。

(民国)《续修南郑县志》卷五《风土志》(民国十年刻本)：

七月七日，昔年村塾学生皆礼拜奎斗。是夕，幼女亦设瓜果，供神乞巧，掷芽水碗中，视影变幻以卜巧拙。迨学校设立，此风渐息。

(民国)《西乡县志》卷四《民俗志》(民国三十七年石印本)：

七月初七日为乞巧日,妇女夜相集祀织女。预于七八日前培豌豆芽长六七寸,是夜,碎豌豆芽置水碗中,视其影如花如云者为得巧。

《佛坪县志》(三秦出版社 1993 年版):

乞巧节七月七日,旧俗姑娘结伙成群,向观音菩萨献花摆供。晚,将绿豆芽掐节投掷清水盆中,预见意中人。此俗,建国后渐无。

《镇巴县志》(陕西人民出版社 1996 年版):

七月七:旧时仅县城富闲人家少妇少女自动聚会,展比各自的刺绣、针线和所生长的混合豆芽,看谁的好,谁手巧并拈香结拜姊妹,俗称办乞巧娘娘会,今废。

《略阳县志》(陕西人民出版社 1992 年版):

七月七日:七巧节,妇女、小孩掐巧芽,设香案,陈瓜果、糕点、折豆芽于水盆中,观察水影形状,以卜人的巧拙。穿针线于暗处,谓之"牛郎织女巧相会"。

《西乡县志》(陕西人民出版社 1991 年版):

七月初七为乞巧日,过去,此日男供魁星,求取功名富贵,女祀织女,默祷如意姻缘。姑娘们于前数日培养豌豆或绿豆生芽,长六七寸,是夕置水盆中,如花似云,以为得巧。

《洋县志》(三秦出版社 1996 年版):

乞巧节:农历七月七日为乞巧节。解放前,青年妇女互约相聚在院子内陈设瓜果,乞求织女赐给刺绣、剪裁、纺织技巧。读书的青少年也于此日聚会,拜斗祭魁(文魁,传说中的文曲星),乞望学成。解放后,乞巧节俗消失。

安康市

(明万历)《重修汉阴县志》卷一《舆地志·风俗》(明万历刻本):

七月七夕,妇女设牛郎织女香案,具祭品礼拜,名曰乞巧。

按:(康熙)《汉阴县志》卷一、(乾隆)《汉阴县志》卷一"乞"作"乞"。

(清康熙)《石泉县志·风俗》(清康熙二十六年钞本):

七夕,凡书馆竞办魁星盛会,竖高竿悬灯七盏,取象七星。妇女则于院落中献以瓜、桃、枣、栗之类,名曰乞巧。

(嘉庆)《汉阴厅志》卷二《风俗》(清嘉庆二十三年刻本):

七夕,妇女设牵牛织女位,陈瓜果,礼拜乞巧。

(道光)《宁陕厅志》卷一《舆地志·岁时》(清道光九年刻本):

七月七日,妇女以豌豆灌溉生芽。至夕,设瓜果祭于月下以乞巧。士人亦有作奎星会者。

(民国)《重修紫阳县志》卷五《纪事志·习俗》(民国十四年石印本):

七夕日,妇女夜设酒果,祀牛女以乞巧。

《安康县志》(陕西人民教育出版社1989年版):

七月七:农历七月初七日,称"乞巧日",民间有看巧云及七夕牛郎织女渡鹊桥相会的传说。青少年妇女多于晚间在灯前"掐巧",向织女乞求智巧。取盆水于灯下,投"巧芽"(绿豆芽)于水面,视水底灯影,或散如花、波如云、细如针、粗如槌,以示姑娘之巧。陈设瓜果,捏绣花针对月穿线,以穿入者为巧。谓"家家穿乞巧之针"。此俗于抗日战争初停止。

《汉阴县志》(陕西人民出版社1991年版):

七夕:农历七月七日为"七夕"节,又叫"女儿节"或"姑娘节"。姑娘们陈瓜果于庭中,面向织女星乞智求巧,谓之"乞巧"。富豪之家在月光或灯光下举行穿针竞赛,胜者得"巧",败者输"巧"。解放后,七夕节夜,人们多于庭中乘凉,给儿童指点天上银河,讲述牛郎织女的爱情佳话。

《旬阳县志》(中国和平出版社1996年版):

七月七：七月初七是七巧会，旧时的闺女节日。这天供奉织女（又叫巧姑娘娘）。每逢七夕，一群闺女聚集在一起，备好豆芽，将一大碗清水放在桌上，然后一个一个地掐豆芽，把掐去了豆瓣根的豆芽杆投在水面上，借灯光看浮影花不花，花者为心灵手巧。日后能挑花绣朵，描龙绘凤；不花者，为心拙手笨，不会做针线。此俗不普遍。

《安康地区志》（陕西人民出版社 2004 年版）：

七夕节：农历七月七日安康平川地区称为"乞巧节"，山区叫"鹊桥会"。七夕节的主要活动是"看天河"和"乞巧"。"看天河"的习俗，是在七月七日晚上，人们焚香于庭院之中，仰望星空，看织女渡河。据说除非幸运儿，一般人是看不到的。若看到时趁机下拜，求富、求寿、求子，可得其一，但不可兼得。七夕看天河还有另一种含意，就是以天河明晦来占验农业收成。天河明亮，这一年收成就好，粮价低；天河晦暗，这年收成就不好，粮价贵。因此，当地农谚有"七夕天河明，当年好收成"和"天河司米价"之说。

旧时平川地区的姑娘们在七月七日夜举行"乞巧"活动，在院场内摆一小方桌，设香案，供瓜果、花馍，祭拜七仙女。有的地方拜牛郎织女。祭毕对月穿针，向织女乞巧求智，如挑花、绣朵、裁剪、纺织之类。有的地方在供桌上放一盆清水，姑娘们把提前长好了的巧芽（即豆芽），摘去豆瓣，投入水中，对月照影，如盆底芽影细长生花，就是织女已把智慧赐予了；芽影粗短就是没得巧。实际上还借此乞讨别的更多的东西。民间有一首乞巧歌谣："乞手巧，乞容貌；乞心通，乞颜容；乞我爹娘千百岁，乞我姊妹千万年。"一些读书人也于此日聚会，做"魁星会"，祭拜魁星（即文曲星），乞望成才。

在秦巴山区，姑娘们不办"乞巧"活动。而是在七月初六这天，悄悄地抓几把粮食，抛向田野林间喂鸦鹊（即喜鹊）。人们说鸦鹊初七要去为牛郎织女搭"鹊桥"。喂好鸦鹊，好让牛郎织女早相会。据说七月七这天山区很少见到鸦鹊。初七过后鸦鹊都成光脖子，是被天河的风吹掉的；有说是鸦鹊相互衔颈搭桥时拔掉的（实为此时鸦鹊换毛）。初七晚上，姑娘们都聚集在院场或山坡上，看"银河鹊桥"，讲述牛郎和织女的故事。或唱"情歌"倾诉自己的美好愿望。

商洛市

(明嘉靖)《商略商南县集》卷上《地理·节序》(明嘉靖三十一年刻本)：

　　七夕,乞巧。

(清雍正)《镇安县志》卷一《节序》(清雍正四年刻本)：

　　七月七日,挂地头纸钱。七夕,送瓜,女子乞巧。

(乾隆)《雒南县志》卷二《地舆志·土俗》(清乾隆十一年刻本)：

　　七月七日,妇女穿乞巧针。

(乾隆)《商南县志》卷四《风俗》(清乾隆十三年刻本)：

　　七月七日,女子祀织女,穿乞巧针。

按:(乾隆)《续商州志》卷八、(民国)《商南县志》卷二同。

(乾隆)《雒南县志》卷二《地舆志·土俗》(清乾隆五十二年增刻本)：

　　七夕,设瓜果、茶浆祀织女以乞巧。

(嘉庆)《山阳县志》卷十《风土志》(清嘉庆十三年增刻本)：

　　七夕,妇女设瓜果祀织女。先期用豌豆于静室生芽,高尺许,束以红线,呼名"巧娘"。掐寸许,掷水盆,取其影似,名曰乞巧。

(光绪)《孝义厅志》卷三《风俗志》(清光绪九年刻本)：

　　七月初七日,妇女以瓜果祭于月下,用花针七口,穿五色花线插瓜上,谓之乞巧。士人作奎星会。

按:清孝义厅即今柞水县。

《丹凤县志》(陕西人民出版社 1994 年版)：

　　巧娘节:七月初七日为"七夕"。源于牛郎织女相会的故事,又因姑娘乞巧,亦名"巧娘节"。这一天中午,姑娘们把长好的豆芽,摘掉豆瓣,扔茎(巧芽儿)于水盆,在太阳光下照影,看谁的"巧芽"奇特(如针、剪、花、鸟、鱼、虫),谁的手就越来越巧。谣谚:"巧芽芽,生的怪……"晚上,姑娘们以瓜果祭织女,祈求心灵手巧,以长刺绣等技艺,并躲在葡萄架下,"偷听生郎、织女谈情说爱"。相传偷听了牛郎织女的缠绵情语,出嫁后夫妻更加恩爱。

《柞水县志》(陕西人民出版社 1998 年版):

七月七日,妇女以瓜果祭于月下,用花针 7 根,穿五色花线,插于瓜上,谓之乞巧。士绅过奎星会。

《洛南县志》(作家出版社 1999 年版):

农历七月初七,雒南习惯称"七月七"。此源于民间传说中牛郎织女相会的故事,这天喜鹊出现较少,相传去为牛郎织女相会搭桥。晚上未出嫁的姑娘们聚集一体,将事先泡好芽,掐去豆瓣,将茎掷于水水盆中,在月光或灯光下看其所照之影,看谁掐的芽儿最"巧",谓之"掐巧芽芽"。祈求心灵手巧。夜静时,姑娘们以瓜果祭织女,并躲在院中的葡萄架下,偷听牛郎织女的绵绵情话,出嫁后夫妻白头偕老,更加恩爱。

延安市

(明万历)《延绥镇志》卷四《风俗》(明万历三十五年刻本):

七月七日,乞巧。

(清康熙)《中部县志》卷三《风俗》(清康熙三十二年刻本):

七夕,妇女夜陈瓜果。乞巧。

按:(嘉庆)《续修中部县志》卷二同。清中部县即今黄陵县。

(康熙)《延绥镇志》卷一《天文志·岁时》(清康熙刻乾隆增补本):

七月七夕,妇女夜焚香,设瓜果于庭,祀河鼓、织女。亦有乞巧者,瓜副之,有法如华状。

按:(嘉庆)《重修延安府志》卷三十九同。

(道光)《洛川县志》卷十四《风俗》(清道光间刻本):

　　七夕,乞巧,取针或豆荚置水中,视影占之。

按:(嘉庆)《洛川县志》卷十四同。

(民国)《黄陵县志》卷十八《风俗谣谚志》(民国三十三年铅印本):

　　七夕,妇女夜陈瓜果。乞巧,即以豌豆芽送入水碗,视其影之形象若何也。

(民国)《宜川县志》卷二十三《风俗志》(民国三十三年铅印本):

　　七夕:七月初七日。于期前,妇女以麦、豆之类,用水泡长成苗,七夕撷其苗置于水中,视影占巧拙。家有女者,数家合缚草人于一庭,作女状,俨如生者,俗呼"巧姑",供以香案,各户闺女集巧姑前,备水一碗,于月光下剪豆苗置于水中,视其影之奇形,以占巧拙;亦有用线在月光下比赛穿针,以示巧拙者,旧称乞巧。

(民国)《洛川县志》卷二十三《风俗志》(民国三十三年铅印本):

　　七夕:刘《志》:"乞巧,取针或苣荬置水中,视影占之。"家有女者,数家合扎草人,作女装,俨如生者,俗呼"巧姑姑",坐之于庭中,前置香案,供时果,及高尺许之青葱、豆苗。俟半月当空,各户秀女集巧姑前,备清水一碗,于月色下依次剪豆苗寸许投水中,视其影之奇彩以占巧拙。或于月下比赛穿针。或以两新碗就女之耳畔徐徐磨之,久之入睡,父母于旁呼醒之,谓女可变巧也。

《洛川县志》(陕西人民出版社 1994 年版):

　　七夕乞巧:这天年轻媳妇相约,用谷草扎成人形,穿戴女装,谓之"巧姑姑",置于庭中,前置香案拜敬。又备一盘清水,将用五谷泡出的嫩秧枝叶掐下投入水中,俗称"掐巧芽",视水中图影,以占巧拙。乞巧毕,在盆中洗手,谓可以变巧。现在此俗消失。

《黄陵县志》(西安地图出版社 1995 年版):

　　七夕:农历七月初七为七夕节,俗称"七月七"。传说是晚牛郎织女在天河鹊桥相会。旧时,至夜,年轻女子,备一盆清水,置放院中,将豌豆泡出的嫩芽,用指甲掐断,放入水中,视其影子,以占巧拙,占毕,在水内洗手,谓之"乞巧"。是日,人们习惯用白糖、芝麻、花椒叶等和麦面,烙成人或动物之形状的饼子,赠送亲朋四友,谓之"送巧饼"。现在,仍有吃饼、送饼之习,但迷信色彩已消失。

《延川县志》(陕西人民出版社 1999 年):

七月初七为乞巧节。相传牛郎、织女被王母娘娘拆散,每年七月七日相会。是日,天下喜鹊上天搭桥,牛郎挑着一对儿女与织女相会。民间设香案以祭,祝其相会。是夜,未出阁的少女聚集一堂,捏素饺子作献,向织女祈祷,以求手巧。新中国成立后,此俗渐消。

榆林市

(清雍正)《神木县志》卷一《封域·节序》(清钞雍正本):

秋七日夜,妇女上香乞巧。

(道光)《神木县志》卷二《舆地下·岁时》(清道光十一年刻本):

七月七日,妇女于日夕上香乞巧。

按:(清)《神木乡土志》同。

(道光)《榆林府志》卷二十四《风俗志》(清道光二十一年刻本):

七月七日,妇女夜祀河鼓、织女乞巧。

(道光)《安定县志》卷一《舆地志·风俗》(清钞本):

七月七日为七夕,幼女设花果,焚香祷于织女星乞巧。

按:清安定县即今子长县。

(道光)《增修怀远县志》卷一《岁时》(民国十七年石印本):

七月七日,妇女设供案、瓜果于庭前,拜祀织女,穿针乞巧。

按:清怀远县即今横山区。

(光绪)《靖边县志稿》卷一《风俗志》(清光绪二十五年刻本):

　　七夕,妇女陈瓜果中庭,乞巧。

(光绪)《绥德直隶州志》卷四《学校志·风俗琐俗》(清光绪三十一年刻本):

　　七月七日,妇女之乞巧者,设瓜果以拜织女星。

(光绪)《米脂县志》卷六《风俗志》(清光绪三十三年铅印本):

　　七月七日,女儿以金针漂水碗中,视影之妍媸,以觇巧拙。

(民国)《葭县志》卷二《风俗志》(民国二十二年石印本):

　　七月七日,儿女以金针漂水碗中,视影之妍媸以验巧拙,名曰乞巧。

按:民国葭县即今佳县。

(民国)《米脂县志》卷四《风俗志》(民国三十三年铅印本):

　　七月七日,女子于正午以金针漂水碗中,视针影之妍媸,以觇人之巧拙。

《子洲县志》(陕西人民教育出版社1993年版):

　　七日,乞巧日,女儿于正午以金针漂水碗中,以测巧拙,今已经不这样了。据说,是日牛郎织女相会,喜鹊上天搭鹊桥,所以人间多雨,少见喜鹊。

《吴堡县志》(陕西人民出版社1995年版):

　　七月七:旧时,妇女以瓜果祭于月下,用花针七穿五色花线插瓜上,称为"乞巧"。传说这日,喜鹊归天,给牛郎织女搭桥。乡间妇女小孩有用凤仙花(俗称漆指甲花)漆指甲的习惯。1949年后,无乞巧举动,"漆指甲"依然流行。

《绥德县志》(三秦出版社2003年版):

　　乞巧日:七月七,旧俗此日妇女们设瓜果祭拜织女星,以乞求针黹之灵巧，今无此俗。传说此日为牛郎织女相会之日，喜鹊都去银河上搭桥，十五日为分离之日，故这两日多雨。

《定边县志》（方志出版社 2003 年版）：

七巧节：七月初七，也叫七夕、乞巧节。相传是夕，牛郎织女鹊桥相会。民间姑娘们比赛绣花、剪纸、做针线等巧活，祈求灵巧。

三、山西乞巧歌

山西收录运城、临汾、长治、晋中等市的乞巧歌共 17 首。

叫伢俩团圆到一搭里（运城）

（小调）

年年有个七月七，　　　　看把伢俩咻恓惶③的，

天上牛郎会织女。　　　　三百六十天才见一回哩！

伢①本是一对儿好夫妻，　　老天爷你行行好哩，

是哪咻②硬把伢分开的？　　叫伢俩团圆到一搭里。

录自《运城地区志》（海潮出版社1999年版）。

① 伢：他们。　② 咻：谁。　③ 恓惶：难过，痛苦。

七月七日乞巧生（临猗县）

七月七日乞巧生，　　　　村姑各执灯一盏，

七星扮作七巧灯。　　　　能摆人物鸟兽形。

录自《中华舞蹈志》编辑委员会编《中华舞蹈志·山西卷》（学林出版社2014年版）。七巧灯是临猗县太范村一带流传的舞蹈，此为该舞蹈中的一段唱词。

拉牵牛(闻喜县)

芍药牡丹喜凤莲，
朵朵鲜花中人看①。
纤纤细手勾搭勾，
牵牛花蔓嫩油油。
金莲碎步盈盈移，
轻妙婆娑如春水。
天旋地转裙带飞，
错落步儿下凡尘。

身穿绫罗锦衣衫，
头上百花正吐艳。
骑上枣红马，马披绿鞍鞍，
手摇金丝鞭。
得儿驾，我是七姐下了凡，
来到人间五谷山。
心中喜，走得欢，
人间果比天上鲜。

玉荽山，真可观，
株连株，片连片，
赛过猴哥花果山。
根儿罗丝缠，叶儿腰带宽；

穗个棒槌大，条个赛竹杆。
劝君莫惜力和汗，
点石成金乐其间。

马儿飞，鸟儿伴，
迅步来到谷黍山。
豆叶腿带宽，根儿扎九泉。
穗儿就像狼尾巴，
点头哈腰把土地献。
劝君常吃谷黍饭，
长生不老留红颜。

眼前一座高粱山，
火红火红烧满天。
根儿像龙爪，叶儿腿带宽，
颗颗珍珠穿。
天上只有阴森森，
哪有人间红艳艳？
种田的哥儿莫自卑，
仙女都想嫁庄稼汉。

立云头，擦把汗，

祥云底下豆儿山。　　　　　青山裹体避寒暑。

大豆小豆样样有，　　　　　休慕他人龙凤裘，

白豆黑豆色色全。　　　　　淡茶素服度春秋。

长的是刀豆，　　　　　　　男耕女织月如蜜，

圆的是豌豆，　　　　　　　儿女情长乐天伦。

油煎用蚕豆，　　　　　　　人间逗我众姐妹，

煮汤用绿豆，　　　　　　　留连忘返犯天规。

芝麻也是豆。

花开节节高到头。　　　　　犯天规，犯天规，

天上只有寂寞愁，　　　　　自古天规能治谁?

人间夫妻定会欢乐到白头!　你为百姓消灾难，

　　　　　　　　　　　　　原本就是人间仙。

拂袖掩脸气儿喘，　　　　　玉皇大帝若怪你，

提裙掂足上麻山。　　　　　我们为你齐请愿。

大麻、荸麻、亚麻、胡麻，　千请愿，万请愿，

制索、织布都靠它。　　　　保你回宫能平安。

织出麻布赠情郎，

演唱者:王改梅。搜集者:崔莉。1970年3月采录于闻喜县姚村。

附记:"拉牵牛"是流传在河东一带的民间游戏。每年七月初七,农家姑娘月夜聚会,拉手成圈,轻歌曼舞,歌颂男耕女织的农家生活。集体唱完第一节,"锵!"一声铜锣,在快速旋转中被拉倒了的姑娘,便成了此次拉牵牛的中心人物。"锵!"又是一声铜锣,她就被罚唱了。每唱完一节,另一个姑娘便要接唱:"你是七姐下凡间,百姓齐拥赞,吉星高照人心暖,赶快为民消灾难。"众乡民,有问吉凶祸福的,有测院落基地的,有问子讯的,有寻失物的,人们几乎把精神上的寄托和要求全部掷给下凡的神女,以求慰藉。

录自中国民间文学集成全国编辑委员会、中国歌谣集成山西卷编辑委员会编《中国歌谣集成·山西卷》(中国ISBN中心,2009年)。后八句据山西省人民政府网《山西七夕风俗文化:河东乞巧节"拉牵牛"》(2020年12月7日)一文补。该文中有具体的活动仪式记载,据该文载:"拉牵牛"又称"五谷山",原是"乞巧节"夜晚的一种娱乐活动,后因当地的百姓十分喜爱,于是便流传开来,成为河东地区的一种乞巧民俗。

① 中人看:方言,即耐看,好看。

年年有个七月七 (襄汾县)

年年有个七月七，　　　　看把伢两个稀活①的，
天上牛郎配织女，　　　　三百六十天才见一面哩。
伢本是一对好夫妻，　　　老天爹你可行好哩，
是谁硬把伢拆散的。　　　叫伢俩团圆到一搭里。

讲述者：陶富海。搜集者：狄西海。1987 年春节采录于襄汾县丁村民俗馆。
录自《中国歌谣集成·山西卷》。又见于杨迎祺编著《临汾民俗》(山西人民出版社 2006 年版)，文字略异。
① 稀活：方言，不好活。

二十四节 (襄汾县)

立春雨水正月正，　　　　苏公堤上美如画，
天降瑞雪兆丰登。　　　　桃红柳绿早报春。
龙腾狮舞闹元宵，
兴起之人唐太宗。　　　　三月清明谷雨天，
　　　　　　　　　　　　桃李争春播满山。
二月惊蛰又春分，　　　　昭君奉命和番去，
梨花开放白如云。　　　　轻弹琵琶出塞关。

立夏小满四月到，
枝枝芍药分外娇。
马谡街亭失重地，
空城孔明智谋高。

芒种夏至五月忙，
石榴花红过端阳。
张飞大将闯辕门，
十三磨刀关云长。

小暑大暑六月天，
荷花出水莲籽熟。
当初洪水遍地流，
大禹治水颂千秋。

七月处暑接立秋，
菱角开花水上游。
牛郎织女来相会，
七月离别泪交流。

白露秋分桂花香，
明末奸贼数李良。

一心篡位把权掌，
冷宫救主是徐杨。

寒露霜降九月天，
五颜六色菊花艳。
好个贤良孟姜女，
万里寻夫送衣衫。

小雪大雪接立冬，
十月是个小阳春。
庞统巧使连环计，
孔明南屏祭东风。

冬至数九冬月天，
岭顶梅花蕾苞满。
精忠岳飞人怀念，
咒骂秦桧狗奸谗。

腊月小寒和大寒，
梅花朵朵比娇妍。
湘子化身癫和尚，
村落破口上九天。

演唱者:梁力。搜集者:景彩凤。1988 年采录于襄汾县城。
录自襄汾民间文学集成编委会编《中国歌谣谚语集成·山西卷·襄汾歌谣谚语集成》
(1988 年),陈泳超主编《中国牛郎织女传说·民间文学卷》据以收录。中国民间文学集成
全国编辑委员会、中国歌谣集成山西卷编辑委员会编《中国歌谣集成·山西卷》同。

七月七（浮山县）

（小调）

高高的天上星星稀，　　　天上牛郎配织女，
喜鹊搭桥穿银溪。　　　　夫妻在桥上哭啼啼。
年年有个七月七，

演唱者：李春枝。搜集者：邢作梅。1986年采录于浮山县南坂村。
录自中国民间文学集成全国编辑委员会，中国歌谣集成山西卷编辑委员会编《中国歌谣集成·山西卷》。

女儿女儿为啥哭（临汾）

甲：一穗儿谷，两穗儿谷，　　乙：当了老奶奶架子大，
女儿蹲在茅子里哭。　　　　秃儿瞎孙子都把你怕。
乙：女儿女儿你为啥哭，　　　谁敢不敬奉你老奶奶，
你心里有气我给你出。　　　你就戳上他几拐拐。

甲：我妈不与我留头发，　　　甲：我也不当老奶奶，
我爸不与我寻婆家。　　　　我也不戳人一拐拐。
四十留头五十改，　　　　　只图寻个好人家，
一过门伢叫我老奶奶！　　　亲亲热热过到一疙瘩。

乙：呀儿哟，咦儿哟，　　　　　麻烦你把口信与他捎。

你心上的人儿是哪一个？　　……

甲：是哪个人儿你也知道，

录自杨迎祺编著《临汾民俗》。题名据王森泉、屈殿奎《黄土地民俗风情录》（山西人民出版社 1992 年版）。据《临汾民俗》载：曲沃县盛行男女孩童以星星草、香草投水乞巧。霍州要做针线、笸箩、钉针之类的面塑，说是吃了可变得心灵手巧。乞巧时，姑娘们相互逗笑取乐，爱唱这一首民谣。

我给巧娘娘送饭吃 (黎城县)

七,七,七月七,
我给巧娘娘送饭吃。
上东坡,把西瞧,
瞧见巧娘娘来送巧。

半路上碰见他老爹,
叫我给他做对老暖靴。
半路上碰见他奶奶,

叫我和面快擀开。

(进门时唱)
门神爷,你闪开,
我把巧娘娘请进来。
门神爷,别挡驾,
请我巧娘娘来坐下。

录自《黎城县志》(中华书局 1994 年版)。

七月七乞巧歌 (黎城县龙王庙乡)

(小调)

七、七,七月儿七,
我给巧娘娘送饭吃。
半路碰住他老爹,

他就叫我做对没窟窿的老
暖靴。

七、七,七月儿七,
我给巧娘娘送饭吃。
半路碰住他奶奶,
她就叫我给她和面扑揽①开。

七、七,七月儿七,
我给巧娘娘送饭吃。
半路碰住他大,
他就叫我给他点豆栽瓜。

七、七,七月儿七,
我给巧娘娘送饭吃。
半路碰住他妈,
她就叫我给她两手剜花②。

七、七,七月儿七,
我给巧娘娘送饭吃。
半路碰住他舅舅,
他就叫我给他拣个花眉豆。

七、七,七月儿七,
我给巧娘娘送饭吃。
半路碰住他妗妗,
她就叫我给她缝个花头枕。

七、七,七月儿七,
我给巧娘娘送饭吃。
半路碰住他婶婶,
她就叫我给她缝条花手巾。

七、七,七月儿七,
我给巧娘娘送饭吃。
半路上碰住他小叔,
他就叫我卜溜溜上枣树。

七、七,七月儿七,
我给巧娘娘送饭吃。
半路上碰住他尕孩,
他就叫我给他缝个花口袋。

演唱者:李河贤。搜集者:王庆芳。1987年4月采录于黎城县龙王庙乡秋树垣村。
附记:此歌为农历七月初一至初七日,未出嫁的姑娘乞巧的歌。这期间,村上的闺女们自愿结伙,从初一起,就将七仙女的图像挂起,设置香案,摆上供品,进行祈祷活动。每日三上香。下午五至八点要进行接巧,即在图像前上香后,每人手执一支香到村外的高台上接巧。一路上闺女们念着上述歌儿。到高台上又唱:"上东坡,往西瞧,瞧着巧娘娘来送巧……"(见下一首)。磕过头回返时,一路上闺女们默默不语,到门口时马上又唱:"门神爷,两圪杈,把我巧娘娘请坐下。"进家内随手将手中香插入香炉内。到初七这一天,闺女们凡参加者,每人出白面一斤,捏成巧圪瘩,圪瘩为三角形,内包酸枣圪针。烧香化纸将巧娘送走后,闺女们分吃圪针馍,谁吃的馍内尖儿多,谁就巧。从初一起,凡参加乞巧活动者都要发麦芽,谁发的麦芽好,即预示着谁的头发好。到初七这天,闺女都将麦芽包扎在自己的发辫上。
录自中国民间文学集成全国编辑委员会、中国歌谣集成山西卷编辑委员会编《中国歌谣集成·山西卷》。长治市民间文学集成编委会《中国民间文学集成·山西卷·长治市歌谣集成(一)》(1988年)同,陈泳超主编《中国牛郎织女传说·民间文学卷》据以收录。
① 扑揽:用手和面的意思。 ② 剜花:剪纸。

瞧着巧娘娘来送巧（黎城县）

上东坡，往西瞧，
瞧着巧娘娘来送巧。
什么巧？
莲花瓣儿菊花巧。

散几散，和几和，
三张表纸教生活。

教不会，折手背，
慢慢落落都学会。

（到门口时唱）
门神爷，两圪权，
把我巧娘娘请坐下。

录自中国民间文学集成全国编辑委员会、中国歌谣集成山西卷编辑委员会编《中国歌谣集
成·山西卷》。

乞求牛郎和织女（黎城县）

七、七，七月七，
乞求牛郎和织女。
眼望冰王庄，两手插金香，
爷爷奶奶都安康。

焚金香，上天堂，
冰王庄，请爹娘。

请我娘娘吃碗五豆汤，
一杯清茶，两碟果品样。

一学营生①打头行，
二学擀面滚好汤，
三学纺花织好布，
四学剪裁缝衣裳，

五学剜花剪好样。

录自《黎城县志》（中华书局 1994 年版）。又见于政协黎城县委员会文史委编《黎城文史资料第 4 辑：民俗专辑》（1999 年）、刘书友等编《岩井村志》（远方出版社 2006 年版）。
① 营生：针业。

漂小针(黎城县)

漂、漂，漂小针，　　　　巧的漂个花儿，
左手鲜花右手针，　　　　拙的漂个疤儿。

录自《黎城县志》。又见于刘书友等编《岩井村志》。

漂呀针(黎城县元村)

漂、漂，漂呀针，　　　　正面剜朵花儿，
左手剜花右手针。　　　　侧面绣个瓜儿。

给我绣朵花(黎城县元村)

七、七，七月七，　　　　半道碰住他大，
我给巧娘娘送饭吃。　　　骑骡又站马。

半道碰住他妈，　　　　　给我绣朵花。

以上两首录自申建国主编《元村志》（元村志编纂委员会，2012 年）。第二首与王庆芳所采录第三段、第四段相近。则此两首均系节录。第一首"漂"原作"飘"，今正。第二首"我给巧娘娘送饭吃"原作"我给七月送饭吃"，据上黎城县"迎巧歌"改。

星（长治市）

牵牛郎，织女星，　　　　　灵巧手，铁板身，
有坐星，有过星。　　　　　念七遍，不腰疼。

课题组收集。长治市民间文学集成编委会编《中国民间文学集成·山西卷·长治市歌谣集成（一）》（1988 年）缺"灵巧手，铁板身"二句。

牛郎织女歌(和顺县)

划天河,划天河,　　　六道弯里能耕田。
一道天河九道弯。
头道窄,二道宽。　　　七道弯里是庙宇,
　　　　　　　　　　　八道弯里会八仙。
三道弯里能放牛,　　　九道弯里长桃树,
四道弯里能撑船。　　　五棵甜来四棵酸。
五道弯里庄稼汉,

录自常跃生主编《和顺县文化艺术志》(北岳文艺出版社 2011 年版)。毛巧晖,张歆编著《牛郎织女神话传说》(北岳文艺出版社 2021 年版)所收第四句作"三道弯里跑战马",其他部分文字略异。据该书记载:和顺县的七夕节从七月初一至初七,会举行一系列的习俗活动,初一初二迎织女,初三生豆芽,初四染指甲,初五初六炸"巧花",初七乞巧、祭祀、供奉和祈愿。此后也会举行一些男女婚姻有关的活动,如:初八初九举行结婚典礼,十一男女互赠信物,十二展示手艺,十三赛歌,十四为当地植树节,十五放河灯等。

天河梁下一清泉(和顺县)

天河梁下一清泉,　　　谁要喝了天河水,
一棵椴树盖得严。　　　能活长生不老仙。

311

喜鹊好,喜鹊好,　　　　　（众人齐声附和）
喜鹊展翅搭天桥。　　　　　牢、牢、牢!
牛郎织女天桥过,
不知天桥牢不牢?

录自毛巧晖、张歆编著《牛郎织女神话传说》。此为"唱敬神戏"时吟诵的一段韵文。

附：山西七夕节俗文献

(清光绪)《山西通志》卷九十九《风土记·岁时》(清光绪十八年刻本)：

七月七日祀双星。及夕,妇女设瓜果乞巧于天孙。《徐沟志》：七月七日,士大夫设牲醴祀魁星。《垣曲志》：七夕,妇女漂针乞巧。《赵城志》：七月七日,童子浸谷于盆,使生萌蘖。及旬,取为水角,裹笔头于内,啮之,视颖之向背,以别慧钝。

运城市

(明嘉靖)《荣河县志》卷一《疆域志·风俗》(明嘉靖十七年刻本)：

七夕,穿针斗巧。

按：明清荣河县今属万荣县。

(清康熙)《临晋县志》卷三《疆域志·风俗》(清康熙二十五年刻本)：

七夕,妇女陈瓜果于庭院,对织女乞巧。先期,以麦、豆浸瓦器内,生芽六七寸许,谓之"巧芽"。是夕,儿女掐麦、豆芽尖,置盂水上,曰"漂针试巧"。视针影作笔尖、鞋底之状,以为得巧。

按：清临晋县今属临猗县。

(康熙)《夏县志》卷一《地理志·风俗》(清康熙四十七年刻本)：

七月初七日,设瓜果、饼饵,豆、耮麦芽,祭女牛。

(康熙)《平陆县志》卷一《舆地志·土俗》(清康熙五十二年增刻本)：

七夕,女子游针乞巧。

(康熙)《解州志》(清康熙五十六年刻本)：

七夕,幼女陈瓜果于庭院,向织女乞巧。先期,以麦、豆浸器内,生芽六、七寸许，谓"巧芽"。置盂水，漂芽作针试巧，视针影作笔尖形、鞋底形，以为得巧。士大夫家晒书以避虫。《西京杂记》："汉宫女七夕穿针，皆七孔。"《岁时记》："七夕，妇女以彩丝穿七孔针，陈瓜果于庭中以乞巧。有蟢子网于瓜上，则以为得巧。"《世说》："郝隆乃仰卧出腹，曰晒腹中书耳！"

按：清解州今属盐湖区。

(清雍正)《猗氏县志》卷二《风俗》（清雍正七年刻本）：

七夕，妇女陈香烛、瓜果，望黄姑，浮针乞巧，针影奇者为得巧。

按：清猗氏县今属临猗县。

(清乾隆)《稷山县志》卷一《风俗》（清乾隆三十年刻本）：

七月七日，设瓜果筵，祀天孙，漂针乞巧。

按：(清嘉庆)《稷山县志》卷一、(清同治)《稷山县志》卷一同。

(乾隆)《直隶绛州志》卷二《风俗》（清乾隆三十年刻本）：

七月七日，设瓜果，童男女乞巧。

按：(光绪)《直隶绛州志》卷二、(民国)《新绛县志》卷三同。

(乾隆)《绛县志》卷二《风俗》（清乾隆三十年刻本）：

七月七日，家家蒸食，男送面砚台、麦绩，女送面针线筐，设祭物，童男女乞巧。或举或否，不一。是日曝衣、曝书。

(乾隆)《临晋县志》下篇《风俗篇》（清乾隆三十八年刻本）：

七夕，女子以生麦、豆蘗乞巧。刻瓜为花瓜，或为游针戏。其不经者布裹幼女头，令小儿鸣鼓锣，使穿针整线度巧，或惊闷死，当罪父母。

(嘉庆)《河津县志》卷二《风俗》（清嘉庆二十年刻本）：

七月七日，设瓜果筵，祀天孙，漂针乞巧。

按：(光绪)《河津县志》卷二同。

(光绪)《垣曲县志》卷二《风俗》(清光绪五年刻本)：

七夕,漂绣针乞巧。

(光绪)《平陆县续志》卷上《舆地志·风俗》(清光绪六年刻本)：

七夕,女子游针乞巧。供织女,陈瓜果,金鼓喧阗,震女子令迷能闭目,针刺醒后询之,以为见织女,云拙者责之父母,不全者勿与。

(光绪)《荣河县志》卷二《风俗》(清光绪七年刻本)：

七月七日,扮牛女像,荐瓜果,童男女于此夕锣鼓齐鸣,名曰乞巧。

按：(民国)《荣河县志》卷八"七月"作"申月",末增"对月穿针"一句。

(民国)《万泉县志》卷二《政治志·风俗》(民国六年石印本)：

七月七日,妇女扮牛女像,荐瓜果,对月穿针乞巧。

(民国)《虞乡县新志》卷三《礼俗略》(民国九年石印本)：

七夕：七月七日,乡村多设织女星像,奉献瓜果,谓之"献巧娘"。前十数日,贮菉豆于杯,每日数次灌溉,其豆芽可长二尺许,谓之"巧芽"。夸多斗靡,藉以乞巧。

按：民国虞乡县今属盐湖区。

(民国)《解县志》卷四《方言略》(民国九年石印本)：

织女星为巧娘,取织女终日七襄之义。每逢七夕,针缕瓜果,妇女团坐击磬鸣钟,名曰乞巧。此俗始自唐人,解邑甚盛。

(民国)《临晋县志》卷四《礼俗略》(民国十二年铅印本)：

申月七日为七夕,前数日,幼女以豌豆、小麦置水盂中,令发芽,曰"巧芽"。届期,束草状牛郎织女,饰以新衣,设香案,刻花瓜,并陈时果祀之,曰乞巧。其尤不经者,布裹幼女头,令小儿鸣金鼓震之,强使穿针整线度巧,或致惊闷死,是宜罪其父母。

(民国)《芮城县志》卷五《礼俗略》(民国十二年铅印本)：

七夕,妇女礼牛女乞巧。

《河津县志》（山西人民出版社 1989 年版）：

七月七日,村女漂针乞巧。

《临猗县志》（海潮出版社 1993 年版）：

七夕：农历七月七日为"乞巧节","妇女陈香烛、瓜果,望黄姑针乞巧,针影奇者为得巧"（见雍正《猗氏县志》）,今多已徒具节名,而少其实了。民国纂修的《临晋县志》载："（七夕）前数日,幼女以豌豆、小麦置水盂中令发芽,日巧芽。届期,束草状牛郎织女,饰以新衣,设香案,刻花瓜并陈时果祀之,日乞巧。其尤不经者,布裹幼女头,令小儿鸣金鼓震之,强使穿针整线度巧,或致惊闷死。"四十年代,此风犹盛行民间。五十年代后,此俗废绝。

《垣曲县志》（山西人民出版社 1993 年版）：

七月初七,牛郎织女鹊桥相会,少女学女红,向织女乞巧。

《闻喜县志》（中国地图出版社 1993 年版）：

乞巧节：在农历七月七日,为女子之节日。至时,年轻女子手拉手面对织女神位边跳边歌,倾吐心曲,时人谓之"拉牵疙郎（牵牛花）"。日军入侵本县后此项活动停止。

《运城市志》（生活·读书·新知三联书店 1994 年版）：

七夕节：农历七月七日,姑娘们搭彩棚、扎巧娘、生麦芽、供祭品、敲锣鼓,纪念牛郎、织女"七夕"相会。

《芮城县志》（三秦出版社 1994 年版）：

乞巧节：七月七日,村姑结伙祭祀织女,乞福乞巧,作水内摸针等乞巧活动。

《万荣县志》（海潮出版社 1995 年版）：

七月七乞巧节：相传，此日为牛郎织女聚会团圆之日。这天，本县农村姑娘三个一群，五个一伙，扎"巧爷爷""巧奶奶"形象，摆桌陈瓜果向织女星"乞巧"。解放后，此活动已在本县绝迹，但牛郎织女的神话传说仍广泛流传。

《新绛县志》（陕西人民出版社 1997 年版）：

农历七月初七：乞巧节。传说牛郎、织女天河相隔，幸有喜鹊聚集成桥，两人才得以相会。据说晚间坐于树荫或葡萄架下，可以听到牛郎、织女的哭声。另，女儿家在水中摸针，以乞手巧。

《运城地区志》（海潮出版社 1999 年版）：

七夕节：又称乞巧节，时在农历七月七日，起源于牛郎织女的传说。本区风俗即在是日夜于庭院中摆上瓜果，少女们向织女乞巧，第二天如果有蜘蛛在瓜果上结网，就是乞得了技巧。民间习惯还相信，当夜只要悄悄躲在葡萄架下就可以听见牛郎织女说情话。如果听不到就要代他们向老天爷求情使他们相会，办法是唱小调，其词为："年年有个七月七，天上牛郎会织女……"

临汾市

(清顺治)《乡宁县志》卷一《舆地志·风俗》（清顺治七年增刻本）：

七月七日，女辈设瓜果、茶酒，祀织女乞巧。

(康熙)《蒲县新志》卷一《方舆志·风俗》（清康熙十二年刻本）：

七月七日，晒衣。闺人置瓜果乞巧。

(康熙)《曲沃县志》卷二十四《风俗》（清康熙四十五年刻本）：

七夕，乞巧。

按：（乾隆）《新修曲沃县志》卷二十三、（光绪）《续修曲沃县志》卷十九、（民国）《新修曲沃县志》卷七同。

(康熙)《平阳府志》卷二十九《风俗》(清康熙四十七年刻本)：

七月七日，设瓜果筵，童男女乞巧。郡中或举或否。

按：清平阳府治今临汾市。

(康熙)《临汾县志》卷四《风俗》(清康熙五十七年刻本)：

七月七日，设瓜果筵，童男女乞巧。

按：(雍正)《临汾县志》卷四、(乾隆)《临汾县志》卷二、(民国)《临汾县志》卷二同。

(雍正)《平阳府志》卷二十九《风俗》(清乾隆元年刻本)：

七月七日夜，女子陈瓜果中庭乞巧。

按：(民国)《襄陵县新志》卷四同。民国襄陵县今属襄汾县。

(乾隆)《浮山县志》卷二十七《风俗》(清乾隆十年刻本)：

七夕，陈瓜果中庭乞巧。

按：(同治)《浮山县志》卷二十七、(光绪)《浮山县志》卷二十六、(民国)《浮山县志》卷三十二皆同。

(乾隆)《赵城县志》卷五《风俗》(清乾隆二十五年刻本)：

七夕为巧夕，相传牛郎织女渡河相会。闺秀晚妆，设瓜果、陈茗酒于露台月榭作乞巧会。余友伊葭洲有诗云："霍山云影接罗云，天上银河倒入汾。月榭露台人不睡，几多馀巧上仙群。"

按：清赵城县今属洪洞县。

(乾隆)《乡宁县志》卷十二《礼俗·俗尚》(清乾隆四十九年刻本)：

七月七日，幼女祀天孙乞巧。

按：(民国)《乡宁县志》卷七"七日"作"初七日"，注曰据"旧《志》"。

(乾隆)《翼城县志》卷二十一《风俗》(清乾隆刻本)：

七夕，先期以豆浸器内，使生芽六七寸许，谓之"巧针"，亦曰"篬"。至日，妇女祀牵牛织女于庭堂，供巧针及瓜果，又为面猪首、砚瓦、针线筐,且为烝食,实以小石,名曰"过河砥石",皆供之。亦有以童男女最幼者蒙絮被下,旁以锣鼓震使昏,能作写字拈针状,谓之"缠花驾"。至晚,播巧针尖置盂水上,视影之大小以为得巧之多寡。

按:(光绪)《翼城县志》卷二十一同。

(乾隆)《蒲县志》卷一《地理志·风俗》(清乾隆十八年刻本):

七月,设瓜果乞巧。

(道光)《太平县志》卷三《坊里志·风俗》(清道光五年刻本):

七月七日,祭牛女乞巧。

按:(光绪)《太平县志》卷二同。清太平县今属襄汾县。

(道光)《直隶霍州志》卷十五《风俗》(清道光六年刻本):

七月七日,乞巧。

(道光)《赵城县志》卷十八《风俗》(清道光七年刻本):

七月七日,童子浸谷于盆,使生萌,命曰"蘽母"。及旬,取为水角,裹笔头于内,啮之,视颖之向背,以别慧钝。女子则易以针,从所有事也。

(光绪)《汾西县志》卷七《风俗》(清光绪七年刻本):

七夕,乞巧。士大夫闺中或有行者。

(光绪)《吉州全志》卷六《风俗》(清光绪五年铅印本):

七月七日,设瓜果筵,童男女生麦、豆芽,陈弓矢、针线以乞巧。

(民国)《洪洞县志》卷九《田赋志·风俗》(民国六年铅印本):

七夕,妇女穿针乞巧。

(民国)《翼城县志》卷十六《礼俗·岁时之惯例》(民国十八年铅印本):

七月初七日,为乞巧期。前数日,幼女以豆浸水置器内,令发芽三四寸,许名曰"巧针"。届期,束草状牛郎织女,饰以新衣,供瓜果及巧针于庭堂而祀之,曰乞巧。又有以面作猪首、瓦砚、针线筐,且实以小石,名为"过河砥石",以此供香案上而乞巧者。更有以最幼女孩蒙絮被下,或用布裹头,旁以锣鼓震之,使昏而尤能作拈针穿线状,谓之"度巧",因此或致惊闷而病,是宜罪其父母也。

(民国)《永和县志》卷五《礼俗略》(民国二十年钞本):

　　七月七日,妇女乞巧。

《永和县志》(学苑出版社 1999 年版):

　　乞巧节:七月初七为乞巧节。传说此日为牛郎织女一年一度相会之日。此日晚间少女、少妇在院中设瓜果坛,焚香礼拜,向织女星乞巧。此习渐被废除。

《翼城县志》(山西人民出版社 2007 年版):

　　乞巧节:农历七月初七为乞巧节,也叫七夕节、情人节、女儿节。它来源于牛郎织女的民间故事。传说,牛郎织女被王母拆散时,正是七月初七。牛郎织女纯真的爱情,坚强的毅力感动了王母,允许他(她)们每年七月初七,让喜鹊搭桥,相会一次。旧时乞巧节最主要的活动就是年轻女子"乞巧"。乞巧,就是女子祈求手巧,会做一手好针线活。旧时七月初七晚上,姑娘们要结伙围坐在场院里,献上瓜果,祈祷织女星并乞求精彩手艺,希望织女保佑她们心灵手巧变聪明。乞巧的方式是借着微弱的月光穿针,即用五色丝线一条,往上穿针 7 枚,穿得上的,便为得巧;穿不上的,便不得巧,以此来卜各人的巧拙。姑娘们还要仰望天空,等待牛郎织女相会鹊桥。这时,也多有情人相会。除此还有乞富、祈子、祈寿、祈婚等习俗。

《临汾市志》(海潮出版社 2002 年版):

　　七夕:七月七"乞巧"节,是夜,姑娘们于葡萄架下或合欢树下,向织女乞求指教,保佑心灵手巧变聪明,情人也多有幽会。此日看不到喜鹊,传说为牛郎、织女搭桥使之相会。

《蒲县志》(中国科学技术出版社 1992 年版)：

乞巧节七月初七为"乞巧节"。民间传说此日为牛郎织女一年一度相见之日。过去,此日傍晚少女、少妇在院内摆设祭品,祈求织女传授女针技巧。此习已废。

晋城市

(康熙)《阳城县志》卷一《方舆志·风俗》(清康熙二十六年刻本)：

七夕,女子设瓜果、醢脯祭织女天孙,用盆水浮豌豆芽,观其所示之象定女性工拙,谓之乞巧。

(康熙)《沁水县志》卷三《风俗志》(清康熙三十六年刻本)：

七夕,乞巧。

(雍正)《泽州府志》卷十一《方舆志·风俗》(清雍正十三年刻本)：

七夕,女子设瓜果于庭,祭天孙织女,乞巧。

按：(光绪)《沁水县志》卷四同。

(乾隆)《陵川县志》卷五《风俗岁时记》(雷正纂修,清乾隆五年刻本)：

七夕,女子穿针乞巧。

按：(乾隆)《陵川县志》卷十五(程德炯纂修)、(光绪)《陵川县志》卷十五、(民国)《陵川县志》卷三皆同。

(乾隆)《高平县志》卷六《风土岁时记》(清乾隆三十九年刻本)：

七夕,女子设瓜果、醢醢祭天孙织女以乞巧。

(同治)《阳城县志》卷五《风俗》(清同治十三年刻本)：

七夕,妇女陈瓜果于庭祀天孙,浮藤萝丝于水,名曰乞巧。

《高平县志》(中国地图出版社 1992 年)：

七月七：村民用绸缎做小鞋、小衣等乞巧。

《陵川县志》（人民日报出版社 1999 年版）：

七夕：农历七月初七夜晚，相传是牛郎织女鹊桥相会之日。未婚女儿或其它妇女希望在织女手上乞点巧，常常于当天正午端水于院中曝晒一会儿，放针于水面，看水底投影如何，如影形如花、鸟、鞋、剪之类，就为乞得巧。当晚，设瓜果于院中，从屋内投穿了线的针，若有投中瓜的，谓喜，也谓乞得巧。抗日战争前，境内仍有在水盆漂针的习惯，现今已很稀少。

《晋城市志》（中华书局 1999 年版）：

七月七：相传为牛郎与织女相会的节日。晚上女孩子用丝丝草浮于水碗中，在月光或灯光下看映在水底的"图案"，通过对映影的形象来比喻实物，日之"乞巧"。此俗 50 年代已不传。在高平一带，七月初七还有祭祀二仙姑之举。相传有两位仙姑于七月初七这天奉命来到人间为百姓除妖魔，驱猛兽，保平安。人们为感谢二仙，修建了二仙庙、二仙宫，在这天献戏，摆设贡品进行祭祀。

长治市

(万历)《沁源县志》卷上《封域·风俗》（明万历三十六年刻本）：

七月七日，女子以麦、豆生芽，陈设瓜果祭献乞巧。

按：(雍正)《沁源县志》、(光绪)《沁源县志》卷四"七月七日"皆作"七夕"，馀同。

(顺治)《潞安府志》卷九《政事·风俗》（清顺治十六年刻本）：

七夕，乞巧。与海内同。

按：(乾隆)《潞安府志》卷八、(道光)《壶关县志》卷二同。

(康熙)《屯留县志》卷三《风俗》（清康熙十四年刻本）：

七夕，闺人设瓜果乞巧，童子置喜蛛于中庭乞文。

按：(雍正)《屯留县志》卷二、(光绪)《屯留县志》卷三同。

(康熙)《黎城县志》卷二《政事志·风俗》(清康熙二十一年刻本)：

七夕，设几筵、酒脯、花果，祀牛女二星，穿针乞巧。

(康熙)《武乡县志》卷二《风俗》(清康熙三十一年刻本)：

七夕，少女陈瓜果盆，争相乞巧。

(康熙)《长子县志》卷四《人物志·风俗》(清康熙四十四年刻本)：

七夕，穿针乞巧，与他处同。

按：(乾隆)《长子县志》卷三、(嘉庆)《长子县志》卷二同。

(康熙)《潞城县志》卷一《舆地志·节序》(清康熙四十五年刻本)：

七夕，女人设瓜果拜织女以乞巧。

按：(光绪)《潞城县志》卷三同。

(乾隆)《沁州志》卷八《风俗》(清乾隆三十六年增补本)：

七夕，女子设瓜果，祭天孙织女以乞巧。（州县同）

(乾隆)《重修襄垣县志》卷三《风俗志》(清乾隆四十七年刻本)：

七月七日，妇女此日用水漂针，名为乞巧。

按：(民国)《襄垣县志》卷二同。

(乾隆)《凤台县志》卷三《岁时》(清乾隆四十九年刻本)：

七夕，女子设瓜果于庭，祭天孙织女乞巧。

(乾隆)《武乡县志》卷二《风俗》(清乾隆五十五年刻本)：

七夕，少女陈瓜果祭天孙织女，名乞巧。

(光绪)《长子县志》卷十一《风土记》(清光绪八年刻本)：

七夕，民家设瓜果，穿针乞巧。

(民国)《武乡新志》卷一《礼俗略·节序》（民国十八年铅印本）：

七夕，妇女陈瓜果祭天孙织女。

《黎城县志》（中华书局 1994 年版）：

乞巧节是村姑特有的节日。晚清、民国时期，颇为盛行。传说乞巧节是由牛郎、织女七夕相会演变而来的。为了学一手好针线活，村姑们把牛郎当巧老爹，织女当巧娘娘，一心一意地敬奉。节日将到，她们争着发麦芽，每人一碗，以为谁的麦芽长得好，谁的头发长得象青丝。她们三五结合，农历七月初一开始乞巧活动。给彩纸糊的牛郎、织女像摆上供桌，放上香炉、麦芽、果品（忌供毛桃，怕姑娘学针线活毛毛糙糙）。从初一开始，每天早、午、晚到谷场上三接巧，向巧神跪拜，叫接"巧娘娘"，一起念乞巧词，词声朗朗，招引不少儿童看热闹。迎回巧娘娘，还要在一碗清水中漂麦芒或枣叶，边漂边念：漂，漂，漂小针，左手鲜花右手针，巧的漂个花儿，拙的漂个疤儿。天天如此，直到初七下午送走巧娘才结束。

按：后附《迎巧歌》"七，七，七月七，我给巧娘娘送饭吃……"与《乞巧词》："七，七，七夕忙，乞求织女和牛郎……"略。

《沁源县志》（海潮出版社 1996 年版）：

七月七传说此日晚上牛郎、织女鹊桥相会，旧时妇女们都要在此日为织女设供烧香，以求学巧，亦叫乞巧，现已无人再祭织女乞巧了，此节遂废。

《襄垣县志》（海潮出版社 1998 年版）：

七月七：乞巧节。此日夜间，凡七岁以上女子，均结彩缕，穿七孔针，备瓜果祭织女星，乞求智巧。今仅少数山庄人为之。

吕梁市

(康熙)《文水县志》卷三《民俗志》（清康熙十二年刻本）：

七月七日，女人乞巧。田地挂纸。

按：（光绪）《文水县志》卷三同。

（康熙）《宁乡县志》卷二《地理志·风俗》（清康熙四十一年刻本）：

七月初七，乞巧，曝衣。

按：清宁乡县即今中阳县。

（康熙）《汾阳县志》卷四《风俗》（清康熙六十年刻本）：

七月七日，乞巧节，曝书。既夕，女子罗瓜果于庭，祭牛女星，穿针乞巧。宋之问诗云："谁能留夜色，来夕倍还梭"是也。

（康熙）《古今图书集成·方舆汇编·职方典》卷二百三十九（清雍正铜活字本）：

临县：七月初七日，陈瓜果，女人夜间穿针乞巧。

（雍正）《石楼县志》（清雍正十年刻本）：

七夕，乞巧。

按：（光绪）《交城县志》卷六同。

《兴县志》（中国大百科全书出版社1993年版）

七月七：居民皆于中午吃拉面条，庆贺牛郎织女重会。

《交城县志》（山西古籍出版社1994年版）

乞巧节：七月七日为乞巧节，是日妇女赛针线，姑嫂比绣花，夜祭牛郎织女重相会。

太原市

（康熙）《徐沟县志》卷三《风俗》（清康熙五十一年刻本）：

七夕，闺中献瓜果，望月穿针乞巧。

按：清徐沟县今属清徐县。

（光绪）《补休徐沟县志》卷五《风俗》（清光绪七年刻本）：

七月七日，闺中献瓜果，望月穿针祈巧。（旧《志》）七月初七日，祀魁星，士绅诣魁光楼献祭。

《清徐县志》（山西古籍出版社 1999 年版）：

乞巧节：农历七月初七是乞巧节。夜祭牛郎织女，妇女赛针线活，比手艺灵巧。

《娄烦县志》（中华书局 1999 年版）：

七巧节：农历七月初七为七巧节，也称女儿节，据传这天是牛郎织女相会的日子，民间传说这天晚上站在葡萄架下，可听见牛郎织女的谈笑声。而且，这时多为雨季，相传是因为他们相会后，各诉离愁别绪，泪雨如麻，故人间淫雨霏霏。七月十五他们就要离别，那天早上，喜鹊去为他们搭桥，直到十五以后才能见到喜鹊，而且脖子上的毛都不多了。

《太原市北郊区志》（中华书局 1999 年版）：

乞巧节：农历七月初七是一个妇女节，亦称少女节，又叫"七夕"。传说是牛郎织女鹊桥相会的日子。旧时，区域内妇女对织女很崇拜，认为她聪明能干，心灵手巧，每逢"七夕"要在庭院陈列各色瓜果，向织女且拜且祈，乞求学到她的好手艺。有的人家还要结彩楼，浮针于水、月下穿针，进行卜巧、乞巧和化巧活动。新中国建立后，广大妇女社会地位日益提高，乞巧风俗逐渐消失，但有的村在这天要唱戏纪念，称"过唱"。

晋中市

（雍正）《辽州志》卷五《风俗》（清雍正十一年刻本）：

七夕，女子设瓜果，祀牛女乞巧。

按：（光绪）《辽州志》卷三下同。清辽州即今左权县。

（乾隆）《重修和顺县志》卷七《风俗志》（清乾隆三十三年刻本）：

七夕,处女用瓦器生五谷芽,供牛女乞巧。

按:(民国)《和顺县志》卷九同。

(乾隆)《乐平县志》卷二《舆地志·风俗土俗》(清乾隆四十二年刻本):

七月七日,妇女结彩线穿七孔针,庭中设瓜果,乞巧。幼女以面制禽鸟形坠果为戏,名曰"巧食"。

按:(民国)《昔阳县志》卷一同。

(光绪)《榆社县志》卷七《典礼志附风俗》(清光绪七年刻本):

七月七日为牛女会,女人陈瓜于星月下,曰乞巧。榆俗行之者少。

(光绪)《祁县志》卷四《风俗》(清光绪八年刻本):

七夕,女子设酒、果,拜织女以乞巧。

(民国)《灵石县志》卷一《风俗》(民国二十三年铅印本):

七月七日夜,女子陈瓜果于月下穿针乞巧。

《寿阳县志》(山西人民出版社1989年版):

七月初七,相传是牛郎织女在天河会面之日。有的妇女在院内陈设瓜果,向织女祈祷,希望自己能像织女那心灵手巧。故亦称之为"乞巧节"。此习现以绝迹。

阳泉市

(乾隆)《平定州志·食货志·风土附岁时》(清乾隆五十五年刻本):

七月七日,妇女结彩线,穿七孔针,庭中设瓜果,乞巧。幼女以面制禽鸟形坠果为戏,名曰"巧食"。《州志》、《乐平志》、盂《志》略同。

按:(光绪)《平定州志》卷五同,省文末出处。

(光绪)《盂县志》卷六《地舆考·风俗》(清光绪七年刻本):

七月七日,女子穿针乞巧。居民以油灯横列河岸,或置灯瓢中,浮游水上,数十步不灭,谓之"放河灯"。

忻州市

(雍正)《定襄县志》卷一《地理志·风俗》(清雍正五年增补本):

七夕,女子用瓜果盛庭中乞巧。

(光绪)《岢岚州志》卷十《风土志》(清光绪十年刻本):

七夕,于中庭陈设瓜果,书生执笔,女子穿针,谓之乞巧。

(光绪)《神池县志》卷九《风俗》(清钞本):

七月七日,奎星诞辰,士皆会祭。是夕,幼女皆设瓜果,穿针乞巧。

《代县志》(书目文献出版社1988年版):

七月七:农历七月初七相传为牛郎织女鹊桥相会之日。过去本县乡间有在这日乞愿、乞巧、穿针、设果及忌曝衣曝书等俗。

《原平县志》(中国科学技术出版社1991年版):

七夕:农历七月七日为七夕,是日牛郎、织女,以鹊为桥,在银河相会之神话广为流传。亦有乞愿、乞巧、穿针、设果及曝衣、曝书之习俗。

《五寨县志》(人民日报出版社1992年版):

乞巧节:农历七月七日,相传为牛郎织女相会日。时值庄稼生长茂盛,村民盼雨心切之际,牛郎织女今日相会,喜泪横流。适应农民盼雨心情,故广大农民欢度此节。

《偏关县志》(山西经济出版社1994年版):

七月七:阴历七月七为七日夕,素有牛郎织女是日以鹊为桥,在银河相会之传说,时至七夕北方有雨,民间传为牛郎织女相会后情戚戚、泪淋淋、语绵绵,因此,要下雨,还传说这天看不见喜鹊,因其均到银河搭桥去了。故民间把撮合男女双方成婚称为"搭鹊桥"。这天有乞愿、乞巧、穿针、设果及曝衣、曝书之风俗。关城居民在这天有登城游览观赏之习俗,谓之"圪跧"。

朔州市

(明崇祯)《山阴县志》卷三(明钞本):

　　七夕,乞巧。

(清康熙)《朔州志》卷二《风俗》(民国二十五年刻本):

　　七夕,乞巧,作泥美人,高尺许,名"暮和乐",无此则女儿不喜。

按:暮和乐即磨喝乐,文献中也作"磨合罗""摩睺罗",本为佛教八部众神之一,传入中国后演化为儿童的形象,唐宋时七夕节多制作出土泥偶人,以祭祀织女之神灵。

(雍正)《朔州志》卷三《方舆志·风俗》(清雍正十三年刻本):

　　七月七日,牛郎织女鹊桥之会,童女乞巧。

按:(光绪)《怀仁县新志》卷四同。

(雍正)《朔平府志》卷三《方舆志·风俗》(清雍正十三年刻本):

　　七月七日,牛郎织女鹊桥之会,童女设瓜果供献,名为乞巧。

按:清朔平府治今右玉县。

《山阴县志》(中国华侨出版社 1999 年版):

　　七月七相传牛郎、织女于这天晚上过鹊桥相会,故妇女多设酒宴、瓜果供于庭中,祭拜双星以乞巧。现在此活动已在本县基本绝迹,但牛郎、织女的神话传说仍广泛流传。

大同市

(明正德)《大同府志》卷一《风俗》(明正德刻嘉靖增修本):

　　七夕,婚姻之家馈礼,果肴外,又作泥美人,高二三尺,名"暮和乐",无此则不成礼。

(清雍正)《阳高县志》卷二《节令》(民国铅印本)：

七夕，相传织女渡河。晚，幼女设果乞巧。

(乾隆)《天镇县志》卷四《风俗》(清乾隆四年刻本)：

七月七日，妇女晒水乞巧。

(乾隆)《广灵县志》卷四《风土志》(清乾隆十九年刻本)：

七月七日，折柳枝挂楮钱插田中，以报田祖。日夕，妇女列香果于庭，穿针乞巧。

(乾隆)《大同府志》卷七《风土》(清乾隆四十七年重校刻本)：

七夕，乞巧。

(光绪)《左云县志》卷一《天文志·占侯》(民国间石印本)：

七夕，鼎榆宫道家作黄箓大会，建斋设醮。是日，妇女亦有设香案乞巧者。

《广灵县志》(人民出版社 1993 年版)：

七夕：七月初七日，传说百鸟填河，牛郎织女在天河鹊桥相会，夫妻相对流泪，多有下雨。古俗妇女穿针乞巧。

《天镇县志》(山西教育出版社 1997 年版)：

七巧节：农历七月初七。民间传说"牛郎织女渡天河"。妇女夜间向织女星穿针纫线求智巧。

《高阳县志》(方志出版社 1999 年版)：

七月七民间谓为"牛郎织女相会之期"。是夕，年轻女子陈瓜果祭品祀之，并穿针引线以求心灵手巧。今已不沿。又据传，未满 15 岁儿童，于葡萄架下水井旁，可闻织女哭声，无验。

《浑源县志》（方志出版社 1999 年版）：

七月七：农历七月初七，历代相传为七巧节。因民间流传着"牛郎织女"天河相会的一段神话传说，人们把这段神话愈传愈奇，说大地上所有的飞禽，为了使牛郎织女相会，各设羽毛一撮，搭成鹊桥。又说牛郎织女相会后，痛哭流涕，因而天降大雨。这天夜里，少妇们盼望出外的丈夫早日归来，偷偷地在神前焚香祈祷，年纪大一点的闺女们，盼望得到一个如意丈夫，默默地向天河祝愿，但这都是不公开的活动。解放后，特别近几年，此节失传。

《大同市志》下册（中华书局 2000 年版）：

七月七日为七夕节，亦称乞巧节。传说这天百鸟填河，牛郎织牛鹊桥相会。女孩设瓜果祭天，以乞巧。过去女孩还将自己所作绣活儿，陈于堂屋内，供亲友品评，以博得一个"巧"字。

按：《大同市矿区志》（山西古籍出版社 2005 年）同。

四、河南乞巧歌

河南收录三门峡、洛阳、焦作、济源、新乡、安阳、鹤壁、濮阳、南阳、平顶山、周口、商丘等市的乞巧歌共53首。

教俺学梳头（陕县）

年年有个七月七，
天上牛郎会织女。
牛郎哥，织女姐，
快快来相会。

俺给你送醋，
教俺学织布。
俺给你送瓜，
教俺纺棉花。

俺给你送馍，
你教俺做活。
俺给你送汤，
教俺扎鞋帮。

俺给你送花，
教俺学绣花。
俺给你送果，
教俺学做巧饽饽。

俺给你送菜，
教俺学剪裁。
俺给你送水，
教俺纳鞋底。

俺给你送酒，
教俺做肚兜。
俺给你送油，
教俺学梳头。

录自朱可先、程健君编《神话与民俗》（中原农民出版社 1990 年版）。据崔乐泉《忘忧清乐》
（江苏古籍出版社 2002 年版）引增"俺给你送花……教俺做肚兜"六句。

一个不教都不算(豫西黄土塬上)

年年有个七月七，
天上牛郎会织女。
牛郎哥，织女嫂，
夫妻双双来送巧。

七月七，七月七，
俺给姐姐送饭吃。
教俺巧，绣对花鞋送你老。

教俺拙，找个葛针扎你脚。
牛郎哥啊织女嫂，
双双下凡来送巧。

七根针，七把线，
七个闺女都教遍。
七根针，七把线，
一个不教都不算。

录自倪宝诚：《民间传说中的"七夕节"》，见倪珉子主编《倪宝诚文集》（河南人民出版社2013年版）。原末二句为"七个针，七根线，七个姑娘都教遍"。今据倪宝诚主编《中国民间剪纸集成·豫西卷》（河北教育出版社2009年版）修改补充为四句。

洛阳市

半个月亮当空照（洛阳）

半个月亮当空照，　　　　姊妹七人来结拜，

七夕双星会鹊桥。　　　　纫针穿线比技巧。

录自寇北辰、郭弋：《七夕乞巧》（见《洛阳晚报》2016 年 12 月 15 日第 C06 版）。

巧娘娘，乞巧来（汝阳县）

巧娘娘，乞巧来，　　　　花儿开，树儿摆，

梧桐树下花儿开。　　　　……

录自李振学编著《汝阳民俗志》（中国文联出版社 2013 年版）。歌词与流行于陕西旬邑县
之《乞巧歌》同，因记载民俗活动细节有别，故录此。据《汝阳民俗志》记载：汝阳的乞巧风
俗在每年的农历七月初六晚上进行。每到这天，未出嫁姑娘七人凑成一组，人人兑面兑
物，为织女准备供品。有的要买葡萄、石榴、西瓜、枣、桃等七样瓜果，烙七张油烙馍或糖烙
馍，包七碗小饺子，做七碗面条汤。除此之外，还要单独包七个大饺子，饺子馅由七样蔬菜
做成，内包用面做成的七样东西，像针、小织布梭、小弹花槌、纺花锭、小剪刀、蒜瓣或算盘
子等，代表七位姑娘的心愿。晚上，七位姑娘把供品摆在瓜棚下或清静的地方，焚香点纸，
跪在月下向织女祈祷。念完祷语后，七个姑娘分吃水果和七碗小饺子，把七张油饼和七个
大饺子放在竹篮内，挂在椿树上。然后，七个姑娘一齐守夜，看守竹篮子，这种举动称为
"守巧"，目的是防止爱开玩笑的男孩子偷嘴吃，把巧（大饺子）偷去。七月七日清晨，天刚
蒙蒙亮，七个姑娘闭着眼睛，在竹篮内各摸一个大饺子，谁摸出的饺子内包有针、剪刀等东
西，谁就是未来的巧手。

我给你送饭 (偃师区顾县镇)

我给你送饭，　　　　　我给你送菜，
你教我纺线。　　　　　你教我剪裁。
我给你送醋，
你教我织布。　　　　　我给你送油，
　　　　　　　　　　　你教我梳头。

我给你送馍，　　　　　……
你教我做活。

录自曲家寨村志编纂委员会编《曲家寨村志》(中州古籍出版社 1993 年版)。又见于苍头村民委员会编《仓头村志》(焦作市温县招贤乡苍头村党支部村委会,2004 年)、曲景义主编《温塘村志》(河北省石家庄市平山县)(中州古籍出版社 2004 年版)。

【1949 年前】

做对花鞋送你老（焦作、济源及原阳县）

年年有个七月七，　　　　　　七根针，七条线，

天上牛郎会织女。　　　　　　七个闺女都教遍。

牛郎哥，织女嫂，　　　　　　教俺巧，做对花鞋送你老；

双双给俺来送巧。　　　　　　教俺拙，弄根圪针扎你脚。

录自李凤鸣、韩宗坡、王亚红：《西和乞巧民俗研究》（甘肃人民出版社 2013 年版）附"各地乞巧歌辑录"，原辑自独步荒原《怀庆府——乞巧节》（2028 - 08 - 06）相关歌词，为 1949 年以前流传。此下八首同。怀庆府，治今沁阳市，范围大致相当于今河南省焦作市、济源市及新乡市的原阳县所辖地域。原词中的"您"，据所搜集其他文本统一改作"你"。

偷菜歌（焦作、济源及原阳县）

俺小妮儿来乞巧，　　　　　　茄子花儿缀扣啦。

黄瓜皮儿做成袄。　　　　　　……

西瓜瓢儿敬神啦，

录自李凤鸣、韩宗坡、王亚红：《西和乞巧民俗研究》。部分文字据海浪涌的博客文章《七夕乞巧寄深情》（2007 - 08 - 12）有所订正，"小女"改为"小妮儿"，"西瓜秧"改为"西瓜瓢"。

夸同行（焦作、济源及原阳县）

青丝头发一大把，
丝绒绸梢赛朵花。
辫那辫儿两寸宽儿，
又不圪㧯又不弯。

红嘴唇，白银牙，
脸上还把官粉搽。
青稠衣，白云肩，
一对耳环打秋千。
红绣鞋，白底包，

鞋上花儿手工巧。

紧三针，慢三针，
不紧不慢又三针。
左三针，右三针，
一直纳到脚后跟儿。

鞋面上，挂钟铃，
走一步，响三声，
八宝座上九莲灯。

录自李凤鸣、韩宗坡、王亚红：《西和乞巧民俗研究》。

夸队歌（焦作、济源及原阳县）

今儿来到银宝店，
到这夸夸你这院。

前庭房，后楼房，
四合头院两厢房。

金银财宝垒成墙，
金砖玉瓦盖成房。

房脊上你盖是五脊六兽，
瓦楞里你盖是细水长流。

沟檐上你盖是凤凰展翅， 　正当院你修是金砖铺路，
梁头上你盖是展翅凤凰。 　路两旁又栽下花木满堂。

檐头上你盖是二龙戏珠，
窗头上你盖是丹凤朝阳。 　一边植的梧桐树，
　　　　　　　　　　　　　一边植的小叶杨。

门头上你盖是白虎取啸， 　小叶杨上落百鸟，
门缝上你盖是天河一道。 　梧桐树上卧凤凰。
门墩上你盖是织女星亮， 　凤凰展翅落经堂，
西山墙你盖是闪光牛郎。 　你村就比俺村强。

录自李凤鸣、韩宗坡、王亚红:《西和乞巧民俗研究》。夸队即赛歌谣开始时互相唱一些礼貌歌谣,夸奖一下对方。

乞艺巧(焦作、济源及原阳县)

乞织女,教编篮, 　篮沿编是枝枝莲。
编那篮儿样样鲜。 　剩下篮绊没啥编,
篮底编是十样景, 　编是孔雀戏牡丹。

录自李凤鸣、韩宗坡、王亚红:《西和乞巧民俗研究》。

乞织女做衣裳(焦作、济源及原阳县)

合脊上做的是天河一道, 　两肩膀做的是青狮百象。

前襟上做的是芍药牡丹，　（白：配的是牛郎星，
后脊梁做的是丹凤朝阳。　缀的是织女扣，
底襟上做的是四大金刚。　这就是俺学织女做的衣裳。）

录自李凤鸣、韩宗坡、王亚红：《西和乞巧民俗研究》。

乞食巧（焦作、济源及原阳县）

七月瞧娘七月七，　　沙锅炖肉熟又烂，
俺学织女卤嫩鸡。　　俺娘吃吃可滋腻。

录自李凤鸣、韩宗坡、王亚红：《西和乞巧民俗研究》。

乞安巧（焦作、济源及原阳县）

乞寿乞到七月七，　　保佑二老活百岁，
织女教俺当孝子，　　五世同堂喜滋滋。

录自李凤鸣、韩宗坡、王亚红：《西和乞巧民俗研究》。据所搜集唱词，个别文字有订正。

乞乐巧（焦作、济源及原阳县）

姊妹乞巧七月七，　　　去时穿的织女袄，
七个兔娃去赶集。　　　回来换成牛郎衣。

录自李凤鸣、韩宗坡、王亚红:《西和乞巧民俗研究》。

十二条手巾（焦作）
（七巧对歌）

一条手巾织得新，　　　孟良又打北国去，
又织新年并新春。　　　留下焦赞杨六郎。
太子勒马回宫去，
满朝文武随后跟。　　　四条手巾织得方，
　　　　　　　　　　　又织元帅杨六郎。
　　　　　　　　　　　丢弃夫妻父子义，
两条手巾织得花，　　　一去边关不还乡。
又织刘海来进瓜。
刘海进瓜阴曹死，
丢下姣儿一枝花。　　　五条手巾织五罗，
　　　　　　　　　　　当中织对白玉鹅。
　　　　　　　　　　　公鹅只在前头走，
三条手巾织得长，　　　母鹅随后紧跟着。
又织焦赞和孟良。

343

六条毛巾织得高，
又织骑马扛大刀。
关公骑马桥头站，
周仓刀尖儿挑红袍。

七条手巾织得鲜，
又织一对打鱼船。
舶公只在桥头站，
吕布打马戏貂蝉。

八条手巾织得红，
又织蝴蝶和蜜蜂。
蜜蜂飞在花园内，
蝴蝶还在东海东。

九条手巾织九龙，
龙生龙来凤生凤。

老鼠生来会打洞，
吹鼓手专门会点铳。

十条手巾织得冷，
又织王祥来卧冰。
王祥卧冰为救母，
小奴家卧冰为相公。

十一条手巾织得圆，
当中又织转子莲。
汴京丢下黄氏女，
借尸还阳李翠莲。

十二条手巾都织够，
又织王莽撵刘秀。
刘秀登基坐天下，
逮住王莽剐他肉。

讲述者：连贞兰。搜集者：赵振怀。
录自翟作正编《中国歌谣集成·河南焦作卷》(1990 年)。

上房坐个巧女娘(孟州市)

（十绣调）

上房坐个巧女娘，　　　　　　手提荷苞送姑娘。

姑娘送到绣楼上， 　　六绣大圣闹天堂。

十指光光绣鸳鸯。 　　七绣青龙归大海，

　　　　　　　　　　　　八绣桂花满院香。

一绣北方桫椤树，

二绣仙女玩月亮。 　　九绣天女把凡下，

三绣雷公和雷母， 　　十绣刘海戏鸳鸯。

四绣八仙果老张。 　　谁能学会十样绣，

　　　　　　　　　　　　后来配个俊俏郎。

五绣天兵和天将，

讲述者：乔杰三。搜集者：崔陟。

录自乔伟林主编《中国歌谣集成·孟县卷》（孟县文教局，1990 年）。又见于翟作正主编
《中国歌谣集成·河南焦作卷》（1990 年），"十绣调"作"七巧对歌"。

天下黄河弯又弯（孟州市）

（对歌调）

（问） 　　　　　　　　　谁人吃桃成了仙？

天下黄河弯又弯，

几道弯来几道川？ 　　（答）

长了几棵桃花树？ 　　天下黄河弯又弯，

几棵甜来几棵酸？ 　　九道弯来并九川。

　　　　　　　　　　　　十八棵桃树里边栽，

谁人看桃园里坐？ 　　九棵甜来九棵酸。

谁人挑担来送饭？

谁人卖桃沿街转？ 　　小灵姐看桃园里坐，

大通哥送饭把担担。　　　韩湘子吃桃成了仙。

王母娘娘端桃沿街卖，

讲述者：焦桂兰。搜集者：石长印。

录自乔伟林主编《中国歌谣集成·孟县卷》（孟县文教局，1990 年）。该书仪式歌之"七巧歌"分类下共收有《天下黄河弯又弯》《对花》《对花》《十二月开花》《二六流》《十绣》《夸院》《叠手巾》《红线旦，绿线旦》《打扮》《百鸟吊孝》十一首歌谣。据《乞巧歌·只要二十份花花巧》附记所载焦作在新中国成立后乞巧赛歌停止情况以及歌词内容来看，这些歌词当产生于民国以前。

俺说一来谁对一（孟州市）

（对歌调）

甲：俺说一来那个谁对一，
正月啥花最稀奇？
乙：您说一来那个俺对一，
迎春花开最稀奇。

甲：俺说两来那个谁对两，
什么开花闹嚷嚷？
乙：您说两来那个俺对两，
牡丹开花闹嚷嚷。

甲：俺说三来那个谁对三，
什么开花尖又尖？
乙：您说三来那个俺对三，
蝴蝶花开尖又尖。

甲：俺说四来那个谁对四，
什么花儿一身刺？
乙：您说四来那个俺对四，
刺玫花儿一身刺。

甲：俺说五来那个谁对五，
什么花开在端午？
乙：您说五来那个俺对五，
石榴花开在端午。

甲：俺说六来那个谁对六，
什么花开像绣球？
乙：您说六来那个俺对六，
枸树开花像绣球。

甲:俺说七来那个谁对七，
什么开花在水里？
乙:您说七来那个俺对七，
荷花开花在水里。

甲:俺说十来那个谁对十，
十月啥花开满池？
乙:您说十来那个俺对十，
十月石竹开满池。

甲:俺说八来那个谁对八，
什么香花满树杈？
乙:您说八来那个俺对八，
桂花开花满树杈。

甲:十一月来那个隆冬到，
什么花儿满天飘？
乙:十一月来那个隆冬到，
小雪花儿满天飘。

甲:俺说九来那个谁对九，
什么开花滴溜溜？
乙:您说九来那个俺对九，
菊花开花滴溜溜。

甲:腊月里来那个腊月腊，
俺问腊月开啥花？
乙:腊月里来那个腊月腊，
腊月腊梅正开花。

搜集者:李桂梅,张相廷。
录自乔伟林主编《中国歌谣集成·河南孟县卷》。又见魏敏:《多彩的河南》(海燕出版社
1994 年版)。

什么花姐(孟州市)

(对歌调)

(问)
什么花姐？
什么花郎？
什么花帐子？
什么花床？

什么花枕子？
什么花被？
什么花褥子铺满床？

(答)

腊梅花姐，
玉贞花郎。
兰草花帐子，
木金花床。
鸳鸯花枕子，
百合花被，
绣球花褥子铺满床。

二人合拉罗蚊帐，
揉乱乌云夜夜吵花香。

清儿早起龙花照，
搽是油头桂花香。
脸搽官粉起明亮，
口打胭脂桃花香。

身穿石榴大红袄，
鸡冠花裙拖地长。
脚踏三步梅花朵，
赛过昔日陈妙常。

讲述者：张文毕。搜集者：王雷。
录自乔伟林主编《中国歌谣集成·河南孟县卷》。

十二月开花(孟州市)

（十二月调）

正月迎春才开门，
二月丁香白似云。
三月桃花颜色嫩，
四月牡丹送长春。

五月石榴颜色新，
六月莲花出水金。

七月天竹月上滚，
八月桂花爱煞人。

九月菊花开得好，
十月佛手黄似金。

十一月雪打松花上，
腊月梅花香喷喷。

搜集者：张树定。
录自乔伟林主编《中国歌谣集成·孟县卷》。

二六流（孟州市）

正月里冬青树冬夏常青，　　七月里金针花刀枪剑影，
二月里杨柳树扬柳摆风。　　八月里小桂花撒满军营。
三月里桃杏花满树开红，
四月里刺玫花摞摞层层。　　九月里菊花儿挑兵点将，
　　　　　　　　　　　　十月里石竹花相持对称。
五月里石榴花颜色正浓，　　十一月小雪花飘飘飞来，
六月里冰盘花①前去征兵。　　十二月腊梅花朵朵绽开。

讲述者：张玉珍。搜集者：张银平。
录自乔伟林主编《中国歌谣集成·河南孟县卷》。
① 冰盘花：莲花。

夸院（孟州市）

（经歌调）

俺今儿来到银宝庄，　　　　盖这老房真是好。
到这儿夸夸您这院。　　　　不揭地工不行夯，
　　　　　　　　　　　　十八根柱脚九挂梁。
前庭房，后楼房，　　　　　金银财宝垒成墙，
四合头院两箱房。　　　　　金砖金瓦盖成房。
您这木匠真是巧，

349

房脊上您盖是五脊六寿，　　东山墙您盖是明光闪亮，
瓦楞里您盖是细水长流。　　西山墙您盖是织女牛郎。
沟檐儿上您盖是凤凰展翅，　正当院您修是金砖铺路，
梁头上您盖是展翅凤凰。　　路西旁又栽了花木满堂。
檐头上您盖是二龙戏珠，　　一边长棵梧桐树，
窗头上您盖是丹凤朝阳。　　一边栽棵小叶杨。
门头上您盖是白虎取啸，　　小叶杨上落百鸟，
门缝上您盖是天河一道。　　梧桐树上卧凤凰。
门墩上您盖是狮滚绣球，　　凤凰展翅落金堂，
门槛上您盖是过木檀梁。　　您家就比俺家强。

搜集者：李桂梅，张相廷。
录自乔伟林主编《中国歌谣集成·河南孟县卷》。每唱两句答一次符，答符为"嗨嗨嗨扬、嗨嗨嗨弥呀嗨嗨嗨陀、嗨嗨嗨嘟儿、哪嗨嗨哪扬"，今皆删去。

叠手巾（孟州市）

（七巧对歌）

一条手巾叠得好，　　五条手巾叠得宽，
大年初一新春到。　　叠是鲤鱼戏牡丹。
两条手巾叠得长，　　六条手巾叠得好，
叠是焦赞和孟良。　　叠是王母摘蟠桃。

三条手巾叠得花，　　七条手巾叠得玄，
叠是山寨小穆瓜。　　叠是送夫上边关。
四条手巾叠得方，　　八条手巾叠得妙，
叠是梅花闹嚷嚷。　　叠是小妹生得俏。

九条手巾叠得精，　　　　十一条手巾叠得小，

叠是黛玉和熙凤。　　　　叠是小姐玩花鸟。

十条手巾叠得大，　　　　十二条手巾叠不成，

叠是唐僧和老沙。　　　　气得我把手巾扔。

搜集者:党占英。

录自乔伟林主编《中国歌谣集成·河南孟县卷》。又见翟作正编《中国歌谣集成·河南焦作卷》(焦作市文艺集成·志编纂领导小组,1990年)。

红线旦,绿线旦(孟州市)

红线旦,绿线旦,　　　　手里拿着小火香,

咱俩轻易不见面。　　　　吸一锅来磕一锅。

见面咋该恁热合,　　　　吸罢烟,抽蒜苔儿,

伸手捞住你布衫。　　　　抽罢蒜苔擀面条儿。

咱俩坐这说说话,　　　　豆腐干,交豆芽儿,

兜里掏出小旱烟。　　　　七股八杂炒两盘儿。

搜集者:牌喜成,李玉峰。

录自乔伟林主编《中国歌谣集成·河南孟县卷》。

打扮(孟州市)

石榴条儿编草圈儿,　　　　俺娘不给俺插云肩儿。

插那云肩儿瓣儿小，　　　　　扎那花裙没打褶儿，
俺娘不给俺做花袄。　　　　　俺娘不给俺做小靴儿。
做那花袄没扣门儿，　　　　　做那小靴胖墩墩儿，
俺娘不给俺扎花裙儿。　　　　穿到脚上甚时行儿。

讲述者：张玉珍。搜集者：张银平。
录自乔伟林主编《中国歌谣集成·河南孟县卷》。

百鸟吊孝(孟州市)

红嘴绿毛一鹦鸽，　　　　　防备小鹦落树梢。
家住沪洲半山坡。　　　　　二人撒下青丝网，
我父今日进大祠，　　　　　拧住小鹦冷冷笑。
没食不能尽奈何。

　　　　　　　　　　　　　抓住小鹦下牢笼，
小鹦毛嫩飞不高，　　　　　下牢三天学人叫。
不如在窝睡懒觉。　　　　　叫一声好叔把俺放，
小鹦不听娘解劝，　　　　　俺娘在家病膏肓。
展翅飞到九重霄。

　　　　　　　　　　　　　让俺回家给娘扶养好，
东家栽的葡萄树，　　　　　俺一定飞来进笼牢。
西家栽的美樱桃。　　　　　西树梢飞到东树梢，
稀枝吃的净打净，　　　　　南树梢飞到北树梢。
利下稠枝窝中揹。

　　　　　　　　　　　　　前三声叫娘不答应，
桃叶忽拉一声响，　　　　　后三声再叫娘不声。

小鹦无奈进窝巢，
老娘翎毛都掉了。

小鹦哭得如醉酒，
惊动凤凰知道了。
凤凰下来传圣旨，
黄鸹丽楼往下飘。

斑鸠将麦送两担，
老獾抬米也来到。
水鸭担桶把水挑，
白鹅慌忙来报到。

老雕推磨团团转，
罗面还是座山雕。

桃尖手巧来和面，
鸽儿手小把馍包。

两个小鹦来合笼，
寒号虫儿将火烧。
真鸡绑个送龙马，
假鸡送来花棺罩。

四个竹马来抬众，
小鹦送殡泪滔滔。
把鹦娘送到荒郊外，
个个飞来寻窝巢。
最后蝙蝠来晚了，
切它尾巴拔它毛。

搜集者：张相廷。
录自乔伟林主编《中国歌谣集成·河南孟县卷》。

经布谣 (孟州市)
(七巧对歌)

西天路上一块田，
犁得方来耙得圆。
洞宾犁,光管耙,
王母娘娘来撒花。

观音菩萨锄几遍,
九个仙女摘到家。

文公轧,太白弹,

二十四女来纺棉。

鲁班爷留下一张机，
单织绫罗和布匹。
十二个小络摆得齐，
伸手只把线条提。

大姐经，二姐挂，
挂得小橛也不差。
叫三姐，往前站，
伸手只把线条缠。

手提线条往南缠，
木瓜佛手两冰盘。
手提线条往东缠，

织个蜜蜂闹花园。

手提线条往北缠，
织个吕布戏貂蝉。
手提线条往西缠，
织个芍药并牡丹。

手提线条往上缠，
一块乌云罩满天。
手提线条往下缠，
八幅罗裙苦金莲。

四周八方都缠遍，
坐上布机守香坛。

讲述者：张海棠。搜集者：王雪。
录自翟作正主编《中国歌谣集成·河南焦作卷》（焦作市文艺集成·志编纂领导小组，1990年）。

扎花·上房坐个巧姑娘(孟州市)
（七巧对歌）

上房坐个巧姑娘，
扎个荷包放五郎。

一扎风调又细雨，
二扎莲花射满堂。

三扎白龙漂大海，
四扎鲤鱼跳长江。

五扎玉兔衔灵草，
六扎百鸟朝凤凰。

七扎上房桫椤树，　　　十扎磨房李三娘。

八扎灵秀耍鸳鸯。　　　李三娘精明识大体，

　　　　　　　　　　　千年万载美名扬。

九扎九女玩月亮，

讲述者：李学清。搜集者：党占英。

录自翟作正编《中国歌谣集成·河南焦作卷》。据所搜集文本有补缺订正。

只要二十份花花巧（沁阳市）

七月七，来乞巧，　　　不要多，不要少，

莲花盆里栽青草。　　　只要二十份花花巧。

千叶照，紫花开，

巧姑娘娘送巧来。

讲述者：巩秀花。搜集者：李富利。1985年10月采录于李大人庄村。

附记：旧时，年年七月七日，中原的妙龄女都唱"乞巧歌"。黄河北焦作一带还举行"七巧对歌"。"七巧对歌"在六月二十七日前后开始筹备。推选有组织能力、有威望的巧女，挨家挨户收绿豆、米面，将收来的绿豆生成豆芽，分送给每个参赛的未婚女子，栽在碗内命名为"巧芽"。七月初三准备乞巧活动的具体事情。七月七日早晨，这些女子还要到各个菜园去偷小葱、黄瓜和豆角等，不偷南瓜。小葱能令人聪慧，南瓜使人作难，若谁家的菜园不被巧女偷，谁家就不会出聪明伶俐的巧女，所以菜园主人都喜欢巧女来偷。然后把这些食物蒸成馍，做成饭，以备当日串巧、传巧、合巧、赛歌时的早、中、晚三顿合餐。七巧女赛歌时，一个个穿红戴绿，梳妆得整整齐齐，双手捧着"巧芽"碗，领队的端着调盘，上放焦花、馍饼、黄表供香，敬七仙天女。赛歌形式分：初会夸队、拜佛赛经（经歌）、场上对歌三个步骤。赛歌内容：山歌、田歌、生活歌、历史歌、仪式歌、对哑谜……不拘。有时对到深更半夜。所以赛歌时，全村男女老少围观助兴。谁家的女子赛歌当上"七巧女"，谁家就感到无尚光荣。此活动在1949年之前什么时候停止的，谁也说不清。

录自《中国歌谣集成·河南卷》（中国 ISBN 中心，2003 年）。又见赵岩主编《中国歌谣集成·沁阳卷》（沁阳市民间文学集成编委会，1990 年），陈泳超主编《中国牛郎织女传说·民间文学卷》据以收录。王光先、薛更银主编《武陟县民俗志》（中州古籍出版社 2009 年版）"巧姑娘娘"作"巧闺女"。

一把小剪（修武县）

（七巧对歌）

一把小剪奴裁剪，　　　　五剪老虎跑山林，
剪个仙花共牡丹。　　　　六剪六瓣脸也金。
一剪百鸟都成双，　　　　七剪狸猫来逼鼠，
二剪五福在当央。　　　　八剪鸳鸯来凫水。
三剪五色穿衣裳，　　　　九剪菊花九月开，
四剪蜂蝶闹花嚷。　　　　十剪燕花藕上春。

讲述者、搜集者：范秋引。
录自翟作正编《中国歌谣集成·河南焦作卷》(1990 年)。句次错乱处有所调整。

【1949 年后】

牛郎织女恩爱深（武陟县）

牛郎织女恩爱深，　　　　一对情人两岸分。
王母娘娘心太狠。
拔簪划出河一道，　　　　牛郎织女恩爱深，

老鸦喜鹊看得真。　　　　情人桥上喜相逢。

一齐飞枝搭鹊桥，

讲述者：刘风琴。搜集者：全采琴。1984 年 8 月采集于二国营（今二铺农村）。
录自武陟县民间文学集成编辑委员会编《中国歌谣集成·河南武陟县卷》(1990 年)。陈
泳超主编《中国牛郎织女传说·民间文学卷》据以收录。

织女教我扎花把云描<small>(新乡县)</small>

年年有个七月七，
天上牛郎会织女。
夫妻今夜来相会，
一家团圆多欢喜。

甲：我给织女送个馍，
织女教我做针线活。
乙：我给织女送碗汤，
织女教我做鞋帮。

丙：我给织女送个瓜，

织女教我学绣花。
丁：我给织女送个枣，
织女教我大裁小铰。

戊：我给织女送石榴，
织女教我挽花扣。
己：我给织女送个梨，
织女教我做新衣。

庚：我给织女送个桃，
织女教我扎花把云描。

讲述者：王道兰。搜集者：罗咏梅。1988 年 8 月采录于七里营乡罗滩村。
录自《中国歌谣集成·河南卷》(中国 ISBN 中心 2003 年版)。王光先、薛更银主编《武陟县民俗志》(中州古籍出版社 2009 年版)只有前四句，裴化夷口述，王光先记录。张守镇、孟宪明编著《精彩歌谣》(中州古籍出版社 2002 年版)搜集者张长，无"甲、乙、丙、丁、戊、己、庚"，且未注明具体通行区域。

织女姐姐送巧来（新乡县）

年年有个七月七，　　　　　　　教俺巧，做对花鞋送你老。
天上牛郎会织女。　　　　　　　教俺拙，弄个红葛针扎你脚。
牛郎哥，织女嫂，
双双来送巧。　　　　　　　　　七根针，七根线，
　　　　　　　　　　　　　　　七个闺女都教遍。
年年有个七月七，
织女姐姐俺给你送饭吃。　　　　打东墙，望西海，
　　　　　　　　　　　　　　　织女姐姐送巧来。

录自郑淑真、萧河、刘广才主编《根在河洛》（华艺出版社 2000 年版）。魏敏、程健君编著
《中州大地的民俗与旅游》（旅游教育出版社 1995 年版）所收第一段作"生活茶饭，多教七
遍，七个姑娘给你来送饭"，后依次为本首第二段和第一段。陶思炎：《风俗探幽》（东南大
学出版社 1995 年版）所收豫北乞巧歌由本首第三段前两句和第一段组成。

年年有个七月七（辉县市）

年年有个七月七，　　　　　　　教俺织布穿梭，
天上牛郎会织女。　　　　　　　教俺扎花儿描线。

织女姐姐，牛郎哥哥，　　　　　教俺巧，做个花鞋送你老。
年年给你送饭，　　　　　　　　教俺拙，红头儿钢针扎你
教俺穿针走线。　　　　　　　　的脚。

录自辉县市史志编纂委员会编《辉县市志》（中州古籍出版社 1992 年版）。

牛郎织女会 (滑县)

年年有个七月七，
天上牛郎会织女。
牛郎哥，织女嫂，
吃俺的面精把俺教。
教俺织针织绒线，
别教俺粗针大麻线。

年年有个七月七，
天上牛郎会织女。

牛郎哥，织女嫂，
吃俺的饺子送俺巧。
吃俺的麸皮送俺福，
吃俺的花朵送俺俏。

用俺的剪子教俺能，
用俺的尺子教俺精。

看俺的蒜皮送俺明，
用俺的针对教俺灵。

讲述者：李守清。搜集者：耿凤梅，罗艳琴。
录自滑县民间文学集成编委会编《滑县民间歌谣谚语集成》(1990 年)。陈泳超主编《中国
牛郎织女传说·民间文学卷》据以收录。部分语句有删减调整。

描蓝绣花都学会 (滑县)

七月七，七月七，
天上牛郎会织女。

牛郎哥，织女嫂，
百样生活送俺巧。

先送俺织布弹花，　　　描蓝绣花都学会，

后送俺描蓝绣花。　　　纳花盘鱼不难为。

讲述者:吴梅枝。搜集者:祝金佩。1988 年采录于万古乡胡营。
录自滑县民间文学集成编委会编《滑县民间歌谣谚语集成》(1990 年),陈泳超主编《中国
牛郎织女传说·民间文学卷》据以收录。

织女姐姐俺给你送饭吃(林州市)

年年有个七月七，　　　俺给你送菜，

织女姐姐俺给你送饭吃。　教俺学剪裁。

教俺巧,做对花鞋送你老。　俺给你送水，

教俺拙,用个红圪针扎你脚。　教俺纳鞋底。

七根针,七根线，　　　俺给你送瓜，

七个姑娘都教遍。　　　教俺纺棉花。

打东墙,望西海，　　　俺给你送醋，

织女姐姐送巧来。　　　教俺学织布。

俺给你送馍，　　　　　俺给你送油，

教俺学做活。　　　　　教俺学梳头。

俺给你送汤，　　　　　……

教俺扎鞋帮。

录自河顺镇志编纂委员会编《河顺镇志》(方志出版社 2005 年版),又见于《凌阳镇志》(线
装书局 2007 年版)。李金生编《林县民俗志》(黄河文艺出版社 1988 年版)仅录前两段,第
二句作"俺给织女姐姐送饭吃"。部分语句据他本有删减。

年年有个七月七(淇县)

年年有个七月七，　　　叫俺往北织布不歇。

天上牛郎会织女。　　　磨麦和面多擀细切，

牛郎哥，织女姐，　　　　多待两客。

叫俺往东织布蹬空，　　　大布小铰送到俺老，

叫俺往南织女方便，　　　织布弹花送到俺家。

叫俺往西织布蹬机，

录自淇县民间文学集成编委会编《中国歌谣谚语集成·河南淇县卷》(1988 年)，陈泳超主
编《中国牛郎织女传说·民间文学卷》据以收录。

快快教俺来学巧(豫北太行山区)

七月七，　　　　　　俺给您送菜，

天上牛郎会织女，　　您教俺学剪裁。

织女姐姐织女嫂，

快快教俺来学巧。　　俺给您送瓜，

　　　　　　　　　您教俺纺棉花。

俺给您送水，　　　……

您教俺纳鞋底。

录自倪宝诚:《民间传说中的"七夕节"》，见倪珉子主编《倪宝诚文集》(河南人民出版社
2013 年版)。

七七乞巧 (浚县)

年年有个七月七，　　织布纺花学到老，
天上牛郎会织女。　　姜黄树叶往下落。
牛郎哥，织女嫂，　　七个姑娘把头磕，
吃俺供品教俺巧。　　感谢织女牛郎哥。
教一箱，又一柜，
扎花描云儿都学会。

讲唱者：邢清玉。搜集者：张守树。1989 年 10 月采录。
录自浚县三套集成编委会编《中国歌谣谚语集成·河南浚县卷》(1989 年)，陈泳超主编
《中国牛郎织女传说·民间文学卷》据以收录。《浚县志》(中州古籍出版社 1990 年版)题
作"七月七乞巧"。

一年一个七月七（台前县）

一年一个七月七，　　　　不图你针，不图你线，

我给牛郎送饭去。　　　　但图你有一手好手段。

越东洋，过东海，

迎接巧娘娘送巧来。

演唱者：张秋冬。搜集者：刘更景。1990年2月2日采录于马楼乡刘楼村。
录自刘小江主编《中国歌谣集成·河南濮阳市卷》（河南省濮阳市民间文学集成编委会，
1990年），朱可先主编《中国歌谣集成·河南卷》（中国ISBN中心2003年版）据以收录。
第四句原作"王母娘娘送巧来"，与上下文意不合，系误记，今正。据文意，此句下应还有几
句，才能同末三句相接。

南阳市

牛郎织女下凡了(南阳)

天上星,亮晶晶,　　　　　我问哥哥那是谁?
我和哥哥照盏灯。　　　　　哥哥不理情。
照着灯笼逮虫虫,　　　　　抬头望天空,
忽见前边有人影。　　　　　不见牛郎织女星。

录自《中国歌谣谚语集成·河南南阳县卷》(南阳县民间文学集成编委会,1987年)。

年年有个七月七(南阳)

年年有个七月七,　　　　　织女一见俩娇娇,
天上牛郎会织女。　　　　　眼泪吧嗒往下掉。
牛郎哥,织女嫂,　　　　　牛郎哥,牵着牛,
夫妻双双来送巧。　　　　　俩娃儿快给妈磕头!

演唱者:林中梅。搜集者:党铁九。1987年9月采录于南阳市。
录自南阳地区民间文学集成编委员会编《中国歌谣集成·南阳地区卷》(1989年)。陈泳
超主编《中国牛郎织女传说·民间文学卷》据以收录。《民间歌谣集成·商丘地区卷(上
卷)》收有前四句,第四句"双双"作"双方",语意不通,显然有误。盖由南阳传去,而只传过
去前四句。个别文字据朱可先主编《中国歌谣集成·河南卷》(中国ISBN中心2003年
版)有所订正。

鲁山坡上喜鹊多（鲁山县辛集乡）

鲁山坡顶有条路，
一通通到南天门。
九天姑娘下凡来，
得配牛郎情意深。

鲁山坡上喜鹊多，
喜鹊聚在鲁山坡。
单等七夕那一天，
要让牛女渡银河。

鲁山坡上放风筝，
牛郎洞里数星星。
男耕女织最恩爱，
牛郎织女最有情。

银河滚滚波浪翻，
王母娘娘好凶残。
隔开二人不相见，
天上地下心相连。

讲述者：袁占才。搜集者：刘慧娜。
录自吴佳等编纂《河南省非物质文化遗产普查成果汇编·平顶山市类别卷·民间音乐2》
（平顶山市非物质文化遗产普查成果汇编委会，2009年）。

九女潭洗衣歌（鲁山县辛集乡）

大姑娘，二姑娘，
挎上竹篮洗衣裳。

九女潭水清又凉，
洗的衣裳亮光光。

洗得白,浆得光, 耕读传家美名扬,
穿在牛郎哥身上。 你看排场不排场?
读书本,念文章,

讲述者:常瑞生。搜集者:刘慧娜。
录自吴佳等编纂《河南省非物质文化遗产普查成果汇编·平顶山市类别卷·民间音乐2》。第三句"清又凉"原作"清又清",与下句韵脚字不合,今据所搜集其他相近歌词改。第八句"耕读传家"原作"读书识字",与上句重,据所采录文本订正。

牛郎鞭(鲁山县辛集乡)

牛郎鞭,织女缠, 四缠鞭子起龙泉。
一缠鞭子扫庭院。 龙泉接到天河边,
上扫金窝来神仙, 五谷丰登佑民安。
下扫妖怪都跑完。

牛郎鞭!织女缠!
牛郎鞭,织女缠, 五缠鞭子开书卷!
二缠鞭子开荒山。 耕读传家记心间!
开荒垒堰镢头班, 儿孙读书中状元。
层层梯田接着天。

牛郎鞭,织女缠,
牛郎鞭,织女缠, 六缠鞭子九朵莲。
三缠鞭子请花仙。 巧女心灵德又全,
花仙来了教养蚕, 长大寻个好郎官。
百花盛开歌满天。

牛郎鞭,织女缠,
牛郎鞭,织女缠, 七缠鞭子建家园。

大浪河边鲁山前，　　　　牛郎织女美名传。

讲述者：张怀发。搜集者：刘慧娜。

录自吴佳等编纂《河南省非物质文化遗产普查成果汇编·平顶山市类别卷·民间音乐2》。以上三首为每年的七月七人们在当地的牛郎洞唱的对歌。

牛郎织女歌 (西华县)

天上七星弟兄多，　　　织女闪到河西坡。
南头六星少一个。
三星跟着船梆走，　　　织女眼落泪，
明星出来独一个。　　　牛郎泪唰唰。
　　　　　　　　　　　哭得玉帝无奈何，
织女被迫回娘家，　　　差下天兵共天将。
牛郎随后紧追着。　　　捉拿百鸟来投河，
追得王母无奈何，　　　百鸟投河七月七，
拔下金簪划条河。　　　织女牛郎相见哩。
牛郎撇到河东岸，

搜集者：杨文山。
录自陈泳超主编《中国牛郎织女传说·民间文学卷》。原书据《中国歌谣谚语集成·河南
西华县卷》收录。

七月就到七月七 (周口)

七月就到七月七，　　　天上牛郎会织女。

夫妻没干亏心事， 为啥叫俺隔到两岸里。

录自周口市文化馆编《中国歌谣集成·河南周口市卷》（1989 年）。"就到"原作"有个"，据有关资料改。

织女场边翻晒粮(项城市)

五月里，麦上场， 牛郎扯碌打小麦，
农夫虽忙喜心上。 织女场边翻晒粮。

讲述者：王新章。搜集者：于书章。
录自项城县民间文学集成编委会编《中国民间歌谣谚语集成·河南项城县卷》（印刷时间不详）。陈泳超主编《中国牛郎织女传说·民间文学卷》据以收录。

送巧(郸城县)

一年一个七月七， 织女替我把心操，
牛郎哥哥等织女。 共到人间来送巧。

课题组收集。《中国民间歌谣谚语集成·河南郸城县卷》所载文字与此小异。

织女又生个胖娃娃(虞城县)

小喜鹊,花尾巴,
一飞飞到姥姥家。
姥姥在家正和面,
喜鹊门前叫喳喳。
姥姥问它叫啥哩,
它嘴巴一张说了话:

明天就是七月七,
我到天河把桥搭。
老人家,老人家,
你给织女捎点啥?

姥姥搓搓手上面,
拿出两个小喇叭。
拿块红绸包裹好,
嘱咐喜鹊几句话。

喜鹊呀,喜鹊呀!
织女有俩个小娃娃。

姥姥别的没啥送,
这俩玩意拿上吧。

小喜鹊,花尾巴,
过了初七到初八。
一飞飞到屋檐前,
姥姥正在纺棉花。

姥姥停手问喜鹊,
牛郎织女还好吧。
喜鹊翘翘尾巴点点头,
嘴巴一张说了话:

一年没见他们面,
牛郎织女变样啦!
他们盖座新院落,
男耕田来女纺花。

他们二人团了聚,

七七不再把桥搭。　　　　织女谢你老人家。

姥姥呀，姥姥呀！

讲述者：刘范氏。搜集者：程玉启。1962 年采录于利民镇利民南街。

录自中国民间文学集成全国编辑委员会主编《中国歌谣集成·河南卷》（中国 ISBN 中心 2003 年版）。又见商丘地区民间文学集成编委会、商丘地区文化局编《民间歌谣集成·商丘地区卷（下卷）》（1987 年），陈泳超主编《中国牛郎织女传说·民间文学卷》据收收录。

全国乞巧歌集录

不明市县

【1949 年前】

年年有个七月七

年年有个七月七，　　　先教俺织布纺线，
天上牛郎会织女。　　　再教俺描凤绣花。
牛郎哥，织女嫂，　　　样样女红都学会，
百样生活送俺巧。　　　裁衣盘扣不算啥。

搜集者：张守镇。
录自张守镇、孟宪明编著《精彩歌谣》（中州古籍出版社 2002 年版）。

乞才歌

听见啦，看见啦，　　　金塔明光光，
织女牛郎见我啦。　　　银塔亮晃晃。
送我一张状元纸，　　　金塔银塔有几层，
送我一杆铁笔花。　　　下来个读书郎。
还有一池天上的水，
叫咱来画画！　　　　读呀么读书郎，
　　　　　　　　　　咋呀不上学堂。

你咋不去上学堂？　　　　正站在天河旁。

一路恁急慌！　　　　　　他让小河陪我念《四书》，

　　　　　　　　　　　　因为我不会写文章！

谁说不去上学堂？

俺有事去商量！　　　　　喜牛郎，敬牛郎，

今儿个夜里有个事儿，　　牛郎给我好文章。

俺要去见牛郎！　　　　　今儿个学会天天写，

　　　　　　　　　　　　俺要中个状元郎！

牛大哥呀牛大郎，

录自张广智、高有鹏：《民间百神》（海燕出版社 1997 年版）。该书记载：七月初七夜，几个男孩约在一起，先找来青花瓷碗，拿来一根大葱，再摆上几个红枣，或者柿饼子，都放在书桌上。然后点上"牛郎儿灯"，再一人抓一把黄豆，放在碗里。几个孩子一齐把手伸过来，玩"登宝塔"的游戏。即先由一个孩子伸出食指，握起拳头做"底座"，另一个孩子同样握起上一个孩子的食指，将自己的食指伸出，依次类举，传说是看牛郎和织女怎样在一起，是去"听房"的。先由一个孩子问："金塔，银塔，碰头上一个疙瘩。听见没有？说的啥话？"一个孩子说"没有"，另一个孩子则说："金塔，银塔，碰头上一个疙瘩。你先下来，我去看看，看他在做啥？"接着，几个孩子一齐问道："看见没有？"那个登上去"看看"孩子说："听见啦，看见啦……"于是几个孩子便停下来，将事先捉好的蜘蛛连同蛛网一起放进碗内，再用一张纸盖住，大家围着跪成一圈儿，合唱"乞才歌"："……"唱完后大家稍停一下，由一个年龄大一点的孩子头儿掀开看蜘蛛织网的情况，边掀边念着："喜牛郎……"接着，猛地将纸掀开！闭住眼问大家："出来没有？"答："出来啦！"问："写的啥？"答："八卦！"大家喜笑颜开，一起吃柿饼子、红枣等食物，再把蜘蛛送到墙上。传说得到牛郎给的"才"，就会读书做文章，聪明伶俐。

按：原歌只有第二段，从上述文字中又辑出两段。原是用"说"的方式，但从内容、形式来看，应是歌的组成部分，故亦录出。第二段末句作"我不会写文章"，与上句不连贯，也不成节奏，因而在句首加"因为"二字。句中所加歌唱时衬字也与本书其他歌一致，加以删节。

【1949 年后】

天上的牛郎哥去会妻

年年都有个七月七，　　　天上的牛郎哥去会妻。

牛郎哥,织女嫂,　　　　　　看看人家笑你还是笑我。
双双来送俺巧。

年年都有个七月七,　　　　　七根针,七条线,
织女姐,俺给你送上好吃的。　七个姑娘都教遍。
教俺巧,做对花鞋送给你老。　打东墙,望西海,
教俺拙,做的鞋子露着脚,　　织女姐姐送巧来。

录自张广智、高有鹏:《民间百神》。

(清雍正)《河南通志》卷二十八《风俗》（清雍正间刻本）：

光州：七夕，乞巧。

《河南省志·民俗志》（河南人民出版社1995年版）：

七月七：农历七月初七日，民间妇女多行乞智求巧的活动，故又称"乞巧节"。节日活动多在夜晚，也称"七夕"。河南民间多直呼为"七月七"。七月七活动的参加者多为少女少妇，故也称"少女节"。此节源于古代神话"牛郎织女天河相会"的故事。

过去七月七日晚，各家各户之长者，多教子女辨认"天河""牛郎、织女星"等天上星座，并讲述牛郎织女的爱情故事。少女少妇们则行"乞巧"活动。她们七人一组聚集一堂，称作"乞巧会"。乞巧会多以包饺子"乞巧"，饺子馅用七样疏菜、七种调料作成，以所包饺子的样子，味道定巧拙。有的在饺子中，藏绣花针一枚，吃饺子时，以先咬住针尖者为巧。也有包一枚铜钱，以吃住铜钱者为有福。在安阳、濮阳一带，女子们喜在一起"对月穿针"，并拿着穿上线的针，闭上眼睛刺瓜花，一针刺中者为巧，连刺七针均刺中者，便被同伴誉为当年的"织女"。南阳镇平一带，则将一包绣花针撒于院中，女子们分别在月下摸寻，摸到者为巧。豫西等地，也有女子白天乞巧者，以谁丢入水中的针浮出水面者为巧。

新安县一带则将麦芽、谷芽或豆芽浮于水面，迎日观看其形状，以定巧拙。凡为"巧者"认为其定能找个如意郎君，生活幸福。在豫东，许多少女少妇喜欢"七夕"之夜三五成群躲在葡萄架或瓜架下，"偷看"牛郎织女"相会"之情和"偷听"牛郎织女悄悄之言。

七月为河南雨季，故七夕白天常下雨，开封传说这是牛郎织女相会时，织女流的泪水，用此水洗发，能使头发又黑又亮，洗器皿也能去污清洁，因此这一天许多妇女争先到河里洗头发或者涮洗家中所用的油罐器皿。河南民间七月七日的"应节戏"为《天河配》，是描述牛郎织女爱情故事的戏剧。1949年后,七月七的乞巧习俗在乡间仍可见到,但已纯为年青人嬉戏逗乐的活动。

三门峡市

(清乾隆)《重修灵宝县志》卷二《风俗志》(清乾隆十二年刻本):

> 七夕,陈瓜果祀天孙,漂针乞巧,名为"女节"。

按:(清光绪)《重修灵宝县志》卷三同。

(嘉庆)《渑池县志》卷七《礼俗》(清嘉庆十五年刻本):

> 七夕,妇女间有陈瓜果祀天孙乞巧者。

(光绪)《陕州直隶州志》卷一《舆地·风俗》(清光绪十七年刻本):

> 七月七日,妇女祀天孙乞巧。

按:(民国)《陕县志》卷五"七日"作"七日夜"。

(光绪)《重修卢氏县志》卷六《礼乐》(清光绪十八年刻本):

> 七月初七日,祀牛女。

(光绪)《阌乡县志》卷八《风俗》(清光绪二十年刻本):

> 七夕,陈瓜果祭牛女,乞巧。

按:清阌乡县今属灵宝市。

(民国)《渑池县志》卷六《民政志·节序》(民国十七年刻本):

> 七月七日,妇女陈瓜果祀天孙,曰乞巧。

《陕县志》(河南人民出版社1988年版):

> 七巧节:农历七月七日为七巧节。来源于传统中的牛郎和织女相爱的故事。相传这一天喜鹊搭鹊桥,使牛郎织女相会。当地也称这一天为"女节",妇女们在这一天向织女乞巧,希望织女把女工技艺传授给自己。晚上人们聚在树下敛声屏气,听牛郎织女说悄悄话。

洛阳市

(清顺治)《汝阳县志》卷二《舆地·风俗》(清顺治刻本)：

　　七夕，拜牛女。妇女剪荷作盘，彩线穿针，为"乞巧会"。

按：(康熙)《汝阳县志》卷二同。

(康熙)《孟津县志》卷一《风俗》(清康熙四十七年增刻本)：

　　孟秋之月七日，女子渍豆于盆，生芽二三寸，曰"巧芽"。至夕，设瓜果祀织女以乞巧。

(康熙)《古今图书集成·历象汇编·岁功典》卷六十五(清雍正铜活字本)：

　　宜阳县：七夕为女节，陈瓜果祀天孙以乞巧。

(乾隆)《重修洛阳县志》卷二《地理·风俗》(清乾隆十年刻本)：

　　七夕，乞巧。使蜘蛛结万字，造明星酒，装同心脍。

　　又：《近代风俗》：七夕，陈瓜果祭牛女乞巧。

(乾隆)《河南府志》卷二十六《礼俗志》(清同治六年刻本)：

　　七夕，乞巧。是日，妇女置水碗，浮绣针，候其影有锋芒与否，分巧拙。夜陈瓜果祀女牛，晨起，视有蛛网在上者为得巧。

(乾隆)《重修伊阳县志》卷二《风俗》(清乾隆三十一年刻本)：

　　七夕，陈瓜果祭牛女，乞巧。

按：原脱"陈"字，据(清道光)《重修伊阳县志》卷一补。清伊阳县即今汝阳县。

(乾隆)《嵩县志》卷九《风俗》(清乾隆三十二年刻本)：

　　七夕，妇女陈瓜果，穿针乞巧。

(乾隆)《偃师县志》卷五《风土记·风俗》(清乾隆五十三年刻本):

　　七月七日,妇女对月穿针乞巧。

(乾隆)《永宁县志》卷一《舆地志·风俗》(清乾隆五十五年刻本):

　　七夕,女妇夕设果茶,乞巧。

按:清永宁县即今洛宁县。

(嘉庆)《洛阳县志》卷二十四《风土记》(清嘉庆十八年刻本):

　　七夕,乞巧。是日,妇女置水碗浮绣针,候其影以分巧拙。夜陈瓜果祀牛女,晨起视有蛛网在上者为得巧。

(嘉庆)《孟津县志》卷四《风俗》(清嘉庆二十一年增刻本):

　　七月一日,女子渍五谷于盆,至七日芽长盈尺,食之曰"巧芽"。夕则映月穿针以乞巧。

(光绪)《宜阳县志》卷六《风俗》(清光绪七年刻本):

　　七月七日,乞巧节。女儿以月朔莽麦及谷豆七种为巧芽,七日取,浮水面,向日玩影以乞巧。陈瓜果祀天孙。至夕坐看巧云,望牛女渡河。

　　又《占验》:七月初七日,验天河之影,见则各贱,否则谷贵。

按:该志卷十四《艺文·诗》收录清张恕《宜阳县竹枝词》十二首,其中一首云:"巧芽簇簇恰盈盆,水面纷披月有痕。忽见如花成片段,大家欢喜谢天孙。注云:"俗于七夕前渍五谷为巧芽,至期,陈瓜果设盂水浮芽水面,视影曲直以验巧拙。"可为参看。

(民国)《新安县志》卷六《风土志》(民国三年石印本):

　　七夕,小儿女子七月朔日,滋生麦、谷、各豆等芽,至七日取浮水面,迎日视其影曰乞巧。届夕,久坐曰"看牛女渡河"及"看巧云"。

(民国)《洛宁县志》卷二《风俗》(民国六年铅印本):

　　七月七日为"巧节"。妇女以月朔莽麦、谷七种,是日取浮水面,向日观影,谓之"巧芽"。夜陈瓜果于庭,晨起视上罩蛛网者为"得巧"。

(民国)《宜阳县志》卷三《风俗》(民国七年铅印本):

七月七日,乞巧节。女儿以月朔渍麦及谷豆七种为巧芽,七日陈瓜果祀天孙,取巧芽浮水面,向日觇影以乞巧。

《洛宁县志》(生活·读书·新知三联书店1991年版):

七月七乞巧节:夜里扎巧娘娘,小姑娘们争相乞巧。传说七夕牛郎织女相会,人坐在葡萄架下能听到牛郎织女哭诉离别之情。

《偃师县志》(生活·读书·新知三联书店1992年版):

七月七:谓乞巧节,妇女对月穿针乞巧,也有妇女在这天生巧芽(豆芽)。

《栾川县志》(生活·读书·新知三联书店1994年版):

乞巧节:农历七月七日,传为牛郎、织女鹊桥相会。闺中多陈瓜果祭奠。并以碗水曝日下,投小针,浮于水面,徐视水底日影,卜女子巧拙,称为"乞巧",也称"丢针儿"。也有的掐豆芽投清水碗中,日光下,水中影象各异,名叫"掐巧芽"。还有的以凤仙花染红指甲,为闺中女儿活动日,亦称"女儿节"。

南阳市

(清康熙)《内乡县志》卷五《风俗志》(清康熙三十二年刻本):

七夕,女设瓜果于中庭,穿针乞巧。

(康熙)《唐县志》卷一《封域志·节序》(清康熙三十五年刻本):

七月七日,家治酒,看牛郎织女星。妇女每仰望穿针,效乞巧。

(乾隆)《南召县志》卷二《风俗志》(清乾隆十一年刻本):

七夕,穿针乞巧于天帝之女。

(光绪)《南阳县志》卷二《疆域·风俗》(清光绪十三年刻本)：

　　七夕,妇女穿针乞巧。

《南阳地区志》下册(河南人民出版社 1994 年版)：

　　俗语有"年年有个七月七,天上牛郎会织女"。神话传说七月七日晚上,织女和牛郎鹊桥相会,落泪化雨,故又谓七月七为下雨之日。旧时七夕,少年女子以针线新作陈列院中,以水一碗、水饺一碗敬织女,并于院中撒针,女子们于地下寻摸,寻得者谓织女以巧赐之。过去一些好奇者,常于七夕观星,想看到牛郎、织女两星在天河相会。各剧团过去多于七月七日晚演《天河配》,以示纪念。

平顶山市

(康熙)《古今图书集成·方舆汇编·职方典》卷四百八十四(清雍正铜活字本)：

　　汝州:七月七日,俗尚乞巧。

(清嘉庆)《鲁山县志》卷十《地理志·风土》(清嘉庆元年刻本)：

　　七夕,乞巧。

(道光)《汝州全志》卷五《风俗志》(清道光二十年刻本)：

　　七夕,陈瓜果,祭牛女乞巧。

(同治)《郏县志》卷三《舆地志·风俗》(民国二十一年石印本)：

　　七月七日,姻家馈瓜果,以豌豆生芽,高尺许,送女氏。夜则浮之水碗以乞巧。

漯河市

(清乾隆)《舞阳县志》卷四《风土·风俗》(清乾隆十年刻本)：

　　七月七日,乞巧。

按:(道光)《舞阳县志》卷六同。

(民国)《重修临颖县志》卷四《教典志·风俗》（民国五年铅印本）：

　　七夕，乞巧。

许昌市

(清康熙)《襄城县志》卷一《方舆志·风俗》（清康熙增刻本）：

　　七夕，旧俗妇女陈果乞巧，今无。但农家采麻、谷穗并瓜、枣供献于神，谓之荐新。

按：（乾隆）《襄城县志》卷一同。

(民国)《许昌县志》卷四《民政·风俗》（民国十二年石印本）：

　　七夕，陈瓜果乞巧。

(民国)《长葛县志》卷四《教育志·风俗》（民国十九年铅印本）：

　　七夕，妇女穿针乞巧。

郑州市

(明天启)《中牟县志》卷二《志礼·风俗》（明天启六年刻本）：

　　七月七日，乞巧。

按：（乾隆）《中牟县志》卷一作"七月七日，女子乞巧"。（同治）《中牟县志》卷一、（民国）《中牟县志》卷三同。

(清康熙)《登封县志》卷二《舆地志·风俗》（清康熙三十五年刻本）：

　　七夕，乞巧。

按：（乾隆）《登封县志》卷九、（民国）《巩县志》卷七同。

(乾隆)《汜水县志》卷十三《风俗志》（清乾隆九年刻本）

　　七夕，女子穿针乞巧。

按：清汜水县今属荥阳市。

(乾隆)《荥阳县志》卷二《地理志·节序》(清乾隆十二年刻本)：

七月初七日之午,妇女乞巧。以盆贮水曝烈日中,顷之,水膜凝面,举绣针浮之,谛视水底针影,有成云物、花鸟之影者为上,有成剪刀、牙尺之影者为次,谓乞得巧,女伴相贺;其影粗如槌、细如丝为拙,则群相哄笑。

(乾隆)《新郑县志》卷四《风土志》(清乾隆四十一年刻本)：

七月七日之午,女子多乞巧。以碗贮水曝烈日中,顷之,水膜凝面,举绣针投之则浮,谛视水底针影,有成云物、花鸟之影者为上,有成剪刀、牙尺之影者为次,谓乞得巧,女伴相贺;其影粗如槌、细如丝、直如矢则拙矣,幼女尤忌,或至垂涕泣,其母每曲慰之。或于夜对月穿针,亦曰乞巧。

(乾隆)《巩县志》卷六《风俗志》(清乾隆五十四年刻本)：

七夕,具花果,浮针乞巧。

(民国)《郑县志》卷六《风俗志》(民国二十年刻本)

七夕,人家盛设瓜果、酒肴于庭中或楼台之上,谈牛女渡河事,妇女对月穿针,谓之乞巧。或以小盒盛蜘蛛,次早观其结网疏密,以为得巧多少。是夕,优人百戏,鼓鞶喧阗,演牛女会。一出布景作天河状,中现一桥,桥内张灯如乌鹊填桥状,桥上以电光结彩如牛郎织女各星状,歌喉宛转,馀韵悠扬,宛如人间天上。

《中牟县志》(中州古籍出版社 2006 年版)：

乞巧节:农历七月初七为乞巧节,亦称七夕。旧时,七夕这天女孩要穿新衣,下午至傍晚,成年妇女教小女孩穿针引线学做针线活儿,祈望女孩变得心灵手巧;老年妇女这天要祭神,七八十年代,此习俗还在一些老年妇女中延续。七夕晚上,一些老人会让男孩躺在牛槽中,盖上筛草筛子,说这样能看见天上的牛郎织女相会,看见牛郎织女者长大后能找个好媳妇;躺在牛槽中不能大声说话,否则会惊动牛郎织女。女孩要坐在葡萄树下或用树枝遮住脸,静听牛郎织女说话,听见牛郎织女说话者长大会找个好夫婿。

焦作市

(清乾隆)《温县志》卷六《地理志·风俗》(清乾隆二十四年刻本)：

七夕，妇女穿针乞巧。

(道光)《武陟县志》卷十《风俗志》(清道光九年刻本)：

七月七日，乞巧。

(道光)《修武县志》卷三《舆地志·风俗》(清道光二十年刻本)：

七夕，闺中祀织女，乞巧。

按：(民国)《修武县志》卷八同。

开封市

(南宋)金盈之《新编醉翁谈录》卷四《京城风俗记》(《全宋笔记》85，大象出版社 2019 年版)：

七夕，潘楼前卖乞巧物。自七月一日车马嗔咽，至七夕前三日车马不通行，相次壅遏，不复得出，至夜方散。嘉佑中，有以私忿易乞巧市乘马行者，开封尹得其人，窜之远方。自后再就潘楼。其次丽景、保康诸门及睦亲门外，亦有乞巧市，然终不及潘楼之繁盛也。夫乞巧楼多以采帛为之。其夜，妇女以七孔针于月下穿之，其实此针不可用也。针褊而孔大，其馀乞巧，南人多仿之。京师是日多博泥孩儿，端正细腻，京语谓之"摩喉罗"。小大甚不一，价亦不廉。或加饰以男女衣服，有及于华侈者。南人目为巧儿。

(南宋)孟元老《东京梦华录》卷八《七夕》(《全宋笔记》38，大象出版社 2019 年版)：

七月七夕，潘楼街东宋门外瓦子、州西梁门外瓦子、北门外、南朱雀门外街及马行街内，皆卖磨喝乐，乃小塑土偶耳。悉以雕木彩装栏座，或用红纱碧笼，或饰以金珠牙翠，有一对直数千者。禁中及贵家与士庶为时物追陪。又以黄蜡铸为凫雁、鸳鸯、鸂鶒、龟鱼之类,彩画金缕,谓之"水上浮"。又以小板上傅土,旋种粟令生苗,置小茅屋花木,作田舍家小人物,皆村落之态,谓之"谷板"。又以瓜雕刻成花样,谓之"花瓜"。又以油面糖蜜造为笑面儿,谓之"果食花样",奇巧百端,如捺香方胜之类。若买一斤数内有一对被介胄者,如门神之像,盖自来风流,不知其从,谓之"果食将军"。又以绿豆、小豆、小麦,于磁器内以水浸之,生芽数寸,以红蓝彩缕束之,谓之"种生"。皆于街心彩幕帐设出络货卖。七夕前三五日,车马盈市,罗绮满街,旋折未开荷花,都人善假做双头莲,取玩一时,提携而归,路人往往嗟爱。又小儿须买新荷叶执之,盖效颦磨喝乐。儿童辈特地新妆,竞夸鲜丽。至初六日七日晚,贵家多结彩楼于庭,谓之"乞巧楼"。铺陈磨和乐、花瓜、酒炙、笔砚、针线,或儿童裁诗,女郎呈巧,焚香列拜,谓之"乞巧"。妇女望月穿针。或以小蜘蛛安合子内,次日看之,若网圆正,谓之"得巧"。里巷与妓馆,往往列之门首,争以侈靡相向。("磨喝乐"本佛经"摩睺罗"。今通俗而书之。)

(明嘉靖)《尉氏县志》卷一《风土类·岁时》(明嘉靖刻本):

七夕日,妇女祭织女星乞巧,每以瓜果、器皿上凝蛛丝为验。

(嘉靖)《通许县志》卷上《人物附风俗》(明嘉靖刻本):

七夕,妇女聚会于庭,陈时果称织女星而祭拜之,谓"乞巧会"。男女家亦以时物相赠遗焉!

(清顺治)《祥符县志》卷一《风俗》(清顺治十八年刻本):

七夕,陈瓜而乞巧。

(康熙)《陈留县志》卷十一《风俗》(清康熙三十年刻本):

七月初七日,祭墓。夕,穿针乞巧。

按:清陈留县今属祥符区。

(乾隆)《祥符县志》卷二《地理志·风俗》(清乾隆四年刻本):

七月七日之午,妇女多乞巧。以碗贮水曝烈日中,顷之,水膜凝面,举绣针投之则浮,谛视水底针影,有成云物、花鸟之影者为上,有成剪刀、牙尺之影者为次,谓乞得巧,女伴相贺;其影粗如槌、细如丝、直如矢则拙矣,幼女尤忌,或至垂涕泣,其母每曲慰之。

(乾隆)《通许县志》卷一《舆地志·风俗》(民国二十三年重印本):

七月七日,妇女穿针乞巧。

(乾隆)《仪封县志》卷六《礼乐志·风俗》(民国二十四年铅印本):

七月七日晡时,妇女各穿针乞巧于庭。

按:清仪封县今属兰考县。

新乡市

(清康熙)《古今图书集成·历象汇编·岁功典》卷六十五(清雍正铜活字本):

汲县:七月七夕,陈酒脯、瓜果于庭,见天河中有白云便拜,得福。

按:清汲县即今卫辉市。

(乾隆)《阳武县志》卷五《风俗志》(清乾隆十年刻本):

七月七日,人家设酒果肴馔,在庭院中供牛女银河之会,女则对月穿针,谓之"乞巧"。视水底针影有成云物、花鸟之影者为上,有成剪刀、牙尺之影者为次,谓乞得巧,女伴相贺。其影粗如槌、细如丝、直如矢则拙矣,幼女尤忌,曲慰之。

按:原志部分文字漫漶,据民国志补之。(民国)《阳武县志》卷三"供牛女"作"以祀牛女",无"银河之会"几字,"女则"作"女子"。清阳武县今属原阳县。

(乾隆)《新乡县志》卷十八《风俗志》(清乾隆十二年刻本):

七夕,妇女穿七孔针乞巧。士女翘首云汉,卜牛女会合。

(乾隆)《原武县志》卷二《风俗》(清乾隆十三年重刻本):

七夕,乞巧。

(乾隆)《汲县志》卷六《风土志》(清乾隆二十年刻本)：

七月七日,曝水碗日中,幼女浮针以乞巧。

按:(民国)胡朴安《中华全国风俗志》下编"曝"作"晒","碗"后有"于"字。

(乾隆)《获嘉县志》卷九《风俗》(清乾隆二十一年刻本)：

七夕,女子陈瓜果祭织女,穿七孔针乞巧。

(道光)《辉县志》卷四《地理志·风俗》(清光绪二十一年刻本)：

七月初七日,乞巧。

(民国)《新乡县续志》卷二《祠祀志·风俗》(民国十二年刻本)：

七月七日前夕,幼女多为"乞巧会",捏饺子内贮针线、剪刀、葱蒜之类,分得某物便云得某物之巧。

(民国)《获嘉县志》卷九《风俗记略》(民国二十四年铅印本)：

七月七日,妇女曝水碗日中,浮针乞巧。前夕,陈瓜果祀织女,与《西京杂记》所载"汉宫女七夕穿针"相类。

《新乡县志》(生活·读书·新知三联书店1991年版)：

七月七:民间称"乞巧节",传说此日夜晚牛郎织女在鹊桥相会。至时,迷信的妇女在院中陈设果品,向织女乞求针工技巧。

《延津县志》(生活·读书·新知三联书店1991年版)：

乞巧节:农历七月初七为乞巧节。相传七月七日为牛郎织女一年一度银河相会的日子。儿童多于晚上躲于葡萄架下听牛郎织女说私房话。延俗未婚姑娘以七人为限,组成"织女会",是晚共聚"乞巧",方式多样。如:煮饺子一锅,其一包入一针,吃到者为"巧"。又如:置清水一碗,轮流在水面放针,漂浮者为"巧",故称"乞巧节"。

《新乡市志》(生活·读书·新知三联书店1994年版)：

七月七:农历七月初七日,又称"乞巧节"。相传是天上的牛郎星和织女星鹊桥相会的日子。旧时,未出门的闺女晚上摆设供品,向织女乞求针工技巧,此俗今已不存。

《原阳县志》(中州古籍出版社1995年版):

七月七:七月初七,"乞巧节",相传天上牛郎织女渡鹊桥。农村未婚少女常聚集一起,深夜观星,吃饺子"乞巧"。

鹤壁市

(清嘉庆)《浚县志》卷五《方域志·风俗》(清嘉庆七年刻本):

七月七日,妇女结彩缕金,对月穿针,陈瓜果于中庭乞巧。

安阳市

(清康熙)《林县志》卷三《风土·岁时》(清康熙三十四年刻本):

七夕,妇女乞巧于织女星前,女子浮针水上,视影以卜巧拙。

(乾隆)《安阳县志》卷一《地理志·风俗》(清乾隆三年刻本):

七夕,女妇穿针乞巧。

按:(乾隆)《彰德府志》卷十一、(民国)《续安阳县志》卷十同。清彰德府治今安阳市。

(乾隆)《内黄县志》卷五《风土·风俗》(清乾隆四年刻本):

七月七日,乞巧。

(民国)《林县志》卷十《风土·习俗》(民国二十一年石印本):

七夕,俗谓牛女相见。女子陈瓜果于庭,祀织女以乞巧。浮针水上,视沉浮以卜巧拙。惟皆于初六夜早起举行,则误矣。

按:"浮针"原误作"穿针",据康熙《志》改。

(民国)《重修滑县志》卷七《民政·民俗》(民国二十一年铅印本):

《西京杂记》："汉宫女七夕穿针乞巧。"滑俗向于七夕陈瓜果于中庭，妇女结彩缕，对月穿针，谓之乞巧。士女翘首云汉，看牛女相会。

按："缕"下原衍"金"字。

《滑县志》（中州古籍出版社1997年版）：

乞巧节：农历七月七日，俗称乞巧节。《西京杂记》云："汉宫女七夕穿针乞巧。"滑之旧俗"于七夕陈瓜果于中庭，妇女结彩缕金对月穿针，谓之乞巧。士女翘首云汉，看牛女相会"。今之滑俗未婚女子"对月穿针"，"看牛女相会"后，便食饺子，食包有尺、剪者，谓会剪裁；食包有针者，谓善针线。

濮阳市

(康熙)《范县志》卷上《风俗》（清康熙十一年刻本）：

七月七日，陈瓜果祀牛女，乞巧。

(康熙)《古今图书集成·方舆汇编·职方典》卷一百四十（清雍正铜活字本）：

七月七日，按《开州志》：是夕，陈瓜果作乞巧会，小男女罗拜月下，以针投水中，看浮沉卜巧。按《清丰县志》：是日，女子设瓜果乞巧。

(乾隆)《濮州志》卷二《风俗记》（清乾隆二十年刻本）：

七月七日，祀牛女。

(同治)《清丰县志》卷二《风土·风俗》（清同治十一年刻本）：

七夕，女子设瓜果乞巧。

(民国)《范县县志》卷三《礼俗志》（民国二十四年铅印本）：

七月七，陈瓜果祀牛女，乞巧穿针。

周口市

(康熙)《续修陈州志》卷二《风俗志》（清康熙三十四年刻本）：

七月七日夕,乞巧。

按:(乾隆)《陈州府志》卷十一同。清陈州治今淮阳区。

(乾隆)《项城县志》卷一《舆地志·风俗》(清乾隆十一年刻本)：

七夕,女妇穿针乞巧。

(乾隆)《太康县志》卷三《风俗》(清乾隆二十六年刻本)：

七夕,乞巧。

(乾隆)《扶沟县志》卷六《风俗志》(清乾隆二十七年刻本)：

七月七日,登楼乞巧。妇女多有仰卧中庭看天孙渡河者。

按:(道光)《扶沟县志》卷七、(光绪)《扶沟县志》卷十皆省作"七月七日,乞巧。"

(道光)《淮宁县志》卷六《风土志》(清道光六年刻本)：

七夕,妇女结彩缕穿针,陈瓜果,乞巧。

(宣统)《项城县志》卷五《地理志·风俗琐事》(清宣统三年石印本)：

七月七日夕,妇女穿针乞巧。

按:(民国)《商水县志》卷五同。(民国)《太康县志》卷二无"夕"字。

(民国)《淮阳县志》卷二《舆地下·风土》(民国二十三年铅印本)：

七夕,妇女陈瓜果以乞巧。

(民国)《淮阳乡村风土记》(民国二十三年铅印本)：

七月七日,是日相传为牛郎相会之期。此种趣事,我处人人莫不以得睹快,唯我处俗传欲观此景,必须躲于眉豆架下,否则必于目力有所损伤也。

(民国)《西华县续志》卷五《民政志·岁时节仪》(民国二十七年铅印本)：

七夕,妇女穿针乞巧。

商丘市

(明嘉靖)《归德志》卷一《舆地志·节序》(明嘉靖刻本)：

> 七夕，乞巧。

按：(嘉靖)《夏邑县志》卷一、(乾隆)《归德府志》卷十同。明归德府治今商丘市。

(清康熙)《商丘县志》卷一《风俗》(民国二十一年石印本)：

> 七月七日，乞巧。

(乾隆)《虞城县志》卷二《风俗》(清乾隆八年刻本)：

> 七夕，人间乞巧。

按：(光绪)《虞城县志》卷二同。

(民国)《夏邑县志》卷一《地理志·风土》(民国九年石印本)：

> 七夕为乞巧节。

《虞城县志》(生活·读书·新知三联书店 1991 年版)：

> 乞巧节(七月七日)：是日相传为牛郎会织女的日子。这天如下了雨，说是牛郎织女相会时掉的泪。当晚，有的少女摆瓜果于院中，对着偏西的上弦月，以彩线穿针，一连穿 3 针或 7 针，如穿中，就是求得了心灵手巧。还有的躺在眉豆架(或葡萄架)下看望银河两岸的牛郎、织女星，说是可以看到牛郎织女在鹊桥相会等。此俗今已少有，渐被人们淡忘。

驻马店市

(明嘉靖)《真阳县志》卷一《地理志·节序》(明嘉靖刻本)：

> 七月七日，乞巧。

按：(民国)《确山县志》卷十、(民国)《重修正阳县志》卷三后增补："今间有行者。"清真阳县即今正阳县。

(清康熙)《上蔡县志》卷一《舆地志·风俗》(清康熙二十九年刻本)：

　　七夕,乞巧。

(乾隆)《新蔡县志》卷四《典礼志·乡俗》(清乾隆六十年刻本)：

　　七夕,女妇祭牛女乞巧。

(道光)《泌阳县志》卷三《风土志》(清道光八年刻本)：

　　七月七日,妇女穿针乞巧。李长吉诗"鹊辞穿线月"。

(民国)《重修汝南县志》卷十一《教育考·礼俗》(民国二十七年石印本)

　　七夕,院中设香案,陈瓜果,拜牛女星。妇女剪荷作盘,彩线穿针,为乞巧会。能穿七孔针者,谓为织女星相助,群女称贺。

信阳市

(明嘉靖)《固始县志》卷八《典礼志·交际》(明嘉靖刻本)：

　　孟秋七日,闺人乞巧。

按:(顺治)《固始县志》卷二"孟秋七日"作"七月七夕"。

(嘉靖)《商城县志》卷六《典礼志·节序》(明嘉靖刻本)：

　　七月七日,间有陈饼果、鸡黍祀天孙,曰乞巧。

(清顺治)《息县志》卷二《舆地·风俗》(清顺治十五年刻本)：

　　七夕,拜牛女乞巧。

按:(嘉庆)《息县志》卷一同。

(顺治)《光州志》卷一《舆地考·风俗》(清顺治十六年刻本)：

　　七月七日,乞巧。

按:(光绪)《光州志》卷一"七日"后有"既夕"二字。清光州即今潢川县。

(乾隆)《罗山县志》卷一《舆地志·风俗》(清乾隆十一年刻本)：

七夕,拜牛女星。

(乾隆)《重修信阳州志》卷一《舆地志·风俗》(清乾隆十四年刻本):

　　七夕,乞巧。

(乾隆)《光州志》卷三十《风俗志》(清乾隆三十五年刻本):

　　七月七日既夕,乞巧。杜甫诗云:"牵牛出其西,织女处其东。万古永相望,七夕谁见同。神光意难候,此事终朦胧。"《续齐谐记》云:"渡河之说,此一人之谬谈耳,今人以为故事,何诬天之甚也。"

(乾隆)《固始县志》卷十四《岁时风土》(清乾隆五十一年刻本):

　　七夕,乞巧。《风土记》:"七月七日,其夜洒扫于庭,露施几筵,设酒脯、时果、散香粉于河鼓织女,乞富乞贵,无子乞子。"《荆楚岁时记》:"七夕,妇人结彩缕,穿七孔针,或以金、银、鍮石为针,陈瓜果于庭中以乞巧。有喜子网于瓜上,则以为得。"《余志》:"孟秋七日,闺人乞巧。"

(嘉庆)《商城县志》卷二《地理志·风俗》(清嘉庆八年刻本):

　　七夕,拜牛女乞巧。

(光绪)《光山县志》卷十三《风俗志》(清光绪十五年刻本):

　　七夕,乞巧节。俗取水作醋,谓之"七醋"。
　　按:(民国)《光山县志约稿》卷一同。

(民国)《重修信阳县志》卷十七《礼俗志》(民国二十五年铅印本):

　　七夕,儿女相聚乞巧。

《信阳县志》(河南人民出版社1990年版):

　　七月七:民间传为牛郎星和织女星相会之日。是时秋高气清,银河系明朗可见,为观星之最佳时节。旧时令女儿在星光下穿针谓"乞巧"。

五、北京、天津、河北乞巧歌

本部分收录北京市,河北邯郸、石家庄、张家口等市乞巧歌谣共
13 首。

北京市

【1949 年前】

俺请七姐下天堂(北京)

天皇皇，地皇皇， 　　不图你的线，

俺请七姐下天堂。 　　光学你的七十二样好手段。

不图你的针，

录自吴汾、匡峰编《老北京的年节和食俗》(东方出版社 2008 年版)。这是一首流行于全国各地的乞巧歌。陈元柱编《台山歌谣集》(国立中山大学语言历史研究所 1929 年印行)亦收录，可见其为民国以前流传而来。

乞针线(崇文区)

乞针线，乞容貌。 　　乞我爹娘千百岁，

乞心通，乞手巧。 　　乞我姐妹千万年。

讲述者：何娇。搜集者：任家英。1988 年采录于龙潭湖。

录自中国民间文学集成全国编辑委员会，中国歌谣集成北京卷编辑委员会编《中国歌谣集成·北京卷》(中国 ISBN 中心 2009 年版)。该首乞巧歌还流传于湖北(见《浠水文史资料》第五辑，1991 年)、河南(刘宝民著《绚丽多姿的传统节日》，人民教育出版社 1992 年版)、广东(陈元柱编《台山歌谣集》，国立中山大学语言历史研究所 1929 年印行，所录个别词和顺序有差异)，当从民国以前流传而来。

乞手巧（北京）

乞手巧，乞容俏，　　　　乞我牛郎对我笑。

乞我手如织女巧，

录自吴汾、匡峰编《老北京的年节和食俗》（东方出版社 2008 年版）。

花鞋做得美心窝（临漳县）

七月七，灵芝草，　　　　　　做对花鞋送到老。

织女娘娘来送巧。　　　　　　说我拙，指点我，

说我巧，我就巧，　　　　　　花鞋做得美心窝。

录自河北省临漳县地方志编纂委员会编《临漳县志》（中华书局 1999 年版）。《诗歌中的节日七夕·中秋·重阳》（海天出版社 2013 年版）"我"作"俺"，其余部分文字有异。

做对花鞋永不得（磁县）

七月七，灵芝草，　　　　　　做对花鞋送到老。

天宫娘娘来送巧。　　　　　　说我拙，我就拙，

说我巧，我就巧，　　　　　　做对花鞋永不得。

录自河北磁县文学艺术联合会编著《磁州文化》（新华出版社 2002 年版）。

【1949 年前】

俺家娶个花婶子(临西县)

七月里,秋风起,
俺家娶个花婶子。
脚又小,手又巧,
两把剪子对着铰。

铰了一群花喜鹊,

扑啦扑啦上天河。
天河不是它的家,
它为牛郎把桥搭。

搭座鹊桥渡织女,
看你喜欢不喜欢。

录自葛立辉编著《传统文化的活化石:邢台非物质文化遗产》(方志出版社 2009 年版)。

石家庄市

一条手巾织得新(赵县)

一条手巾织得新，
上织日月并三春。
太子拉马头前走，
文武百官随后跟。

两条手巾织得长，
上织磨房李三娘。
李三娘研磨身受苦，
磨房产生杨七郎。

三条手巾织得清，
上织蝴蝶戏蜜蜂。
蝴蝶落在花园里，
蜜蜂落在莲花庭。

四条手巾织得花，
上织刘全去进瓜。
刘全进瓜阴子路，
撇下一对小冤家。

五条手巾织五罗，
上织晴天大沙河。
晴天落着正晌午，
沙河落到半夜多。

六条手巾织得黄，
上织焦赞戏孟良。
孟良焦赞回朝去，
撇下小女哭一场。

七条手巾织得稀，
上织牛郎和织女。
织女牛郎想见面，
但等明年七月七。

八条手巾织得白，
上织山伯祝英台。
二人读书三年整，
不知九红是女群。

401

九条子巾织九层，　　　　十条手巾织得全，
于巾上织九条龙。　　　　上织唐僧去化缘。
龙登凤，凤登龙，　　　　能舍金钗不舍身，
清风细雨手巾行。　　　　借尸还魂李翠莲。

讲述人：李戌子。搜集者：张胜波。1987 年 6 月 15 日采录。
录自陈泳超主编《中国牛郎织女传说·民间文学卷》。原书据《赵县教育系统民间文学集成》收录。

北斗七星儿女多(元氏县)

北斗七星儿女多，　　　　王母娘娘看不过，
南斗六郎缺一个。　　　　摘下金簪划天河。
东斗出来真好看，　　　　一个划在河东岸，
西斗出来如缲格。　　　　一个划在河西坡。

织女星要去走娘家，　　　　小两口要想再见面，
牛郎不舍紧跟着。　　　　　除非七月七，
跟的织女没好气，　　　　　百鸟来填河。
回头投一织布梭。　　　　　为什么七月七好下连阴雨？
投的牛郎也有了气，　　　　小两口见面泪水多。
投了织女一牛扣锁。

演唱者：李凤玉。搜集者：李海然。1986 年 9 月 18 日。
录自元氏县民间文学三套集成办公室编《元氏民间传说故事选》(1986 年)。陈泳超主编《中国牛郎织女传说·民间文学卷》据以收录。

牛郎织女歌(正定县)

北斗七星弟兄多，
南斗六郎缺一个，
东斗三星安天下，
西斗二星跑山坡。

跟得织女生了气，
回头打了一布梭。
牛郎一见事不好，
手拿牛杠向上截。

紫微出来把北口，
二十八宿保佑着。
水平星出来分上下，
参儿星出来有三个。

二人打得天昏地又暗，
王母娘娘划道河。
牛郎撇在河东岸，
织女撇在河西坡。

井星出来井池样，
金英星好像凤凰窝。
织女星要把娘家住，
牛郎星后边紧跟着。

牛郎河东望断肠，
织女河西泪道多。
夫妻二人重相见，
除非七月七拿柳毛挡住天河。

讲唱者：贾小秃。搜集者：张志强。1988 年 12 月采录于前塔底村。
录自苏平修、王京端主编《中国民间文学集成·正定县歌谣谚语卷》（石家庄市正定县三套集成编辑委员会，1989 年）。陈泳超主编《中国牛郎织女传说·民间文学卷》据以收录。

拙了不好巧了好（怀来县）

思巧，盼巧，乞个巧，　　　　懒生拙，勤生巧，
拙了不好巧了好。　　　　　　笨鸟先往头里跑。
思巧，盼巧，咋个巧？

讲述者：刘秀英。搜集者：赵相如。1986 年采录于张家口市怀来县。
选自《中国民间文学集成·怀来县故事集·官厅湖畔的传说》（怀来县民间文学集成办公
室，1989 年）。

牛郎织女会佳期 (承德县)

年年都有七月七，
牛郎织女会佳期。
人间夫妻长相依，
牛郎织女两分离。

一道天河分左右，
牛郎在东织女在西。

一年只能见一面，
还得喜鹊搭桥堤。

来得早了不得见，
来得晚了两分离。

他俩人一个时辰桥上见，
二人见面泪珠滴。

讲述者：张玉福。搜集者：张玉峰。
录自承德市三套集成编辑部编《中国民间文学集成河北卷·承德市歌谣分卷》(内部编印，
1988 年)。部分段落有所删节。

天上织女姐(河北)

年年七月七，　　　　　　俺给你送瓜，
牛郎会织女。　　　　　　你教俺纺棉花。
天上织女姐，　　　　　　俺给你送醋，
听俺唱支歌：　　　　　　你教俺学织布。

俺给你送馍，　　　　　　俺给你送油，
你教俺学做活。　　　　　你教俺学梳头。
俺给你送汤，　　　　　　俺给你送花，
你教俺扎鞋帮。　　　　　你教俺学绣花。

俺给你送菜，　　　　　　俺给你送果，
你教俺学剪裁。　　　　　你教俺做巧饽饽。
俺给你送水，　　　　　　俺给你送酒，
你教俺纳鞋底。　　　　　你教俺做肚兜。

录自叶大兵、乌丙安主编《中国风俗辞典》(上海辞书出版社 1990 年版)。又见刘宝民：《绚丽多姿的传统节日》(人民教育出版社 1992 年)。后六句据崔乐泉著《图说古代社会生活忘忧清乐：古代游艺文化》(江苏古籍出版社 2002 年版)补，亦流行于河南。

针影如棒槌(冀东)

针影如棒槌，　　　　　针影赛剪花，
拙手能怨谁。　　　　　巧手令人夸。

录自河北省地方志编纂委员会编《河北省志·民俗志》(河北人民出版社 2014 年版)。原称作冀东民谚。

北京市

(元)熊梦祥《析津志》《《析津志辑佚》,北京古籍出版社 1983 年版):

七月皇朝祠巧夕……市中小经纪者,仍以芦苇夹棚,卖摩诃罗巧神、泥塑人物,大小不等,买者纷然。宫庭宰辅、士庶之家咸作大棚,张挂七夕牵牛织女图,盛陈瓜果、酒饼、蔬菜、肉脯,邀请亲眷、小姐、女流,作巧节会,称曰"女孩儿节"。觇卜贞咎,饮宴尽欢。次日,馈送还家,亦古今之通俗也。

(元末明初)陶宗仪《元氏掖庭记》(《说郛》卷一百一十,明刻本):

九引堂(台),七夕乞巧之所。至夕,宫女登台,以五采丝穿九尾针,先完者为得巧,迟完者谓之输巧,各出资以赠得巧者焉。

至大中,洪妃宠于后宫。七夕,诸嫔妃不得登台,台上结彩为楼,妃独与宫官数人升焉。剪彩散台下,令宫嫔拾之,以色艳淡为胜负。次日设宴大会,谓之"斗巧宴",负巧者罚一席。

(明)沈榜《宛署杂记》卷十七《民风》(北京古籍出版社 1980 年版):

七月浮巧针。七月七日,民间有女家各以碗水暴日下,令女自投小针泛之水面,徐视水底日影,或散如花,动如云,细如线,粗如椎,因以卜女之巧。

(明)沈德符《万历野获编》卷二《列朝》(杨万里校点,上海古籍出版社 2012 年版):

七夕暑退凉至,自是一年佳候。至于曝衣穿针、鹊桥牛女所不论也。宋世,禁中以金银摩睺罗为玩具分赐大臣,今内廷虽尚设乞巧山子,兵仗局进乞巧针,至宫嫔辈则皆衣鹊桥补服,而外廷侍从不及拜赐矣。惟大珰辈以瓜果相饷遗。民间则闺阁儿女尚修乞巧故事,而朝家独无闻。意者盂兰会近,道俗共趋,且中原遣祭陵寝尤国家重典,无暇他及耳。江南李煜以七夕生,至期其弟从益自润州赴贺,乃先一日乞巧,江浙间俱化之,遂以成俗。直至宋淳化间始诏更定,仍为七夕,亦奇事也。

(明)刘侗,于奕正《帝京景物略》卷二《城东内外·春场》(明崇祯刻本):

七月七日之午,丢巧针,妇女曝盎水日中,顷之,水膜生面,绣针投之则浮。看水底针影,有成云物、花头、鸟兽影者,有成鞋及剪刀、水茄影者,谓乞得巧。其影粗如槌、细如丝、直如轴蜡,此拙征矣。妇或叹,女有泣者。

(明)刘若愚《酌中志》卷二十《饮食好尚纪略》(北京古籍出版社 1994年):

七月初七日,七夕节,宫眷穿鹊桥补子,宫中设乞巧山子,兵仗局伺候乞巧针。

(明)陆启浤《北京岁华记》(《燕京岁时记外六种》,北京出版社 2018 年版):

七夕,宫中最重,各家俱设宴星河下,老丑妇则否。儿女对银河作拜。市上卖巧果,人家所有鱼鸟什器,悉剪形肖之,五色俱备。

按:(民国)蔡省吾《北京岁时记》同。

(清康熙)《良乡县志》卷一《舆地志·风俗》(清康熙钞本):

七月七日,妇女乞巧,投针于水,借日影以验工拙。至夜,仍乞巧于织女。

按:(清光绪)《良乡县志》卷一、(民国)《良乡县志》卷一(民国)《房山县志》卷五同。清及民国良乡县,今为房山区。

(康熙)《平谷县志》卷一《地理志·风俗》(清康熙六年刻本):

七月七日,女子注水漂针,窥影样为戏,谓之乞巧节。

按:(清雍正)《平谷县志》卷上、(民国)《平谷县志》(王沛本)卷一、(民国)《平谷县志》(李兴焯本)卷三皆同。

(康熙)《昌平州志》卷五《风俗志》(清康熙十二年刻本):

七夕,妇女设瓜果乞巧。

(康熙)《大兴县志》卷一《舆地·风俗考》(康熙二十四年刻本):

七月七日,妇女曝水日中,水膜生,投以绣针则浮,视水底针影,巧则喜,拙则叹矣。

按:(清)张茂节,李开泰《大兴岁时志稿》同。

(康熙)《顺义县志》卷二《田赋志附风俗》(清康熙五十九年刻本):

七月七日为女节,结彩乞巧。用盏盛水曝日中,水面生膜,投以小针,谓之"丢巧"。

按:(清乾隆)《通州志》卷九、(光绪)《通州志》卷九省"结彩乞巧"一句。

(康熙)《怀柔县新志》卷二《风俗》(清康熙六十年刻本):

七夕、中秋、重阳宴会,惟好事者为之。

(康熙)《宛平县志》卷一《地理·风俗》(清康熙间刻本):

七月七日之午,浮巧针。妇女曝水日中,水膜生,投以绣针则浮,视水底针影,巧则喜,拙则叹矣。

按:(清)王养廉,李开泰《宛平岁时志稿》同。清宛平县今分属西城、丰台、门头沟等区。

(康熙)《渊鉴类函》卷十九《岁时部》:

京师(北京)旧俗,七夕贵家多结彩楼于庭,铺陈磨喝乐花瓜酒,炙笔研针线。或儿童裁诗、女郎呈巧,焚香列拜,谓之乞巧。

(清)朱彝尊《日下旧闻》卷三十八《风俗》(清六峰阁藏版本):

七夕前数日,种麦于小瓦器,为牵牛星之神,谓五生盆。(《燕石集》)

宋裹诗:"晓凉门巷柳阴蝉,九陌晴泥着锦鞯。到处帘笼尽相似,巧棚人静五生蔫。"(同上)

七夕,宫中最重,市上卖巧果,人家设宴,儿女对银河拜。(《北京岁华记》)

又〔补遗〕:九引台,七夕乞巧之所。至夕,宫女登台,以五采丝穿九孔针,先完者为得巧,迟完者谓之输巧,各出资以赠得巧者。(《元掖庭记》)

七夕,各宫供像生牛郎、织女,从人、麒麟、象、羚羊、海马、狮子、獬豸、兔、海味、糖果、糖菜,俱用白糖浇成。(《光禄寺志》)

燕都女子,七月七日以碗水暴日下,各自投小针浮之水面,徐视水底日影,或散如花,动如云,细如线,粗如椎,因以卜女之巧。(《宛署杂记》)

(乾隆)《延庆州志》卷三《风俗》(清乾隆七年刻本):

七夕,妇女穿针乞巧,与他处同。

按:(清光绪)《延庆州志》卷二、(民国)《延庆县志》卷三同。

(乾隆)《钦定日下旧闻考》卷一百四十八《风俗》(清乾隆五十三年武英殿刻本):

〔增〕都中人民七月祀先……市中卖摩诃罗巧神、泥塑人物大小不等。宫庭宰辅士庶之家咸作大棚,张挂七夕牵牛织女图,盛陈瓜果、酒饼、蔬菜、肉脯,邀请女流作巧节会,称曰"女孩儿节"。砚卜贞咎,饮宴尽欢,次日馈送还家。(《析津志》)

〔增〕七夕节,宫中立巧山子,衣鹊桥补,初一起至十四日止。(《陈琮诗注》)

又卷四十一《皇城》:兵仗局,每年七夕兼供宫中乞巧针,亦称为小御用监。

按:该志中标〔原〕〔补〕者为朱彝尊《日下旧闻》之内容,此处省之,只录〔增〕者。

(清)高士奇《金鳌退食笔记》卷上(清乾隆五十九年龙威秘书本):

七夕,宫中穿鹊桥补服,设乞巧山子,兵杖局进乞巧针。

按:(清)吴长元辑《宸垣识略》卷四同。

(清)潘荣陛《帝京岁时纪胜》(北京古籍出版社 1981 年版):

七夕前数日,种麦于小瓦器,为牵牛星之神,谓之五生盆。幼女以盂水曝日下,各投小针,浮之水面,徐视水底日影,或散如花、动如云、细如线、粗如椎,因以卜女之巧。街市卖巧果,人家设宴,儿女对银河拜,咸为乞巧。

(光绪)《顺天府志》卷十八《京师志·风俗》(清光绪十二年刻本):

市中卖摩诃罗巧神、泥塑人物,大小不等。宫庭宰辅、士庶之家,咸作大棚,张挂七夕牵牛织女图,盛陈瓜果、酒饼、蔬菜、肉脯,邀请女流作巧节会,称曰"女孩儿节"。觇卜贞咎,饮宴尽欢。次日,馈送还家。(《析津志》)七夕前数日,种麦于小瓦器,为牵牛星之神,谓"五生盆"(《燕石集》)七夕,女子以碗水暴日下,各自投小针浮之水面,徐视水底日影,或散如花,动如云,细如线,粗如椎,因以卜女之巧。(《宛署杂记》)

又:卷三十一《地理志·风俗》:七月七日,妇女乞巧,投针于水,借月影以验工拙。(《良乡杨志》)至夕,设瓜果、酒脯祭织女(《固安陈志》)。

(清)富察敦崇《燕京岁时记》(北京古籍出版社 1981 年版):

丢针:京师闺阁,于七月七日以碗水暴日下,各投小针,浮之水面,徐视水底日影,或散如花,动如云,细如线,粗如椎,因以卜女之巧拙。俗谓之丢针儿。

鹊填桥:七月七日,清晨乌鸦喜鹊飞鸣较迟,俗谓之填桥去。谨按,《日下旧闻考》:金元宫中于七月七日穿鹊桥补子,上元日穿灯景补子,端阳日穿壶卢补子。盖亦点缀节景之意。

(清)让廉《京都风俗志》(北京古籍出版社 1981 年版):

七夕,人家多谈牛女渡河事。或云是夜三更于葡萄架下静听,能闻牛女隐隐哭声。而穿针、乞巧,今皆不举。惟六日晚间设水碗于花下;七日午中,妇女以细枝抛水中,视其影形,以占拙巧,此亦乞巧之别意也。

按：让廉另著《春明岁时琐记》同。

《宫女谈往录·慈禧起居·乞巧》①（选录）（金易、沈义羚著,紫禁城出版社 2010 年版）：

"我们宫里头年轻的女人把七月七看成是女儿节,也暗暗的看成是夫妻节。女孩儿有什么不可告人的心事,到夜晚在藤箩架下,葡萄园里唱唱地对着天河倾吐着自己的心愿。"

"七月初六中午,要开始晒水了。每个人要晒三到四碗水备用。"

"碗要一点油星不带,水要清水,一点沉淀的东西不许有。碗要放在廊檐下、太阳能照到的地方,而又不能沾尘土,主要是在能请老太后观赏评比的地方,摆在老太后用完午膳遛弯常到的地方。这就最好选在天棚外,一进门花池子里的地方了,让小太监搭来两个长几,把碗挨着个摆好,注满了清水。据传说,织女在这个纪念的日子里是要不断流泪的,虽然是老夫老妻了,但年年月月的相思,临到快见面了,难免心情激动引起伤感,所以七月初六、初七是下雨的日子。织女断断续续地流泪,影响到人间霎时晴霎时雨,也忙坏了小太监,一会儿遮水碗,一会儿晒水碗。我们真感谢他们既细心又忠心。"

"晒水可不是简单的活,要把水晒出一层皮来,水皮上放一根针水能把针托起来。怎样才知道水有皮没皮呢? 用手摸不行,用嘴吹也不行,用眼看也看不出来。但小太监会告诉你有皮没皮。在晒水的时候,他们自己也同时晒几碗水,要用鼻子试。憋住了气,把鼻子尖轻轻地挨到水面上,鼻子尖感到凉丝丝的,但是又沾不了水,又能把水皮轻微地按下一个坑,这就说明水有皮了。水皮在碗里是一整张,破一点就没有表面的绷劲了。小太监护着水碗兢兢业业地轮流着看守,直到初七的中午。宫门(指乐寿堂)外是讲规矩的地方,他们要毕恭毕敬地轮流站上几个时辰,可是他们心甘情愿。我们心疼他们,也感谢他们。"

"本来七月七是我们最好的节日,上头不加限制,又不分这个宫和那个宫,宜芸馆的(皇后)、望云轩的(四格格)、瑾小主和珍小主的侍女

---

① 宫女指荣儿,十三岁进宫,在储秀宫当差,随侍慈禧八年之久,辛丑回銮后离宫。

都可以来玩,大家聚在一起。平常她们随着主人朝见老太后时,我们乐寿堂的人并不以大欺小,所以我们几处的宫女子相处得相当随和,都是我们晒好了水,约好了她们到时候来玩……"

"织女是天上最巧的人,能织出春天的朝霞,夏天的彩虹,秋天的流云,冬天的瑞雪。她又是个善良的人,常常把自己的'巧'分给别人一点,就这一点点,在人间的人已经是巧到极点了。今天是她们欢会日子,在这时候她是肯于施舍的。所以地上的女孩子们要向她'乞巧',谁不愿意有一双巧手呢? 能得到她给的一点巧,这个人就奇巧无比了。这是天下的女孩们多么美好的愿望啊! 我们仰望着上天,祝愿她,希望她今天不要哭。"

"向织女'乞巧'是很细致的事。自七月初六中午晒水以后,到初七的偏晌午,已经是十多个时辰了。水早就起了皮。瓷青的小碟,有方的,有圆的,里边放上小的绣花针,都是经过特别挑选的。要选针细孔大的,尤其孔大最重要。这种游戏,叫丢针看影,是宫中闺门特有的,主子奴才可以一起玩,老人青年可以一起玩……"

"老太后遛弯是有气派的,提炉的、打伞的、捧着水烟袋的、掮着二人肩藤椅的,四格格在太后的肩后随时听从传唤问话。到了晒水的地方了,架几上正中央摆一个瓷青大缸子,这是专给老太后准备的。老太后是不乞巧的,可侍女们要求织女保佑着老太后的眼睛年老不花,这是老太后最喜欢的事。四格格一丢眼神,小娟子就洗手。旁边人用水舀子高高往手上浇水,表示虔诚。随即小娟子双手合十,微闭二目,向天叩头三个,在替老太后求福。头磕得非常慢,向天表示忠诚,起来后,一言不发走向水碗,这时小翠捧起瓷碟,跪着双手举过头顶,小娟子用指甲拈起一根绣针,轻轻地把针放在水面上,针要南北向,针尖向北,针孔向南,要让太阳光从针孔中射过去,这叫作红日穿窗。针轻轻地漂浮在水面上,一个针影沉卧在水底下,但是细细地能看到针影的顶端上有个小小的白点,那是由针孔里漏下来的阳光。预祝老太后年老眼明,万寿无疆。这事必须让小娟子干,小娟子心灵手巧,要恰好把针孔平平地放在水面上才能达到红日穿窗的目的。如果针孔侧着,那就出不了好的效果了。这是为了使老太后高兴,四格格预先安排好的。她们不知操练了多少次了。"

　　"以后就要请老太后当公平裁判了。当然,军师还是四格格。大家看到老太后高兴,众多的丫头就自然发疯逗脸,大伙团团围在老太后四周,一片万寿声,有的近侍上前特意请安,托老太后的福,再去丢针。有的针影像个梭,四格格说这是织女把梭借给你,将来你巧,能织布;有的针影一头粗一头细,说这是砧子上头的杵,将来洗衣服干净,是个利索人;也有的像原来的针影,这是织女给你根绣花针,让你能扎会绣;也有的针影像枝笔,这是织女让你描龙画凤。最不好是针影两头粗中间细,这叫棒槌,说是织女嫌你笨。引得老太后抿着嘴笑。更有一些粗心人,丢下针去,针没放平,根本没漂浮在水面上而沉了底,那就是你对织女无缘。丢针的故意噘起嘴来,招老太后一笑。大家很少有叽叽喳喳在老太后面前玩乐的时候,所以别的宫里的人都来参加这个丢针会,老太后也希望这样做。能够表示出老太后的慈祥,老太后又何乐而不做呢?"

　　"因为是中午,七月的天气,老太后借遛弯的机会,玩的时间不长,就该休午觉了。结尾时,四格格特意吩咐,今天晚上的穿针赛,有一个算一个,比比谁的能耐大。大家当然更高兴了……"

　　"这件事前四五天就由四格格发话,预备好针和线,好在她万事亨通,要啥有啥。先准备好绣花针,要用手挑拣好,针孔要差不多大小的,每10根一排,安放在针的纸夹里,然后把纯白的细丝线剪成半尺长的段段,丝线剪的要齐,线头不许剪劈了,也每十条一组,放在盒里,这是第一件。"

　　"第二件,再准备短粗的针,叫眉针,是一种做粗活常用的针。也经过挑选,找针孔差不多大小的,十根一排,别在纸夹上。然后把粗丝线——叫鼠线(也许叫蜀线,我当时没问清楚)——剪成半尺长,要求剪口整齐,也是十条一组,放在盒里。这样,十根绣花针配十条细丝线,一根眉针配十条蜀线。"

　　"另外,在每个组里配两根竹签,像筷子一样长短,很精致,一端刻有孔雀装饰;再备两条用缎绦做的花带子,约一尺长,半寸宽,就一切都准备齐了。"

　　"老太后是喜欢热闹的。吃完晚饭后,还有很长一段时间才天黑。晚凉天气,正是老太后休憩游乐的时候。由四格格陪着老太后漫步到谐趣园,这儿四面是曲廊水榭,正中间是很大一池清水,盛开着荷花。

四格格请老太后坐在正面廊里的安乐椅上，两个侍女站在两旁轻轻地扇着扇子，老太后的脚旁还有一炉藏香，都是为了驱蚊的。一会儿，皇后来了，瑾小主也来了，当然是陪侍老太后的。清风阵阵地吹来，满园子的荷花香气。渐渐的天暗下来了，上弦月悄悄地挂在西南角上。亭子外、游廊上，也渐渐聚集了好多人，这都是参加赛针和看赛针的各宫里的人，今天是特许来的。"

"四格格请示了老太后，又请示了皇后和小主，就开始发话了。先对参加赛针会的人说，谁愿参加谁参加，老少不限。每人发两组针线，两根签子，两根带子。一要求把两组针（细线组和粗线组）用线穿好，穿好后线的剪口要比齐，必须在线的上面结上扣，十根针的扣要一般齐。然后把带着针的线垂下来，搭在竹签子上，套好针以后，再用彩带子把竹签子的一端扎紧。彩带的结尾处，还要有个蝴蝶结，并和签子另一端的孔雀头对称。蝴蝶以美丽大方为上等。大家都屏息听着，四格格把话说得又清楚又干脆，说完后让四个掌事儿的点燃四根香，东西南北各一根，以香烬为停止记号。"

"这是个比功夫的竞赛，虽然有月亮，微微的一点亮光，只能使眼睛眯缝看。线又软，在夜月底下，穿20根针，还要把每10根一组的针线套在竹签子上，竹签子的头上还要用带子结上蝴蝶形，以免针掉下来。这真是太难了。"

"月亮底下穿针，并不凭眼睛，全凭手的感觉，那完完全全凭的是真本领。尤其是那些绣女们有本事，先用左手小手指甲挑起一个绣花针来，再用拇指和食指把针一捻，就知道针孔在哪里，就会把针孔摆正，然后又用右手小指再挑起根丝线，也是用拇指食指一捻，就会把丝线头捻紧，再用舌头轻轻地一抿，线就又紧又滑，左手持着针再轻轻地往丝线上一套，丝线刚穿过针孔，就在这一眨眼的功夫，右手飞快地把丝线头掐住，往外一抻，就把线抻出来了。这样全凭感觉就能把针穿上真是好功夫，左手的针往右手丝线上扣的时候，纹丝也不能错。等把十根绣花针穿好，又把十根粗眉针穿好，把丝线的剪口比齐了，在一样长短的地方结成一样大小的扣，再比齐了，用竹签子穿成串，然后在竹签子头上用彩缎带子结上蝴蝶扣，免得针线套掉出来。就这样，第一个胜利者，左手拿着一根竹签子，孔雀头向外，彩缎带飘扬的一头向里；右手同样拿一根竹签子,孔雀飞着,彩带飘着,两臂并齐向前平伸着,走向四格格面前,请求检验。如果合格,交给掌事的拿着,四格格亲自带到老太后面前领赏。老太后喜欢手巧的人,很高兴,常常是重赏,皇后也有赏,四格格也有赏。此外,只要能把针穿齐的都会得到赏赐。"

"七月初是瓜果成熟的时候,穿针赛完了后向例是赏瓜,让大家过个欢快的晚上。这就是宫廷里过七月七的情形。"

"赛针会热闹一阵以后,我们小姐妹们又有私约会。这是悄悄的约会。在藤箩架下、葡萄园里——只要月影能筛下的地方都可以——我们用一盆净水,在试探着自己的运气。今天是牛郎会织女的日子,是用喜鹊搭桥的,在净水盆里往天上看,谁要是能看见月亮下喜鹊飞的影子,谁就能走好运——当然是喜运了。这也只能找最知心的姐妹。在痴心的梦幻下,希望得到好的将来。我们一直熬到东方发晓,期待着喜鹊的喳喳叫声。"

(民国)季川《北平节令旧俗》(《京报》1929年2月4日第8版):

乞巧节在七月七日,是夕有乞巧故事,故称巧夕,又曰七夕。平中传说。七夕为天上牛郎织女相会之期。据《荆楚岁时记》云:天河之东有织女,天帝之子也,年年织杼劳役,织成云锦天衣,天帝怜其独处,许嫁河西牵牛郎,嫁后遂废织纴,天帝怒,责令归河东,唯每年七月七日夜渡河一会。平中口语流传,大致与此相似,各梨园亦多演天河配,渡银河等剧,以应故事。

又谓七日清晨,百鸟皆衔枝造桥,以渡织女。故黎明起,鸦雀无声,因彼等正在银河岸上工作也。又是夕牛郎织女鹊桥相会,聚短离长,亦喜亦悲。俗谓儿童耳觉最敏,若静坐葡萄架下,犹可听见哭声。传说如此,未有见其真相者也。

本节,人家妇女又有乞巧之举:法在初六日晚,取清水一杯露置庭中,翌晨曝于日下。午间水面生膜;投针则飘浮其上。看水底针影,有成云龙花草者为得巧,若如椎如轴者为拙征。儿童辈多有于是夕晾巧果者:法以苹果香瓜等,用线系于院中,翌晨食之,可增智慧。女儿巧于编织刺绣,男君善于读书为文,此皆本节流传之趣事也。

(民国)《顺义县志》卷十二《风土志》（民国二十二年铅印本）：

七月七日，俗谓织女会牛郎。又谓女节，结彩乞巧。

(民国)《北平岁时志》（张次溪编著，高辰标点，北京出版社 2018 年）：

七月初七日，俗称牛郎会织女，闺人盛陈瓜果、酒饵、肴馔，邀请女眷作巧节，曰女儿节。是夕小女子以碗水曝月下，各投小针，浮之水面，徐视水底月影，则散如花，动如云，细如线，粗如椎，因以卜女工之巧拙焉。（《北京指南》第二编"礼俗"第七）

北京女儿乞巧之风，甚为简单。并不供神，亦不上供，仅于是夕，用大碗盛清水一碗，放于空庭之中，以接清露，禁止摇荡。至次日，碗中即可结成一层极轻薄之水皮，俟至次日日中，另备一种极轻细之黍苗，（京中人家，所用笤帚多黍苗捆成，故此物甚易觅。）用小刀削成针形，此苗质轻，投之水面，可以不沉。小女儿环立水碗四围，轻以黍苗投于碗中，而查看碗底之影。如为细长而宛似针形者，则谓织女已与巧矣，设为粗短等形，则谓未能得巧。其实全为日影方向之关系。乞得巧者，则舞蹈，未乞得者，则号泣。要皆小女儿常态，无足为怪。又有窃听哭声之说，据闻必须童男女于更阑夜静之时，潜赴古井之旁或葡萄架下，屏息静听，能隐隐闻牛郎织女之哭声。谓能闻得者，此人必巧。又戏园每至七日，亦多演应时之戏，乃唐明皇与杨贵妃故事。民国十年前，王蕙芳、王瑶卿又编演牛女嫁娶升天老牛破车故事，一时轰动，近年几无一处戏园不演此戏，《鹊桥密誓》之昆腔，无从得闻矣。（《旧京风俗志》稿本）

七夕之乞巧风俗最古，明清两朝，宫中亦举行之。王公百官以及人民之家，青年妇女有月下穿针，花间斗草，水中泛花针，自作巧果，各出心裁，以视巧拙者。又传有小儿在葡萄架下井阑前，偷听牛女哭声。又传喜鹊搭桥，次日视庭院喜鹊，头必无毛，此说殊不可信。（《帝京岁时纪胜笺补》稿本）

按：此志依次抄录《野获编》《酌中志》《帝京景物略》《帝京岁时纪胜》《北京岁华记》《大兴县志》《帝京岁时纪胜》《北京岁华记》《日下旧闻考》引《元掖庭记》"九引台"、《光禄寺志》《陈琮诗注》《析津志》《燕石集》，以及《宛署杂记》《燕京岁时记》《北京指南》《旧京风俗志》《帝京岁时纪胜笺补》中有关七夕的内容，因大部分文献前文已单独著录，今略去，仅保留了三种文献中的内容。

天津市

(民国)《北平风俗类征·岁时》(李家瑞编;李诚,董洁整理,北京出版社2010年):

七月全月:欧阳原功《渔家傲》词:"七月都城争乞巧,荷花旖旎新棚笊。龙袖娇民儿女狡,偏相搅,穿针月下浓妆佼。 碧玉莲房和柄掬,晡时饮酒醒时卯。淋罢麻秸秋雨饱,新凉稍,夜灯叫买鸡头炒。"(《圭斋集》)

七夕节,宫中立巧山子,衣鹊桥补,初一至十四日止。(秦征兰《天启宫词》注)

七月七日之午,妇女曝水日中,水膜生,投以绣针则浮,视水底针影,巧则喜,拙则叹矣。(《舆地记》)

七月七日,俗称牛郎会织女,闺阁女子,邀请女眷作巧节,曰"女儿节"。是日小女子以碗水曝日下,各投小针(以新笤帚苗折为小段),浮之水面,徐视水底影,则散如花,动如云,细如线,粗如椎,因以卜女工之巧拙,谓之乞巧,又曰"丢针"。(《民社北平指南》)

七夕五生盆:七夕前数日,种麦于小瓦器,为牵牛星之神,谓"五生盆"。(《燕石集》)

七夕乞巧:……王士禛《都门竹枝词》:"七夕针楼看水痕,家家小妇拜天孙。明朝得巧抛针线,别买宣窑蟋蟀盆。"(《渔洋诗集》)

彭蕴章《幽州土风吟·卜巧针》云:"浮针水面,视影百变,如花如云,如椎如线。七月七日卜聪明,皓腕凝脂摇玉钏。曝衣楼头笑语喧,愿乞云锦裁天孙。天孙巧被燕姬乞,采桑罗敷妒煞人。"(《松风阁诗钞》)

七夕拜银河:七夕,宫中最重,市上卖巧果,人家设宴,儿女对银河拜。(《北京岁华记》)

七夕供牛郎:七夕,各宫供象生牛郎织女、从人、麒麟、象、羚羊、海马、狮子、獬豸、兔、海味、糖果、糖菜,俱用白糖浇成。(《光禄寺志》)

七夕花瓜:京师七夕,以瓜雕刻成花,谓之花瓜。(《帝京景物略》)

按:为求简省,"七月全月"《圭斋集》下略去《析津志》的内容;"七夕乞巧"《渔洋诗集》前省略《元氏掖庭记》"九引堂台"、《宛署杂记》《酌中志》《帝京景物略》的内容。《松风阁诗钞》后略去《京都风俗志》《燕京岁时记》中关于七夕的内容。

(康熙)《蓟州志》卷一《疆域志·风俗》(清康熙四十三年刻本)：

七夕,结彩乞巧。

按:(清道光)《蓟州志》卷二同。

(康熙)《天津卫志》卷二《风俗》(民国二十三年铅印本)：

七月七日,女子设瓜果祀织女乞巧。

(乾隆)《天津府志》卷五《风俗物产志》(清乾隆四年刻本)：

天津县:七月七日,女子设瓜果祀织女乞巧。

青县:七月七日挂地头。七夕,乞巧,浣衣。

南皮县:七夕,女子设瓜果、醢脯祭织女天孙,用盆水浮针观其所示之象以定女性工拙,谓之乞巧。

盐山县:七月七日乞巧。

庆云县:七月七日女子乞巧,涤溺器。

(乾隆)《天津县志》卷十三《风俗物产志》(清乾隆四年刻本)：

七月七日,女子以花针浮水上觇其影,曰乞巧。

(乾隆)《武清县志》卷四《风俗》(清乾隆七年刻本)：

七月七日为女节,少女咸以盂盛水向日中漂针,照水中之影以试巧。复陈瓜果,争相乞巧。

(乾隆)《宝坻县志》卷七《风物·风俗》(民国六年石印本)：

七月七日日七夕,陈瓜果祀织女,晒水于日中,投以针,名曰乞巧。

(乾隆)《宁河县志》卷十五《风物志》(清乾隆四十四年刻本)：

七夕,女子候云簇之巧者,投细针浮水碗中,视其影之长短粗细以占巧拙。

按:(清光绪)《宁河县志》卷十五同。

(清)张焘《津门杂记》卷上《岁时风俗》(清光绪十年刻本):

七月七日,女子以花针浮水面,觇其影,曰乞巧。

(民国)《天津志略》第十一章《礼俗》(民国二十年铅印本):

七月初七日,俗称牛郎会织女,闺人盛陈瓜果酒饵,邀请女眷,作乞巧,曰"女儿节"。是夕,以碗水曝月下,各投小针,浮之水面,徐视水底月影,则散如花,动如云,细如线,粗如椎,因以卜女工之巧拙焉。

(民国)《静海县志》申集《人民部·节序》(民国二十三年铅印本):

七月七日为巧日。崔寔《四民月令》:"七月七日,曝经书,设酒脯、时果,散香粉于庭,祈请于河鼓、织女。"是为乞巧之始。阮咸家贫,诸阮皆晒衣,锦绣满庭,咸独以长竿标大布犊鼻于庭中,曰未能免俗,聊复尔尔。《世说》:郝隆是日见邻人皆晒衣,隆独仰卧庭中,曰晒吾腹中书耳。

谨按,报载牵牛织女寓言,重农贵织也。孔子云:"一夫不耕,或受之饥;一女不织,或受之寒。"故古人寓言,以天孙之贵下嫁于牛郎,以天女之尊不织而受罚,以玉皇之婿亦必偿还聘金,重农重织,共信义也。

(民国)《蓟县志》卷三《乡镇·风俗》(民国三十三年铅印本):

七月七,结彩线,用针乞巧。

邯郸市

(明嘉靖)《广平府志》卷十六《风俗志》(明嘉靖二十九年刻本):

七月七日,女子设瓜果于庭前,穿针乞巧。

按:(明崇祯)《永年县志》卷二、(清光绪)《永年县志》卷十七同。

(顺治)《曲周县志》卷一《地理志·风俗》(清顺治十三年刻本):

七月七日,儿女闺中乞巧。

(清康熙)《广平府志》卷十一《风土》(清康熙十五年刻本)：

七夕，穿针乞巧。

(康熙)《磁州志》卷十《风俗》(清康熙四十八年刻本)：

七夕，妇女种谷、黍芽，浮针水面视影，晚焚香乞巧。

按：(民国)《磁县县志》第七章同。

(康熙)《古今图书集成·方舆汇编·职方典》卷一百四十(清雍正铜活字本)：

七月七日：按《大名县志》：是日，晒书，乞巧。

(雍正)《邱县志》卷一《地里志·风俗》(清雍正八年刻本)：

七月七日，曝书。夕，乞巧。

按：(清乾隆)《邱县志》卷一、(民国)《邱县志》卷十三同。

(乾隆)《武安县志》卷十《风俗》(清乾隆四年刻本)：

七月七夕，女妇穿针乞巧。

(乾隆)《广平府志》卷十一《风俗》(清乾隆十年刻本)：

七月七日，儿女闺中设瓜果，乞巧。

(乾隆)《曲周县志》卷十《风俗》(清乾隆十二年刻本)：

七月七日，儿女设瓜果祀天孙，乞巧。

按：(清同治)《曲周县志》卷六同。

(乾隆)《鸡泽县志》卷八《风俗》(清乾隆三十一年钞本)：

七月七日，儿女穿针乞巧，祀天孙。

按：(民国)《鸡泽县志》卷十三同。

(乾隆)《大名县志》卷二十《风土志》(清乾隆五十四年刻本)：

七月七日，妇女穿针乞巧。

(清咸丰)《大名府志》卷五《风俗》（清咸丰三年刻本）：

七月七日，女子设瓜果，穿针乞巧。

按：(同治)《续修元城县志》卷一同。清元城县今属大名县。

(同治)《肥乡县志》卷十六《风俗》（清同治六年刻本）：

七夕，女子设瓜果于中庭，穿针乞巧。

按：(民国)《肥乡县志》卷二十二同。

(光绪)《重修广平府志》卷十七《舆地略·风俗》（清光绪二十年刻本）：

七月七日，儿女设瓜果于庭前，穿针乞巧。

(民国)《大名县志》卷二十二《风土志》（民国二十三年铅印本）：

七月七日，妇女作七夕会，设瓜果穿针乞巧，俗名乞巧节。

(民国)《馆陶县志》卷六《礼俗志》（民国二十五年铅印本）：

七夕，人家小女子各向其父母索钱，凑集一处，买葱买肉包水角子，内置织梭布杆、刀、尺、针、剪等项，俱用假的，供献织女乞巧。供罢，分食，食得针、剪者则喜，食得捣布杆者则嗔，儿女子之态可博一噱。

(民国)《邯郸县志》卷六《风土志》（民国二十八年刻本）

七月七日，儿女设瓜果于庭前，穿针乞巧。（《府志》）前后数日，蒸面羊馈外孙，曰"送羊"，盖取羊羔跪乳之意教以孝也。

(民国)《广平县志》卷六《风俗志》（民国二十八年铅印本）

巧日：七月七日，儿女设瓜果于庭前，穿针乞巧。尚存天宝故事。

(民国)《武安县志》卷九《社会志·礼俗风尚》（民国二十九年铅印本）

七月七日，俗称牛女渡河。闺中幼女穿针乞巧，并以牛女泣别决是日多雨。

邢台市

(明嘉靖)《威县志》卷二《地理志·风俗》(明嘉靖二十九年刻本)：
七夕,女子设瓜果于堂中,穿针乞巧。

(嘉靖)《南宫县志》卷一《地理志·风俗土俗大略》(明嘉靖刻本)：
　　七夕,女子设瓜果、醯脯祭织女天孙,用盆水浮针,观其所示之象,以定女性工拙,谓之"乞巧"。
按:(康熙)《南宫县志》卷一省"水"字。(清道光)《南宫县志》卷六、(光绪)《南宫县志》卷八第三四句省作"酒脯祭织女,用盆浮针"。

(清康熙)《南和县志》卷一《封域志·风俗》(清康熙六年刻本)：
　　七夕,妇女楼上穿针乞巧。
按:(康熙)《广宗县志》卷一省作"七夕,乞巧"。

(乾隆)《邢台县志》卷一《舆地志·风俗》(清乾隆六年刻本)：
　　七夕,妇女穿针乞巧。
按:(嘉庆)《邢台县志》卷一同

(乾隆)《顺德府志》卷六《风俗》(清乾隆十五年刻本)：
　　七夕,儿女闺中设瓜果,穿针乞巧。
按:清顺德府治今邢台市。

(乾隆)《沙河县志》卷三《风土志》(清乾隆二十二年刻本)：
　　七夕,女子穿针乞巧。
按:(民国)《沙河县志》卷十一"女子"作"妇女"。

(乾隆)《隆平县志》卷四《典礼志·风俗》(清乾隆二十九年刻本)：
　　七月七日,女子陈瓜果于庭,以器贮水,漂锈针于上,以验巧拙,曰乞巧。

按:清隆平县今属隆尧县。

(光绪)《巨鹿县志》卷六《风土志》(清光绪十二年刻本):

七夕,儿女闺中设瓜果,拜织女以乞巧。

(民国)《广宗县志》卷四《风俗略》(民国二十二年铅印本):

七月初七日,妇女于闺内设瓜果祭织女,穿针乞巧。

(民国)《新河县志》卷二《风土考》(民国十八年铅印本):

七月七日,女子供织女星,月下乞巧。翌日,视其供果上有蜘蛛网形者,即乞得巧矣。是夜,村中老妪于月下说牛郎配织女故事,俗谓是日牛郎织女相会,喜悲交集,故辄阴雨。

(民国)《南宫县志》卷二十一《掌故志·谣俗篇》(民国二十五年刻本):

七月七日,曰七夕,女子镂瓜果,祀织女,穿针乞巧。

(民国)《宁晋县志》卷一《封域志·岁时》(民国十八年石印本):

七夕,俗呼乞巧。

石家庄市

(明嘉靖)《藁城县志》卷一《疆域志·礼俗》(民国二十三年铅印本):

七月七日夕,女子设瓜果祭织女,乞巧。

按:(民国)《续修藁城县志》卷一同。

(隆庆)《赵州志》卷九《杂考·风俗》(明隆庆刻本):

七夕,乞巧。

按:(康熙)《高邑县志》卷上、(乾隆)《新修高邑县志》卷一、(清嘉庆)《高邑县志》卷二同。

(崇祯)《元氏县志》卷一《风俗》(明崇祯十五年刻本):

七夕日,士女穿针乞巧。

按:(乾隆)《元氏县志》卷一、(民国)《元氏县志·风土·礼俗》同,后志于句末注曰"近年甚少"。

(清顺治)《真定县志》卷二《地理志·风俗》(清顺治三年刻本):

七夕,女子设瓜果、醯脯祭天孙织女。用盆水浮针,观其所示之象,以定女工工拙,谓之乞巧。

按:清真定县即今正定县。

(康熙)《赵州志》卷七《风俗》(清康熙十二年刻本):

七月七日,女子陈瓜果于庭,以器贮水,漂绣针于上,验巧拙,日乞巧。

(康熙)《深泽县志》卷四《礼制志·岁时》(清康熙十四年增修本):

七夕,女子星下陈瓜果祀织女,日乞巧。

按:(乾隆)《深泽县志》卷五、(乾隆)《无极县志》卷一、(民国)《无极县志》卷四同。(咸丰)《深泽县志》卷四"七夕"作"七日夕"。

(康熙)《栾城县志》卷二《风俗》(清康熙二十二年刻本):

七月七日,牛女渡河之夕,女子设瓜果于庭中,名日乞巧。

(康熙)《晋州志》卷一《风俗志》(清康熙三十九年刻本):

七月七日,女子设瓜果祀织女乞巧。

按:(民国)《晋县志》卷五无"日"字,并于句末注曰"今鲜"。

(乾隆)《赵州志》卷一《民俗》(清乾隆元年刻本):

七月七日,女子乞巧,穿耳。

按:(道光)《赵州志》卷一同。

(乾隆)《赞皇县志》卷一《地理志·风俗》(清乾隆十六年刻本):

七夕,是夜有乞巧之说。

(乾隆)《正定府志》卷十一《风物上·风俗》(清乾隆二十七年刻本)：

　　七夕,陈瓜果祀天孙,士女穿针乞巧。

按:(光绪)《正定县志》卷十八、(光绪)《新乐县志》同。

(乾隆)《束鹿县志》卷五《典礼志·风俗》(清内府本)：

　　七夕,女子设瓜果祀织女乞巧。

按:(清嘉庆)《束鹿县志》卷九同。

(同治)《栾城县志》卷二《舆地志·风土》(清同治十一年刻本)：

　　七月七日,陈瓜果祀天孙,士女穿针乞巧。

(光绪)《直隶赵州志》卷二《地理志·风俗》(清光绪二十三年刻本)：

　　七月七日,曝衣,乞巧。

(民国)《晋县志料》卷上《风土志》(民国二十四年石印本)：

　　七夕,儿女列瓜果祀天孙乞巧。

《涿鹿县志》(河北人民出版社1994年版)：

　　女儿节:农历七月初七日是女儿节,相传,七月七日晚上是牛郎织女在天河相会之日。在这天,妇女们要比赛"乞巧"。是夕,妇女们结彩楼,穿七孔针,陈瓜果于庭院中以"乞巧"。这个节日大概是古代青年男女以牛郎、织女为自由恋爱化身,向往婚姻自主。涿鹿县每逢此节,青年男女结彩楼、穿七孔线或观望万里星空,浩瀚银河。全县明、清两代,建有20多座望河楼。上葫芦村东望河楼尚存。

《栾城县志》(新华出版社1995年版)：

　　乞巧节:七月初七为乞巧节。成年未婚女子晚间在树荫下或葡萄架下,偷听牛郎、织女蜜语,祝贺牛郎、织女幸福,并寄托自己对未来美满婚姻的憧憬。擅长针织、刺绣女子,供奉瓜果,祈求织女赐教织锦妙术,故称乞巧节。传说,七月初七为雨日。

衡水市

(万历)《枣强县志》卷一《风俗》(清康熙刻本)：

七月七日，女子有设瓜果祀织女以乞巧。

(康熙)《景州志》卷一《风俗志》(清康熙十一年刻本)：

七月七日，乞巧，晒衣。

按：(乾隆)《景州志》卷一、(民国)《景县志》卷六同。

(康熙)《冀州志》卷二《封域考·风俗》(清康熙十四年刻本)：

秋七月七夕，女子设瓜果、醋脯祭织女。用盆浮针观象，以定女性工拙，谓之乞巧。

按：(乾隆)《冀州志》卷七同。

(雍正)《直隶深州志》卷三(清雍正十年刻本)：

七夕，旧俗，妇女陈瓜果乞巧，今无。《岁时记》云："七夕，妇人结彩缕，穿七孔针，陈瓜果于庭以乞巧。有蟢子网于瓜上则以为得巧。"又《开元遗事》："七夕，宫人陈瓜果、酒馔祈恩于牛女，以蜘蛛纳小金盒中，至晚开，视蛛丝疏密以为得巧之多寡。"

(雍正)《阜城县志》卷十二《风俗》(清光绪三十四年铅印本)：

七夕，乞巧。

(乾隆)《衡水县志》卷五《典礼志·风俗》(清乾隆三十二年刻本)：

七夕，女子具瓜果，拜星乞巧。

(嘉庆)《枣强县志》卷十六《风土记·岁时》(清嘉庆九年刻本)：

七夕，女子设瓜果祀织女乞巧。

按：(民国)《枣强县志》卷五同。

(道光)《武强县志》卷一《方舆志·民俗》(清道光十一年刻本):

　　七夕,妇女陈瓜果乞巧。

(同治)《武邑县志》卷一《方舆志·风俗》(清同治十一年刻本):

　　七夕,乞巧。是夕,陈瓜果于中庭,祀天孙乞巧。

(光绪)《深州风士记》卷二十一《物产》(清光绪二十六年刻本):

　　七夕,妇女陈瓜果乞巧。《安平志》无依,雍正《志》补,雍正《志》引《岁时记》云:"有蟢子网于瓜果上,则以为得巧。"又引《开元遗事》:"宫人陈瓜果、酒馔祈于牛女,以蜘蛛纳小金盒中,至晚开,视蛛丝疏密以为得巧多寡。"

《冀县志》(中国科学技术出版社 1993 年版):

　　七月七日,七夕。乾隆《冀州志》称:"女子设果醩脯祭织女,用盆浮针现象,以定女性之工拙,谓之乞巧。"相传为牛郎、织女相会之日。夜间,老人领着孩子指着星空,讲牛郎织女的故事。

保定市

(明嘉靖)《雄乘》卷上《风土·时序》(明嘉靖刻本):

　　七月七日,曝洗。是夕,闺人以茜鸡作乞巧会。

按:曝,原误作"爆"。今正。(嘉靖)《清苑县志》卷一末句无"会"字。(民国)《雄县新志·故实略》"曝洗"后增"云曝干而濯洁"。

(崇祯)《广昌县志·地理志·风俗》(明崇祯五年刻本):

　　七月七日,各以鹊桥佳节晏乐。

按:明清河北广昌县即今涞源县。

(清康熙)《清苑县志》卷十《风俗》(清康熙十六年刻本):

　　七月七日,晒书。七夕,女子设瓜果祀织女,穿针乞巧。

按:(同治)《清苑县志》卷十二、(光绪)《保定府志》卷二十六同。

(康熙)《祁州志》卷一《舆地志·时尚》(清康熙十九年刻本)：

七夕,女子设瓜果祀织女乞巧。

按:(乾隆)《祁州志》卷一、(光绪)《祁州志》卷一同。清祁州即今安国市。

(康熙)《广昌县志》卷一《方舆志·岁时》(清康熙三十年刻本)：

七月七日,乞巧,宴乐。

按:(光绪)《广昌县志》卷十一同。(光绪)《唐县志》卷二"七月七日"作"七夕"。

(康熙)《定州志辑要·节令》(清钞本)：

七夕,乞巧。

按:(道光)《直隶定州志》卷十九同。

(乾隆)《新安县志》卷一《舆地志·风俗》(清乾隆八年钞本)：

七月七日夜,乞巧。杨朴云:"年年乞与人间巧,不道人间巧已多。"

按:清新安县即今安新县。

(乾隆)《涞水县志》卷一《地理志·风俗》(清乾隆二十七年刻本)：

七夕,女陈瓜果盆祀织女,曰乞巧。

(乾隆)《涿州志》卷二《舆地志·风俗》(清乾隆三十年刻本)：

七夕:旧志:"是日正午,人家室女以水注大碗,撤绣针于其中,以乞巧。"《燕石集》:"七夕前数日,种麦于小瓦器,为牵牛星之神,谓五生盆。"

按:(光绪)《涿州志》卷二同。

(乾隆)《唐县志》卷一《地舆志·风俗》(清乾隆五十二年刻本)：

七月七日,家置酒,看牛郎织女星,妇女每仰望穿针,效乞巧。

(道光)《新城县志》卷七《风俗》(清道光十八年刻本)：

孟秋之月七日,暴衣,暴书,洗器。夕,女子乞巧,以瓜果祀织女。

按：(民国)《新城县志》卷二十"四时"条下同，又于"祭祀"条下载有："七月七日,荐瓜果,祭牵牛织女,乞巧。"

(光绪)《涞水县志》卷一《地理志·风俗》(清光绪二十一年刻本)：

七月七日向夕,妇女陈瓜果祀织女,穿针乞巧。

(民国)《徐水县新志》卷六《风土记·礼俗》(民国二十一年铅印本)：

七月七日,妇女陈瓜果于庭祀织女,谓之乞巧。

(民国)《高阳县志》卷二《风土·岁时礼俗》(民国二十年铅印本)：

七日七日,俗谓是夕为牛郎会织女之期。女子辈率多陈设瓜果、祭品祀之,穿针乞巧。又谓不满十五岁之儿童,在葡萄架下、井旁可闻织女之哭声。

(民国)《定县志》卷一六《志馀·礼俗篇》(民国二十三年刻本)：

七月七日,妇女穿针乞巧。

(民国)《清苑县志》卷三《风土·岁时》(民国二十三年铅印本)：

七夕,女子或穿针乞巧。

《容城县志》(方志出版社1999年版)：

七月七:即七夕,也有叫"乞巧节"的。传说天上的牛郎(星)与织女(星)每年一度的夫妻相会在今天晚上,若这晚有雨,便是他们夫妻哭泣的眼泪落地。过去有习俗:待嫁的姑娘于当晚在葡萄架下祈祷,祝愿自己成为心灵手巧的人,修下一个好姻缘。

承德市

《平泉县志》(作家出版社2000年版)：

七夕:又称七巧、巧日。七月初七日相传是牛郎织女一年一度鹊桥相会之日。这天鹊鸟都到天上搭桥,故白天不见此鸟。传说晚间藏于葡萄架下可听见牛郎、织女说话。年轻姑娘对星穿针,谁把线穿上,谁心灵手巧。各种戏班都上演《牛郎织女》。

沧州市

(明嘉靖)《河间府志》卷七《风土志》(明嘉靖十九年刻本):

　　七夕,乞巧,浣衣。

按:(康熙)《河间府志》卷九、(康熙)《青县志》卷三、(乾隆)《河间县志》卷三、(光绪)《青县志》卷五皆同。

(清康熙)《盐山县志》卷九《风俗》(清康熙十年刻本):

　　七月七日,乞巧。

(康熙)《肃宁县志》卷一《风俗》(清康熙十一年刻本):

　　七夕,乞巧,月中穿针。涤油器、瓶罐之类。

(康熙)《南皮县志》卷一《俗节》(清康熙十九年刻本):

　　七夕,女子设瓜果、醋脯,祭织女天孙。用盆水浮针,观其所示之象以定女性工拙,谓之乞巧。

按:(光绪)《南皮县志》卷五同。

(乾隆)《沧州志》卷四《礼制·风俗》(清乾隆八年刻本):

　　七夕,乞巧,浣衣。各庙修盂兰会,放河灯、路灯。

(乾隆)《肃宁县志》卷一《方舆志·风俗》(清乾隆二十一年刻本):

　　七夕,女儿辈设瓜果乞巧,月下穿针以为验云。涤油器、瓶罐之类。

(乾隆)《任邱县志》卷四《礼乐志·节序》(清乾隆二十七年刻本):

　　七夕,女子穿针乞巧。

(乾隆)《献县志·礼乐志·时序》(钞本):

七月七日,女子盂水抛针以乞巧。

按:(民国)《献县志》卷十七同。

(道光)《交河县志》卷一《地里志·风俗》(清道光刻本):
　　七月七日为女节,少女看织女或漂针试巧。

(同治)《盐山县志》卷五《风土志》(清同治七年刻本):
　　七夕,女子浮针乞巧,人家涤油腻器。

(光绪)《吴桥县志》卷一《舆地志·风俗》(清光绪元年刻本):
　　七夕,女子设瓜果祀织女。

(民国)《盐山新志》卷二十五《故实略·谣俗篇》(民国五年刻本):
　　七夕,涤油腻器,女子镂瓜果祀织女,穿针乞巧。

(民国)《交河县志》卷一《舆地志·风俗》(民国五年刻本):
　　七月七日为女节,少女看织女漂针试巧。(旧《志》)按:《续齐谐记》:"七月七日,织女当渡河。"又曰:"织女暂诣牵牛,世人至今云织女嫁牵牛也。"《荆楚记》:"七夕,妇人结彩楼上,穿七孔针,或以金、银、鍮石为针,陈几筵瓜果于庭以乞巧,有蟢子网于瓜上,则以为符应。"
　　按:所引《荆楚岁时记》文字,与原文有出入。"妇人结彩楼上"《荆楚岁时记》作"妇人结彩缕",异文有"人家妇人结彩缕"。"陈几筵、瓜果于庭以乞巧"《荆楚岁时记》作"陈瓜果于庭中以乞巧"。

(民国)《青县志》卷十一《故实志·风俗篇》(民国二十年刻本):
　　七夕,浣衣,涤器。幼女陈瓜果于庭,穿针乞巧。

(民国)《南皮县志》卷三《风土志》(民国二十一年铅印本):
　　七夕,女子设瓜果祭织女,用盆水浮针,观其所示之象以定女性工拙,谓之乞巧。今时少有行之者。

(民国)《沧县志》卷十二《事实志·礼俗篇》(民国二十二年铅印本)：

乞巧节：七月七日无所举行，诗礼之家，女子偶或乘兴陈瓜果、针缕以乞巧。

《黄骅县志》(海潮出版社 1990 年版)：

七月七：农历七月初七，俗称七夕。时女孩于晚上向织女星乞巧。今俗无存。

《青县志》(方志出版社 1999 年版)：

七夕：俗称七月七，雅名"乞巧节"，指农历七月初七日。旧俗初六晚上，姑娘们把一碗清水放在窗台上，初七早晨拿一根绣花针放在水里，观看针的形状，如果针像在水里漂浮，就是乞到巧了；如果针像象个小棒棰就没乞到巧。有的则逮一只蜘蛛装在小盒子里放在窗台上，第二天打开小盒，如蜘蛛结网密而正，就是乞到巧了；如果结网稀而不正或没结网，就是没乞到巧。如今的姑娘们，很少有人乞巧了。

廊坊市

(康熙)《文安县志》卷一《方舆·节序》(清康熙十二年刻本)：

七夕，妇女对月穿针乞巧。

(康熙)《三河县志》卷上《风俗志》(清康熙十二年修康熙钞本)：

七月初七日，女子陈果饼于庭中，注水浮针，谓之"乞巧"。

(康熙)《霸州志》卷一《舆地志·风俗》(清康熙十三年刻本)：

七夕，乞巧。

按：(民国)《霸县新志》卷六同。

(乾隆)《三河县志》卷七《风物志》(清乾隆二十五年刻本)：

七月七日为七夕，陈瓜果，祀织女，盛盆水投以针，名曰"乞巧"。

（乾隆）《永清县志》卷十一《礼书·俗礼》（清乾隆四十四年刻本）：

七月七日，妇女结彩乞巧。

按：（光绪）《续永清县志》卷十三同。

（咸丰）《固安县志》卷一《舆地志·风俗》（清咸丰九年刻本）：

七夕，设瓜果酒脯祭织女，用盆浮针以定女性，谓之"乞巧"，俗谓之"丢花针"。

按：（民国）《固安县志》卷二"设瓜果酒脯"作"妇女设瓜果于葡萄架下"。

（光绪）《大城县志》卷四《礼乐志·节序》（清光绪二十三年刻本）：

七夕，女子穿针乞巧。

（民国）《文安县志》卷七《风俗志》（民国十一年铅印本）：

七夕，妇女设瓜果于庭，穿针乞巧。日午时，幼女为投针之戏，置针水面，观其影，影纤细者巧，影粗大者拙，谓之"投花针"。

（民国）《三河县新志》卷八《经制志·礼俗篇》（民国二十四年铅印本）：

七月七日为乞巧日。

（民国）《安次县志》卷一《地理志·风俗》（民国二十五年增刻本）：

七月七日，妇女穿针乞巧。

（民国）《香河县志》卷五《礼俗》（民国二十五年铅印本）：

七月七日，为乞巧节，又称女节。少女以盂盛水，漂针向日，照水中影以"试巧"。

《文安县志》（中国社会出版社 1994 年版）：

乞巧节：农历七月初七。相传是牛郎、织女相会之日，织女是天宫中有名的巧女，妇女们借机向他乞求技巧，故名乞巧节。这天午时，妇女在水里投针，观其影意，影纤细则巧，影粗大则拙。晚上妇女们在院里陈设瓜果。向织女星祈祷，请其帮助她们提高刺绣、缝纫的技巧。

《固安县志》(中国人事出版社 1998 年版):

七月初七日,神话传说中牛郎织女鹊桥相会之日,妇女设瓜果于葡萄架下祭织女,少女以盆盛水放于太阳地,把针浮于水面,观针影粗细,谓之"乞巧""丢花针"。

张家口市

(明嘉靖)《宣府镇志》卷二十《风俗考》(明嘉靖四十年刻本):

七月七夕,人家设酒果、穀醋,在庭院中谈牛女银河之会。妇女则对月穿针,谓之乞巧。或以小盒盛蜘蛛,次早,观其结网疎密,以为得巧多寡。

(崇祯)《蔚州志》卷一《风俗》(明崇祯钞本):

七月七日,列香案、酒果于庭,谈牛女银河之会,妇女对月穿针,以乞巧于天孙。

按:(清顺治)《蔚州志》卷上同。(光绪)《蔚州志》卷十八省作:"七夕,列香案、酒果于庭,妇女穿针乞巧。"

(康熙)《西宁县志》卷三《风土志》(张充国纂修,清康熙五十一年刻本)

七夕,人家设酒果、肴醋在庭院中,谈牛女银河之会,妇女则对月穿针,谓之"乞巧"。或以小盒盛蜘蛛,次早观其结纲疏密,以为得巧多寡。

按:清直隶宣化府西宁县即今阳原县。

(乾隆)《怀安县志》卷十五《风俗》(清乾隆六年刻本):

七夕,列香案,陈瓜果于庭,妇女穿针乞巧。

(乾隆)《宣化府志》卷三十二《风俗物产志》(清乾隆二十二年刻本):

七月七日,妇女陈瓜果于庭,对月穿针以乞巧。

(道光)《万全县志》卷一《方舆志·风俗》(清道光十四年增刻乾隆十年本):

七夕,女子设瓜果祀织女乞巧。

(道光)《保安州志》卷六《礼仪》(清道光十五年刻本):

七月七日,妇女结彩穿针,陈瓜果于庭以乞巧。

按:清保安州即今涿鹿县。

(光绪)《怀来县志》卷四《风俗志》(清光绪八年刻本):

七月七日,妇女穿针乞巧。市上蒸卖面人与孩童分食,谓遇凶年不至人相食,以此厌之。

(民国)《龙关县志》卷八《礼俗志》(民国二十三年铅印本):

七月七日清晨,取水一碗置院中,俟日晒至午,妇女孩童漂针观其影,谓之"乞巧"。

按:民国龙关县今属赤城县。

(民国)《万全县志》卷九《礼俗志》(民国二十三年铅印本):

七巧:七月初七日,谓之"七巧日"。俗传是日牛郎会织女,故又谓之"女儿节"。是日正午,各家闺秀皆以碗盛水曝日下,投以小针浮之水面,徐视水底影,则散如花,动如云,细如线,粗如椎,以卜女工之巧拙,谓之乞巧。

(民国)《张北县志》卷五《礼俗志》(民国二十三年铅印本):

七巧:七月七日谓之"七巧日",为牛郎会织女之日。各家妇女以针置于水碗内,视其针影以卜女工之巧拙。

唐山市

(康熙)《丰润县志》卷二《风土志》(清康熙三十一年刻本):

七夕,女子瓜果祀织女以乞巧,童子置蟢蛛于盒内以乞文。

(康熙)《古今图书集成·历象汇编·岁功典》卷六十五(清雍正铜活字

本）：

遵化州：七夕，女子屏庭院，设瓜果，削瓜牙错如花瓣，置针瓣上，奉以盘，望拜河汉，祝而退，顷视瓜上有蛛丝罗结者曰"得巧"。

按：(乾隆)《直隶遵化州志》卷六同。

(乾隆)《丰润县志》卷四《风俗》(清乾隆二十年刻本)：

七月七日，女子祀织女乞巧，童子置蟢蛛于盒乞文。

按：(光绪)《丰润县志》卷九同。

(嘉庆)《滦州志》卷一《疆理志·风俗》(清嘉庆十五年刻本)：

七月七日为七夕节，女子祀织女星，或对月穿针，或注水浮针视影，以占巧拙。

(光绪)《乐亭县志》卷二《典礼志·风俗》(清光绪三年刻本)：

七月七日，少女陈瓜果于庭院，设银河会乞巧，结彩或对月穿针，或以水注磁碗撒绣针于中，照影以试巧拙。童男置蜘蛛于小盒，次日视丝稀密为乞巧多少。亦开元遗风，今乞者少矣。

(光绪)《唐山县志》卷一《舆地志·风俗》(清光绪七年刻本)：

七夕，儿女闺中设瓜果，穿针乞巧。

(光绪)《玉田县志》卷七《舆地志七·风俗》(清光绪十年刻本)：

乞巧者，不于七夕，于其午，先曝盂水庭中，届时则轻掷绣针，而观其影之变幻，以争工拙。与蛛丝之验不同，其停女红者，戒曰：犯三则寡触，清明且盲然，相谑为懒妇约云。

(光绪)《遵化通志》卷十五《舆地志·风俗》(清光绪十二年刻本)：

七月七日，女子祀织女乞巧，男子置蟢蛛于盒乞文。(《丰润县志》)先夕，屏庭院，设瓜果，削瓜牙错如花瓣，置针瓣上，奉以盘，望拜河汉，祝而退，顷视瓜上有蛛丝罗结者曰"得巧"。(刘《志》)是日，以碗水暴日下，各自投小针浮之水面，徐视水底日影，或散如花，动如云，细如线，粗

如椎,因以卜女之巧。(《宛署杂记》)

(光绪)《滦州志》卷八《封域志中·时序》(清光绪二十四年刻本):

初七日,传为织女渡河,女子设瓜果祀织女星以乞巧。

(民国)《滦县志》卷四《人民志·岁时》(民国二十六年铅印本):

七月初七日,俗传织女渡河。前清时代,女子设瓜果祀织女星以乞巧。今已不见。

(民国)《迁安县志》卷十九《谣俗篇·礼俗》(民国二十年铅印本):

七月七日,为妇女乞巧之期,牛女渡鹊桥而相会,故妇女以盆盛水,沉针于内以验巧拙焉。

《乐亭县志》(中国大百科全书出版社 1994 年版):

乞巧节:农历七月初七为乞巧节。少女陈瓜果于庭院,乞巧结彩,或对月穿针,或注水碗中,撒针照影以试巧拙。建国后此习已绝。

秦皇岛市

(康熙)《抚宁县志》卷二《疆域考·风俗》(清康熙二十一年刻本):

七月七日,妇女列瓜果庭前乞巧,设彩线盒中,行拜献礼,得巧者针与线相连。

(康熙)《永平府志》卷五《风俗》(清康熙五十年刻本):

孟月:七日,曝洗,作曲合药。其夕,少女或盆种五生,或案陈瓜果于庭院中,谈银河会乞巧;结彩或对月穿针;或以水注磁碗撒绣针于中,照影以试巧拙。童男有置蜘蛛小盒内,次日视丝稀密为乞文多少,亦开元遗风。今男女乞者少矣。惟为"牛生命日",挂花枝于角,可无灾。以面饼赏牧童。及次早,视鸦鹊顶尨,为取填河之验焉。

按:清永平府治今卢龙县。

(乾隆)《永平府志》卷三《封域志·风俗》(清乾隆三十九年刻本)：

七夕,妇女对月穿针,或以水注瓷碗,撇绣针于中,照影以试巧拙。又为"牛生命日",挂花枝于角,可无灾。以面饼赏牧童。

按:(光绪)《永平府志》卷二十五同。

(光绪)《抚宁县志》卷三《风俗》(清光绪三年刻本)：

七月七日,陈瓜果乞巧,偶有行之者。

(民国)《临榆县志》卷七《舆地编·风俗》(民国十八年铅印本)：

七月七日,妇女乞巧,晒水掠针,以成刀剪形者为得巧。

按:民国临榆县今分属秦皇岛市和抚宁县。

(民国)《卢龙县志》卷十《风土志》(民国二十年铅印本)：

秋月七夕,妇女乞巧之说已少传者。

(民国)《昌黎县志》卷五《风土志》(民国二十二年铅印本)：

七月七日为七夕节,瓜果陈于庭,谈银河会以乞巧,或对月穿针,或注水浮针,视影以占巧拙。此俗今少见矣。

六、山东乞巧歌

山东收录菏泽、济宁、枣庄、济南、潍坊、烟台、青岛、威海等市的乞巧歌共 36 首。

七月七闺女讨巧歌（曹县）

（一）烧高香

烧高香，冒高烟，　　　　　硌得七姐金莲疼。
俺请七姐下高山。　　　　　七姐七姐赶快来，
山又高，路不平，　　　　　别在外边洒外台。

（二）王母娘娘送巧来

爬东墙，望西海，　　　　　不图您钢针红绒线，
王母娘娘送巧来。　　　　　但图您的好手段。

（三）今天该请七姑娘

豆面蛋，马泡香，　　　　　针线筐子携满怀。
今天该请七姑娘。　　　　　俺家有个能师傅，
磨道里走，碾道里来，　　　十样鲜花说不上来。

（四）小托盘

小托盘，四方方，　　　　　千人万人上不去，
又端纸，又端香。　　　　　七个小女上高山。
高香烧到银炉里，　　　　　您在下边哭淋淋，
银香烧到高山上。　　　　　俺在上边笑吟吟。

光想向下拉一把，　　　　别等立了秋。

只是您前世没修下。　　　立秋想吃井干水，

要修早早修，　　　　　　井干怪难求。

演唱者:赵洪珍。搜集者:王逖。1987年10月14日采集于王堂。

附记:这是当地农村姑娘每年七月七日的拜神仪式中唱的歌谣。具体内容和程序如下。

(1) 七个姑娘聚会,兑米、面、油、肉等类食物。

(2) 几天前就扎草人(七姑娘娘)放到屋当门,给她,穿上美丽的服装。

(3) 每天晚上给七姑娘烧香,名曰请七姑娘,请时先烧香,烧香时先称一下草人的重量,回来再称一下,看重了没有?重是请来了。请来后,让一个人赶快回到屋里关上门,外面六人喊"开门。"里问"谁来了?""大姑娘。开门不?""不开门"……一直问到是七姑娘来了,才开门。

每天围着井台转三圈,一连转三天,转时唱"烧高香,冒高烟,俺请七姐下高山?……""七姐七姐……"。

(4) 其他歌是在屋里磕头时喝完。

(5) 过阴:烧上香,都跪在草人面前,跪烧三抬香,唱歌,求神,并说着:"复位吧,七姑娘,可怜可怜民人吧!"还问"今年啥年成?收成好不?是淹是旱,有何灾祸?"

(6) 初六晚上过阴,过时都喝面条,(面条由寡妇老婆跪着擀,跪着切。)面条六碗汤,一碗稠的。稠的谁摸着谁喝,捂上眼摸,喝稠者过阴,七姑娘扑她身上说话,扑身上后先哭后说,说领着过阴者的魂上天空去看,看天空中一屋子一屋的虫(有豆虫、长虫、地出粒子、蛤蟆、蝼蛄、蚂蚱、蛴螬等),然后交给过阴者学巧(纺花、织布、绣花、做衣裳等),过阴者又说什么民人作恶,大闺女脱衣光腔洗澡,有的人男不男女不女的,还说谁家不孝顺,不好好过,又是气得老天爷啥样,气得王母娘娘啥样,老天爷要惩治民人等。

(7) 过阴后吃饺子,一共包七个巧饺子。其中①针、②盐、③竹千子、④麦麸的、⑤钱、⑥花子(七样)、⑦菜疙瘩。吃着针尖巧,吃着针鼻笨,吃盐贤惠好心眼,吃竹千子是死心眼子,吃麦麸有福,吃着钱有钱花,吃花者巧,吃菜疙瘩是菜包子,啥也不会,最孬。(饺子像手指肚那么大。)

(8) 吃饺子后在十字路口把草人烧掉。

录自山东曹县民间文学集成编委会编《中国民间文学集成·曹县民间歌谣谚语卷》(1988年),陈泳超主编《中国牛郎织女传说·民间文学卷》据以收录。原有五首,未收《灶经》。

小香炉,冒高烟(曹县)

小香炉,冒高烟,　　　　　我请七仙下凡间。

不爱姐姐好绒线， 但求给双巧手段。

讲述者：程相春。搜集者：薛守伟。1989 年 8 月 4 日采录于曹县城。

录自中国民间故事集成全国编辑委员会，《中国民间故事集成·山东卷》编辑委员会编《中国民间故事集成·山东卷》（中国 ISBN 中心 2007 年版）。

七月（定陶县）

几个闺女吹灭灯， 牛郎织女说啥话，

葡萄树下侧耳听。 摆手不让妈妈听。

讲述者：孙逢春（本人记录）。

录中国民间文学集成全国编辑委员会，中国歌谣集成山东卷编辑委员会编《中国歌谣集成·山东卷》（中国 ISBN 中心 2008 年版）。

俺请七姐姐下天堂（单县、鄄城县）

天皇皇，地皇皇， 不图您的针和线，

俺请七姐姐下天堂。 光学您的七十二样好手段。

录自《单县志》（山东人民出版社 1996 年版），又见《鄄城县志》（齐鲁书社 1996 年版）。《山东省志·民俗志》（山东人民出版社 1996 年版）、叶涛主编《山东民俗》（甘肃人民出版社 2004 年版）、宋耀武主编《蓬莱民俗荟萃·上卷》（山东大学出版社 2012 年版）"不图您的针和线"作"不图你的针，不图你的线"。

插菊花（单县、菏泽）

吃个西瓜，插朵菊花。　　　不求米，不求面，
吃个枣，插得好。　　　　　但求您的七十二样好手段。
吃个梨，插得齐。
吃个桃，插得毛。

录自《单县志》（山东人民出版社 1996 年版）。后面三句录自山东省菏泽地区地方史志编纂委员会编《菏泽地区志》（齐鲁书社 1998 年版）。

爬东墙，望西海（单县、枣庄）

爬东墙，望西海，　　　　　不图你的针，不图你的线，
王母娘娘送巧来。　　　　　只图你七十二遍好手段。

录自车吉心、梁自絜、任孚先编《齐鲁文化大辞典》（山东教育出版社 1989 年版）。"王母娘娘"应是"巧娘娘"之误传。平时多言"王母娘娘"，故将巧娘娘（织女神）与王母娘娘相混。

俺给织女牛郎送饭去（梁山县西北部）

一年一个七月七，　　　　　光图你的好手段。

俺给织女牛郎送饭去。　　　把你的手段传给我，

不图你的针和线，　　　　　连着送饭整三年。

讲唱者：姜业宽。搜集者：田东连。1988 年 6 月采录于赵堌堆乡。

录自山东省梁山县三套集成办公室编《梁山民间歌谣谚语卷》（1988 年）。陈泳超主编《中国牛郎织女传说·民间文学卷》据以收录。

踏东崖,望东海(枣庄、诸城)

踏东崖,望东海,
王母娘娘送巧来。
不要多,不要少,
要你七十二样巧。

鱼儿鱼儿来喝汤,
给我留个针线筐。

录自叶大兵、乌丙安主编《中国风俗辞典》(上海辞书出版社 1990 年版)。又见陈光新编著《中国筵席宴会大典》(青岛出版社 1995 年版)。"王母娘娘送巧来",应为流传中形成的错误,大约同当地流传有关,不便订正,故仍其旧。据《中国风俗辞典》,此为吃巧巧饭时所唱歌谣。书中记载:吃巧巧饭为汉族民间少女节日饮食风俗。流行于山东地区。时间因地而异。滕县、费县、临朐、蒙阴、昌邑、胶县、邹县等地于农历正月十六日举行,鄄城、枣庄、诸城等地于农历七月七日举行,而滨州等地则在清明举行。

都来吃我的巧米饭儿(枣庄、诸城)

东来的燕儿,西来的燕儿,
都来吃我的巧米饭儿。

吃少了,不巧了。
吃多了,撑拙了。

录自枣庄市历史学会,枣庄市教学研究室编《枣庄史话》(山东友谊出版社 1988 年版)。

扒东墙，望大海 (枣庄)

扒东墙，望大海，　　　　　二不要你线，
王母娘娘送巧来。　　　　　单要你的好手段。
一不要你针，　　　　　　　……

录自枣庄市历史学会、枣庄市教学研究室编《枣庄史话》。

七月里来七月七（章丘区）

七月里来七月七，　　　　　一年一次来相会，
天上牛郎配织女。　　　　　丝瓜架下听哭泣。

录自政协章丘市文史资料研究委员会编《章丘民俗》（《章丘文史资料》第 12 辑，1996 年 11
月）。

俺请七姐姐下天堂（章丘区）

天皇皇，地皇皇，　　　　　不图你的针，不图你的线，
俺请七姐姐下天堂。　　　　光学你七十二样好手段。

录自政协章丘市文史资料研究委员会编《章丘民俗》。"手段"原作"手艺"，据宋耀武主编
《蓬莱民俗荟萃》，山东大学出版社 2012 年版）改。

滨州市

剪个牛郎拱织女 (滨州)

七月里,七月七,　　　　　再剪巧织女。
剪个牛郎拱织女。　　　　　搭桥喜鹊剪千万,
先剪憨牛郎,　　　　　　　好叫牛郎会他妻。

录自史忠民主编《传统美术》(山东友谊出版社 2008 年版)。此首歌谣见于多种文献,其他
未注明具体通行区域。

巧巧姑 (博兴县)

巧巧姑,巧巧姨,　　　　　俺给你送汤,
七月七,来坐席。　　　　　你教俺纳鞋帮。
吃完巧巧饭,
教得俺巧巧的。　　　　　　俺给你送菜,
　　　　　　　　　　　　　你教俺学剪裁。
俺给你送馍,
你教俺做好活。　　　　　　俺给你送瓜,
　　　　　　　　　　　　　你教俺纺棉花。

录自张传桂:《乡村风物》(海风出版社 2012 年版)。此为七夕做完巧巧饭拜巧姑(织女)时
所唱。

451

牛郎织女(青州市、临朐县)

南斗六星靠天河，
北斗七星弟兄们多。
仨星跟着那攒巴走，
出来牛郎靠天河。

织女待上娘家里去，
牛郎随后紧跟着。
跟得织女急了帐^①，
手拔金钗划天河。

一个在天河东岸，
一个在天河西坡。
牛郎就使那索头打，
织女回头就一梭。
男打女来十分准，
女打男来打不着。

一更里织女泪稀稀，
想起那牛郎好夫妻。
牛郎二九十八岁，

织女三七二十一。

二更里织女泪交流，
也织缎来也织绸。
绫罗好，尺段里小，
好煞的那夫妻没到老。

三更里织女泪两行，
比靠磨房里李三娘。
早知四更里织女无奈何，
无计奈何织绫罗。
单丝织不出那双丝绢，
还得经纬来相和。

五更里织女七月七，
织女打扮待上轿去。
象牙梳子拿在手，
长状垫子配镝髻。
耳朵戴上那盘环坠，
金花银花栽头里。

穿上一身西洋景，　　　　　二人没干那亏心事，

八幅子罗裙系腰中。　　　　住在那天河两岸里。

系紧裤脚鸳鸯带，　　　　　二人没干那亏心事，

红绸子花鞋足下蹬。　　　　没见那孩儿在哪里。

织女打扮晚不了，　　　　　一晃说着明了天，

百般鹆鸟去搭桥。　　　　　你上东来我上西。

织女就把那桥来上，　　　　待要二人同相见，

牛郎接着笑嘻嘻。　　　　　转过年来七月七。

演唱者：张乐友。搜集者：徐连春。1988 年 1 月 15 日采录于于益都镇北城村。

录自李建华主编《青州民间文学集成》（山东文艺出版社 1989 年版）。陈泳超主编《中国牛郎织女传说·民间文学卷》据以收录。又收于《中国歌谣集成·山东卷》（中国 ISBN 中心 2008 年版），"攒巴"作"眨巴星"。

① 急了帐：急了眼。

烟台市

【1949 年前】

拍巧歌(蓬莱区)

七月初一巧芽生，
我请姐姐下天宫。
天宫茶，茗宫香，
我请姐姐进绣房。
……

指到南京望北海，
王母娘娘送巧来。
什么巧？
拍打巧，手工巧，
两把小剪对着铰。

铰对鸳鸯铰对鹅，
铰对黄雀会唱歌。
铰对胡蝶满天飞，
铰对蝎子立墙角儿。
铰对兔子满山跑，
铰对老牛啃青草。

我请姐姐下天棚，
天棚里，天棚外，
天棚底下一湾水儿，
我请姐姐洗洗腿儿。

姐姐的腿，是好腿儿，
从小缠得花棒棰儿。
姐姐的耳，是好耳，
从小戴的金坠儿。

姐姐的腰，是好腰，
丝线带子缠三道。
姐姐的头，是好头，
从小使的桂花油。

我问姐姐跟哪来？
跟沟来，
怎么没戴花兜来？

我问姐姐跟哪来？　　　　我请姐姐招门框。

跟道来，　　　　　　　　金门槛，银门槛，

怎么没座花轿来？　　　　我请姐姐跨门槛。

我问姐姐跟哪来？　　　　一缕线，两缕线，

跟门来，　　　　　　　　姐姐教我学擀面。

我为姐姐把门开。　　　　一缕麻，两缕麻，

　　　　　　　　　　　　姐姐教我梳头发。

金门框，银门框，　　　　……

演唱者：林克松姨母。搜集者：林克松。
录自林克松：《97 岁姨母口述童年时期在长岛过"乞巧节"》(壹点号海岛寻梦：https://
www.ql1d.com/general/17115244.html,2021 - 08 - 14)。部分文字有所订正,部分语句
有所删减。该文指出,旧时长岛过乞巧节,"拍巧"活动自初一开始至初七为高潮。全场除
辅导老师外,满棚全是未婚少女。拍巧时,两人一组相对而作,相互以左右手交叉拍掌,边
拍边背诵《拍巧歌》。

十二巴掌年来到(蓬莱区)

一巴掌一月一，　　　　　五巴掌端午到，

姐姐教我纳鞋底。　　　　姐姐教我绣荷包。

二巴掌二月二，　　　　　六巴掌六月六，

姐姐教我绣花裙。　　　　姐姐教我绣枕头。

三巴掌三月三，　　　　　七巴掌七月七，

姐姐教我做衣衫。　　　　姐姐教我做巧食。

四巴掌四月会，　　　　　八巴掌是中秋，

姐姐教我缝花被。　　　　姐姐教我做绣球。

九巴掌九月九，
姐姐教我酿花酒。
十巴掌十月十，
姐姐教我绣花鞋。

十一巴掌数九天，
姐姐教我织花边。
十二巴掌年来到，
姐姐教我做花袄。

录自宋耀武主编《蓬莱民俗荟萃·上卷》（山东大学出版社 2012 年版）。

初一初二巧芽生（蓬莱区）

初一初二巧芽生，
初三初四上天空。
拍登巧，更能巧，
两把小剪对起来铰。

铰对鸳鸯铰对鹅，
铰那个小孩花朵朵。
铰那个燕，慢打扇，
铰那个雀，满山腰。
铰那个金鱼和银鱼，
铰个鲤鱼把龙门跳。

秫秸底下一汪水，
俺请姐姐洗洗腿。
姐姐那腿是好腿，
从小吊着那金棒槌。

姐姐那头是好头，
从小搽的那桂花油。
姐姐那脸是好脸，
从小搽的官粉赛白茧。

姐姐那牙是好牙，
从小长成糯米花。
姐姐那耳是好耳，
从小戴着那金坠子，
姐姐那脚是好脚，
越包越窝越小脚。

接，接那里？接沟里，
咋不捎个花花兜哩？
接，接哪里？接道里，
咋不捎个花花帽哩？
接，接哪里？接井里，

咋不捎个花花顶哩？　　咋不捎个苞米穗哩？

　　　　　　　　　　　　　接，接哪里？ 接胡椒地里，

接，接哪里？ 接苞米地里，　咋不捎个胡椒穗哩？

讲述者：柳红伟（本人记录）。

录自中国民间文学集成全国编辑委员会，中国歌谣集成山东卷编辑委员会编《中国歌谣集成·山东卷》。又见于长岛县民间文学集成小组编《长岛县民间文学集成》（1989 年），句序有误，陈泳超主编《中国牛郎织女传说·民间文学卷》据以收录。据内容，当为民国以前流传而来。

【1949 年后】

打七巧（莱州市）

一领席，两领席，　　　　　大的扣在门帘上，
满天星斗七月七。　　　　　不大不小抠在枕头上，
一块砖，两块砖，　　　　　小的扣在鞋尖上。
巧妮姐姐①站云端。

　　　　　　　　　　　　　俺请姐姐吃西瓜，
一领箔，两领箔，　　　　　姐姐教俺抠窗花。
俺请姐姐过天河。　　　　　俺请姐姐吃蚬子，
一片瓦，两片瓦，　　　　　姐姐教俺扭扣子。
俺请姐姐下地耍。

　　　　　　　　　　　　　俺请姐姐吃粽子，
　　　　　　　　　　　　　姐姐教俺织带子。
俺请姐姐吃甜瓜，　　　　　俺请姐姐吃小枣，
姐姐教俺抠②莲花。

姐姐教俺做棉袄。

录自山曼选编《山东民间童谣》(明天出版社 1990 年版)。注云:"这本是少女七夕祭巧姐(织女)时唱的仪式歌,儿童学去,作为拍手游戏歌。"《中国民间歌曲集成·山东卷》(中国 ISBN 中心 2000 年版)题作"打乞巧"。孙景璞《七夕节的传说与习俗》(《烟台晚报》2023 年 8 月 21 日 A08 版)"俺请姐姐下地耍"后止有六句:"织女姐姐下凡来,俺请姐姐吃甜瓜,姐姐教我抠窗花,抠个骑牛的放牛娃。姐姐教俺来绣花,绣个鸳鸯荷花门上挂。"

① 巧妮姐姐:儿童们对织女的称呼。　② 抠:方言,妇女称剪纸为"抠花",旧时绣品统用"抠花"为样。

兔须长 (莱州市)

兔须黄,兔须长。　　　献给姐姐做衣裳。
兔须长在豆地里,　　　我给姐姐引针儿,
须儿缠在豆棵上。　　　姐姐教我针线活,
兔须长,兔须黄,　　　我的女工天天长。
须儿就像金丝线,

录自孙景璞:《七夕节的传说与习俗》。该文指出:莱州人过七月七要供奉织女"姐姐"。供奉"姐姐"是妇女特别是女孩子的专利。上午就把织女像挂起来,摆上香炉和瓜果点心、炸面鱼、巧饼子等供品,还供上一束"巧芽子"(即绿豆芽)。还有从野外采回的两种鲜花,一是黄色的"姐姐花"(旋覆花);二是白色的"姐姐脚"(每个花蒂处有一个尖角,形似女人的小脚,故名)。还有一束"兔须"(即菟丝子,莱州人叫"姐姐丝"),说这是"姐姐"用的金线。妇女们都要给"姐姐"上香磕头,乞求"姐姐"保佑婚姻如意幸福,教给自己缝纫剪裁的智慧和技巧。

七夕谣 (莱州市)

七月七,鹊桥会,　　　牛郎织女来见面,

一年只有这一回。

录自孙景璞:《七夕节的传说与习俗》。

你打一，我打一(莱州市)

你打一，我打一，　　　　天皇皇，地皇皇，
姐姐教我纳鞋底。　　　　俺请姐姐下天堂。
你打两我打两，　　　　　不图你针，不图你线，
姐姐教我裁衣裳。　　　　光学您的七十二行好手段。

录自山东省莱州市志编纂委员会编《莱州市志》(齐鲁书社 1996 年版)。后六句据录自孙景璞《七夕节的传说与习俗》补。

请织女歌(莱阳市)

七月七，七月七，　　　　姐姐教我会织机。
鹊桥铺到院儿里。　　　　叽的嘎哒机声脆，
俺迎姐姐下云端，　　　　布样时新线儿密。
俺给姐姐来贺喜！　　　　先扯七尺敬爹妈，
　　　　　　　　　　　　再量五尺给弟弟。
我请姐姐先尝梨，

录自王一地:《海乡风情》,见《散文》1982 年第 1 期。题目为编者所加。

一拍巴掌一月一(莱阳市)

一拍巴掌一月一，
姐姐教我纳鞋底。
二拍巴掌二月二，
姐姐教我绣花鞋。
三拍巴掌三月三，
姐姐教我做针线。

四拍巴掌四月四，
姐姐教我织花布。
五拍巴掌五月五，
姐姐教我种五谷。

六拍巴掌六月六，
姐姐教我学俊秀。
七拍巴掌七月七，
姐姐教我撒谷米。

八拍巴掌八月八，
姐姐教我纺棉花。
九拍巴掌九月九，
……

录自隋建国:《乞巧节请姐姐》，见《烟台晚报》2018 年 8 月 17 日。

请七姐姐(招远市)

一拍巴掌一月一，
姐姐教我纳鞋底。
二拍巴掌二月二，
姐姐教我绣花裙。

三拍巴掌三月三，
姐姐教我种菜园。
四拍巴掌四月四，
姐姐教我学织布。

......

录自车吉心、梁自絜、任孚先编《齐鲁文化大辞典》(山东教育出版社 1989 年版)。所搜集八句与上一首有两句不同。

乞眼明(蓬莱区)

乞手巧,乞眼明,　　　　乞我爹娘千百岁,
乞貌美,乞心灵。　　　　乞我姐妹都好命。

录自宋耀武主编《蓬莱民俗荟萃·上卷》(山东大学出版社 2012 年版)。

拍对巧歌(蓬莱区)

拍对拍,巧对巧,　　　　铰对青龙把珠耍。
两把小剪对着铰。

铰对鸳鸯铰对鹅,　　　　铰对悟空孙行者,
铰对兔子下山坡。　　　　抡起铁棒把妖打。

铰对小孩抬食盒,　　　　铰个八戒牵白马,
铰对老头笑呵呵。　　　　上驮唐僧披袈裟。

　　　　　　　　　　　　后面跟个沙和尚,
铰对蟹,铰对虾,　　　　挑着担子不说话。
铰对刺猬啃西瓜。

铰对鲤鱼跃龙门,　　　　铰个桃园三结义,

461

铰个关公骑红马。　　铰个黛玉葬落花。

铰个刘备娶尚香，　　铰个红灯高高挂，

铰个张飞武喳喳。　　铰个全家笑哈哈。

　　　　　　　　　　喜庆美景铰不尽，

铰个红楼藏宝玉，　　两个小孩乐开花。

录自宋耀武主编《蓬莱民俗荟萃·上卷》。

打花拍歌(胶东地区)

织女姐姐下天宫，　　铰对燕满天飞，

戴着花簪送巧来。　　铰对兔满山跑，

俺请姐姐吃西瓜，　　铰对老牛啃青草。

姐姐教俺抠窗花。

　　　　　　　　　　铰对鸳鸯铰对鹅，

拍得巧，对得巧，　　铰对孩子笑呵呵。

两把剪子对起来铰。

录自鲍家虎:《剪纸艺术》(山东教育出版社 2017 年版)。

七夕凉(莱西市)

七月七,七夕凉,   牛郎没做亏心事,
家家供养小牛郎。   天河隔在两岸上。

录自青岛市史志办公室编《青岛市志·文化志 风俗志》(新华出版社 1998 年版),又见于
青岛市李沧区《大枣园村志》(方志出版社 2011 年版)。此为当地儿歌。

高玉树,矮树棵(莱西市)

高玉树,矮树棵,   俺请姐姐吃栗子,
俺请姐姐下天河。   姐姐教我纳算子。
……

一拍巴掌一月一,   三拍巴掌三月三,
俺请姐姐吃柰子,   俺请姐姐吃枣儿,
姐姐教我织袋子。   姐姐教我做袄儿。
                         ……

两拍巴掌二月二,

录自郭泮溪:《乡土青岛》(青岛出版社 2012 年版)。此为请"姐姐儿"(织女)入座时所唱
的歌。

463

我请姐姐吃甜瓜（平度市）

我请姐姐吃甜瓜，　　　　　　　姐姐教我做花袄。
姐姐教给我纺棉花。　　　　　　……
我请姐姐吃大枣，

录自郭泮溪:《乡土青岛》。

吃巧菜（荣成市、文登区）

吃巧菜，喝巧汤，　　　　姑娘做饭喷喷香。

录自荣成市民俗协会、荣成市报社编《荣成民俗》（山东画报出版社 1997 年版）。

我请巧姐吃桃子（荣成市、文登区）

我请巧姐吃桃子，　　　　我请巧姐吃甜瓜，
巧姐教我缝袍子。　　　　巧姐教我学绣花。
我请巧姐吃李子，
巧姐教我学纺织。

录自叶涛主编《山东民俗》（甘肃人民出版社 2004 年版）。

附：山东七夕节俗文献

《山东省志·民俗志》（山东人民出版社 1996 年版）：

乞巧节……胶东的招远、莱州、长岛等部分地区，多以七月六日为七夕，有"招远人，性子急，拿着初六当初七"之谚。

从前山东各地都以七夕为节，举行多种多样的乞巧活动。单县的七月七日之夜，乞巧活动十分热闹，穿着新衣的少女，三五成群地聚在庭院中，摆上香案，陈列各种瓜果和化妆品，一起祭拜七姐姐，边拜边唱："天皇皇，地皇皇，俺请七姐姐下天堂。不图你的针，不图你的线，光学你的七十二样好手段。"然后每人从老太太手中接过一根针、七根线，借着香头的微光穿针引线。谁穿上线，谁就算乞得巧了，穿得最快者最巧。漂针乞巧，用一碗水在太阳底下晒一中午，然后将针或谷物的芽放进碗里，让它飘浮水面，看水底的针影，成各种花纹者为得巧，如针影粗直、细微则是拙的征兆。曲阜地方于七夕做巧果与巧灯。巧果与巧灯都有各种各样造型，巧灯造型有菊花、荷花、月季、牡丹、芍药、玉簪、兰花、海棠、佛手、文官果、玉兰、梅花等花卉灯，八仙过海、群仙祝寿、童子拜观音、福禄寿等人物灯。孔府把巧果和巧灯作为节日礼品送给各府本家和亲友。七夕之夜，从孔府大门，沿中仪路到后堂楼各院门口，花园各路、各景点，都摆设巧果与巧灯，各庭院和花山顶上，摆以巧果为主的点心和茶水。入夜，府中人坐庭院中仰望牛郎织女会面。胶东地区在乞巧之前有请七姐姐的活动，姑娘们白天到田地里去"偷"一些青秫秸，一路上不回头，不说话，回家后扎一佛龛，或在土台上搭一小棚，内供织女图。入夜后，姑娘们再手持秫秸围井台转一圈，请七姐姐位归佛龛，然后坐在织女像前，对拍巴掌向织女乞巧。边拍边唱："一巴掌一月一，姐姐教我纳鞋底。二巴掌二月二，姐姐教我绣花裙……"一直唱到十二月。济南、惠民、高青等地的乞巧活动简便易行，只是陈列瓜果乞巧，如有喜蛛结网于瓜果之上，就意味着乞得巧了。鄄城、曹县、平原等吃巧巧饭乞巧的风俗十分有趣。七个要好的姑娘集粮集菜包饺子，把一枚铜钱、一根针和一个红枣分别包到三个水饺里。乞巧以后,她们一起吃水饺,据说,吃到钱的有福,吃到针的手巧,吃到枣的早婚。乞巧节的节日活动,带有竞赛性质,类似古代斗巧的风俗。近代的穿针引线、蒸巧馍馍、烙巧果子、生巧芽以及用面塑、剪纸、彩绣等形式做成的装饰品等就是斗巧风俗的演变。旧时长岛县的拉巧,其实就是斗巧。节前,姑娘们聚在一起,精心装饰巧棚,巧棚中有狮子、斗鸡、凤凰、鲤鱼跳龙门、戏出子、转灯、饽饽、金钟等。节日期间,把巧棚布置一新,晚饭后,姑娘们聚在一起,明灯蜡烛,唱喜歌拉巧。观众络绎不绝,有的带到外村去表演,一般延续四天左右。无棣、长岛等地有做巧芽的习俗,一般在七月初一将谷物浸泡水中发芽,七夕这天,剪芽做汤。荣成儿童特别重视吃巧芽,看巧云。无棣牧童在七夕之日采摘野花挂在牛角上,叫做"贺牛生日"(据说七夕是牛的生日)。曲阜、宁阳等地习惯于七夕之日晒衣物。日照妇女在这一天都要洗头,据说这天洗头头发明亮柔软,没有汗臭味。临沂一般都在这天洗涮油罐子,据说这一天油罐子特别容易洗涮,用水轻轻一冲就洁净了。诸城、滕州、邹城一带把七夕下的雨叫做"相思雨"或"相思泪",认为是牛郎织女相会所致。胶东、鲁西南等地传说这天喜鹊极少,都到天上搭鹊桥去了。

乞巧节的饮食,一般是面条、水饺、馒头和烙果子等。临沂习惯用储蓄的露水做面条,堂邑县把七夕做的面条叫云面,意为巧云,昌邑用七种野菜包包子,胶东家家户户烙"巧果子"(先用油、鸡蛋、糖把面粉和好,再用荷花、桃、鱼等模子制成各种花样,最后烙熟),用线穿起来,给小孩挂在脖子上,边玩边吃,亲友之间相互馈送。临朐等地,妇女习惯在七夕之日回娘家串亲。

菏泽市

(清光绪)《曹县志》卷一《疆域志·节序》(清光绪十年刻本):

七夕,乞巧。

(民国)《单县志》卷一《地理志·风俗》(民国十八年石印本):

七月七日夜,小儿女陈瓜果乞巧。

《郓城县志》(齐鲁书社 1992 年版)：

乞巧节：为姑娘们在农历七月七日向织女乞求智巧的节日。建国前，乡间姑娘自由结合，7 人一组在一块包水饺、蒸菜馍等，夜间摆上瓜果、甜酒，烧香焚纸向织女祈祷，以使自己心灵手巧。传说即日夜晚是牛郎、织女相会之时。建国后，神话传说仍在民间流传，但姑娘们的乞巧活动已逐年减少。

《鄄城县志》(齐鲁书社 1996 年版)：

乞巧节：七月七日夜，牛女渡河，家家穿乞巧之针。《天宝遗事》："唐宫中每遇七夕，宫女各执九孔针，五色线，向月穿之，过者为得巧"。今俗，以七个姑娘为一组，在一块包饺子。半夜子时，起床盥洗，陈酒脯瓜果于庭中，燃香焚纸，长跪案前向天祈祷，俗称"讨巧"。然后一同吃饺子，以吃到针者为得巧。另外，还要分吃西瓜、枣、梨等，但不能有桃。谚云"吃个西瓜，插朵菊花；吃个枣，插得好；吃个梨，插得齐；吃个桃，插得毛"，在乞巧时还要念一首歌，曰"天皇皇，地皇皇，俺请七姐下天堂；不图您的针和线，光学您的七十二样好手段"。

《单县志》(山东人民出版社 1996 年版)：

乞巧节：农历七月初七为"乞巧节"，是姑娘们的节日。这天晚上，姑娘们相邀群集包水饺，水饺中只有一个放一枚绣花针，于"七夕"黑暗中煮食，谁若吃着带针的水饺，谁就是巧姑娘。另外，她们还置办梨、西瓜、红枣等瓜果食品，设桌于庭院，向天上的织女乞巧，唱道："吃个西瓜，插朵菊花……"在乞巧时还有一首歌："天皇皇，地皇皇，俺请七姐下天堂……"

《菏泽地区志》(齐鲁书社 1998 年版)：

乞巧节：七月七日夜称七夕、七月七，是传说中的牛朗织女双星相会之日。旧时，民间姑娘以七人为一组，集面集菜包水饺，其中一个包入绣花针，谁吃了谁就是巧姑娘，并摆上瓜果，烧香焚纸向织女祈祷，曰："不求米，不求面，但求您的七十二样好手段"，以使自己心灵手巧。建国后，此俗仍存。区内普遍把七夕下的雨叫做"相思雨"或"相思泪"，认为是牛郎织女相会所至。并传说这天喜鹊极少,都到天上搭鹊桥去了。

《定陶县志》(齐鲁书社 1999 年版):

乞巧节:农历七月七日为乞巧节,相传是牛郎、织女一年一度鹊桥相会的日子。七位姑娘一组凑在一起,半夜起床,于院内陈列供品,焚香烧纸并环跪案前,对天遥祝,祈请织女传授刺绣技术,俗称"讨巧"。讨巧后,便同吃事先包好的水饺,哪位姑娘吃到包有针的饺子为"巧"。这一天,姑娘们还要做菜馍、糖糕等食品,来显示各自的手艺。此俗仍存。

济宁市

(清顺治)《泗水县志》卷一《方舆志·风俗》(清康熙元年刻本):

七夕,女童陈瓜果乞巧。

按:(康熙)《泗水县志》卷一同。

(清康熙)《滋阳县志》卷二《人民部·风俗》(清康熙十一年刻本):

七月七夕,女子设瓜果祀织女乞巧。

按:(康熙)《邹县志》卷三、(民国)胡朴安《中华全国风俗志》"夕"作"日"。

(康熙)《金乡县志》卷二《风俗》(清康熙五十一年刻本):

七夕,乞巧。

(清乾隆)《曲阜县志》卷三十八《风俗》(清乾隆三十九年刻本):

七夕,妇人以彩丝穿七孔针,陈瓜果于庭。

(光绪)《邹县续志》卷二《方舆志·风俗》(清光绪十八年刻本):

七月七日,妇女织彩线对织女星穿针,日乞巧。是日雨日"相思雨"。

《曲阜市志》(齐鲁书社 1993 年版):

　　七月七:农历七月七日为"乞巧节"。也称"七夕"。是日晚间,少女们摆香案,供瓜果,面对织女星穿针引线,乞求智巧。建国后,此俗废。

《邹城市志》(中国经济出版社 1995 年版):

　　七月七:传说农历七月初七日为牛郎织女相会之日。晚上未嫁女子对着织女星串针线,谓之"乞巧",乞求心灵手巧的意思。

《鱼台县志》(山东人民出版社 1997 年版):

　　七巧节:七月初七为七巧节,谐"乞巧"之意。旧俗,未嫁女子多于是日备花果供,向织女星乞求智巧。有的在葡萄架下看牛郎织女相会,借以取乐。

《兖州市志》(山东人民出版社 1997 年版):

　　七月七:农历七月初七为神话传说中牛郎织女"七夕"相会的日子,亦称"乞巧节"。旧时,是日晚间,少女们设香案、摆供果,面对织女星穿针引线,乞求智巧。建国后,此俗遂废。"七七"牛郎织女鹊桥相会的故事仍在民间流传。

《济宁市中区志》(齐鲁书社 1999 年版):

　　七月七:农历七月七日为"乞巧节",也称"七夕"。夜间,姑娘们对着月亮摆瓜果,面对织女星穿针引线,乞求智巧。建国后,此习俗消失。

临沂市

(康熙)《沂州志》卷一《地里志·风俗》(清康熙四十三年刻本):

　　七月七夕,女子设瓜果祀织女乞巧。储露水作面。

　　按:(康熙)《费县志》卷一、(康熙)《蒙阴县志》卷二、(光绪)《费县志》卷一、(清宣统)《蒙阴县志》卷二省作"七夕,乞巧"。

(民国)《临沂县志》卷三《民风》(民国六年刻本):

七月七日,家陈瓜果乞巧。

《费县志》(中国广播电视出版社 1992 年版):

七夕:农历七月初七日夜。届时,少女陈果瓜于庭院中,向织女"乞巧"。今此俗已废。

《莒南县志》(齐鲁书社 1998 年版):

七月七日:名为乞巧节,是晚,少女对月引线穿针,以穿入者为巧,谓向天仙织女乞巧。传说半夜人静时于葫芦架下放一铜盆清水,可以照见牛郎织女的影子,可听到天上牛郎织女的悄悄话。此俗 50 年代后逐渐消失。

聊城市

(康熙)**《朝城县志》**卷六**《风俗志》**(清康熙十二年刻本):

七夕:七月七日,女子陈瓜果祀织女乞巧。

按:清朝城县今分属范县、莘县。

(康熙)**《高唐州志》**卷一**《地里志·风俗》**(清康熙十二年刻本):

七夕,闺人乞巧,庄户挂地头纸钱以祈秋成。

(康熙)**《临清州志》**卷一**《风俗》**(清康熙十三年刻本):

七夕,女红乞巧。

(康熙)**《阳谷县志》**卷一**《风俗》**(钞本):

七夕,女子设瓜果祀织女乞巧。

按:(光绪)《阳谷县志》卷二、(民国)《阳谷县志》卷二同。

(康熙)**《茌平县志》**卷一**《地理·风俗》**(清康熙四十九年刻本):

七月七日,旧传乞巧,浮水穿针。

按:(民国)《茌平县志》卷二略同,作"旧历七月七日,旧传为乞巧节,浮水穿针。"

　　(康熙)《古今图书集成·历象汇编·岁功典》卷六十五(清雍正铜活字本)：

　　　　堂邑县：七月七夕，女红乞巧，造云面，设祭丘陇，谓之荐新。

　　(清道光)《观城县志》卷二《舆地志·风俗》(民国二十二年排印本)：

　　　　七夕，乞巧。

　　(光绪)《莘县志》卷一《封域志·风俗》(清光绪十三年刻本)：

　　　　七月七日，乞巧，女子七，瓜果之品七，各包馄饨七，各置一钱于馅中，合而煮之，分盛七盘，焚香七炷，循序七拜，分而食之，以值钱之多寡验巧之失得。

　　按：(民国)《莘县志》卷一同。

　　(光绪)《高唐州志》卷二《方域考·风俗》(清光绪三十三年刻本)：

　　　　七夕，挂地头纸钱以祈秋成。

　　(宣统)《清平县志》卷六《典礼·俗礼》(清宣统三年刻本)：

　　　　七月七日，妇女结彩乞巧。

　　按：清清平县今属高唐、临清二县。

　　(民国)《临清县志》卷十一《礼俗志》(民国二十三年铅印本)：

　　　　七月七日为巧节。七夕，乞巧，相传最古，牛女佳话妇孺皆知，亦称女儿节。

　　(民国)《朝城县续志》卷一《风俗志》(民国九年刻本)：

　　　　秋之节四，首日七夕，祀织女，穿缕乞巧。

　　(民国)《续修清平县志·礼俗篇》(民国二十五年铅印本)：

　　　　七月七日为巧节，亦称七夕。牛女佳话流传最古，乞巧韵事沿行不衰。

泰安市

(康熙)《宁阳县志》卷一《方域志·风俗节令》(清康熙四十一年刻本)：

七月七日,乞巧。

济南市

(明嘉靖)《莱芜县志》卷五《政教志·风俗》(明嘉靖刻本)：

七夕,乞巧。

按:(康熙)《章丘县志》卷一同。

(崇祯)《历乘》卷十四《风俗纪》(明崇祯六年刻本)：

七夕,名为女节,设瓜果乞巧。

(崇祯)《历城县志》卷七《学校志·风俗》(明崇祯十三年刻本)：

七夕,设瓜果乞巧,妇归宁。

按:(乾隆)《历城县志》卷五、(道光)《济南府志》卷十三同。

(康熙)《济南府志》卷九《舆地志·风俗》(清康熙三十一年刻本)：

孟秋七月七日为七夕,妇人陈瓜果于庭中,结彩缕穿针孔以乞巧。有蟢子网于瓜上为得巧。暴经书及衣裳。《岁时纪异》云:七夕,俗以蜡作婴儿形,浮水中以为戏,谓之"化生",为妇人宜子之祥,本出西域,今人鲜有效而为之者矣! 牧童采野花插牛角,谓之"贺牛生日"。

(清道光)《章邱县志》卷六《礼俗志》(清道光十三年刻本)：

七夕,陈瓜果乞巧。

(民国)《历城县乡土调查录》(民国十七年铅印本)：

七夕日:孟秋月七夕,设瓜果乞巧。

《历城县志》(济南出版社 1990 年版)：

乞巧节：农历七月七，此节源于古老的神话传说，相传是日为牛郎织女聚会之时。少女们多在此日夜间烧香乞巧。

淄博市

(明嘉靖)《淄川县志》卷二《封域志·风俗》(明嘉靖刻本)：

七夕，乞巧。

按：(乾隆)《淄川县志》卷一同。

(清乾隆)《博山县志》卷四下《风俗》(清乾隆十八年刻本)：

七月七日，巨室作乞巧果。

(乾隆)《青城县志》卷一《舆地志·风俗》(清乾隆二十四年刻本)：

初七日为七夕，妇人陈瓜果于庭中，结彩楼，穿针孔以乞巧。有蟢子网于果上为得巧。

按：清青城县今属高青县。

(民国)《重修新城县志》卷三《方舆志·风俗》(民国二十二年铅印本)：

七月七日，女儿陈瓜果拜织女乞巧。

按：民国新城县即今桓台县。

(民国)《青城续修县志》卷一《天文志·岁时》(民国二十四年铅印本)：

七月七日，妇女乞巧，今无此俗。

(民国)《续修博山县志》卷二《方舆志·风俗》(民国二十六年铅印本)：

七月七日，女儿陈瓜果拜织女乞巧。

德州市

(明嘉靖)《夏津县志》卷一《地理志·风俗》(明嘉靖刻本)：

孟秋之月：七日，闺人乞巧。

按：(乾隆)《夏津县志》卷一作"七夕,闺人乞巧。"

(清顺治)《临邑县志》卷四《风俗志》(清顺治九年刻本)：

　　七夕,乞巧。

按：(道光)《临邑县志》卷二、(清同治)《临邑县志》卷同。

(顺治)《乐陵县志》卷一《舆地志·风俗》(清顺治十七年刻本)：

　　七月七日,标楮钱于田畔。向夕,女子乞巧。

(康熙)《庆云县志》卷十一《风土志》(清康熙十九年刻本)：

　　七月七日,女子乞巧,涤腻器。

(康熙)《古今图书集成·历象汇编·岁功典》卷六十五(清雍正铜活字本)：

　　禹城县:七月七日,牧童采野花插牛角,谓之"贺牛生日"。

(乾隆)《乐陵县志》卷三《经制志下·风俗》(清乾隆二十七年刻本)：

　　七月七日,妇女夕陈瓜果、醢脯庭中,祭天孙,结彩缕穿针乞巧。明晨视有蟢子网瓜上为得巧。

(清嘉庆)《禹城县志》卷六《典礼志·风俗》(清嘉庆十三年刻本)：

　　七月七日,小儿女作乞巧会。

(嘉庆)《庆云县志》卷十一《民俗》(清嘉庆十四年刻本)：

　　孟月七日,乞巧,近无此风。

按：(清咸丰)《庆云县志》卷三、(民国)《庆云县志》卷三皆作"七夕,乞巧。"

(道光)《商河县志》卷一《舆地志·时令》(清道光十六年刻本)：

　　七月七日,妇女于是夕陈瓜果、醢脯,祭织女天孙,结彩缕穿针孔以乞巧。有蟢子网于瓜上为得巧。牧童采野花插牛角谓之"贺牛生日"。

(道光)《武城县志续编》续卷七《土风》(清道光二十一年刻本)：

七夕，闺人设瓜果祭织女，谓之乞巧。

按：(民国)《武城县志》续卷七同。

(光绪)《德平县志》卷一《方舆志·风俗》(清光绪十九年刻本)：

七月七日，绅士家间作巧筵。

按：清德平县今属临邑县。

(光绪)《陵县志》卷九《风土志》(民国二十五年铅印本)：

七夕，设瓜果乞巧。

(民国)《德县志》卷十三《风土志》(民国二十四年铅印本)：

七月七日为巧日，昧爽，有乌鹊填桥之说，皆沿于《白帖》故事。正午，女子乞巧，设清水一碗曝日中生膜，投针则浮，看水底针影，如有云龙、花草形即谓"得巧"。按《荆楚岁时记》："七夕，牵牛织女二星相会，人家妇女结彩缕，穿七孔针，陈瓜果于庭中，有蟢子网于瓜上则为得巧。"正午乞巧则沿用《天启宫词》注之说也。

《平原县志》(齐鲁书社 1993 年版)：

七月初七：相传这一天牛郎与织女相会。是夜常下雨，老年人常把这个传说讲给孩子们听，把下雨说成是牛郎、织女抱头痛哭的泪水，以表示劳动人民对封建婚姻制度的不满。

滨州市

(明万历)《武定州志》卷七《风俗志》(明万历十六年刻清修补本)：

七月七日，乞巧，挂陇楮。

按：明武定州治今惠民县。

(清康熙)《海丰县志》卷三《风土志》(清康熙九年刻本)：

孟秋之月：七日，女子生巧芽供神，浮针乞巧。涤腻器。

按：清海丰县即今无棣县。

(康熙)《阳信县志》卷四《礼仪志·时令》(清康熙二十一年刻本)：

七夕，祀织女乞巧。

按：(乾隆)《阳信县志》卷一、(同治)《信邑志稿》卷一、(民国)《阳信县志》卷一同，卷二《风俗志》作"七夕，妇女乞巧"。

(康熙)《长山县志》卷一《舆地志·风俗》(清康熙五十五年刻本)：

七夕，乞巧。

按：(嘉庆)《长山县志》卷一，嘉庆、道光、民国《邹平县志》卷十八皆同。清长山县今属邹平市。

(康熙)《滨州志》卷八《纪事志·风俗》(清康熙四十年刻本)：

七月七日，女子陈瓜果于庭中，结彩缕穿针孔谓之乞巧。杨朴诗："年年乞与人间巧，不道人间巧几多。"

按：(咸丰)《滨州志》卷六同。

(康熙)《古今图书集成·历象汇编·岁功典》卷六十五(清雍正铜活字本)：

沾化县：七月七日，女子陈瓜果，祭王母乞巧。

(咸丰)《武定府志》卷四《风俗物产志》(清咸丰九年刻本)：

七月七日，妇女于是夕陈瓜果、醮脯，祭织女天孙，结彩缕穿针孔以乞巧。有蟢子网于瓜上为得巧。牧童采野花插牛角谓之"贺牛生日"。

(光绪)《惠民县志》卷十六《风土志》(清光绪二十五年柳堂校补刻本)：

七月七日夜，妇女陈瓜果祭织女，结彩缕穿针以乞巧。

按：(民国)胡朴安《中华全国风俗志》下编同。

(民国)《无棣县志》卷十七《风土志》(民国十四年铅印本)：

孟秋之月:七日,女子以谷种渍水,曰"生巧芽",供神。浮针乞巧。涤腻器。牧童采野花挂牛角,谓之"贺牛生日"。

(民国)《重修博兴县志》卷七《风土志》(民国二十五年铅印本):

七月七日,陈瓜果乞巧。

潍坊市

(康熙)《高密县志》卷一《地舆·节序》(清康熙四十九年刻本):

孟秋之月,厥七日,祀新坟,女人穿针乞巧。

按:(乾隆)《高密县志》卷一、(光绪)《高密县志》卷一、(民国)《高密县志》卷五作"孟秋之月,七日,女子穿针乞巧。"

(康熙)《青州府志》卷九《风俗》(清康熙六十年刻本):

七月七日,设瓜果盘乞巧。

(康熙)《诸城县志》卷二《岁时》(清康熙十二年刻本):

七月七日,各家妇女皆具瓜果、香饵拜织女乞巧,俗谓是日织女将嫁牵牛,哭泪多成雨。

按:(康熙)《古今图书集成·历象汇编·岁功典》卷六十五诸城县引同,唯"七日"作"七夕"。

(乾隆)《昌邑县志》卷二《风俗》(清乾隆七年刻本):

七夕,女子设瓜果乞巧。

(嘉庆)《寿光县志》卷六《舆地志·风俗》(清嘉庆五年刻本):

七月七日,乞巧瓜果盘。

(民国)《临朐续志》卷十五《礼俗略·岁时》(民国二十四年铅印本):

七月七日,旧传是夕妇女陈果瓜于庭乞巧。然今已成往迹,无复有佞织女者矣。

(民国)《潍县志稿》卷十四《民社志·风俗》(民国三十年铅印本)：

七月七日，闺阁中之小女以碗水曝日下，各投小针浮之水面，徐视水底针影，或散乱如花，动荡如云，细或如线，笨或如椎，且有如笔、如剪各形，因以卜女之巧拙，俗谓之"照巧针"。即古来乞巧之意。又或各出米、麦等共作饭，于是日黎明食之，七人一组，谓之"乞巧饭"。刘鸿翱咏七夕："汉影斜针闺，美人理鬓发。下阶看牛女，低头拜新月。"

《安丘县志》(山东人民出版社 1992 年版)：

七月七：又称"七巧日"，人们白天看巧云，夜晚看星星。传说是日夜，牛郎星与织女星由喜鹊搭桥相会，少女们在豆棚瓜架下能听到这对被拆散的夫妻的窃窃私语。因此，少女们多于豆棚瓜架下偷听，预测自己的婚事。随着社会的发展，这种习俗逐渐消失。

《潍城区志》(齐鲁书社 1993 年版)：

乞巧：农历七月初七为乞巧，就是妇女们向织女乞求智巧。闺阁妇女以碗盛水，曝晒日下，各投小针，使之浮在水面，观看水中的针影。有的散乱如花，动荡如云，细或如线，笨或如锥。还有如笔，如剪等状，用以卜女子的巧拙，俗叫"照巧针"。有的向七家邻居乞求七种杂粮做饭，几人一组做乞巧饭，熬饭时放入针一枚或小木棒一根。稀饭熟后，由一人眯着眼用碗盛出，妇女们各喝一碗。喝着针的，能成为巧人；喝着木棒的则为笨人。建国后科学知识逐渐普及，此种行径早已淘汰。

《潍坊市志》(中央文献出版社 1995 年版)：

七月七：农历七月初七日又称"七巧日"或"乞巧节"，俗称"七夕"。旧时，是日是姑娘们向织女乞求智巧的日子。白天看巧云，夜晚看星星。传说这天牛郎织女鹊桥相会，少女们深夜躲在瓜棚架下能听到他们的悄悄话，以预测自己的婚事。有的姑娘设香案于庭院，向织女乞巧。潍坊中部地区，是日闺阁少女以碗盛水，曝晒日下，各投小针，使之浮在水面，观看水中的针影。有的散乱如花，动荡如云，细或如线，笨或如锥，还有如笔、如剪等状，用以卜巧拙，俗叫"照巧针"。还有的向 7 家邻居，乞求 7 种杂粮，几人一组做乞巧饭。熬饭时放入针 1 枚或小木棒

1根。稀饭熟后,由一人眯着眼用碗盛出,妇女们各喝一碗,喝着针的能成为"巧人";喝着木棒者则为"笨人"。解放后乞巧遗俗渐被淘汰。

日照市

(康熙)《日照县志》卷二《时序》(清康熙十一年刻本):

七夕日,各家女众陈瓜果,拜织女星乞巧。是夜,看海上五色云,见曰"巧云"。

(嘉庆)《莒州志》卷四《风俗》(清嘉庆元年刻本):

七月七日,妇女于是日皆供瓜果香饵祀天孙,谓之乞巧。

按:(民国)《重修莒志》卷四十二同。

(光绪)《日照县志》卷一《疆域志·时序风俗》(清光绪十二年刻本):

七月七日,女辈陈瓜果于庭,拜织女星乞巧。是夜,看海上五色云见,谓之"巧云"。是日西南风,无秕谷。

青岛市

(乾隆)《胶州志》卷六《风俗》(清乾隆十七年刻本):

七夕,妇女乞巧。

(乾隆)《即墨县志》卷一《方舆·风俗》(清乾隆二十九年刻本):

七夕,妇女供织女图,穿针乞巧。

按:(同治)《即墨县志》卷一、(民国)《胶澳志》卷三同。

(道光)《重修平度州志》卷十下《风俗》(清道光二十九年刻本):

七夕,女子陈瓜果,设筵乞巧,童子亦各祀先师。

《崂山县志》(青岛出版社1990年版):

七月七:农历七月初七夜,旧俗谓"织女"会"牛郎"。农村普遍吃"馎花"(制花样奇巧的小面饼),青年妇女有各拿自己的精工针线凑一起过"七巧会"。

《青岛市志·风俗志》（新华出版社 1998 年版）：

七月七，俗称"七夕"，民间称"乞巧节"。相传七夕为牛郎织女双星相会之日，又称"双星节""情人节"。胶南还称"雨节"，因此时往往有连绵细雨，俗称"姐姐哭"。莱西儿歌云："七月七，七夕凉，家家供养小牛郎，牛郎没做亏心事，天河隔在两岸上"，从另一角度反映了节俗情况。

清代《即墨县志》载："七夕妇女供织女图，穿针乞巧，有丧者先日设筵祭先灵，戚友馈纸钱。"七夕家家户户做"巧果子"，是用油、鸡蛋、糖将面和好，再用荷花、鱼、桃形木制"磕子"印好图形烙熟，用线穿起来，挂在小孩脖子上，边玩边吃，亲友之间互相馈送。有的这天生绿豆芽，称"巧芽"。晚上小女孩在织女像前摆瓜果、"巧饼""巧芽"，祷告乞巧。胶州的姑娘还做素饺子摆供。崂山的青年妇女有各拿自己的精工针线活凑一块过"七巧会"的习俗。莱西七夕之夜，姑娘欢聚一起，向织女乞巧时，口中唱"我请姐姐吃甜瓜，姐姐教我纺棉花"等俗语。自 60 年代后，青岛地区"乞巧"之俗已绝，但做"巧果子"、烙"磕子"之俗沿袭至今。

烟台市

(顺治)《招远县志》卷四《风俗》（清道光二十六年刻本）：

七月七日，《续齐谐记》曰："桂阳城武丁有仙道，谓其弟曰：'七月七日织女当渡河，诸仙悉还宫。'弟问曰：'织女何事渡河？'答曰：'织女暂诣牵牛。'"又《西京杂记》曰："汉彩女尝以七月七日穿针于开襟楼。"今则妇女悬牛女图，设盘案，列豆麦诸芽，谓之巧芽，餅注时花，陈瓜果罗拜。夜则注水浮针，测其影以占巧拙，谓之乞巧。或七夕前后雨，则谓之织女泪。又云，织女渡河使鹊为桥，故是日人间无鹊，至八日则鹊毛皆秃，俗言是土袋，亦所也。

婚礼：七夕，馈瓜果、麦面、油蜜、酒礼为女氏乞巧费，女家以巧饼答，谓之"送巧"。

(康熙)《蓬莱县志》卷二《风俗》（清康熙十二年刻本）：

七夕,妇女悬牛女图,设瓜果,穿针为戏,名曰乞巧。

按:(道光)《重修蓬莱县志》卷三同。

(康熙)《黄县志》卷七《风俗》(清康熙十二年刻本):

七月七日,乞巧。前夜,设帷幕悬牛女图,陈瓜果、巧芽、巧饼供祀,邀女伴罗拜,注水漂针,水纹错动,指为诸般花样,曰"得巧"。

按:(乾隆)《黄县志》卷九同。(同治)《黄县志》卷一"前夜"作"是夜",馀同。清黄县即今龙口市。

(康熙《登州府志》卷八《风俗》(清康熙三十三年刻本):

七月七日,谓之七夕。妇女悬牛女图,设时果罗拜,穿针注水为戏,名曰乞巧。

按:清登州府治今蓬莱区。

(康熙)《栖霞县志》卷一《疆理志·风俗》(清康熙四十六年增修本):

七月七日,曰七夕。妇女悬牛女图,设盘案,列豆麦诸芽,谓之"巧芽",瓶注时花,陈瓜果罗拜。夜则注水浮针,测其景以占巧拙,谓之乞巧。

又《风俗·婚礼》:七夕,馈瓜果、麦面、油蜜、酒礼,为女氏乞巧费,女家以巧饼答,谓之"送巧"。

(乾隆)《海阳县志》卷三《风俗》(清乾隆七年刻本):

七夕,妇女供牛女图,穿针乞巧。

(乾隆)《掖县志》卷一《风俗》(清乾隆二十三年刻本):

七夕,女子设乞巧筵,姻亲馈瓜果、五色饼。

按:清掖县即今莱州市。

(乾隆)《福山县志》卷六《风俗志》(清乾隆二十八年刻本):

七月七日,乞巧,庭前设围幕悬牛女图,陈瓜果、五谷芽为供。女伴罗拜,注水漂针竞巧拙。

(同治)《重修宁海州志》卷五《风俗志》(清同治三年刻本)：

初七日谓之七夕,妇女悬牛女图,设案陈果瓜,罗拜穿针,以菉豆贮器生芽曰巧芽,注水为戏。

按:清宁海州今分属莱山区与牟平区

(光绪)《增修登州府志》卷六《风俗》(清光绪七年刻本)：

七月七日,七夕,妇女祀牛女,设瓜果,穿针注水为戏,谓之乞巧。捉蜘蛛覆碗下,天明视之,以网多者为获巧。

(民国)《福山县志稿》卷一《疆域志·风俗》(民国二十年铅印本)：

七月七日乞巧,庭前悬牛女图,陈瓜果、五谷芽为供,女伴穿针竞巧拙。

(民国)《莱阳县志》卷三《人事志·礼俗》(民国二十四年铅印本)：

七月七日,是夕,妇女设瓜果祀牛女,穿针注水为戏,谓之乞巧。

又卷三《人事志·礼俗》:婚礼:男家遇端午、七夕,馈节物,仍参以锦布、线丝,女家亦有答礼。

(民国)《牟平县志》卷三《地理志·礼俗》(民国二十五年铅印本)：

七月七日晚为七夕,妇女设瓜果祀牛女以乞巧。

《长岛县志》(山东人民出版社1990年版)：

七月七:农历七月初七,俗称过"七七",亦称"乞巧节"。农村七月初七过节;渔村七月初六过节,初七媳妇回娘家。节日磕巧果,做巧芽汤,蒸巧饽饽,吃饺子。旧时,姑娘多在乞巧节前相聚,做"乞巧"准备,用纸剪制各种工艺品,组成"巧篷"。节日期间把巧篷挂于屋里,上有狮子、斗鸡、凤凰、鲤鱼跳龙门,戏出子、转灯、金钟等,晚饭后姑娘们着新衣聚于屋内,明灯蜡烛,唱乞巧歌做拉巧游艺,其间观者络绎不绝。夜深,姑娘们取井水分喝,用芝麻芽纫针放置水上飘花乞巧。此活动一般延续4天左右,有的还到外村表演。拉巧活动50年代消失。

《招远县志》(华龄出版社 1991 年版)：

　　七月七旧称"乞巧节"招远过此节是七月初六,俗云："招远人性子急,拿着初六当初七"。节间做"巧饼",儿童以线穿之,称"穿小果子"。旧时妇女生"巧芽"(以五谷杂粮生芽),供奉姐姐(织女),乞求织女赐给巧手。

《牟平县志》(科学普及出版社 1991 年版)：

　　七夕,乞巧节：七月初七日,牛郎会织女。这期间下雨俗称巧姐姐哭。牟平人最盛行的一种风俗是"烙巧果"。将白面和入油、糖、芝麻用"果子盎"制成巧果,然后放入锅中烙熟。巧果花样繁多,有小猫、小狗、小鸡、猴、鱼、兔、荷花、莲子等等。较精巧的是一种小篓,篓梁有孔,用线穿起。孩子们上街,彼此见面必问分了多少巧果,并以新鲜花样相互夸耀。

《莱州市志》(齐鲁书社 1996 年版)：

　　七夕：时在农历七月初七。又称"乞巧节",俗称"七月七"。北部地区时间改为七月六日,据传是为了七月七日纪念朱万年。是日炸面鱼,做面荷叶及水果形的各种巧饼子,旧时供水果、巧饼子、巧芽子(绿豆芽),据传巧芽子是用来喂牛郎心爱的老黄牛的。未出嫁的妇女旧时集中一起向"姐姐"(织女)乞巧"你打一,我打一,姐姐教我纳鞋底；你打两我打两,姐姐教我裁衣裳。……"亲友互赠巧饼子。传说是日在葡萄架下可听到织女和牛郎说话的声音。

威海市

(乾隆)《威海卫志》卷一《疆域志·风俗》(民国十八年铅印本)：

　　七夕,妇女供牛女图,穿针乞巧。又捉蜘蛛覆碗下,天明以网多为获巧。

按：(道光)《文登县志》卷七同。

(民国)胡朴安《中华全国风俗志》下编(河北人民出版社 1986 年版)：

荣成县：七夕乞巧。乞巧之俗，各地皆然，原无足奇。惟荣县乞巧风俗，有与他处不同者，故摭录之，以备采风者参考焉。一、巧芽。七月初一晨间，各家小孩，趁朝曦未出时，咸取盅一只，置些许细沙麦子于其中，名曰生巧芽。视麦芽之好歹，定小孩之巧拙。故一般小孩对于自己之巧芽非常注意，日间灌以清水，夜置露天中，尽心维护，大有宋人悯苗之概。迨至七夕，麦芽已渐长大，于是从盅中取出，视麦芽之根须如何，定一生之巧拙。例如须长而密，于是巧立花名，谓之为佛手，为金钱，为富贵不断头，吉语连篇。设根须不甚长密，或因水泡烂，不甚雅观，于是谓小孩蠢拙不堪，难期造就，种种坏批评，不一而足。或有将巧芽之嫩芽剪下，和糖包以面粉，名曰月芽。男孩做圆月形，女孩做半月形，晚间对月食之，亦乞巧之一事。噫！如此种种，殊可哂也。二、巧花。用面粉制成种种食品。或莲蓬形，或金鱼形，或荷花形、竹篮形等等，不胜枚举，谓之曰巧花。七夕，人家咸须制此食物应景，并谓七夕吃过巧花，能使人巧。斯则无稽之设，不值一笑矣。

七、辽宁、吉林、黑龙江乞巧歌

本部分收录辽宁铁岭市,吉林白山、通化、长春等市及黑龙江乞巧歌谣共5首。

牛郎观星（铁岭开原市）

什么星星出来照西坡？　　什么星星说话动了怒？
什么星星出来侧棱着？　　什么星星打什么星一梭？
什么星星出来分上下？　　什么星星打什么星打不上？
什么星星出来哩儿罗唆？　　什么星星打什么星差不多？

太阳星出来照西坡，　　二人说话动了怒，
水平星出来侧棱着。　　织女星回头就是一梭。
三星出来分上下，　　女的打男打不上，
扫帚星出来哩儿罗唆。　　男的打女差不多。

什么星星出来不离北斗口？　　什么星星打得天昏共地暗？
什么星星出来紧靠天河？　　惊动什么人来说和？
什么星星出来妈家去？　　什么人说和没说好？
什么星星出来紧跟着？　　拔下什么划了一道河？

织女星出来不离北斗口，　　二人打得天昏共地暗，
牛郎星出来紧靠天河。　　惊动了王母娘娘来说和。
织女星出来妈家去，　　王母娘娘说和没说好，
牛郎星出来紧跟着。　　拔下金簪划道天河。

什么星星隔在河东岸？　　牛郎星隔在河东岸，

什么星星隔在河西坡？　　织女星隔在河西坡。

什么星星七月七见一面？　二人一年七月七见一面，

什么鸟搭桥死在了河？　　燕子搭桥死在了河。

讲述者：张子义。搜集者：高振民。1986 年 9 月采录于开原县开原镇。

录自开原县民间文学集成领导小组编《中国民间文学集成·辽宁卷·开原资料本》(1987
年)。陈泳超主编《中国牛郎织女传说·民间文学卷》据以收录。

吉林

乞巧谣（通化梅河口市）

巧芽芽，生得怪，　　　姐姐妹妹照影来。

盆盆生，手巾盖。　　　又像花，又像菜，

七月七日摘下来，　　　看谁心灵手儿快。

讲述者：李宝珍。搜集者：金宝忱。1986 年采录于梅河口。
录自吴景春主编《中国歌谣集成·吉林卷》（中国 ISBN 中心 2005 年版）。"巧芽芽"原误作"巧牙牙"，手巾：原误作"手中"，今正。

七夕谣（白山长白县）

天黄黄，地黄黄，　　　不图财，不图钱，

俺请七姐下天堂。　　　光图七姐一手好针线。

讲述者：张树珍。搜集者：张平。1980 年采录于长白县。
录自吴景春主编《中国歌谣集成·吉林卷》。

牛郎织女歌 (长春榆树市)

王母娘娘划天河,　　　喜鹊搭桥宽又长,
牛郎织女两边隔。　　　桥上织女会牛郎。
一年一回七月七,　　　牛郎织女天河配,
天上牛郎会织女。　　　乐得小孩儿掉眼泪。

讲述者:李桂范。搜集者:吴矣。1985 年采录于榆树县。
录自吴景春主编《中国歌谣集成·吉林卷》。

黑龙江

乞巧星

乞巧星，智慧星，　　　　谁望见，会聪明。

录自波·少布主编《黑龙江满族述略》(哈尔滨出版社 2005 年版)。

(民国)《奉天通志》卷九十八《礼俗·岁事》(民国二十三年铅印本)：

　　七月初七日"乞巧节"，陈瓜果于庭，闺中以彩缕穿针乞巧。至夜，小儿女窃听于蓬颗瓜架下，谓隐约闻哭声。《荆楚岁时记》："天河之东有织女，天帝之子也。年年织杼劳役，织成云锦天衣。天帝怜其独处，许嫁河西牵牛郎。嫁后遂废织红，天帝怒，责令归河东，唯每年七月七日夜渡河一会。"

按：今辑本《荆楚岁时记》中无此一段，当引自南朝殷芸《小说》。

朝阳市

(民国)《建平县志》卷四《礼俗》(民国二十年稿本)：

　　今俗七月七日谓为女节，乡村幼女亦有穿针乞巧者。是日，新婚妇忌住母家。

葫芦岛市

(民国)《兴城县志》卷十一《礼俗·岁事》(民国十六年铅印本)：

　　七月七日，闺中妇女晒水一碗，以针浮水面而觇其影之所似以乞巧。是夜，俗为牛女相会之期，赖燕鹊填桥以渡天汉，古称七夕，殆本乎此。

(民国)《锦西县志》卷二《人事志·礼俗》(民国十八年铅印本)：

　　七月初七日为乞巧节，陈瓜果于庭，儿女穿针乞巧，俗谓牵牛与织女相会，乌鹊填桥以渡之。

按：民国锦西县即今葫芦岛市。

(民国)《绥中县志》卷二《人事志·礼俗》(民国十八年铅印本)：

七月七日，因牛女相会之说，亦称"雨节"，占雨者每盼之。

锦州市

(民国)《锦县志略》卷十七《礼俗·岁时》(民国九年铅印本)：

七月七日，闺中少女置盂水曝庭前，浮针水面，觇影盂中以乞巧。盖效穿针故事而以影辨之。

(民国)《义县志》卷中《民事志·礼俗》(民国二十年铅印本)：

七月初七日，俗谓是日牛女二星会诉离情，滴泪为雨，因为"雨节"。是夕，小儿及女穿针引线，希邀织女赐巧，又名乞巧节。

(民国)《北镇县志》卷五《人事·岁事》(民国二十二年石印本)：

七月初七日为乞巧节，女儿穿针乞巧。是夜为七夕，谓牵牛织女相会之期。

阜新市

(民国)《阜新县志》卷五《人事志·礼俗》(民国二十四年铅印本)：

七月初七日为乞巧节。古有妇女祭天乞巧事，今废。

沈阳市

(民国)《沈阳县志》卷十一《礼俗·岁事》(民国六年铅印本)：

七月初七日为乞巧节。

(民国)《新民县志》卷十一《风俗》(民国十五年石印本)：

七月初七日，俗谓是日牛女二星会诉离情，滴泪为雨，因为"雨节"。又，是夕小儿女穿针引线，希邀织女赐巧，又名为乞巧节。

(民国)《辽中县志》卷二十四《礼俗志》(民国十九年铅印本)：

七月七日，俗称是日之夕牛女相会，故又名七夕。

鞍山市

(民国)《海城县志》卷七《人事志·礼俗》(廷瑞修等纂,民国十三年铅印本):

> 七月初七日为乞巧节,陈瓜果于庭,儿女穿针乞巧。是夜为七夕,俗谓牵牛与织女相会,乌鹊填桥以渡之(见《荆楚岁时记》)。

(民国)《岫岩县志》卷三《人事志·岁事》(民国十七年铅印本):

> 七月初七日为乞巧节,俗谓牵牛与织女相会。是日,乌鹊填桥以渡双星。

(民国)《台安县志》卷三《人事志·礼俗》(民国十九年铅印本):

> 七月七日俗谓"银河会",为牛郎会织女之期,乌鹊填桥以渡之。

(民国)《海城县志》卷四《人事志·岁事》(陈荫翘,常守陈修,民国二十六年铅印本):

> 七月初七日,俗谓七月七日牵牛与织女二星相会,中隔银河,乌鹊填桥以渡之(见《荆楚岁时记》)。是日多雨,世人附会谓牛女诉离情滴泪,因称"雨节"。陈瓜果于庭,儿女穿针乞巧,故又谓之乞巧节云。

《台安县志》(沈阳出版社 1990 年版):

> 七夕节:农历七月七日,旧称"七夕会"。传说为牛郎织女相会之日。过去乡间广为流传鹊雀搭桥,织女落泪等神话故事。七夕之夜,乡间妇女多在院中陈设瓜果,向织女星祈祷,请求赐给刺绣艺术,称为"乞巧"。

辽阳市

(民国)《辽阳县志》卷二十五《礼俗志》(民国十七年铅印本):

> 七月初七日为乞巧节,陈瓜果于庭,儿女穿针乞巧。是夕为七夕,俗谓牵牛织女二星相会,乌鹊填河以渡之(见《荆楚岁时记》)。

《灯塔县志》（辽宁人民出版社 1990 年版）：

七月七日七巧节是传说中牛郎织女一年一度银河相会的日子。男孩女孩在晚上人静时，到黄瓜架底下静听，说是能听到牛郎织女的悄悄话。有的青年男女在这一天还"撂花针"。

营口市

(民国)《盖平县志》卷十《礼俗志》（民国十九年铅印本）：

七夕为牛女二星相见之期，其说载之《续齐谐记》："杜阳成武丁谓其弟曰：'七月七日织女当渡河'，弟问何故？曰：'织女暂诣牵牛。'世人至今云织女嫁牵牛也。"吾邑对于七日乞巧故事不甚风行，妇女有作盆水浮针、月下穿丝之戏者，至设瓜果庭中乞巧天孙，殊为阙如。俗云：令童男女夜深伏瓜架下窃听，隐约闻天上泣声，感别离也。说近荒唐，未足信。

按：原"乞巧"二字误倒。清盖平县即今盖州市。

(民国)《营口县志》下《礼俗篇》（民国二十二年油印本）：

七月七日，曰七夕，俗传乌鹊填桥，牛女相会。闺中少女注水盂内曝庭前，浮针水面，觇其影以乞巧，盖即古时穿针乞巧之故事也。

大连市

(民国)《庄河县志》卷八《礼俗·岁事》（民国十年铅印本）：

七月七日为乞巧节。

丹东市

(清光绪)《安东县志》卷一《疆域·风俗》（清光绪元年刻本）：

端午、七夕、中秋、重九、冬至祀灶之节，与他方无异，所由来旧矣。

按：清安东县即今东港市。

(民国)《安东县志》卷七《礼俗·岁事》（民国二十年铅印本）：

七月七日为七巧节，俗于是日制各种面馃，焯而食之。

本溪市

(民国)《续修桓仁县志》第六章《礼俗志》(民国二十六年铅印本)：

七月七日，俗谓是日为天上牛郎织女二星相会之日也，民间有于是乞巧者，但近来已忽之矣。

《本溪市志》第4卷(辽河出版社2004年版)：

七夕乞巧节：农历七月初七是七夕乞巧节，为汉族民间习俗传统节日。中国古代神话，传说牛郎织女于每年农历七月初七晚在天河相会，故谓之"七夕""双星"。是夜，妇女多陈瓜果于庭内敬牛郎织女，并作"乞巧会"，以向织女乞求智巧，故又称乞巧节、女节。七夕之夜，除有关牛郎织女的故事外，在本溪地区还有观天河祈五谷的风俗。50—70年代，有农家少女到瓜田里"乞巧"的习俗，传说在瓜棚下装一盆清水，就能映照出牛郎织女相会的场景，意在农家少女可在当年会意中人。随着时间的流逝，这些习俗已不再流行，但七夕乞巧节被称为是汉民族的"情人节"。

抚顺市

(民国)《抚顺县志》卷三《人事志·岁事》(钞本)：

七月初七日，为乞巧节，是名为七夕，俗谓牵牛织女二星相会，乌鹊填桥以渡之(见《荆楚岁时记》)。

(民国)《兴京县志》卷八《礼俗·岁事》(民国十四年铅印本)：

七月初七日亭午，以盂盛水放日下，幼女抛针水中，视其影以占巧拙。晚间，陈瓜果于中庭以拜牛女。
按：民国兴京县即今新宾县。

铁岭市

(清咸丰)《开原县志》卷六《风俗》(清咸丰七年刻本)：

七月七日，幼女针浮水盆乞巧。

(民国)《铁岭县志·礼俗志》(陈艺修,民国六年铅印本):

七月七日,乞巧前宵,以水置庭中。及日午,用刺针置水面上以观其影,曰"撩花针"。

(民国)《开原县志》卷八《人事·岁事》(民国十八年铅印本):

七月初七日为乞巧节,城乡妇女咸陈瓜果于闺中,以祀天孙,而令小儿女执线穿针以乞巧。

(民国)《铁岭县志》卷十二《礼俗·岁事》(黄世芳修,民国二十三年铅印本):

七月七日为乞巧节,斯文家陈瓜果于庭,妇女穿针乞巧,俗曰"七夕"。乃牵牛织女二星相会,一般小儿女夜往豆棚瓜下听啼声焉。

(民国)《西丰县志》卷二十《礼俗志》(民国二十七年铅印本):

七月初七日,俗传牛郎织女二星相会,中隔银河,乌鹊填桥以度之。晚间陈瓜果于庭,幼女穿针乞巧,故称"巧节"。是日多雨,世人附会谓牛郎织女诉离情滴泪,故称"雨节"(见《荆楚岁时记》)。

附：吉林七夕节俗文献

(清光绪)《吉林通志》卷二十七《舆地志·风俗》（清光绪十七年刻本）：

七夕，妇女陈瓜果，以彩缕穿针乞巧。

(民国)《吉林新志》下编第三章《人民·礼俗》（民国三十四年铅印本）：

七月七日，俗谓此日天上牛郎会织女，不逾十二岁之小儿，在黄瓜蔓底下可闻其话别哭泣之音。

《吉林省志》卷四十六《民俗志》（吉林人民出版社 1992 年版）：

乞巧节：农历七月初七是乞巧节，又称"女儿节"，吉林民间俗称"七夕"。乞巧节由来已久，南北朝时有"陈瓜果于庭中以乞巧"的记载。吉林省关于乞巧节的习俗与全国一样，都与牛郎织女等故事相关。任昉《述异记》（逸文）："天河之东有美丽女人，乃天帝之子，机杼女工，年年劳役，织成云雾绡缣之衣，辛苦无欢悦，容貌不暇整理。天帝怜其独处，嫁与河西牵牛之夫婿，自后竟废织纴之功，贪欢不归，帝怒责归河东，但使一年一度相会。"（明·张鼎思《琅玡代醉篇》卷 1"织女"条）吉林省民间口头传说中的织女，是王母娘娘的女儿，由于来人间洗浴时衣服被牛郎得去，无法回天宫，遂与牛郎结婚，并生得一男一女。王母娘娘知道织女下凡，非常愤怒，派天兵捉拿她回天宫。牛郎得黄牛（金牛星所变）帮助，披着牛皮，挑上两个孩子，追上天来。眼看要追上时，王母娘娘拔下金簪，在织女牛郎中间划出一道天河，把二人隔开。牛郎在河西，织女在河东，他们变成了两颗星星，至今隔河相望。啼泣状感动了王母，允许他们每七天见一次面，派乌鸦去传活。乌鸦传错了话，说成每年七月七日见一次，便留下了七夕牛郎织女相会的日子这个美丽的传说得到世人深刻同情，又编出织女七夕当渡河，使鹊为桥的传说。相传，"七日鹊首无故皆髡，因为梁以渡织女故也。"（《风俗通·逸文》，又见《岁华纪丽》）因为织女手巧，能织出云锦天衣，成为女孩们的崇拜对象，便形成了七夕乞巧的习俗。

　　吉林传统乞巧习俗有多种：有将豆芽泡在水中看芽影，以其形似针、剪花、鱼等物，以卜巧。也有把小蜘蛛放入盒中，第二天看结网情况以定巧拙等。《永吉县志》载："七夕，妇女陈瓜果，以立采缕穿针乞巧。"《安图县志》载："妇女辈多于是夕手执针线于无灯处穿针乞巧。"扶余有"小女儿置一水碗曝日下，投花针，针浮水面，影射碗底，视影何似，以定巧拙，谓之乞巧"。传统乞巧习俗至今已有很大变化，但在七夕夜晚，空中繁星闪烁之时，人们遥望星空，仍然对神话传说中的牛郎织女寄予美好的祝愿。也有的家长给孩子们讲述牛郎织女故事，并教他们辨认牛郎星、织女星的位置，这种美好的习俗一直流传至今。吉林农村，过去有七夕看银河明晦卜年成（星明则丰收）的习俗。也有些地方有女孩们到黄瓜架下偷听牛郎织女啼泣的习俗。民间还有"七夕不嫁女"的忌讳。长白山上还有"牛郎渡""织女峰""洗儿石"等景观，可见牛郎织女故事和乞巧节习俗在吉林人民心目中的地位和影响。

通化市

(民国)《辉南县志》卷三《人事·礼俗》(民国十六年刻本)：

　　七月七日，相传黄姑与天孙相会。之夕，以乌鹊为桥，闺中妙女颇于是夕穿针乞巧。

(民国)《海龙县志》卷十四《礼俗·令节》(民国二十六年刻本)：

　　七月七日，称为乞巧，间有盛水于碗，以花针浮于水面看现何形，有类刀剪者，有类杵尺者，以分巧拙。
按：民国海龙县即今梅河口市。

(民国)《辑安县志·人事·礼俗》(民国油印本)：

　　七月七日为乞巧节，亭午，以盂盛水置日下，幼女抛针水中，以占巧拙。晚间，陈瓜果于中庭以拜牛女，俗谓牵牛织女二星相会，乌鹊填河以渡之。

白山市

(民国)《抚松县志》卷四《人事·礼俗》(民国十九年铅印本)：

七月初七日,俗谓乞巧日,徒存其名,此间尚无庆兹节者。

(民国)《临江县志》卷七《民族志·礼俗》(民国二十四年铅印本)：

七月初七日为乞巧节,女子于黎明置盏水于日中晒生膜,投针则浮,看水底针影成云龙、花草形者为"得巧",若如椎、如轴者为拙。征犹《天启宫词》注遗意也。

延边州

(民国)《安图县志》卷四《人事志·礼俗》(民国十八年铅印本)：

七月初七日,乞巧节,相传牛女星斯日会面,妇女辈多于是夕手执针线,无灯处穿针乞巧。

(民国)《额穆县志》(民国二十八年铅印本)：

初七晚为七夕,谓系牛郎织女相会之期。由乌鹊填桥渡银河而相见。又古诗云："牛郎织女隔江相见,以梭相投。"是日,晴则小儿女以碗水曝日下,伺水生发投以针,针浮水面乃看碗底针影何像,谓可见人巧拙,此即谓之乞巧。若阴雨,人皆以为牛女对泣。是日乌鹊少见,金曰天上填桥去。次日鹊顶毛稍脱,曰经牛女践踏之故。是夕妇女之好事者,静伏王瓜架下窃听牛女私语。

辽源市

(民国)《东丰县志》卷三《风俗》(民国二十年刻本)：

七月初七日,俗称七夕,谓牵牛织女两星于是夕相会,乌鹊填河为桥以渡之。是夕多雨,谓诉经年离别之泪也。小儿女陈瓜果于中庭,拈针穿线乞织女赐巧,故又称乞巧节。事涉荒唐,然我国古今文人率多歌咏是事焉。

(民国)《梨树县志》丁编卷二《礼俗》(民国二十三年刻本):

　　七月初七日为乞巧节,是日牛郎织女二星相会,有乌鹊填河之说。妇女陈瓜果于庭中以祀天孙,执线穿针以乞巧。

吉林市

(民国)《永吉县志》卷二十四《礼俗志》(民国三十年铅印本):

　　七夕,妇女陈瓜果,以彩缕穿针乞巧。

长春市

(民国)《怀德县志》卷十一《礼俗·岁事》(民国十八年刻本):

　　七月七日乞巧节,俗谓牛郎与织女其相会之期。

按:民国怀德县即今公主岭市。

(民国)《长春县志》卷五《人文志·岁事》(民国三十年铅印本):

　　七月七日为乞巧节。《荆楚岁时记》:"七夕妇人结彩缕,穿七孔针,陈瓜果于庭中以乞巧。有蟢子网于瓜上,则以为得。"

《榆树县乡土志资料》(民国二十六年铅印本):

　　七月七日为牛女会,儿童用面汤盆,满盛清水,置豆瓜架下,迨星光出全视之,谓牛女之声音笑貌,宛在目前。又用碗盛水,置日光下晒之,已而以针放碗中,针浮水面,视碗底针景,锐者儿必巧,钝者儿必拙,名曰乞巧。

《长春市志·民俗方言志》(吉林文史出版社1995年版):

　　乞巧节(七夕):七月七日为"七夕",亦名乞巧节。传说为牛郎会织女的日子。此日黄昏伏在黄瓜架下,可看见银河之中牛郎织女相会的图影,或听到牛郎织女相聚啼哭的声音。妇女常于此日投绣花针于水碗中看水中针影象形,以乞巧。

松原市

(民国)《扶余县乡土志资料》(民国二十六年打印本):

七月七日,世称为七夕,俗传牛郎织女踏乌鹊桥渡河。小女儿置一水碗曝日下,投一花针,针浮水面,影射碗底,视影何似,以定巧拙,谓之乞巧。

(民国)《扶余县志》第十八章《风俗习惯》(民国油印本):

七月七日,称为七夕,俗谓织女渡河会牛郎之日。普通祝儿女裁缝发达。入水于盘,浮以如针细粗之高粱穗,察其水中影,细时则儿女之裁缝必良好,影如粗时则不能进步矣。夜间并祭女神。

牡丹江市

(民国)《牡丹江风土志》(民国三十二年奉天启文印书局铅印本):

　　七月七日乞巧节,妇女于七夕运针祈裁缝之技,俗传牵牛织女二星相会渡鹊桥之故事。

哈尔滨市

(民国)《双城县志》卷六《礼俗志》(民国十五年铅印本):

　　七月初七日晚为七夕,相传为天上牛郎织女踏乌鹊桥渡银河相见日。如晴,则小儿女以水一碗曝日下,俟水面生瞖,投以花针,针乃浮,于是视碗底针影何似,谓可占人之巧拙,即所谓乞巧也。如雨,则谓是牛女对泣矣。又谓是夕于瓜架下可窃听牛女之私语,更谓是日地上无乌鹊,皆往天上填桥去,翌日视其顶毛必脱,盖为牛女践踏所致云云。神话荒唐,未足置信也。

(民国)《呼兰县志》卷五《岁时》(民国十九年铅印本):

　　七月七日,妇女投针于水,验影以决工拙,谓之乞巧。

(民国)《珠河县志》卷十五《风俗志》(民国十八年铅印本):

　　七月七日,妇女执九孔针、五色丝,向月穿之,过者为得巧。又牛郎织女隔天河相会,乌鹊填桥。翌日,乌鹊头部无毛,被牛女踏去也。
按:民国珠河县即今尚志市。

绥化市

(民国)《庆城县志》第二编第四章《风俗》(民国七年钞本):

七夕,乞巧。

按:民国庆城县今属庆安县。

(民国)《望奎县志》卷六《礼俗志》(民国八年铅印本)

　　七月七日为乞巧日,闺中少妇长女设瓜果于庭,以针一枚向月穿线,穿过者谓之得巧。

(民国)《绥化县志》卷七《礼俗志》(民国九年铅印本):

　　七月七日夕,妇女陈瓜果祭织女,曰乞巧。

(民国)《安达县志》卷七《礼俗志》(民国二十五年铅印本):

　　七月七日,俗称牛女会,盖谓牛郎织女二星相会之期也。事属神话,遂有银汉鹊桥之说,昔人每于是日有举行乞巧者,今则不多见矣。

双鸭山市

(民国)《宝清县志·礼俗志》(民国二十五年铅印本):

　　七月七日为七夕,俗谓是夕牛郎与织女会合。闺中女儿每于是夕作乞巧之戏。

八、安徽乞巧歌

安徽收录阜阳、六安、滁州等市乞巧歌共 5 首。

接七姑娘歌(临泉县)

教我针,教我线,　　　　　教我银针挑黑线。

教我绣成荷花十八瓣。　　　……

教我剪子裁衣裳,

录自马家敏:《临泉地方节日习俗》(见中国人民政治协商会议临泉县委员会文史研究委员会编《临泉史话》第3辑,1988年)。该文记载:七月初七日……是夕,女孩儿们知道天女(七姑娘)要下凡,便穿上花衣,净手焚香,对天叩拜,乞求能银善裁的天女传授针工巧术,称为"接七姑娘",她们边拜边唱:"……"乞巧时,绝对不准男孩子介入,如遇上有蜘蛛结网,则是大吉,有些地方还上演织女牛郎的传统时令名剧。题目为编者所加。

牛郎织女在天上(阜阳市)

牛郎织女在天上,　　　　　教会俺们做新装。

听听俺们来唱唱:

　　　　　　　　　　　　　牛郎织女来喝茶,

牛郎织女来吃瓜,　　　　　教会俺们会叙话。

教会俺们剪窗花。　　　　　牛郎织女来吃糕,

牛郎织女来吃糖,　　　　　教会俺们绣荷包。

录自刘宏、张文波编著《阜阳民俗文化研究》(合肥工业大学出版社2018年版)。

七月七(六安)

七月七,七月七,　　　　　二人没做亏心事,
天上牛郎会织女。　　　　　隔着天河难聚齐。

搜集者:葛世琦。
录自中共六安市委宣传部、六安市老新闻工作者协会主编《六安歌谣集成》(中国文联出版社 2011 年版)。

乞姑娘针（南谯区）

乞姑娘针，乞姑娘线，　　　乞姑娘教我绣花线。

录自滁州市南谯区地方志编纂委员会编《滁州市南谯区志》（黄山书社 2011 年版）。

附：安徽七夕节俗文献

阜阳市

(清顺治)《颍上县志》卷三《风俗》(清顺治十二年刻本)：

  七夕：七月七日,设瓜果于庭,谓之乞巧。

(清乾隆)《颍上县志》卷十二《杂记·风俗》(清乾隆十八年刻本)：

  七夕,薄暮时,群看巧云。晚则设瓜果于庭,儿女罗拜织女,谓之乞巧。

(民国)《太和县志》卷一《舆地志·风俗》(民国十四年上海中华书局铅印本)：

  七夕,妇女陈瓜果拜织女星,穿针以乞巧。

《阜阳地区志》(方志出版社 1996 年版)：

  七夕节：农历七月初七日,传说是织女会牛郎的日子。又因相会在晚上,故称"七夕节"。旧时,妇女们爱在这天晚上设瓜果、香案,向织女学养蚕、抽丝、织布,故又称"乞巧节"。

六安市

(清雍正)《六安州志》卷十《风俗》(清雍正七年刻本)：

  七月七日,俗传牛女相会,小儿女陈瓜果庭中乞巧。

按：(清同治)《六安州志》卷四同。

(雍正)《舒城县志》卷九《风俗》(清雍正九年刻本)：

  七月七日为牵牛织女聚会之戏。是夕,人家妇女结彩缕,穿七孔针,陈花果于庭中以乞巧。

按：(清嘉庆)《舒城县志》卷十一、(清光绪)《舒城县志》卷六同。

(乾隆)《霍邱县志》卷二《舆地·岁令》(清乾隆三十九年刻本)：

七夕,间有乞巧者。

(乾隆)《霍山县志》卷四《典礼志·风俗》(清乾隆四十一年刻本)：

七夕,俗传牛女渡河相会,儿女陈瓜果中庭乞巧,或有浮针于盂水,占影之尖细谓得巧者。

(同治)《霍邱县志》卷一《舆地志·风俗》(清同治九年刻本)：

七夕,女子有乞巧者。

《霍邱县志》(中国广播电视出版社 1992 年版)：

七月七:农历七月七日,为"牛女节",相传是牛郎、织女一年一度过银河相会的日子。是日,年轻未嫁的姑娘,晚上用五色丝线对月穿针,以卜终身。穿过者,谓之"得巧",即如意的意思,故也叫"乞巧节"。此俗民国初年已消亡。

安庆市

(顺治)《新修望江县志》卷一《舆地志·风俗》(清顺治八年刻本)：

七夕,乞巧。

(清康熙)《安庆府志》卷三《风俗》(清康熙二十二年刻本)：

七夕,妇女于月下穿针,名为乞巧。或夜中候彩云,见则相庆,谓之"巧云"。

(康熙)《桐城县志》卷二《风俗》(清康熙二十二年增刻抄本)：

七月七日,妇女于月下穿针,名为乞巧。或夜中候彩云现。或中庭设瓜果,有蛛丝为得巧。是日,群鸦屏迹。是夕,银河匿影,咸以此占谷价之增减。

(清道光)《怀宁县志》卷九《风俗》（清道光五年刻本）：

七夕，穿针乞巧之戏或行或否。痴儿騃女往往终夜守看牛女之渡河焉。初八日，或有雨，则以为临别洒泪雨也。

按：(民国)《怀宁县志》卷十同。

(道光)《续修桐城县志》卷三《学校志附风俗》（清道光十四年刻本）：

七月七日，为七夕，妇女于月下穿针，谓之乞巧。仰望有五色云则相庆，谓之"看巧云"。又相传是日天河不见，以其去日之远近卜谷价之低昂。

(同治)《太湖县志》卷三《舆地志·风俗》（清同治十一年刻本）：

七月七日，妇女于月下以彩丝穿针，谓之乞巧。中庭祀黄姑星，张饮具达旦。瞻望有五色云，见则相庆，谓之"看巧云"。

按：(民国)《太湖县志》卷三同。

(民国)《宿松县志》卷八《民族志·风俗琐节》（民国十年木活字本）：

七夕，闺阁以瓜果祀牛女。

池州市

(乾隆)《东流县志》卷七《民事下·风俗》（清乾隆二十三年刻本）：

七夕，妇女于月下穿针，名为乞巧。或夜中候彩云，见则相庆，谓之"巧云"。

按：清东流县今属东至县。

(嘉庆)《东流县志》卷六《地理志》（清嘉庆二十三刻本）：

七夕，妇女于月下穿针以乞巧。或夜中候彩云，见则相庆。

宣城市

(康熙)《广德州志》卷六《风俗》（清康熙二十二年刻本）：

七夕,设瓜果于庭,穿针乞巧。日中,曝书辟蠹。

按:(康熙)《建平县志》卷六、(雍正)《建平县志》卷六同。清建平县即今郎溪县。

(乾隆)《广德州志》卷二十二《典礼志·风俗》(清乾隆五十九年刻本):

《杨志》:七夕,曝书辟蠹,夜设瓜果于庭,穿针乞巧。

按:(光绪)《广德州志》卷二十四同。

(乾隆)《绩溪县志》卷一《方舆志·风俗》(清乾隆二十一年刻本):

七夕,设酒果祀牛女乞巧。

(民国)《宁国县志》卷四《政治志下·风俗》(民国二十五年铅印本):

七月七日,相传牛女双星会,妇女多作乞巧戏。宁俗无此,但好事者希看五色巧云,每坐以待旦,不闻有见之者。

(民国)《广德县志稿》卷二十四至二十六《风俗》(民国三十七年铅印本):

七夕,穿针乞巧。

《宣城县志》(方志出版社1996年版):

七月初七,旧时民间有陈瓜果作乞巧会看巧云的习俗。现今,人们藉纳凉之际,仍有以看巧云为娱。

《宁国县志》(生活·读书·新知三联书店1997年版):

七夕:相传为牛郎、织女双星会。宁国人有夜观银河、看五色巧云之俗。旧时,妇女有结七孔彩缕,在庭中设酒席,摆瓜果以乞祀"双星会"的活动。

芜湖市

(康熙)《繁昌县志》卷三《风俗》(清康熙十四年刻本):

七夕,闺秀设茶果于露地乞巧,诘朝有蛛丝罗其上者,谓之得巧,略如《荆楚岁时记》。

按：（道光）《繁昌县志》卷二同。

（乾隆）《无为州志》卷七《风俗》（清乾隆八年刻本）：

七夕，妇女陈瓜果于庭，结彩缕，穿七孔针以乞巧。

按：（嘉庆）《无为县志》卷二在此段后增"或碗水曝日，以针卜之。"

（嘉庆）《芜湖县志》卷一《地里志·风俗》（清嘉庆十二年重刻民国二年重印本）：

七夕，儿女子多为乞巧之戏，陈设瓜果于中庭，置小锦盒觅蜘蛛贮之，次日启盒视中有丝网者为得巧。又以盂盛井华水及河水露之经宿，及日，曝盂水于日，须臾，水起油翳，投数绣针于其中，多浮于面，视其下影成笔锋及如书卷者，曰得聪明矣。然乞巧之事皆于初六夜行之。宋太平兴国三年诏曰："七夕佳辰，近代多用六日。宜以七日为七夕，颁行天下。"是今俗自宋已然矣。

按：（民国）《芜湖县志》卷八同。

（民国）《南陵县志》卷四《舆地志·风俗》（民国十三年铅印本）：

七夕，陈瓜果作乞巧会，仁看巧云。

《芜湖县志》（社会科学文献出版社 1993 年版）：

乞巧与七夕：农历七月初七为七巧节。旧俗是日晚，姑娘们在院中陈设瓜果作乞巧会游戏，有的向织星祈祷，请求帮助提高刺绣、缝纫技巧，有的作穿针赛巧游戏，即以红绿线对月穿九根针，先穿完者为得巧；有的捉一蜘蛛放于首饰盒中，次日晨看网结得是稀是密或是否圆正，即可预测自己将来是笨是巧，还有的仁看巧云。这些习俗现已不兴。

马鞍山市

（明万历）《和州志》卷一《舆地志·风俗》（明万历三年刻本）：

七夕，女妇穿针乞巧。

按：(康熙)《含山县志》卷六同。明清和州即今和县。

(清康熙)《太平府志》卷五《地里志·风俗》（清康熙十二年刻本）：

七夕，日中，家各晒衣及书。其夜，女儿设瓜果拜于庭，俟云物乞巧。

按：清太平府治今当涂县。

(康熙)《当涂县志》卷二《风俗》（清康熙三十四年修康熙四十六年续修本）：

七月七日，儿女设瓜果拜于庭，名曰乞巧。

(乾隆)《含山县志》卷二《舆地志·风俗》（清乾隆十三年刻本）：

七月七日，女妇穿针乞巧。又小儿以碗水暴日下，浮细针水面，徐视水底针影以卜巧。

(光绪)《直隶和州志》卷四《舆地志·风俗》（清光绪二十七年木活字本）：

七夕，妇女陈瓜果，穿针乞巧，看彩云。女儿昼置碗水晒之，经夜露看水纹，形似为得巧。捣凤仙花染指甲，鲜红相耀。

(民国)《当涂县志·民政志·风俗》（民国二十五年钞本）：

阴历七月七日为乞巧节。是夕，女儿设瓜果于庭，名乞巧。或取盂盛水露之经宿，次日投针水面视其影，若成笔形有锋者主能文章。

合肥市

(康熙)《合肥县志》卷四《风俗》（清康熙三十六年刻本）：

七月七日为牵牛织女聚会之戏。是夕，人家妇女结彩缕，穿七孔针，陈瓜果于庭中以乞巧。

(雍正)《庐江县志》卷十《风俗》（清雍正十年刻本）：

七夕，观巧云，妇女或结彩缕，穿七孔针，陈瓜果于庭以乞巧。

(嘉庆)《庐江县志》卷二《疆域志附风俗》（清嘉庆八年刻本）：

　　七夕，妇女望彩云，陈瓜果于庭以乞巧。

按：（光绪）《庐江县志》卷二同。

(嘉庆)《合肥县志》卷八《风土志》（清嘉庆九年刻本）：

　　七夕，妇女结彩缕穿针，陈瓜果以乞巧。

《合肥市志》（安徽人民出版社 1999 年版）：

　　乞巧节：农历七月初七日为传统的乞巧节，又称"七夕节""姑娘节"等。合肥民间传说，此日人间的喜鹊都飞往天河架鹊桥，以便让牛郎、织女在天河相会，故人间在这天是看不到喜鹊的，而翌日看到的喜鹊，其颈部都在架鹊桥时被衔掉一撮毛。因有此传说，故每逢乞巧节时，很多人都注意留心观察喜鹊的变化，并习在傍晚时察天观云，希冀能捕捉到神话传说中有关牛郎织女在天河相会的踪影。

　　到了晚上，一些好奇的姑娘、少女，常静躲于林边树下，竖耳聆听，说此可偷听到牛郎、织女说的悄悄话。另有人家习于院中焚香置果，一边祭拜牛郎、织女，观星望月，细心察看牛郎星和织女星的变化，一边谈论着牛郎织女的神话传说故事。还有不少姑娘、少妇，习在是日晚取七根针、五彩线，望月穿针，视谁穿的快，即为谁乞得巧多，会被夸赞为"巧手""巧姐""巧媳妇"等，颇一番情趣。

滁州市

(明万历)《滁阳志》卷五《风俗》（明万历四十二年刻本）：

　　七月七日，观巧云乞巧。

按：（康熙）《滁州志》卷六、（光绪）《滁州志》卷二之一"日"作"夕"。

(天启)《来安县志》卷八《风俗》（明天启元年刻本）：

　　七夕，乞巧。

按：（道光）《来安县志》卷三同。

(清康熙)《临淮县志》卷一《风俗》(清康熙十二年刻本)：

七夕，设瓜果于庭，名为乞巧。

按：(民国)《凤阳县志略·礼俗》"设"作"陈"。清临淮县今属凤阳县。

(康熙)《古今图书集成·方舆汇编·职方典》卷八百三十三(清雍正铜活字本)：

凤阳府：七夕，设瓜果于庭，名为乞巧。女子遥拜织女星。

(道光)《定远县志》卷二《舆地志·风俗》(清光绪十三年增补钞本)：

七夕，亦间有陈瓜果于中庭以乞巧者。

淮南市

(道光)《寿州志》卷八《食货志上·风俗》(清道光九年刻本)：

七夕，女子陈瓜果祭织女，穿针以乞巧。

按：(光绪)《寿州志》卷三、(光绪)《凤台县志》卷一同。

(民国)胡朴安《中华全国风俗志》下编(河北人民出版社 1986 年版)：

《寿春岁时纪》：七月七日，相传为牵牛织女聚会之期。女子陈瓜果祭织女，穿针以乞巧。若有蟢子网于瓜果之上，则大喜，俗意以为将来必贵。

蚌埠市

(光绪)《重修五河县志》卷三《疆域志·风俗》(清光绪二十年刻本)：

七夕，小儿陈瓜果，收蜘蛛乞巧。

宿州市

(康熙)《宿州志》卷二《舆地·风俗》(清雍正二年刻本)：

七月七日，俗不乞巧，间有陈瓜果娱儿女者。

(嘉庆)《萧县志》卷二《风俗》(清嘉庆二十年刻本)：

旧志:七月七日,相传天孙渡河,陈瓜果祀之,乞巧于庭。

(光绪)《泗虹合志》卷一《舆地志·风俗》(清光绪十四年刻本):

七月七日,陈瓜果于庭,谓之乞巧。

按:(民国)《泗县志略·礼俗》"陈"前增"晚间"二字。

(光绪)《宿州志》卷四《舆地志·风俗》(清光绪十五年刻本):

七夕,陈瓜果于庭以娱儿女。俗不乞巧。

《砀山县志》(方志出版社 1996 年版):

七月七,传说农历七月七日是牛郎织女鹊桥相会的日子。本县又称此日为乞巧节,是日晚,未婚女子,在月下置供果,向织女乞巧(学针线活技艺)。

亳州市

(康熙)《蒙城县志》卷四《风俗》(清康熙十五年刻本):

七夕夜,妇女陈设瓜果以乞巧。

按:(民国)《重修蒙城县志书》卷一同。(民国)《涡阳县志》卷十一"陈"后有"设"字。

九、江苏、上海乞巧歌

　　本部分收录江苏常州、泰州、徐州、连云港、盐城等市及上海乞巧歌共16首。

常州市

【1949 年前】

相手歌(武进区)

一螺巧,二螺笨,　　　　　七螺挑粪桶,八螺做长工,
三螺拖捧头①,四螺不识字,　九螺骑白马,十螺坐官船。
五螺富,六螺穷,

录自伍受真编《武进谣谚集》(上海泰东图书局 1929 年版)。又见于何人、余忠良:《杨桥古街》(凤凰出版社 2015 年版),据该书载:此为七夕时老人们带着小孩吃"巧果"时所诵的歌谣,意在祝愿孩子聪明伶俐,长大有出息。
① 拖捧头:挨打。

绣七巧（姜堰区坡岭村）

巧大姐，坐闺房，　　　　四绣鸳鸯戏池塘。
手持丝线绣花忙。

　　　　　　　　　　　五绣羊儿吃青草，
一绣蜻蜓来点水，　　　六绣织女配牛郎。
二绣蜜蜂闹海棠。　　　七绣莺莺张生会，
三绣小燕穿檐过，　　　绣姑配个俊俏郎。

录自郑应松主编《百年坡岭村》（社会科学文献出版社 2007 年版）。

七月七，会鹊桥（姜堰区坡岭村）

七月七，会鹊桥。　　　教我巧，年年敬供鲜果少
牛郎哥，织女嫂，　　　不了。
双双来，送我巧。　　　教我拙，一杯清水没得喝。

录自郑应松主编《百年坡岭村》。

扬州市

乞貌巧(扬州)

乞手巧,乞貌巧。　　　　乞我爹娘千百岁,
乞心通,乞颜容。　　　　乞我姊妹千万年。

天皇皇,地皇皇(扬州)

天皇皇,地皇皇,　　　　不图你的针,不图你的线,
俺请七姐姐下天堂。　　　光学你的七十二样好手段。

巧芽芽,生得怪(扬州)

巧芽芽,生得怪。　　　　姐姐妹妹照影来。
盆盆生,手巾盖。　　　　又像花,又像菜,
七月七日摘下来,　　　　看谁心灵手儿快。

以上三首录自中国江苏网:《听!扬州民谣"告诉"你一个不一样的七夕节》,(http://news. yznews. com. cn/2022-08/04/content_7435929. htm,2022 - 08 - 04)。与全国各地流传相同或小异。

七夕话语难吐清(睢宁县)

天上星,亮晶晶,
牛郎织女各西东。
牛郎河东拼命叫,
织女河西把心拧。

天上星,亮晶晶,
一条银河划得清。
织女泪水顺河流,
牛郎担儿乱折腾。

天上星,亮晶晶,
年年相会七月中。
多承喜鹊来造巧,
相逢飞身到河东。

天上星,亮晶晶,
织女恨怒宫不平。

恩爱夫妻两分离,
丢下牛郎绞心痛。

天上星,亮晶晶,
一条银簪把界定。
织女徘徊河西岸,
牛郎哭叫喊不停。

天上星,亮晶晶,
春夏秋冬四季明。
人间望看多凄惨,
王母娘娘种罪名。

天上星,亮晶晶,
红云绕空白雪生。
俯看人间又绿时,
七夕话语难吐清。

讲述者:蔡王氏。搜集者:蔡光彩。1987 年 8 月 27 日采录于沙集乡蔡吴村蔡王氏家。
录自中共睢宁县委宣传部、睢宁县文联、睢宁县文化局编《睢宁县民间文学集成》(1989
年)。陈泳超主编《中国牛郎织女传说·民间文学卷》据以收录。

天上银河隔织女 (徐州)

什么弯弯像个弓？　　　月儿弯弯像个弓，

什么东西似火红？　　　日照晚霞火样红，

什么河水隔男女？　　　天上银河隔织女，

什么东西亮晶晶？　　　天上的星星亮晶晶。

演唱者:刘大娘。搜集者:聂心太。

录自徐州市民间文学集成编委会编《徐州民间文学集成》(江苏文艺出版社 1991 年版)。

陈泳超主编《中国牛郎织女传说·民间文学卷》据以收录。

乞巧词 (东海县)

(一) 祭七鸹鸹

七姑姑,来穿鞋。　　　　　拙去,巧来!

(二) 穿针谣

月亮大姐对我好,朝我笑,　教我眼尖手又巧!

讲述者:孙桂莲。搜集者:朱守和。

附记:七月七日女童讨七巧,也叫乞巧,有两种形式:一在白天,用布做双小鞋到树林里烧给"七鸹鸹"鸟,烧时连说七遍祭词。传说七姑姑是天下最巧的女子,因做童养媳受苦,穿破衣,光着脚,在七月七日死去变为鸟儿,整天喊冤叫着:"七姑姑苦!"二在晚上,女童对着月亮唱穿针歌谣乞巧。

录自《中国歌谣集成·江苏卷》(中国 ISBN 中心 1998 年版)。

盐城市

乞巧祷词（盐城市）

七个大姐扫河嘴，　　　　一扫一沟水。

一扫一沟水。　　　　　　……

七个大姐扫河嘴，

录自周玉奇主编《盐城民俗》（南京大学出版社 2004 年）。该书记载：干旱年景，七月七日早晨，组织七个小女孩，到沟嘴或河塘边，用扫帚扫，边扫边说："七个大姐扫河嘴……"连说多次，以祈求神灵，普降甘霖，解除干旱，拯救生灵。扬州市作"七个仙女扫河嘴，一扫一河水"。

买点烤吃吃(崇明区)

七月七，买点烤吃吃，　　　　不生痱子不生疖。

录自徐华龙：《非物质文化遗产与民俗》（杭州出版社 2012 年版）。该书记载：七月七日，上海户户煎烤（以面粉加糖水揉成团，擀成薄皮，切成长方形小片入油锅煎制），食之，谓"吃烤"（当地方言与"乞巧"谐音）。吃烤这一习俗至今尚存，但多已改为用馄饨皮入油锅煎制。

天上星(静安区)

天上星，亮晶晶，　　　　七巧扁担稻桶星，
数来数去数勿清。　　　　乞过七遍会聪明。

演唱者：金铝康（本人记录）。1987 年记录于静安区文化馆。
录自中国民族文学集成编辑委员会、《中国歌谣集成·上海卷》编辑委员会编《中国歌谣集成·上海卷》（中国 ISBN 中心 2000 年版）。

梭子撩网踏车星（嘉定县）

河南梭子星，　　　　　　梭子撩网踏车星，

河南扁担星，　　　　　　要念七簇七遍就聪明。

演唱者：张阿妹。搜集者：李树滋。1987年5月采录于长征乡新村。

录自中国民族文学集成编辑委员会、《中国歌谣集成·上海卷》编辑委员会编《中国歌谣集成·上海卷》。

一拜天地乞手巧

一拜天地乞手巧，
二拜天地乞容貌。
三拜天地乞心通，
四拜天地乞颜容。

五拜天地乞考运，
六拜天地乞爹娘身体安康千百岁，
七拜天地乞我众人安康千万年。

录自李凤鸣、韩宗坡、王亚红：《西和乞巧民俗研究》（甘肃人民出版社 2013 年版）所附"各地乞巧歌辑录"，原辑自梦溪论坛《江滨湿地，七夕乞巧》。

附：江苏、上海七夕节俗文献

徐州市

(清康熙)《睢宁县旧志》卷七《风俗志》(清·葛之莫修,民国十八年铅印本)：

> 七夕,设瓜果乞巧。

(康熙)《睢宁县志》卷二《风俗》(清·刘如晏修,清康熙五十七年刻本)：

> 七月七日,妇女设瓜果乞巧。

(清光绪)《睢宁县志稿》卷三《疆域志·风俗》(清光绪十二年刻本)：

> 七夕,女子设瓜果乞巧。是日雨,俗谓之"双星泣别"。

宿迁市

(民国)《泗阳县志》卷七《地理·风俗》(民国十五年铅印本)：

> 七月七夕,乞巧。

淮安市

(明万历)《淮安府志》卷六《学校志·风俗》(明万历刻本)：

> 七夕,亦有设瓜果乞巧者。

(清雍正)《安东县志》卷二《建置志·风俗》(清钞稿本)：

> 七夕,设瓜果为乞巧会。

按:清安东县即今涟水县。

(清乾隆)《盱眙县志》卷五《风俗》(清乾隆十二年刻本)：

七夕,妇女陈瓜果乞巧。

(乾隆)《淮安府志》卷十五《风俗》（清咸丰二年重刻本）：

七月七日,设瓜果乞巧。俗谓是夕天河隐,觇其现日,以知米价。

《淮阴市志》（上海社会科学院出版社 1995 年版）：

七月七:农历七月七,俗称"七巧日"。相传是牛郎织女于鹊桥相会。傍晚时看巧云,妇女在月下穿针,向织女求取智巧。解放后,此俗已无。

扬州市

(万历)《扬州府志》卷二十《风物志》（明万历刻本）：

七夕,俗传天孙渡河,小儿女旦起看彩云,或为乞巧瓜果之宴。
按:(康熙)《扬州府志》卷二十(雷应元纂本)同。

(康熙)《扬州府志》卷七《风俗》（崔华,张万寿纂修,清康熙二十四年刻本）：

七夕,俗传天孙渡河,小儿女旦起看彩云,或为穿针乞巧。按:周处《风土记》曰:七月七日夜扫于庭,露施几筵,设酒果,散香粉于河鼓织女。言此二星神当会,守夜者咸怀私愿,见天汉中有奕奕正白气,光耀五色,士女便拜而乞富乞寿乞子。三年乃约言之,颇有受其祚者。
按:(康熙)《仪真县志》卷五同。清仪真县即今仪征市。

(雍正)《扬州府志》卷十《风俗》（清雍正十一年刻本）：

七夕,俗传天孙渡河,儿女守夜看彩云,或焚清香,设时果,乞巧穿针。
按:(清嘉庆)《扬州府志》卷六十同,注曰据"雍正志",末增"放水陆荷灯(万历《江都志》)"一句。

(雍正)《高邮州志》卷四《风俗志》（钞本）：

七夕,相宴集,乞巧。

(乾隆)《高邮州志》卷六《典礼志附风俗》(清嘉庆二十五年刻本)：

七夕,儿女守夜看彩云,设瓜果乞巧。

按:(嘉庆)《高邮州志》卷六同。

(乾隆)《江都县志》卷十《风俗》(清乾隆八年刻本)：

七夕,俗传天孙渡河,儿女多夜坐看彩云。或焚香,设瓜果,穿针乞巧。

(嘉庆)《甘泉县志》卷四《风俗志》(清嘉庆十五年刻本)：

七夕,俗传天孙渡河,小儿女旦起看彩云,设瓜果为乞巧穿针之会。

按:(光绪)《增修甘泉县志》卷四同。清甘泉县今属江都区。

(民国)《瓜洲续志》卷十二《风俗》(民国十六年铅印本)：

七月初七日为七夕,陈瓜果,妇女乞巧,捣凤仙花染手指甲。

(民国)胡朴安《中华全国风俗志》下编(河北人民出版社1986年版)：

仪征岁时记:七月俗名巧月,以七夕乞巧也。人家亦有陈瓜果于庭者,第不多觏。茶食店制巧果人酥以应时。

盐城市

(乾隆)《小海场新志》卷八《风俗志》(清乾隆四年刻本)：

七夕,里俗相传日穿针乞巧。

按:清小海场今属大丰区。

(嘉庆)《东台县志》卷十五《风俗》(清嘉庆二十二年刻本)：

七夕,儿女乞巧,穿针,看彩云。

(光绪)《东台县志稿》卷一《风俗》(清光绪十七年修钞本)：

七夕,女郎摘各色草花杂瓜果,间以五色线穿针孔,针花果上,坐檐廊下待天孙赐巧。

(民国)《阜宁县新志》卷十五《社会志·礼俗》(民国二十三年铅印本)：

七月初七日,妇女乞巧。

泰州市

(万历)《兴化县新志》卷四《人事之纪·风俗》(明万历刻本)：

七夕,有观彩云及女妇乞巧者。

按："彩"下原脱"云"字,据咸丰《志》补。(康熙)《兴化县志》卷二省作"七夕,乞巧。"

(万历)《重修泰兴县志》卷六《风俗》(清嘉庆十八年刻本)：

七夕,俗呼天孙渡河,妇女多设瓜果供庭中乞巧。

(明崇祯)《泰州志》卷一《职方志·风俗》(明崇祯刻本)：

七夕,穿针乞巧。

按:(清道光)《泰州志》卷五同。

(清康熙)《靖江县志》卷六《风俗考》(清康熙八年刻本)：

七月七日,乞巧,月下穿针。

按:(清咸丰)《靖江县志稿》卷五、(光绪)《靖江县志》卷五同。

(康熙)《泰兴县志》卷一《风俗》(清乾隆补刻本)：

七夕,俗传天孙渡河,旦起望巧云。

(咸丰)《重修兴化县志》卷一《舆地志·风俗》(清咸丰二年刻本)：

七夕,观彩云,陈瓜果乞巧。

按:(民国)《续修兴化县志》卷一同。

(光绪)《泰兴县志》卷三《区域志·岁时》(清光绪十二年刻本)：

七夕,陈瓜果,儿女望彩云乞巧。

(民国)《泰县志稿》卷二十三《社会志·礼俗》（钞本）：

　　七夕，儿女子陈仙果于庭，敬牛郎织女，乞巧。

(民国)《兴化县小通志·时节篇》（民国间钞本）：

　　七夕之瓜果乞巧。

南京市

(南朝陈)顾野王《舆地志》（顾恒一等辑注，上海古籍出版社 2011 年）：

　　齐武帝起层城观，七月七日，宫人多登之穿针，世谓之穿针楼。

(南宋绍兴)张敦颐《六朝事迹编类》卷上《楼台门》（明刻《古今逸史》本）：

　　层城观，亦名穿针楼。《舆地志》云：齐武帝七月七日使宫人集此。是夕，穿针以为乞巧之所。亦曰穿针楼，在台城内。杨修有诗云：“秋星如弹月如梳，宫妓香添乞巧炉。万缕千针同一意，眼穿肠断得知无。”

(南宋景定)《建康志》卷二十二《城阙志三·台观》（清嘉庆六年刻本）：

　　层城观：亦名穿针楼，旧在华林园景云楼东，宋元嘉中造，后废。考证：《舆地志》云：“齐武帝七月七日使宫人集层城观穿针乞巧，因号穿针楼。杨虞部诗：秋星如弹月如梳，宫妓香添乞巧炉。万缕千针同一意，眼穿肠断得知无。马野亭诗：人世佳期惟七夕，星躔至巧是天孙。直从楼上将身乞，所欠云间着手扪。闻得鹊声云报喜，看来蛛网似传言。工夫只是凭心手，此外冥茫不足论。

(明正德)《江宁县志》卷二《风俗》（明正德刻本）：

　　七夕，曰巧节，饤果皆曰巧，如巧果、巧饼之类。

(万历)《金陵琐事》卷下《诗话》（明万历三十八年刻本）：

　　七夕，好事者大集，山人尽有好诗。七闽郑汉卿有“织女通乌鹊”之句。武林戴青笠误写“鹊”为“雀”。余谓用此雀字，乃是新事。汉卿既说出织女乌鹊私情，牵牛吃醋，另用一番瓦雀耳，闻者为之解颐。

(明)曹学佺《大明一统名胜志·应天府》卷一（明崇祯三年刻本）：

　　齐永明中……又于层城观起穿针楼，七月七日，使宫人咸集楼中，穿针乞巧，以为故事。

(清康熙)《上元县志》卷五《城厢考》（清同治十三年刻本）：

　　层城观、穿针楼：《舆地志》：齐武帝七月七日使宫人集此。是夕，穿针以为乞巧之所。

　　按：（同治）《上江两县志》卷五同。

(清雍正)《江浦县志》卷一《封域志·风俗》（清乾隆重修本）：

　　七夕，陈瓜果，女妇穿针乞巧。

　　按：清江浦县今属浦口区。

(乾隆)《上元县志》卷十四《古迹下·楼阁》（清乾隆十六年刻本）：

　　层城观：在华林园，亦名穿针楼。宋元嘉中造。《舆地志》：齐武帝七月七日使宫人集层城，观穿针乞巧，因名。

　　按：（道光）《上元县志》卷十四前两句为"层城观，在华林园中。旧志：宋元嘉中造，亦名穿针楼。"馀同。

(乾隆)《六合县志》卷六《附录上·礼俗》（清乾隆五十年刻本）：

　　七夕，人家幼女陈瓜果，穿针乞巧。至夜分不寐，候盼彩云。

　　按：（光绪）《六合县志·附录》、（民国）胡朴安《中华全国风俗志》下编省"人家"二字。

(光绪)《金陵通纪》卷四（清光绪三十三年刻本）：

　　每七月七日，使宫人集层城观穿针乞巧。

(民国)潘宗鼎《金陵岁时记》（卢海鸣点校，南京出版社 2006 年版）：

　　七夕前日，妇女取水一盂，曝烈日中，使水面起油皮，截蟛蜞草，如针泛之,勿令沉下,共观水影中如珠、如伞、如箭、如笔等状,以验吉凶。相传南唐后主生辰,适当七夕,宫人以其时当祝嘏,故预先期而乞巧云。

(民国)《首都志》卷十三《礼俗·岁时习俗》(民国二十四年铅印本):

七夕,乞巧。正德《江宁志》:"七夕日巧节,饤果皆曰巧,如巧果、巧饼之类。"《金陵岁时记》:七夕前日……

按:此处引《金陵岁时记》与上同,今略。

(民国)夏仁虎撰《岁华忆语》(《南京文献》1948 年第 13 期):

七月六日,恒有雨,俗谓之洗车。七日亦恒有雨,谓之天孙别泪。七夕,小儿女供牛女,往往镂瓜茄为灯,或状花鸟,或镌诗句,极生动之致。置碗水露庭中竟夕,明日投针,恒浮水面。就日影中,视其影作何状以卜巧。

镇江市

(元至顺)《镇江志》卷三《风俗》(清道光二十二年刻本):

七夕,乞巧。《天宝遗事》:宫中七夕,以锦彩结成楼,殿高百尺,可容数十人陈花果酒炙,设坐具以祀牛女二星。嫔妃穿针乞巧,动清商之曲,宴乐达旦,士女皆效之。唐李嘉佑《早秋京口》诗云:"千家闭户无砧杵,七夕何人望斗牛。"盖其时多寇盗,故有此语。

(清光绪)《丹徒县志》卷四《舆地志·风俗》(清光绪五年刻本):

七夕,陈瓜果于庭,祀牛女。

(光绪)《重修丹阳县志》卷二十九《风土·岁时》(清光绪十一年刻本):

七月七日,以糖霜油面映花脱饼为巧果,亲戚相饷遗。水碗丢针乞巧,先以盎水夜露曝日中,向午膜生,以绣针投之水面,看水底针影,有如笔如锥如算珠者为之得巧。《帝京景物略》云"有成花鸟云物影者",殊不然也。

(民国)《六合县续志稿》卷三《地理下·风俗》(民国九年石印本)：

七夕，幼女陈瓜果穿针乞巧，至夜分不寐，候盼彩云。剪端午所系彩线度之屋上，云助乌鹊填河，牛女会也。

常州市

(康熙)《常州府志》卷九《风俗》(清康熙三十四年刻本)：

七夕，妇女采凤仙花染指甲，设瓜果祀织女星，以水盆曝日中，浮影以为乞巧之验。而士大夫家必以巧果相饷，果式不同，大约以面为之，人物花鸟无定形。

(康熙)《金坛县志》卷一《疆域志·风俗》(清康熙刻本)：

七夕，道德腊，女子设瓜果于庭中乞巧。

按：《古今图书集成·历象汇编·岁功典》卷六十五、(光绪)《金坛县志》卷一同。(民国)《重修金坛县志》卷一省作"七夕，设瓜果乞巧。"

(康熙)《古今图书集成·历象汇编·岁功典》卷六十五(清雍正铜活字本)：

武进县：七月七日，妇女采凤仙花染指甲，祀织女星乞巧。而士大夫家馈遗必以巧果相饷者，志时也。

(乾隆)《武进县志》卷一《疆域志·风俗》(清乾隆刻本)：

七月七日，妇女采凤仙花染指甲。午时，取河井水各半贮一器，曝日中，浮针其上，承日影视之，作宝塔或笔形者巧。以油面、糖蜜造巧果相遗，花样奇巧，如捺香、方胜之类。间作人形，即《梦华录》所谓"笑靥儿果食将军"也。向夕，陈瓜果祀织女星，别供彩丝、绣针、脂粉。又于奁盒贮蜘蛛，晓启视之，以布网为得巧。《岁时杂记》以六日雨为洗车雨，七日雨为洒泪雨。杜牧诗："最恨明朝洗车雨，不教回脚渡天河。"则又似初八矣。毗陵以初七为洗车雨，谚云："七夕不洗车，八月依旧车。"言旱欲库水也。

按：(道光)《武进阳湖县志》卷二同。

(光绪)《武进阳湖县志》卷一《舆地志·风俗》(清光绪五年刻本)：

　　七月六日日加午，妇女取河水、井水合曝日中。七日晨，浮针其上，承日影，作宝塔笔形者巧。以油面糖蜜作方胜人物形，曰"巧果"。以凤仙染指甲。夕，以瓜果祀织女，供彩丝、绣针、脂粉。以奁盒置蜘蛛，以有网为得巧。是日雨曰"洗水车雨"，无雨则秋旱，谚曰："七夕不洗车，八月依旧车。"

无锡市

(西晋)周处《风土记》(王谟辑，清光绪二十年刻本)：

　　七月七日，其夜洒扫于庭，露施几筵，设酒脯时果，散香粉于筵上，以祀河鼓、织女，言此二星辰当会。守夜者咸怀私愿，或云：见天汉中有奕奕正白气，有光耀五色，以此为征应。见者便拜而愿乞富乞寿，无子乞子。唯得乞一，不可兼求。三年乃得言之，颇有受其祚者。又曰：七月七日俗重此日，其夜，洒扫中庭，然则中庭祈愿，其旧俗乎？
按：《风土记》又名《阳羡风土记》，西晋阳羡即今宜兴市。

(明弘治)《重修无锡县志》卷一《地理·风俗》(明弘治九年刻本)：

　　七夕，穿针乞巧，以巧果充节物。

(嘉靖)《江阴县志》卷四《风俗记》(明嘉靖刻本)：

　　七月七日，乞巧，月下穿针辨目力，其饤果皆谓之"巧"。市中卖巧果为节。

(崇祯)《江阴县志》卷二《经野志·风俗》(明崇祯十三年刻本)：

　　七月七日，乞巧，月下穿针，其饤果皆曰"巧"。

(清康熙)《重修宜兴县志》卷六《风俗志》(清康熙二十五年刻本)：

　　七月七日，其夜洒扫阶庭，施几筵，设酒脯时果，散粉于河鼓织女，谓乞巧。又以丝缕向暗中穿针孔，穿过者谓得巧。

（康熙）《无锡县志》卷十《风俗》（清康熙间刻本）：

　　七夕，乞巧。女子以杂花渍水露置庭中，旦取以靧面，谓能好颜色。

　　按：（乾隆）《无锡县志》卷十一、（嘉庆）《无锡金匮县志》卷三十一、（光绪）《无锡金匮县志》卷三十"旦"后有"则"字。

（乾隆）《江阴县志》卷三《风俗》（清乾隆九年刻本）：

　　七夕，妇人采凤仙花染指甲，设瓜果祀织女星。以水盆或瓷碗盛水曝日中，抛针浮影以为乞巧之验。有馀者多以巧果往来相饷。

（乾隆）《锡金识小录》卷一《备参上·订补节序》（清光绪二十二年活字本）：

　　七月初七日，乞巧。于隔晚设桌于天井，供以时果，铜盆贮水，渍杂花。取蜘蛛藏盒中，明旦启视，结网者为得巧。酌盆中水，映日光，浮细针，视水底影以分巧拙。皆小儿女戏为之。食巧果，夜有设宴会者。

（道光）《江阴县志》卷九《风俗》（清道光二十年刻本）：

　　七月七日夕，穿针乞巧，或有以盆盛水曝日中，抛针浮影验其巧拙者。

　　按：（光绪）《江阴县志》卷九同。

（嘉庆）《增修宜兴县旧志》卷一《疆域志·风俗》（清嘉庆二年刻本）：

　　七夕，陈瓜果祀织女星，取蜘蛛贮奁盒，晓启视之，以布网为得巧。

《崇安区志》（无锡市崇安区地方志办公室1991年版）：

　　七月初七：七巧日，又称乞巧，旧时妇女在月下穿针，祈求织女赐于心灵手巧，能绣出精美工艺。民间传说七夕是牛郎织女鹊桥相会的日子，这一传说至今流行。

苏州市

（宋绍定）《吴郡志》卷二《风俗》（吴兴张氏影印宋绍定二年刻本）：

　　七夕，有乞巧会，令儿女辈悉预，谓之小儿节。

按:古吴郡治今姑苏区。

(明洪武)《苏州府志》卷十六《风俗》(明洪武十二年刻本):

七夕有乞巧会,杂钉时菜,皆以巧名,令儿女辈悉预,谓之小儿节。

(正德)《姑苏志》卷十三《风俗》(明正德元年刻本):

七月七日为乞巧会,以青竹戴绿荷系于庭,作承露盘,男女罗拜月下,谓之小儿节。钉果皆曰"巧",如巧饼、巧果之类。又以线刺针孔辨目力。明日视盘中蜘蛛,含丝者谓之得巧。馀皆举露饮之。

(明弘治)《太仓州志》卷一《风俗》(清宣统元年刻本):

七月七日,妇女陈瓜果,对月穿针乞巧。

(嘉靖)《吴邑志》卷一《风俗》(明嘉靖八年刻本):

凡吴之岁时,著于范王二《志》。范云:"七夕,有乞巧会。"王云:"七月七日为乞巧会,钉果皆曰巧"。

(嘉靖)《吴江县志》卷十三《典礼志·风俗》(嘉靖四十年刻本):

七夕,人家设瓜果、酒肴于庭或楼台之上为乞巧会,谈牛女渡河事,切茄裹面,剪鸡簇花,以油沸之,名曰"巧果"。妇女对月穿针,谓之乞巧。

(嘉靖)《太仓州志》卷二《风俗》(明崇祯二年重刻本):

七夕,妇女辈以发对月穿针,且取磁器盛水,令儿女浮针视影,作笔墨鞋底之状以为乞得巧。设瓜果于庭为乞巧会。

(明隆庆)《长洲县志》卷一《地理志·风俗》(明隆庆五年刻本):

七夕,穿针乞巧。

按:明长洲县今分属吴中区、相城区。

(万历)《重修昆山县志》卷一《风俗》(明万历四年刻本):

七夕,女妇以凤仙花染指为饰。又以绒线对月穿针,或有设瓜果乞巧者。

(万历)《常熟县私志》卷三《叙俗·岁时》(民国二十三年抄本):

七月七日为乞巧会,糖和面剪禽兽形,油煮之为巧果,并瓜果陈于庭,男女罗拜月下,谓之"小儿节"。又向月以线刺针孔,曰穿针以辨目力。取蛛合盘中,得丝曰"得巧"。

(清康熙)《常熟县志》卷九《风俗》(清康熙二十六年刻本):

七夕为浮瓜沉李之宴,女妇向月穿针,取蛛合盘中,有丝则曰"得巧"。

按:(雍正)《昭文县志》卷四同。

(康熙)《具区志》卷七《风俗》(清康熙二十八年刻本):

若七夕穿针、中秋醉月,二景亦所不废。

(清)徐崧,张大纯辑《百城烟水》卷一《苏州》(清康熙二十九年刻本):

七月七日为乞巧会,罗拜月下,饵果皆曰"巧",如巧饼、巧果之类。又以线引针孔辨目力。作承露盘,明日视盘中蜘蛛,含丝者为得巧。

(乾隆)《震泽县志》卷二十六《风俗》(清光绪十九年重刻本):

七夕,旧《志》云:家设瓜果、酒肴于庭或楼台之上为乞巧会,谈牛女渡河事,令儿女辈悉预,谓之小儿节。妇女对月穿针,谓之乞巧。切茄裹面,剪鸡簇花,以油沸之,名曰"巧果",参《吴郡志》。今多仍旧俗。

按:(乾隆)《吴江县志》卷三十九同。清震泽县今属吴江区。

(乾隆)《长洲县志》卷十一《风俗》(清乾隆十八年刻本):

七夕,乞巧穿针。今将面作花,油煎,名"巧果"。

按:(乾隆)《元和县志》卷十同。

(乾隆)《震泽镇志》卷二《风俗》(清道光二十四年刻本):

七月七日,相传牛女于此夕渡河,家设瓜果于庭,儿女对月穿针,谓之乞巧。以面粉剪杂花等形,油沸食之,曰"巧果"。或又采凤仙花染指甲。

(乾隆)《璜泾志略·节序》(1986年广陵古籍刻印社据稿本影印):

七夕,设瓜果作会,曰乞巧。女子集月下,以线穿针孔,辨目力。

按:《璜泾志略》为稿本,据王保谠题识,志中记载止于乾隆末年,其书在嘉庆《州志》未出以前(嘉庆《直隶太仓州志》刻于嘉庆七年),故志前时代标注为"乾隆"。

(嘉庆)《直隶太仓州志》卷十六《风土上·节序》(清嘉庆七年刻本):

太仓州:七夕,溲面簇花,入油煎之,曰"巧"。儿童设瓜果为乞巧会,妇女对月穿针,捣凤仙花染指甲,猩红悦目,故呼凤仙为指甲花。城南村民酿钱祭织女庙,占岁丰歉。按:织女庙在黄姑村,相传牵牛织女二星降其地,详古迹志。

(道光)《苏州府志》卷二《风俗》(清道光四年刻本):

七夕,有乞巧会。王《志》:以青竹戴绿荷系于庭作承露盘,男女罗拜月下,饤果皆曰巧。又以线刺针孔辨目力,明日视盘中蜘蛛含丝者,谓之得巧。馀皆举露饮之。令儿女辈悉预,谓之"小儿节"。

(道光)《昆新两县志》卷一《风俗占候》(清道光六年刻本):

七夕,妇女捣凤仙花染指甲,捏糖面作花及各物样,油煎之,以相馈遗,曰巧果。妇女对月穿针,曰乞巧。置蜘蛛小盒中,旦视,丝多者为得巧多。

按:(光绪)《昆新两县续修合志》卷一同。清昆新两县即今昆山市。

(道光)《元和唯亭志》卷三《风俗》(清道光二十八年刻本):

七夕,乞巧穿针,染指甲,儿女辈悉预,谓之"小儿节"。

(清)顾禄《清嘉录》(来新夏点校,上海古籍出版社1986年版):

巧果:七夕前,市上已卖巧果。有以面白和糖,绾作苎结之形,油汆令脆者,俗呼为"苧结"。至是,或偕花果,陈香蜡于庭或露台之上,礼拜双星以乞巧。蔡云《吴歈》云:"几多女伴拜前庭,艳说银河驾鹊翎。巧果堆盘卿负腹,年年乞巧靳双星。"

案:王鏊《姑苏志》云:"七夕,市上卖巧果。"又九县《志》皆云:"七夕,以面和糖,油煎令脆食之,名曰'巧果'。盖以吃巧果叶乞巧也。"沈朝初《忆江南》词云:"苏州好,乞巧望双星。果切云盘堆玉缕,针抛金井汲银瓶。新月挂疏棂。"然孟元老《东京梦华录》亦云:"七夕,以油、面、糖蜜造为笑靥儿,谓之'果食',花样奇巧。"又陆启浤《北京岁华记》云:"七夕,市上卖巧果。"又吴曼云《江乡节物词》小序云:"杭俗,七夕设时果祀双星,谓之'巧果'。或以花佝之,为闺房韵事。"诗云:"乞巧谁从贷聘钱,瓜花谷板献初筵。阿侬采得同心果,不为双星证凤缘。"吴中旧俗,七夕陈瓜果,焚香中庭,僧尼各聚男女烧香者为会。见《吴县志》。又范《志》:"七夕,亦有乞巧会,令儿女辈悉与,谓之'女儿节'。"又王《志》:"七夕,以青竹戴绿荷系于庭,作承露盘,男女罗拜月下,钌果皆曰'巧'。又以线刺针孔辨目力。明日视盘中蜘蛛含丝者,谓之'得巧'。馀皆举露饮之。"今俗皆废。《字汇》:"汆,土恳切,音吞,上声。水推物也。"《字林撮要》:"汆,在水上为汆。"吴语谓以水推物曰汆。

督巧:七日前夕,以杯盛鸳鸯水,掬和露中庭,天明日出晒之。徐俟水膜生面,各拈小针投之使浮,因视水底针影之所似以验智鲁,谓之"督巧"。

案:沈榜《宛署杂记》:"燕都女子,七日以碗水暴日中,各投小针,浮之水面,徐视水底日影,或散如花,动如云,细如线,粗如椎,因以卜女之巧。"刘侗《帝京景物略》谓之丢巧针。吴曼云《江乡节物词·小序》谓即古穿针遗俗,杭人谓之针影。诗云:"穿针年年约比邻,更将馀巧试针神。谁家独见龙梭影,绣出鸳鸯不度人。"督,《广韵》冬毒切,《集韵》都毒切,并音笃,落石也。吴语谓弃掷曰督,其义可通。

染红指甲:捣凤仙花汁,染无名指尖及小指尖,谓之"红指甲"。相传留护至明春元旦,老年人阅之,令目不昏。

案:周密《癸辛杂志》:"凤仙花红者捣碎,入明矾少许,染指甲,用片帛缠定过夜,如此三四次,则其色深红,洗涤不去,日久渐退回,人多喜之。"《花史》:"李玉英秋日捣凤仙花染指甲。"又明瞿佑《红甲》诗云:"金盆和露捣仙葩,解使纤纤玉有瑕。一点愁凝鹦鹉喙,十分春上牡丹芽。娇弹粉泪抛红豆,戏掐花枝镂绛霞。女伴相逢频借问,几回错认守宫砂。"但不定在七夕耳,惟《昆新合志》则云:"七夕,少女捣凤仙花汁,染指尖。"

看天河:七夕后,看天河显晦,卜米价之低昂,谓晦则米贵,显则米贱。予有《七夕看天河》诗云:"未弦月色映前溪,静夜银弯一望低,欲卜秋来新米价,天孙远嫁在河西。"

案:《昆新合志》云:"七夕天河去,以河来日久速,卜米价贵贱,大约十日则一两。"郭频伽《樗园消夏录》载戴石屏《舟中夜坐》诗云:"独坐观星斗,一襟秋思长。天河司米价,太乙照时康。"谓此语流传已久。

按:(民国)胡朴安《中华全国风俗志》下编录"巧果"与"磐巧"段,略案语。

(清)袁学澜撰《吴郡岁华纪丽》卷七(江苏古籍出版社 1998 年版):

巧果乞巧:《梦华录》云:"七夕,俗以蜡作婴儿,浮水中为戏,为妇人宜子之祥,名弄化生,供瓜花谷板以乞巧。以油面糖蜜,造为笑靥儿花样,百般奇巧,如捺香、方胜之类,谓之果食。"吴中旧俗,七月,市上卖巧果,以面和糖,绾作苧结形,或翦作飞禽之式,油煮令脆,总名巧果。闺中儿女,陈花果香灯、瓜藕之属于庭中露台,礼拜双星,为乞巧会,令儿女辈悉与,谓之女儿节。以青竹戴绿荷,系于庭,作承露盘。男女罗拜月下,以线刺针孔辨目力。明日视盘中蜘蛛含丝者,谓之得巧。馀皆举露饮之,贵家钜族,结彩楼于庭,为乞巧楼,穿七孔针,名曰弄影之戏,见天河中耿耿白气,或耀五色,以为双星渡河征,便拜得福。

按:《岁时记》:"七夕乞巧,有蟢子网于所陈瓜上,则以为得巧。"《下黄私记》:"下黄人每值八九月中,月轮外轻云时有五色,则急呼女子持针线,小儿持纸笔,向月拜之,谓之乞巧。"则乞巧不独七夕也。《方舆胜览》:"土人工于土塑,七夕造摩睺罗尤为精巧。"

《熙朝乐事》:"七夕,市中以土木雕塑孩儿,衣以彩服而卖之,号为摩睺罗。"按此为妇人宜子之祥。唐人《宫词》云:"芙蓉殿上中元节,水拍银盘弄化生。"即此摩睺罗也。

袁学澜《七夕乞巧词》:"凉飙吹转商秋律,天街夜静银河直。洗车雨过乍开晴,几处园林新月色。云光奕奕渡双星,曝衣楼外彩棚立。红闺眷属聚良宵,妆成笑语中庭集。钉盘果饵袭炉香,娉婷拜起瑶阶侧。默祷织女与黄姑,但愿所求遂胸臆。所求不是为连理,所求不是为比翼。传闻天上有神仙,乞灵祈赐聪明质。金梭即遣堕侬前,蛛丝织就回纹式。更愿穿尽七空针,刺绣群中推第一。衷情良久诉分明,犹有馀情诉未毕。青天碧海雨茫茫,天孙未识能闻得。井边梧叶落银床,清露飞来罗袜湿。铜壶滴沥漏声长,疏帘风动流萤入。岂知巧拙本生定,仰乞天孙亦何必。苟能乞与人间巧,人人巧与天孙匹。何乃落落巧者稀,可知仙亦难为力。从来至巧不如拙,巧者常劳拙者逸。工倕丽指遭天刑,凿雕混沌真形失。逞巧无如守拙良,大巧由来存朴实。怅望盈盈一水间,仙路云軿归云疾。牵牛花底曙光生,人间机变纷纭出。"

卜巧:七日前夕,以杯盛鸳鸯水,掬和露中庭,天明日出,晒之,徐俟水膜生面,各拈纤针投之,使浮,视水底针影,有成云物、花头、鸟兽影者,有成鞋及剪刀、水茄影者,谓乞得巧;其影粗如槌、直如轴,则拙征矣!

按:《宛署杂记》:"燕都女子,七日以碗水暴日中,各投小针,浮之水面,徐视水底日影,或散如花,动如云,细如线,粗如槌,因以卜女之巧。"刘侗《帝京景物略》:"七夕丢巧针。"袁学澜《七夕卜巧词》:"夜听金盆捣凤仙,纤纤指甲染红鲜。投针巧验鸳鸯水,绣阁秋风又一年。"吴曼云《江乡节物词》:"穿针年年约比邻,更将馀巧试针神。谁家独见龙梭影,绣出鸳鸯不度人。"

(同治)《茜泾记略·风俗》(清同治九年增补钞本):

七夕为乞巧会,果钉皆以"巧"名。妇女捣凤仙花染指甲,向月穿针。

(同治)《苏州府志》卷三《风俗》(清光绪九年刻本):

七夕有乞巧会。《姑苏志》:以青竹戴绿荷于庭,作承露盘,男女罗拜月下。钉果皆曰巧,又以线刺针孔辨目力,明日视盘中蜘蛛,含丝者谓之得巧,馀皆举露饮之。令儿女辈悉预,谓之小儿节。

按:(光绪)《苏州府志》卷三同。谓,原作"为",据洪武《志》改。

(光绪)《周庄镇志》卷四《风俗》(清光绪八年刻本)：

　　七夕,设瓜果于庭,乞巧穿针,采凤仙花染红指甲。

(光绪)《杨舍堡城志稿》卷六《风俗》(清光绪九年活字本)：

　　七夕,食巧果,妇女穿针乞巧。或曝盆水浮针,视影纤笨卜巧拙。

(光绪)《常昭合志稿》卷六《风俗志》(清光绪三十年木活字本)：

　　七夕为浮瓜沉李之宴,女妇向月穿针,取蛛合盘,中有丝则曰"得巧"。以面和糖,用油炸之,名曰"巧果",相馈遗。

按:常昭即今常熟市。

(光绪)《太仓直隶州志》卷六《风土·节候》(清光绪稿本)：

　　太仓州(镇洋县同):七月七夕,扞糖面作花及各物样,油煎之,以相馈,曰"巧果"。妇女对月穿针,捣凤仙花染指甲,置蜘蛛小盒中,旦视,丝多者为得巧多。城南村民酿钱祭织女庙,占岁丰歉。

(民国)《太仓州志》卷三《风土·节候》(民国八年刻本)：

　　七月七夕为乞巧会。溲面簇花,及剪蚕豆入油煎之,曰"巧"。儿童设瓜果,妇女对月穿针,捣凤仙花染指甲,置蜘蛛小盒中,旦视,丝多者为得巧多。城南村民酿钱祭织女庙。《中吴纪闻》云:昆山县东三十六里地名黄姑古老,相传尝有牵牛、织女星降于此地,织女以金篦划河,河水涌溢,牵牛因不得渡。今庙之西有水名百沸河,乡人异之,为之立祠,祠中列二像。建炎兵火时,士大夫多避地东冈,有范姓者,经从祠下题于壁间,云:"商飙初至月埋轮,乌鹊桥边绰约身。闻道佳期唯一夕,因何朝莫对斯人。"乡人遂去牵牛像,今独织女存焉。祷祈之间,灵迹甚着。每至七夕,人皆合钱为青苗会。所收之多寡,持杯珓问之,无毫厘不验,一方甚敬之,占岁丰歉。

(民国)《吴县志》卷五十二上《舆地考·风俗》(民国二十二年铅印本)：

　　七月七日为牵牛织女相会之辰,妇女夜陈瓜果,乞巧穿针。取鸳鸯水露中庭,明日日中,浮针而视其影,以别巧拙。捣凤仙花染指甲,食巧果、苎结。

(民国)《相城小志》卷三《风俗》(民国十九年木活字本):

乞巧:七月七日,小儿女以盆盛阴阳水曝于庭中,掷绣花针于水中,视针影以卜智愚。

(民国)《盛湖志》卷三《风俗》(民国十四年刻本):

七月七为双星渡河日,家设瓜果于庭,儿女对月穿针,谓之乞巧。又采凤仙花捣汁染指甲。

《肖桥村志》(袁保中,程刚主编,广陵书社 2020 年版):

七夕:农历七月初七日,为"七巧节",又称"乞巧节",旧时也是中国情人节。相传七夕是牛郎织女在"鹊桥"相会之期。人间妇女织彩缕,穿七孔针,陈设瓜果、酒脯、香烛并盛清水一碗,投入绣花针,向织女星乞求智巧,谓之"乞巧"。是日,以面粉拌芝麻,做成食品,晾干后经油锅氽成"巧果"(考果)给全家分食,并馈送亲友。有句老话:"七月七,油氽考果真好吃。"
按:肖桥村在常熟市海虞镇。

南通市

(康熙)《通州志》卷七《风物志》(1962 年南通市图书馆油印本)

七月七日,士人祀魁斗,妇女则陈瓜果乞巧于中庭,望彩云,见者为得巧。
按:(乾隆)《直隶通州志》卷十七"妇女"后省"则"字。

(嘉庆)《如皋县志》卷十《礼典·岁时》(清嘉庆十三年刻本):

七夕,士人祭魁斗,儿女陈瓜果,望彩云乞巧。

(嘉庆)《海门厅志》卷四《风俗志》(清抄本):

七夕,妇女设瓜果,以面绞为绳,入油煎之,名曰"巧果"。对月穿针,藏蜘蛛于盒,晨起视其丝,清而理为得巧。

(光绪)《通州直隶州志》卷六《仪典志·敦俗》(清光绪元年刻本):

七夕,儿女陈瓜果,望彩云乞巧。

(民国)胡朴安《中华全国风俗志》下编(河北人民出版社 1986 年版):

如皋七月之风俗:乞巧。初七日,相传为牛郎织女相会之日期。是晚,各处之红男绿女,总角童孩,设香案庭间,跪拜以乞巧。

《海安县志》(上海社会科学院出版社 1997 年版):

七夕:七月七日夜俗称七夕又称"乞巧节",相传为牛郎织女鹊桥相会之日。农家姑娘常结伴望巧云,传说谁能看到纤云弄巧,谁就能精通针线女红。亦有藏在茄子田、瓜棚下"乞巧"的。此俗今已不兴。

上海市

(弘治)《上海志》卷一《疆域志·风俗》(明弘治刻本):

七夕,以茜鸡作乞巧会。

(正德)《松江府志》卷四《风俗》(明正德七年刻本):

七夕,以茜鸡、莲藕之类作乞巧会。男女罗拜月下。《苏志》谓之小儿节。

(万历)《新修崇明县志》卷一《风俗志》(明万历三十二年刻本):

七月七日,稚子以凤仙花染指,谓之乞巧。

(万历)《青浦县志》卷一《风俗》(明万历刻本):

七夕,作乞巧会。

(万历)《嘉定县志》卷二《疆域考·风俗》(明万历刻本):

七夕,以面和糖而油煎之,令红白相间,成花果之形,曰"巧"。儿女乞巧于庭。捣凤仙花以染指甲,红如琥珀,累月不去。

按:(清乾隆)《宝山县志》卷一同。

(崇祯)《松江府志》卷七《风俗》(明崇祯三年刻本):

七月七日,以菱芡瓜果为七夕之会,不复乞巧。揉面为巧果,及煎茄供油煿之。

(崇祯)《外冈志》卷一《时序》(1961年《上海史料丛编》铅印本):

七夕日为粉饵,油炸食之,谓之"吃巧"。以茄切片和肉为馅,谓之茄饼。七夕后夜凉,农家纺织彻夜,谚云:"河斜角,做夜作。"

(清康熙)《嘉定县志》卷四《风俗》(清康熙十二年刻本):

七夕,人家设瓜果酒肴于庭或楼台之上,为乞巧会,谈牛女渡河事,切茄裹面,剪鸡簌花以油沸之,名曰"巧果"。妇女对月穿针,辨目力,以蜘蛛置盘中乞巧。明日,视盘中蜘蛛含丝者谓之得巧,又捣凤仙花以染指甲,红如琥珀,累月不去。

(康熙)《重修崇明县志》卷六《风物志》(清康熙刻本):

七月七日,食饺饵,油食捏就,名曰"吃巧"。孩稚以凤仙花染指,少女结伴对月穿针,名曰乞巧。

(乾隆)《上海县志》卷一《风俗》(清乾隆十五年刻本):

七夕,陈瓜果作乞巧会。

按:(乾隆)《青浦县志》卷一同。

(乾隆)《金山县志》卷十七《风俗》(清乾隆十六年刻本):

七月七日,陈瓜果作乞巧会。揉面为巧果及煎茄,俱油煿之。

(乾隆)《奉贤县志》卷二《风俗》(清乾隆二十三年刻本):

七月七日,陈瓜果作乞巧会。揉面为巧果及煎茄酥、蚕豆,俱油煿之。

(乾隆)《崇明县志》卷十二《风俗志》（清乾隆二十五年刻本）：

七月七夕,设瓜果作会,以面为绳,用油煎之,名曰"巧"。孩稚以凤仙花染指甲,曝水,浮七针于上以观其影。夜则对月穿针,藏蜘蛛于盒,晨起视之,其丝清且理者,谓之得巧。

(乾隆)《南汇县新志》卷十五《杂志·风俗》（清乾隆五十八年刻本）：

七夕,乞巧,浮瓜果。

按:清南汇县今属浦东新区。

(乾隆)《续外冈志》卷一《时序》（1961年《上海史料丛编》铅印本）：

七夕穿针,是夜乞巧,殷志已载。妇女对月穿针以辨目力,又搗凤仙花以染指甲,红如琥珀,累月不去。自后夜凉,勤于纺织,谓之做夜作。（陆遵书《竹枝词》:"巧成花果满盘盛,十八湾前看织耕。先搗凤仙染指甲,穿针好待月微明。"钱大昕《竹枝词》:"半塍黄豆半青秧,花藤围村竹绕冈。河射角时勤夜作,商量莫负好秋光。"）

(嘉庆)《直隶太仓州志》卷十六《风土上·节序》（清嘉庆七年刻本）：

崇明县:七夕,对月穿针,藏蜘蛛于盒,晨起视之,其丝清且理者,谓之得巧。

(嘉庆)《松江府志》卷五《疆域志·风俗》（清嘉庆二十二年刻本）：

七夕,陈瓜果作乞巧会,小男女罗拜月下。

(嘉庆)《寒圩小志·风俗》（1962年《上海史料丛编》铅印本）：

七夕则瓜果乞巧。

按:清寒圩今属颜圩村。

(道光)《川沙抚民厅志》卷十一《杂志·风俗》（清道光十七年刻本）：

七月七日,作茄饼,或剪面作诸花样,以油煮之,曰"糃"。至晚,陈瓜果,女子对月穿针,作乞巧会。

按：(清光绪)《川沙厅志》卷一同。清川沙抚民厅即今浦东新区。

(道光)《蒲溪小志》卷一《风俗附四时节序》(上海古籍出版社 2003 年标点本)：

　　七月七日为巧日，以粉煎各式花样，用油煎而食之，名曰"吃巧"。制蚕豆曰兰花豆。巧夕，或有陈设瓜果，置小宴款客，曰乞巧会。

(咸丰)《紫堤村志》卷二《节序》(上海古籍出版社 2008 年标点本)：

　　七月七日，以面粉和糖制各式花样煎之，曰"巧果"。时新嫁女多归宁，以相馈遗。

按：紫堤村即今闵行区诸翟镇。

(同治)《上海县志》卷一《疆域·风俗》(清同治十一年刻本)：

　　七夕，陈瓜果作乞巧会，妇女以凤仙花汁染指甲，向月下穿针。

按：(民国)《法华乡志》卷二省"陈瓜果"三字。

(光绪)《青浦县志》卷二《疆域下·风俗》(清光绪四年刻本)：

　　七夕，陈瓜果作乞巧会，以面粉剪花油沸食之，曰"巧果"。

按：(民国)《章练小志》卷三同。

(光绪)《重修华亭县志》卷二十三《杂志上·风俗》(清光绪四年刻本)：

　　七夕，以茜鸡、菱藕之类作乞巧会。《金山志》云："揉面为巧果及煎茄，俱油焯之。"

(光绪)《嘉定县志》卷八《风土志》(清光绪七年刻本)：

　　七夕，妇女捣凤仙花染指甲，用面和饧油煎之，曰"巧果"。

(光绪)《宝山县志》卷十四《志馀·风俗》(清光绪八年刻本)：

　　七夕，以面和糖而油煎之，令红白相间，成花果形，名之曰"巧"。儿女设瓜果于庭，为乞巧会，捣凤仙花染指甲，红如琥珀，累月不去。

(光绪)《罗店镇志》卷一《疆里志·节序》(清光绪十五年铅印本)：

七月初七日,以糖和粉面制成花果形,用油煎熟,曰"巧"。小儿女月下穿针为乞巧,食红菱、白蒲枣,捣凤仙花染红指甲,谓可使筋不缩。

(民国)《重辑张堰志》卷一《区域·风俗》(民国九年铅印本)：

七月七日,陈瓜果于庭,作巧会。揉面作巧果,又以面包茄丝油煎之,名"落酥饼"。庭设香几,摘凤仙花三十三朵养诸盆,及海棠,兰、菊、状元鞭诸花插诸瓶,以媚牵牛、织女。七夕后,看天河显晦卜米价之低昂,晦则米贵,显则米贱。

(民国)《崇明县志》卷四《地理志·风俗》(民国十三年修十九年刻本)：

七月七日,乞巧。溲面薄,切入沸油令脆,食之,谓"吃考",考音与巧同。是夕,陈瓜果,妇女渍水浮七针观其影,对月穿之。捣凤仙花染指甲,藏蜘蛛于盒,旦日启,视丝有条理者为得巧。

(民国)《嘉定县续志》卷五《风土志》(民国十九年铅印本)：

七月巧日,团面摊薄,剪成衽形,俗称"定胜",以油炸而食之,名曰乞巧。

又《方言》:巧,七月初七日,蒻面油煎之曰"巧",俗读如"考"。

《上海市奉贤县志》(上海人民出版社1987年版)：

乞巧:农历七月初七为乞巧节。乞巧,就是妇女们向织女乞求智巧。有的地方捉一只蜘蛛,放在首饰盒中,次日清晨看所结之网是疏是密或是否圆正,即可预测自己将来是笨是巧。有的地方还举行"穿针赛巧"活动,以红绿线穿9尾针,先穿完者为得巧。正午,有的放一盆水在太阳光下曝晒,乞巧人轻轻将绣花针投于盆中,浮于水面者得巧,针影又细又长又光者得大巧。这些活动,除穿针比赛较有意义外,馀则均属无稽之谈,故今已淘汰。

《崇明县志》(上海人民出版社1989年版)：

乞巧:农历七月初七,相传为牛郎织女鹊桥相会之日,俗称"七夕",

也称"乞巧节"。晚上，妇女将凤仙花捣烂，取汁染手指甲。藏蜘蛛于盒中，第二天启视，如蛛丝条理清楚，则为"得巧"。又摊一白纸于地，据说可得天上织女散落的脂粉，涂之便得智慧，此举谓之"乞巧"。"乞巧节"这天，人们以面粉加糖水揉和成团，然后擀成薄皮，切成长方形小片，入油煎而成"烤"。其味香甜，质松脆，食之，名为"吃烤"（方言中，"吃烤"与"乞巧"谐音）。"吃烤"一习，至今尚存。

《上海市川沙县志》（上海人民出版社1990年版）：

乞巧：农历七月初七，传说为牛郎织女鹊桥相会之日。民间用面粉擀成薄片，剪出花样，以油炸熟，名为巧果，俗称"煎考"。此俗犹存。

《外冈志》（上海市嘉定县外冈乡志办公室编，复旦大学出版社1993年版）：

七夕：七月初七日为"七夕"（亦称"七巧"）。家家以粉做成"花蓝""定胜"等形状，以油煎之以食，名"吃巧"。明时还食以茄切片和肉为馅的茄饼。是夜妇女对月穿针，以辨目力，名"乞巧"。捣凤仙花取其汁以染指甲。七夕后天气渐凉爽，农村妇女开始勤于纺织，习称作夜作。本乡人陆遵书竹枝词记七夕："巧成花果满盘盛，十八湾前看织耕，先捣凤仙染指甲，穿针好待月微明"。钱大昕亦作竹枝词记之："半塍黄豆半青秧，花药围村竹绕岗，河射角地勤夜作，商量莫负好秋光。"

一〇、浙江乞巧歌

浙江收录嘉兴、杭州、宁波、金华、台州、温州等市的乞巧歌谣共14首。

嘉兴市

【1949 年前】

七七星(嘉善县)

七七星,扁担星,　　　　　念巧七遍就聪明。

录自嘉兴市南湖区古城志编纂委员会编《嘉兴古城志》(方志出版社 2022 年版)。

教伢学梳头（萧山区坎山镇）

七月七，
牛郎哥哥、织女姐姐快快来。
伢给你送物，
教伢学做活。

伢给你送肉，
教伢扎鞋帮。
伢给你送菜，
教伢学剪裁。

伢给你送水，
教伢纳鞋底。
伢给你送瓜，
教伢纺棉花。

伢给你送醋，
教伢学织布。
伢给你送酒，
教伢学梳头。

录自顾希佳主编《民俗千秋风韵长：三江两岸民俗风情》（杭州出版社 2013 年版）。据该书记载：七夕这天，姑娘小媳妇们用木盘端着自家做的面点心和巧果儿到巧手婆婆家中乞巧，她们的点心中包有绣花针、做活针、纳衣针、剪刀、织布梭、纺花车和木梳，有的是用菜叶或柳树叶剪成的象征性物品，到巧手婆婆家上供后，就唱乞巧歌。唱完歌，婆婆就给大家分巧点心。

宁波市

七姐妹，乞巧来（镇海区）

七姐妹，乞巧来，　　　　　短毛巾，擦茶盅。

七把椅子摆起来，　　　　　擦来茶盅亮光光，

七个美女坐起来。　　　　　泡来茶叶青盎盎，

　　　　　　　　　　　　　吃进肚皮桂花香。

长毛巾，挂龙门，

唱述者：傅文卿。搜集者：王志伟。1987 年 6 月 21 日采录于何仙村。
录自浙江省民间文学集成办公室编《中国民间文学集成·浙江省·宁波市镇海区卷》
（1988 年）。陈泳超主编《中国牛郎织女传说·民间文学卷》据以收录。

七巧扁担（宁波）

梭星，犁星，　　　　　　　七巧扁担，

七巧扁担稻桶星[①]，　　　 牛轭犁耙稻桶星，

念过七遍会聪明。　　　　　念过七遍会聪明。

录自周时奋：《宁波老俗》（宁波出版社 2008 年版）。第二段据陆良华主编《河头村志》（河头
村志编委会 2007 年版）补，原为两首，今合在一起。《宁波老俗》记载："七巧扁担"指牛郎星，
一条线上三颗星，传说中间亮者为牛郎，两边各一颗为用箩筐装着的两个孩子。"稻桶星"指
织女星，共五颗，边上最亮者传为织女，另四颗排成菱形，传为织机四脚。因该菱形不规则，又
像梯形，俗称"稻桶星"。梭、犁为织女、牛郎的两种工具，寓有"勤能补拙""以勤得巧"的含义。

561

七月七日七妹姊(东阳市)

七月七日七妹姊，　　　　一脚行到东北方，
梳出头发三尺三。　　　　二脚行得东白山，
面上闪光白如霜，　　　　东白山尖好清爽，
衣裳穿起像白洋。　　　　支起机子把线纺。
布裙拖起像凉伞，
脚拐绕起菱角尖。　　　　织布也在东白山，
　　　　　　　　　　　　绣花也在东白山，
红鞋穿起好行医，　　　　家家姑娘花衣裳，
放下手帕好绣花。　　　　东白山上来进香。

搜集者:程国伟。1985 年夏采录于白溪乡。
录自东阳县民间文学集成办公室编《中国民间文学集成·浙江省金华市·东阳县歌谣谚语卷》(浙江省民间文学集成办公室 1988 年版)。陈泳超主编《中国牛郎织女传说·民间文学卷》据以收录。赵逵夫参考其他人提供文本整理。

七仙女织绸绫(东阳市千祥镇)

第一仙女织绸绫，　　　　织起什么好花名？

织起麒麟送贵子，
织起鲤鱼跳龙门。

第二仙女织绸绫，
织起什么好花名？
织起二龙来抢珠，
织起狮子滚仙球。

第三仙女织绸绫，
织起什么好花名？
织起乌龙来盘井，
织起猛虎落山林。

第四仙女织绸绫，
织起什么好花名？
织起金鸡配凤凰，
织起芙蓉赛牡丹。

第五仙女织绸绫，

织起什么好花名？
织起雉鸡绕山飞，
织起画眉笼内啼。

第六仙女织绸绫，
织起什么好花名？
织起鹁鸪来求雨，
织起八哥打阵飞。

第七仙女织绸绫，
织起什么好花名？
织起青松配白鹤，
织起喜鹊梅花林。

七匹绸绫织端正，
剩落还有二尺零，
交你郎君园起来，
姐妹下年再上门。

演唱者：金章松。搜集者：周建平，应泉涌。1984 年 10 月采录于东阳千祥乡。
录自金华市民间文学集成办公室编《浙江省民间文学集成·金华市歌谣、谚语卷》（浙江文
艺出版社 1990 年版）。徐爱华，张远满编著《浙江省传统节日民俗传承人口述史研究》（浙
江工商大学出版社 2016 年版）所收武义县作《织绸绫》，只有"第七仙女"一段，该书记载：
每当七夕，四乡八村的巧妇聚在武义城东胡处村的龙王庙，赶制荷花灯，于熟溪两岸乞巧
放灯，齐声吟唱《织绸绫》。

七巧七粒星 (东阳市巍山镇)

七巧七粒星，　　　　　　　一口念得七遍会聪明。

稻桶星，扁担星，

演唱者：赵仙英。搜集者：郑和新。1985 年 7 月采录于东阳巍山镇一带。
录自金华市民间文学集成办公室编《浙江省民间文学集成·金华市歌谣、谚语卷》(浙江文
艺出版社 1990 年版)。

念出七遍七月七（台州）

念出七遍七月七，

七娘祀日七姑星，

伶俐聪明去读书。

……

七姑星，八姑星，

念七遍，会聪明。

录自浙江民俗学会编《浙江风俗简志》（浙江人民出版社 1986 年版）。又见于叶大兵主编《中国民俗大系·浙江民俗》（甘肃人民出版社 2003 年版）。第二段据叶泽诚主编《台州民俗大观》（宁波出版社 1997 年版）补，原另为一首，今合在一起。田旭编《水族漫话》（文化艺术出版社 2004 年版）所录宁波市宁海县"八姑星"作"七七星"。

七仙娘娘坐莲台 (洞头区)

七月初七天门开，　　　　　七月初七天门开，
七仙娘娘坐莲台。　　　　　七仙娘娘下凡来。
有花有粉请汝来，　　　　　民间善恶分得清，
保佑囝仔平安免祸灾。　　　拯救百姓免祸灾。

搜集者：邱国鹰。
录自抖音：《七月初七，来听听洞头闽南语民谣〈七夕谣〉》(https://www.douyin.com/
video/7270072967277645071)。唱第二遍时第二段末句换为"拯救百姓出苦海"，余同。
温州网《洞头举行第七届七夕民俗风情节》(2014-08-03)所录仅有第一段四句，末句为
"保佑孩子快快长大免祸害"。

每日无事免消灾 (洞头区)

七月初七天门开，　　　　　七星娘娘坐莲台。
信女坚心举香拜。　　　　　有花有粉请你来，
保佑平安有赐福，　　　　　每日无事可消灾。

演唱者：苏彩环。搜集者：吕志扬。
录自潘一钢编《温州老歌谣》(黄山书社 2015 年版)。文字有所订正。

七星亭(洞头区)

七月初七天门开，　　七星亭,桌上摆,
七星娘娘下凡来。　　祈祝孩子早成才。
民间善恶分得清，　　……
拯救一方百姓出苦海。

录自洞头区人民政府网:《祈福:七夕民俗节》(https://www.dongtou.gov.cn/art/2014/12/8/art_1270083_4817438.html,2014-12-08)。原无题,据温州文明网《浙江温州:2022中国·洞头七夕民俗风情节开幕》(2022-08-05)有关文字补。

撞歌只有看牛郎(瓯海县)

撞歌撞,撞歌撞,　　撞歌撞,撞歌撞,
撞歌只有看牛郎。　　撞歌只有种田郎。
织布只有七仙女,　　别人种田饿肚皮,
织起绸缎有话讲。　　我种田谷都满仓。

讲述者:王宝进。搜集者:姜祥美。1987年12月采录于白水。
录自《中国民间文学集成·浙江省温州市瓯海县故事歌谣谚语卷》(浙江省民间文学集成办公室,1989年)。

天上星，亮晶晶（乐清市）

天上星，亮晶晶。　　　　　糍麻少，分阿嫂。

七月七，巧人①大家分，　　糍麻多，分阿大②。

巧人分成双。　　　　　　　园里种株豆，

　　　　　　　　　　　　　种瓜得瓜，种豆得豆。

园里种株瓜，

讲述者：赵顺龙。

录自《乐清七月七，送巧人儿》，见温度新闻微信号：《七夕"乞巧"找不同：温州 11 个县市区
风俗大 PK》，2014－08－02。

① 人：方音读作"能"。　② 大：方音读作"豆"。

不明市县

【1949 年前】

乞手巧,乞容貌

乞手巧,乞容貌。　　　乞我爹娘千百岁,

乞心通,乞颜容。　　　乞我姊妹千万年。

录自朱雨尊编辑《民间歌谣全集·叙事歌谣集·风俗歌谣·浙江风俗》(世界书局 1933 年版)。广东《台山歌谣集》(国立中山大学语言历史研究所,1929 年)亦收录,完全一致。后在湖北浠水县也有流传(见《浠水文史资料》第五辑)。

(清雍正)《浙江通志》卷九十九《风俗上》（文渊阁四库全书本）：

昌化县：《西湖游览志》：七夕，市中以土木雕塑孩儿，衣以彩服，号为摩睺罗。《梦粱录》：七夕，女郎望月瞻斗，列拜次乞巧于牛女。或取小蜘蛛以金银盒盛之，次早观其网丝圆正，名曰得巧。

桐乡县：万历《嘉兴府志》：七夕，瓜果杂陈，曰乞巧。

又卷一百《风俗下》：

汤溪县：《金华府志》：七夕，女子夜间陈瓜果祭赛乞巧。

开化县：《西安县志》：七夕，小儿以五日所系之彩索剪之，泛以水，送置屋上，以为鹊桥之渡。

分水县：《严州府志》：七夕，妇女设祭于庭，穿针乞巧。

泰顺县：《温州府志》：七夕，以彩缕穿针，陈瓜果以乞巧。《平阳县志》：七夕，作巧食以啖，以巧食掷屋脊上，谓雀含此布桥，以使牛女相会，是夕，群儿取瓦片敲击以庆其会。

(民国)《重修浙江通志稿·民族考》（油印本）：

七夕：七月七日，俗名七夕，相传为牛郎织女双星相会之日，此说始于汉时淮南毕万术。有乌鹊填河而渡织女之说。民间女人于是夕陈瓜果于庭，拜祭乞巧。又解一端午小儿臂上所系之长命缕，弃之屋上，谓使鹊衔以造桥，亦曰"换巧"。

(民国)《浙江新志》第七章《浙江省之社会·风俗》（民国二十五年铅印本）：

七夕〔绍兴〕，相传是晚为牛女相会，以瓜果香烛供之，并以碗一，以针透水，视针之水影形状类似，以为巧拙之标准。日间，妇女并采荆树叶汁和水洗发。

《浙江省丝绸志》（方志出版社 1999 年版）：

浙江蚕乡妇女信奉织女为杼神,有在"七夕节"拜请杼神织女以求增强丝织技巧的习俗,故"七夕节"也称"乞巧节"。在乞巧节中,还有吃"巧果"传统。

湖州市

(明嘉靖)《武康县志》卷三《风俗志》（明嘉靖刻本）：

七夕,间有陈饼果、鸡黍祀天孙,曰乞巧。

按:明清武康县今属德清县。

(明崇祯)《乌程县志》卷四《时序》（明崇祯十年刻本）：

七夕,俗无穿针乞巧事,但用茄饼,亦有设宴乘凉者。

按:(清乾隆)《乌程县志》卷十三同,(乾隆)《湖州府志》卷三十九、(清嘉庆)《长兴县志》卷十四、(清道光)《武康县志》卷五、(同治)《长兴县志》卷十六"乞巧"后增"之"字。清乌程县今属吴兴区。

(清康熙)《孝丰县志》卷一《方舆志·风俗》（清康熙十二年刻本）：

七夕,陈饼果、鸡黍祀天孙,曰乞巧。

按:(同治)《孝丰县志》卷一同。清孝丰县今属安吉县。

(乾隆)《武康县志》卷三《风俗志》（清乾隆十二年刻本）：

七夕,间有陈瓜果祀天孙者,曰乞巧。然通例不行。

(乾隆)《安吉州志》卷七《风俗》（清乾隆刻本）：

七夕,俗无穿针乞巧之事,亦有设宴乘凉者。

按:(清同治)《安吉县志》卷七同。

(同治)《南浔镇志》卷二十三《风俗》（清同治二年刻本）：

七月初七日,金元七总管生日,演剧祭赛。是夕,食茄饼或揉面为花果、鸟兽形,油炸食之,曰"巧果"。闺中捣凤仙花染指甲。(《志稿》)

(同治)《湖州府志》卷二十九《舆地略·风俗》（清同治十三年刻本）：

七月初七日，金元七总管生日，演剧祭赛。（《南浔志》）以纸皂隶焚之，或有结会街迎者。（《乌程刘志》）《菱湖志》：七月七日水会，是水嬉遗风。是夕，食茄饼或揉面为花果鸟兽形，油炸食之，曰巧果。闺中捣凤仙花染指甲。（《南浔志》）俗无穿针乞巧之事。（《乌程刘志》）

(清光绪)《归安县志》卷十二《舆地略·风俗》（光绪八年刻本）：

七月七日为乞巧节，小儿女捣凤仙花染指甲，晚设瓜果于庭以乞巧。

(民国)《双林镇志》卷十五《风俗》（民国六年铅印本）：

七月初七日为东林总管神诞。……是日，食茄饼，或揉面为花果、鸟兽、如意、方胜等形，以油炸之，或火炙，曰"巧果"。是夕，闺中捣凤仙花染指甲，或于庭中设瓜果乞巧。（《志稿》）

(民国)《德清县志》卷二《舆地志·风俗》（民国二十年铅印本）：

七夕：七月七日为七夕，考牵牛织女本列宿躔次，后人附会，遂有天孙下嫁渡河之说。其事原诞，聊资骚人吟咏而已，惟闺秀向有设瓜果穿针乞巧之举，系闺中之乐事，女子解放，俗亦随革。

按：躔，原误作"缠"，今正之。

嘉兴市

(明万历)《秀水县志》卷一《舆地志·风俗》（明万历二十四年修民国十四年铅印本）：

七夕，陈瓜果于庭，对月穿针，曰乞巧。

按：(万历)《嘉兴府志》卷一"七夕"作"七月七日"。

(明天启)《海盐县图经》卷四《方域篇·风土记》（明天启四年刻本）：

七夕，陈瓜果于庭，曰乞巧。

按：(光绪)《海盐县志》卷八同。

(天启)《平湖县志》卷十〈风俗志〉（明天启刻本）：

七月七日,为牵牛织女聚会之夜。傅玄《拟天问》云:"七月七日牵牛织女会天河,此则其事也。"是夕,人家妇女结彩缕,穿七孔针,陈瓜果于庭中以乞巧,有喜子网于瓜则以为符应。

(崇祯)《嘉兴县志》卷十五《政事志·里俗》（明崇祯刻本）：

七月七日为七夕,妇女结彩缕,穿针月下,陈瓜果祀牛女星,日乞巧。捣金凤花染指甲。七夕为织女牵牛聚会之日,明陈继儒《七夕词》:疏雨微云,夜来枕上新凉早。匆匆草草,诉得情多少。戏学穿针,拈起针儿倒。离愁扰,何心厮抄,分送人间巧。(词名《点绛唇》)○抛团扇,拈针线,画楼笑拥如花面。拜中庭,问双星,何故牛郎,唐突娉婷卿卿。

时光箭,恩情电,一年一度来相见。天河清,万里明,月落银屏,犬吠金铃行行。(词名《惜分钗》)○梧桐坠,秋光碎,一痕河影添娇媚。锦梭撖,彩桥结,今宵天上欢娱节。嫦娥凝望,也应痴绝,热热热。 天如醉,云如睡,朦胧方便双星会。鸡饶舌,催离别,别时打算前年月。自从盘古,许多周折,歇歇歇。(词名《钗头凤》)○笑庸师,选婚姻,便把通书弄。难道七夕,相逢夜夜是,人专煞贡。先生回道,向来婚嫁周堂重。若不犯寡宿,孤辰年年会合并,没个儿女团圆共。喜鹊闻之,忽作人言,便会干打哄弄。巧翻成拙,阴阳怕懵懂。看乡间多少夫妻,无非是织女牛郎撖下风流种。(词名《喜鹊儿》)

(清康熙)《海宁县志》卷二《方域志·风俗》（清康熙十四年刻本）：

七夕,设瓜果为乞巧会。其时,妇女集星月下穿针,或浮针于碗水,以得影为巧。

按:(乾隆)《海宁县志》卷一、(乾隆)《海宁州志》卷二、(民国)《海宁州志稿》卷四十同,惟略去"其时"二字。

(康熙)《桐乡县志》卷二《人民部·习尚》（清康熙十七年刻本）：

七月七日,幼女罗瓜果于庭以乞巧,小儿采凤仙花染指甲。

(康熙)《嘉兴府志》卷十二《民俗》（清康熙二十一年刻本）：

七月七日,瓜果杂陈,曰乞巧。

(乾隆)《乌青镇志》卷七《风俗》(民国七年刻本):

七夕,妇女对月穿针乞巧,小儿女采凤仙花染指甲。

按:(民国)《乌青镇志》卷十九同。乌镇、青镇即今乌镇。

(乾隆)《平湖县志》卷四《风俗志》(清乾隆十年刻本):

七月七日,妇女结彩,缕穿七孔针,陈瓜果于庭中以乞巧,有喜子网于瓜则以为得巧。

(乾隆)《濮院琐志》卷六《岁时》(抄本):

七夕,举财神会,俗称七老太是也。张乐神前,丝竹达旦。闺中穿针,月下露瓜果针线,小儿露笔砚乞巧。

(嘉庆)《桐乡县志》卷四《风俗》(清嘉庆四年刻本):

七月七日,幼女陈瓜果于庭,结彩缕,穿七孔针以乞巧。小儿摘凤仙花染指甲。

(嘉庆)《嘉兴府志》卷三十四《风俗》(清嘉庆五年刻本):

七夕,妇女结彩缕,穿针月下,陈瓜果祀牛女星,曰乞巧。捣金凤花染指甲。(《嘉兴汤志》)女子于月下穿针,三穿而过者,谓之"得巧"。(《嘉兴倪志》)陈果于庭,有蟢子网于瓜为得巧。女尼镂粉为花及茄饼馈遗,曰"送巧"。(《平湖王志》)

按:(光绪)《嘉兴府志》卷三十四、(民国)《重修秀水县志》据《嘉兴汤志》录同。

(嘉庆)《嘉兴县志》卷十七《风俗》(清嘉庆六年刻本):

七月七日为七夕,妇女结彩缕,穿针月下,陈瓜果祀牛女星,曰乞巧。捣金凤花染指甲。

按:(光绪)《嘉兴县志》卷十六同。

(光绪)《石门县志》卷十一《杂类志·风俗》(清光绪五年刻本)：

七夕，陈瓜果于庭，儿女对月穿针，曰乞巧。以凤仙花染指甲。

按：清石门县今属桐乡市。

(光绪)《平湖县志》卷二《地理下·风俗》(光绪十二年刻本)：

七夕，妇女捣凤仙花染指甲，结彩缕，穿七孔针，陈瓜果于庭中以乞巧。有蟢子网于瓜为得巧。女尼镂粉为花及粉面饼以馈遗，曰"送巧"。

(光绪)《桐乡县志》卷二《疆域志·风俗》(清光绪十三年刻本)：

七月初七日为七夕，妇女小儿陈瓜果于庭，拜双星以乞巧，捣凤仙花以染指甲。

(光绪)《重修嘉善县志》卷八《典秩志·风俗》(清光绪二十年刻本)：

七夕，杂陈瓜果于庭，名曰乞巧。女子于月下穿针，三穿而中者谓之"得巧"。

《桐乡县志》(上海书店出版社 1996 年版)：

七夕：农历七月初七。旧时妇女们取槿树叶汁液洗发，可不生头虱。姑娘们捣凤仙花染指甲。是夜，妇女、儿童陈瓜果糕点于庭院，祭牛郎织女，祈求心灵手巧，谓乞巧"。今已无此俗。

杭州市

(南宋)周密《武林旧事》卷三《乞巧》(浙江人民出版社 1984 年版)：

立秋日，都人戴楸叶，饮秋水、赤小豆。七夕节物，多尚果食、茜鸡，及泥孩儿号"摩睺罗"，有极精巧，饰以金珠者，其值不赀。供以腊印凫雁水禽之类，浮之水上。妇人女子，至夜对月穿针。饾饤杯盘，饮酒为乐，谓之"乞巧"。及以小蜘蛛贮盒内，以候结网之疏密，为得巧之多少。小儿女多衣荷叶半臂，手持荷叶，效颦摩睺罗。大抵皆中原旧俗也。

七夕前，修内司例进摩睺罗十卓，每卓三十枚，大者至高三尺，或用象牙雕镂，或用龙诞拂手香制造，悉用镂金珠翠。衣帽、金钱、钗镯、佩环、头须及手中所执戏具,皆七宝为之,各护以五色镂金纱厨。制阃贵臣及京府等处,至有铸金为贡者。宫姬市娃,冠花衣领皆以乞巧时物属饰焉。

按:委宛山堂本《说郛》所收周密《乾淳岁时记》所录同,当为据《武林旧事》析出别题者。

(南宋)吴自牧《梦粱录》卷四《七夕》(《全宋笔记》96,大象出版社2019年版):

七月七日,谓之"七夕节"。其日晚晡时,倾城儿童女子,不论贫富,皆着新衣。富贵之家,于高楼危榭,安排筵会,以赏节序,又于广庭中设香案及酒果,遂令女郎望月,瞻斗列拜,次乞巧于女、牛。或取小蜘蛛,以金银小盒儿盛之,次早观其网丝圆正,名曰"得巧"。内庭与贵宅皆塑卖"磨喝乐",又名"摩睺罗",孩儿悉以土木雕塑,更以造彩装襕座,用碧纱罩笼之,下以桌面架之,用青绿销金桌衣围护,或以金玉珠翠装饰尤佳。又于数日前,以红熁鸡、果食、时新果品互相馈送。禁中意思蜜煎局亦以"鹊桥仙"故事,先以水蜜木瓜进入。市井儿童,手执新荷叶,效"摩睺罗"之状。此东都流传,至今不改,不知出何文记也。

(明嘉靖)《西湖游览志馀》卷二十《熙朝乐事》(明嘉靖刻本):

七夕,人家盛设瓜果酒肴于庭心或楼台之上,谈牛女渡河事。妇女对月穿针,谓之乞巧。或以小盒盛蜘蛛,次早观其结网疏密,以为得巧多寡。市中以土木雕塑孩儿,衣以彩服而卖之,号为摩睺罗。

又:卷三《偏安佚豫》:七夕前,修内司进摩睺罗十桌,每桌三十枚,大者至高三尺,或用象牙雕镂,或用龙涎拂手香制造,悉用镂金珠翠,衣帽、金银、钗钏、佩环、真珠、头须及手中所执戏具,皆七宝为之,各护以五色镂金纱厨。制阃贵臣及京府等处,至有铸金为贡者。官姬市娃,冠花衣领,皆以乞巧物为饰焉。

卷十《才情雅致》:七月,丛奎阁前乞巧。

卷二十五《委巷丛谈》:宋时,行都节序,皆有休假,惟七夕百司皆入局,不准假。有时相古朴,问堂吏云:"七夕不作假,有何典故?"吏应云:"七夕古今无假。"时相但唯唯,不知其有所侮也。盖用柳词七夕《二郎神》云:"须知此景,古今无价。"

按:(雍正)《西湖志》卷四十七、(民国)胡朴安《中华全国风俗志》下编同卷二十,后者"庭心"作"庭中","卖"作"售",脱"盛"字。

(嘉靖)《萧山县志》卷一《天文志·风俗》(明万历刻本):

　　七夕,为乞巧会。

按:(康熙)《萧山县志》卷八、(乾隆)《萧山县志》卷十七同。

(万历)《杭州府志》卷十九《风俗》(明万历七年刻本):

　　七夕,设瓜果为乞巧会。殷富之家果列七品,益以肴饵,女妇辈对月穿针乞巧,及以蜘蛛贮盒内,观结网疏密为得巧多寡,或采荷花养水盆中,露置高所,次日以濯手。

按:(万历)《钱塘县志·纪事·风俗》同。

(万历)《遂安县志》卷一《方舆志·风俗》(明万历四十年修钞本):

　　七夕,儿童为会,望指牵牛。

按:(康熙)《遂安县志》卷一、(民国)《遂安县志》卷一"牵牛"作"牛女"。明遂安县今属淳安县。

(清康熙)《富阳县志》卷五《节序》(清康熙二十二年刻本):

　　七夕,士女设果瓜,置盆水,设诸香及用五色花于内,露陈庭前为乞巧会。

(康熙)《杭州府志》卷六《风俗》(清康熙二十五年刻本):

　　七月节物多尚瓜、花菱、藕、桃、李、莲房之属,初七日夕,女子对月穿针,饤钉杯盘饮酒为乐,谓之乞巧。以小蜘蛛贮盒内,候其结网疎密以为得巧之多少。按:桂阳武丁有仙道,谓其弟曰:"七月七日织女当渡河,诸仙悉还宫,盖暂诣牵牛,世人谓织女嫁牵牛也。"《淮南子》:"七月七日,织女赴牵牛,乌鹊填河成道而渡。"周诗《七夕诗》:"蓟北三秋候,京华七夕过。遥怜人隔水,未有鹊填河。时序催霜鬓,支离愧王珂。灵槎不可泛,奈滞客星何。"顾豹文《七夕见鹊诗》:"久职填河役,胡为旷尔工。刷翎鸳瓦上,掉尾桂堂中。灵会馀千载,双星早一宫。不劳津再渡,翠羽任西东。"毛先舒诗:"今夕是何夕,碧云沧海端。月华如梦醒,秋色到烟寒。帝女量河水,宫人裂扇纨。愁心满空碧,只倚玉阑干。"

(康熙)《仁和县志》卷五《风俗》(清康熙二十六年刻本):

七月七日,妇人女子对月穿针,饾饤杯盘饮酒为乐,谓之乞巧。以小蜘蛛贮盒内,候其结网疏密以为得巧之多少。

按:后引周诗《七夕诗》与毛先舒诗与上(康熙)《杭州府志》同,故略。

(康熙)《钱塘县志》卷七《风俗》(清康熙五十七年刻本):

七夕,妇女多设瓜果为乞巧会。对月穿针乞巧,贮蜘蛛于盒内,观结网疏密为乞巧多寡。毛先舒诗:"今夕是何夕,碧云沧海端。月华如梦醒,秋色到烟寒。帝女量河水,宫人裂扇纨。愁心满空碧,只倚玉阑干。"

(康熙)《建德县志》卷一《方舆志·风俗》(清康熙刻本):

七夕,女妇设祭于庭,穿针乞巧。

按:(光绪)《淳安县志》卷一同。《严州府志》卷四、(乾隆)《淳安县志》卷一、(光绪)《严州府志》卷四"女妇"作"妇女"。

(康熙)《昌化县志》卷四《风俗志》(钞本):

七月七日,妇女于月下以彩线穿针,谓之乞巧。

按:(乾隆)《昌化县志》卷一、(道光)《昌化县志》卷七"七日"作"七夕",余同。(民国)《昌化县志》卷六同。清及民国昌化县即今临安区。

(乾隆)《建德县志》卷一《方舆志·风俗》(清乾隆十九年刻本):

七夕,妇女儿童穿针乞巧。

(乾隆)《临安县志》卷二《风俗》(清乾隆二十四年刻本):

万历旧志:七月七夕,女子夜间陈瓜果,祭赛乞巧。

按:(光绪)《临安县志》卷二同。

(乾隆)《杭州府志》卷五十二《风俗》(清乾隆四十九年刻本)：

七夕,市中以土木雕塑孩儿,衣以彩服,号为摩睺罗(《西湖游览志馀》)。七夕,女郎望月瞻斗,列拜次乞巧于牛女,或取小蜘蛛以金银盒盛之,次早观其网,丝圆正名曰得巧。

(嘉庆)《临安府志》卷七《风俗》(清嘉庆四年刻本)：

七月七日,妇女结彩,对月穿针,陈瓜果于庭中乞巧,以喜子贮盒内视结网之疏密以为符应。

按:临安府即今杭州市。

(嘉庆)《於潜县志》卷九《风俗志》(清嘉庆十七年活字本)：

七月七日,各乡村妇女入城隍庙礼拜烧香,络绎如市。夕间有陈瓜果祀天孙者。是夕后河汉不明现,早现则米贱,迟则米贵,谓之"探米价"。

按:清於潜县今属临安区。

(嘉庆)《余杭县志》卷三十七《风俗》(民国八年重刻本)：

七夕,设瓜果于庭,名曰巧果,以五色缕度针,名曰乞巧。昔蔡经还家,言七月七日王方平来,至期,方平乘羽车,造经宅,号曰"织田",田在邑之东南,故至今邑中乞巧为特盛。

(道光)《建德县志》卷六《风俗志》(清道光八年刻本)：

七月七日,小儿女陈瓜果,穿针乞巧。

(清)吴存楷《江乡节物诗》(清光绪三至二十六年钱塘丁氏嘉惠堂刻本)：

巧果:七夕设时果祠双星。或以花俪之,闺房韵事也。"乞巧从谁贷聘钱,瓜花谷板献初筵。阿侬采得同心果,不为双星证凤缘。"

蛛盒:乞巧以蜘蛛置盒中,视网之成否为得巧之验。"袖底分携钿盒轻,牵丝无迹任纵横。蜘蛛尔亦能偷巧,占断人间小隐名。"

针影:七夕穿针,旧俗也。今则以针投之盂水中,翼日视其影之所似,以占巧拙。"穿线年年约比邻,更将余巧试针神。谁家独见龙梭影,绣出鸳鸯不度人。"

(光绪)《富阳县志》卷十五《风土志》》(清光绪三十二年刻本)：

七夕,士女设瓜果,置盆水露陈庭前乞巧。又剪去小儿臂上端午所系长命缕,曰"换巧"。好事者或达旦不寐,看天上巧云。

(光绪)《分水县志》卷一《疆域志·风俗》(清光绪三十二年刻本)：

七夕,间有陈瓜果祀双星者。

按:清分水县今属桐庐县。

(清宣统)《临安县志》卷一《舆地志·风俗》(清宣统二年活字本)：

七夕,妇女陈瓜果于月下,以彩丝穿针,谓之乞巧。

(民国)《建德县志》卷三《风俗志》(民国八年铅印本)：

七月七日,小儿女陈瓜果于庭,喃喃祝福,穿针斗巧,露坐深宵。是夜,薄有红云或杂以五色者,群以为祥。渔户则江天水月,别绕风趣,故此风尤盛。

(民国)《新登县志》卷十《舆地篇九·风俗》(民国十一年铅印本)：

七夕,女郎望月瞻斗,列拜次乞巧于牛女,或取小蜘蛛以盒贮之,次早观网丝圆正,名曰得巧。(《梦梁录》)

按:民国新登县今属桐庐县与富阳区。

(民国)《杭州府志》卷七十七《风俗四·四时俗尚》(民国十一年铅印本)：

七月节物多,尚瓜花、菱藕、桃李、莲房之属。初七日夕,女子对月穿针,饤饾杯盘饭酒为乐,谓之乞巧。以小蜘蛛贮盒内,次早观其结网疏密以为得巧之多少。(《图书集成·风俗考》)

七夕,宫姬市娃冠花,衣领皆以乞巧时物为饰,节物多尚果实、茜鸡及泥孩儿,以蜡印凫雁水禽之类浮之水上。(《武林旧事》)妇人女子至夜对月穿针,谓之乞巧。(《武林旧事》,参《西湖志馀》)

　　七夕节,其日晚晡时,倾城儿童女子,不问贫富,皆着新衣。富贵家于高楼危榭安排筵会,以赏节序,又于广庭中设香案及酒果,令女郎望月瞻斗列拜,次乞巧于女牛。或取小蜘蛛,以金银小盒盛之,次早观其网丝圆正,名曰得巧。(《梦梁录》)市井儿童多衣荷叶,半臂手持荷叶,效摩睺罗状,东都流传至今不改。(《武林旧事》)泥孩儿号摩睺罗,七夕尚之,有极精巧饰以金珠者,其价不赀。(《乾淳岁时记》)以土木雕塑孩儿,衣以彩服而卖之,(《西湖游览志馀》)为乞巧会。殷富之家,果列七品,益以肴饵,或采荷花养水盆中,露置高所,次日以濯手。(万历《志》)

　　七夕,穿针,旧俗也。今则以针投之盂中,翌日,视其影之所似,以占巧拙。(《江乡节物诗》题注)

　　七夕,观河汉现现,早米贱,迟则米贵,谓之探米价,甚验。(《於潜县志》)

按:次早,原作"取早",意不通,据《梦梁录》正之。

(民国)《萧山县志稿》卷一《疆域门·风俗》(民国二十四年铅印本):

　　七夕日,妇女取木槿濯发去垢,士女取瓜果置盆水露陈庭前乞巧。又剪去小儿臂上端午所系长命缕,曰"换巧"。好事者或达旦不寐,看天上巧云。

钟毓龙《说杭州》(浙江人民出版社1983年版):

　　七月初七日,是日为七夕,相传牛郎织女渡银河而相会之时,故小女儿有乞巧之事。以面粉和糖,制成各种小型之状,而以油煎之,名曰"巧果"。向晚陈于庭中,佐以莲蓬、白藕、红菱之类。对目穿针,祈织女之赐以巧技也。又捕蜘蛛一枚,置之盒中,明日视之,如结网成者,为得巧之验。又或取雨水井水各半,盛以碗,露一夜,明日水上结薄衣,投一极小针浮其上,视其水底影之似,以占巧拙。似杵形者拙也。此风起于南宋。皋亭山西有龙珠山,相传钱王曾乞巧于此,故名"巧山",则又在南宋之前矣。然并非普遍之风俗,好事者偶以此邀兴耳。"是日,妇女多以槿柳叶洗发。

《桐庐县志》(浙江人民出版社1991年版):

七巧：农历七月初七侵晨，欣赏朝霞，谓"看巧云"。妇女于是日用槿树叶洗头，姑娘玩穿针游戏，以求女红精巧。此俗于今日已无人理会，唯少数有心者届时观赏彩云，照相留念。

《杭州市志》第2卷（中华书局1997年版）：

七夕：七月初七为七夕，相传是牛郎织女渡银河鹊桥相会的日子。杭人有乞巧之俗，以面粉和糖制成各种小型的物状，油煎后名为"巧果"。是晚，将巧果、莲蓬、白藕、红菱等皆陈于庭院，妇人对月穿针，以祈织女赐以技巧。又捕蜘蛛一枚，置于盒中，第二天蜘蛛在盒中结网，则为"得巧"之验。又取雨水和井水各半，盛在碗内，放在露天过一夜，第二天水上结薄衣，投一极小的针浮其上，视其水底的倒影若像杵，则为拙；若像剪刀，则为巧。

《杭州市滨江区志》（方志出版社2020年版）：

乞巧节：农历七月初七日，称"乞巧节"，又称"女儿节"。节日的庆祝活动多在傍晚，故又称"七夕节"，起源于汉代。……民间"乞巧"方式较多。最流行的是"丢巧针"：妇女们将河水和天落水各半，盛入碗中，称谓"鸳鸯水"，放在阳光下待水面生膜，用绣花针投入，使针浮于水面，以水中出现形影占验智鲁。若形影为花鸟、走兽等状，即为"乞得巧"，否则就有拙妇之兆。早先，境域内妇女每当此日，采撷木槿（槿杞柳）叶，揉出青汁，挼入水中，以洗发除垢，据说能保头发常年洁净。还有"看巧云"。夏云多奇峰，当少女们仰望天空，见到云彩幻化成仙山楼阁、狮熊虎豹、仙童玉女，便以占卜到好命运自嘉。制作七巧果，用面粉和糖制成各色果形，油氽令脆，为七夕风味小吃。是夜，点烛焚香，祭巧果拜双星乞巧。

绍兴市

(宋嘉泰)《会稽志》卷十三《节序》（清嘉庆十三年刻本）：

七夕，立长竹竿于中庭，上设莲花，谓之"巧竿"。以酒果、饼饵祭牛女，盖乞巧也。

(明万历)《会稽县志》卷三《风俗》（明万历三年刻本）：

七月之七夕,相宴集,乞巧。

按:(康熙)《会稽县志》卷七作"七夕,相宴集,乞巧"。

(万历)《绍兴府志》卷十二《风俗志》（万历十五年刻本）：

七夕,女子陈瓜果祭赛乞巧。

按:(康熙)《绍兴府志》卷十二同。

(万历)《新昌县志》卷四《风俗志》（明万历刻本）：

七夕,女子设香醪,迎织女乞巧。煮槿汤沐发。

(万历)《上虞县志》卷二《舆地志·风俗》（明万历刻本）：

七夕,间有宴以乞巧者。

按:(康熙)《上虞县志》卷二、(光绪)《上虞县志》卷三十八、(光绪)《上虞县志校续》卷四十一皆同。

(清康熙)《山阴县志》卷八《风俗志》（民国钞本）：

七月七夕,相宴集,女子陈瓜果乞巧。

按:(雍正)《山阴县志》卷八、(嘉庆)《山阴县志》卷十一同。清绍兴府山阴县即今柯桥区。

(乾隆)《嵊县志》卷二《地理志·风俗》（清乾隆七年刻本）：

七夕,为牵牛织女聚会之夜,女子陈瓜果于庭以乞巧。采槿树叶沐发,谓能涤垢。

按:(道光)《嵊县志》卷三、(同治)《嵊县志》卷二十、(民国)《嵊县志》卷十三"谓能"皆作"以",后二志无"树"字。

(乾隆)《诸暨县志》卷九《风俗》（清乾隆三十八年刻本）：

七夕:隆庆骆《志》:女子乞巧。

(乾隆)《绍兴府志》卷十八《风俗志》（乾隆五十七年刻本）：

七夕:《嘉泰志》:七夕立长竿于中庭,上设莲花,谓之巧竿。以酒果饼饵祭牛女,盖乞巧也。旧《志》:女子陈瓜果祭赛乞巧。

按:(道光)《会稽县志稿》卷七末句作:"康熙《志》:相宴集乞巧。""长竿"前无"七夕"二字。

《绍兴市志》(浙江人民出版社 1996 年版):

七夕:节期七月初七。俗传是日为牛郎、织女天河相聚之时,有七夕乞巧之俗。宋嘉泰《会稽志》载,是日"立长竹竿于中庭,上设莲花,谓之巧竿,以酒果饼饵祭牛女"。明清以来,民间仍于是日燃香点烛,以瓜果祀织女星。妇女则于七夕前一日晚间,供井水、河水对舁之水碗于庭院,至七夕端之阳光下,将小针轻掷水面,以阳光折射下针影所成意像,卜子女未来。如针影状如书,则以为男孩必聪颖,会读书,有出息;如针影呈尺形,则以为女孩必心灵手巧,善女红等。妇女有采红色凤仙花染指甲、以槿树叶汁洗发及余巧果为饵之习。巧果,系用面粉、白糖为料,捏成蝶形,放入油镬余成。此俗今已少见。

宁波市

(嘉靖)《宁波府志》卷四《疆域志·风俗节物》(明嘉靖三十九年刻本):

七夕,妇女陈瓜果乞巧。

按:(万历)《象山县志》卷三、康熙)《象山县志》卷三、(雍正)《慈溪县志》卷六、(雍正)《宁波府志》卷六、(乾隆)《奉化县志》卷一、(乾隆)《鄞县志》卷一皆同。

(嘉靖)《象山县志》卷四《风物纪·岁时》(钞本):

七月七日,妇女陈瓜果乞巧。为手巾备仙桥,以一日成。今此戏稍不行。验鹊首无毛,谓为填河作桥渡牛女;观天河无影,验几日现以占米价。

(清咸丰)《鄞县志》卷一《建制沿革·风俗》(清咸丰六年刻本):

七夕,男女陈瓜果,乞巧于月下,以线穿针孔,穿过者为得巧。(《敬

止录》）

(光绪)《镇海县志》卷三《风俗》（清光绪五年刻本）：

七夕，妇女用槿叶汁燀汤梳栉，庭陈瓜果乞巧。（嘉靖《府志》）

按：(民国)《镇海县志》卷四十一同。

(光绪)《慈溪县志》卷五十五《风俗记》（清光绪五年刻本）：

七月七日，妇女以槿叶水濯发。（《它山图经》）七夕，妇女陈瓜果乞
巧（嘉靖《府志》）。月下以线穿针，穿过者为得巧（《敬止录》）。

(光绪)《余姚县志》卷五《风俗》（清光绪二十五年刻本）：

七夕，市肆卖糖饼谓之巧果。童男女陈瓜果祭赛，颇用乞巧故事。

(民国)《象山县志》卷十六《风俗考》（民国十五年铅印本）：

七月七日，天河无影，验几日现以占米价。验鹊首无毛，谓为填河
作桥渡牛女。妇女陈瓜果乞巧。为手巾备仙桥，以一日成。今此戏稍
不行。（嘉靖《志》）

(民国)《鄞县通志·舆地志子编·气候》（民国二十四年铅印本）：

七月初七，乞巧暴。又按：《测海录》云："七夕降黄姑，望后风始和
然，起飓风亦多。"

《河头村志》（河头村志编纂委员会 2007 年版）：

七夕节：农历七月初七，古代神话牛郎织女这一天在天河相会。杜
甫《牵牛织女》诗："牵牛出河西，织女处其东。万古永相望，七夕谁见
同？"少女、少妇此日七巧洗头，又称"乞巧节"、"女儿节"、"洗头节"。相
传此日织女于杼机旁用槿树叶汁洗头，牛郎见秀发遂生爱意。民间以
此为习，一早取水，采槿树叶搓碎调成胶状用以洗头。晚上妇女在庭院
摆瓜果设香烛供之，以向织女乞巧，有的认准七巧星座念："七巧、扁担、
牛轭、犁、耙、稻桶星，念过七遍会聪明。"

按：河头村在鄞州区横溪镇。

《走马塘村志》(西泠印社出版社宁波分社 2014 年版):

乞巧节:农历七月初七,是民间传统的乞巧节。这一天年轻女子们穿新衣,备素果、香烛,拜双星,并穿针乞巧,同时根据自己不同的处境和心愿,向织女祈祷、祈福、祈子等。民间有七月初七"上茶"的习俗,天刚黎明七姑星正好在天空正中位置,大人小孩在天井或家门口设供桌,前面是香炉烛台,次则七盏茶七杯酒,再次是三牲、糕饼、水果,祭拜七姑星。

按:走马塘村在鄞州区姜山镇。

《慈溪市宗汉街道志》(浙江古籍出版社 2020 年版):

七夕习俗:农历七月初七日,传说是牛郎织女一年一度鹊桥相会的日子,人们俗称七夕节。旧时青年男女在这天夜晚偷偷躲在瓜果棚下,在夜深人静时偷听牛郎织女在天上相会时的脉脉情话,以示待嫁少女日后能得到忠贞不渝的爱情。是日晚上,妇女们向织女乞求聪慧的心灵和灵巧的双手,让自己的针织女红技法娴熟,故也称乞巧节。境内还有"七月七,吃新鸡"的习俗,一般是"童子鸡",一人一只,连汤吃下,可以滋补身体。

舟山市

(光绪)《定海厅志》卷十五《方俗》(清光绪十一年刻本):

七月七日,妇女以槿叶水濯发。(《它山图经》)七夕,妇女陈瓜果乞巧,月下以线穿针,穿过者为得巧。(嘉靖《府志》《敬止录》)

(民国)《定海县志》卷十六《方俗志》(民国十三年铅印本):

七月七日,妇女以槿叶水濯髪。是夕,妇女陈瓜果向牛女乞巧于眉月明星下,以线穿针度过者为得巧,或以盂盛水映星光观之,以辨目力之强弱。

衢州市

(崇祯)《开化县志》卷二《典礼志》(明崇祯刻本):

七夕,童男女晨起以木槿叶春水沐发。

按:(雍正)《开化县志》卷二下、(乾隆)《开化县志》卷五同。

(清康熙)《龙游县志》卷八《风俗志》(清康熙二十年刻本):

七夕,不行瓜果乞巧之事。但小儿以端午日所系五彩线剪置高屋,以为鹊桥之渡。

(康熙)《西安县志》卷六《风俗志》(清康熙三十八年刻本):

七月七日,不行瓜果乞巧之事,但小儿以五日所系之彩索剪之,泛以水,送置屋上,以为鹊桥之渡。

按:清西安县即今衢江区。

(嘉庆)《西安县志》卷二十《风俗》(民国六年重刻本):

七夕,女郎望月瞻斗,陈瓜果罗拜中庭,穿七孔针以乞巧。小儿以五日所系彩索剪之,里以饭送置屋上,谓鹊含此布桥使牛女相会,名曰"助鹊桥"。

(同治)《江山县志》卷一下《舆地志·风俗》(清同治十二年刻本):

端午节,投各种草于汤以澡浴,谓之百草汤。(宋成绥《志》)是日,也用彩绳系小儿女臂以辟邪,至七夕剪彩绳以投檐溜,谓鹊驾桥。

(光绪)《开化县志》卷二《疆域志下·风俗》(清光绪二十四年刻本):

七夕,童男女晨起以木槿叶春水沐发或穿针乞巧。

(民国)《龙游县志》卷二《地理考·风俗》(民国十四年铅印本):

七夕,制七层糕,祀斗星。小儿端午所系五彩线至是始解,剪置高屋以为鹊桥之渡。(新采访,参康熙《志》)

(民国)《衢县志》卷八《风俗志》(民国二十六年铅印本):

七夕,女郎望月瞻斗,陈瓜果罗拜中庭,穿七孔针以乞巧。(陈《志》谓不行瓜果乞巧之事,近亦罕见,惟拜七姊妹则恒有之。)小儿以五日所系彩索剪之，裹以饭送置屋上，谓鹊含此布桥，使牛女相会，名曰"助鹊桥"。

金华市

(崇祯)《义乌县志》卷三《方舆考·岁时》（明崇祯刻本）：

七夕，妇女陈瓜果祀牛女于庭，谓之乞巧。

按：(康熙)《义乌县志》卷六、(嘉庆)《义乌县志》卷七同。嘉庆《志》注曰："或束刍为天孙，以老妪童女扶之，如赐巧者则刍偶自动云。"

(清乾隆)《宣平县志》卷九《风俗志》（清乾隆十八年刻本）：

七夕，剪端午所系小儿缕掷屋脊上，谓鹊衔此驾桥为银河之会。

按：(光绪)《宣平县志》卷五上、(民国)《宣平县志》卷四同。清宣平县今属武义县、丽水市。

(嘉庆)《武义县志》卷三《礼俗·岁时》（清宣统二年石印本）：

七月七日，人家女子夜间陈瓜果于庭以祀织女，谓之乞巧。

(道光)《东阳县志》卷四《建置志·风俗》（民国三年石印本）：

七夕，女子陈瓜果，祭赛乞巧。

(光绪)《浦江县志》卷三《舆地志·风俗》（民国五年铅印本）：

七夕，女郎望月瞻斗列拜，乞巧于双星。

(光绪)《兰溪县志》卷一《疆域志·风俗》（清光绪十四年刻本）：

七夕，闺中小儿女间有排设彩果乞巧者。

(光绪)《永康县志》卷一《地里志·风俗》（清光绪十八年刻本）：

七夕，女子陈瓜果于庭祀织女星，曰乞巧。

(民国)《汤溪县志》卷三《民族·风俗景物》（民国二十年铅印本）：

七夕,以端阳所系小儿项臂彩线剪置屋顶,云有鹊衔之则益儿智慧。

按:民国汤溪县今属金华市。

台州市

(万历)《黄岩县志》卷一《舆地志上·风俗》(明万历七年刻本):

七夕,妇女或乞巧。

(清康熙)《临海县志》卷一《舆地志·风俗》(清康熙二十二年刻本):

七夕,妇女列瓜果于庭以祀织女,穿针乞巧。

(康熙)《太平县志》卷一《舆地志·风俗》(清康熙二十二年刻本):

七夕,妇女乞巧。

按:清太平县即今温岭市。

(康熙)《台州府志》卷一《风俗》(清康熙六十一年刻本):

七夕,置水于檐外,散花其上以乞巧于织女。次日,妇女涤梳具并濯发。

(嘉庆)《太平县志》卷十八《杂志·风俗》(清光绪二十二年重刻本):

七月六夜,妇女摘时花置盆水中,放天井,云为"织女接泪",次日用净目。采篱槿渍水洗发。

(光绪)《黄岩县志》卷三十二《风土志》(清光绪三年刻本):

七夕,是夕,妇女乞巧,以水盆接露,名曰"牛女泪",用濯发、涤梳具。

(光绪)《玉环厅志》卷四《风俗志》(清光绪六年刻本):

七夕,初六夜妇女以盆水浸时花七色,置之庭中或屋瓦上,谓接牛女泪。次早取以洗眼,谓眼能光明,又采槿叶沐发以去垢,捣凤仙花以染指甲,亲友或买酥巧相馈遗,闽俗之家悬灯于门,制七姑亭,极精巧,并设筵食以礼七姑。

(民国)《南田县志》卷三十《风土志》(民国十九年铅印本)：

七夕，初六夜妇女以盆置瓦上，谓"牛女泪"，次早取以洗眼，谓眼能光明。又采槿叶沐发以去垢，捣凤仙花以染指甲，或设筵食以礼七姑。

按：民国南田县今属三门县。

(民国)《临海县志》卷七《风土·岁时记》(民国二十三年铅印本)：

七夕，妇女置水于檐外，散花其上，列瓜果于庭以祀织女，穿针乞巧。次日，各洗梳具并濯发。(《府志》，参洪《志》)

(民国)《路桥志略》卷五《叙事》(民国二十四年铅印本)：

七夕，妇女用各种鲜花盛水盆内，藉以承露，曰"接牛女眼泪"，以洗眼濯发，谓能明目美发。

丽水市

(康熙)《古今图书集成·历象汇编·岁功典》卷六十五(清雍正铜活字本)：

遂昌县：七夕，儿童浴发于河，女子间有乞巧。

(乾隆)《遂昌县志》卷一《舆地志·风俗》(清乾隆三十年刻本)：

七夕，女子间有备蔬果、香烛乞巧者。

按：(乾隆)《松阳县志》卷五、(道光)《遂昌县志》卷一、(光绪)《松阳县志》卷五皆同。

(乾隆)《缙云县志》卷三下《风俗志》(清乾隆三十二年刻本)：

七夕，女儿陈瓜果于庭乞巧。

按：(光绪)《缙云县志》卷十四同。

(道光)《丽水县志》卷十三《风俗》(清道光二十六年刻本)：

七月七日,妇女解端阳系臂彩缕,团饭抛屋上,谓资乌鹊填桥。夜则陈瓜果乞巧焉。

(同治)《云和县志》卷十五《风俗》(清同治三年刻本):

七夕为护国夫人诞辰,里巫以彩缕系小儿颈臂,云可长命,谓之"长命丝"。

(同治)《丽水县志》卷十三《风俗》(清同治十三年刻本):

七月七日,妇女解端阳系臂彩缕,团饭抛屋上,谓资乌鹊填桥,夜则陈瓜果乞巧焉。

按:(民国)《丽水县志》卷十二同。

(光绪)《青田县志》卷四《风土志》(清光绪元年修民国二十四年重印本):

七夕,以面作饼,其形如指,命曰"巧食",盖取乞巧之义。

(光绪)《处州府志》卷二十四《风土志》(清光绪三年刻本):

丽水县:七月七日,妇女解端阳系臂彩缕,团饭抛屋上,谓资乌鹊填桥,夜则陈瓜果乞巧焉。

缙云县:七夕,女儿陈瓜果于庭乞巧。

松阳县:女儿陈瓜果于庭乞巧中元家祭祖先或设兰盘会

遂昌县:七夕,女子有备蔬果香烛乞巧者。

云和县:七夕为护国夫人诞辰,里巫以彩缕系小儿颈臂,云可长命,谓之长命丝。

按:清处州府治今丽水市。

(光绪)《遂昌县志》卷十一《风俗》(清光绪二十二年刻本):

七夕,女子间有备蔬果、香烛供牛女星,谓之乞巧。

温州市

(明弘治)《温州府志》卷一《风俗》(明弘治十六年刻本):

七夕,亦有妇人以彩缕穿针,陈瓜果、酒馔于中庭,祈恩于牛女二星以乞巧者。

(嘉靖)《瑞安县志》卷一《舆地志·风俗》(明嘉靖三十四年刻本):

七夕,人家女子取绣针露立天下,度五色线,以此斗巧。亦存古意。

按:(乾隆)《瑞安县志》卷一同。

(隆庆)《平阳县志》卷三《风俗》(康熙间增补钞本):

七夕,作巧食。小儿剪去端午系臂彩线,谓之"换巧"。

(隆庆)《乐清县志》卷一《壤地·风俗》(民国七年石印本):

七夕,乞巧,作巧食。

(万历)《温州府志》卷二《舆地志·风俗》(万历三十三年序刻本):

七夕,旧时亦有妇人以彩线穿针,陈酒馔中庭乞巧于牛女者,作巧食。小儿于此已剪去端午系臂线,谓之"换巧"。

(清雍正)《泰顺县志》卷二《风俗志》(清雍正七年刻本):

七夕,旧俗,妇女以彩线穿针,陈酒馔于中庭乞巧,作巧食。小儿于此日剪去端午系臂线,谓之"换巧"。

(康熙)《平阳县志》卷四《风俗志》(清康熙刻本):

七夕,作巧食以啖。小儿剪去端午所系缕,贯以巧食,掷屋脊上,谓鹊衔此布桥,以便牛女相会。是夕,群儿取瓦片敲击以庆其会,闺女月下穿针乞巧。

按:(乾隆)《平阳县志》卷五同。

(乾隆)《温州府志》卷十四《风俗》(清乾隆二十五年刻,民国三年补刻本):

七夕,旧《志》:有以彩缕穿针,陈瓜果以乞巧者。小儿以此日剪去端午所系线名曰"换巧"。《平阳县志》:"作巧食以啖,以巧食掷屋脊上,谓鹊含此布桥以渡牛女,云是夕群儿取瓦片敲击以庆其会"。

(嘉庆)《瑞安县志》卷一《舆地·风俗》(清嘉庆十三年刻本):

　　七夕,女子陈小果,取绣针露立天下,度五色缕以斗巧。小儿以此日剪去端午所系线,名曰"换巧"。即以其线束巧食置屋上,谓鹊含此布桥,夜渡河鼓云。
　　按:鹊,原作"雀"。

(同治)《泰顺分疆录》卷二《舆地·风俗》(清光绪四年刻本)

　　七夕,旧俗以面制小饼如人物形,谓之"巧食"。妇女陈酒果,以彩线穿针乞巧。小儿剪去端午彩线掷屋檐上,谓之"换巧"。

(光绪)《永嘉县志》卷二十四《风土志》(清光绪八年刻本):

　　七夕,揉饼如指,命曰"巧食"。小儿以此日剪去端午所系线,曰"换巧"。

(光绪)《乐清县志》卷四《学校志附风俗》(清光绪二十七年刻本):

　　七夕,女子陈瓜果,取绣针穿缕以乞巧。小儿以此日剪去端午所系线,名曰"换巧",即以其线系巧食掷屋上。

(民国)《平阳县志》卷十九《风土志一·岁时》(民国十四年铅印本):

　　七月七日,为饼如指及舌,曰"巧食"。剪去小儿端午所系之彩缕,贯以巧食,掷屋瓦上,谓鹊将衔以填桥渡牛女。是夕,闺女有穿针乞巧故事,小儿陈果饵取瓦击之,以庆其会,曰"敲瓦瓴"。(旧《志》修)
　　又:卷二十《风土志》:七夕,馈巧食,名曰"送巧"。

(民国)《南田山志》卷三《风土》(民国二十四年铅印本):

　　七月七日,为饼如指,曰"巧食"。剪去小儿端午所系彩缕,贯以巧食,掷屋瓦上,谓鹊将衔去填桥渡牛女。

《平阳县志》(汉语大词典出版社 1993 年版):

　　七夕:农历七月初七日夜,传说牛郎、织女渡银河,过鹊桥相会。民间孩童食"巧食"和"烘烧",均为米粉制成的甜食。晚,妇女在中庭设巧食、瓜果,向天祭拜,并在月光下对着织女星,以五色丝线竞穿绣花针,名为"乞巧"。认为织女手巧,向她乞巧,使人聪明,孩子把端午系在手上的长命线剪下,绕扎巧食,抛上屋脊,叫"换巧",以慰劳喜鹊搭鹊桥。小孩将果品陈于瓦上,并用小竹棒击之,以庆牛女相会,叫做"敲瓦瓴"。

一、江西乞巧歌

江西收录九江市、宜春市乞巧歌谣2首。

很多地方近代以前有乞巧风俗，但留下乞巧歌的不多。同治《南昌府志》卷八载："七月七日,小女儿杯水浮针其上,现影,得刀剪则喜,得砧杵则忧,谓劳苦且拙也。"除2首童谣外,南昌和江西其他地方没有留下比较典型的乞巧歌。从一些地方志中可知,江西赣州一些县市,妇女在七夕时穿上新衣,在自家庭院内向织女星乞求智巧,名"乞巧"。赣南客家女性在集体作女红比赛刺绣的技巧。当地人称客家妇女勤劳聪慧,爱绣花作女红。由此也可以看到七夕风俗同客家人的关系。客家人是汉末、两晋之间、晋末、唐末等历次社会剧变中南迁的仕族大家,是他们将中原一带的乞巧风俗带到南方的,所以客家人为主的南方乞巧风俗带有古代上层社会七夕节俗的特征。看来,唱乞巧歌自古是下层社会妇女乞巧活动中才有的。只是向后发展的过程中,这个界线慢慢变得模糊。

九江市

拜北斗谣(九江)

北斗七星七颗星，　　　　七月七日念得七遍好聪明。

录自《九江市志》第 4 册(凤凰出版社 2003 年版)。

七星姑，七姊妹（宜春）

七星姑，七姊妹，
打开园门偷摘菜。
摘一皮，留一皮，
留到过年嫁满姨。
莫嫁上，莫嫁下，
嫁到河唇老屋下。

厅下扫净来食酒，
禾场扫净来骑马。
一骑骑到大树下，
大树底下好泡茶。

演唱者：邓华凤。搜集者：邓华凤。
录自李小军主编《中国民间文学大系·歌谣·江西卷》（中国文联出版社 2022 年版）。

九江市

(清康熙)《都昌县志》卷一《封域志·风俗》(清康熙三十三年刻本)：

七月七日，乡市士女备瓜果祭馈，向牛女乞巧。

按：(清同治)《都昌县志》卷一作："七夕，乞巧者少。"

(清乾隆)《德安县志》卷四《方舆志·风俗》(清乾隆二十一年刻本)：

孟秋之月七日，女子乞巧。

按：(同治)《德安县志》卷三同。

(清嘉庆)《湖口县志》卷一《方舆志·风俗》(清嘉庆二十三年刻本)：

七夕，妇女有乞巧者。

按：(同治)《湖口县志》卷一同。

(同治)《瑞昌县志》卷一《地理志·风俗》(清同治十年刻本)：

七月七日，女子乞巧。

《九江市志》第4册(凤凰出版社2003年版)：

七夕：农历七月七日是传说中牛郎织女一年一度在银河相会的日子。九江各地习俗有：

七巧：此日晚上，各地妇女陈瓜果于庭院瞻星拜斗，向织女乞讨智巧。青年妇女借着星光，穿针引线，连穿七枚，若能全部穿过，则谓"得巧"。有的地方的妇女，桌陈烧鸡、熟肉拜北斗星，边念绕口令："北斗七星七颗星，七月七日念得七遍好聪明。"若能一口气连念七遍，则谓"得巧"。

听私语：俗传此夜在葡萄架下仰卧静听，可闻牛郎织女相会时私语之声，各地民间小孩，都欲一试，谓之"听私语"

景德镇市

(康熙)《浮梁县志》卷一《舆地志·风俗》（清康熙十二年刻增修本）：

> 七夕，女人陈瓜果，结彩缕穿针，拜庭下以乞巧。

(乾隆)《浮梁县志》卷一《疆域·风俗》（油印本）：

> 七夕，妇女间有乞巧者。

按：（清道光）《浮梁县志》卷二同。

(同治)《乐平县志》卷一《地理志·风俗》（清同治九年刻本）：

> 七夕，妇女陈瓜果乞巧。

南昌市

(康熙)《新建县志》卷十二《风俗考》（清康熙十九年刻本）：

> 七夕，日间士家曝书，夜则女妇为乞巧会，具瓜果祭织女。

按：（同治）《新建县志》卷十五同。

(乾隆)《南昌县志》卷三《风俗》（清乾隆五十九年刻本）：

> 女儿习乞巧之戏。七日日中，以小磁盘晒水，少顷，投针其上，针浮下现诸影，得刀剪形则喜，砧杵形则忧，谓劳苦且拙也。

按：（民国）《南昌县志》卷五十六文字调整为："七日日中，女儿以小磁盘晒水，少顷，投针其上，针浮下现诸影，得刀剪形则喜，砧杵形则忧，谓劳苦且拙，亦乞巧戏也。"

(同治)《南昌府志》卷八《风俗》（清同治十二年刻本）：

> 七月七日，小女儿杯水浮针其上，现影得刀剪则喜，得砧杵则忧，谓劳苦且拙也。

《南昌市郊区志》（方志出版社 2002 年版）：

七夕：农历七月初七日，正午，女孩子用水瓷盘晒水，少顷把绣花针浮在水面，若水中出现刀剪形影子，则高兴，表明自己已是善女红；若出现钻杆形影子，就忧愁，据说这预示自己既劳苦，又笨手笨脚，实际上这是一种技巧游戏。传说，这天黎明前，百鸟升天，为牛郎织女相会搭桥。

上饶市

(同治)《铅山县志》卷五《地理志·风俗》(清同治十二年刻本)：

七夕，家家设糕粿祀牛郎织女。有小儿女之娇弱者，必令礼拜祈双星福佑，却无乞巧之举(新增)。邑人雷寅诗："泪丝弹作雨潸潸，雾郁云颓掩霁颜。修到神仙情累重，离愁何必在人间。天公旧债尽偿不，贷得金钱只买愁。我有仙缘骑鹤去，腰缠十万上扬州。"

鹰潭市

(道光)《安仁县志》卷十一《风俗》(清道光九年刻本)：

七夕，妇人结彩缕，穿七孔针，或以金、银、鍮石为针，陈几筵、酒脯、瓜果于庭中以乞巧。有蟢子网于瓜上则以为符应。(《荆楚岁时记》)
按：(同治)《安仁县志》卷八同。清安仁县即今余江区。

《鹰潭市志》(方志出版社 2003 年版)：

七月七日：阴历七月七日的晚上称"七夕"。民间传说牛郎织女此夜天河鹊桥相会，妇女于此夜向织女星穿针乞巧。所谓乞巧，即在月光下对着织女星用彩线穿针，如果能穿过七根大小不同针的针眼，就算"巧"了。民间还有女子在白天用小碗盛水晒热，再把针投进碗中，如果针浮在水面，碗底的影子呈剪刀形，则有喜事。也有用器皿盛水，里面放入糖蜜，露上一夜，第二日一早，大家去饮食，称之为"巧水"。农村中未出嫁的姑娘，这天晚上相邀到村外僻静处，坐于草地上，拔一种长茎草，两根交叉，每人双手各执草一端撕开，如果草撕断，喜事不成，未撕断，是出嫁之喜预兆。1949 年以前七夕可以说是"妇女节"了，形式之多，内容广泛。1949 年以后，这种传统习俗已不复存。

宜春市

(康熙)《高安县志》卷九《风俗》（清康熙十年刻本）：

乞巧：七夕，陈瓜果于庭，饮酒赏牛女银河之会。妇女置蛛妆盒中，观其成网以验巧拙。

按：(乾隆)《高安县志》卷一、(同治)《高安县志》卷二、(同治)《瑞州府志》卷二同。

(乾隆)《新昌县志》卷三《舆地志·风俗》（清乾隆五十八年增修本）：

七月七日，学士赋诗饮酒，以赏七夕。女子陈瓜果于庭，拜牛女星向月穿针，曰乞巧。

按：(同治)《新昌县志》卷四同。

(乾隆)《清江志》卷二《地理志·风俗》（清乾隆钞本）：

七夕，各家妇女置水镜穿针线，号为乞巧。

(乾隆)《袁州府志》卷十二《风俗》（清嘉庆八年刻本）：

七夕，妇女无乞巧会，惟日午以彩穿针。

按：(清咸丰)《袁州府志》卷八、(同治)《袁州府志》卷一同。

(同治)《重修上高县志》卷四《风俗志》（清同治九年刻本）：

七夕，妇女陈瓜果于庭，置蜘蛛盒中，观其成网以验巧拙，曰乞巧。

(民国)《盐乘》卷六《礼俗志》（民国六年刻本）：

七月七日，学士赋诗、饮酒赏七夕。女子陈瓜果于庭，拜牛女星，向月穿针乞巧。

按："盐"即今宜丰县。

(民国)《宜春县志》卷十二《社会志·礼俗》（民国二十九年石印本）：

七夕，妇女穿针乞巧。

(民国)《高安县乡土志·风俗》(稿本):

七月七夕之乞巧、中秋赏月……皆与天下同风,小异,非甚有关于风化者,可以略而不论焉。

《上高县志》(南海出版公司 1990 年版):

七夕农历七月初七之夜,俗称"七夕"。相传为牛郎、织女相会之期。民间传说这天看不见鸟类,是因为都去"银河"架桥,以便牛郎、织女相会。

新余市

(民国)《分宜县志》卷十四《风俗志》(民国二十九年石印本):

七月七日,妇女于月下用五彩丝合成一缕穿针孔,过者为巧,名曰乞巧。

抚州市

(明正德)《建昌府志》卷三《风俗》(明正德十二年刻本):

七夕,妇女作乞巧会,罗拜月下,多用米粉煎油饳食。李旰江诗:"天孙何许是来时,月意悄悄露气微。可道星河难得过,自缘乌鹊合高飞。秋宵已胜春宵短,今会还如古会稀。早晚望夫能化石,尽分人世作支机。"按:明清建昌府治今南城县。

(明崇祯)《建昌府志》卷上《地理志·风俗》(明崇祯三年刻本):

七月七日,各以鹊桥佳节宴乐。

(清康熙)《广昌县志》卷一《风俗志》(王景昇,清康熙二十二年刻本):

七月七日,妇女作乞巧会,罗拜月下。以诸果置糖蜜水中,露一宿,厥明饮之,谓之"巧水"。

按:《古今图书集成》、(同治)《广昌县志》卷一同。

(康熙)《广昌县志》卷一《方舆志·岁时》(杜登春,清康熙三十年刻本):

七月七日,乞巧宴乐。

(清雍正)《乐安县志》卷十五《风俗类》(清雍正十一年刻本):

　　七月七日,设瓜果盘乞巧。

按:(民国)《乐安县志》卷五同。

(乾隆)《南城县志》卷一《封域志·风俗》(清乾隆十七年刻本):

　　七夕,穿针乞巧。

(同治)《南城县志》卷一之四《风俗》(清同治十二年刻本):

　　七夕,妇女多陈瓜果,罗拜月下,谓之乞巧。

萍乡市

(乾隆)《泸溪县志》卷八《风俗》(清乾隆二十年刻本):

　　七月七日,是夕,人家妇女结彩缕向月穿针,陈瓜果于庭以乞巧。

(道光)《泸溪县志》卷四《风俗志》(清道光九年刻本):

　　七夕,以瓜果荐牛女,刺绣者亦偕女伴乞巧。

按:(同治)《泸溪县志》卷四同。

吉安市

(同治)《新淦县志》卷一《地理志·风俗》(清同治十二年活字本):

　　七夕乞巧,亦鲜设瓜果于庭,但望河箕星以为占候。谚云:"河箕来得迟,米谷甚便宜。"学博饶梦铭《风土诗》:"家计端凭大妇裁,刀头何日橐砧回?无钱也沽当炉酒,尺布条棉质得来。半帘秋月照娥眉,少妇婷婷乞巧时。却怪抛梭人静后,牛郎不看看河箕。"戴石屏云:"天河司米价,太乙照时康。天河显晦,可卜米价之贵贱。"(《石屏集》)

按:清新淦县即今新干县。

(同治)《万安县志》卷一《方舆志·风俗》(清同治十二年刻本):

　　七夕,女子设瓜果于庭,拜织女星以乞巧。

(同治)《永宁县志》卷一《地理志·风俗》(清同治十三年刻本)：

> 七夕，妇女夕设瓜果乞巧。

按：清永宁县今属井冈山市。

赣州市

(明嘉靖)《南安府志》卷十《礼乐志·风俗节物习尚》(明嘉靖十五年刻本)：

> 七月七日，妇女各备酒果，悬箕于桌上，星月下罗拜，请画诸品花样，谓之乞巧。又以线刺针孔，中者云得巧。

按：明清南安府治今大余县。

(万历)《南安府志》卷十五《礼乐志·风俗节候》(明万历刻本)：

> 七夕，妇女备茶、酒果，悬箕，月下罗拜，请画花样，谓之乞巧。以线刺针孔，中者为得巧。

(清乾隆)《瑞金县志》卷二《舆地志·风俗》(清乾隆十八年刻本)：

> 七夕，蒙童于家塾陈瓜果于庭祀牛郎织女，并捡字纸烧之，女子对月穿针，谓之乞巧。

按：(清光绪)《瑞金县志》卷一同。(道光)《瑞金县志》卷一省"于家塾"。(道光)《宁都直隶州志》卷十一录瑞金县前两句省作"七夕，陈瓜果祀牛郎织女"，后无"并"字。

(同治)《崇义县志》卷四《风俗》(清同治六年刻本)：

> 七月七日，妇女穿乞巧针。

按：(光绪)《崇义县志》卷三同。

(同治)《雩都县志》卷五《风俗志》(清同治十三年刻本)：

> 七夕，乞巧之筵，士人间有之。妇女家以衣蒙箕，向天暗祝，谓之箕卜。

一二、福建乞巧歌

福建收录三明、南平、宁德、莆田、泉州等市乞巧歌谣 10 首。

三明市

【1949 年前】

双脚踏了七夕桥（泰宁县）

双手拨开风流路，　　　桥头修好公，
双脚踏了七夕桥。　　　桥中修好子，
木做栏杆石做桥，　　　桥尾修好孙，
桥上是一路香，　　　　……
桥下是一路水，
红灯蜡烛照金桥。

录自童杨：《行走泰宁》(海峡文艺出版社 2016 年版)。据该书载：过七星桥是中老年妇女
的活动，传说七夕之夜过七星桥能够祛灾度厄，此为过七星桥时的唱词。

聪明标第一（宁化县）

今夕是何夕，　　　　广宇遥遥路，
九天现彩霓。　　　　天河恨恨离。
鹊桥来鹤舞，　　　　一年一次会，
云锦传莺啼。　　　　牛女盼佳期。

今夕是今夕，　　　　　女望金针度，

天人共此时。　　　　　男祈金榜题。

焚香敬牛女，　　　　　年年得巧意，

儿女同求兮。　　　　　聪明标第一。

录自宁化县委文明办：《宁化七夕拜巧客家民俗吸引众多游客》（宁化在线，2016－08－06）。三明市地方志编纂委员会编著《三明风光览胜》（海峡文艺出版社 2012 年版）只录前四句，后面省略。此应为民国以前文人在文章中以官话所记，故失去方言特色，亦失去民间风味。据"宁化在线"报道：七夕拜巧，以前是宁化家家户户七月初六必有得一项民俗活动，目前已不多见。节前三、四天，宁化各家各户开始忙着制作刻有福禄寿喜等各形状的巧果，绘制"状元拜塔、状元骑马、天官赐福、福桃寿星、秋实石榴"等彩画，做"巧姐鞋"和写"巧书"，儿童们纷纷竞相比美。至七月初六，家长便组织孩童备好七种时令鲜果，并于庭院中或大厅天井旁，用竹梢搭拱彩棚，意为"天桥"。"天桥"下设案焚香，陈列果品。乡村中则由塾师或长老传授祭典仪礼，典礼包括七个部分：秉烛；焚香；献酒；诵读巧书；焚巧盘送仙，将巧针、巧线、巧文、巧画、巧鞋、巧芽、巧书这"七巧"对天焚烧，以敬七仙；分巧果；礼毕鸣炮。

金榜题名高（宁化县）

儿年小，志气高，　　　　七夕庆良宵，

乞赐巧，姓名标。　　　　双星渡鹊桥。

　　　　　　　　　　　　儿童勤乞巧，

七夕新秋，星会女牛，　　金榜题名高。

儿童乞巧，早占鳌头。

录自中国人民政治协商会议福建省宁化县委员会文史组编《宁化文史资料》第 6 辑（1985年）。前四句亦收录于《宁化县志》（福建人民出版社 1992 年版）。

七姑星,八姑姊(将乐县)

（将乐儿歌调）

七姑星[①],八姑姊,　　　　短苎分你绣花鞋,

凡间娘娘请你下来求财喜。　绣的花鞋给你穿。

有香对香,右[②]香对笔。　　手绢分你遮奶菇,

　　　　　　　　　　　　　罗布分你分孩儿。

长苎分你织嫩线,

演唱者:丕丕。搜集者:陈祝基,陈清樟。1991 年 5 月采录于白莲乡升平村。

附记:此歌为当地姑娘少妇们七夕乞巧时所吟唱的歌谣。

录自将乐县民间文学集成编委会编《中国歌谣集成·福建卷·将乐县分卷》(1991 年)。

① 七姑星:俗指织女星。　② 右:方言,无。

七夕歌(顺昌县)

七仙娘娘依呀唉，
初一十五挂灯台。
一包针，二包线，
请七仙娘娘教针线。

上有乌云马，

下有扫帚叉。
来就早早来，
不要黑洞半夜来。
半夜露水大，
打湿娘娘绣花鞋。

演唱者：章带红。搜集者：朱家训。1986 年 1 月采集。
附记：当地旧时民俗，妇女们于农历七月七夜间向织女星乞求智巧。这天夜晚，妇女们在庭院或瓜棚下做女红针线，传说有运气者可得织女亲自传授。当夜未见到织女星或遇到天空多云月亮不明时，就唱此歌请织女。
录自顺昌县民间文学集成编委会编《中国歌谣集成·福建卷·顺昌县分卷》(1991 年)。
陈泳超主编《中国牛郎织女传说·民间文学卷》据以收录。

教我会读书（屏南县）

男：

巧姐,巧姐,

教我会读书呀,

教我会写字呀,

教我会算数呀,

教我会种田呀,

教我会做生意呀!

……

女：

巧姐,巧姐,

教我会做袄呀,

教我会做鞋呀,

教我会织布呀,

教我会绣花呀,

教我会养猪呀!

演唱者:张元菊。搜集者:周回利。1992 年 10 月采录于棠口乡棠口村。

附记:新婚女子在第一年端午节,须将自己用绣线碎布制成的各种小动物、粽子、香线包、古钱等小饰物分赠给前来"绑枷"(让新媳妇用红线绑在手腕上)的小孩们。至七夕时,小孩们便将绑在手腕上的红绳解下挂在树枝上,并唱此歌,以求织女赐给他们聪明智慧。此歌男女儿童唱的内容不尽相同。

录自《中国歌谣集成·福建卷》(中国 ISBN 中心 2007 年版)。"巧姐"原作"教姐",乃涉下句"教我……",又"巧""教"音近而误,今正。

织女星（秀屿区忠门镇）

织女星，智慧星。　　　　穿过线，会聪明。

录自莆田市忠门镇人民政府编《忠门镇志》（方志出版社 1997 年版）。

恭请七娘来吃酒(南安市)

七月初七七娘生，　　　　七座灯科七只金。
七枝清香来拜请。　　　　浥饭甜糜豆干酒，
七块碰粉七蕊花，　　　　恭请七娘来吃酒。

录自南安市翔云镇人民政府微信公众号"福地翔云"：《七夕习俗：吃糖粿、拜契母、烧七娘妈轿……》(https://mp.weixin.qq.com/s/O-dVcX2ukwYiKEgmfRrSpg，2022 - 08 - 04)。

照顾阮的细汉婴(南安市)

七月初七七娘生，　　　　举来清香点七枝，
买来花粉和胭脂。　　　　祈求娘嬷拜祭天。
七娘骄亭排桌边，　　　　保庇平安甲顺序，
七碗糖粿淀淀淀。　　　　照顾阮的细汉婴。

录自南安市翔云镇人民政府微信公众号"福地翔云"：《七夕习俗：吃糖粿、拜契母、烧七娘妈轿……》。

七月七_{（闽南）}

七月七，七娘妈生，　　　　别日若好额^③，
牛郎织女要相见。　　　　　则来答谢天。
保庇阮，好针黹^①，　　　答谢三棚戏。
嫁好翁，势趁钱^②。

录自陈耕、周长楫编著《闽南童谣纵横谈》（鹭江出版社 2008 年版）。
① 针黹：针线活。　② 势趁钱：很会赚钱。　③ 别日：今后。好额：发大财。

七月初七七娘妈生_{（闽南）}

七月初七七娘妈生，　　　　保庇囡仔出头天^①，
糖粿花粉摆桌边。　　　　　平安健康随身边。

录自抖音号 Zengyp：《七月初七，七娘妈生……》（https://v. douyin. com/ijSxbF77/，
2023 - 08 - 22）。
① 囡仔：小孩子。　出头天：出人头地。

附：福建七夕节俗文献

(明弘治)《八闽通志》卷三《地理·风俗》(明弘治刻本)：

七夕，乞巧。是夜儿女罗酒果于庭，祝牛女二星，瞻拜以乞巧。闽令应廊诗："彩楼乞巧知多少，直到更阑漏欲终。"

(崇祯)《闽书》卷三十八《风俗志》(明崇祯刻本)：

七夕，乞巧，陈瓜豆。《莆志》：七夕，乞巧，稚年儿女争击土瓦于门首。

(清乾隆)《福建续志》卷八《风俗》(清乾隆三十四年刻本)：

七夕，妇女陈瓜果、茗碗、炉香各七，用针七枚，于暗中取绣线穿之，以卜得巧之多寡。《漳州府志》：以熟豆相饷，谓之结缘。《建宁府志》：盒盛小蟢子，平明成茧以为得巧。《汀州府志》：社学生彩画葫芦，清晨往郊外，或并燃所习课纸。

(清道光)《重纂福建通志》卷五十五《风俗》(清同治十年刻本)：

福州府：七夕，是夜儿女罗酒果于庭，祝牛女二星，瞻拜以乞巧。(《八闽通志》，"彩楼乞巧知多少，直到更阑漏欲终。"闽令应廊诗。)妇女陈瓜果七盘，茗碗、炉香各七，数用针七枚，取绣线于焚楮光中伏地，俄顷穿之，以能否夸得巧之多寡。又取小蟢子盛盒中，平明启视，以成茧为得巧之验。(《府志》)是日，以瓜枣雕刻为龙凤形，具茶果献尊长，食桃仁以明目。家家作豇豆粥食之。(《连江志》)七夕，煮豆羹荐先，互通馈遗。(《罗源志》)

兴化府：七夕，儿女争击瓦缶于庭。(《闽书》)

又卷五十六《风俗》：

泉州府：七夕，乞巧，陈瓜豆及粿小儿拜天孙，去续命缕。(《府志》)

漳州府：七夕，女儿乞巧，持熟豆相饷，谓之结缘。(《龙溪志》)七

夕,儿女食瓜豆作乞巧会,或祀魁星,饮西瓜龙眼。(《长泰志》)

又卷五十七《风俗》:

延平府:七夕,以面为饼,作鸟兽鱼龙之状,曰巧饼。祭牛女二星,童蒙焚仿字,女儿穿针案下以乞巧。(《将乐志》)

建宁府:七夕,女子陈瓜果拜牛女二星,取小蟢子以盒盛之,平明成茧以为得巧。(《府志》)是日,洗灯檠,俗谓灯生日,以米面作丸,取团圆之义。(《崇安志》)洗井易水。(《浦城志》)

邵武府:七月七日,以面作饼,谓之"巧饼"。以篾构为层楼,饰以彩纸,绘牛女像于上,谓之"巧楼"。(《光泽志》)童子作乞巧会。(《建宁志》)

汀州府:七夕,女儿罗瓜果中庭,社学小生清晨歌诗击鼓,竹悬纸葫芦,藏所习[课]纸焚郊外,谓之乞巧。(《长汀志》)

又卷五十八《风俗》:

福宁府:七月七日,家市淘井,儿女以桃仁和炒豆啜茶,夜则罗瓜果于庭祭牛女,穿针乞巧,其数用七。(万历《州志》)七夕,剪端午所系线掷屋上,谓鹊含此布桥,以度牛女。(《福鼎志》)

(民国)《福建通志》总卷二十一《风俗志》(民国二十七年刻本):

福州府:七夕,是夜儿女罗酒果于庭,祝牛女二星,瞻拜以乞巧。(《八闽通志》)妇女陈瓜果七盘,茗碗、炉香各七,数用针七枚,取绣线于焚楮光中伏地,俄顷穿之,以能否夸得巧之多寡。(《府志》)

延平府:七夕,以面为饼,作鸟兽鱼龙之状,曰巧饼。(《将乐志》)

建宁府:七夕,洗灯檠,俗谓灯生日,以米面作丸,取团圆之义。(《崇安志》)是日,洗井易水。(《浦城志》)

(民国)胡朴安《中华全国风俗志》下编(河北人民出版社 1986 年版):

闽省岁时风俗记:乞巧节之俗。阴历七月七日为乞巧节。福建俗例,是日陈瓜于庭以乞巧。其普通者,为蚕豆、苹果,藕、菱、黄皮果五种。其乞巧用蚕豆,亦不知用意何在。食时,或以猛火和砂炒之,名曰炒蚕豆;或以水和五香煮之,名曰五香豆。其中苹果、藕、菱、黄皮果诸物,亦无甚取意,特应时赏新耳。乞巧时供牛女二星,供毕,将果品分给儿童,儿童取之亦互相贻赠,谓之结缘。俗云乞巧日结缘,此后即不致有兄弟阋墙之斗。是诚奇谈矣。

南平市

(明正德)《顺昌邑志》卷一《风俗志》(明正德刻本):

乞巧:七夕,儿女罗酒果于庭,祀牛女二星,瞻拜以乞巧。富家有子弟读书者则为之,否则不为也。

(嘉靖)《建宁府志》卷四《风俗》(明嘉靖二十年刻本):

七夕,乞巧。是夕,儿女罗果酒于庭,拜牛女星乞巧。取小蟢子以盒盛之,平明视成茧者为得巧。

按:明清建宁府治今建瓯市。

(嘉靖)《邵武府志》卷二《风俗》(明嘉靖二十二年刻本):

七夕,乞巧。

按:(同治)《邵武县志》卷十七、(光绪)《重纂邵武府志》卷九、(民国)《重修邵武县志》卷二十二同。

(嘉靖)《建阳县志》卷三《风俗志》(明嘉靖三十二年刻本):

七夕,乞巧。是夕,儿女罗果酒于庭,拜祝牛女星。取小蟢子以盒盛之,平明启视,成茧者为得巧。又《岁时记》曰:"妇人结缕穿针。"梁简文诗云:"针欹疑月暗,缕散恨风来。"

(万历)《建阳县志》卷一《舆地志·风俗》(明万历二十九年刻本):

七夕,儿女罗果酒于庭,拜牛女星乞巧。用开元故事也。是日造曲,暴皮裘,士人各晒书,剔去蠹鱼。

按:(康熙)《建阳县志》卷一同。

(清顺治)《浦城县志》卷一《地理考·风俗》(清顺治八年刻本):

七夕,乞巧。是日,食桃仁,浚井。其夕,妇女背月穿针,罗酒果拜织女以乞巧。

(清康熙)《崇安县志》卷一《封域志·风俗》(清康熙九年刻本)：

　　七月七日，乞巧。

按：清崇安县即今武夷山市。

(康熙)《瓯宁县志》卷七《风俗礼文》(清康熙三十二年刻本)：

　　七夕，设瓜果乞巧。

按：(民国)《建瓯县志》卷十九同。

(康熙)《建宁府志》卷三《疆域·风俗》(清康熙三十二年刻本)：

　　七夕，女子陈瓜果拜牛女星乞巧，取小蟢子以盒盛之，平明成茧为得巧。

(康熙)《光泽县志》卷一《地理志·风俗》(清康熙三十三年刻本)：

　　七月七日，昔以面作饼，谓之"巧饼"。以篾缚为层楼，饰以彩纸，绘牛女像于上，谓之"巧楼"。载旧《志》，今无。

(康熙)《南平县志》卷三《方舆志·风俗》(清康熙五十八年刻本)：

　　七夕，女儿祭牛女二星，乞巧于家庭。

(康熙)《松溪县志》卷一《地理志·风俗》(民国重刻本)：

　　七夕，静夜，妇女共设香案，陈瓜果于庭以祀织女，背月穿针以乞巧焉。

(康熙)《古今图书集成·历象汇编·岁功典》卷六十五(清雍正铜活字本)：

　　邵武府：七月七日，以面作饼，谓之"巧饼"，以篾缚为层楼，饰以彩纸，绘牛女之像于其上下层左右及后，俱蔽之以纸，前一面则蔽之以绛纱，而蓄蟢子一枚于其中，谓之"巧楼"。是夕，女子置庭中祀之，瞻拜乞巧。若蟢子结网于其中，谓之"得巧"。

(乾隆)《重修浦城县志》卷五《赋役考·风俗》(清乾隆八年刻本)：

七夕,乞巧。食桃仁,浚井。向夕,女子罗酒果于庭以祀织女,背月穿针,取蟢置盒,旦视成茧,喜为得巧。

(清同治)《南平县志》卷八《风俗》(清同治十一年重修本):

七夕,女儿备瓜果祭牛女双星,乞巧于庭。

(清光绪)《浦城县志》卷六《风俗》(清光绪二十六年刻本):

七夕,乞巧。洗井易水。七夕以前占河影,没三日而复见则谷贱,没七日而复见则谷贵。

(民国)《政和县志》卷二十《礼俗志》(民国八年铅印本):

七月七日,儿女以桃仁和炒豆啜茶。夜则罗瓜果于庭祭牛女,穿针乞巧,其数用七。

(民国)《南平县志》卷十一《礼俗志》(民国十年铅印本):

七夕,女儿备瓜果祭牛女双星,乞巧于庭。

三明市

(明弘治)《将乐县志》卷一《地理·风俗》(明弘治刻本):

七夕:先是数日间,邑人以面作鸟兽状为饼,塾生各买一二及酒果荐于庭,祀牛女二星,瞻拜以乞巧。或幼女坐于案下暗处,以线纫针,纫过者则谓其得巧也。

(嘉靖)《沙县志》卷一《岁时》(明嘉靖二十四年刻本):

七夕,乞巧。

(嘉靖)《清流县志》卷二《岁时》(明嘉靖刻本):

七夕,儿女罗列酒果,拜祝牛女二星以乞巧。

(嘉靖)《建宁县志》卷一《地理志·风俗》(明嘉靖刻本):

七夕,童子作乞巧会。

按:(康熙)《建宁县志》卷一、(乾隆)《建宁县志》卷九、(民国)《建宁县志》卷五同。

(万历)《归化县志》卷一《舆地志·风俗》(明万历四十二年增修本):

七月,乞巧。初七日,各街儿童备酒果设拜,焚所书字纸乞巧。

按:明归化县即今明溪县。

(万历)《将乐县志》卷一《风俗志》(明万历刻本):

七夕,先是以面为饼,作鸟兽鱼龙之状,曰"巧饼"。是夜,设瓜果、陈巧饼,祭牛女二星。童蒙焚仿字,女儿穿针案下以乞巧。仍贮蜘蛛赤者于盒,次早观其结丝,以少者为得巧。

按:(顺治)《将乐县志》卷一、(乾隆)《将乐县志》卷一同。

(万历)《大田县志》卷四《舆地志·土风》(明万历刻本):

七夕,女儿乞巧于家庭。

(崇祯)《尤溪县志》卷四《典礼·风俗》(明崇祯九年刻本):

七夕,乞巧。陈瓜果祭牛女二星,乞巧于庭。

按:(康熙)《尤溪县志》卷三同。

(清康熙)《大田县志》卷一《天文·时令》(清康熙三十二年刻本):

七夕,女儿祭牛女二星,乞巧于家庭。

按:(乾隆)《永春州志》卷七引《大田志》"女儿"作"女郎",(民国)《大田县志》卷五"女儿"作"妇女",俱省"家"字。

(康熙)《归化县志》卷一《舆地志·岁时》(清康熙三十七年刻本):

七月七夕,小学蒙童设酒殽,焚所习字纸乞巧。

(康熙)《清流县志》卷二《气候附节序》(清康熙四十一年刻本):

至于节序,如贺元张灯、饮社上冢、悬蒲竞渡、乞巧赏月……诸俗率同闽中。

(清雍正)《永安县志》卷三《风俗》(道光十三年重刻本)：

七夕，男女陈瓜果以乞巧。

(民国)《尤溪县志》卷八《风俗志》(民国十六年刻本)：

七夕，女郎陈瓜果祀牛女二星，乞巧于庭。

(民国)《沙县志》卷八《礼俗志》(民国十七年铅印本)：

七夕，童子新入学者以瓜果、香烛排列庭前读书，谓之乞巧。亲友多以糖塔、瓜果相送。

(民国)《泰宁县志》卷二《习俗》(民国三十一年铅印本)：

七夕，儿女罗列酒果，拜祝牛女二星以乞巧。

(民国)《明溪县志》卷十一《礼俗志》(民国三十二年铅印本)：

七夕节，向例私塾于是日放假，飨学生以酒肴，焚学生所习字纸以乞巧。妇女界尝于夜间设香灯、瓜果祀牛女星以卜问休咎。

(民国)《清流县志》卷二十《风俗志》(民国三十六年铅印本)：

七月七日，儿女于晚设茶果，焚字纸，穿针线，名曰乞巧。

《泰宁县志》(群众出版社 1993 年版)：

七夕节：阴历七月初七日，又称"乞巧日"。城乡在下半夜，老年妇女有过"七星桥"(城关过南桥)的习俗，祝贺牛郎织女相聚会。城区用粳米或面粉制成状如鸟、鱼、龙形状的饼，名"巧饼"，并设案供巧饼、瓜果祀牛郎织女。闺女用七色线在月光下穿针，名"乞巧针"。学童读乞巧文，亲友互赠文房四宝。

宁德市

(明万历)《福安县志》卷一《舆地志·节序》(明万历二十五年刻本)：

七夕，乞巧。是日，俗以桃仁米糕点茶，不知何义。

按：(光绪)《福安县志》卷十五省"不知何义"一句。

(万历)《福宁州志》卷二《舆地下·节序》(明万历四十四年刻本)：

七夕，家市淘井。以桃仁合炒豆啜茶。夜则儿女罗瓜果于庭以祀织女星，穿针乞巧。

按：明福宁州即今霞浦县。

(清乾隆)《宁德县志》卷一《舆地志·风俗》(清乾隆四十六年刻本)：

七夕，涤井。男子以酒食相会。妇人各设瓜果祭织女星，然但知拜祀而不知是为乞巧也。

(乾隆)《福宁府志》卷一《天文志附节序》(清光绪六年重刻本)：

七夕，家市淘井。儿女以桃仁和炒豆啜茶。夜则罗瓜果于庭祭牛女，穿针乞巧，其数用七。

(清嘉庆)《福鼎县志》卷二《风俗》(清嘉庆十一年刻本)：

七夕，以桃仁和炒豆啜茶。剪端午所系线掷屋上，谓雀含此布桥，以渡牛女。

(民国)《霞浦县志》卷二十二《礼俗志》(民国十八年铅印本)：

七月：七夕，列瓜果于庭，穿针乞巧，唯富室闺艳略有点缀。至公私之水井必于是日雇工淘之，去泥沙，清积淤，用石灰以涤水窍，岁以为常。

(民国)《周墩区志》卷一《舆地志·风俗》(民国二十七年铅印本)：

七夕，女设瓜果筵乞巧。

按：民国周墩区今属周宁县。

(民国)《古田县志》卷二十一《礼俗志》(民国三十一年铅印本)：

七夕为乞巧节，人家夜荐瓜果于庭以乞巧，并于日间浚井。

福州市

(南宋淳熙)《三山志》卷四十《土俗类》(明崇祯十一年刻本):

七夕,乞巧。闽令应廓诗云:"乌鹊成桥驾碧空,人间天上此欢同。仙槎逐浪浮银汉,青鸟传音到帝宫。牛女佳期情不断,古今遗恨意难穷。彩楼乞巧知多少,直到更阑漏欲终。"今州人率以是夕会集。

(明正德)《福州府志》卷一《地理志·风俗》(明正德十五年刻本抄配):

七夕,乞巧。是夜,儿女罗酒果于庭祝牛女二星,瞻拜以乞巧。闽令应廓诗:"彩楼乞巧知多少,直到更阑漏欲终。"

(万历)《福州府志》卷四《舆地志·节序》(明万历二十四年刻本):

七夕,女儿乞巧于庭除。

(清乾隆)《闽清县志》卷二《风土·节令》(清乾隆七年钞本):

七夕,童子以瓜果作乞巧会。学童各奉茶于书馆相啖,用果置茶中,或鲜或干,共七件,谓之"七夕茶"。
按:(民国)《闽清县志》卷五同。

(乾隆)《福州府志》卷二十四《风俗》(清乾隆十九年刻本):

七夕,妇女陈瓜果七盘,茗碗、炉香各七,数用针七条,取绣线,于焚楮光中伏地,俄顷穿之,以能否夸得巧之多寡。又取小蟢子盛盒中,平明启视,以成茧为得巧之验。

(乾隆)《福清县志》卷二《地舆志·岁时》(清光绪二十四年刻本):

七夕,妇女以彩缕穿七孔珠,具瓜果拜祝牛女二星乞巧慧。

(嘉庆)《连江县志》卷一《风俗》(清嘉庆十年刻本):

七夕,列酒果于庭,儿女罗拜月下,祝牛女二星乞巧,以丝线穿针孔引之辄过者为得巧。是日,以瓜枣雕刻为龙凤形,具茶果献尊长,食桃仁以明目。今家家作豇豆粥食之。

(道光)《新修罗源县志》卷二十七《风俗》(清道光十一年刻本)：

七夕，煮荳粥荐先，互相饷遗。新娶者女家备送香茗、鲜果、饴荳数事，婿家荐之祖先，仍遣青衣挈壶捧瓯馈所亲家，诸姑伯姊皆遍。

(民国)《永泰县志》卷七《礼俗志》(民国十一年铅印本)：

七夕，女儿陈瓜果祭牛女二星，乞巧于家庭。

(民国)浩铭《福州岁时记》(《民俗周刊》31 期,1930 年 10 月 13 日,国立中山大学民俗学会福州分会)：

七夕，为牛女相会之期，人家附会为七星奶诞。吃蚕豆，并以互相馈送于亲属友朋及邻居等，俗谓之结缘。

(民国)《闽侯县志》卷二十二《风俗》(民国二十二年刻本)：

七夕，妇女陈瓜果七盘，茗碗、炉香各七，数云以祭七星奶。

《永泰县志》(新华出版社 1992 年版)：

七夕：农历七月初七日，俗称"乞巧节"或"七月七夕"。民间传说，是牛郎织女相会的日子。各家都先期炒有大量蚕豆、花生，亲友过从，皆互给蚕豆、花生，谓之结缘。现大部分农村仍留有此俗。

《台江区志》(方志出版社 1997 年版)：

乞巧：农历七月初七日，为七巧节，又叫七月七夕。旧俗，富商的小姐们，在七月七夕，陈列瓜果七盘纹碗香炉各七个，用针七枚，取丝在清光中，也有置于白纸上，伏地穿之，穿得过，就算乞得巧。民间在这天，各家都有煮熟或砂炒的蚕豆，装在小盘里，邻里间进行互送，称为"结缘"。新中国成立后，群众在七巧日，互送蚕豆结缘之习俗，仍在流行。

《平潭县志》(方志出版社 2000 年版)：

乞巧：七月初七，乞巧节，平潭俗称七夕，是传说中牛郎织女相会的日子。按旧习,这天夜晚未婚女子要陈列瓜果七碟供奉天地,取绣线闭目向天默祷,穿针乞巧。有的姑娘则陈列自绣的精美绣品,如绣鞋、帐眉、枕套之类,供姐妹们评赏。民间保留煮汤圆习俗,意谐"团圆"。

平潭综合实验区

(民国)《平潭县志》卷二十一《礼俗志》(民国十二年铅印本):

　　七夕,妇女陈瓜果七盘,取绣线于焚楮光中伏地,俄顷,穿之。(《府志》)

莆田市

(康熙)《仙游县志》卷十三《岁节》(清康熙十九年刻本):

　　七夕,《荆楚记》:七夕,妇人以彩缕穿七孔针,陈瓜菜于庭中以乞巧。是晚,各具桃仁瓜豆祀先,以硐砒击之,有乞巧之声。

(康熙)《兴化府莆田县志》卷二《舆地志·风俗》(清康熙四十四年刻本):

　　七夕,乞巧。稚子争击瓦缶于庭。
　　按:(乾隆)《莆田县志》卷二同。

(道光)《莆田县志·风俗》(稿钞本):
　　七月,稚子陈瓜果击瓦缶于庭,谓之乞巧。

(民国)《莆田县志》卷八《风俗志》(钞本):
　　七夕,各家以糖霜膏、白豆炒而食之,具茶酒祀神。《荆楚岁时记》:"是夕,人家妇女结彩缕,穿七孔针,或以金、银、鍮石为针,陈瓜果于庭中以乞巧。有喜子网于瓜上,则以为符应。"莆无乞巧之俗,祀神者,则祀织女星之遗意也。是夜,有微雨,谓之"天孙别泪"。

《忠门镇志》(方志出版社 1997 年):
　　旧时农历七月初七日夜,农妇多打扫门庭。盛妆打扮,把黄豆拌红糖炒熟的"炒豆"盛成三碟,摆在庭前香案上,点上七柱清香,插上一对红烛,向牛郎、织女双星礼拜,口中念着"织女星,智慧星。穿过线,会聪明。"每人取出绣花针七枚,五色线七条,在烛光下反复引针穿线,穿了七七四十九次,看看准穿得最快、最多、最巧。

龙岩市

(明嘉靖)《汀州府志》卷一《地理·风俗》(明嘉靖刻本):

七夕,乞巧。是夜,儿女罗酒果于庭祝牛女二星,瞻拜以乞心志机巧。

(南明永历)《宁洋县志》卷二《舆地志·风俗》(南明永历二十九年刻本):

七夕,闺女设瓜果乞巧。

按:(康熙)《宁洋县志》卷二同。宁洋县今分属漳平市、永安、龙岩三市。

(清康熙)《上杭县志》卷十一《风土志》(清康熙二十六年刻本):

七夕,人家学童、绣女间有罗列瓜果于中庭为乞巧会。

(康熙)《武平县志》卷二《风土志》(清康熙三十八年刻本):

七夕,女儿罗瓜果中庭为乞巧会。社学生彩画萌芦,清晨往郊外,或并燃所习课纸。

按:(乾隆)《汀州府志》卷六同。

(康熙)《永定县志》卷二《封域志·风俗》(钞本):

七夕,是日,曝书籍。夕,陈瓜果于庭祀牛女星,稚女罗拜而乞巧。

按:(乾隆)《永定县志》卷四作"七夕、中秋,惟学子市魁聚饮。"(民国)《永定县志》卷十五作:"七夕,惟学子商家间有聚饮者。"

(康熙)《漳平县志》卷一《舆地志·风俗》(清乾隆四十六年重刻本):

七夕,女儿设瓜果于庭为乞巧会。人家亦多酿饮为乐。

按:(道光)《漳平县志》卷一同。

(康熙)《古今图书集成·历象汇编·岁功典》卷六十五(清雍正铜活字本)：

> 长汀县：七夕，社学小生清晨歌诗击鼓，竹悬纸葫芦，藏所习课纸焚郊外，谓之乞巧。

按：(乾隆)《长汀县志》卷七"社学"前增"儿女置瓜果"一句。

(乾隆)《上杭县志》卷十一《风土志》(清内府本)：

> 七夕，人家学童绣女，间有罗列瓜果于中庭为乞巧会。

(道光)《龙岩州志》卷七《风俗志》(清光绪十六年重刻本)：

> 七夕：陈瓜果于庭，祀牛女星，稚女罗拜，亦乞巧遗意。

按：(同治)《宁洋县志》、(光绪)《宁洋县志》卷二皆省作"七夕，陈瓜果祀牛女，稚女罗拜，亦乞巧意。"

(光绪)《长汀县志》卷三十《风俗》(清光绪五年刻本)：

> 乞巧、浴佛、祀先诸俗率同闽中，无异海内。

(民国)《上杭县志》卷二十《礼俗志》(民国二十八年铅印本)：

> 七夕，妇孺以彩线对月穿针为乞巧会，亦有罗列瓜果于中庭者。

(民国)《龙岩县志》卷二十一《礼俗志》(民国九年铅印本)：

> 七夕，陈瓜果于庭，祀牛女星，稚女罗拜，亦乞巧遗意。相传是日少鹊，翌日多雨。少鹊者，鹊赴银河架桥渡牛女也；多雨者，牛女别时所洒之泪也。

《漳平县志》(生活·读书·新知三联书店 1995 年版)：

> 七夕：七月七日"乞巧节。旧时闺女们在庭院中穿针引线，向织女乞巧。农家多煮芋头米粉吃。

泉州市

(嘉靖)《惠安县志》卷四《风俗》(明嘉靖刻本)：

　　七夕以前占天河影,没三日复见则谷贱,七日复见则谷贵。凡占天河,星多主水,少主旱。

按:(嘉庆)《惠安县志》卷二同。

(清乾隆)《泉州府志》卷二十《风俗》(清光绪八年补刻本):

　　七夕,乞巧,陈瓜豆及粿,小儿拜天孙,去续命缕。

按:(民国)《永春县志》卷十五省作:"七夕,乞巧。"

(乾隆)《安溪县志》卷四《风土·节序》(清乾隆二十二年刻本):

　　七夕,牛女相会,陈瓜果于庭乞巧。

(民国)《金门县志》卷十三《礼俗志》(民国钞本):

　　七夕,陈瓜果于屋檐前,祭天孙。解去续命缕,别以五色丝系小儿臂。士子祀魁星。

(民国)《南安县志》卷八《风俗志》(民国铅印本):

　　七夕,乞巧节,各家陈瓜豆及粿以祝天孙。小儿下拜系以丝,曰"续命缕",此即郭令公拜织女遗意也。

《惠安县志》(方志出版社1998年版):

　　乞巧节:农历七月初七,传说是晚牛郎、织女一年一度天河相会,是夜叫七夕。因织女手艺精巧。姑娘们傍晚在庭中排上瓜果、清香、胭脂、水粉及针线等物,乞求织女(是排行第七的天孙,民间奉为"七娘妈")来传授精巧的手艺,因此叫"乞巧节"。有的妇女还让未满周岁的婴儿乞拜"七娘妈"做"契子",祈求干娘保庇谊子无灾无难,长命康宁。这种人须备"七娘亭"置于厅口,香案上供牲醴、瓜果、香笔、脂粉之类,让少儿拜七娘求谊妈赐福。俗叫"做七娘生"(日)。

厦门市

(乾隆)《马巷厅志》卷十一《风俗》(清光绪补刻本):

七夕,乞巧,陈瓜豆及粿小儿拜天孙,去续命缕。

按:清马巷厅治今同安区。

(道光)《厦门志》卷十五《风俗记》(清道光十九年刻本):

七夕,乞巧,妇女拜天孙,解去续命缕。士子祀魁星。

(民国)《厦门市志》卷二十《礼俗志》(民国钞本):

初七夜曰七夕,人家具鸡黍、酒肉、瓜果祀七娘。儿童以红丝线系钱挂胸前。

(民国)《同安县志》卷二十二《礼俗·岁时》(民国十八年铅印本):

七夕,乞巧,陈瓜豆及粿小儿拜天孙,去续命缕。明池显方《七夕诗》:"雪衣雾縠何须织,帝女牛郎岂是婚。天上如今情亦淡,夜深不见洒泪痕。"又:"无端鹊鹭经秋秃,惹得人间几样猜。独坐三更看碧汉,双星不见渡桥来。"又:"一日天间比一年,世人勿笑薄情缘。每当此日频相见,却似桥西嫁不还。"清童蒙升《七夕口占诗》:"红闺瓜果彻中庭,小扇轻罗扑细萤。只有生离无死别,人间天上看双星。银汉黄姑望几回,西风昨夕上高台。一年一会都嫌短,那有工夫送巧来。"童蒙求《七夕戏作诗》:"瓜果芳筵月下开,针楼儿女费徘徊。一年一会情无限,诉别何心送巧来。 一别经秋可奈何,今宵喜见鹊填河。年年送与人间巧,惹得人间弄巧多。又《七夕诗》:"聘钱二万负天公,云锦虽佳杼轴空。到底无钱难弄巧,神仙也是欠青铜。 清浅银河不起潮,无边风月夜迢迢。果然有巧应飞渡,何事人间鹊驾桥。孝廉吴锡圭《七夕口占诗》:"绣幄骈车窈窕妆,当年曾示郭汾阳。王侯自有非常遇,俗子何劳拜祝忙。又:"乞巧何曾得巧回,蛛丝旋幕益疑猜。天孙欲与人间巧,只恐人间学不来。"

《厦门市志》第5册(方志出版社2004年版):

七夕:"七夕"亦称"乞巧节""女节""天孙节""小儿节""双七节"。民间认为是"七娘妈生日",俗称"七娘妈生",该神尊为儿童保护神,俗信16岁以下儿童均受该神保护。

是日，民间要敬七娘妈，供奉7位"织女"，供品也以7为数。其中有彩纸糊的"七娘妈轿"7乘；彩纸糊的"七娘妈亭"中有7把交椅，让7位娘娘坐；以及鲜花7种、胭脂香粉各7块（或7匣）、鸭蛋7粒、饭7碗、瓜果7盘。还要挂一盏"七娘神灯"在房门口，灯上画有抱着孩子的仙女站在云端上。晚上，设桌于庭，遥空拜祭，祈求子女健康成长，并向七娘拜寿。祭毕，将亭、轿和纸钱焚化，胭脂、香粉等则全部投掷于屋顶，也有留下一半自用，据说可使自己更美丽。

"乞巧"活动有两种，一是"卜巧"，即卜问自己将来是笨是巧。"民间有女家各以碗水曝日下，令女自投小针泛之水面，徐视水底日影，或散如花，动如云，细如线，粗如槌，因以卜女之巧"（明《宛署杂记》）；也有捉蜘蛛放盒里，观其结丝细密，卜得巧智如何。二是"乞巧"，即进行穿针引线比赛。夜里，姑娘们三五成群，在月光下以五色丝线向月穿针，谁穿得越多越快为胜。其意也在向七娘妈乞巧求智，更为聪明。《七夕》诗云："向月穿针易，临风整线难。不知谁得巧，明旦试相看。"而孩子们则听大人讲"牛郎织女"故事，看天上银河两岸的牛郎织女星。

漳州市

(嘉靖)《龙溪县志》卷一《地理·风俗》（明嘉靖刻本）：

七夕，儿女以瓜果罗于庭，为乞巧会。

按：（明万历）《漳州府志》卷一同。明清龙溪县即今龙海区。

(崇祯)《海澄县志》卷十一《风土志》（明崇祯六年刻本）：

七夕，女儿罗瓜果中庭为乞巧会。男人亦递为宴饮。然其日不复沿晒衣之旧，无烦阮咸㤢鼻耳。

按：明清海澄县即今龙海区。

(清康熙)《长泰县志》卷一《舆地志·风俗》（清康熙二十六年刻本）：

七夕，儿女食瓜豆，作乞巧会。

(康熙)《漳州府志》卷二十六《民风志》（清康熙五十四年刻本）：

七夕,女儿乞巧,持熟豆相遗,谓之"结缘"。

按:(光绪)《漳州府志》卷三十八同。(乾隆)《龙溪县志》卷十"遗"作"饷"。(乾隆)《南靖县志》卷二"持"前有"手"字。

(康熙)《诏安县志》卷三《方舆志·风俗》(清同治十三年刻本):

　　七夕,瓜果乞巧。亦递为宴饮。

(康熙)《平和县志》卷十《风土志》(清光绪重刻本):

　　七夕,家人设瓜果宴会,谓之乞巧。读书家多为魁星作寿,以相宴乐。邑令王轩六诗云:"大上鹊桥事有无,迢迢良夜月模糊。轻云薄雾陈瓜果,乞巧人间大小姑。"

(康熙)《漳浦县志》卷三《风土志》(民国十七年翻印本):

　　七夕,设瓜果,中庭宴会,名乞巧。

按:(光绪)《漳浦县志》卷三同。

(乾隆)《海澄县志》卷十五《风土志》(清乾隆二十七年刻本):

　　七夕,女子罗瓜果中庭为乞巧会。男子亦传杯宴饮。然日不复传晒衣事。

(乾隆)《长泰县志》卷十《风土志》(民国二十年重刻本):

　　七夕,儿女食瓜豆作乞巧会,或祀魁星,饮西瓜、龙眼。

(民国)《诏安县志》卷一《天文志·岁时》(民国三十一年铅印本):

　　七夕为乞巧节,私塾儿童竞以瓜果祀魁星君。人家并以瓜果糖饭设睡床上,画五色纸为衣裳式,令十五岁以下子弟焚供,俗谓"祭花公婆"。男女年十五岁者就床食之,谓之"出花园"。(据叶《志》增入)

《龙海县志》(东方出版社1993年版):

　　七夕:农历七月初七晚上称为"七夕"。旧俗:女子于是夜陈瓜果于庭院,祀织女,号为乞巧。此俗今已废,但民间仍多煮油饭改善伙食,也有持炒豆相赠,谓之"结缘"。

《漳浦县志》(方志出版社 1998 年版):

七夕:农历七月初七为七夕,又名"乞巧"。家家户户或蒸米糕,或做咸、甜秫米饭祭祀祖先,晚间陈设瓜果和秫米饭于庭中,全家围坐谈天,等待"牛郎织女"相会,直至深夜。有些年轻妇女,喜欢在这天晚上问卦,预卜婚姻前景。新中国成立后,做秫米饭的习俗仍被保留,其馀问卜等俗已废。

一三、台湾乞巧歌

台湾收录乞巧歌 2 首。

七姑星，七姊妹（苗栗县）

七姑星，七姊妹，　　　　　留来晨朝后日嫁满姨。
打开园门摘白菜。　　　　　……
摘一皮，留一皮，

录自黄新亚等纂修《苗栗县志》（苗栗县文献委员会 1959 年至 1978 年铅印本）。

七星姑，七姊妹

七星姑，七姊妹，　　　　　小妹妹，才三岁，
长年月久挤一堆。　　　　　会做娇，好叫嘴，
不嫁人，唔①分开，　　　　希望同她㸢一㸢，睡一睡。
吾邀你们都下来。　　　　　教她做个好乖乖，
陪陪吾介小姊妹。　　　　　将来嫁老公，才会有人爱。

录自邝伟英：《客家歌谣》（台北作者个人出版，圣鹦公司印刷，1992 年）。
① 唔：方言，不。

附：台湾七夕节俗文献

(清康熙)《台湾府志》卷六《岁时》（蒋毓英修，陈碧笙校注，厦门大学出版社 1985 年版）：

> 七月七日，是夕，人家女儿罗瓜果庭中，谓之乞巧会。

(康熙)《台湾府志》卷七《风土志》（高拱乾纂修，清康熙三十五年刻补版本）：

> 七月七日，是夕，人家女儿罗瓜果线针于中庭为乞巧会。
>
> 按：(康熙)《重修台湾府志》（周元文纂修）卷七同。

(康熙)《诸罗县志》卷八《风俗志》（清康熙五十六年序刻本）：

> 七夕，女儿罗瓜果、针线于中庭为乞巧会，看牛郎织女星。或云魁星于是日生，士子多于是夜为魁星会，置酒欢饮。

(康熙)《凤山县志》卷七《风土志》（清康熙五十八年刻本）：

> 七夕，女儿乞巧，持瓜果、熟豆相为赠遗。

(康熙)《台湾县志》卷一《舆地志·岁时》（清康熙五十九年序刻本）：

> 七夕为乞巧会，家家备牲醴、果品、花粉之属，向檐前烧纸祝七娘寿诞，解儿女前系五采线同焚。今台中书舍以是日为大魁寿诞，生徒各备酒肴以敬其师。

(康熙)《台海使槎录》卷二《赤嵌笔谈·习俗》（黄叔璥撰，清文渊阁四库全书本）：

> 七夕呼为巧节，家供织女，称为七星娘。纸糊彩亭，晚备花粉、香果、酒醴、三牲、鸭蛋七枚、饭七碗，命道士祭献毕，则将端阳男女所结丝缕剪断，同花粉掷于屋上。食螺蛳以为明目。黄豆煮熟洋糖拌裹，及龙

眼芋头相赠贻,名曰"结缘"。

　　按:(清乾隆)《续修台湾府志》(余文仪修)卷十三同。又卷二十六《艺文七·诗四》:孙霖《赤嵌竹枝词》:"结缘才过又中元,施食层台市井喧。三令首除罗汉脚,只教普度闹黄昏。"注曰:"台俗,七夕家供织女,称七星娘。食螺蛳,以为明日煮豆拌裹洋糖,同龙眼芋头分饷,名曰结缘。是夜,士子为魁星会。"

(乾隆)《重修福建台湾府志》卷六《风俗》(刘良璧纂修,清乾隆七年刻本):

　　七月七日,曰七夕,为乞巧会。家家晚备牲醴、果品、花粉之属,向檐前祭献,祝七娘寿诞毕,则将端午男女所系五采线剪断同焚。或曰魁星于是日生,士子多于是夜为魁星会,备酒肴劝饮,村塾犹盛。

(乾隆)《重修台湾县志》卷十二《风土·风俗》(清乾隆十七年刻本):

　　七月七日,士子以为魁星降灵,多备酒肴欢饮,村塾尤盛。又呼为乞巧节,家供织女,称曰"七星娘",纸糊彩亭,备花粉、香果、酒饭,命道士献毕,将端阳男女所结丝缕剪断,同花粉掷于屋上。以黄豆煮熟洋糖拌裹,及龙眼芋头相赠贻,名曰"结缘"。

　　又卷十五《杂纪·丛谈》:七夕,台女设果品花粉向檐前祷祝,云祭七星娘。男则杀狗祭魁星,诸生会饮,甲拈一联云:"今宵织女喜逢牛。"乙随对云:"此处奎星偏嗜狗。"甲曰:"牵牛乃宿也。"乙曰:"天狗非星乎?"一座绝倒。

(乾隆)《重修台湾府志》卷二十四《艺文五·诗二》(六十七、范咸纂修,清乾隆十二年刻本):

　　七夕,家家设牲醴果品花粉之属,夜向檐前祭献祝七娘寿,或曰魁星于是日生,士子为魁星会,竟夕欢饮,村塾尤盛。

　　按:此为张湄《七夕》诗"露重风轻七夕凉,魁星高燕共称觞。幽窗还听喁喁语,花果香灯祝七娘"后之注解。张湄,字鹭洲,浙江钱塘(杭州市)人,雍正十一年(1733)进士,乾隆六年至乾隆八年(1741—1743)担任台湾御史兼理学政。

(乾隆)《重修凤山县志》卷三《风俗志》(清乾隆二十九年刻本)：

七月七日,士子多为魁星会,备酒殽欢饮,村塾尤盛。又呼为乞巧节,家供织女,称曰"七星娘",纸糊彩亭,备花果、酒饭,命道士献毕,将端阳所结丝缕剪断,同花果掷于屋上。以黄豆拌糖及龙眼芋头属相馈遗,名曰"结缘"。

(清嘉庆)《续修台湾县志》卷一《地志·风俗》(清嘉庆十二年刻配道光三十年刻本)：

七夕,乞巧结缘……皆与内地无异。

又:卷八《艺文·诗》郑大枢《风物吟》其六:今宵牛女度佳期,海外曾无鹊踏枝(台地向无鹊)。屠狗祭魁成底事,结缘煮豆始何时。注曰:"七夕士子杀狗取头以祭魁星;又煮豆和糖及芋头龙眼等物相赠遗,谓之'结缘'。"

(清道光)《彰化县志》卷九《风俗志》(清道光十六年刻本)：

七月初七日,人家儿女备针线花粉瓜果之属祭于中庭,曰乞巧。以祀牛女双星,制五色纸为亭曰七娘亭,以翦断儿手足彩线及花粉掷屋上,食龙眼以取明目之意。士子以七夕为魁星诞,是夜置酒欢饮,曰"魁星会"。

(道光)《噶玛兰厅志》卷五《风俗》(清咸丰二年刻本)：

七月七日,士子以魁星诞辰,多于是夜取文明之象为魁星会,供香果,备酒肴,呼群召饮,村塾犹盛。

(道光)《重纂福建通志》卷五十八《风俗》(清同治十年刻本)：

台湾府:七夕呼为巧节,家供织女,称为七星娘。纸糊彩亭,晚备花粉、香果、酒醴、三牲、鸭蛋七枚、饭七碗,祭献毕,将端阳男女所结丝缕剪断,同花粉掷于屋上。食螺蛳以为明目,黄豆煮熟洋糖拌裹,及龙眼芋头相赠贻,名曰"结缘"。(《赤嵌笔谈》)

士子以七月七日为魁星诞,是日夜为魁星会,备酒肴欢饮,村塾亦然。旧《郡志》莆田陈蔚《台湾竹枝词》："'家家杀狗祭魁星'自注：'七夕士子屠狗取其头以祭魁星。'"张巡方湄诗："露重风轻七夕凉,魁星高宴共称觞。幽床还听喁喁语,花果香橙祝七娘。"

(清同治)《淡水厅志》卷十一《风俗考》(清同治十年刻本)：

七月初七日,设牲醴、果品、花粉之属,夜向檐前祝七娘寿日乞巧会。士子以魁星是日生,剧饮,曰"魁星会"。

(清光绪)《新竹县志初稿》卷五《风俗》(1984 年《台湾文献史料丛刊》排印本)：

七日夜,陈瓜果、花粉,拜祝七娘神,曰乞巧。士子则虔祭魁星,彻夜会饮。又相传是夕为牛女会合之期。

(光绪)《苗栗县志》卷七《风俗考》(1984 年《台湾文献史料丛刊》排印本)：

七月七日,士子以魁星是日生,剧饮,曰"魁星会"。

(光绪)《安平县杂记》(1984 年《台湾文献史料丛刊》排印本)：

七月七日,名曰七夕。人家多备瓜菜、糕饼以供织女(称曰"七娘妈")。有子年十六岁者,必于是年买纸糊彩亭一座,名曰"七娘亭"。备花粉、香果、酒醴、三牲、鸭蛋七牧、饭一碗,于七夕晚间,命道士祭献,名曰"出婆姐",言其长成不须乳养也。俗传男女幼时,均有婆姐保护。婆姐,临水宫夫人之女婢也。临水宫夫人,陈姓,名进姑,福州陈昌女,生于唐大历二年,嫁刘杞,孕数月,脱胎祈雨。卒年二十有四,诀云:"吾死后必为神,救人产难。"以故台南亦奉祀甚虔,庙在今之东安坊山仔尾旁,列泥塑三十六婆姐像。有初生子女者,多到庙虔请婆姐回家供祀。子女长大,然后送回。故虽有泥塑三十六像,无一存在,庙中仅存留壁间画像而已。又士子以七月七日为魁星诞,多于是夜为魁星会。各塾学徒竞鸠资备祭品以祀,亦有演戏者,欢饮竟夕,村塾尤甚。是日,各塾放假,学徒仍呈节敬于塾师。

(光绪)《树杞林志》(抄本):

七月七日,设牲仪、酒醴、果品、花粉之属,夜向檐前祝七娘寿,曰"乞巧会"。士子以魁星是日生,剧饮,曰"魁星会"

(光绪)《苑里志》(1959年《台湾文献丛刊》本):

七月七日为"七娘妈生辰",家家设牲醴、花粉、果品于中庭以祝之,有曰"乞巧会"。士子以魁星是日生,剧会(饮),曰"魁星会"。

(民国)《台湾省通志稿》卷二《人民志·礼俗篇》(1950年至1965年铅印本):

七日,传为魁星诞辰。士子多于是日为"魁星会",置酒欢饮。祭以羊首,上加红蜡,谓之"解元"。以羊有角为解,而蜡形若元字也。是夕,妇女糊五色纸为彩亭,祀织女。入夜,陈瓜果、针线于庭,祝牛女双星,曰乞巧,亦谓"七星娘"。

《宜兰县志》(1959年至1965年宜兰县文献委员会铅印本):

七月初七日为魁星诞,士子多于是日为魁星会,置酒欢饮。相传是夕牛郎织女渡鹊桥相会,妇女以五色纸制彩亭祀织女,并陈瓜果、针线于庭,祝牛女双星,谓之乞巧。据《噶玛兰厅志》载,七月七日,士子以魁星诞辰,多于是夜取文明之象为魁星会,供香果,备酒肴,呼群召饮,村塾犹盛。

《桃园县志》(1962年至1969年桃园县文献委员会铅印本):

七夕:七月初七日,俗传牛郎织女相会银河,;有备酒醴、花粉奉祀七娘妈,以祝小孩乖巧长大。

《苗栗县志》(1959年至1978年苗栗县文献委员会铅印本):

七夕:旧历七月七日之夜称为"七夕"。相传是夕为牛郎织女二星相会,织女工织纴,旧时妇女穿针设瓜果以迎之,谓之"乞巧"。本县则以是日为"七娘生日",其由来不知所自。据古代神话谓昴宿七星为七姊妹,共浴于河,幼妹之衣为牛郎所掠,遂嫁之,是为织女。客家童谣云:"七姑星,七姊妹,打开园门摘白菜。……"七姑星即昴宿,满姨为幼妹之称。此歌谣与上述故事具有同一意识,是则所谓七娘者或即系指织女而言。按古代星图,昴宿本有七星,现在肉眼之可见者只有六颗,当系后来隐没。同时,据近代天文学研究,织女附近又常为新星出现之区,甚至织女本身亦可能系新星之一。此两处星辰,一隐一现,见者遂附会而为此说。惟《续齐谐记》则谓:"天河之东有织女,天帝之孙也;习勤女工,容貌不暇整理。帝怜其独处,许嫁河西牵牛郎。嫁后竟废女工,帝怒,令仍归河东,惟七夕一相会。"《荆楚岁时记》亦有此说。其故事并未涉及昴宿,与上述之说稍异。按星象,织女实在河西,而牵牛则在河东。此故事谓织女在东,牵牛在西,亦与星象未合。大抵系后出之故事,根据星图撰作,因见图中方向倒置,遂误东为西也。

本县旧俗,妇女于"七夕"之夜在庭中设案焚香,供瓜果以祀七娘。案上置梳子一支,大抵系"乞巧"之意。《天宝遗事》云:"唐宫中每遇七夕,宫女各执九孔针、五色线,向月穿之,过者为得巧。"宋杨朴诗云:"未会牵牛意若何? 须邀织女弄金梭。年年乞与人间巧,不道人间巧几多。"古代男耕女织,故"乞巧"用针;今客家妇女多力田,轻女工,故代之以梳耳。

《基隆市志》(1954 年至 1959 年基隆市文献委员会铅印本):

七月七日,传为"魁星诞辰",士子多于是日为"魁星会",置酒欢饮。祭以羊首,上加红蟳,谓之"解元"。以羊有角为解,并蟳形若元宇也。今已废。此日又为"七夕",又名"乞巧节",传为牛郎织女相会之期。又传为织女或临水夫人婢女诞,故亦称"七星妈诞辰",俗称"七娘妈生"。七星娘为儿童守护神,有儿女户备鸡酒、油饭、软粿、园仔花、鸡冠花、树兰花、白粉、胭脂、线花,泉籍居民则备七娘亭拜祭。祭毕,花粉投掷屋上。周岁许愿求得"荼牌"者,至十六岁应盛大还愿"脱荼"。是夕,妇女糊五色纸为彩亭,祀织女。入夜,陈瓜果、针线于庭,祝牛郎织女双星福。此日亦为"床母生日",备鸡酒、油饭供拜,烧婆姐衣,以拜谢其保佑幼儿。

《彰化县志稿》(1958 年至 1976 年彰化县文献委员会油印本):

七夕,此夕为七日夕,故称"七夕"。俗以为"七娘妈诞辰",称"七娘妈生"。又,俗以七月为巧月,七夕又名"乞巧节"。相传,是夕牛郎织女一年一次相会,虽属神话,别有诗情美景之意。

是日,家家户户为求子女长大,祭拜七娘妈;并于黄昏在门口供拜软粿(汤圆之一种,汤圆中央以指压凹),供拜圆仔花、鸡冠花,或供茉莉花、树兰花等香花,另供水果、白粉、造花、胭脂、鸡酒、油饭等物,家有成年者,特供面线、七娘妈亭盛祭。祭后,烧金纸、经衣(即有衣裳之纸),同时将七娘妈亭焚烧供献,此称"出婆姐间",其意表示子儿成年。婆姐,传为临水宫夫人女婢,拜后并将生花、白粉、胭脂投掷屋上。

床母生:此日或称为"床母生日",以鸡酒、油饭供拜,烧床母衣(衣服图样之金纸),以拜谢床母保祐幼儿。

乞巧会:是日有"乞巧会"之习俗。则在月下设香案,备针线、生花、白粉、瓜果之类,祭牛郎织女两星。女子祈求貌美才高,针艺上进,面向月穿针线,穿进,解为针绣巧美兆;并以白粉掷向天边,粉落在脸上,亦解为美貌之兆。

魁星生:此日亦以为系"魁星诞辰"。昔时,书塾多有"魁星会"。

《云林县志稿》(1977 年至 1983 年云林县文献委员会铅印本):

七月七日为"魁星诞辰",士子多于是日为"魁星会",置酒欢饮。祭以羊首,上加红蟳,谓之"解元",以羊有角为解,而蟳若元字也。今已废。此日又为"七夕",又名"七巧节",传为牛郎织女相会之期。又为"七星妈诞辰",七星娘为儿童守护之神。

《台南市志》(1958 年至 1983 年台南市文献委员会铅印本):

七月初七日,传为"魁星诞辰"。士子多于是日为"魁星会",置酒欢饮。此日又为"七夕",又名"七巧节"。相传是夕牛郎织女渡鹊桥相会,又传为织女或临水夫人婢女诞,故亦称"七星妈诞辰",俗称"七娘妈生"。七星娘为儿童守护神,有儿女户备鸡酒、油饭、软粿、圆仔花等,为七娘妈拜祭。本市有座七娘妈庙,供奉七尊女神像,是日前往进香者众。

《台南县志稿》(1957 年至 1960 年台南县文献委员会铅印本):

七夕：此夕为七日之夕，故称七夕。是夜，未婚女子设香案于月下，以瓜果、花粉、针线致祭织女星，乞授裁缝及织物之巧，所以亦称"乞巧节"。究其由来，相传天上有一银河，两侧原有男女两星，男为牛郎，每日牵牛力耕；女为织女，昼夜纺织，各尽职责为天上诸神耕织，不遗余力。两神年事虽达婚龄，尚未嫁娶，西王母深怜有感，为其撮合成婚。但自婚后男女恋情不舍，耕织俱废，于是西王母为考虑耕织，遂令牛郎织女各分居河之两侧，各同力事耕织，但只许一年之七夕一次相逢。自是以后，耕织如常，只得于七夕一度相逢。虽属神话，但寓有奖励男耕女织之意。

七娘妈生（七日）：此日是"七星娘娘神诞"。神为年幼子女的守护神。如家有年达十六岁男女，必需备办丰富祭品及所谓"七娘妈亭"彩亭一座，举行隆熏祭典后将彩亭焚化于庭前。据说男子十六岁，即告成丁独立，其间颇受七娘妈抚育与庇护，特于神诞致祭谢恩；同时也在床前致祭床母，俗称"出姐母间"。姐母，据说是临水夫人的婆姐。

魁星生（七日）：此日是"魁星爷神诞"。村里书塾依例放假一天，学徒鸠资备办祭品以祀，亦有演戏欢饮竟夕。是日，仍呈节敬于老师，使得老师亦乐得一天清闲，又得享受饱与醉，真是不亦乐乎？

《高雄县志稿》（1957 年至 1960 年高雄县文献委员会铅印本）：

七月初七日，相传为织女牛郎二星相会之日。是夜未婚女子每致祭于庭，云可祈巧，故又曰"乞巧日"。又相传为"七星娘诞"。《凤山县志》曰："家供织女，称曰'七星娘'。纸糊彩亭，备花果、酒饭命道士献毕，将端阳所结丝缕剪断，同花果掷于屋上，以黄豆拌糖及龙眼、芋头属馈遗，名曰"结缘"。今谓七星娘为幼年子女守护之神，如家有年达十六岁之子女，必以丰盛牲醴为祭，并制花亭一座于祭时焚之，以谢神恩。又：是日谓为"魁星爷神诞"，旧时书塾皆放假一日，生徒共备祭典。故《凤山县志》曰："七日士子多为'魁星会'，备酒肴欢饮，村塾尤盛。"此俗今已不存。

《台东县志》（1963 年至 1966 年台东县文献委员会铅印本）：

七月初七日，乞巧节，民间流传牛女二星相会之期也。亲戚间以麻茗、雪梨相馈赠。

《嘉义管内采访册》,(《台湾文献丛刊》第 58 册):

　　七月七日,读书人为魁星帝君圣诞。世传为牛女渡河,谓之"七夕",亦谓"七娘妈生"。庄社家家杀鸡烹酒,备菜、龙眼各品物,在厅堂前,向天礼拜,祈祷消灾改厄。童子多挂七娘妈香火,泉人不特如此,用五色纸涂七娘妈亭一个,约二三尺高,置于厅堂前,焚香礼拜。拜毕,将此亭当天焚化,祈祷平安。

一四、广东乞巧歌

广东由东北向西南收集到梅州、广州、肇庆、云浮、江门（别名"五邑"）、湛江、惠州等市的乞巧歌谣共29首。

梅州市

七姑星，七姊妹(梅州)

七姑星①，七姊妹，　　　　　　满姨嫁哪里？

打开园门摘青菜。　　　　　　嫁到蕉子坝。

摘一皮，留两皮，　　　　　　又有糖，又有蔗，

留来晨朝后日嫁满姨。　　　　食到满姨牙射射②。

录自黄火兴编著《梅水风光:客家民间文学精选集》(广东嘉应音像出版社 2005 年版)。
① 七姑星,俗指织女星,喻"小妹"(满姨)。清胡曦(1844—1907)《兴宁竹枝词杂咏》"乞巧中庭笑语娱,双双渡过鹊桥无。今宵定有嫦娥怨,且拜星姑拜月姑"自注谓:"俗呼织女为七姑星,七夕乞巧,日拜星姑,并云拜月姑。"　② 牙射射:张口大笑露齿的样子。

七姑星，七姐妹(梅州)

七姑星，七姐妹，　　　　　　折子跳入窿，捉虾公。

夜夜下来摘韭菜。　　　　　　虾公溜沿走，喊黄狗。

韭菜未开花，摘吊瓜。　　　　黄狗你莫吠，快快去踏碓。

吊瓜未结子，捉拐子①。

录自黄火兴编著《梅水风光:客家民间文学精选集》。
① 拐子:即青蛙。

入我园,摘我菜(梅州)

七姑星,七姊妹,　　　　　满姨嫁到新屋背,
入我园,摘我菜。　　　　　鸡公砻谷狗踏碓。
摘上皮,留下皮,　　　　　蟾蜍烧火猫煮菜,
晨朝日,嫁满姨。　　　　　老鼠偷食烙巴喙。

录自黄火兴编著《梅水风光:客家民间文学精选集》。

珠村祠堂花儿开（天河区珠村）

七月七,乞巧节,
珠村祠堂花儿开。
花儿开,花儿摆,
快把巧姐接下来。
牵牛郎,写文章,
我把纸砚献上来。

我给巧姐献西瓜,
巧姐教我铰菊花。
我给巧姐献蜜桃,
巧姐教我来描绘。

我给巧姐献梨子,
巧姐教我纳底子。
我给巧姐献南瓜,
巧姐教我学绣花。

瓜桃梨儿枣,
年年来乞巧。
谁个手艺高,
明年七夕瞧!

录自罗华娟:《乞巧文化资源的现代转换研究——以广州珠村为例》(中央民族大学硕士论文,2009 年)。"快把巧姐接下来","巧姐"原作"七姐",与后面八句不一致,应为音近而误,今正。又见于储冬爱:《鹊桥七夕——广州乞巧节》(广东教育出版社 2010 年),杨茹编著《缘聚七夕 乞巧珠村:广州乞巧文化节写真》(广州出版社 2006 年)只录后四句。

姐姐手艺不得了（天河区珠村）

姐姐巧,姐姐妙,　　　　　姐姐教我纺棉花。

姐姐手艺不得了。　　　　……

我请姐姐吃甜瓜,

录自李小佳:《丫头与老嫂竞相来斗巧》(新浪网,2006-7-31)。又见于杨茹编著《缘聚七夕　乞巧珠村:广州乞巧文化节纪实》(广州出版社 2006 年版)。此为广州天河珠村潘氏宗祠明德堂所举行的"拜七娘"仪式上所唱。

乞到巧来人人赞（广州）

七月七,金鸡叫,　　　　　人间男女来乞巧。

牛郎织女会河桥。　　　　乞到巧来人人赞。

会得河桥仙人过,

搜集者:黄伟。
录自萧卓光主编《广州民间歌谣》(中国文联出版社 2007 年版)。"人间"原作"人家",乃歌唱中音近而误记,今正。

佛山市

【1949 年前】

一请公主仙七姐（佛山）

一请公主仙七姐①，　　　契妹身中心自爱③，

二请仙家百位灵神，　　　心心怀恨上天台。

三请观音齐下降，　　　　上到天台公主爱④，

四请王母娘娘伏契妹②，　游完七夕妹回来。

录自梁国章：《佛山的乞巧节》，见《少年》1923 年第 8 期。

① 公主仙七姐：原作"仙家仙七姐"，语意重，应是受下句"仙家"而误。今按第七句改为
"公主"。　② 王母娘娘：原作"佛母娘娘"，因方音误记。　③ "契妹身中心自爱"原作"身
契妹心中心自爱"，语意不通，据民国广东《民俗周刊》所载歌谣改。　④ "公主爱"，原作
"公主作爱"，联系前后，语意不通。"作"当是歌唱中"主"字声音拉长误听为"作"。今删。
公主，指织女。

【1949 年前】

七月七日是良辰 (端州区)

七月七日是良辰，
躬身顶礼拜神仙。
金炉炷香通三宝，
玉盏芙蓉在案前。

年年今夕来相请，
虔诚摆列请神仙。
凡有蓬莱为仙客，
乘云驾雾一齐临。

第一乞巧娘便觉，
第二乞巧娘便强。
信女心通都晓尽，
绣花织锦我为强。

云上云，天上天，
云上架桥传天仙。
织女有临随风到，
修桥搭住香炉前。

乞上天，烧纸钱，
一点神心感动天。
乞口花针共条线，
绣花织锦片云片。

七月七，金鸡叫，
牛郎织女会河桥。
桥头三拜更礼佛，
桥尾三拜乞长寿。

乞手巧，乞心通，
乞美貌，乞颜容。
乞我爹娘千百福，
乞我本身寿命长。

七月七，三更前，
牛郎织女会神仙。
月开天边云影尽，
福播齐家已绵绵。

七月七,七星照,　　　　但有凡人来乞巧,
七宫仙女渡银桥。　　　　乞得龙须千万条。

录自肇庆市端州区地方志编纂委员会编《肇庆市端州区志》(方志出版社 2012 年版)。本首与新兴县《乞巧歌》相比,内容大为简省,但所录语句除了"七月七夕"作"七月七日"外,其余皆同。

【1949 年前】

女子乞巧增手艺(新兴县)

男子乞巧求官职，
女子乞巧增手艺。
一乞姐妹美貌嫩，
二乞为仙万代神。
三乞父母得长寿，
四乞福禄进门庭。
五乞手工多精巧，
六乞富贵世世荣。
信女诚心来乞巧，
虔诚奉诵乞巧经。

第一乞巧娘便觉，
第二乞巧娘便强。
信女心通都晓尽，
绣花织锦我为强。

云上云，天上天，
云上驾桥请天仙。
织女有临随风到，

修桥搭住香炉前。
乞上天，烧纸钱，
一点神心感动天。

乞口花针共丝线，
绣花织锦片云片。
凭打胭脂水粉面，
打扮美貌似红莲。

乞副绫带脚下缠，
两脚缠成二指尖。
灵丹撒落斋桌面，
食着聪明大万年。

信女乞巧求福寿，
心通灵晓万事通。
飞身半现留仙迹，
仙桃与我乞长生。

织女真仙灵中现，
请仙度我过金桥，
请仙福禄任游行。
菩萨殿上万年春，
保佑身轻飞千里，
保佑合家享康宁。
保佑世世长生寿，
多福多寿万年延。

金炉内，好香焚，
香烟通上九霄云。
至今七夕银河会，
洞宾八仙望齐临。
仰祈众仙求飞法，
望见嫦娥月一轮。
请仙洞心龙牙会，
法洞信女命运通。

搜集者：苏增慰。

灯光火亮保千年（新兴县）

七月七，金鸡叫，
牛郎织女会河桥。
桥头三拜更礼佛，
桥尾三拜乞长寿。

乞手巧，乞心通，
乞美貌，乞颜容。
乞我爹娘千百福，
乞我本身事事能。

七月七，三更前，
牛郎织女会神仙。
月开天边云影尽，

福报齐家已绵绵。

七月七，七星照，
天宫仙女度银桥。
但有凡人来乞巧，
乞得龙须千万条。

一双斋箸一桌斋，
信女诚心求供斋。
发心段段是诚心，
莫听闲人言语侵。
有心乞巧成功果，
千万钢铁化成金。

灯盏圆圆神佛前，　　　　某氏诚心来剔起，

闭眼走在灯盏前。　　　　灯光火亮保千年。

搜集者：苏增慰。

以上二首录自黄尔崇编著《新兴趣谈》（广东省新兴县志办公室，1995 年）。苏增慰《漫谈"乞巧节"习俗》所附新兴县"乞巧歌"（《新兴文史》第 13 辑，1993 年）顺序与此有异，当是前书编者收录时进行了调整。据其他乞巧歌内容及形式，搜集者应是将当地乞巧节有关仪式上相关歌词合在一起。前一部分中有两段应是祭天地神灵所诵唱。第一段在 10 句乞巧歌之后从"一禀玉皇殿上坐，二禀慈悲观世音"至"惟愿众仙登宝座，听我信女乞言陈"是祭天地神灵和佛教神灵，然后请八仙，最后请"刘一仙"等刘氏六仙和七舅仙，一一表白，共 64 句。"第一乞巧娘便觉"以下的 47 句可看作乞巧歌。今与开头 10 句相并为一首，两相参照，个别语句有所订正。其中与乞巧内容无关语句有所删除。其后"七月七，金鸡叫"至结尾另为一首。

江门市

【1949 年前】

七姑星，七姊妹 (台山市)

七姑星，七姊妹，　　　　　七朵莲花开六朵，

七朵莲花六朵开。　　　　　闲有①一朵等郎来。

搜集者：清水。

录自《民俗》周刊(1929 年 8 月 21 日第 74 期)。纪玲妹编《民国歌谣集·中山大学〈民俗〉刊载》(南京师范大学出版社 2018 年版)据以收录。原无题，与其他儿歌总题为"翁源儿歌"，今取首句为题。

① 闲有：方言，还有。

老幼男女乞寿长 (台山市)

七月七，金鸡叫，　　　　　人家男女来乞巧。

牛郎织女会河桥。　　　　　老幼男女乞寿长。

会好河桥仙人过，

搜集者：余竞辉。

录自《民俗》周刊 1929 年 9 月 25 日第 79 期。纪玲妹编《民国歌谣集·中山大学〈民俗〉刊载》据以收录。

乞我姊妹千万年（台山市）

乞手巧，乞容貌，　　　　乞我爹娘千百岁，

乞心通，乞颜容。　　　　乞我姊妹千万年。

录自陈元柱编《台山歌谣集》（国立中山大学语言历史研究所，1929 年）。又见高等学校民间文学教材编写组《民间文学作品选》上册（上海文艺出版社 1980 年）。"姊妹"也有写作"妹妹""姐妹"（见祝兆荣等编著《举世玄奇精华大观》及李东红编著《关东节令习俗》）。此歌后亦收录于《中国歌谣集成·广东卷》（中国 ISBN 中心 2007 年版），题作"七月七"，搜集者李锦重。

乞手巧，乞眉秀（江门）

乞手巧，乞眉秀，　　　　乞我爹娘千百岁，

乞心通，乞颜容，　　　　乞我姐妹寿永长。

录自冯活源等：《"七夕"五邑姑娘展才技》，见刘志文主编《广东民俗大观》上卷（广东旅游出版社 1993 年版）。据该文记载：农历七月初六晚，五邑家家户户在天井、阳台或院子中摆上桌子，陈列凉粉、芝麻糊、蔬果、点心，斟七杯香茶，插七支线香，由未嫁少女端上自己用绿豆砌成图案、文字的"乞巧菜"，向天河的牛郎、织女星祭拜，乞求灵巧智慧。拜时，口念"乞巧词"。拜后共食祭品，至初七早上收回，并换上新鲜的茶，名为"换盏"。至此，"慕仙"便告结束。

桥尾拜仙乞寿永(江门)

七月七,金鸡叫,　　　　　桥头拜仙更礼佛,
牛郎织女渡河桥。　　　　　桥尾拜仙乞寿永。

录自冯活源等:《"七夕"五邑姑娘展才技》。

穿针乞巧词(江门)

手执花针扣转手,　　　　　今年乞巧同拜仙,
福如东海千年寿。　　　　　乞来灵巧共丽娇。

录自冯活源等:《"七夕"五邑姑娘展才技》。

乞得红线千万条(开平市)

七月七,金鸡叫,　　　　　人间娘女来乞巧,
牛郎织女会河桥。　　　　　乞得红线千万条。
会起河桥仙人过,

搜集者:司徒衍美。1987年6月采录于开平县。

录自《中国民间歌谣集成·广东卷·江门市选本》(1989年)。陈泳超主编《中国牛郎织女传说·民间文学卷》据以收录。又见于《中国歌谣集成·广东卷》。

乞得幸福千万年 (开平市)

七月七,金鸡叫,
牛郎织女会河桥。
桥头拜仙乞心巧,
桥尾拜仙乞寿元。

云上云,天上天,
云上彩楼乞天仙。
织女驾云随风到,
鹊桥驾起在楼边。

乞天仙,在坛前,
乞枝花针共条线。
绣花织锦片连片,
心灵手巧不同前。

乞天仙,在眼前,
赐我美貌如天仙。

颜容赛过浣纱女,
聪明伶俐笑连连。

乞手巧,乞心通,
乞能干,乞颜容。
乞我姊妹同安乐,
乞我父兄不老松。

七月七,三更前,
牛郎织女会神仙。
月到天边云散尽,
福寿人间乐绵绵。

七月七,月高照,
七宫仙女会河桥。
凡间诚心来乞巧,
乞得龙须千万条。

演唱者:方基,黄超礼,罗瑞英,张彩棠。搜集者:方元英,许浩,张巨山。
附记:乞巧节广东珠江三角洲特别盛行,是姑娘和初出嫁的女子一年中最为欢喜的日子。在节日之前的一二个月,姑娘们就用自己灵巧的手制作了许许多多别有特色的小玩艺儿,如小桌、小凳、各种水果、花木、秧苗等的模型,届时大家一齐摆在祠堂或公共场地里供大家评议,受好评的作品,无须授奖就可使制作者高兴得不得了,觉得特别荣耀。七夕之夜活动的内容还有对着月光穿针引线比赛、听奶奶或妈妈讲牛郎织女的故事、唱歌跳舞等等，非常富有意蕴和情意。午夜之后，三三两两姑娘凑在一起，找个僻静的地方，对着月光燃起香烛祈祷月娘保佑找个好人家（男家）将来过个平安幸福的日子。

录自中国民间文学集成全国编辑委员会，中国歌谣集成广东卷编辑委员会编《中国歌谣集成·广东卷》。又见《开平民歌》编写组编《开平民歌写唱常识》（2006 年）。个别文字据其他地区流传有订正。

群仙陆续下凡来（恩平市）

七月七，夕门开，
群仙陆续下凡来。
但有诚心来乞巧，

积福积禄积长生。
香亦装时灯亦点，
……

录自卢兆金编著《恩平民俗录》（广东省恩平市政协学习和文史委员会，2009 年）。

【1949 年后】

提起水来有源头（江门市）

提起水来有源头，
天下无水不东流。
河里无水船不走，
田中无水谷难收。

煮出茶饭待朋友，
烤出酒来解忧愁。
人情似水看得透，
青龙背上任你游。

演唱者：张文才。搜集者：李怀玉，胡世卿，高朝文。1983 年采录于五渡乡。

录自广东省江门市民间文学三套集成编委会编《中国民间歌谣集成·广东卷·江门市选本》(1989 年)。陈泳超主编《中国牛郎织女传说·民间文学卷》据以收录。

人间大地百花开(恩平市)

青年女,乞巧来,
人间大地百花开。
百花开,真好睇,
我把巧姐请下来。
牛郎哥,写文章,
笔墨纸砚我送上。

我给巧姐献冬瓜,
巧姐教我剪梅花。
我给巧姐献西瓜,
巧姐教我纺绸纱。

我给巧姐献杨桃,
巧姐教我把花绣。
我给巧姐献红枣,
巧姐教我炊发糕。

一樽油,两樽油,
我帮巧姐搽面油。
一碗酒,两碗酒,
我敬巧姐一杯酒。

一盆水,两盆水,
我帮巧姐洗白腿。
一盏灯,两盏灯,
我帮巧姐照路行。

一块瓦,两块瓦,
我跟巧姐同玩耍。
一块砖,两块砖,
我把巧姐送上天。

录自卢兆金编著《恩平民俗录》(广东省恩平市政协学习和文史委员会,2009 年)。

七月七拜仙歌(恩平市)

七月七夕正交时，　　　二绣花朵满头红。

牛郎织女会佳期。　　　……

一绣金菊和芙蓉，

录自卢兆金编著《恩平民俗录》。

七月七,罩蜘蛛(湛江)

七月七,罩蜘蛛,
七枝香,七盅茶。
七个嫜仔①跪平平,
请到牛郎织女星。

盅茶温温在桌上,

姐妹虔诚跪求望。
穿过针鼻看结果,
报兆将来是如何。
是好报好歹报歹,
不报脚跛眼生盲。

附记:此歌是陈郁于1988年2月在城月镇忆录旧时所闻。
录自中国民间文学集成全国编辑委员会,中国歌谣集成广东卷编辑委员会编《中国歌谣集成·广东卷》。
① 嫜仔:青年女子。

嫜帀蜘蛛在庭边(雷州市)

七月牛郎会织女,
嫜帀蜘蛛在庭边。

乞巧穿针望嫁好,
死溪隔人夫妻离。

录自广东省海康县民间文学集成领导小组编印《中国歌谣集成·广东卷·海康资料本(一)》(1988年),陈泳超主编《中国牛郎织女传说·民间文学卷》据以收录。又见何希春主编《雷州歌大典》(中国文联出版社2006年版)。

七月初七冚蜘蛛(雷州市)

七月初七冚①蜘蛛,　　　祷祝天公问好嫁。

七个嫜仔跪平平。　　　　是好报好歉报歉,

七枝香,七盅茶,　　　　仗侬宽怀日和夜。

搜集者:潘春禧。

录自林涛主编《雷歌大全》(中国戏剧出版社 2005 年版)。该书记载:冚蜘蛛,就是用茶盅将捉来的蜘蛛盖住,在盅内放一薯块,插上缝衣针,让它在盅内拉丝结网。蛛网结得漂亮,预示未来郎君英俊、聪明,居有青砖瓦房,一生幸福;若蛛网结得参差不齐,则次之;蜘蛛在盅里伤残、断足,则喻示未来的夫君是个五体不全者:若蜘蛛闷死在盅内,则喻示一生婚姻坎坷,不堪设想。

① 冚(kǎn):方言,盖。

七月七,冚蜘蛛(雷州市)

七月七,冚蜘蛛,　　　　七个嫜仔跪平平,

七支香,七盅茶。　　　　三个嫁后处,四个堵头茶。

录自林涛主编《雷歌大全》。原题作"讥讽谣",据前例改。

七月七，盖敖牙(雷州市)

七月七，盖敖牙①，　　　　穿过针鼻结个茧②，

七个嫦仔跪平平。　　　　　七个姐妹都作奶。

七支香，七盅茶，

录自陈志坚:《试论雷歌的渊源与雷剧的繁荣发展》，见高诚苗主编《雷州市雷剧艺术节·资料集》(岭南美术出版社 2007 年版)。

① 敖牙:方言,指蜘蛛。　② 结个茧:方言,指结个喜吉。

七月七,乞巧节(惠州)

七月七,乞巧节,　　　　　七娘盘,映明月。

挑夕水,不能缺。　　　　　拜仙女,求乞巧,

浇花草,洗台阶,　　　　　许心愿,行正道。

录自叶伟强:《惠州民间节令谣》(见惠州市惠城区政协文史资料委员会编《惠城文史》第20辑,2004年12月)。赵逵夫据所收集收集稍有订正补充。

七月七,叮叮叮(惠州)

七月七,叮叮叮①,　　　　　七夕水,挍几埕②。

录自林慧文:《惠州古城的传统风俗》(广东人民出版社1993年版)。
① 叮叮叮:水滴的样子,此处形容挑七夕水时一路滴水的情景。　② 挍(wèi):担。埕(chéng):酒瓮,用以盛七夕水。

附:广东、香港、澳门七夕节俗文献

(明嘉靖)《广东通志初稿》卷十八《风俗》(明嘉靖刻本):

七月七日,出衣服书帙于中庭晒之,有用六日[者]。其夜,儿女聚集为之乞巧会。

(明万历)《广东通志》卷十四《广州府·风俗》(明万历三十年刻本):

七月七日,暴经书裳衣,仍其旧俗。至夕,乞巧穿针,结缕存其名。惟沐浴灵泉,俗谓之"圣"水,每于子夜贮之,经年不败。

又:卷三十九《潮州府·风俗》:七夕,酒集多用龙眼,谓之结星。

(清)屈大均《广东新语》卷九《事语》(清康熙水天阁刻本):

七月初七夕为七娘会,乞巧,沐浴天孙圣水,以素馨、茉莉结高尾艇,翠羽为篷,游泛沉香之浦,以象星槎。

(清)范端昂《粤中见闻》卷三《天部·时序》(清乾隆四十二年刻本):

七月七夕,女儿乞巧。名媛刘兰雪诗云:"堪笑东邻各女儿,声喧檐外斗蛛丝。经年未识回文锦,试问天孙巧与谁?"又名媛孙蕙兰诗曰:"乞巧楼前雨乍晴,弯弯新月伴双星。邻家小女都相学,关取金盘看五生。"七夕遇雨。佘五娘诗曰:"乞巧传杯不暂停,人间天上两关情。西风吹断牛郎泪,洒落檐前竹雨声。"是夕,鸡初鸣,汲江水或井水,净器贮之,味久不变,且益甘香,谓之"圣水",专疗百般热病。此夕水独重于他夕。若鸡二唱汲之,即不然矣。

(清)李调元《南越笔记》卷一(光绪七年刻本):

七娘会:七月初七夕为七娘会,乞巧。沐浴天孙圣水,以素馨茉莉结高尾艇,翠羽为篷,游泛沉香之浦,以象星槎。

(清道光)《广东通志》卷九十二《舆地略·风俗》(清道光二年刻本):

七月七日,曝衣、书,家汲井华水贮之,以备酒浆,曰圣水。儿女以花果作供,捕蜘蛛乞巧。

广州:七月初七夕为七娘会,乞巧。沐浴天孙圣水。以素馨茉莉结高尾艇,翠羽为篷,游泛沉香之浦,以象星槎。

从化:七夕之夜,鸡初唱汲河水贮之,以疗热病;若鸡二唱则水味不同,不能久贮矣。(《府志》)

(民国)月旦《粤中之乞巧》(《五云日升楼》1939 年第 26 期):

乞巧之举,由来已久,而粤中尤盛行。每至六月初间,闺阁千金,即纷纷筹备。所制各物,如酒杯茶碗等,均以米或者芝麻砌成,亦有用瓜子砌成者;衣帽等物,或用珠翠扎成。所供之物,无一不勾心斗角,极尽工巧。其多者供方桌至三十馀张,自七月初五日起,开始陈设,至初八日为止,任人观看。富豪之家,辄雇用八音及瞽姬等,开筵宴客,通宵达旦,余幼年曾及见之。若彼中等人家,亦往往联合数家共集一处,陈设供桌。凡供祀者,皆系未出阁女子,至嫁后第一年,回家乞巧,谓之"谢仙",从此便不再祀矣。每一供桌,至数十数百数千金均有之。大新街(粤中街名)一带,全系售供品者,自初一至初五,所售各物,价值数万元,真骇人听闻者也。近年此风闻已渐改,然以可见从前太平时候,民康物阜,故有此闲情馀款耳。

《广东省志·风俗志》(广东人民出版社 2002 年版):

乞巧节:农历七月七日,又称七夕,或称七姐诞。相传牛郎、织女是日在天上相会。《荆楚岁时记》载:"七月七日为牵牛织女聚会之夜。是夕,人家妇女结彩楼,穿七孔针,或以金银输石为针,陈瓜果在庭中以乞巧。"妇女多焚香点烛,当空拜祷。未嫁女子则祈求姻缘巧合,配得如意郎君;已婚妇女祝祷夫妇和合,百年偕老。旧时,有些地区盛行由青少年女子自动串连组织的乞巧会。姑娘们各自别出心裁地制作一些工艺品,有针作、纸糊、雕塑等,初六晚,人人经过一番打扮,在庭院内摆上案桌,陈列各自巧制的工艺品,任人品评,并以花生、瓜子、糖果、饼食、水果等款待亲友。到半夜交子(零时),便焚香点烛拜七姐。以七姐共七姐妹,先后共拜七次,并焚化纸制的梳妆盒,内有纸制的衣服、梳子、簪子等,每样七件,献赠天上七姐。又在月色或灯光下以线穿针,或用碗盛满清水,将绣花针轻轻放在水面,使浮而不沉,然后观察碗底的针影,以卜姻缘命运。清人郑意昉作竹枝词以记其事:"瓜果筵前万绪分,针楼香好女儿焚。侬家不乞寻常巧,但乞鸳鸯老不分。"清嘉庆十六年(1811年)刻本《雷州府志》载:"七夕乞巧,女子以蜘蛛一对,鲜果一枚,插针其上,并以碗覆之,次早视蛛丝穿过针孔者为得巧。"初七晚,有的地方兴少男拜牛郎的活动。旧时还有"迎七姐""请磨盘神""迷童子"等带迷信色彩的游戏,50年代后已少见。

有的地方至今仍"摆七夕",如番禺县石碁镇凌边村,每年均陈列灯饰、戏剧人物塑像与刺绣工艺品等,供村民观看,日久演变为民间工艺展览会。20世纪40年代,新会县有些地方曾举行隆重的女红技巧比赛。各地受过教育的女子拜七姐时亦有以诗文相酬赠的。

又民间习惯于是日煮凉粉吃,并用瓦罐贮水,或加入凉粉在水中浸,以备治热症用。梅州等地山区群众,采集茅根、鸡屎藤等7种草药拌米粉蒸药米饭吃,并以馈赠亲友。潮汕地区习俗,如孩子满周岁时须向七娘娘(七姐)许愿并挂"平安锁"(颈牌)。有的地方是日拜祭"床母"神,以祈老少平安。

韶关市

(清乾隆)《南雄府志》卷三《舆地志·风俗》(清乾隆十八年刻本):

七夕,士女陈酒果于室,望蔚蓝拜供,谓之乞巧。

按:(乾隆)《保昌县志》卷三、(乾隆)《始兴县志》卷三、(道光)《直隶南雄州志》卷九、(民国)《始兴县志》卷四同。

(光绪)《曲江县志》卷三《舆地书一·风俗》(清光绪元年刻本):

七月七日,妇女拜。七夕,穿针乞巧。家汲井华水以作醋。

清远市

(清康熙)《古今图书集成·历象汇编·岁功典》卷六十五(清雍正铜活

字本)：

　　英德县：七夕，女星傍有小女星，妇女于是夜静俟焚香修供，得好
颜色。

(道光)《英德县志》卷四《舆地略下·风俗》(清道光二十三年刻本)：

　　七月七日，曝经书、衣冠。是夕，谓之七夕，乞巧，穿针结缕，沐浴灵
泉。子夜汲水贮之，经年不败，谓之"圣水"。女星傍有小女星，妇女于
是夜静俟焚香修供，得好颜色。

(民国)《连山县志》卷一《天时·旧节序》(民国十七年铅印本)：

　　七月七日，乡人曝衣于庭。是夕，缙绅家女子有设瓜果以乞巧者。

(民国)《龙山乡志》卷三《舆地略·风俗》(民国十九年刻本)：

　　七月六夕，女儿以花果作供乞巧(乞巧用六夕，自唐末五代时已然。
见《容斋随笔》)。

(民国)《清远县志》卷四《舆地·风俗》(民国二十六年铅印本)：

　　七夕，妇女陈瓜果乞巧于中庭。(城内访册)谨按：古者乞巧皆于初
七之夜，而今则皆六日之夜行之。《容斋随笔》云：乞巧之用六夕，始自
唐末五代。则其变迁久矣。

(民国)《阳山县志》卷十八《杂录》(民国二十七年铅印本)：

　　七月七日乞巧节为最普遍，惟七月七日专属于妇女，其他建醮赛会
则乡人以时为之。

(民国)《连县志》卷五《风俗》(民国三十八年油印本)：

　　七月初七日，女子穿针结彩为乞巧会，然陈设简朴，不及广州之奢侈。

肇庆市

(明天启)《封川县志》卷一《舆地志·风俗》(清康熙二十四年刻本)：

七夕,童男女俱乞巧于庭。

(崇祯)《肇庆府志》卷九《地理志二·土俗》(明崇祯六年至十三年刻本):

七夕,人家晒衣及书。其夜,女儿有罗果酒乞巧及请厕神者。

(康熙)《肇庆府志》卷二十一《岁时志》(清康熙十二年刻本):

七夕,晒衣及书。女子罗果酒乞巧。

(康熙)《广宁县志》卷五《风俗》(清康熙三十三年刻五十二年增补本):

七夕,是日,晒书籍衣服,男女饮仙酒。夜罗果酒乞巧。

(乾隆)《广宁县志》卷七《风俗志》(清乾隆十四年刻本):

七月初七,是日,晒书籍衣物。其夜,女子有罗列酒果乞巧及请紫姑者。

(乾隆)《德庆州志》卷十一《风土·俗尚》(清乾隆十九年刻本):

七夕,人家晒书及衣。其夜,女儿罗果酒,祀牛女以乞巧。

(道光)《肇庆府志》卷三《舆地四·风俗》(清光绪二年重刻本):

七月七日,晒衣及书,女子罗瓜果乞巧。汲井华水贮之,可治病。(吴《志》)

(道光)《高要县志》卷四《舆地略二·风俗》(清道光六年刻本):

七夕,曝衣、书。入夜,女儿乞巧,请紫姑。(旧《志》)家汲井华水贮之,以备酒浆,曰"七夕水"。

按:(清宣统)《高要县志》卷五同。

(道光)《广宁县志》卷十二《风俗志》(民国二十二年补刻本):

七月七日,晒书籍衣物。其夜,训小学生,罗列酒食斋果,烧字对纸。女子亦有乞巧、请紫姑者。

(光绪)《德庆州志》卷四《地理志六·风俗》(清光绪二十五年刻本)：

以七月六夕为七夕，粤俗大抵皆然。女儿罗酒果祀牛女，谓之"拜仙"。梁修《康中吟·学拜仙》云："秋河耿天末，纤月悬针楼。裙钗赴大会，拜女复拜牛。麻尖刺几案，螺屬然璃琉。颇闻珠江风，富家当此秋。一掷三百金，产破中人愁。山州地荒僻，素尚无奢浮。指顾十年闲，大略相效尤。天街聚笑语，爆竹声波流。拜仙将学仙，鹊桥长悠悠。"(《采访册》)。

(光绪)《四会县志》编一《舆地志·风俗》(民国十四年刻本)：

七月七日，曝衣晒书。汲长流水储之，可治病，谓之"七月七水"。其夕，女子陈瓜果于庭，祀织女以乞巧。不知何时移此会于六夕，而七夕乃男子祀牛郎矣。

《德庆县志》(广东人民出版社 1996 年版)：

乞巧：农历七月初七谓乞巧节，初六晚，各家少女，以素菜、瓜果、谷牙等供物装饰成各种神话故事奇异艺术与及针黹织品等陈列于庭中，奉织女乞巧，俗称拜"七姐"或拜仙，青年男女群聚观玩品评。有些女子为显示虔诚，竟先期斋戒 7 天以至 49 天者。民间多于鸡初唱便汲水贮之，谓之"七夕水"，用以调药，以治疗百病。今拜七姐之风已极罕见，贮七夕水之风仍存。

云浮市

(康熙)《西宁县志》卷一《舆地志·岁时》(张溶修，清康熙二十六年刻本)

七月七夕，雅士相宴集，处子陈瓜果乞巧。五鼓，各取河水收藏之，云可经岁不坏，用作酒醋，大佳，故醋亦谓之"七醋"。

按：(康熙)《西宁县志》卷一(李玉鋐修)同。《古今图书集成·历象汇编·岁功典》卷六十五"西宁县"录"五鼓"以下部分。清罗定直隶州西宁县即今郁南县。

(康熙)《罗定州志》卷一《舆地·节令》(清康熙刻本)：

七夕,儿女备诸果品,夜向天孙乞巧。

(康熙)《古今图书集成·历象汇编·岁功典》卷六十五(清雍正铜活字本)：

新兴县：七夕,童子焚书纸,女子焚麻缕,酹以果酒,曰乞巧。

(乾隆)《东安县志》卷一《风俗志》(清乾隆六年刻本)：

七夕,妇女陈瓜果以乞巧。是日,鸡鸣汲水贮,经年味不变,渴热人饮之立愈,且可酿醋。

按：(道光)《东安县志》卷二同。清东安县即今云浮市。

(乾隆)《新兴县志》卷二十七《风俗志》(民国二十三年铅印本)：

七月七日,人家于是日晒书籍及衣服。至夜,童子焚香,诸女子焚麻缕,酹以果酒,曰乞巧。

(道光)《西宁县志》卷三《舆地一下·风俗》(清道光十年刻本)：

七月七日,曝衣、书。五更,汲井华水或河水贮之,以备酒浆、药饵,名曰"七夕水",(《采访册》)经岁不坏,雅士相宴集,处子陈瓜果乞巧。(张《志》)

按：(民国)《西宁县志》卷四亦据"张志","经岁不坏"后有"以七夕水制醋名曰'七醋',本邑特佳。"一句。

(民国)《罗定县志》卷一《地里志六·风俗》(民国二十四年铅印本)：

七夕,女子乞巧,陈瓜果于庭,捉蜘蛛以器覆之,视牵丝多者为得巧。是日,汲水谓之"天孙圣水",以备醯酱、药饵之用。

(民国)《广东通志未成稿·广东新兴县兵要地理参考书》(民国二十四年稿本)：

七夕,童子焚香,女子焚麻缕,酬以以果酒,曰乞巧。

茂名市

(乾隆)《高州府志》卷四《地里志·风俗》(清乾隆二十四年刻本)：

　　七月七日，曝衣、书。家汲井华水贮之，以备酒浆，曰"圣水"。小儿女亦以花果作供乞巧。

　　按：(光绪)《高州府志》卷六、(光绪)《茂名县志》卷一同。

(道光)《重修电白县志》卷四《舆地·风俗》(清道光五年刻本)：

　　七月七日，曝书籍、衣服。家汲井华水贮之，曰"圣水"。五更出汲贮之，经年不臭。是夜，小儿女乞巧。

《茂名市志》(生活·读书·新知三联书店 1997 年版)：

　　乞巧节：七月初七，牛女节，也叫乞巧节。七月七日夜里望织女星，有对星针乞巧、乞双七水，听私语、接牛女泪，水上浮针等乞求巧智活动。

湛江市

(清嘉庆)《雷州府志》卷二《地里志·风土》(清嘉庆十六年刻本)：

　　七夕，乞巧。女子以蜘蛛一对，鲜果一枚，插针其上，并以碗覆之，次早，视蛛丝穿过针孔者为得巧。

　　按：(嘉庆)《海康县志》卷一"碗覆之"前无"并以"二字。原"次早"互倒。

(道光)《遂溪县志》卷十《礼俗》(清道光二十八年刻本)：

　　七月七日，晒衣服以祛蠹湿。是夕，乞巧。

(光绪)《吴川县志》卷二《舆地志·风俗》(清光绪十四年刻本)：

　　七月七日，晒衣及书。晨汲井华水贮之，以备酒浆，曰"神仙水"。先一夕，妇女陈花果针线以乞巧。

(光绪)《石城县志》卷二《舆地志下·风俗》(清光绪十八年刻本)：

七月七日,曝书籍衣裳,以祛蠹湿。是夕,妇女陈瓜果于庭中乞巧。按:清石城县即今廉江市。

(光绪)《梅菉赋志·岁例》(清光绪二十二年稿本):

七夕筵堆盘果,家家庆乞巧之期。用碗种绿豆、种谷,瓜果斋供,秀花、古玩、人物设筵。或八音班,或歌妓唱曲,或瞽妇弹三弦唱木鱼。

(宣统)《徐闻县志》卷一《舆地志·民俗》(民国二十五年重刻本):

七夕,设酒会饮,谓之乞巧。

(民国)《石城县志》卷二《舆地志下·风俗》(民国二十年铅印本):

七月七日,曝书籍、衣裳,以祛蠹湿。是日,吸水贮之,以备和药,经年不腐。至夕,妇女陈瓜果于庭中以乞巧。

阳江市

(康熙)《阳春县志》卷二《风俗》(清康熙刻本):

七夕,人家有晒书、衣物于庭者。入夜,亦有乞巧[者]。

(康熙)《阳江县志》卷一《星夜考附岁时》(清康熙刻本):

七夕,女子罗酒果乞巧。先于午时晒衣服及书籍各物。

(清雍正)《阳春县志》卷十四《风俗》(清雍正九年刻本):

七月七日,各家晒衣服书籍于庭。是夕,妇女备果盒,遥祈双星,祭毕,各布针线丝帛于当空,名曰乞巧。

(道光)《阳江县志》卷一《地理志·风俗》(清道光二年刻本):

七夕,是日晒书籍衣物。其夜,女子有罗酒果乞巧及请紫姑者。

(民国)《阳江志》卷七《地理志七·风俗》(民国十四年刻本):

七月七日,曝书籍、衣裳。《四民月令》:"七月七日,暴经书及衣裳,不蠹。"正午时取新汲井水贮之,以备和药,经岁不腐,谓之"神仙水"。
是夕,妇女罗酒果乞巧(《荆楚岁时记》:"七夕,人家妇女陈瓜果于庭中
以乞巧。"),谓之拜仙。(据李《志》《采访册》修)按:粤俗皆以七月六夕
为七夕,邑俗亦然。考《容斋三笔》太平兴国三年诏云:"七夕嘉辰,著于
令甲,今之习俗多用六日,非旧制也,宜复用七日。"据此则七夕用六由
来久矣。

(民国)《阳春县志》卷一《舆地·风俗》(民国三十八年铅印本):

七月七日,晒衣及书。辰汲井华水贮之,以备酒浆,曰"神仙水"。
其夕,妇女陈花果针线以乞巧。

江门市

(明嘉靖)《新宁县志》卷二《风俗志》(明嘉靖二十四年刻本):

七夕,晒衣服、书帙于庭。其夜,儿女设瓜果乞巧。

按:(清康熙)《新宁县志》卷一省作"七夕,晒衣服、书帙。夜设瓜果乞
巧"。明清广东新宁县即今台山市。

(康熙)《恩平县志》卷七《地理·风俗》(清康熙二十七年本):

七夕,《府志》云:"人家晒衣及书,有乞巧及请厕神者。"

(康熙)《新会县志》卷五《地理·岁时》(清康熙二十九年刻本):

七月七日,曝经书、裳衣。前一夕,妇女陈瓜果于庭以乞巧,汲河水
贮之,谓之"仙水"。

按:(乾隆)《新会县志》卷五、(道光)《新会县志》卷二同。

(乾隆)《鹤山县志》卷一《风俗》(清乾隆十九年刻本):

七月七日,曝经书、衣裳。女子陈瓜果、花卉于庭阶,祀天孙乞巧。
置蜘蛛盒中,次早,观其结网疏密,其密者众以得巧贺之。是日,汲井水
贮之,谓之"仙水",永不生虫,可以已百病。

(乾隆)《恩平县志》卷一《疆域志·风俗》(清乾隆三十一年刻本)：

七月七日子夜,陈瓜果、橘灯,儿女乞巧。日中,曝衣服[及书]。

(乾隆)《新宁县志》卷一《民俗册》(清嘉庆九年补刻本)：

七月七日,曝书籍衣裳。其夜,女儿穿针结彩为乞巧会,汲朝水,蓄年不败。

(道光)《开平县志》卷十三《风俗志》(清道光三年刻本)：

七月七日,曝书籍衣裳。前一夕,妇女结彩,陈瓜果于庭以乞巧。晨,汲潮水贮之,谓之"仙水"。

按:(民国)《开平县志》卷五省"书籍"二字。

(道光)《恩平县志》卷十五《风俗》(清道光五年刻本)：

七月七日,汲"圣水",曝衣裳。女儿以绿豆、小豆、小麦浸瓷器内生芽,以彩缕束之,谓之"种生"。陈瓜果为七娘会,穿针乞巧,卜喜藏蛛。或有延巫僧设道场竟夕拜乞者。此俗今已渐弭。

按:(民国)《恩平县志》卷四同。

(道光)《鹤山县志》卷二下《地理·风俗》(清道光六年刻本)：

七月七日,女子陈瓜果乞巧于庭。或合钱结棚延道士五众礼拜。各家绣小荷包、平口弓鞋之类以供天孙。事毕,出阁投之,于是有轻薄少年访知某物为某所绣,某貌美,某女红精好,出重金必得之。既得,即以夸示于众,此风殆不可长也。是日,汲井水贮之,水永不生虫,可已百病,谓之"圣水"。

(道光)《新宁县志》卷四《舆地略·风俗》(清道光十九年刻本)：

七月初七日,曝书籍、衣裳。是夜,女儿穿针结彩为乞巧会。汲朝水,蓄年不败,可疗热病,谓之"圣水"。

(光绪)《新宁县志》卷八《舆地略下·风俗》(清光绪十九年刻本)：

七月初六日,设巧菜瓜果,名为"慕仙"。儿女穿针结彩为乞巧会。

初七日,曝书籍衣裳,汲潮水,蓄年不败,可疗热病,谓之"圣水"。

(民国)《赤溪县志》卷一《舆地志·风俗》(民国九年刻本):

七月七日,曝书箱,浴衣裳。各妇女谓是日有天女七姐降凡于天。未晓时汲河水以灌贮之,经年不腐,谓之"圣水",可疗热病。而无乞巧之事。

按:民国赤溪县今属台山市。

《广海镇志》(台山市广海镇志编委会2009年版):

七夕:农历七月初六夜,相传是夜有七位仙女下凡,民间女子要向她们学习手艺,做个"巧姑娘",故又称"乞巧节"。节日前,姑娘们编织小竹筐或用瓦罐装上沙土,撒下绿豆,每天洒水让绿豆发芽,然后修剪成各种图案型,到"七夕"时摆放在适中的地方,让人们欣赏。"七夕"晚上,姑娘沐浴更衣,以示虔诚,然后群聚在月光下,设鹊桥、陈瓜果,向天叩礼,曰迎仙,然后以五色线对月穿针,一边唱着"乞巧歌",以示向仙女乞赐手艺。

农历七月初六晚上,家家户户在庭院或天井摆设水果、糖糊、凉粉等,直至初七早上谓之"慕仙",孩子们围坐大人前面听"牛郎织女"故事。七月初七日凌晨,在太阳未出之时,人们便到水井或河中汲水回来,贮于罐内密封储存久不变臭味,曰"七月七水",又叫"圣水"。还有人清早到河里冲凉洗澡,传说洗后不生皮肤病。七月七水调药治热性疮疥,极有特效。新中国成立后,七夕习俗逐渐从简。

佛山市

(康熙)《顺德县志》卷一《地里志·风俗》(清康熙十三年刻本):

七月七日,曝衣服、书帙于庭。其夜,女儿乞巧。

按:(乾隆)《顺德县志》卷三同。

(康熙)《高明县志》卷二《地理·土俗》(清康熙二十九年刻本):

七夕,人家晒衣及书,俗以是日取水浸物不变。

(康熙)《南海县志》卷六《风俗志》(清康熙三十年刻本)：

七月七日，曝衣服、经书。早汲水贮之，经年不败，谚谓之"圣水"。是夕，儿女乞巧。

(嘉庆)《龙山乡志》卷三《乡俗志》(清嘉庆十年刻本)：

七月七日早起，各汲河水藏之，谓之可疗疾。午，曝衣服书帙于庭。其夜，女儿乞巧。是日，紫阁祀魁星，绅士毕集。

(道光)《南海县志》卷八《舆地略四·风俗》(清同治八年刻本)：

七月初七夕，为七娘会，乞巧沐浴"天孙圣水"，以素馨茉莉结高尾艇，翠羽为篷，游泛沉香之浦，以象星槎。(据《广东新语》修)

(道光)《佛山忠义乡志》卷五《乡俗志》(清道光十一年刻本)：

七月六日夕，闺人陈瓜果乞巧。初七日，朝汲水，水汲于日未出时，永不生沙虫，他日则否。

(咸丰)《顺德县志》卷三《舆地略·风俗》(清咸丰刻本)：

七月七日，曝衣、书。家汲井华水藏之，以备酒浆，曰"圣水"。女儿以花果作供，捕蜘蛛乞巧。

(光绪)《高明县志》卷二《地理志·风俗》(清光绪二十年刻本)：

七月七日，人家晒衣及书不蛀。夜则妇女荐瓜果巧制相斗以乞巧。俗以是日取水贮缸，谓之"七月七水"，浸物不变。

(宣统)《南海县志》卷二十六《杂录》(清宣统二年刻本)：

广州人每以七月七夕鸡初鸣，汲江水或井水贮之。是夕水重于他夕数斤，经年味不变，益甘，以疗热病，谓之"圣水"，亦曰"天孙水"。若鸡二唱则水不然矣。广州竹枝歌云："七夕江中争汲水，三秋田上竞烧盐。"其相传盖已久矣！

按：(民国)《顺德县志》卷二十四"汲江水或井水"省作"汲水"，"水重"作"水量重"，"唱"作"鸣"。

(民国)梁国章《佛山的乞巧节》(《少年》1923年第8期):

乞巧节是一般妇女做的事情,现在将广东佛山镇的乞巧风俗开在下面:辞仙:女子出嫁后第一年拜七夕,名叫"辞仙"。这天。要回到母家,夫家备许多物品,如织的、绣的、用芝麻来砌的、用色纸来糊的,花果人物,种种色色,煞是好看。有钱的人家,更佐以音乐锣鼓;拜神的物品,要陈列几十桌,这未免太无谓了!秧芽:秧芽是无论贫富人家都有的,用碟来盛着,秧芽长四五寸许,置于陈列品中,俗说"有秧,可保一家平安;无秧,有灾来"。不是可笑极了么?

(民国)《龙山乡志》卷三《舆地略·风俗》(民国十九年刻本):

七月六夕,女儿以花果作供乞巧。乞巧用六夕,自唐末五代时已然,见《容斋随笔》)。鸡初鸣,各汲井水贮之。是夕水量重于他夕,经年味不变,益甘,以疗热病,谓之"圣水",若鸡二唱,则水不同矣。昼曝衣服、书帙于庭。是日,紫阁与各图文庙皆祀魁。(据《广东新语》、旧《乡志》《采访册》参修)

《佛山市志·1979—2002》第4册(方志出版社2011年版):

乞巧节:农历七月初七是乞巧节,俗称七姐诞,民间女子在这一天要向织女乞求智巧。端午节过后,姑娘们便开始筹办摆七夕。农村多以相好姊妹相约,自愿组成"拜七姐会",埋(参)会的姑娘人人极尽心灵手巧的本领,以芝麻、通草、彩纸、灯芯、米粒等物,用剪、粘、针、结、编等等手艺,制作精巧的人物故事、亭台楼阁、花果、器皿、台椅以至景物,小巧玲珑、精美珍奇。用时花、慕仙秧(稻谷秧苗)、青榄、油柑子、菱角、鸡心柿、香蕉等叠砌果盘。时花中必有"千日红"(俗称千日娇),棋子饼砌至七层或九层的塔形。用酸枝八仙台摆设,选大户人家的天井、庭院或临街广地陈列,有二三台面甚至数十台的。入夜拜过七姐后亲友乡邻前来观赏评议,指点赞叹。同时请瞽姬或女伶唱曲,尽情娱乐。此外,民间有贮七夕水的习俗,七夕水又称"无根水",不但可清疮毒,用以腌制蔬果,既爽脆又不易变质。

中山市

(光绪)《香山县志》卷五《舆地下·风俗》(清光绪刻本)：

　　七月七日，曝衣、书。家汲井华水贮之，以备酒浆。儿女乞巧。

广州市

(康熙)《增城县志》卷一《舆地志·岁时》(清康熙二十五年刻本)：

　　七月七日，曝衣服、书帙于庭。是夕，女儿乞巧，先子夜汲水贮之，经年不败，谚谓"圣水"。

(康熙)《新修广州府志》卷七《岁时》(清康熙抄本)：

　　七月七日，曝衣服、书帙于庭。其夜，儿女为乞巧会。

(康熙)《花县志》卷一《风俗》(清光绪十六年重刻本)：

　　七月七日，士族曝书帙、衣服。其夕，女儿陈花果于空阶祀天孙。置蜘蛛盒中，次早观其结网疏密，又用彩缕背手穿针过否，谓之乞巧。

(雍正)《从化县新志·风俗》(民国十九年铅印本)：

　　孟秋之月七日，曝书籍、衣服。至夕，为"瓜果会"。又于子夜贮水，谓之"圣水"，经岁清冽不改。

(乾隆)《增城县志》卷二《习尚》(清乾隆十九年刻本)：

　　七夕，乞巧，先子夜汲水注之，经年不败，谓之"圣水"。
按：(嘉庆)《增城县志》卷一省"经年不败"一句。

(乾隆)《广州府志》卷十《风俗》(清乾隆二十四年刻本)：

　　七月七日，曝衣、书。家汲井华水贮之，以备酒浆，曰"圣水"。儿女以花果作供，捕蜘蛛乞巧。

(乾隆)《番禺县志》卷十七《风俗》(清内府本)：

七夕,汲井华水贮之,以备酒浆,曰"圣水"。儿女陈瓜果乞巧,有喜蛛网则为得巧。

(清)仇池石《羊城古钞》卷八《广州时序》(清嘉庆十一年刻本):

七月初七夕为七娘会,乞巧,沐浴"天孙圣水",以素馨茉莉结高尾艇,翠羽为篷,游泛沉香之浦,以象星槎。

按:(清同治)《番禺县志》卷六同。(光绪)《广州府志》卷十五无"天孙"二字,馀同。

(宣统)《番禺县续志》卷四十四《馀事志二》(民国二十年重印本):

《广东新语》纪广州时序云:"七月初七夕为七娘会,乞巧,沐浴天孙圣水,以素馨、茉莉结高尾艇,翠羽为篷,游泛沉香之浦,以象星槎。"《广东通志》《广州府志》皆引之。而闺阁中乞巧之盛,皆未之及。汪君芙生曾作《羊城七夕竹枝词》十首,以游戏之作,未编入稿中,余谓可备风俗之采,为录于此。诗云:越王台畔雨初停,几处秋光到画屏。好是罗云弦月夜,家家儿女说双星。　绣阁瑶扉取次开,花为屏障玉为台。青溪小妹蓝桥姊,有约今宵乞巧来。　十丈长筵五色光,香奁金翠竞铺张。可应天上神仙侣,也学人间时世妆。(乞巧设长筵用方几数十,其所陈设自瓜果、灯烛而外,香奁缕箱中器具,几于无一不备。又有织女梳妆盘,圆径数尺,中盛镜匣衣扇之属,皆用杂彩及研金五色等笺制成。或出自闺中,或购诸市上,虽巨费不吝也。广州诸邑皆有此风,而省城为最。)　稻苗豆荚绿成丛,费尽滋培一月功。嫩绿几层红一点,羊灯光在翠秧中。(二月前以水浸谷豆之属,俟其发芽,约高数寸,即移置磁盘。至七夕陈于筵际中,燃玻璃灯,空明四照,宋人词所谓"翠色冷光相射者",庶几近之。)　小品华蒻制最精,胡麻胶液巧经营。不知翠袖红窗下,几许工夫作(去声)得成。(用胡麻小粒及碎翦灯心草,黏砌盘盏,灯檠之属又或作小队仪仗,如旗伞牌扇之类,大仅数寸,精巧绝伦。曩皆制自闺中,近年市肆亦有制就出售者矣。)　排当真成锦一窝,妙偷鸳杼胜鸾梭。何须更向天孙乞,只觉闺中巧更多。　约伴烧香历五更,褰裙几度下阶行。相看莫讶腰支倦,街鼓遥传第四声。　姊妹追随上下肩,个侬新试嫁衣鲜。娇痴小妹工嘲谑,明岁何人又谢仙。(乞巧皆女郎,

685

其新嫁者,预于会则谓之谢仙。) 几盏清泉汲夜深,铜盘承取置庭心。今年得巧知多少,水影明朝验绣针。(是夜以盘水置庭中,俾受风露,次日浮小花针或豆叶于水面,观水中形,所成物象为得巧之验。) 升平旧事记从前,动费豪家百万钱。昔日繁华今日梦,有人闲说道光年。(道光中乞巧之风最盛,豪门盛族一夕之费,或数百金,往往重门洞开,外人入而纵观,无呵止者。咸丰甲寅以后,此风顿衰。近十馀年乃渐复旧观。然多闭门以拒游人,非相识者无由阑入矣。《粟香随笔》卷七。)

七夕,七日之夕也。粤俗以六日之夕陈瓜果乞巧。番禺黄春帆孝廉(位清)填《潇湘静》一阕云:"西风吹动梧桐影,早触起,痴情儿女。银河清浅,一年一度,想几经延伫。巧欲乞天孙,更代乞,佳期先与。楼头针线,筵前瓜果,试听那,喁喁语。 谁识衣裳频绣,有婵娟,年年独处。慵拈弱缕,蛛丝纵绾,转令添愁绪。红豆属双星,又怕被,鹦哥唤取。人间都使,娉婷早嫁,天心可许。"番禺范君乔孝廉(如松)尝依韵和云:"玉钩遥挂长空碧,正纷纷,欢迎神女。裁红翦翠,镂冰刻雪,向星娥凝伫。天上定佳期,却偏是,人间赐与。针儿漫引,裙儿漫理,总不辨,低头语。

此夜云凉露冷,笑牵牛,依然独处。明宵准备,天涯人远,多少闲情绪。料得别经年,都判作,今宵支取。钿车未驾,玉梭渐歇,灵犀暗许。"按:乞巧用六夕,始自唐末五代时,见《容斋随笔》。(《桐阴清话》卷四)

(民国)《增城县志》卷一《舆地·风俗》(民国十年刻本):

七月七日,曝衣。先子夜汲井华水贮之,以备和羹,曰"圣水"。儿女设花果中庭以乞巧。

(民国)《花县志》卷二《舆地志·节序》(民国铅印本):

七月七日,俗称牵牛织女星相会,妇女陈酒果于空阶乞巧。

(民国)胡朴安《中华全国风俗志》下编(河北人民出版社1986年版):

广州之七夕:广州风俗,綦重七夕,实则初六夜也。诸女士每逢是夕,于广庭设鹊桥,陈瓜果,焚檀楠,爇巨烛,锦屏绣椅,靓妆列坐,任人入观不禁,至三更而罢,极一时之盛。其陈设之品,又能聚米粘成小器皿,以胡麻粘成龙眼、荔枝、莲藕之属于,极精致,然皆艺事,巧者能之。

惟家家皆具有秧针一盂,陈于几,植以薄土,蓄以清泉,青葱可爱,乃女伴兼旬浸谷,昕夕量水,凭炎热天时酝酿而成者。睹此觉中土"谷雨浸谷,芒种莳秧"之说,犹滞古谚,拘于地,囿于时也,广州盛暑时,昼皆衣单绨衣,夜较凉,可衣复筛衣。其天时如此。粤稻岁两熟,七月莳秧,十一月刈稻,以为常。

广州岁时纪:七月初七日,俗传为牛女相会期,一般待字女郎,联集为乞巧会。先期备办种种奇巧玩品,并用通草、色纸、芝麻、米粒等,制成各种花果、仕女、器物、宫室等等,极钩心斗角之妙,初六日陈之庭内,杂以针黹、脂粉、古董、珍玩及生花时果等,罗列满桌,甚有罗列至数十方桌者。邀集亲友,唤招瞽姬(俗称盲妹),作终夜之乐。贫家小户亦必勉力为之,以应时节。初六夜初更时,焚香燃烛,向空礼叩,曰"迎仙"。自三鼓以至五鼓,凡礼拜七次,因仙女凡七也,曰"拜仙"。礼拜后,于暗陬中持绸丝穿针孔,多有能渡过者,盖取"金针度人"之意。并焚一纸制之圆盆,盆内有纸制衣服、巾履、脂粉、镜台、梳篦等物,每物凡七份,名梳装盆。初七日,陈设之物仍然不移动,至夜仍礼神如昨夕,曰"拜牛郎"。此则童子为主祭,而女子不与焉。礼神后,食品玩具馈赠亲友。拜仙之举,已嫁之女子不与会,唯新嫁之初年或明年必行辞仙礼一次,即于初六夜间,礼神时加具牲醴、红蛋、酸羌等,取得子之兆,又具沙梨、雪梨等果品,取离别之义。惟此为辞仙者所具。他女子礼神时,则必撤去。又初七日午间,人家只有幼小子女者,咸礼神于檐前。礼毕,燃一小梳装盆,曰拜檐前,祈其子女不生疮疥。俗以檐前之神为鼬鼱神也。复有一事,即于是日汲清水贮于坛内密封之,尝久贮不变臭味,曰七月七水调药,治热性疮疥,极有特效。

《广州市白云区志》(广东人民出版社 2001 年):

乞巧节:每年农历七月初七日,相传是牛郎织女一年一度鹊桥相会的佳期。因而民间将七月初七定为乞巧节,又称"七夕""拜七姐"。俗说"乞巧乞姻缘",过去,人和、高增圩等地的未婚少女,对"七夕"乞巧节的活动十分重视。凡到每年的七月初一,各村年龄相近、志趣相投的姐妹便相约在一起,购备花生、水果、脂粉、针线,制作各式拜"七姐"的物品,如用碗钵培育的稻秧、绿豆秧,以面粉捏制各种的工艺品,剪裁缝制小巧精致的七姐衣,刺绣手帕、枕巾,用竹篾、色纸扎鹊桥等。到了初六、初七晚上,姑娘们便列桌摆设各式供品,面对秋月,焚香点烛向银河顶礼遥拜祝愿,祈望将来婚姻美满如意。拜祭将完,便焚烧"七姐衣"等祭品。乞巧节活动到建国后已逐渐被淡化,乃至消失。

惠州市

(康熙)《龙门县志》卷六《风俗篇》(清康熙二十六年刻本):

七夕,是夜,鸡初唱即汲河水贮之,家中以疗热病;若鸡二唱则水味不同,不能久贮。仍各备酒殽针线,夜半乞巧。

(乾隆)《博罗县志》卷九《风俗志》(清乾隆二十八刻本):

七夕,儿女具瓜果乞巧。

(乾隆)《归善县志》卷十五《风俗》(清乾隆四十八年刻本):

七夕,男女晨起担水贮之,谓之"七夕水",饮之可以治疾。先一夕用水盛花露置庭中,晓起洗眼,谓之"洗花水",能明目。

按:(光绪)《惠州府志》卷四十五末增"习俗相沿,竟失夕字之义"两句。清归善县即今惠阳区。

(道光)《龙门县志》卷三《舆地一·风俗》(清咸丰元年刻本):

七月七日,暴经书、裳衣。前一夕,妇女陈瓜果于庭中乞巧。鸡初唱即汲河水贮之,谓之"仙水",以疗热病;若鸡二唱则水味不同,不能久贮。(参《新会志》、旧《志》)

按:(民国)《龙门县志》卷五同。

东莞市

(雍正)《东莞县志》卷二《风俗》(清乾隆元年重刻本):

七月七日,曝书籍、衣裳。其夜,女儿穿针结彩为乞巧会,汲潮水蓄之,经年不败,可疗热病。是日,大赛于康真君,如天妃故事。

(宣统)《东莞县志》卷九《舆地略八·风俗》(民国十年铅印本)：

七月七日,曝衣、书。其夜,女儿穿针结彩为乞巧会,汲潮水蓄之,经年不败,可疗热病。是日,大赛于康真君,如天妃故事。(周《志》)《番禺志》："初七夕为七娘会,乞巧。"按今各属乞巧俱在初六夕,莞俗亦然。又阮《通志》:家汲井华水贮之,曰"圣水"。《香山志》同。按:莞俗多于五更时汲潮水,名"七夕水"。山乡无潮水则汲井华。

河源市

(康熙)《永安县次志》卷十四《风俗》(清康熙二十六年刻本)：

七夕,以瓜果乞巧。

按:(道光)《永安县三志》卷一同。清永安县即今紫金县。

(雍正)《连平州志》卷二《风俗》(清雍正八年刻本)：

七月七日,晒书以绝蠹鱼。至夜,燃灯设瓜果于庭,挂针线其上乞巧。

(嘉庆)《龙川县志》册三八《风俗》(清嘉庆二十三年刻本)：

七夕,黎明早起汲取江水以瓮贮之,其水可疗病,期年不变,如新汲者。

(民国)《和平县志》卷二《人民志·风俗》(民国三十二年铅印本)：

七夕,男女晨起担水贮之,谓之"七夕水",饮之可以治疾。(《惠州府志》)按:和俗于七月七日晨起担水,愈早愈佳,其水名"七水",用瓦罐密贮备用。

梅州市

(明崇祯)《兴宁县志》卷一《地纪·风俗》(明崇祯十年刻本)：

七夕,儿女具瓜果乞巧。

按:(康熙)《埔阳志》卷一同。

(清乾隆)《重修镇平县志》卷二《赋役志·风俗》(清乾隆四十八年刻本)：

七月七日,乞巧。是日也,取水造酱则不腐。

按:清镇平县即今蕉岭县。

(嘉庆)《大埔县志》卷十一《风俗志》(清嘉庆九年刻本):

七夕,人家学童绣女间有列瓜于中庭,谓之乞巧。

按:(同治)《大埔县志》卷十一同。

(咸丰)《兴宁县志》卷十《风俗志》(民国十八年铅印本)

七夕,陈瓜果,儿女乞巧。日中,曝书籍、衣裳。

(民国)《大埔县志》卷十三《人群志·风俗》(民国三十二年铅印本)

七夕,人家学童绣女,间有列瓜果于中庭,谓之乞巧。按:此俗广州甚盛,吾埔实无此举。旧俗小儿女或于月下穿针;或取稻蒿七节,手握其中部,令人将两端随意各打三结,伸之或七节共成一条,或五节成一长条,其馀两节则首尾相联成圈,而长条连贯其中,谓必是日方成。余幼时曾试弄之。

潮州市

(清顺治)《潮州府志》卷一《地书部·风俗考》(清顺治刻本):

七夕,酒集多用龙眼,谓之结星。

按:(乾隆)《潮州府志》卷十二、(民国)《潮州府志略·岁时》"集"作"宴"。

(康熙)《饶平县志》卷十一《风俗》(清内府本):

七夕,儿女罗果酒于庭,拜祝牛女,对月穿针,谓之乞巧。《岁时记》云:"妇人结缕穿针。"简文帝诗云:"针欹疑月暗,缕散恨风来。"

按:(光绪)《饶平县志》卷十一同。

《饶平县志》(广东人民出版社1994年版):

七夕:农历七月七日,俗称"七夕节",女儿们是晚置果品于庭里,拈香祷祝牛郎织女,对月穿针,祈求织女赐"巧",俗谓"乞巧",故又称"乞巧节"。

汕头市

(康熙)《潮阳县志》卷十《风俗志》(清康熙二十六年刻本):

　　七夕,房祀产育,酬延。晚具酒肴,乞巧穿针。

按:原"穿针"二字误倒。

(乾隆)《澄海县志》卷十九《风俗》(清乾隆二十九年刻本):

　　七月七日,旧俗,妇女陈瓜果乞巧,今无。

按:(嘉庆)《澄海县志》卷六同。

(乾隆)《南澳志》卷十《岁时》(清乾隆四十八年刻本):

　　七月七日,家家各祀睡床,以祝公婆生,男女年十五者就床而食,谓之"出花园"。是夕,人家女儿罗瓜果、线针于中庭为乞巧会。

(光绪)《潮阳县志》卷十一《风俗》(清光绪十年刻本):

　　七夕,晒衣,祭房中神,报产育功。绣女列瓜果乞巧于中庭。

揭阳市

(雍正)《揭阳县志》卷四《岁时》(清雍正九年刻本):

　　七夕,晒衣,祭房中神,报产育功。晚,乞巧,具酒集饮。

按:(乾隆)《揭阳县志》卷七"晚"作"夜"。

(雍正)《惠来县志》卷十三《风俗》(民国十九年重印本):

　　七夕,用酒果并杂色花纸剪裁衣服,供养九子母,俗谓"床前母"。

(乾隆)《普宁县志》卷八《风土志》(民国二十三年铅印本):

　　七月七日,曝书籍、衣裳。妇女粉米为巧果,及夜,陈设于中闺,女儿以彩线穿针向天孙乞巧。次日,有蛛丝牵于巧果之上者为得巧云。

汕尾市

(乾隆)《陆丰县志》卷二《疆域志·风俗》（清乾隆十年刻本）：

七夕，是夕，家家于夜昏时取井中之水以瓦器盛之，水味虽久不变，可以合药。

(同治)《海丰县志续编·岁时》（民国二十年铅印本）：

七夕，女子向空穿针，置花水于盆以乞巧。

《海丰县志》下（广东人民出版社2005年版）：

七月七：俗称"婆生"，相传为牛郎织女聚会之夜。俗于是日做粉食、接午时水，夜玩"水上浮针"，葡萄架下"听私语""接牛女泪"，次日晓起"洗花水"。

深圳市

《深圳市盐田区志》（方志出版社2011年版）：

七巧节：又称七夕。未婚少女每年七夕晚上用脸盆盛上清水，水中放一面镜子，端到户外，点一炷香，然后对镜凝视。妇女们都相信如能从镜中看到七姐（织女），便是有福气的姑娘。有些未婚少女，每逢七夕在户外焚香三支，向七姐礼拜祝祷，祈求聪慧多福。在七夕正午12时以前，各家妇女便要赶着到河溪或村中水井挑上一担水，注入干净水罐内密封窖藏。俗称"七姐水"或"仙水"。据说这天窖藏水，终年不会变质，对中暑、感冒、痱子、疔疮等有治疗作用。

《深圳市志·社会风俗卷》（方志出版社2014年版）：

七月初七……这一天，龙华、观澜、石岩、平湖布吉一带妇女，天明时分便到山溪河边或井里汲水，漱洗沐浴，正午前挑水回家，注入干净水罐中密封窖藏。俗称"七姐水"或"仙水"。据说当天窖藏的水终年不会变质，对中暑、感冒、痱子、疔疮有治疗作用。这习俗随着环境的污染而逐渐消亡。

这天上午,凡满 16 岁的姑娘要进行隆重的"开笄"仪式,由德高望重的妇女为她们举行"成人礼"。礼毕挑"七姐水"回家再来到井边,用铜脸盆盛上水,先用此水润发,再用这盆水当镜子照自己,祈求沾染仙气,智慧多福。中午,姑娘们汇集在"七姐屋"(姑娘集居的闲屋或七组头领独自居住的房屋),把隔天做好的米糕点心带来品赏,比手艺高低。

下午姑娘们就比巧手。老宝安一带的姑娘们多数比针线功夫,编织日常穿戴的头帕、围裙(客家人格围身)、头箍、凉帽穗、枕巾、香包、针线包等,用红、青、黄、白、黑五色丝线,架在一个五个齿槽的小木架上,线头绑在自己腰间把线绷直,再拿一只小梭子编织。分别织成一指宽、二三尺长的做围身吊带,两三指宽、四五尺长的做凉帽穗带,巴掌宽、尺把长的做头箍等等。看谁织得快,织的图家生动。另一项比赛是由站娘们公认聪慧灵巧的"巧姐"头儿当裁判,大家把针和线伸到"巧姐"的围身(围裙)内、或举在头顶上,不用眼看,比谁针线穿得快。观澜沧、平湖的妇女至今还用竹木、稻草、纸张扎做金龙、白马、白鹤和锦鸡,搭制"鹊桥"和"彩轿",作七夕晚上"接七仙女"和拜条之用。

这天的黄昏和晚上,是节日的重头戏,姑娘们在"七姐屋"门前,或宽阔的井头边,在月光下摆上香案和装满一式七份纸制衣服、仙棒等物的"七娘盆",摆上当地产的红软柿子、菠萝、龙眼、葡萄、杨桃、白榄、油甘子七种时令岭南佳果,供上"五子",即南瓜子、炒黄豆、糖花生、熟莲子以及红枣子,鲜花,大家穿上新衣,戴上首饰,轮流在供桌前焚香跪拜七次,默祷许愿,女人们不仅乞巧,还乞子、乞寿、乞美和乞爱情。少年活泼的女子,围在一起做"找仙姑"的游戏。客家地区的石岩、龙华、观兰、布吉、龙岗、坪山等姑娘们唱山歌,独唱、合唱或"驳山歌",讲粤语的南头、西乡、福永、沙井、松岗、公明一带唱粤曲、咸水歌,类似歌会,把"七姐节"活动推向高潮。宋朝刘克庄曾有诗句描述"七姐诞"热闹情景:"粤人重巧夕,灯光到天明。""七姐节"这一习俗,随日益现代化的生活逐渐淡去……

香港

(民国)敦皇《香港之乞巧节》节录(《时时周报》1931 年第 34 期):

各地习惯,异地而殊,即如香港习俗,名沿广州,而现象亦大同小异,兹特拉杂记之,以备辅轩之下采。

(概说)每年时节,各行生意,均有投机获利。七夕何独不然?其生意最大者,首推苏杭杂货店,次则纸料扎作店,又次则生果摊衣私肆首饰妆。其馀贩夫走卒,乐师歌姬,莫不同享其利焉。

苏杭杂货之景况:苏杭杂货店,于乞巧节,营业虽仅六日,然就此推测,可占全年生意之旺淡,获利之厚薄。故操是业者,皆淬砺精神,以全副魄力应付之,端阳节过,即访聘巧匠,订购品物,以备应市。盖最重者为景座,借以为广告,扩张宣传,招徕生意者也。景座分大中小三号,大号手续麻烦,虽港中居室浅隘,远逊广州,景座承因以细小,港中通行大座,不过"二尺六""二尺四";然必须备具山水之景,矗立层楼杰阁,谱按故事,分配人物舟车花草鸟兽,内藏时钟机二具,偶一开机,则人物自由旋转,栩栩欲活,外配小电灯数十,电掣若开,五光十色,映人眼帘,而楼阁之墙壁门窗,皆用芝麻片,衬以色花,大有纸醉金迷之慨。每座成本三四十金,近年物价腾昂,商人多以纱罗代芝麻片,借廉成本,奈何过问人稀,所请顾客多取半买半租式而已。中座则索值仅十馀金,而港中所流行者,为"尺六""尺四",座无山水之景,只危楼一座,略配人物电灯而已。而店商以此为本业之广告,每店必置备大中座一二,借留游客之步,冀广生意,故得人承受,不计本利若干,其所图利者,惟小座而已;盖只费纸盒一尺数寸,配以像生人物二三事,就市情以索价,由三四号毫至二三元不等,其获利不啻倍蓰,况购景座者必带连买各物,而生意因以兴旺,利益借以丰厚矣。

纸料扎作之情况:纸料生意,以岁序更新为最盛,而扎作工艺,以仲秋之月为最旺……

社会群众之热狂:贩卖乞巧品物者于废历七月朔日,开始营业;所有品物,皆设摊陈列备人探择。以故水性之欲购品物者,咸呼群引类,往为鉴定,以备至期买取……夫我国本性,习惯俭啬,视财如命之谪;况生财计拙,而七夕挥霍不吝,何哉!吾常调查研究,而知此中具有三理由焉:(一)新嫁娘之辞仙也,广州习俗,闺女乞巧,名曰慕仙。及其出嫁初年,则七夕归宁母家,召集邻里戚女之眷属,同祀双星,名曰辞仙。意谓从此辞却慕仙之举也。惟亲朋毕集,万目睽睽,若现穷乞相,即招物议。故为之夫翁者,咸以体面攸关,名誉所系,慷慨解囊,不稍吝惜,富者动用千百金,次亦数百金,极贫亦用数金,若夫新纳姬妾,尤为奢侈。其杀虫变蚊者,借兹豪举,改厥小家种相。其为上炉香者,则久习浮华,是至变本加厉,以显其心膺荣宠。故有乞巧一举,花耗千金者,此类是也。(二)闺女之七夕案也,闺秀以七夕乃本性唯一之快乐日,若独立无侣,则寂寞寡欢,遂邀合同志,结七夕案。每年每人纳资若干,供乞巧之消耗,至期,各女再报效品物,或借玩器陈列,故成为豪举。(三)七夕会也,贫女欲与众同乐,而为经济所迫压不能仿组七夕案,邀合同志,认供义会一份,按月每人供银一二角,至期执会得银,以供乞巧之用。有此三者,故水性极为热烈,而忘其贽财之消耗也……

澳门

《澳门风物志》(唐思编著,中国友谊出版公司 1998 年版):

"乞巧节"色彩渐褪:如果不是看见纸料店悬挂的"七姐盆"之类祭品,倒把农历七月初七的"七夕"忘记了。这是我国民间传统节日,又称"七姐诞""乞巧节"。

这个节日在数十年前的澳门还是很热闹的。那时,福隆新街一带的青楼,在节日前夕,欢庆牛郎织女双星渡河相会,各在门前张灯结彩,设置香案,供奉香花、祭品,形成特殊的街景,吸引人们到来观光,70 年前出版的《澳门杂诗》中有诗为证:"榕叶垂门花作灯,绮罗香映月波灯;天孙妒煞鸳鸯侣,巧乞青楼怨未鹰。"

往昔,少女们很重视"乞巧节",可能是受牛郎织女的凄美爱情故事影响。"七夕"晚上,少女们欢聚一堂,各拿出自己精心制作的刺绣之类工艺品,互相比美,以显技艺;同时,也摆设香案、祭品,共拜"七姐"取智巧,表达妇女热爱劳动的愿望。

30 年前,"七夕"活动仍然流行,不过形式已有变化,除了三五少女联群欢祝外,就是组织庞大的"七姐会",开展社交活动,联络感情,举行庆祝联欢聚餐,表演节目、游戏,气氛欢乐。时至今天,妇女思想开放,知识提高,生活既紧张又多彩,渐对古老的风俗淡忘,只有一些上了年纪的妇女才随俗拜"七姐"。

一五、海南乞巧歌

海南收录乞巧歌谣共 6 首。

琼崖七夕歌

(一)

别了整年会这吓，　　　　　因乜①下车丝缠粽？
我闷你愁更到更！　　　　　早不养牛草放芽。
千年夫妻情七夕，
万世姻缘景半夜。　　　　　鸡报鼓更声长短，
　　　　　　　　　　　　　鹊作桥梁翼浪掣②。
云盖床上芙蓉帐，　　　　　人人今昏都乞巧，
雨添壶内鸳鸯茶。　　　　　天孙增下该巧平。

(二)

恨未得常常作吓③，　　　　　东溪问她装锦帐，
念景待期更到更！　　　　　西河叫谁扮礼茶？
云起无心留半刻，
雨似有情落今夜。　　　　　郎为乜事④牛纵放？
　　　　　　　　　　　　　女因那条布浪掣？
携手桥边解金带，　　　　　说起悲欣情千苦，
对面月下露玉芽。　　　　　千古姻缘恨不平！

(三)

久久相逢欣喜吓，　　　　　枉气当初怨前日！
叙情短长数鼓更，　　　　　屈心整年恨今夜！

699

欲入洞房中交酒，　　　云盖帐上珠吊串，
先出鹊桥边迎茶。　　　花开月下锦浪掣。
穿桃黄莺刚开嘴，　　　听闻丹山凤声叫，
衔珠青龙早现牙。　　　天不留情分侪平。

(四)

期定一年景一吓，　　　欢心柳眼蛾眉鬓，
千古姻缘会几更？　　　中意桃容胭脂牙。
打算东溪日到日，
屈指西河夜今夜。　　　牛恋河边任纵放，
　　　　　　　　　　　布抛机前随浪掣。
仙童装浪⑤合欢酒，　　灵鸡叫吓鸳鸯枕，
玉女打办消闷茶。　　　琴音歇调恨不平！

(五)

七夕相逢得几吓，　　　梭掷机抛坐巧嘴，
别了整年叹几更！　　　牛料草秃睡研牙。
怒河隔开难千古，
爱鹊体量捱终夜。　　　得意玉箫相陪伴，
　　　　　　　　　　　潇潇芙蓉赶浪掣。
谈长短话放宽酒，　　　叙情未终着分手，
叙新旧情忘饮茶。　　　恨天无土填溪平！

搜集者：放人。
录自《民俗》周刊 1928 年 9 月 19 日第 25/26 期合刊，纪玲妹编《民国歌谣集·中山大学〈民俗〉刊载》(南京师范大学出版社 2018 年版)据以整理。又见于陈献荣著《琼崖》(商务印书馆 1934 年版)、龚重谟等编《海南歌谣情歌集》(海南出版社 1996 年版)、《中国歌谣集成·海南卷》(中国 ISBN 中心 1997 年版)。"作"原误作"座"，今正。恨，原作"限"，据《琼崖》改。"女因那条布浪掣"原作"女固地条布浪掣"，据《琼崖》等改。"悲欣"《琼崖》等作"悲欢"。
① 因乜：即什么。　　② 浪掣：狼藉之意。　③ 作吓：同在一起。　④ 乜事：何故。
⑤ 装浪：打扮、化妆。

正是七月初七夜

正是七月初七夜，　　　　烦请喜鹊把桥架，

牛郎织女相嫁娶。　　　　有情人吃团圆饭。

录自符策超:《海南汉族民歌民谣》(南方出版社、海南出版社 2008 年版)。常辅棠主编《乡土海南》(南方出版社 2006 年版)只录前两句,首句作"七月初七夜",且注明 60 年前文昌翁田镇内山村的秀英阿婆曾与姐妹们传唱此歌。

附：海南七夕节俗文献

(明正德)《琼台志》卷七《风俗》(明正德刻本)：

七月，乞巧。

(万历)《琼州府志》卷三《地理志·风俗》(明万历刻本)：

七夕，乞巧。

按：(清康熙)《琼山县志》卷一、(清乾隆)《琼州府志》卷一、(乾隆)《琼山县志》卷一、(清咸丰)《琼山县志》卷二、(民国)《琼山县志》卷二同。

(康熙)《澄迈县志》卷一《疆域志·风俗》(清康熙四十九年刻本)：

七月：间亦有乞巧之戏。

按：(清光绪)《澄迈县志》卷一"戏"作"仪"。

(乾隆)《定安县志》卷一《风俗》(清乾隆五十三年增刻本)：

初七夜，女孩间有乞巧之戏。

(清道光)《琼州府志》卷三《舆地志·风俗》(民国十二年铅印本)：

七月七日，乞巧。

(道光)《万州志》卷三《舆地略·风俗》(清道光八年刻本)：

七夕，幼女家设果品于中庭，拜星乞巧。用丝线向星穿针，穿过者谓之"得巧"。

按：清万州即今万宁市。

(光绪)《定安县志》卷一《舆地志·风俗》(清光绪四年刻本)：

七夕，女孩有乞巧之戏。

按：(清宣统)《定安县乡土志地理志》同。(民国)《文昌县志》卷一省作"七夕，乞巧"。

一六、四川、重庆乞巧歌

四川、重庆收录乞巧歌共 9 首，所收集四川乞巧歌多不能确定产于何地。

请七姐(凉山)

正月正，麦苗青，
请七姐，看花灯。

花灯花灯真好看，
七姐织布梭子转。
左一转，右一转，

七姐骑马下云天。

宰黑猪，杀白羊，
年年要请七姑娘。
请得姑娘下凡来，
教我织布缝衣裳。

搜集者：杞志珍。
录自会理县民间文学集成编辑委员会编《中国民间文学集成·四川省·凉山彝族自治州会理县资料集》(1987年)。有一本书也录有此歌，而原句完全错乱，一、三、五、七、九这五句组成前半段，二、四、六、八、十这五句组成后半段，既不押韵，意思也是从头到尾不连贯。看来原采录本是两句为一行，四句为一节，节与节之间空行。引录者将每节都是上下读(抄)，先抄左侧面句，再抄右侧面句。每节如此，故造成全篇错乱。此顺便说明以免造成错乱。

七姑娘歌（巫山县）

七姑娘，上灯台。　　　　叫你跳来你就跳，
慢慢走，慢慢歪。　　　　快把秧歌扭起来！

录自林继富主编《中国民间游戏总汇·综合卷》（湖南文艺出版社 2016 年版）。

什么星宿当中坐（荣昌县）

什么星宿当中坐？　　　　谁星隔在河东地？
什么星宿拍四角？　　　　谁星隔在河西坡？
什么星宿独一个？　　　　几年几月会一面？
什么星宿姊妹多？　　　　看他二星和不和？

谁星要回娘家过？　　　　紫微星宿当中坐，
又是谁星紧跟着？　　　　二十八宿拍四角。
什么星宿红了脸？　　　　过天星宿独一个，
手执金钗画天河？　　　　北斗星来姊妹多。

706

织女要回娘家过，　　织女隔在河东地，

牛郎星宿紧跟着。　　牛郎隔在河西坡。

跟着王母红了脸，　　七月七日会一面，

手执金钗画天河，　　二星情深永相和。

演唱者：江林云。搜集者：董建华。1985 年 12 月采录于清江乡甘桥村。
录自重庆市荣昌县民间文学集成编辑委员会《中国歌谣谚语集成·重庆市荣昌县卷》
(1988 年)。陈泳超主编《中国牛郎织女传说·民间文学卷》据以收录。

仁兄歌书你能解(梁平县)

仁兄歌书你能解，　　什么高在河东地？

什么星宿紧跟着？　　什么星宿独一过？

再把星宿问根苗：　　什么高在河西坡？

什么星宿红了脸？　　什么星宿姊妹多？

什么星宿当天过？　　几月几日会见面？

手执什么划天河？　　什么要回娘家坐？

什么星宿挂四角？　　看他二星合不合。

录自四川省梁平县民间文学集成编委会编《中国民间文学集成·梁平县资料集》(1989
年)。陈泳超主编《中国牛郎织女传说·民间文学卷》据以收录。

盘四元　答四元(梁平县)

哪年哪月鹊桥现?　　　　　七月七日鹊桥现,

哪个圣人三只眼?　　　　　川主本是三只眼,

月到何时又团圆?　　　　　月到十五才团圆,

哪个炼石补过天?　　　　　女娲炼石补过天。

哪个下凡男度女?　　　　　相子下凡男度女,

哪个魁星独脚站?　　　　　魁星点斗独脚站,

哪个下凡女度男?　　　　　观音下凡女度男,

哪个骑牛去炼丹?　　　　　老君骑牛去炼丹。

录自四川省梁平县民间文学集成编委会编《中国民间文学集成·梁平县资料集》(1989
年)。原前八句题为《盘四元》,后八句题为《答四元》。陈泳超主编《中国牛郎织女传说·
民间文学卷》据以收录。

不明市县

光悠地,铺红毡(四川)

光悠地,铺红毡,
燃上香烛点着鞭。
姑娘跪在香案前,
欢迎七姐来人间。

不求您的针,不求您的线,
只求您传授七十二样好
手段。

姑娘邀着来乞巧(四川)

七月里,七月七,
天上牛郎会织女。

姑娘邀着来乞巧,
都想寻个好女婿。

吃巧果(四川)

吃个枣,插得巧。
吃个梨,插得齐。

吃块瓜,插得花。

709

咬巧(四川)

咬针尖,插得花枝鲜。　　花朵蔫,别"胳应",

咬针鼻,插得花朵蔫。　　喝碗清汤就"滋生"。

以上四首录自李凤鸣、韩宗坡、王亚红著《西和乞巧民俗研究》(甘肃人民出版社 2013 年版)附"各地乞巧歌辑录",原录自《追梦四川》(2008 - 07 - 11)。

附：四川、重庆七夕节俗文献

广元市

(清乾隆)《广元县志》卷七《风土》（清乾隆二十二年刻本）：

七月七日晚，看巧云，女儿祭织女，谓乞巧。

(民国)《重修广元县志稿》卷十五《礼俗志》（民国二十九年铅印本）：

七夕乞巧，仿古遗意，儿女备果供织女星。先期渍豆，芽生曰"巧"，小儿女辈，互相馈送，断芽投水，现诸等相，观形测影，以判巧拙。

达州市

(乾隆)《大竹县志》卷五《风土志》（清乾隆五十二年刻本）：

七月七日，孩稚以凤仙花染指，少女结伴以酒食祀织女，对月穿针，名曰乞巧。

(清同治)《新宁县志》卷三《风俗志》（清同治八年刻本）：

七月七日，士子作奎星会。其夕，女子祀织女，穿针乞巧。惟富贵家行之。

按：清四川新宁县即今开江县。

(民国)《万源县志》卷五《教育们·礼俗》（民国二十一年铅印本）：

七月七日为牵牛织女相会期，俗称"鹊桥会"，无乞巧穿针之习，而新嫁妇率于此日返母家针黹。

南充市

(民国)《新修南充县志》卷七《风俗》（民国十八年刻本）：

七月七日夜看牛女渡河,燃香烛乞巧,闺女多行之。《蜀农杂俎·乞巧竹枝词》云:"巧织云裳巧刺花,巧匀脂粉巧涂鸦。世人都学天孙巧,侬比天孙巧更夸。芳龄易逝又初秋,一瓣心香祷绣楼。拜罢倚栏无限思,羞看织女待牵牛。"

广安市

(清光绪)《岳池县志》卷七《学校志·风俗》(清光绪元年刻本):

七月七日,设瓜果于庭以乞巧,少女穿针月下,以争胜负。

(光绪)《定远县志》卷二《风俗志》(清光绪元年刻本):

七夕,设瓜菜于庭,女儿月下穿针以争巧捷。

按:定远县即今武胜县。

(光绪)《广安州新志》卷三十四《风俗志》(民国十六年重印本):

七月七日无鹊,曰"鹊桥会"。妇女先以盂水浸豆,暗陬令生芽。是夕彩缕束芽腰,有长尺馀者。具香烛、茶果祀牛女,摘芽浮水盏,视影成物象,则谓之巧,否则拙。又捉小蛛覆盂案上,明晨启验,丝多则巧多,曰乞巧。

遂宁市

(乾隆)《蓬溪县志》卷一《风俗志》(清乾隆五十一年刻本):

七月七日为乞巧节。是夕,妇女焚香,献瓜果,向牛女二星跪拜乞巧,取针投于水中,观其影以征巧拙,俗谓之"女儿节"。

(乾隆)《射洪县志》卷一《土地部·时序志》(清乾隆五十一年刻本):

七月七日为乞巧节,童稚以凤仙花染指甲。妇女用瓜果香花供奉牛郎织女二星,对月穿针,谓之乞巧。

(乾隆)《遂宁县志》卷一《土地部·气候时序志》(清乾隆五十二年刻本):

七夕为牛女渡鹊桥。先期,用水浸豌豆于碗中,令芽长尺馀,红笺束之,名姓其详。至此夕,妇女焚香,献瓜果,向空跪祝天孙以乞巧,名谓之"送乎大"。投水中,对灯月下照之,或现针影,或露花,或春之喜,可极相与为欢,谓之"得巧"。儿童亦争效之。其影物隐,其至是者,如刀剑形者,有如双斗旗杆者,种种不一。万世之于水,毫无形相,则以为不巧矣!江宁以七夕为女正节,蜀俗亦然,但与古穿针不同。

按:此段部分语句表述文意不明,或为文字讹误之故,可参看(民国)《遂宁县志》,对此有修正,句意完整晓畅。

(光绪)《射洪县志》卷四《舆地志·节序》(清光绪十一年刻本):

七月七日为乞巧节,闺中少女以凤仙花染指甲。是夜,妇女用瓜果香花供牛郎织女,列拜于庭,对月穿针,谓之乞巧,穿过者谓之"得巧"。

(民国)《遂宁县志》卷二《风俗》(民国十八年刻本):

七夕为牛女渡河期。先期,用水浸豌豆于碗中,令芽长尺馀,红笺束之,名曰巧芽。至此夕,妇女焚香,献瓜果,向空跪祝天孙以乞巧。礼毕,摘取芽尖投水中,对灯月下照之,或现针影,或露花影,或变鱼龙影,相与为欢,谓之"得巧"。儿童亦争效之。其影文有如笔形者,如刀剑形者,有如双斗旗杆者,种种不一。若投芽于水毫无形相,则以为不巧矣!江宁以七夕为女儿节,蜀俗亦然,但与古穿针不同。

按:(乾隆)《遂宁县志》卷一所录与此大同,但部分语句有讹误,句意不明。

绵阳市

(乾隆)《盐亭县志》卷一《土地部·风俗志》(清乾隆五十一年刻本):

七月七日为乞巧节,童稚以凤仙花染指甲。妇女用瓜果、香花供奉牛郎织女二星,对月穿针,谓之乞巧。

(清嘉庆)《三台县志》卷四《风俗》(清嘉庆二十年刻本):

七月七日之夕为牛女渡河期。先期,用水浸豌豆于碗中,令芽长尺余,红线束之,名曰"巧芽"。至此夕,妇女焚香,献瓜果,向空跪祝天孙以乞巧。祝毕,摘取巧芽尖投水中,对灯月下照之,或现针影,或露花影,相与为欢,谓之"得巧"。江宁以七夕为女儿节。蜀俗亦然,但与古穿针不同。

按:(民国)《三台县志》卷二十五同。

(清道光)《江油县志》卷三《风俗》(清道光二十年刻本):

七月七日,古人于此日曝衣,故有"鹊辞穿线树,花映曝衣楼"之句。邑人亦间有为之者,不可谓无所本者耳。

(同治)《直隶绵州志》卷十九《风俗志》(清同治十二年刻本):

七日晚,看巧云。先期,用水浸豌豆,令芽长尺余,遗女儿摘取芽尖寸许,投水中对月照之,或现针影,或露花影,相与为欢,谓之乞巧。北方又重五日为女儿节,江宁以此日为女儿节,蜀俗同江宁。

(同治)《彰明县志》卷十九《风俗》(清同治十三年刻本):

七月七日,妇女拜天孙乞巧。

按:清彰明县今属江油县。

(光绪)《江油县志》卷十一《风俗志》(清光绪二十九年刻本):

七夕,乞巧。亦于此日曝衣,故有"鹊辞穿线树,花映曝衣楼"之句。今俗谓之"掐巧芽"。

(民国)《绵阳县志》卷一《疆域下·风俗》(民国二十一年刻本):

七月七日,妇女以瓜果祀神后,摘豌豆芽投水中,视有针笔、串珠、肖花瓣等形,相为欢贺,谓之乞巧。

《平武县志》(四川科学技术出版社 1997 年版):

七月初七日,俗称"乞巧日"。城乡妇女多以豆芽乞巧,称"巧芽子"。夜灯下,投芽于碗水,观其形似什么吉祥物,俗称"乞巧",又叫"掐巧"。

德阳市

(乾隆)《中江县志》卷一《土地部·风俗志》（清乾隆五十二年刻本）：

七日晚看巧云。先期，用水浸豌豆，令芽长寸馀，遣女儿投水中对月照之，或现针影，或露花影，相与为欢，谓之"得巧"。北方以重五日为女儿节，江宁以此日为女儿节。蜀俗与江宁同。

按：(清嘉庆)《中江县志》卷二同。

(嘉庆)《汉州志》卷十五《风俗志》（清嘉庆十七年刻本）：

七夕，女伴相邀，设瓜果祀牛女以乞巧。其说始于《淮南子》，汉苑唐宫沿为风俗，至今不易。以绿小豆浸磁器内，生芽长数寸，摘浮水面，视影成花卉形为得巧。

(民国)《绵竹县志》卷十三《风俗志》（民国九年刻本）：

七夕，妇女陈瓜果乞巧。

《德阳县志》（四川人民出版社 1994 年版）：

七夕：阴历七月初七晚为七夕，又称乞巧节。相传为牵牛、织女渡鹊桥相会之期。旧俗女儿们置桌案于庭，设酒食瓜果，香烛祀牛、女、乞巧，用白磁碗贮清水。摘豆芽浮水面，灯、月光下察水底影形，如花、草、鱼、兽、笔、砚、鞋、袜等物形者为得巧。

成都市

(元)费著《岁华纪丽谱》（《岁时广记(外六种)》，浙江大学出版社 2020 年版）：

七月七日，晚宴大慈寺设厅，暮登寺门楼，观锦江夜市，乞巧之物皆备焉。

按：(明嘉靖)《四川总志》卷五十八、(天启)《新修成都府志》卷四十七、(嘉庆)《四川通志》卷六十一同。

(清)陈祥裔《蜀都碎事》卷三（清康熙漱雪轩刻本）：

七月七日，大慈寺前夜市，乞巧之物皆备焉。田况《登大慈寺阁观夜市诗》："万里银潢贯紫虚，桥边蟧蟧待星姝。年年巧若从人乞，未省灵恩遍得无。"

按：（清）彭遵泗《蜀故》卷八同，无引诗。

(清乾隆)《大邑县志》卷三《风俗》（清乾隆十四年刻本）：

孟秋七日……至夜，玩银河巧云，女儿以瓜果祭织女星乞巧。明晨，视瓜果盘有蜘蛛丝，喜为得巧。

(乾隆)《郫县志书》卷八《风俗志》（清乾隆十六年刻本）：

七夕，设茶果祭织女星，穿针乞巧。

按：（嘉庆）《郫县志》卷十八同。

(嘉庆)《金堂县志》卷二《疆域志·风俗》（清嘉庆十六年刻本）：

七月初七日为土地会。是夜为七夕，富贵家女子有效乞巧之戏，设瓜果之宴于庭者。

(嘉庆)《新繁县志》卷十八《风俗志》（清嘉庆十九年刻本）：

七夕，家人邀女伴设瓜果、豆芽、明水之属以祀双星。拜毕，摘豆芽浮水面，视杯底有花影者为得巧。

按：清新繁县今属新都县。

(嘉庆)《温江县志》卷十四《节序》（清嘉庆二十年刻本）：

七月七日为"家宅土地生辰"，家屠雄鸡致祭。是夕名七夕，妇女各设瓜果、蛛盒，乞巧于天孙。晨起，视盒中蛛丝之稀密，验得巧多寡。

(嘉庆)《华阳县志》卷十八《风俗》（清嘉庆二十一年刻本）：

七夕，市人以彩缕束豆芽鬻之，曰"巧芽"。妇女于灯下摘浮水盏，观影以乞巧。剪缯为牵牛、织女形，陈瓜果祀之。《四民月令》："是日设酒脯、时果、香粉于筵上，祈请于河鼓、织女。言此二星神当会，守夜者咸怀私愿。或云,见天汉中有奕奕正白气如地河之波,辉辉有光曜五色,以此为征应,见者便拜乞愿,三年乃得。"《续齐谐记》:"桂阳成武丁谓织女暂诣牵牛。世人至今云织女嫁牵牛也。"《梦华录》:"京师七夕以绿豆、少豆、小麦于磁器内,以水浸之,生芽数寸,以红蓝丝束之,谓之种生。"按,此即巧芽也。《荆楚岁时记》:"是夕,人家妇女陈瓜果于庭中以乞巧。有喜子网于瓜上,则以为符应。"《陔馀丛考》:"乞巧,不独七夕也。"《续博物志》:"山东风俗,正月取五姓女,年十馀岁,共卧一榻,覆之以衾,以箕扇之,良久如梦寐。或欲刺文绣、事笔砚、理管弦,俄顷乃寤,谓之扇天,卜以乞巧。"《下黄私记》:"八、九月中,月轮外轻云时有五色,下黄人每值此,则急呼女子持针线、小儿持纸笔,向月拜之,谓之乞巧。"是正月及八、九月皆乞巧矣。《岁华纪丽谱》:"七月七日晚宴,大慈寺设厅,暮登寺门楼观锦江夜市,乞巧之物皆备焉。"按:今惟乞巧同,馀俱不闻。(续增)

(嘉庆)《邛州直隶州志》卷五《方舆志·风俗》(清嘉庆二十三年刻本):

七月七日为乞巧节。邛俗,妇女于是夜陈酒果于庭,供织女,谓之乞巧。盖沿唐宫中故事,所在皆然。

(道光)《新津县志》卷十五《风俗》(清道光十九年增刻本):

七月七日,家皆祀土地。又为乞巧节,妇女于是夜陈酒果于庭,供织女以乞巧。

(道光)《新都县志》卷四《典礼志·岁时》(清道光二十四年木刻本):

七月七日,日七夕,女子间有祀织女穿针乞巧者。

(同治)《大邑县志》卷七《风土志》(清同治六年刻本):

七月七日,以鸡酒祀中霤之神。是夕,闺中陈瓜果乞巧。

(同治)《重修成都县志》卷二《舆地志·风俗》(清同治十二年刻本):

七夕,闺中陈瓜果,供牵牛织女。用盆盛水,摘豆芽浮水面照影,谓之乞巧。

(光绪)《增修灌县志》卷十一《风俗志》（清光绪十二年刻本）：

七夕，妇女陈瓜果于庭以供织女星，谓之乞巧。

按：清灌县即今都江堰市。

(民国)《灌县志》卷十六《礼俗纪》（民国九年刻本）：

七月七为乞巧日，闺中以瓜果献牛女，韵事亦琐事也。

(民国)《邛崃县图志》卷四《风俗志》（民国十一年铅印本）：

七月七，祀土地，祀双星乞巧。

(民国)《简阳县志》卷二十二《礼俗篇·习尚》（民国十六年铅印本）：

七月七日云为牵牛织女相会期，名七夕。诗书之家，士女间有设瓜果置中庭乞巧者。

(民国)《大邑县志》卷四《学校志·风俗》（民国十九年铅印本）：

七月七日，以鸡酒祀中雷之神。是夕，闺中陈瓜果乞巧。

(民国)《华阳县志》卷五《礼俗·岁时》（民国二十三年刻本）：

七月七日，俗称"巧日"。市人缕束豌豆或绿豆芽，谓之"巧芽"，子夜于灯下摘浮水面以观其影，谓之乞巧。并陈瓜果于庭以祀牛郎织女。

(民国)《新繁县志》卷四《礼俗》（民国三十六年铅印本）：

七月七日，《风俗通》："织女七夕当渡河，使鹊为桥，相传此日无鹊，次日鹊尾皆秃，今以目验之，殊不然也。"《四民月令》："七月七日，曝经书，设酒脯时果，散香粉于筵上，祈祷于河鼓织女。"《荆楚岁时记》："七夕，妇人作彩缕穿七孔针，陈瓜果于庭中以乞巧，有喜子网于瓜上则以为得。"今县俗妇女亦于是夕以瓜果祀牛郎织女，盛水于盂，浮灯心于水面以观其影。又于月下穿针，济则以为得巧。

《成都市龙泉驿区志》（成都出版社1995年版）：

乞巧节:"七月七,搯巧七",又称"七巧节"。当日夜,妇女们用灯芯草或绿豆芽搯成小节置于水碗中,观其花形,以预测智愚,并祝牛郎织女相会。民国后期失传。

资阳市

(乾隆)《资阳县志》卷二《地理志·风俗》(清乾隆三十年刻本):

七夕,士女于是夕设酒脯、瓜果于庭,穿针以乞巧。有蟢子网于瓜上者以为得巧。

(乾隆)《乐至县志》卷一《土地部·时序志》(清乾隆五十一年刻本):

七月七日为乞巧节。是夕,妇女焚香,献瓜果,向牛女二星跪拜乞巧,取针投于水中,观其影以征巧拙,俗谓之女儿节。

(乾隆)《安岳县志》卷一《土地部·风俗志》(清乾隆五十一年刻本):

七日晚,看巧云。先期,用水浸豌豆,令芽长寸馀,遣女儿投水中对月照之,或现针影,或露花影,相与为观,谓之乞巧。北方以重五日为女儿节,江宁以此日为女儿节,蜀俗与江宁同。

(道光)《安岳县志》卷二《风俗志》(清道光十六年刻本):

七夕,妇女祭牛女二星,乞巧于家庭。

(民国)《资中县续修资州志》卷八《风尚》(民国十八年铅印本):

七月七夕,妇女陈瓜果祭牛女二星,赏月穿针乞巧。

眉山市

(乾隆)《丹棱县志》卷六《风俗志》(清乾隆二十六年刻本):

七夕不重,绅士家间设香案、瓜果庆双星。至穿针乞巧,鲜有知者。
按:(光绪)《丹棱县志》卷四同。

(乾隆)《青神县志》卷六《风俗志》(清乾隆二十九年刻本):

七月七,双星会合,穿针乞巧。绅士家设香案、瓜果,致庆庶民。

(嘉庆)《眉州属志》卷九《风土志》(清嘉庆十七年刻本):

七月七日,女子穿针乞巧。

按:(嘉庆)《彭山县志》卷三"七日"作"初七日"。

(光绪)《青神县志》卷十八《风俗志》(清光绪三年刻本):

七月初七日……夜,各家宰鸡献家神土地,妇女聚会乞巧。

(嘉庆)《洪雅县志》卷三《方舆志·礼俗》(清光绪十年刻本):

七月七夕不重,绅士家间设瓜果庆双星,女子穿针乞巧。

(民国)《丹棱县志》卷二《舆地·礼俗》(民国十二年石印本):

七月七日,城乡祭土神。是夕,士夫设瓜果庆双星,妇女不尚乞巧。

内江市

(乾隆)《隆昌县志》卷十《节序》(清乾隆二十九年刻本):

七月七日,俗称牛女会期。妇女彩缕穿七孔针,陈瓜果于庭,曰乞巧。以蟢子网瓜上为得巧。

(嘉庆)《内江县志》卷十八《风俗志》(清嘉庆间稿本):

七夕,乞巧。

按:(民国)《内江县志》卷一同。

雅安市

(乾隆)《雅州府志》卷五《节序》(清乾隆四年刻本):

七日晚,看巧云。先期,用水浸豌豆,令芽长尺馀,遗女儿,女儿摘取芽尖寸许,投水中对月照之,或现针影,或露花影,相与为观,谓之乞巧。北方以重七日为女儿节,江宁以此日为女儿节,蜀俗与江宁同。

(民国)《雅安县志》卷四《风俗志》(民国十七年石印本)：

七夕，小儿女以水注盂，拾瓜蔓或灯心草，以寸置水，幻诸影，方圆不测，卜休咎，谓之乞巧。北方以重七日为女儿节，亦同。

(民国)《名山县新志》卷十《风俗》(民国十九年刻本)：

七月七日，牛女渡河，俗有长生土地之会。《岁时记》：七月七日为牵牛织女之会。俗以是日乌鹊鲜见，谓赴银河为牛女填桥。

乐山市

(明万历)《嘉定州志》卷五《风俗志》(民国间钞本)：

七月七日，游宦及士人之家，其妇女设瓜果乞巧，馀则否。

(清康熙)《峨眉县志》卷七《岁时》(清乾隆五年刻本)：

七夕，士夫之家设瓜果乞巧。

(嘉庆)《马边志略》卷四《人物志一·风俗礼仪》(清嘉庆十二年刻本)：

七夕，女郎穿针乞巧。

(嘉庆)《峨眉县志》卷一《方舆志·风俗》(清嘉庆十八年木刻本)：

七夕，女子乞巧，设瓜果于庭。
按：(同治)《嘉定府志》卷六同。

(民国)《乐山县志》卷三《方舆志·礼俗》(民国二十三年铅印本)：

七夕，女子多以是夕设瓜果于庭，祀织女之神，名曰乞巧。

宜宾市

(乾隆)《屏山县志》卷一《舆地志·风俗》(民国二十年铅印本)：

七夕，女郎穿针乞巧。

(嘉庆)《长宁县志》卷二《风俗》(清嘉庆十三年刻本)：

七夕,士大夫间有陈瓜果作乞巧会者。

(嘉庆)《南溪县志》卷三《疆域志·风俗》(清嘉庆十八年刻本):

七月七日,士子作奎宿会。是夕,女子祀织女,俗称牛女会期。妇女结彩缕,穿七孔针,陈瓜果于庭,曰乞巧。

(同治)《筠连县志》卷三《舆地志·风俗》(清同治十二年刻本):

乞巧节:七月七日,童稚以凤仙花染指甲,妇女用瓜果、香花供牛郎织女二星,对月穿针,谓之乞巧。

按:(民国)《筠连县志》卷七同。

(光绪)《叙州府志》卷二十二《风俗》(清光绪二十一年刻本):

七月七日,妇女以凤仙花染指甲,陈瓜果、香花供牛郎织女,对月穿针,谓之乞巧。(《筠连志》)

按:清叙州府即今宜宾市。

(民国)《江安县志》卷二《礼俗》(民国十二年铅印本):

七月七日,祀奎星。七夕,祀织女乞巧。

泸州市

(乾隆)《合江县志》卷六《风俗》(清乾隆二十七年刻本):

七月七日,女子祀织女,穿针乞巧。

(嘉庆)《纳溪县志》卷六《风俗志》(民国二十六年铅字重印本):

七月七日,士子作奎星会。是夕,女子祀织女,穿针乞巧。

(光绪)《续修叙永永宁厅县合志》卷十九《风俗志》(清光绪三十四年刻本):

七月七日秋魁会,绅士祀奎星于文昌宫,设宴庆祝。是夕,乞巧,妇女对月穿针,设果饼于庭中。

(民国)《合江县志》卷四《礼俗篇·风俗》(民国十八年铅印本):

　　七月七日为七夕。是夕,妇女对月穿针,以瓜果祀双星而向之乞巧。双星者,牵牛织女也。相传一年惟此夕乃得渡银河而相见,乌鹊咸为之填桥。

攀枝花市

《攀枝花市西区志》(方志出版社 2010 年版):

　　七夕:农历七月初七日晚,俗称"七夕节",也是中国的"情人节"。旧时,据说本地是日难见喜鹊。晚上,合家于庭院观牛女河汉,老人讲述"鹊桥相会"的故事,解释喜鹊稀少的缘由。受西俗影响,20 世纪 90 年代后,境内逐渐兴起情人送玫瑰、晚上相会的风气。

重庆市

(康熙)《重庆府涪州志》卷一《风俗》(清康熙五十四年刻本):

　　七月七日,孩稚以凤仙花染指,少女结伴对月穿针,名曰乞巧。

按:(乾隆)《涪州志》卷五"少女结伴"后增"以酒食祀织女"。

(康熙)《彭水县志》卷三《风俗志》(清康熙四十九年刻本):

　　七夕,妇女献果品,祝天孙乞巧。

(乾隆)《巴县志》卷十《风土志》(清乾隆二十六年刻本):

　　七月七日,俗称牛女会期,妇女结彩缕,穿七孔针,陈瓜果于庭,曰乞巧。以蟢子网瓜上为验。

按:《同治》《巴县志》卷一同。

(乾隆)《江津县志》卷九《风俗志》(清乾隆三十三年刻本):

　　七月七日,女子祀织女,穿针乞巧。

(道光)《夔州府志》卷十六《风俗志》(清光绪十七年刻本):

　　七夕,《续齐谐记》:"桂阳城武丁有仙道,谓其弟曰:'七月七日织女当渡河,诸仙悉还宫。'弟问织女何事渡河,答曰:'暂诣牵牛。'世人至今云织女嫁牵牛也。"《淮南子》:"七夕,乌鹊填河成桥,渡织女。"《尔雅翼》:"相传七日牵牛与织女会于汉东,乌鹊为梁以渡,故毛皆脱去。"《荆楚岁时记》:"七夕,妇人结彩缕,穿七孔针,或以金银鍮石为针,陈几筵、酒脯、瓜果于庭中以乞巧。有蟢子网于瓜上则以为符应。"《天宝遗事》:"嫔妃各执九孔针、五色线向月穿之,过者为得巧。"祖咏诗:"向月穿针易,临风整线难。"《东京梦华录》:"以绿豆、小豆、小麦浸磁器内生芽数寸,以红蓝绿缕束之,谓之'种生'。"按:今俗女子先养豆芽,七夕,月下掷碗水中,视其影,或像笔,或像如意,或像花,则谓之巧;或像锄,或像扁担,或不成形,则谓之拙也。其它穿针、看蜘蛛,与古同。

(道光)《江北厅志》卷二《舆地志·风俗》(清道光二十四年刻本):

七日,俗称牛女会期。妇女结彩缕,穿七孔针,陈瓜果于庭,曰乞巧。以蟢子网瓜上为验。《岁时记》:"是夕雨为洒泪雨,占候七日雨,小麦麻豆贱。"

按:(道光)《忠州直隶州志》卷一未引"《岁时记》云云"几句。

(道光)《綦江县志》卷九《风俗》(清同治二年刻本):

七月七日,俗称牛女相会,妇女或陈瓜果乞巧。遇雨,谓之"洒泪雨"。

(咸丰)《云阳县志》卷二《舆地志·风俗》(清咸丰四年刻本):

七夕为牵牛织女相见之期。是日,地下无乌鹊,言去天上为牛女填河成桥也。民间女子先养豆芽,七夕则于月下掷碗水中,视其影,或像笔,或像花,或像如意,则谓之"得巧"。

(同治)《增修酉阳直隶州总志》卷十九《风俗志》(清同治三年刻本):

七夕,妇女献瓜果祝天孙乞巧(陶《志》)。按:今七夕乞巧,州属士人间一行之,盖缘柳子厚七夕上天孙乞巧文之意而作。至妇女对月穿针,则久无此风矣。

(同治)《增修万县志》卷十二《地理志·风俗》(清同治五年刻本):

七夕,女子有穿针月下以乞巧者,或以碗水掷豆芽水中,视其影或象笔、或象如意、或象花则谓之巧;或象锄、或不成形则谓之拙。

(同治)《重修涪州志》卷一《舆地志·风俗》(清同治九年刻本):

七月,低田获稻,女子捣凤仙花染指甲乞巧。

(清光绪)《彭水县志》卷三《风俗志》(清光绪元年刻本):

七夕,妇女献果品乞巧。

(光绪)《铜梁县志》卷一《地理志·风俗》(清光绪元年刻本):

七夕,间有设瓜果以乞巧者。

(光绪)《合州志》卷八《风俗》(清光绪四年刻本):

七夕,设瓜果于庭以乞巧,少女穿针月下较胜负。

按:(光绪)《荣昌县志》卷十六省作"七夕,乞巧。"清合州即今合川区。

(光绪)《奉节县志》卷十七《风俗》(清光绪十九年刻本):

七夕,今俗女子先养豆芽。是夕,月下摘取掷碗水中,视其影以验巧拙。其它穿针乞巧与古同。

(光绪)《梁山县志》卷二《舆地志·风俗》(清光绪二十年刻本):

七月七日,曰七夕,女子间有祀织女穿针乞巧者。

(民国)《江津县志》卷十一《风土志》(民国十三年刻本):

七夕:七日为七夕。《物原》载楚怀王初置七夕,他无所见。《荆楚岁时记》谓之牵牛织女聚会之夜,是夕人家妇女陈瓜果于庭中以乞巧。邑俗:七夕,文人以为咏事。按:鹊桥牛女之会,乃道流寓言,谓交任督也。丹经下鹊桥,正当牛女虚危之际。银河谓脊髓也,度此而穿铁鼓,过夹脊,泛银河,透玉枕,上泥丸,降玄应,下重楼,归土釜,其事至秘至神,毫厘差谬,皆不成功,故以为巧。卦取于兑,兑数七七,而七巧合也。

(民国)《重修丰都县志》卷十《礼俗志》（民国十六年铅印本）：

七夕，童稚以凤仙花染指。妇女用瓜果，对月穿针乞巧。

(民国)《涪陵县续修涪州志》卷七《风土志》（民国十七年铅印本）：

七月七日，古传牛女渡河之夜，妇女陈瓜果，对月穿针乞巧。捣凤仙花染指甲。刈稻谷，多割搭斗，不露积。

(民国)《云阳县志》卷十三《礼俗·岁时》（民国二十四年铅印本）：

七夕，俗谓是日地无乌鹊，结集天汉为牛女接翼作桥，亦浪语也。女子乞巧者以瓯注水，掷豆芽其中，其影似笔、似花、似如意，则曰"得巧"。

(民国)《巴县志》卷五《礼俗·风俗》（民国二十八年刻本）：

七月七日，《岁时记》："七夕为牵牛织女之会，妇人结彩缕，穿七孔针，陈瓜果于庭以乞巧。"《西京杂记》云："织女渡河，使鹊为桥，故是日人闲无鹊，至八日则鹊尾皆秃。"县旧俗，七日暴盆水庭中，妇女用绿豆芽为巧芽，投水面以观其影，曰乞巧。

(民国)《长寿县志》卷四《风土·节序》（民国三十三年铅印本）：

七月七日，古传牛女渡河之夜，妇女陈瓜果对月穿针乞巧。

一七、湖北乞巧歌

湖北收录十堰、宜昌、孝感、荆州、黄冈等市乞巧歌共 18 首。

十堰市

牛郎会织女(郧西县)

走上几夜水上舟，　　　　二人说的有劲头，
人逢喜事水直流。　　　　玩一个狮子滚绣球。
牛郎去把织女会，　　　　西天王母知道了，
织女坐在绣花楼。　　　　咬牙切齿发了怒。
郎问织女做什么，　　　　拔下金钗往下丢，
织女回答绣绣球。　　　　变成天河把路拦。
绣绣球，球球绣，　　　　二人隔在河两岸，
绣球高头①绣九洲。　　　喜鹊飞来把线牵。
上九洲，下九洲，　　　　每年七夕见一面，
兴安道，水鹭洲。　　　　万古千秋把名传。

搜集者：天路，闻孝书。
录自赵天禄、尚政国主编《郧西民歌集·上津卷》(崇文书局2010年版)。"兴安道","道"，
原作"到"，"水鹭洲"原作"水腊洲"，皆音近而误。又：原第10句下有"牵住牛郎进了楼"，
单独一句，再看上面与下面描述二人亲密之状有点多余，故删。又"喜鹊飞来把线牵"之下
有"辛苦修起鸳鸯杆"，亦单句，与上下语意不连，亦删。
① 高头：方言，指上面。

请七姐(郧西县)

七月七，月儿明，　　织花布，花样新。
喜鹊来，搭桥墩。　　七姑要来早些来，
请七姐，下凡尘，　　莫等露水打湿鞋。
问婚姻，问前程。

穿梭梭，数巧珍，　　挂红灯，点长香，
　　　　　　　　　　单等七姐给吉祥。

《中国节日志·七夕节》项目组在郧西县考察期间在郧西县文化馆所得。

天河亮(郧西县)

天河亮，天河明，　　牛郎织女喜盈盈。

《中国节日志·七夕节》项目组在郧西县考察期间在郧西县文化馆所得。

织女十绣荷包(郧西县)

一绣荷包往事想，　　牛郎天天在身旁。

绣对鸳鸯水中戏，
甜甜蜜蜜过日光。

不料一阵无情棒，
打得鸳鸯各一方。
遥对天河望彼岸，
无边情海水茫茫。

二绣荷包泪汪汪，
绣只鸳鸯难成双。
别人成对窗前过，
织女孤身在绣房。

金鸡报晓天将亮，
夜夜相思恨夜长。
待到荷包绣起时，
针针线线泪成行。

三绣林中一杜鹃，
声声啼血把儿唤。
为娘不能照料你，
做爹浆洗又补连。

平时多听爹爹话，
睦邻厚缘少事端。
上学读书须用功，
早睡早起莫误点。

四绣荷包四月八，
点支高香敬菩萨。
保佑我郎身体好，
专心牧耕不想家。

一年之计在于春，
五谷丰收在于勤。
待到满山红叶时，
行行大雁报喜讯。

五绣荷包麦儿黄，
天河两岸插秧忙。
穿红着绿岸上走，
夫唱妇合喜洋洋。

怨恨王母铁心肠，
隔河两岸空惆怅。
如若我郎早归来，
男耕女织也风光。

六绣荷包天河边，
织女望郎眼欲穿。
水上也有千帆国，
唯独不见郎上岸。

每次秘密相约会，
费尽心思也枉然。
如此时光有多久？

相思度日如度年。

七绣喜鹊连成线，
鹊桥飞架彩云间。
日夜思盼佳期到，
玉琼良宵不夜天。

别后心里多少话，
相对却又无一言。
佳期如梦鹊桥归，
旧愁又把新愁添。

八绣荷包月儿圆，
送与牛郎戴身边。
外界世道多变故，
野花跟前莫留恋。

只要夫妻心相印，
管他相隔多少年。
忠贞不渝传美德，
七夕故事天下传。

九绣腊梅初绽开，

大雪纷飞寒冬来。
出门看天勤添衣，
妹织寒衣暖心怀。

寒冬夜长望天明，
冬去春来又一载。
痴心相守天长久，
天河东流归大海。

十绣荷包整一年，
年年三百六十天。
天天怅望盼郎归，
归来全家好团圆。

圆圆月儿凌空照，
照在郧西天河岸。
岸柳依依影成双，
双双夫妻把家还。

还有七夕传说多，
多似星星数不全。
全在天河流千古，
古往今来传人间。

搜集者：闻孝书，谢洪礼。
录自赵天禄、尚政国主编《郧西民歌集·上津卷》。又见闻孝天《天河行》（崇文书局 2011 年版）。

娘娘庙外一景观（郧西县）

娘娘庙外一景观，
三面环水一面山。
山清水秀风景好，
引来织女下了凡。

庙下有个蟒蛇洞，
洞边有个洗澡潭。
织女夏天去洗澡，
牛郎对面唱歌玩。

二人每天把歌唱，

惊动蟒蛇心不安。
摇头摆尾出洞前，
要吃织女一神仙。

织女一见心大怒，
念念有词手指天。
使法遣下五雷火，
烧死蟒蛇洞里边。

二人从此结良缘，
天河源头有流传。

搜集者：谢洪礼，天路。
录自赵天禄、尚政国主编《郧西民歌集（上津卷）》。另外闻孝书编著《天河行》，多出15句
铺张情节的文字，较前者改动较大，且末二句作"织女故乡故事多，七夕文化万古传"，完全
是当下文人的口气，今不取。唯原作第三句作"织女当年把身来安"，再无下句，故依后者
改为"山清水秀风景好，引来织女下了凡"。又第12句（原第11句）"神仙"据以改为"天
仙"。

对歌（郧西县）

你卷门帘我掩门，　　　　佳人与我度红尘。

我投你梨花三分白，
借你梅花一朵魂。
我牛郎不来你运不通，
莫在外边露了春风。

天河隔的两分离，
织女思想是牛郎。
为人莫笑我织女，
独卧清灯在绣房。

想到奴家辛酸处，
越思越想越悲伤。
冤家好比金凤凰，
今日分别实悲伤。
独倚栏杆意难写，
我有实话对谁讲。

人是衣服花是容，
情人别去思无穷。
看似流水三分尽，
心有灵犀一点通。

花有清香月有阴，
魂梦寸断两沉沉。
叫声牛郎奴的君，
为何能舍鸳鸯枕。

薄薄浮云愁永昼，

沧兰流水愁流琴。
每日相思不见人，
夕梦时时记在心。

只知舟台远又遥，
魂梦寸断不胜招。
织女贤妻听根苗，
何日相见女娇娇。

凄凄惨惨伤滴滴，
霏霏伟伟又沼沼。
做成此梦怨郎处，
纵有春梦不肯消。

鱼归深水月归天，
魂归冥漠魄归泉。
独坐天宫泪成线，
何日能把牛郎见。

独坐独卧又独站，
相爱相情难相见。
只等喜鹊把线牵，
愿做鸳鸯不做仙。

顺水推舟遂浪去，
牛郎每日思姐家。
怀抱儿女泪如麻，
叫我心中放不下。

为人莫笑我牛郎，
牛头山上把牛放。
只等织女转回乡，
夫妻相会也风光。

织女这里长叹气，
骂声王母无情义，
拆散鸳鸯两分离。

芭蕉叶上水难留，
松柏梢上风未收。
千愁万愁无着处，
病归心头与眉头。
肠如丝线条条断，
泪如源泉滚滚流。

倚遍栏杆人不见，
满山风雨下西楼。
雨打梨花紧关门，
只等牛郎转回程。

那儿的风儿这么凉，
那儿的花儿这么香，
前边来个花大姐，
人也标致花边香，
花香爱坏少年郎。

隔山隔岭隔道河，

听见牛郎唱好歌，
有心与郎唱几个。
我郎本是唱歌多，
奴家只好从你学。

我和娘子隔道梁，
每日轻轻把你望。
早上看见你洗脸，
晚上看见你脱衣裳，
你细皮嫩肉爱坏郎。

叫声牛郎听我讲，
你的歌子唱的广，
我来与你捧个场。
你一唱天上峨眉月，
二唱百花朝太阳。

唱个王三公子玉堂春，
苏三娘子好恩情，
唱个凤凰三点头，
张生红娘好风流。
我多年不在场面走，
今天遇到好对手。

来在场面把脚翘，
牛郎织女一般高。
我们是个小两口，
只因前世把香烧。

只愿夫妻能到老，　　　　城隍庙内许灯头。
气死王母到心焦。　　　　保佑我夫妻能长久，
　　　　　　　　　　　　我头顶香盘手提油，
想你想的眼泪流，　　　　和尚打鼓我磕头。

搜集者：谢洪礼，天路。
录自赵天禄、尚政国主编《郧西民歌集·上津卷》。

织女泪(郧西县)

虎跃龙腾过大年，　　　　爱恋徒寄相期远。
秦岭红灯映红天。
千家万户庆团圆，　　　　桃娟李闹三月景，
织女孤影伴愁颜。　　　　一寸相思万缕情。
遥想夫君泪滴流，　　　　踏青人儿双双对，
苦思儿女盼娘还。　　　　画楼单枕泪湿衾。
燕知返巢我翅折，　　　　不觉春满春又去，
可恨魔簪斩情缘。　　　　遥山斜阳风流损。
　　　　　　　　　　　　恋恋难禁空自忿，
二月里，龙出眠，　　　　年年枉春亏莺语。
风日晴和春意暖。
春暖人间百花艳，　　　　入夏四月艳阳天，
孔雀东西腥风残。　　　　瑶池胜景无心观。
阳春龙腾五湖兴，　　　　水中鸳鸯搅心碎，
落日肠断千山喊。　　　　池畔柳丝妨缠绵。
花路封织楼中丽，　　　　绿荫斑驳漾离恨，

天河汹涌爱舟远。
折柳馈赠春色去，
精瓷摔破怎复原？

五月端阳飘艾香，
龙舟难载孟子殇。
日月带新当自珍，
万望儿女学贤良。
嬉戏醉生失青春，
人尊品高名流芳。
天河水畔荡污浊，
点点都印人世相。

骄阳似火六月天，
织女呆立天河边。
鱼阵撩得花心乱，
清风漫拂离情酸。
狗咬破衫欺贫丐，
蚊叮无帐辛劳汉。
地老天荒爱牛郎，
愿作凉风与小扇。

七夕鹊桥会离魂，
此夜正是寸肠断。
相看无言泪千行，
琴心许君空诺欢。
穿眼醉心难共度，
锦瑟年华风月残。

可怜云归梦渺远，
湿花难飞愁云绾。

中秋佳节月儿圆，
月华隔岸家不圆。
天庭如冰浸心冷，
恋愁化泪孤灯残。
恩爱欢乐当年事，
琼楼目尽断怨弦。
托月送去我千言，
明月好花莫轻弹。

重阳登高远望乡，
层层峰峦披绎装。
中弹孤雁鸣声哀，
轻霜侵帘懒梳妆。
凋叶惊秋悲发苍，
梦花空老玉树伤。
迢迢山阻谁为线，
望断黄昏隔高墙。

孟冬十月天转寒，
寒婆拣柴为冬暖。
高天琼宇催心颤，
烟水苍茫故人远。
南窗红烛自怜苦，
夜夜梦里偎君欢。
可怜孤掌三百鼓，

旧香痛别绞肠断。

严冬萧索大雪飞，
雪滩难掩我心悲。
牛郎衣单谁抚慰，
冻坏身子多受罪？
莫忘睡前勤洗脚，
被薄儿女紧相偎。
大厦坍塌你是柱，
愿作杜鹃唤春回。

人间腊月整一年，
牵肠流年暗中换。
万恨岁末相逢阻，
断鸿声去长尺远。
天河水流流不尽，
世间真情永不断。
故乡郧西福泽地，
牵我情思永望还。

搜集者：江善容。
录自赵天禄、尚政国主编《郧西民歌集·上津卷》。

牛郎恨(郧西县)

春季里，牛郎恨，
牛郎恨怀比海深。
当年恩爱同心结，
王母残毒斩缘份。

春光无限百花艳，
无法再续爱河馨。
春夜双双踏青侣，
泪目搜寻少艳裙。

良宵虔诚许良愿，
苦临愁镜负春情。
故乡多少胜景地，
愁鱼搅澜醉我心。

故乡太多奇情闻，
心事难寄愧丽人。
隔河人在怨网里，
东风也系两厢恨。

夏季里，牛郎恨，
离恨化火冲天庭。
鱼水合欢成苦忆，
琴瑟断柱难成音。

昔日我累她送水，
她织我爱勤递巾。
白日同作喜且乐，
夜晚小扇扑流萤。

晴天霹雳魔掌击，
鲜花突遭血雨淋。
试问王母为女身，
是女为何无母心！

梦花空老情无计，
蝶去鸢飞苦凝恨。
掩扉独饮寂寞酒，
芭蕉夜雨悲声声。

秋季里，牛郎恨，
恨如野草铲又生。
秋空澄爽难南去，
雁阵引人思念增。

伤雁恨箭撼云翼，
孤鸥号天撕心经。
残柳惊风舞参差，

利刀难裁愁伶仃。

冷月孤吟风悲泣，
梦沉书远万里程。
槐荫旧游恋情碎，
怨怀无托泪纵横。

玉树雷劈枝叶伤，
露凋芳草根茎损。
人言秋日胜春朝，
无情秋风煞笑云。

冬季来，牛郎恨，
像天河水流流不尽。
雪覆大地世界净，
魔棒昭彩丧人性。

当年临冬棉衣齐，
暖衣暖被福满门。
难耐天宇琼楼寒，
被拥孤影憔悴身。

冰雪系苦独呜咽，
风月俱寒雨沉吟。
父仁失母谁与共，
当望残月思隐星。

身在乱山千山冷，

泪洒江天意难平。
啼鸟知恨常啼血，
冬至春近期无定。

牛郎恨，传古今，
织女泪，天河星。
秦岭莽莽难藏怨，
汉水滔滔鸣我恨。

牛翁大爱慈德厚，
王母邪道罪孽深。
夫妻比翼欢乐共，
天堂人间才生动。

人类繁衍母是根，
世间情缘缘爱真。
天地有情泽万物，
春风化雨济苍生。

人间鬼魅不铲除，
天上苍生难安宁。
世上人人献爱心，
神州幸福无限春。

七夕鹊桥是爱桥，
愿我凡人皆爱神。

搜集者：江善容。
录自赵天禄、尚政国主编《郧西民歌集·上津卷》。

年年只望七月七（枝江市董市镇）

天上星多少少稀，　　　心想夫妻见一面，
牛郎织女两夫妻。　　　年年只望七月七。

讲唱者：王道玉。搜集者：罗启才。
录自枝江县三民集成领导小组编《中国民间歌谣集成·湖北卷·枝江县民间歌谣集》
(1989 年)。陈泳超主编《中国牛郎织女传说·民间文学卷》据以收录。

请七歌(孝感)

正月正,麦草青,
我请七姐看花灯。

教我心灵剪牡丹,

教我手巧绣凤凰。
杀白猪,宰白羊,
年年接你七姑娘。

录自冯泽民主编《汉绣与非物质文化遗产保护文集》(武汉出版社2011年版)。

请七姐(孝感)

正月正,麦草青,
请七姐,看花灯。
花灯看得梭罗转,
去一梭,来一梭,
梭得七姐笑呵呵。
去一耍,来一耍,
耍得七姐骑白马。
上天去,雾露马,

下地来,扫帚马。
扫帚高头一壶油,
把得七姐抹油头①。
扫帚高头一壶酒,
把得七姐打湿口。
扫帚高头一双鞋,
把得七姐跐过去,跐过来。
七姐要来早些来,

莫等黄花雾露开。　　　　　　教我织布和做鞋。

请得七姐下凡来，

录自杨丹妮《请七姐》，见湖北省教育厅基础教育处组编《悠悠楚风润校园：湖北省首届"中小学弘扬和培育民族精神月"教育活动优秀作品集锦》（湖北科学技术出版社 2005 年版）。
① 把得：方言，拿给，送给。

教我织布缝衣裳(孝感)

正月里，麦草青，　　　　　　请来七姐骑白马。

请七姐，看花灯。

　　　　　　　　　　　　　　杀白猪，宰白羊，

花灯玩得梭罗转，　　　　　　年年接你七姑娘。

左一梭，右一梭，　　　　　　请得七姐下凡来，

梭得七姐笑呵呵。　　　　　　教我织布缝衣裳。

来也耍，去也耍，

录自张相国主编《湖北民间文学集成·孝感市歌谣集(上)》（中国民间文艺出版社 1989 年版）。又见李德复、陈金安主编《湖北民俗志》（湖北人民出版社 2002 年版），缺最后两句。

送七姐歌(孝感)

天灵灵，地灵灵，　　　　　　天仙子，下凡尘。

下得凡尘作么事，　　　　七姐教我织绢锦。

据课题组收集。又见《湖北民间文学集成·孝感市歌谣集》和李惠芳主编《中国民俗大系·湖北民俗》，"天仙子"作"天丝丝"，"七姐教我"作"送给七姐"，流传中造成语言上的失误。

请七姐(云梦县、安陆市)

正月正，麦草青，　　　　去也梭，来也梭，
请七姐，问年成。　　　　梭得七姐笑呵呵。
有年有月有世界，
正月十五闹花灯。　　　　去也耍，来也耍，
　　　　　　　　　　　　耍得七姐骑白马。

花灯闹得梭罗转，　　　　乌龙马，上天台。
七姐请来不要慢。　　　　扫帚马，下地来。

录自杨丹妮：《请七姐》，见湖北省教育厅基础教育处组编《悠悠楚风润校园：湖北省首届"中小学弘扬和培育民族精神月"教育活动优秀作品集锦》。

七月七日翻巧云(汉川市)

(俚歌)

七月七日翻巧云，　　　　天上人间多少情？
搭起鹊桥迎亲人。
牛郎织女喜相会，　　　　姐妹们，好开心，

合起菱角摆星星，
南斗星，北斗星，
牛郎星，织女星。

大姐摆个金牛星，
他是一个牵线人。
还有二姐手法高，
摆的是个梭子星。

金梭子、银梭子，
月姐帮我几梭子。
织成缎，织成锦，
织出人间多少情。

小幺妹，手多巧，
偷偷地，不吭声。
织个月亮圆又圆，
织个灵巧有情人。

录自桂胜、张友云编著《荆楚民间风俗》（武汉出版社 2014 年版）。部分文字有所订正。

牛郎织女歌(公安县)

年年有个七月七，
牛郎织女会夫妻。
河东牛郎会织女哟，
相会织女在河西。

织女她是天上的星，
牛郎本是一凡人。
织女下凡配牛郎，
男耕女织人人敬。
所生一男并一女，
金童玉女爱煞人。
一日三来三日九，
神仙羡慕小两口。

天机漏过南天门，
王母娘娘得知情。

派遣天兵与天将，
捉拿织女上天庭，
织女急得莫奈何，
牛女不知为何情。
王母喝令织女归，
牛郎紧跟真可怜，

看到看到会追上，
王母忙把巧计生。
取下玉簪当空划，
隔断夫妻两离分。
王母娘娘心不忍，
可怜牛郎织女情。
鹊桥搭在银河里，
七月七日会夫妻。

演唱者：聂书秀。搜集者：吴昌海。采录地区：黄山头。
录自袁伯华主编《中国民间文学集成·湖北卷·公安歌谣集》(中国民间文艺出版社1990年版)。

九天牛郎会织女

七月七，是佳期，　　　找个称心好女婿，
九天牛郎会织女。　　　只等喜鹊来报喜。
但愿月老牵红线，

录自《湖北省志·民俗志》（湖北人民出版社 1996 年版）。

巧娘教我剪菊花(大冶市)

巧娘娘,乞巧来,　　　　　　笔墨纸砚都拿来,
梧桐树下花儿开。

花儿开,树儿摆,　　　　　　我给巧娘献西瓜,
我把巧娘迎下来。　　　　　　巧娘教我剪菊花。

牵牛郎,写文章,　　　　　　……

录自余炳贤:《奇风异俗话大冶》(湖北省大冶市民间文艺家协会,2006 年)。此首歌多地有流传,大同小异。

附：湖北七夕节俗文献

(南朝梁)宗懔《荆楚岁时记》(姜彦稚辑校,岳麓书社 1986 年版)：

七月七日,为牵牛、织女聚会之夜。傅玄《拟天问》云:"七月七日,牵牛、织女时会天河",此则其事也。张骞寻河源,所得楂机石示东方朔,朔曰:"此石是织女支机石,何至于此?"为东方朔所识,并其证焉。

按:戴德《夏小正》云,是月织女东向,盖言星也。《春秋斗运枢》云牵牛神名略,石氏《星经》云牵牛名天关;《佐助期》云织女神名收阴,《史记·天官书》云是天帝外孙。牵牛星,荆州呼为河鼓,主关梁;织女星则主瓜果。尝见道书云:牵牛娶织女,借天帝二万钱下凡,久不还,被驱在营市中。黄姑,即河鼓也,皆语之转。

是夕,人家妇女结彩缕,穿七孔针,或以金、银、鍮石为针,陈瓜果于庭中以乞巧。有喜子网于瓜上,则以为符应。

按:《世王传》曰:"窦后少小头秃,不为家人所齿。七月七日夜,人皆看织女,独不许后出。有光照室,为后之瑞。"谢朓《七夕赋》云:"缕条紧而贯中,针鼻细而穿空",宋孝武《七夕诗》曰:"迎风披彩缕,向月贯玄针"是也。周处《风土记》曰:"七月七日,其夜洒扫庭中,露施几筵,设酒脯时果,散香粉于筵上,以祀河鼓、织女。"言此二星神当会,守夜者咸怀私愿。或云见天汉中有奕奕白气,或光耀五色,以为征应,见便拜,得福。

(明万历)《湖广总志》卷三十五《风俗》(明万历十九年刻本)：

七夕:《荆楚岁时记》曰:"七夕,妇人结彩缕,穿七孔针,或以金、银、鍮石为针,陈瓜果于庭中以乞巧。有喜子网于瓜上刚以为得。"

(清嘉庆)《湖北通志》卷二十二《政典·风俗》(清嘉庆九年刻本)：

七月七日为牵牛织女聚会之夜。是夕,人家妇女结彩缕,穿七孔针,陈瓜果于庭中以乞巧。

十堰市

(清乾隆)《郧西县志》卷七《风俗》(清乾隆四十二年刻本)：

七月七夕,妇女陈瓜莱乞巧。

(乾隆)《房县志钞》卷三《杂记·岁时》(清钞本)：

七月七日,妇女为乞巧会。先以豆入竹筒或碗生芽,长尺许,缚草为织女像,包头描画眉目,珠冠霞帔,妆饰如生。祀以瓜果花香,姊妹各严妆咒拜。贮水于盆,捻豆芽映之,其影成花钗、云朵、人物者为得巧。或男子窃窥,则"织女暴"起,以首击之。

按:(清同治)《房县志》卷十一节略修改为:"七夕,妇女为乞巧会。先以豆入竹筒生芽,长尺许,缚草为织女,描画眉目,妆饰如生。祀以瓜果、香花,姊妹行严妆咒拜。置水于盆,捻豆芽映之,其影成花钗、云朵者为得巧。或男子潜窥则有怪风,为'织女暴'云。"

(同治)《郧西县志》卷一《舆地志·风俗琐节》(清同治五年刻本)：

七夕,闺阁以瓜果祀牛女,谓乞巧。

按:(民国)《郧西县志》卷一"七夕"作"七月七日",馀同。

(同治)《郧县志》卷二《舆地志·风俗》(清同治五年刻本)：

七夕为牛女会银河之期。前期,人家幼女用豌豆浸水中,令芽长数寸,以红笺束之,名曰"巧芽"。至是夕,妇女幼稚焚香于庭,献瓜果祷天孙以乞巧。用瓷碗盛水,取芽投之,复于月光下照之,影如彩针、花瓣或似鱼龙游戏,谓之"得巧"。

(同治)《竹山县志》卷七《风俗志》(清同治四年刻本)：

乞巧:七夕,闺中陈瓜果于庭,祭天孙乞巧,向月以五色线穿针。

襄阳市

(同治)《宜城县志》卷一《方舆志·风俗》(清同治五年刻本)：

七夕,闺阁守夜看彩云,设瓜果祀牛女以乞巧。

(清光绪)《光化县志》卷一《风俗》(清光绪十年刻本):

七夕,妇女陈瓜果乞巧。

按:清光化县今属老河口市。

(民国)《枣阳县志》卷五《舆地志·风俗》(民国十二年铅印本):

七夕,女子多于月下穿针以乞巧。

随州市

(同治)《随州志》卷十二《风俗》(清同治八年刻本):

七夕,乞巧。

宜昌市

(康熙)《古今图书集成·历象汇编·岁功典》卷六十五(清雍正铜活字本):

彝陵州:七夕,家家树点荷灯,取荷叶极大者插蒲烛,灌脂其中,燃置竿头,于户外树之。相传秦白起欲夜烧彝陵,望多灯而止,今遂遗为故事。乡人以蒲黄浸香油燃于中庭,谓之"照毛蜡烛"。

按:清彝陵州治今夷陵区。

(乾隆)《东湖县志》卷五《疆域志下·风俗》(清乾隆二十八年刻本):

七夕,取荷叶插蒲烛灌以油,立高竿竖门前,名曰"荷灯"。故老传言,秦白起欲烧夷陵,望火而止,因沿至今。

按:(同治)《续修东湖县志》卷五"夷陵"作"彝陵"。

(清道光)《长阳县志》卷三《风俗志》(清道光二年刻本):

孟秋七日,牛女渡河,妇女乞巧。登楼眺望,见五色采云现为得巧,谓之"看巧云"。

按:(同治)《长阳县志》卷一同。

(同治)《兴山县志》卷一《地理志·风俗》(清同治四年刻本)：

七夕,乞巧。

(同治)《宜昌府志》卷十一《风土志》(清同治五年刻本)：

东湖:七月七夕,取荷叶插蒲烛灌以油,立高竿竖门外,名曰"荷灯"。相传秦白起欲烧夷陵,望见而止,故沿至今。

归州:七月七夕,乞巧。

长阳:七月七夕,乞巧,同。

(同治)《远安县志》卷四《风俗》(清同治五年刻本)：

七夕,妇女陈瓜果乞巧。

(同治)《枝江县志》卷八《学校志上·风俗》(清同治五年刻本)：

七夕,妇女以彩缕穿七孔针,陈瓜于庭以乞巧。有蟢子网瓜上为得巧之验。

(同治)《宜都县志》卷三下《政教·风俗》(清同治五年刻本)：

七夕,儿童摘荷叶缀作灯篝,燃市上,曰"荷灯",照织女渡桥。

(民国)陈大福《宜昌的乞巧节》(《少年》1922年第8期)：

旧历七月七日,俗称乞巧日。到这一天,通城内外,无分贫富,家家都到纸马店买荷花灯。这灯的做法:有红绿纸和竹子做成的,也有用荷叶做成的,种种不一。到了晚上,灯中插蜡烛一枝,燃点起来,给童子上街游玩,到时一点钟后,就将荷花灯放在地上,口中大叫:"放什么的?放灾病呢!"俗说,这灯带回家去,来年必定有大灾。

恩施州

(同治)《宣恩县志》卷九《风土志》(清同治二年刻本)：

七月七日,看云色谓之"看巧云",以天河去来久暂占秋收丰歉。谚云:"天河搭屋脊,家家有饭吃。"

按:(同治)《来凤县志》卷二十八"七月七日"作"七夕",馀同。

(同治)《增修施南府志》卷十《典礼志·风俗》(清同治十年刻本):

　　七夕,看云色,以天河去来久暂,占秋收丰歉。谚云:"天河搭屋脊,家家有饭吃。"

按:(民国)《咸丰县志》卷三同。

《恩施州志》(湖北人民出版社1998年版):

　　乞巧节:农历七月初七为七巧节,又叫七夕节、少女节、女儿节等。这个节日源于古代神话牛郎织女在天河相会的故事。《宣恩县志》载:"七月七日看云色,谓之看巧云。以天河去来久暂占秋收丰歉。谚云:'天河搭屋脊,天天有饭吃。'"这天晚上搭彩楼于庭院称为乞巧楼。年轻妇女和未出阁的姑娘摆香案、设瓜果,穿针引线,乞求智巧。如穿七孔针比赛,先穿完的,称其得了仙女的指点,聪明灵巧。有的地方把这天称为少女节,年轻的姑娘在这天举行"慕仙盛会",捣凤仙花染指甲,用绸带或布带缠腰,打扮得漂漂亮亮的。

荆门市

(乾隆)《荆门州志》卷十一《风俗》(清乾隆十九年刻本):

　　七夕,妇女陈瓜果乞巧。

按:(同治)《荆门直隶州志》卷一同。

(乾隆)《钟祥县志》卷五《风俗》(清乾隆六十年刻本):

　　七夕,妇女陈瓜果,穿针乞巧。

按:(同治)《钟祥县志》卷二同。

荆州市

(清顺治)《江陵志馀》卷十《志时俗》(清顺治七年刻钞本):

　　七夕,《事始》云:楚怀王初置七夕,妇女是日以彩缕穿七孔针,陈瓜果于庭以乞巧,有喜子网瓜上,则以为得也。

按:(乾隆)《江陵县志》卷二十一、(光绪)《江陵县志》卷二十一、(光绪)《荆州府志》卷五"则以为得也"作"为得巧之验"。

(康熙)《荆州府志》卷五《风俗》(清康熙二十四年刻本):

七夕,以彩丝穿七孔针,陈瓜果于庭中以乞巧。有喜子网于瓜上,则以为得巧。俗谓七月七日天孙织日也。

(康熙)《监利县志》卷五《风土志》(清康熙四十一年刻本):

七夕,妇人结彩缕,穿七孔针,陈瓜果于庭中以乞巧。

(康熙)《古今图书集成·历象汇编·岁功典》卷六十五(清雍正铜活字本):

公安县:七夕,治酒,露坐彻夜,谓之"观巧云会"。

(同治)《松滋县志》卷一《舆地志·风俗琐节》(清同治八年刻本):

七夕,闺阁以瓜果祀牛女。

(民国)《沙市志略》卷九《时俗》(民国五年铅印本):

七夕,《岁时记》云:妇人结彩缕,穿七孔针,或以金银玉石为针,陈瓜果于庭中以乞巧。今俗亦变,惟以蜡作婴儿浮水中,谓之"化生"。今化生二字,以名生而育之婴。

孝感市

(清雍正)《应城县志》卷二《风俗志》(清雍正四年刻本):

七夕,《荆楚岁时记》有穿针乞巧事,今略。

(康熙)《古今图书集成·历象汇编·岁功典》卷六十五(清雍正铜活字本):

云梦县:七夕,妇女乞巧。骚人侠士或调吟白雪,或坐拥红妆,觥筹交作,达旦乃休。

(乾隆)《汉阳府志》卷十六《地舆·形势》(清乾隆十二年刻钞本):

孝感县:乞巧。七夕,闺中陈瓜果,祭天孙以乞巧慧。

按:(乾隆)《汉阳县志》省作"七夕,乞巧"。

(同治)《汉川县志》卷六《疆域志·岁时》(清同治十二年刻本):

七夕,闺中陈瓜果,祭天孙以乞巧慧。

(光绪)《孝感县志》卷五《风土·节序》(清光绪九年刻本):

七月七日晚,看巧云,设瓜果,谓"吃巧"。吃者,乞之讹音也,至有以食瓜果为"咬巧"者。重在夕,故曰七夕。北方以重五日为"女儿节",江宁以此日为"女儿节"。是后数日不见鹊,天河亦少隐,俗云鹊顶天河往扬州籴米,归早米贵,归迟米贱。又云为织女驾桥。皆诞语也。然七夕后,鹊顶果秃,不知何故。

(光绪)《应城志》卷一《舆地志·风俗》(清光绪八年蒲阳书院刻本):

七月七日,妇女陈瓜果,穿针乞巧。(《荆楚岁时记》)

按:(光绪)《德安府志》卷三同,不注出处。清德安府治今安陆市。

武汉市

(乾隆)《武昌县志》卷一《方舆志·风俗》(清乾隆二十八年刻本):

其馀七夕斗巧,中元荐亡……一循楚中常例,则又处处皆然,不独武邑有之也。

(乾隆)《江夏县志》卷二《风俗》(清乾隆五十九年刻本):

七夕,俗多食菱,曰"咬巧",讹乞为吃也。

按:(同治)《江夏县志》卷五同。

(同治)《黄陂县志》卷一《天文志·风俗》(清同治十一至十二年刻本):

乞巧:七夕,闺中陈瓜果,祭天孙以乞巧慧。

按:(光绪)《武昌县志》卷三省作"七夕,乞巧"。

(民国)《汉口小志·风俗志》(民国四年铅印本):

七月七日晚,看巧云。设瓜果,谓"吃巧"。吃者,乞之讹音也。至有以食瓜果为咬巧者。重在夕,故曰七夕。是后数日不见鹊,天河亦少隐,俗云为织女驾桥。

(民国)胡朴安《中华全国风俗志》下编(河北人民出版社 1986 年版):

武昌之岁时:七月七日为七巧,俗谓"吃星"。是日户无大小,必纯肉食。为塾师者,生家亦遗以肉。谓有见天门开者,神降求必应,唯不逾三事。谬妄甚矣!

《硚口区志》(武汉出版社 2007 年版):

七月七:农历七月七日,为女儿乞巧之日,称"乞巧节"。乞巧之说,源于牛郎织女鹊桥会的传说。是日晚上,妇女即洒扫庭院,摆酒脯鲜果,向银河膜拜,祈福、祈寿、祈婚姻美满或乞子。初七日又称"香日",妇女多打扮梳妆,晾晒衣服,因织女将打扮后渡天河会牛郎,人间也跟着忙碌仿效。

黄冈市

(明弘治)《黄州府志》卷一《地理·风俗》(明弘治刻本):

七夕,乞巧。古于是夜,民间陈瓜果于庭,儿女罗拜牛女之星以乞巧。次晓,有蛛网于上,得巧。今俗尚然。

(清康熙)《黄安县志》卷七《风俗志》(清康熙三十六年刻本):

七月七日,妇女设茶果于露地乞巧。

按:清黄安县即今红安县。

(乾隆)《英山县志》卷十《风俗》(清乾隆二十一年刻本):

七月七日夜,妇女结彩缕,穿七孔针,陈瓜果于庭,望彩云,谓之乞巧。

按:(民国)《英山县志》卷一"七月七日夜"后增"谓之七夕"一句。

(乾隆)《黄冈县志》卷一《地理志·风俗》(清乾隆五十四年刻本):

七夕,乞巧。

按:(乾隆)《黄梅县志》卷六、(光绪)《黄梅县志》卷六、(光绪)《黄冈县志》卷二、(光绪)《黄州府志》卷三同。

(乾隆)《广济县志》卷十二《杂记·风俗》(黄恺修,陈诗纂,清乾隆五十八年刻本):

七月七日,士大夫家皆晒书。是夕,儿女穿针谓之乞巧。

按:(乾隆)《广济县志》(虞学灏本)卷四作"七夕,乞巧"。清广济县即今武穴市。

(乾隆)《蕲水县志》卷二《地理志·风俗》(清乾隆五十九年刻本):

七夕,家设瓜果、酒肴于庭,[为]乞巧会,谈牛女渡河事。

按:(光绪)《蕲水县志》卷二同。"乞巧会"前原脱"为"字,据他志补。清蕲水县即今浠水县。

(清咸丰)《蕲州志》卷三《地理志·风俗》(清咸丰二年刻本):

七夕,州内各士民设瓜果竞巧,率女罗拜于星月之下,亦昉古乞巧之遗意也。

按:(光绪)《蕲州志》卷三同。清蕲州即会蕲春县。

(光绪)《麻城县志》卷五《方舆志·风俗》(清光绪二年刻本):

七月七日,乞巧。

(光绪)《罗田县志》卷一《地舆志·风俗》(清光绪二年刻本):

七夕,妇女庭设茶果以祀牛女,谓之乞巧。

(光绪)《黄安县志》卷一《地理志·风俗》(清光绪八年刻本):

七月七日,妇女夜设瓜果,相与穿针乞巧。

黄石市

(同治)《大冶县志》卷一《疆域志·风俗》（清同治六年刻本）：

七月七日,供酒果乞巧。

咸宁市

(康熙)《咸宁县志》卷四《节序》（清康熙六年刻本）：

七夕:《荆楚岁时记》曰:"七夕,妇人结采缕,穿七孔针,或以金、银、
鍮石为针,陈瓜果于庭中以乞巧。有喜子网于瓜上刚以为得,今略。
按:(同治)《咸宁县志》卷一同。

(道光)《蒲圻县志》卷四《乡里·风俗》（清道光十六年刻本）：

七夕,牵牛织女会,妇女结彩楼,穿七孔针,陈瓜果于庭中以乞巧。
按:(同治)《蒲圻县志》卷一同。清蒲圻县即今赤壁市。

(同治)《崇阳县志》卷一《疆域志·风土》（清同治五年刻本）：

七月七日,曝书籍、衣裳。是夕,占天汉隐见,卜谷价贵贱。妇女乞
巧于月下穿针。

(同治)《通山县志》卷二《风土志》（清同治七年活字本）：

七月七日,世传为牛女会。是夕,乞巧。

一八、湖南乞巧歌

湖南收录岳阳及怀化市乞巧歌 3 首。

【1949 年前】

请七姐(临湘市)

正月正，百草青，
请七姐，问年成。
一问年成真和假，
二问年成假和真。

正月十五弄花灯，
花灯玩得梭罗转，
梭罗树上打秋千。
金秋千，银秋千，
凡间养女做神仙。

养白猪，宰白羊，
年年请你七姑娘。

七姑娘要来早点来，
莫等到三更子时来。

七根棍哩七根柴，
把得七姐搭桥来。
来得早，生缎袄。
来得迟，破蓑衣。

前门进，穿红鞋，
后门进，穿草鞋。
七双裹脚七双鞋，
把得七姑娘穿起下凡来。

演唱者:陆莲英。搜集者:袁延长。1986 年 4 月采录于忠防镇。
录自中国民间文学集成全国编辑委员会、中国民间文学集成湖南卷编辑委员会编《中国歌
谣集成·湖南卷》(中国 ISBN 中心 1999 年版)。

唱七姐（新晃县）

正月正，
正月请你七姐下凡看龙灯。
七姐要来就快来，
莫在青山背后挨。
青山背后雪雨大，
打湿七姐绣花鞋。

一块柴，二块柴，
拿送七姐架桥来。
一块瓦，二块瓦，
拿送七姐垫脚马。
一杯油，二杯油，
拿送七姐梳油头。

洛阳桥上一蓬菜，
七姐来得快。
洛阳桥上一蓬葱，
七姐来得凶。
洛阳桥上一蓬草，
七姐来得好。

开光了，
一时开光亮堂堂。
一时开光堂堂亮，
你好走过桥洛阳。

录自秋鸿：《新晃侗族生活习俗琐谈》（见贵州省民族研究所编《民族研究参考资料第 22 集·民族风情》，1985 年）。

请七姐(新晃县)

侗族

正月正， 一杯茶，二杯茶，
正月请你七姐下凡看龙灯。 拿送七姐洗白牙。
七姐要来就快来， 一把梳，二把梳，
莫在雪山后面挨。 拿送七姐梳油头。
雪山背后风雪大， 左手梳个盘龙髻，
打湿七姐绣花鞋。 右手梳个菜花头。

一块柴，二块柴， 天门土地拦路你，
拿送七姐搭桥来。 快快打马一路来。
一块瓦，二块瓦， 垱坊土地拦路你，
拿送七姐贴脚马。 手拿钱财买路来。

演唱者：姚本秋。搜集者：张家祯。1963 年 10 月采录于李树乡（现已并入扶罗镇与禾滩镇）。
录自中国民间文学集成全国编辑委员会、中国民间文学集成湖南卷编辑委员会编《中国歌谣集成·湖南卷》。

(清乾隆)《湖南通志》卷四十九《户书·风俗》(清乾隆二十二年刻本)：

　　七夕，有妇女陈瓜果于中庭，穿七孔针以乞巧者。

(清嘉庆)《湖南通志》卷一百七十四《风俗》(清刻本)：

　　七月七日为牵牛织女聚会之夜。是夜，人家妇女结彩缕，穿七孔针，或以金、银、鍮石为针，陈瓜果于庭中以乞巧。有喜子网于瓜上，则以为符应。

按：(清光绪)《湖南通志》卷四十同。

张家界市

(清康熙)《永定卫志》卷二《风俗所尚》(清康熙二十四年刻本)：

　　七夕，看牛女渡河，有女者作乞巧会。

(嘉庆)《永定县志》卷四《风俗志》(清道光三年刻本)：

　　七夕，乞巧，看牛女渡河。

按：(清同治)《续修永定县志》卷六"七夕"作"七月七日"。

湘西州

(清道光)《凤凰厅志》卷七《风俗志》(清道光四年刻本)：

　　七月七日夕，妇女结彩缕，向月穿针，陈瓜果于庭以乞巧。

按：(光绪)《乾州厅志》卷五同。

(光绪)《龙山县志》卷十一《风俗》(清光绪四年刻本)：

　　七月七日看巧云，以天河来去久暂占秋收丰歉。

(民国)《永顺县志》卷六《地理志·风俗》(民国十九年铅印本):

　　七月七日,其夜,谓之七夕,乞巧。晋周处《风土记》谓:"七夕乞巧或乞富、乞寿、乞子,众只可乞一,不得兼求。

常德市

(乾隆)《重修桃源县志》卷六《典礼志·风俗》(清乾隆三年刻本):

　　七夕,瓜果乞巧。

(嘉庆)《常德府志》卷十三《风俗考》(清嘉庆十八年刻本):

　　七月七日为牵牛织女会聚之夜。是夕,人家妇女结彩缕,穿七孔针,或以金、银、鍮石为针,陈瓜果于庭中以乞巧。有蟢子网于瓜上则以为符应(《岁时记》)。

　　按:(光绪)《桃源县志》卷一、(光绪)《龙阳县志》卷四同,惟"会聚"皆作"聚会"。

(嘉庆)《石门县志》卷二十三《风俗》(清道光元年刻本):

　　七夕,设瓜果为乞巧会,妇女于星月下穿针。小儿以凤仙花染指甲。

(同治)《武陵县志》卷七《地理志·风俗》(清同治二年刻本):

　　七月七日,妇女间有乞巧者。

(同治)《直隶澧州志》卷四《舆地志·风俗》(清同治八年刻本):

　　七夕,视天汉明灭,验盐米贵贱。或有陈瓜果乞巧者。

(光绪)《石门县志》卷十一《杂类志·风俗》(清光绪五年刻本):

　　七夕,陈瓜果于庭,儿女对月穿针,曰乞巧,以凤仙花染指甲。

岳阳市

(康熙)《古今图书集成·方舆汇编·职方典》卷一千二百二十三(清雍

正铜活字本)：

　　　岳州府：七夕,妇女穿七孔针以乞巧。士庶观银汉,谓牛女会合也。

(乾隆)《华容县志》卷一《方舆志·风俗》(清乾隆二十五年刻本)：

　　　七夕,乞巧。

(嘉庆)《巴陵县志》卷十四《风俗》(清嘉庆九年刻本)：

　　　七夕,妇女陈瓜果于中庭,穿七孔针以乞巧。

按:清巴陵县即今岳阳县。

(同治)《巴陵县志》卷十一《风土·节序》(清同治十一年刻本)：

　　　七月七日为牵牛织女聚会之夜。是夜,人家妇女结彩缕,穿七孔针,或以金、银、鍮石为针,陈瓜果于庭中以乞巧。有喜子网于瓜上则以为符应。(《岁时记》)

(同治)《平江县志》卷九《地理志·风俗》(清同治十三年刻本)：

　　　七月七日,妇女于月下用彩缕穿针,曰乞巧。

(光绪)《华容县志》卷一《地理志·风土》(清光绪八年刻本)：

　　　七夕,占天河隐见,定来年米价。早见则贵,持剑则贱。杜甫诗："米价问天河"是也。

(光绪)《巴陵县志》卷五十二《杂识二》(清光绪十七年岳州府四县志本)：

　　　七月七日夜,妇女结彩缕,穿七孔针,陈瓜果于庭中以乞巧,有喜子网于瓜上则以为符应。

长沙市

(嘉庆)《长沙县志》卷十四《风土·节序》(清嘉庆二十二年增补本)：

　　　七夕,妇女陈瓜果于中庭,穿七孔针以乞巧。

按:(同治)《长沙县志》卷十六同。

(同治)《浏阳县志》卷八《学校附风俗纪略》(清同治十二年刻本)：

七月七日,曝书,乞巧,犹古俗。

(光绪)《善化县志》卷十六《风土·节序》(清光绪三年刻本)：

七夕,城乡多陈瓜果于庭,向星拜之,谓之"祀星"。犹是乞巧遗意。

按:清善化县今属长沙县。

(民国)《宁乡县志》卷十四《礼教录·风俗》(民国三十年活字本)：

孟秋第七日谓之七日,又谓之良日,亦谓之七夕。七夕,俗传牛女相会,妇女或于月下穿花针,谓之乞巧。又以是日晴雨卜本年婚期晴雨之应。世传七夕织女渡河诣牵牛,其说甚古,古诗曰:"迢迢牵牛星,皎皎河汉女。盈盈一水间,脉脉不得语。"谢惠连有《七夕咏牛女诗》,《续齐谐记》:"世人云,织女嫁牵牛。"《风俗通》:"织女七夕渡河,使鹊为桥。"《岁时杂记》:"七月六日有雨,谓之洗车雨,七日雨曰洒泪雨。乞巧亦自汉有之。"《西京杂记》云:"汉彩女俗以七月七日穿针于开襟楼。"《风土记》:"乞富乞寿,无子乞子,唯得乞一,不得兼求。"《荆楚岁时记》:"七夕,妇结彩缕,穿七孔针,陈瓜果于庭中乞巧。有喜子网于瓜上,则以为得。"《感遇集》:"郭子仪在银州,七夕见美女自天下,拜视之,女笑谓曰:'大富贵,亦寿考。'"《柳宗元集》有《乞巧文》。袁志引《纪历撮要》:"天河出,探米价:四五夜见为速,米贱;八九夜见为迟,米贵。"

湘潭市

(嘉庆)《湘潭县志》卷三十九《风土·风俗》(清嘉庆二十三年刻本)：

七夕,妇女于月下暴水浮针,以卜女工之巧。

怀化市

(乾隆)《沅州府志》卷二十三《风俗》(清乾隆二十三年序刻本)：

七月七日,人家妇女多沐发者。是夕,乞巧间有之。

按:(乾隆)《芷江县志》卷五、(同治)《芷江县志》卷四十四、(同治)《沅州府志》卷十九、(同治)《黔阳县志》卷十七同。

(乾隆)《辰州府志》卷十四《风俗考》(清乾隆三十年刻本)：

　　七夕,妇女结彩缕,向月穿针,陈瓜果于庭以乞巧。

按:(同治)《沅陵县志》卷三十七同。

(乾隆)《靖州志》卷七《风土志》(清乾隆三十一年刻本)：

　　七夕,无乞巧会。惟以是夕牛女渡河,互相竞看。

(道光)《辰溪县志》卷十六《风俗志》(清道光元年刻本)：

　　七夕,妇女携彩缕,向月穿针,陈瓜果于庭以乞巧,间有于将旦时观巧云者。

(光绪)《靖州直隶州志》卷五《学校·风俗》(清光绪五年刻本)：

　　七月七日,乞巧。

《洪江市志》(生活·读书·新知三联书店1994年)：

　　乞巧节:农历七月初七日,为乞巧节。是晚,少妇和姑娘们(也有中老年妇女)在庭院中晒楼上摆设香案,陈列瓜果茶点,焚香秉烛,向银河织女、月中嫦娥乞巧——乞求吉祥。之后,姑娘们比赛穿七孔针、翻线鼓、翻九连环,看谁最心灵福至,在比赛中夺得冠军的姑娘,大家称之为"巧姑娘",坐于上位,敬以瓜果茶点,接受众人的尊崇。

娄底市

(乾隆)《新化县志》卷十四《风俗志》(乾隆二十四年刻本)：

　　七月七日为七夕,俗传牛郎织女渡河相会。是夕,民间结彩于楼,置果酒,妇女穿针乞巧。他处多有之,新邑尚简。

按:(道光)《新化县志》卷十七、(同治)《新化县志》卷七"他处"作"他邑"。

邵阳市

(康熙)《宝庆府志》卷十三《风土志》(清康熙二十三年刻本)：

七月七日，为牵牛织女会聚之夜。是夕，人家妇女结彩缕，穿七孔针，或以金、银、鍮石为针，陈瓜果于庭中以乞巧。有蟢子网于瓜上则以为符应。

按：(康熙)《邵阳县志》卷六同。

(乾隆)《邵阳县志》卷五《风土志》(清乾隆二十九年刻本)：

七月七日，俗传为牵牛织女会聚之夜，是夕，妇女陈瓜果，于夜中结彩缕，穿七孔针，谓之乞巧。有蟢子纲于瓜上则以为符应。

(嘉庆)《邵阳县志》卷四十七《风土志》(清嘉庆二十五年刻本)：

七月七日，俗传为牵牛织女会聚之夜，是夕，妇女陈瓜果于庭中，结彩缕，穿七孔针，谓之乞巧。

按：(道光)《宝庆府志》末卷"庭中"作"夜中"。

(道光)《重辑新宁县志》卷二十九《风俗》(清道光三年刻本)：

七月七日，俗传牵牛织女会聚。是夕，妇女陈瓜果，结彩缕，穿七孔针，谓之乞巧，兼采桃叶濯发。

(同治)《武冈州志》卷二十八《风俗志》(清同治十二年刻本)：

七月七日为七夕，俗传牛郎织女渡河相会之夜。是夕，民间结彩于楼，置果酒，妇女穿七孔针，谓之乞巧。他邑多有之，武冈尚简。

衡阳市

(康熙)《衡州府志》卷八《风土志》(清康熙十年刻二十一年续修本)：

七夕，乞巧之会，衡俗不甚重。但以此后数夜天河隐现定来岁米价，归早米贵，归迟米贱云。

(康熙)《耒阳县志》卷一《风俗》(清康熙五十五年刻本)：

七夕，曝经书，儿女乞巧。

(乾隆)《衡阳县志》卷五《风俗》(清乾隆二十六刻本):

　　七夕,乞巧会俗不重。俗以此夜天河隐现定来岁之米价,早隐则贵,迟隐则贱。大抵因月之明暗,分迟早耳。前月大馀,则月必明。

(乾隆)《衡州府志》卷十八《风俗》(清乾隆二十八年刻清光绪元年补刻本):

　　七夕,妇女穿七孔针,陈瓜果于庭中以乞巧。有蟢子网于瓜上,则以为得巧。

(乾隆)《清泉县志》卷二《地理志·风俗》(清乾隆二十八年刻本):

　　七月初七日为乞巧会,以此夜天河隐现定来岁米价,早现则贵,迟现则贱。
　　按:(同治)《清泉县志》卷五作:"七月七日,乞巧。"

(乾隆)《衡山县志》卷四《疆域·节序》(清乾隆三十九年续刻本):

　　七月七日,为牵牛织女会聚之夜。是夜,人家妇女结彩缕,穿七孔针,或以金、银、鍮石为针,陈瓜果于庭中以乞巧。有蟢子网于瓜上则以为符应。衡亦未必尽然,此古俗也。

(同治)《常宁县志》卷六《风俗》(清同治九年刻本):

　　七夕,陈瓜果于庭,妇女结彩缕,穿七孔针,为乞巧。看天河隐见以占来岁丰歉,甚验。

(光绪)《耒阳县志》卷七之四《风俗》(清光绪十一年刻本):

　　七夕,俗传牛女相会。是夜,天河多晦,以天河出探米价,四五夜见为速,米贱;八九夜见为迟,米贵。

永州市

(康熙)《永州府志》卷二《舆地志·节序》(清康熙九年刻本):

　　七月七日为牵牛织女会聚之夜。是夕,人家妇女结彩缕,穿七孔针,或以金、银、鍮石为针,陈瓜果于庭中以乞巧。有蟢子网于瓜上则以为符应。

按:(康熙)《零陵县志》卷六同。

(康熙)《永明县志》卷二《风土·风俗》(清康熙四十八年刻本):

七月七日巧夕,妇女结彩缕,穿七孔针,陈瓜果于庭以乞巧。有蟢子网瓜上即以为得巧。

按:(光绪)《永明县志》卷十一同。

(康熙)《古今图书集成·历象汇编·岁功典》卷六十五(清雍正铜活字本):

祁阳县:七夕,或见天汉中有奕奕正白气,光耀五色,见者便拜。而愿乞富乞寿及子,唯得乞一不得兼求,三年连求之,颇有受其许者。

新田县:七月七日,晨起,儿童散发以取草露,冀发青长。此日多定婚纳采。又气候七日不宜赴河沐浴,生花瘢。

(乾隆)《祁阳县志》卷四《风俗》(清乾隆三十年刻本):

七夕,男妇穿七孔针,陈瓜果于庭中以乞巧。有蟢子网于瓜果则以为得巧。又以此夜天河隐现定来岁米价,早现则贱,迟现则贵。

按:(同治)《祁阳县志》卷二十二"七夕"作"七日"。

(嘉庆)《道州志》卷十《风土·风俗》(清嘉庆二十五年刻本):

七夕,妇女设瓜果穿针乞巧。

按:(同治)《江华县志》卷十、(光绪)《道州志》卷十同。

(民国)《蓝山县图志》卷十三《礼俗篇》(民国二十二年刻本):

七月七日,乞巧节。士家晒书画,妇女晒衣服,谓可不生虫蚁。

(民国)胡朴安《中华全国风俗志》下编(河北人民出版社1986年版):

宁远岁时记:七月初七日,女孩在新月下穿针乞巧,云以后刺绣,必巧夺天工。

郴州市

(乾隆)《兴宁县志》卷四《风土志》(清乾隆二十四年刻本)：

　　七夕，民间设香案乞巧，士多吟咏。

按：清兴宁县即今资兴市。

(乾隆)《桂阳州志》卷二十七《风土志》(清乾隆三十年刻本)：

　　七夕，乞巧如常。

按：(乾隆)《嘉禾县志》卷十三、(同治)《嘉禾县志》卷十三同。

(民国)《嘉禾县图志》卷十《礼俗篇》(民国二十七年刻本)：

　　七月七日乞巧节，婚嫁定期多用之。

一九、广西乞巧歌

广西收桂林、玉林市乞巧歌 3 首。

桂林市

天上一颗星 (桂林)

天上一颗星，　　　　　　　天上出星星。

地上一个人。　　　　　　　一颗星，两颗星，

地上人点灯，　　　　　　　……

录自苏韶芬、李肇隆:《桂林民俗》(中央文献出版社 2006 年版)。据该书记载,七月七晚上,村里关系好的少女、少妇晚饭后相邀围坐在一起,看牛郎、织女星,比赛一口气谁数的星星多,谁就是胜者。数星星时边念此歌谣边数,既快又要咬字清楚,还要在看星星时织麻、搓线,做针线活,扎袜底。相传看着织女星做手功活,十个手指变得更加灵巧。

玉林市

全国乞巧歌集录

【1949 年前】

请仙歌（玉林）

（唱诗）

玉林某村某某庄，
我是某家姐妹行。
果品名香摆上案，
恭迎仙女到巧坛。

拜请天官第一仙，
我来求巧绣云肩①。
莲花六盒随时变②，
八面长拖比岁前③。

二宫仙女请同来，
拜求指教绣衣裳。
叉飞剪剪成新样④，
掌上花开到处香。

第三仙女求请来，
教我房中绣花鞋。
三寸金莲微步巧，

轻轻道看百花开⑤，

拜请天仙第四神，
又来指教绣罗裙。
联成百褶真奇巧，
好似风吹织水纹。

天仙第五又当迎，
乞巧真心一点诚。
万望百般多指教，
绣花刺草各分明。

乞巧来迎第六宫，
金炉香在水皿中⑥。
今宵拜乞仙女巧，
回到深房作巧工。

七宫仙女一齐来，

银烛双烧列上台。　　　仙女赐巧本应该。

姐妹同同垂手拜，

① 云肩:古代青年女子的装饰性披肩。　② 莲花:把果品摆成莲花形。六:泛指多数。随时变:随时改变果品花样。　③ 八面长拖:一种席面菜肴的搭配格式。比岁前:比过新年还隆重。　④ 叉飞剪剪:形容裁剪时剪刀飞舞的样子。　⑤ 轻轻道看:细心观看。
⑥ 水皿:供求巧女子月下照脸用。

送仙歌(玉林)

(唱诗)

七月初七请仙人，　　　教我飘梭会织布，

七宫仙女下凡尘。　　　飘梭织布快如云。

就请洞人七姐妹，

洞人教我果然真。　　　教我描龙又绣凤，

　　　　　　　　　　　针黹工夫不问人。

教我诗书和识字，　　　爷娘养我随父旨，

诗书识字记在心。　　　我求七姐解娘①心。

演唱者:梁桂芳。搜集者:罗秀兴,梁书,唐懋洁,冯雅初,范远贵,李承昆,牟甲沂。1982年7月8日采录于福绵福沙村。
附记:桂东南农村,每年农历七月初七晚,妇女在庭院设祭坛,摆瓜果,于月下祭拜七姐。未婚女子在已婚妇女的指教下穿针引线,乞求智巧。《求巧歌》便是妇女在拜月、做针线时所唱的歌。按"求巧"的程序。歌词分请仙歌(请求七宫神女下凡赐巧)和送仙歌(送七仙女返宫)两大部分,但求巧者也可据需要临时增减。
以上二首录自中国民间文学集成全国编辑委员会,中国歌谣集成广西卷编辑委员会编《中国歌谣集成·广西卷》(中国社会科学出版社1992年版)。又见于罗秀兴主编《广西民间文学作品精选·玉林市卷》(广西民族出版社1991年版)。陈泳超主编《中国牛郎织女传说·民间文学卷》据《中国民间文学集成·广西卷·玉林市歌谣集》收录者同。
① 娘:求巧好自称。

附：广西七夕节俗文献

(清雍正)《广西通志》卷三十二《风俗》(清文渊阁四库全书本)：

　　七月七日，乞巧。

《广西通志·民俗志》(广西人民出版社1992年版)：

　　七夕：农历七月七日为七夕节，原流行于汉族民间，明代以后，广西各少数民族始有过七夕节的习俗。因其节日的主要活动是围绕妇女的乞巧进行的，故又称为"女儿节""乞巧节"。广西民间有七夕储藏"七水"之俗，故也称为"七水节"或"凉水节"。民间的七夕活动，其形式和内容与牛郎织女七夕银河相会的传说有关。

　　七夕，妇女向织女乞求智巧，故谓乞巧。建国前，七夕乞巧普遍流行于民间，建国后尚存其遗风。乞巧的方法有六种：一是"祭巧"，即祭拜织女，在南宁、邕宁等地称"拜七姐"，合浦等地称"拜七仙女"，都安等地称"拜七姑娘"。祭巧在七夕晚上进行。当七夕月亮升空，群星闪灼时刻，妇女特别是未婚青年女子便在庭院设供桌，摆设番桃、香蕉、石榴、龙眼等果品和剪刀、尺子、针线等女红器物，焚香祭拜织女，虔诚者终夜不眠，以求织女"赐巧"。二是"摆巧"，流行于桂林等地，多见于小康以上人家。初六或初七晚，年青闺秀们邀集于大户庭院，将她们精心缝绣的女红佳品摆列在大桌之上，供人们欣赏和褒贬。陈列品有衣裙、鞋袜、帐被、"鹊桥"等。其中"鹊桥"的精巧最令人赞叹。"鹊桥"用细铜丝穿串瓜仁和白芝麻而成，将其架在"银河"布景之上，其巧思和耐性可谓良苦。三是"赛巧"，即妇女比赛聪明智巧，以穿针赛巧最为普遍。七夕晚，姑娘们聚集于月下穿针引线，以穿得最多最快者为胜。在桂平等地，七夕又称"斗巧节"。七夕除穿针赛巧外，还有掐粉团赛巧一法。姑娘们以粉(或面)团掐喜鹊、玉兔、仙桃、莲花等形象，以生动逼真者胜。四是"穿巧"，幼女多选择七夕日穿耳戴环，以求日后聪明智巧。五是"听巧"，兴安等地，妇女于七夕深夜提一桶清水到后门或葡萄架下，屏息静听,如能"听到"牛郎织女的情话或哭泣声,就是有缘份得巧。六是"卜巧",南宁、邕宁等地,有"泡苗卜巧"的习俗。在七夕前十天左右,用水浸泡稻谷使其发芽,至七夕,观察稻芽粗细以断姑娘笨巧,如稻芽细长如针,则兆得巧;如粗短如椎,兆笨苗。

储藏"七水"的习俗,建国前普遍流行于广西各地。"七水"又名"双七水""银河水""巧水""圣水"。据民间传说,七夕日仙女下凡人间,洗澡于江河,因而这天的水特别清洁甘甜并有神奇功效。人们于七夕挑回"七水",储存在干净的水缸坛罐中,以供一年内特殊之用。民国时期,百色挑"七水"习俗最盛。胡朴安《中华全国风俗志》载:"阴历七月初七日,百色县之人民谓是日寅、卯未通光之前,仙姬下河沐浴,此日天水之味,较平时格外清洌甘爽,可以治病长寿。因此人人皆分外早起,争往河中取水,竟有全夜不睡者。三更以后,街市中即有人行走之声与水桶之声,迨至天明,满街水湿淋淋,如下雨一般。所取之水,以净瓮盛之,以待逐日之用。"习俗认为,"七水"有神效。用来染布,布发亮并永不褪色。用来制醋,醋清酸爽口,可长期保存而不变质,名为"七醋"。建国前副食商店多以"七醋"之名出售酸醋。用来酿酒,酒味香醇,可作保健饮料,名为"长寿酒"。用来洗发,发黑亮并不脱落。建国前,靖西等地的壮族妇女于七夕日喜欢下河洗发。建国后,七夕储存"七水"的习俗已不多见,或偶然见于个别地区,也只是出于人们的习惯,而不是相信"七水"具有什么神效。

百色市

(民国)胡朴安《中华全国风俗志》下编(河北人民出版社 1986 年版):

百色之七夕节:阴历七月初七日,百色县之人民谓是日寅、卯未通光之前,仙姬下河沐浴,此日天水之味,较平时格外清洌甘爽,可以治病长寿。因此人人皆分外早起,争往河中取水,竟有全夜不睡者。三更以后,街市中即有人行走之声及水桶之声,迨至天明,满街水湿淋淋,如下雨一般。所取之水,以净瓮盛之,以待逐月之用。七夕节,百色称为双七节,是日所汲之水称为双七水。

河池市

(清乾隆)《庆远府志》卷一下《舆地志下·风俗》(清乾隆十九刻本)：

> 七月七日,乞巧。

按:清庆远府治今宜州区。

(民国)《宜北县志》第二编《风俗》(民国二十六年铅印本)：

> 七月初七日为七夕节。迎接祖神,每家宰鸭、焚香、点烛,供祭祖先灵座。

桂林市

(清康熙)《灌阳县志》卷九《事纪志·岁时》(清康熙四十七年刻本)：

> 七夕,士人于是日晒书籍及衣服,取水以造酱醋。至夜,亦有陈瓜果以乞巧者。

(清光绪)《临桂县志》卷八《舆地志二·风俗》(清光绪三十一年刻本)：

> 七月七日,乞巧。

(民国)《全县志编》第二编《社会·风俗》(民国二十四年铅印本)：

> 七夕为牛女会,幼女多于是日穿耳。

按:全县即今全州县。

柳州市

(乾隆)《柳州府志》卷十一《风俗》(清乾隆二十九年刻本)：

> 七月七日,设瓜果祀牛女,名曰乞巧。此在府城中则有之,亦柳子之遗风与? 至乡村则懵然罔觉矣。

(民国)《榴江县志》第二篇《社会·风俗》(民国二十六年铅印本)：

> 七夕为乞巧节。

按:民国榴江县今属鹿寨县。

《柳州市志》第 7 卷(广西人民出版社 2003 年版):

　　乞巧节:农历七月初七夜,相传为牛郎、织女渡鹊桥,一年一度相会之夕,名为七夕。年轻妇女将自己所精制的刺绣、编结等工艺品陈列出来,共邀女伴互为评比。又在月下比赛穿针,看谁手巧,穿得快,穿得准,故称乞巧节。此俗清代盛行,民国中期逐渐减少,今已不兴。民间传说,七夕人间的水,是从天上银河来,无毒无臭。一些人家洗净坛、缸,半夜到河边汲水储存,说是饮用七夕水能治病。又相传,七夕制醋,其质最好,不起白霉,不生虫,经久藏,味最酸,称为"七醋"。

贺州市

(民国)《信都县志》卷二《社会·风俗》(民国二十五年铅印本):

　　七夕,女郎设瓜果于后庭拜牛女星,名乞巧。(《府志》)七夕,女郎穿针月下以乞巧。是日,取河水或井水贮瓮,经久不变味,谓之"银河水"。按:民国信都县即今信都镇。

梧州市

(乾隆)《梧州府志》卷三《舆地志·风俗》(清乾隆三十九年刻本):

　　七月七日夕,设瓜果祀牛女,名曰乞巧。

(清同治)《苍梧县志》卷五《风土志》(清同治十三年刻本):

　　七夕,女郎设瓜果于后庭拜牛女星,名乞巧。(《府志》)七夕,女郎穿针月下以乞巧。是日,取河水或井水贮瓮,经久不变味,谓之"银河水"。(《采访册》)

(同治)《藤县志》卷五《舆地志·风俗》(清光绪三十四年铅印本):

　　七月七日,晒书籍。是夕,设瓜果祀牛女,名曰乞巧。

贵港市

(乾隆)《桂平县志》卷一《风俗》(清乾隆三十三年刻本):

七夕,列酒果于庭,拜日姑神祈福。乡之妇人,用锣盆置米其中,请朱氏姑,妇人两旁挟箕,其箕自动画在米中,占验一家吉凶。按:此即异苑迎紫姑神之法。

(民国)《贵县志》卷二《社会·节令》(民国二十四年铅印本):

七夕,女子备酒果祀牛女星以乞巧。(李《志》)汲河水贮藏瓮中,名曰七月七水,中热毒者每以之调药。(据梁《志》修)

南宁市

(明嘉靖)《南宁府志》卷一《地里志·风俗》(明嘉靖四十三年刻本):

七夕,乞巧。

(清乾隆)《太平府志》卷五《地里志·风俗》(清乾隆二十三年刻本):

七夕,日中,家各晒衣及书。其夜儿女设瓜果拜于庭,俟云物乞巧。

(清咸丰)《南宁县志》卷一《地理·风俗》(清咸丰二年钞本):

七夕,妇女穿针乞巧,[陈]瓜果祀织女星。

(光绪)《横州志》卷一《气运志·风俗》(清光绪二十五年刻本):

七夕,陈瓜果以乞巧。

《南宁市志·综合卷》(广西人民出版社1998年):

七月初七是乞巧节。南宁汉族人称为拜七姐,是妇女(主要是未婚少女)们的节日。入夜,妇女们结伴盛陈柚子、番桃、石榴、龙眼等果品以及线、针、剪、尺等物品于桌上,摆放庭院中,静拜七姐(即织女),并在暗中穿针乞巧。解放以前,南宁平时无花市,到了初七早上,就有了临时花市。临时花市位于鸡行头(即今解放路尾),后迁新西门半边街(即今新华街与西关路交界处)。这天是牛郎织女一年一度的鹊桥相会,七姐下河洗澡,认为河水能治百病。所以,人们于乞巧节这一天的黎明前,去河边挑一担水回来,称其水为"七水"。据说这水可以永久保存,不会变质;用以洗澡,可去百病。

崇左市

(光绪)《新宁州志》卷二《舆地志·风俗》(清光绪五年刻本):

　　七夕,陈瓜果以乞巧。

按:清新宁州今属扶绥县。

钦州市

(清道光)《钦州志》卷一《舆地志·风俗》(清道光十四年刻本):

　　七月七日,汲井华水贮之,以备酒浆,曰"圣水",久贮不生虫。女子具酒果向月乞巧。

玉林市

(光绪)《北流县志》卷九《风俗》(清光绪六年刻本):

　　七月初七夜,妇女登楼拜双星乞巧,陈设花果,多有用芝麻作成供馔及器皿等物,备极工巧,穿针相赛。又取河水瓮储,名为"胜水",可浴疮疥,作醋尤佳。

北海市

(道光)《廉州府志》卷四《舆地·风俗》(清道光十三刻本):

　　七月七日,曝衣、书。汲井华水贮之以备酒浆,曰"圣水"。小儿女以花果作供乞巧。

按:清廉州府治今合浦县。

《合浦县志》(广西人民出版社 1994 年版):

　　乞巧节:农历七月初七日。是日家家用瓮盛清水(也有放入冬瓜的)晚上置于空地,凌晨即将清水封存,久藏不腐,用于调药,俗称七月七水。是夜廉州阜民南路一带,家家户户在门前摆设花卉盆景,供人观赏。妇女于月上柳梢时,以果品祭七仙女,穿乞巧针。解放后,除少数群众仍按习俗盛清水入瓮之外,乞巧节已渐废除。

二〇、云南、贵州乞巧歌

本部分收录云南大理州、贵州遵义市有关之乞巧歌 3 首。

明朱曰藩《滇南七夕歌三首》序言,滇南"每岁七夕前半月,人家女郎年十二三以上者……连臂踏歌,乞巧于天孙,词甚哀惋"。这里说的乞巧女儿的年龄特征和唱乞巧歌的姿态,乞巧歌的情调同今陇南一带的完全一样,而且也和西汉时代宫廷中流行的乞巧歌一样。《西京杂记》卷三言汉初内宫在七月初一"共入灵女庙,以豚黍乐神,吹笛击筑,歌《上灵》之曲,既而相与连臂踏地为节,歌《赤凤皇来》"。看来云南的乞巧民俗很可能是由北方到云南的人群所带去,其传播过程很值得研究。云南昆明、江川、南强街等都有极热闹的七夕风俗,白族、佤族也都很重视七夕节。

星宿调（大理南涧县）

什么星出独自个？
什么星出姊妹多？
过天星出独自个，
七星出来姊妹多。

什么星宿娘家去？
什么星宿紧跟着？
织女星宿娘家去，
牛郎星宿紧跟着。

跟着何人红了脸？
取下何物画成河？
跟着织女红了脸，
取下金钗画成河。

哪位隔在河东座？
哪位隔在河西坡？
织女隔在河东座，
牛郎隔在河西坡。

哪年哪月会一面？
是言是语合不合？
七月七日会一面，
是要言合意也合。

天河上面几个湾？
几个湾来几个塘？
天河上面九个湾，
九个湾来九个塘。

一个塘子几棵树？
多少树木在中间？
一个塘子两棵树，
二九树木在中间。

几棵树上结桃子？
几棵甜来几棵酸？
棵棵树上结桃子，
九棵甜来九棵酸。

是谁把旨传下来？　　哪位盗贼把桃偷？

是谁把守那桃园？　　后来怎样作制裁？

玉皇把旨传下来，　　孙弼猴盗把桃偷，

七个星女守桃园。　　八卦炉中作制裁。

演唱者：（彝族）李春文。搜集者：左家禄。

录自邓承礼编选《大理白族自治州民间文学集成资料·南涧民间文学选（第一集）》（南涧县民间文学集成办公室，1985 年）。陈泳超主编《中国牛郎织女传说·民间文学卷》据以收录。

请七姑娘 (遵义绥阳县)

七姑娘，请你来，
不要在阴山背后挨。
阴山背后露水大，
打湿你的绣花鞋。

一块柴，两块柴，
拿给七姑铺路来。
一块瓦，两块瓦，
拿给七姑搭偏厦。
一块砖，两块砖，
拿给七姑把楼安。

一杯油，二杯油，
牵给七姑梳光头。
一碗水，两碗水，
拿给七姑去嗽嘴。

路上一棵棕，
七姑娘来得凶。
桥上一根草，
七姑娘来得早。
园子一窝菜，
七姑娘来得快。

演唱者：詹朝珍。搜集者：李兰。1987 年 4 月采录于上坪乡(现郑场镇上坪村)。
录自遵义地区文化局、遵义地区文艺《集成·志书》编辑部编《中国歌谣集成·贵州遵义地区卷》(贵州人民出版社 1993 年版)。

送七姑娘（遵义余庆县）

一送神来一送神，
千兵万马一路行。
门神二将你让路，
要送七姑娘转回程。

二送神来二送神，
千兵万马送出门。
屋檐童子你让路，
要送七姑娘转回程。

三送神来三送神，
千军万马送出门。
桥梁土地你让路，
要送七姑娘转回程。

四送神来四送神，
千军万马送出门。
把坳土地你让路，
要送七姑娘转回程。

五送神来五送神，
千兵万马送出门。
山王土地你让路，
要送七姑娘转回程。

六送神来六送神，
千兵万马进出门。
玉皇大帝你开门，
我送七姑娘还天庭。

演唱者：王正英。搜集者：杨静，罗旭。1987 年 4 月搜集于松烟区（现松烟镇）。
录自遵义地区文化局、遵义地区文艺《集成·志书》编辑部编《中国歌谣集成·贵州遵义地区卷》。

(明隆庆)《云南通志》卷一《地理志·风俗》(民国二十三年铅印本)：

　　七夕，妇女陈瓜乞巧。

按：(明万历)《云南通志》卷一同。(明天启)《滇志》卷三"陈瓜"作"穿针"。

(明)谢肇淛《滇略》卷四《俗略》(文渊阁四库全书本)：

　　节令礼仪大率与中土类，若元旦更桃符贺岁……七夕乞巧……此皆列郡之所同者，惟夷俗稍异耳。

(清康熙)《云南通志》卷七《风俗》(清康熙三十年刻本)：

　　七夕，妇女穿针乞巧，以瓜果祀织女星。

按：(清乾隆)《云南通志》卷八同。

(乾隆)《滇黔志略》卷七《风俗》(清乾隆二十八年刻本)：

　　七月七夕，女人设瓜果乞巧。

昭通市

(清嘉庆)《永善县志略》卷一《风俗》(清嘉庆八年修钞本)：

　　七月七，乞巧。

曲靖市

(康熙)《罗平州志》卷一《天文志·岁时》(清康熙五十七年刻本)：

　　七夕，妇女设蔬果于庭以乞巧。

按：(民国)《罗平县志》卷一同。

(康熙)《平彝县志》卷三《地理志·风俗》(清康熙四十四年刻本)：

七夕,妇女穿针乞巧。

按:清平彝县即今富源县。

(清雍正)《马龙州志》卷三《地理·风俗》(清雍正元年刻本):

七夕,妇女穿针乞巧,以瓜果祀织女。

按:(民国)《续修马龙县志》卷三同。

(乾隆)《陆凉州志》卷二《风俗》(民国二十六年刻本):

七夕,女子穿针,设瓜、醘醢,祭天孙女乞巧。

按:(民国)《陆良县志稿》卷一同。

(乾隆)《沾益州志》卷二《风俗》(清乾隆三十五年刻本):

七夕,妇女设花果,罗拜织女星,穿针乞巧。或以针浮水中验其影。

按:(清光绪)《沾益州志》卷二同。

(清道光)《宣威州志》卷二《风俗》(钞本):

七夕,穿针乞巧。

(民国)《宣威县志稿》卷八《民族志·岁时琐记》(民国二十三年铅印本):

七夕,妇女穿针乞巧,以瓜果祀织女星。

昆明市

(康熙)《云南府志》卷二《地理志·风俗》(清康熙刻本):

七夕,妇女穿针乞巧,以瓜果祀织女星。

按:(乾隆)《宜良县志》卷一、(道光)《昆明县志》卷二、(民国)《宜良县志》卷二同。

(康熙)《安宁州志》卷八《风俗志》(清康熙三十七年刻本):

乞巧、赏月、登高……诸俗率同他郡,毋庸琐书。

按:(雍正)《安宁州志》卷八同。

(康熙)《嵩明州志》卷二《地理志·风俗所尚》（清康熙五十九年刻本）：

七夕，妇女穿针乞巧。

按：(乾隆)《晋宁州志》卷八、(道光)《晋宁州志》卷三、(光绪)《续修嵩明州志》卷二同。清晋宁州即今晋宁区。

(雍正)《呈贡县志》卷一《风俗》（清雍正三年刻本）：

七夕，妇女乞巧。

按：(光绪)《呈贡县志》卷五同。

(道光)《昆阳州志》卷五《地理志·风俗》（清道光十九年刻本）：

七月七日，妇女穿针乞巧，以瓜果祀织女。

按：清昆阳州今属晋宁区。

(民国)《禄劝县志》卷三《风土志》（民国十四年铅印本）：

七月初七日，学界祀魁星。是夕为七夕，妇女穿针乞巧，以瓜果祀织女星。

楚雄州

(康熙)《黑盐井志》卷一《风俗》（清康熙四十九年刻本）：

七夕，妇女穿针乞巧，以瓜果祀织女星。

按：(康熙)《楚雄府志》卷一同。(光绪)《镇南州志略》卷二省作："七夕，乞巧。"清黑盐井今属禄丰县。

(康熙)《姚州志》卷一《风俗》（清康熙五十二年刻本）：

七夕，妇女穿针乞巧。

按：(光绪)《姚州志》卷一、(民国)《姚安县志》卷五十三、(民国)《盐丰县志》卷十二同。清姚州即今姚安县，民国盐丰县今属大姚县。

(雍正)《白盐井志》卷一《天文志·风俗》（清雍正八年刻本）：

七月七日，妇女穿针乞巧。

按:(乾隆)《白盐井志》卷一同。清白盐井今属大姚县。

(嘉庆)《楚雄县志》卷一《岁时》(清嘉庆二十三年刻本):

　　七夕,陈瓜果祀织女星,漂针乞巧。

按:(光绪)《镇南州志略》卷二省作"七夕,乞巧"。清镇南州即今南华县。

(清宣统)《楚雄县志》卷二《地理述辑·风俗》(清宣统二年钞本):

　　七月七日,乞巧,接祖。

(民国)《楚雄县志》卷四《故实略·谣俗篇》(民国十八年铅印本):

　　孟秋七月:七日,曝洗,云曝干而濯洁。是夕,闺人以茜鸡作乞巧会。

丽江市

(乾隆)《永北府志》卷六《风俗》(清乾隆三十年刻本):

　　七夕,陈瓜果于庭,穿针乞巧。

按:(光绪)《续修永北直隶厅志》卷二同。清永北府治今永胜县。

大理州

(清咸丰)《邓川州志》卷四《风土志》(清咸丰四年刻本):

　　七夕,妇女以针漂盂中,就灯视影媸妍,比诸乞巧。

按:清邓川州今属洱源县。

(光绪)《浪穹县志略》卷二《地理志·风俗》(清光绪二十八年修民国元年重刻本):

　　七夕,以盂贮水,取细针漂之,借月光映下以觇巧拙。

按:(光绪)《鹤庆州志》卷五"七夕"作"七月七日"。清浪穹县即今洱源县。

(民国)《大理县志稿》卷六《社交部·社会教育》(民国五年铅字重印本):

　　初七日即七夕,午间,妇女以盂贮水置日光下晒热,以细针漂水面,验其影之变化以觇巧拙。

(民国)《蒙化县志稿》卷十六《人和部·人类志》(民国八年铅印本):

　　七夕乞巧、中元祀先、中秋赏月等俗与通省同,且与通国无异。

按:民国蒙化县今分属巍山县与南涧县。

保山市

(乾隆)《腾越州志》卷三《山水·风俗》(清光绪二十三年重刻本):

　　七夕,乞巧,以瓜果祀织女星。

(光绪)《腾越厅志稿》卷三《地舆志·风俗》(清光绪十三年刻本):

　　七夕,以瓜果祭织女星乞巧。

临沧市

(雍正)《顺宁府志》卷九《风俗》(清雍正四年刻本):

　　七夕为穿针节,惟大姓有闺秀者作。

按:(光绪)《顺宁府志》卷五《地理志·风俗》(清光绪刻本)同。清顺宁府治今凤庆县。

普洱市

(道光)《普洱府志》卷九《风俗》(清咸丰元年刻本):

　　七月七夕,女子于月下穿针乞巧,祀织女。

按:(光绪)《普洱府志稿》卷八"织女"后有"星"字,馀同。(民国)《景东县志稿》卷二同。

(道光)《威远厅志》卷三《风俗》(清道光十七年刻本):

　　七夕,妇女穿针乞巧,以瓜果祀织女星。

按:清威远厅即今景谷县。

玉溪市

(康熙)《通海县志》卷三《天文志·岁时》(清康熙三十年刻本):

七夕,女人设瓜果乞巧,庭除。

(康熙)《重修澄江府志》卷十《风俗》(清康熙五十八年刻本):

江川县:七夕,妇女穿针乞巧。

按:(道光)《重修澄江府志》卷十同。

(乾隆)《新兴州志》卷三《地理·风俗》(清乾隆十五年增刻本):

七夕,妇女穿针乞巧,以瓜果祀织女。

按:清新兴州即今玉溪市。

(宣统)《宁州志·风俗》(民国五年铅印本):

七夕,乞巧织女星,儿女于月下穿针或浮针于水视其影。

按:(宣统)《黎县旧志·风俗》同。民国黎县即今华宁县。

(民国)《元江志稿》卷十一《教育志·通俗教育·节序通俗》(民国十一年铅印本):

七月初七日为乞巧日,妇女以盂贮水置日光下,候热以细针漂水面,视影之变化,以觇其巧拙。是夕,以瓜果礼织女。

(民国)《续修玉溪县志》卷六《风俗》(民国二十年石印本):

七夕,妇女月下穿针乞巧,以瓜果祀织女。旧《志》:文人祀魁星以乞灵,城乡学堂皆然,清末停科举,此祀顿熄。

红河州

(康熙)《建水州志》卷六《风俗志》(清康熙刻本):

七夕,女子穿针,设瓜果、醯醢,祭天孙织女以乞巧。

按:(雍正)《建水州志》卷二末二句作"设瓜醯醢,祭天孙女乞巧"。

(雍正)《阿迷州志》卷十《风俗》(清康熙抄本):

七月七日,祀魁神。日午,妇女穿针乞巧。

按:明阿迷州即今开远市。

(乾隆)《弥勒州志》卷八《风俗》(清乾隆四年刻本):

七夕,妇女穿针乞巧,以瓜果祀织女星。

(乾隆)《石屏州志》卷一《天文志·岁时》(清乾隆二十四年刻本):

七夕,女人设瓜果乞巧。

按:(民国)《石屏县志》卷一"七夕"作"七日"。

(民国)《续修建水县志稿》卷二《风俗》(民国九年铅印本):

七月七日,妇女结彩缕,对月穿针,陈瓜果于庭中乞巧。以喜子贮盒内视结网之疏密以为符应。

《石屏县志》(云南人民出版社1990年版):

七夕:又称乞巧,旧历七月初七日晚,女人设瓜果乞巧,1950年后渐废。节日来源于古代牛郎织女在天河相会的传说。

文山州

(道光)《开化府志》卷九《风俗》(清道光九年刻本):

七月七日,妇女穿针乞巧。

按:清开化府即今文山州。

(民国)《马关县志》卷二《风俗志》(民国二十一年石印本):

七月七日为乞巧节,妇女以盆水置日中晒热,以细针浮水面验其影之变化,以觇人之巧拙。

按:影,原误作"彩"。

附：贵州七夕节俗文献

(民国)《贵州通志·风土志》(民国三十七年铅印本)：

安顺府：七夕，牛女渡河，妇女以瓜果祀织女，名曰乞巧。

普安直隶厅：七月七日，祀魁星。童稚以凤仙花捣烂，染红指甲。妇女陈瓜果、香花，供女郎织女，于月下乞巧。

大定府：七月七日，乞巧。

遵义市

(清道光)《仁怀直隶厅志》卷十四《风俗志》(清道光二十一年刻本)：

七月七日，乞巧。

按：(清光绪)《增修仁怀厅志》卷六同。又卷六《集备考》：孟秋之月，……初七日为道德腊，乞巧，降王母九皇灯，穿针渡织女。清仁怀直隶厅即今赤水市。

(光绪)《续修正安州志》卷六《风教志·风俗》(清光绪三年刻本)：

七月七日，妇女捉蜘蛛贮于盏，覆以杯。既夕，启杯拭洁，仍覆之，置诸天井，正容焚香，肃拜织女，卜一年利吉。移时启视，吉者蛛网满器，作诸巧形，否则空空，名乞巧。

毕节市

(光绪)《毕节县志稿》卷八《风土志》(清光绪五年刻本)：

七月七日，设瓜果，祀天孙。小儿竞穿针以乞巧。

铜仁市

(民国)《石阡县志》卷十《风土志》(油印本)：

七月七日，妇女穿乞巧针。

黔东南州

(乾隆)《开泰县志》卷九《风俗志·岁时》(清乾隆十七年刻本)：

七月，(七日，作魁神会，祀魁神。罕有乞巧祀牛女者。)

按：(乾隆)《镇远府志》同。清开泰县即今锦屏县。

(民国)《麻江县志》卷五《地理志·风俗》(民国二十七年铅印本)：

寻娱乐而有唱花灯放七姑等事：至七月七夕后，有少年中父母皆存者以女装演七姑，令月下坐二少年，执簸箕扇之，至身手冷，突起哭。善歌者以香纸开咽喉歌以引之，姑因互歌至夜静，力者抱其姑身，擗踊即醒。又有放地牯牛者，神至牛扒起触物保护之时，防其误触受伤，令力者厚裹其头与牛接触，亦觉猛不可当，笑尽一夜之乐，至十五夜止。此俗虽不周于闾巷，亦县中恒见者也。

(民国)《剑河县志》卷七《民政志·礼俗》(油印本)：

七夕，各家妇女置水镜穿针线，号为乞巧。

黔南州

(清嘉庆)《桑梓述闻》卷三《典法志·风俗》(1963 年贵州省图书馆据光绪三十四年刻本油印本)：

七月七日，女子以酒果祀织女乞巧，惟士人家有之。亦有曝书及衣服者。

按：(光绪)《平越直隶州志》卷五省“服”字。清平越直隶州即今福泉市。

(民国)《瓮安县志》卷九《户口附风俗》(民国二年铅印本)：

七月七夜，闺中妇女以酒果祀织女乞巧。方新月微明，以盂盛水，浮花针于水面，视其影现何状以征得巧否。所现之影有如竹节及折扇种种，不可方物，他日为之，则无影，且针多沉水，不可解也。

安顺市

(道光)《永宁州志》卷十《风土志》(清道光十七年刻本)：

　　七夕，牛女渡河，妇女以瓜果祀织女，名曰乞巧。又以天河隐见卜年岁之丰歉。

　　又卷二《天文志》：七月初七日，占河影。七日见则谷贱，七日不见则谷贵，故云："天河盖屋脊，家家有饭吃。"

(道光)《安平县志》卷五《风土志》(油印本)：

　　七月七日，牛女渡河，女人以瓜果祀织女，名曰乞巧。又以天河隐见卜年岁之丰歉。

　　又卷一《天文志》：七月初七日，占河影。七日见则谷贱，七日不见则谷贵，故云："天河盖屋脊，家家有饭吃。"

按：清安平县即今平坝区。

(清咸丰)《安顺府志》卷十五《地理志·风俗》(清咸丰元年刻本)：

　　七夕，牛女渡河，妇女以瓜果祀织女，名曰乞巧。

(光绪)《镇宁州志》卷五《风教·土俗》(清光绪钞本)：

　　七月初七日夜为七夕。是夜，妇女于月光下穿针乞巧。

(民国)《平坝县志》卷二《民生志·岁时伏腊》(民国二十一年铅印本)：

　　七月七日夜，相传织女渡河会牛郎，一度闺中以瓜果祖之，名曰乞巧。

黔西南州

(乾隆)《黔西州志》卷二《地理·风俗》(清乾隆九年修钞本)：

　　七月七日，乞巧。

按：(嘉庆)《黔西州志》卷二同。

（光绪）《普安直隶厅志》卷四《地理·风俗》（清光绪十五年刻本）：

七月七日，祀魁星。童稚以凤仙捣烂染指甲。妇女陈瓜果、香花供牛郎织女于月下，以针穿之，谓之乞巧。

二一、地点不明乞巧歌

以下是从一些书中和网站上所收集到的乞巧歌,产生地不明,另为一类,共10首。

巧芽芽,乞巧来

巧芽芽,乞巧来,　　　　　请我七姐洗白牙。
年年有个七月七。

　　　　　　　　　　　　一碗油,两碗油,
一碗水,两碗水,　　　　　请我七姐梳光头。
请我七姐洗白腿。　　　　　一块砖,两块砖,
一碗茶,两碗茶,　　　　　送我七姐上西天。

录自江林:《闾里奇葩——故事与歌谣》(辽海出版社 1998 年版)。

乞爹娘千百岁

乞手巧,乞容貌。　　　　　乞姐妹亲骨肉,
乞心慧,乞婚配。　　　　　乞爹娘千百岁。

录自徐宏志:《每逢佳节倍思亲——传统节日》(辽海出版社 2001 年版)。

七七掐巧

七七掐巧,面盆摆好,　　七七掐巧,月光正好,
投针看影,看你巧不巧。　　娘娘来早,把你变巧。

录自孙建秋、孙建和编著《中英比较儿歌》(中国少年儿童出版社 2002 年版)。

乞我儿孙千百岁

乞手巧,乞貌巧。　　乞我孙女嫁个好人家,
乞心通,乞颜容。　　乞我儿孙千百岁。

录自李凤鸣、韩宗坡、王亚红:《西和乞巧民俗研究》(甘肃人民出版社 2013 年版)附"各地乞巧歌辑录"。原辑自武明空:《乞巧歌》(武明空的角落,西祠胡同,2008 - 06 - 11)。

巧娘娘,你下来

巧娘娘,你下来,　　过年①还有个七月七。
瓜桃梨枣,年年乞巧。
今年有个七月七,　　葡萄架下把你盼,

盼你给我个粉旦旦。　　　　　没钱去买胭脂粉，
背着爹，背着娘，　　　　　　你把粉旦摞墙根。
没有镜子脸照墙。　　　　　　擦在脸上亲又亲，
　　　　　　　　　　　　　　过年找个好郎君。

录自李凤鸣、韩宗坡、王亚红：《西和乞巧民俗研究》附"各地乞巧歌辑录"。原辑自水木之
易的博客《乞巧歌》(2009－08－18)。
① 过年：指明年。下同。

织女乞巧歌

乞手巧，乞容貌，　　　　　　不巧了给个背篼绊。
乞心通，乞颜容。　　　　　　巧了赐个铰花剪，
乞我爹娘千万岁，　　　　　　不巧了给个挑草铲。
乞我姐妹千万年。

我给巧娘娘点黄蜡，　　　　　巧了赐个擀面杖，
巧娘娘你把善心发。　　　　　不巧了给个吆猪棒。
巧娘娘给我赐花瓣，　　　　　巧了赐个切肉刀，
照着花瓣许心愿。　　　　　　不巧了给个朽心桃。

巧了赐个花瓣儿，　　　　　　巧了赐个写字笔，
不巧了给个烂扇儿。　　　　　不巧了给个没毛鸡。
巧了赐个扎花针，　　　　　　巧了赐个磨墨砚，
不巧了给个钉匣钉。　　　　　不巧了给个提水罐。

巧了赐个扎花线，　　　　　　巧娘娘给我赐吉祥，
　　　　　　　　　　　　　　我给巧娘娘烧长香。

巧娘娘给我赐花瓣，　　　照着花瓣了心愿！

录自王建国、武晓莉编著《中国节庆》（甘肃民族出版社 2009 年版）。

顶头传盘三炷香

顶头传盘三炷香，　　　仙女姑姑您操操心，
牛郎织女下天堂。　　　教俺织，教俺纺。
天堂底下有花树，　　　教俺手巧拿针线，
花树底下有阴凉。　　　绣对戏水活鸳鸯。

录自李凤鸣、韩宗坡、王亚红：《西和乞巧民俗研究》附"各地乞巧歌辑录"。原辑自溪河子的博客《乞巧歌》（2012－08－21）。

拍打拍打巧一巧

拍打拍打巧一巧，　　　绞对蝎子眯墙根，
两把小剪对着绞。　　　绞对老牛卡青草。
绞对蝴蝶满天飞，　　　绞对鸳鸯来戏水，
绞对小兔满山跑。　　　绞对小荷露尖角。
　　　　　　　　　　　……

录自李凤鸣、韩宗坡、王亚红：《西和乞巧民俗研究》附"各地乞巧歌辑录"。原辑自 cicy 的博客《乞巧歌》（2012－08－23）。

请七姑娘

七月七，月牙明。　　　　小小的鞋儿不大紧，
喜鹊来，搭桥墩。　　　　千针万线绣起来。
请七姑，下凡尘。
问婚姻，指前程。　　　　前门有狗不能进，
穿梭梭，教巧珍。　　　　后门能进不能开。
　　　　　　　　　　　　要来就从屋檐来，
七姑要来早些来，　　　　……
莫等露水打湿鞋。

录自林继富主编《中国民间游戏总汇·综合卷》（湖南文艺出版社 2016 年版）。

养的蚕儿吐丝线

七月里，七月七，　　　　七月里，七月半，
巧娘娘让我拔麻去。　　　　养的蚕儿吐丝线。
……　　　　　　　　　　……

录自叶桂兰：《七夕节与乞巧》，见王丽娜主编《中华民俗通鉴·第 8 卷》（内蒙古人民出版社 2006 年版）。

附录一：未搜集到乞巧歌省份的
七夕节俗文献

（一）宁夏七夕节俗文献

(明万历)《朔方新志》卷一《地理·风俗》(清康熙十五年增补本)：

　　孟秋七日，闺人亦有以针工、茗果作乞巧会者。

　　按：(清乾隆)《宁夏府志》卷四"孟秋七日"作"七夕"。馀同。

(民国)《朔方道志》卷三《舆地下·风俗》(民国十五年铅印本)：

　　孟秋七夕，闺人以针工、茗果作乞巧会。亦有群聚歌舞，称为"跳巧"者。

银川市

(乾隆)《银川小志·风俗》(稿本)：

　　孟秋七日，闺人亦以针工、茗果乞巧。

(清嘉庆)《灵州志迹》卷二《风俗物产志》(清嘉庆三年刻本)：

　　七夕，闺人亦有以针工、茗果作乞巧会者。

(清道光)《平罗纪略》卷三《风俗》(清道光九年刻本)：

　　七夕，儿女设瓜果、针工做乞巧会。

《银川市志》(宁夏人民出版社 1998 年版)：

　　乞巧节：农历七月初七，为"乞巧节"。传说这提案牛郎织女在天河相会。是日,家家烙面果,名曰"烙巧果"。妇女设香案于院中,向织女乞求智巧。

吴中市

(清光绪)《花马池志迹》卷七《风俗土产志》(清光绪三十三年抄本):

> 七夕,闺人亦有以针工、茗果作七巧会者。

(民国)《豫旺县志》卷一《疆域志·风俗》(民国十四年钞本):

> 孟秋七夕,闺人以针工、茗果作乞巧会,亦有群聚歌舞,称为"跳巧"者。

按:民国豫旺县即今同心县。

中卫市

(乾隆)《中卫县志》卷一《地理考·风俗》(清乾隆间刻本):

> 孟秋七日,闺人以指工、茗果作乞巧会。甚有群聚歌舞,俗称"跳巧"者。

按:(道光)《中卫县志》卷一同。

《中卫县志》(宁夏人民出版社1995年版):

> 乞巧节:明代,农历七月初七已有浮巧针之俗。民间姑娘各以碗水曝日下,自投小针泛水面,视水底,日影或散如花、动如云、细如线、粗如槌,因以卜女之巧。又传牛郎织女隔天河相望,是鹊桥相会。届时剧团多上演《天河配》《七夕泪》等传统节目。

固原市

(民国)《重修隆德县志》卷一《民族·社会习尚》(民国二十四年石印本):

> 七月七日,室女抛豆芽于碗上,察影以卜巧。

《隆德县志》(宁夏人民出版社1998年版):

乞巧：七月七日，入夜，少妇闺女观看"鹊桥聚会"听牛鸣鹊叫，各持针线及所绣"针插"荷包等物，向织女星乞求智巧。有的在大树下张结彩楼，障目引"七针彩线"以占其巧。

（二）内蒙古七夕节俗文献

《内蒙古自治区志·民俗志》（方志出版社2012年版）：

七夕节：农历七月初七日为七夕节，亦称乞巧节。因为天河旁的织女心灵手巧，曾在人间把织布、绣花的技巧传授给人们，故满族妇女们想与仙人相约，使自己心灵手巧起来。是日晚，妇女们在庭院中摆上香案，供上瓜果酒肴，虔诚地向夜空中的织女星顶礼膜拜，此即为乞巧。满族妇女白天多用丢针卜巧的方法，即在是日上午，打一盆清水，慢慢将小针丢于水中，由于水的张力，针可浮于水面，再看水中呈现的针影，如为云彩花卉、小鸟小兽或剪刀戥子之形，即为得巧，如针影单调少形，即未能得巧。是日，满族妇女多不作针线活，忌纳鞋、绣花、纺线和织布。内蒙古东部区满族农家是日晚还有看银河的习俗，如果银河星群光亮明显，就预示着本年年头好，收成丰；如果银河晦暗，就认为本年收成不好，遭灾有难。至今，内蒙古满族农家妇女丢针卜巧和不动针线之俗仍有留存。

乌兰察布市

(清光绪)《丰镇厅志》卷六《风土·祭礼》（清光绪间抄本）：

惟清明节、七夕，家家与小女儿缠足穿耳，学针黹，取乞巧之意。

按：请丰镇厅，治今内蒙古丰镇市。

呼和浩特市

《呼和浩特市郊区志》（内蒙古人民出版社1996年版）：

七月初七乞巧节（牛郎织女鹊桥会），姑娘媳妇们进行穿针或缝纫刺绣比赛。

赤峰市

《翁牛特旗志》（内蒙古人民出版社 1993 年版）：

七月七：相传此日牛郎织女鹊桥相会。七夕前，老年人常仰望银河，指点牵牛、织女二星座，为晚辈讲述牛郎、织女的爱情故事。剧院上演传统剧目《天河配》，牛郎手牵真牛上台表演。此日，妇女结彩缕，穿七孔针，陈设瓜果，到庭院中"乞巧"。午间，妇女们将绣花针放入水中，以显影细者为心灵手巧。

（三）青海七夕节俗文献

海南州

（民国）《贵德县志稿》卷二《地理志·风俗》（钞本）：

七月七日，儿女设瓜果于庭前祀星，穿针乞巧，为乞巧会。

（四）新疆七夕节俗文献

哈密市

《神化镇西：掀起新疆汉文化神秘盖头》（许学诚著，光明日报出版社 2006 年版）：

七月七是乞巧日（节选）：镇西故地的风俗中不把七月七叫乞巧节，而是叫做掐巧节的。……七月七的掐巧活动包括两项内容：七月初六的夜晚，少男少女们一定要将五月节时绾在自己手腕和脚腕上的彩绳解下来，送到自家正屋的脊顶顶上去。男孩可以自己爬上屋顶，将彩绳规正地摆放在脊顶上；女孩则要将彩绳系在土块上，亲自投掷到屋顶上去。这彩绳是要喜鹊衔了飞上天河为牛郎织女架桥的。而在七月初七这一天里,全天都见不到喜鹊的踪迹,说是它们全部上天河为牛郎织女架桥去了。据说有人曾证实过的,这一天的确不曾见过一只喜鹊。第二项内容才是真正意义上的掐巧。初七的初夜,繁星满天,新月初朗,正是少女掐巧的时机。她们打一碗清凉透明的井水,放在户外的窗台上,水里会映出弯月或是天河来。她们相信自己正受到织女的注视。少女们嘻嘻哈哈地聚集在水碗旁边,把诸如马莲、牵牛、玫瑰、蒲公英等野花的花瓣花叶撕成碎片,投进水碗里去。浮在水面的花瓣花叶,给月光或者灯光一照,影子便投在碗底上,就会在投放者的想象中幻化出如人如马如鸟如花的各种形象来。谁投放的形象最优美,谁解说得最合理最动听就预兆谁的手巧。获得预兆者自然是喜之不胜。未获预兆者也并不因此伤心气馁,因为掐巧人相信,掐巧实为乞巧,授巧者是善良而聪慧绝顶的织女,她肯定会以化拙为巧的通天本领使所有乞巧者满意的。

《精神家园的守望:巴里坤非物质文化遗产集萃》(牛顺莉著,广西师范大学出版社 2015 年版):

七月七,露宿和女子掐巧。这是牛郎织女鹊桥相会的日子。入夜,年轻人都在庭院搭床露天睡,据说碰巧能听到牛郎织女说情话。在七月六日晚上,家家解下端午时拴在娃娃脖颈和手腕上的丝彩绳扔上屋顶,让喜鹊衔去架鹊桥。七月七日晚,姑娘们舀一碗清水放在窗台上,当新月的影子映入水中,把准备好的花瓣和花叶一片一片地用指尖掐入水中,片片花叶聚在一起,给月光一照,投在碗底的影子,或似人,或似其他动植物,以此预兆谁最巧,其意为乞巧,以乞在婚姻和今后的生活中能化拙为巧、巧遇良婿、美满幸福。

附录二：其他相关文献

（一）乞巧经（1949 年前）

七月七日金鸡叫（粤南）[①]

七月七日金鸡叫，牛郎织女会鹊桥。

敬请仙祖李拐仙，敬请仙祖汉钟离，

敬请仙祖吕纯阳，敬请仙祖张果老，

敬请仙祖曹国舅，敬请仙祖韩湘子，

敬请仙祖何仙姑，敬请仙祖蓝采和。

第一乞巧娘便美，第二乞巧娘便强，

[①] "乞巧经"为流行于广东之乞巧祝词。网上所拍售几种手抄本《乞巧经》皆出自广东，现有研究所指亦见于广东，"经"在搜集整理中，亦有称"歌"者，如本书所收肇庆市端州区《乞巧歌》、新兴县《乞巧歌》，亦有称"七月七"者，文字段落简略不同，但核心内容相似或相同。其他省市只有陕西宝鸡市凤翔县曹家庄村乞巧活动中所念之词称为《乞巧经》者，此外宝鸡市还有一首《乞巧歌》中有"拆开一本乞巧经，乾坤黑白仔细分"之语，但其内容与本地其他《乞巧歌》无差别。故本书附录所收《乞巧经》流行范围除第一首据原文献标注为"粤南"外，其他均标注为"广东"。其习俗最晚应在清末已流行。吴玉成说："我们粤南女子(未出嫁女子)于七夕之夜必举行拜仙及乞巧，稍年长的又必朗诵他们之所谓乞巧经一遍。……我幼时，对于这乞巧经很为熟悉，因为我常闻诸他们诵读，刺激着耳鼓的缘故，且我又曾代姊妹辈抄过许多遍呢。"(《粤南神话传说及其研究》，中山印务局 1932 年版，第 38—39 页。)关于其仪式及内容，储冬爱说："过去，除了唱乞巧歌以外，还有老年妇女的《乞巧经》，也是一种祝词。……与未婚少女对明确的乞爱指向不同，已婚妇拜七娘女通过祝词表达了对子嗣、智巧、美貌，甚至三寸金莲的向往。"(《鹊桥七夕——广东乞巧节》，广东教育出版社 2010 年版，第 136—137 页。)杨秋说："广东民间的《乞巧经》中，人们"所拜之神也从牛郎织女扩大到各种仙佛。七夕节的功能也被无限延伸。从女性的美貌到男性的官职，从财富到长生，只要是现实世界需要的，都可以借着七夕的机会，向众多神灵许愿求祈。"(《变革时期的生活：近代广州风尚习俗研究》，暨南大学出版社 2013 年版，第 124 页。)

姊妹心通多晓尽,绣花织锦我为强。

……

乞口花针共条线,绣花织锦片还片,

凭些铅粉珍珠面,打扮美貌似红莲。

乞天仙,

乞对绫带脚下缠,两脚缠成二指尖,

灵丹撒落齐桌面,食着聪明大万年。

……

一乞天仙美貌好,二乞为仙万代神,

三乞本身长生福,四乞福禄进门庭,

五乞手工多精巧,六乞富贵万代荣。

……

一禀玉皇殿上座,二禀释迦牟尼佛,

三禀慈悲观世音,四禀三宝如来佛,

五禀百年万亿佛,六禀恒河沙数佛,

七禀无量功德佛,八禀世尊明皇佛,

九禀喃呒陀弥佛,十禀地藏皇菩萨。

敬请玉皇天帝经,舍福舍禄舍长生。

乞赦终身无何难,乞赦今世免水灾。

乞赦是非口舌散,乞赦仙桃我中食,

一请佑我永兴隆,今世有罪尽赦了,

前世有罪尽清洁。

男人乞巧求官职,女人乞巧福源长。

乞手巧,乞心通,乞美貌,乞颜容。

七月七,金鸡叫,牛郎织女会河桥。

录自吴玉成:《粤南神话传说及其研究》(中山印务局 1932 年版)。前两句"七月七日金鸡叫,牛郎织女会鹊桥"据有味斋主《七夕乞巧拉杂谈》(《新生》1945 年第 3 期)补,此下部分文字有异。

牛郎织女会河桥(广东)

七月七,金鸡叫,牛郎织女会河桥。

会起河桥仙人过,人间男女来乞巧。

乞得龙须千万条,织女唔烦读一间。

东风吹起西风帆,织女□□今夜落。

乞巧佳人上彩楼,桥头三拜拜神仙。

······

心有活龙人便通,我无活龙心不通。

走在仙前求法水,法水通在我心中。

我心自有活龙飞,未曾绣龙龙上水。

未曾绣凤凤先飞,未曾绣锦锦罗帷。

云上云,天上天,云上彩楼接天仙。

织女有灵随风到,鹊桥搭在香炉前。

乞天仙,烧封钱,一点诚心感动天。

乞天仙,在目前,赐口花针共条线。

绣花织锦片还片,现出颜容过我见。

乞对玉环穿玉手,两手穿来十指尖。

乞些铅粉胭脂面,打扮美貌似红莲。

灵仙撒落斋桌面,食过聪明大万年。

······

心中明晓万事通,莫被闲人言语侵。

有日修行成正果,千年铜铁化成金。

灯盏团圆在仙前,白龙走在盏中眠。

信女诚信来剔起,灯光大耀千万年。

虔诚三拜瑶子仙,香烟渺渺上青天。

会七夕,河溪会,牛郎过渡得槎原。

众神齐游九天霄,邓女斋女设斋筵。

惟愿众神游到此,稍停云步落霞烟。

心中遥望谢众神,早早携带渡银河。

七宫仙女一同请，再请广寒一嫦娥。

……

录自孔夫子旧书网拍卖手抄本《乞巧经》(部分书影)。无关文字有所删节。

点着明灯过金桥(广东)

焚好香，点明灯，点着明灯过金桥。
人过金桥大吉利，我过金桥百年长。
时时着起绣花鞋，早早装香奉七宿。
上无水，下无坑，金街大路好修行。
使汝早修唔早修，等到来年八月秋。
八月又讲八月事，临时掘井水难流。
一请请到刘一仙，腾云驾雾刘二仙；
沉香沙洲刘三仙，择定时辰刘四仙；
簾香花园刘五仙，神中花园刘六仙；
七姐下凡来送巧，第一乞巧能见学，
第二乞巧能见强。
姊妹心通多晓尽，绣花织锦我为强。
云上云，天上天，云中架桥请天仙。
织女有灵①随风到，小桥落在香炉边
乞大仙，乞寿元，乞天仙，到香前。
现出颜容过我见，一点诚心感动天。

乞眼花针共条线，灵丹撒落斋桌面。
食过聪明大万年，麦女求仙长生德。
西方佛国任游行，麦女乞巧福寿长。
……
七月七，金鸡叫，牛郎织女会河桥。

① 灵：原作"临"，据它本改。

桥头三拜拜神仙，桥尾三拜乞春元。

乞手巧，乞美貌。乞心通，乞颜容。

乞我爹娘千百福，乞我姐妹寿永长。

七月七，三更前，牛郎织女会河桥，

月朗天边云影静，福寿人间乐绵绵。

信女诚心来乞巧，自从今夜保千年。

七月七，七星照，七宫仙女渡银桥。

一双斋桌白齐齐，麦女诚心求供斋。

发心断断是法心，莫听闲人言语侵

有日修行成功果，千年钢铁化成金。

灯盏圆圆在神前，白龙走在盏中眠。

麦女诚心来排起，灯光火耀照万年。

方能诵读千百篇，降幅人间乐绵绵。

一忏忏了千年罪，二忏忏了□□□。

三忏忏娘多保守，四忏姊妹大团圆。

五忏家门无疾厄，六忏香火尽平安。

……

敬天敬地敬父母，敬神敬佛一炉香。

一炷香，保我爹娘活百岁。

二炷香，保我本身寿元长。

三炷香，保我姊妹大团圆。

惟愿吾□长庇佑，稽首拜礼膝跪墀。

麦女一同来拜谢，拜谢天神万万仙。

录自孔夫子旧书网拍卖麦爱琼手抄本《乞巧经》（部分书影），部分文字模糊不清，有的据他本补。抄录者文化水平不高，有重复句或上下句错乱以致无韵的情形，也有别字。无关语句有所删节。

今日诚心来乞巧（广东广州）

今日诚心来乞巧，世间乐事任游行。

姊妹乞巧求伶俐，少年乞巧福寿长。

一乞仙丹美貌嫩，二乞为仙万代人。

三乞本身长福寿，四乞财禄进门庭。

五乞手工多精巧，六乞富贵万代荣。

今日诚心来乞巧，虔诚奉诵天赦经。

······

至今七夕银河会，洞宾八仙望垂临。

仰祈众仙来施法，法渡人间万代亨。

七月七，金鸡叫，牛郎织女渡河桥。

桥头三拜来乞巧，桥尾三拜乞寿元。

一乞手工更精巧，乞我本身寿元长。

七月七，二更前，牛郎织女会神仙。

月开天边云影静，福到人间泽绵绵①。

小妹诚心来乞巧，自从今夜保千年。

七月七，好高燃，七宫仙女会河桥。

但有凡人来乞巧，乞得龙须千万条。

姊妹诚心来恭济，保我福禄一众齐。

发心正是好心人，莫听闲人别语侵。

有日修行成功果，千年钢铁化成金。

灯盏圆圆在佛前，白龙走在盏中眠。

姊妹诚心来剔起，灯光火亮保千年。

七月七，金鸡叫，牛郎织女渡河桥。

---

① 绵绵：原作"棉棉"。

搭起河桥神仙过,过河来舍福寿元。
桥头三拜拜神仙,桥尾三拜乞寿元,
八仙过河来舍寿,舍我姊妹寿元长。
一请请到刘一仙,绣花织锦片还片。

乞天仙,乞天仙,乞对绫带脚下缠。
脚下缠成二指片,打扮美貌衬金莲。
乞天仙,乞天仙,乞些白粉胭脂片。
灵丹撒下齐桌面,食过聪明大万年。
小妹求仙长生得,西方佛国任游行。
姊妹乞巧求伶俐,心中常晓万事荣。
诵经说法乾坤现,九至天颜孰敢能。

乞手巧,乞美貌,乞颜容,乞心通。
乞我爹娘千万岁,乞我本身长福寿。
但有凡人来乞巧,世间乐事任游行。
诵经又怕经不着,读书又怕字不明。
又怕口中有失漏,补回银宝共香灯。
腾云驾雾刘二仙,沉香沙洲刘三仙。
择定时辰刘四仙,神中花园刘五仙。
腾云驾雾刘六仙,七宿自有七神仙。
七宿下凡来乞巧,乞我姊妹伶俐人。
……
七宫仙女同请到,及请广寒一嫦娥。
巧拙同渡日月星,嫦娥月易转轮仙。
女流不暇习书文,嫦娥月,不怜人。
嫦娥月,四时定,惟有七夕一相逢。
何幸今宵际七夕,不比寻常志与诚。
惟愿众神齐鉴纳,赐我帘内似仙庭。

大一赐我春不老,大二赐我会剪缝。

大三赐我件件兴,大四赐我心里通。

姊妹心通多晓尽,绣花织锦我为强。

……

禾谷生花谢谷王,食饭穿衣谢父母。

小女同拜谢众仙,好香花,好香花,

保我富贵又荣华,富贵荣华登天下。

姊妹团圆又保家,仙人扶我姊妹花。

扶我姊妹享遐伶,人有活弄心里通。

我无活弄心未通,行上神前求法水。

法水通在我心中,法水通心心里通。

心通做出活来龙,未曾绣龙龙上水。

未曾绣凤凤先飞,未曾绣锦锦罗帏。

天上天,云上云,云上彩云接天仙。

织女有灵随风到,鹊桥搭在金炉边。

乞天仙,烧纸钱,一点诚心感动天。

乞天仙,到炉前,现出颜容过我见。

乞天仙,乞天仙,随身绣共条花线。

今日诵经千万篇,保我姊妹巧针线。

请仙马上返天庭。

录自梁梅便手抄线装本《乞巧经》,重复和带有迷信成分的句段稍有删节。

姊妹心通多晓尽(广东)

第三乞巧心里通,姊妹心通多晓尽。

绣花织锦我为强,一拜东方东平府,

二拜西方佛国王,三拜三千三百万,

四拜十八位罗汉,禾谷生花谢谷王。

食饭着衣谢父母,梁女诚心谢诸神。

好焚香,好点灯,点着明灯过金桥。

早早焚香奉七宿，炉前有火自有烟。

……

云上云，天上天，云上彩楼接天仙。

织女有情随风到，鹊桥搭在香炉前。

乞天仙，灯对前，一点诚心感动天。

乞天仙，到灯前，现出颜容过我见。

乞天仙，在目前，乞口花针共条线，

绣花织锦片还片①，

乞天仙，乞天仙，乞对绫带脚下缠。

两脚缠成二指尖，打扮美貌似红莲。

灵丹撒落齐桌面，食得聪明大万年。

七月七，三更前，牛郎织女会神仙，

月到天边云影静，福到人间乐绵绵。

七月七，七星照，七宫仙女会仙桥。

但有凡人来乞巧，乞得龙须千万年。

一筵斋桌来排开，梁女诚心求供斋。

发心断断是发心，莫把闲人言语侵

有日修行成功果，千年钢铁化成金。

灯盏圆圆在神前，白龙走在盏中眠。

梁女诚心来剔起，灯光火耀照万年。

……

经花请，请花送，送神移步返天中。

年年今日来敬请，送神移步返天庭。

录自孔夫子旧书网梁□□手抄本《乞巧经》(部分书影，纯粹求神之类文字有删节)，http://book.kongfz.com/32484/782526786/。

点着明灯过金桥（广东）

香亦装，灯亦点，点着明灯过金桥。

---

① 片：原作"篇"，据他本改。

823

……

七宿自有七求仙，七宿下凡来乞巧。

大一巧，娘便慧，大二巧，娘便强。

姊妹心通多晓尽，绣花织锦我为强。

天上天，云上云，云中架桥请天仙。

织女有灵随风到，修桥搭在香炉前。

乞天仙，到炉前，现出颜容过我见。

乞天仙，烧封钱，一点诚心感动天，

感动天仙到炉前。

乞天仙，

乞口花针共条线，绣花织锦片还片。

凭紫铅粉珍珠面，打扮美貌似红莲。

乞天仙，

乞副绫带脚下缠，两脚缠成二指尖，

灵丹撒落斋桌面，食着聪明大万年。

劳女愿求长生德，西方佛国任游行，

劳女乞巧求福寿，心中明晓万事通。

诗中讲法乾坤现，九驰龙马孰敢能。

男人乞巧求官职，女人乞巧福寿长。

一乞天仙美貌嫩，二乞为仙万代延，

三乞手工多精巧，四乞福禄到门庭，

五乞本身长生德，六乞富贵万代荣。

劳女诚心来乞巧，虔诚奉诵天赦经。

……

有日修行成功果，千年缺石化成金。

灯盏圆圆在佛前，白龙走在盏中前。

劳女诚心来剔起，灯光火亮保千年。

录自孔夫子旧书网已拍本《乞巧经》(部分书影)，http://www.kongfz.cn/50211960/pic/。
与上两首重复文字有所删节。

（二）文人乞巧歌谣（1949 年前）

买巧谣

黄吾野

金陵城中有巧夫，编茅结屋当路衢。

鼎中百沸金驼酥，煎成巧果百样殊。

或作玉池双浴凫，或成燕子或雁雏。

或人或马或葫芦，或胡大鼻短侏儒。

向夕西风入井梧，鹊桥垂地天河枯。

天孙河鼓成欢娱，家家乞巧罗庭隅。

争买此果无家无，野客闻之向彼须。

彼言未答先揶揄，君舌如棘无旋枢。

君腰不作车上軥，君屦尝决衣无裾。

张载貌丑沈约癯，有时痴绝画走厨。

有时颠发墨糊模，四十余年山泽居。

有诗不敢颂唐虞，世人所弃谁为徒。

纵买得巧将焉需，嗟哉彼言若大巫。

令我无语但长吁，我今南还君北徂。

巧者自巧愚自愚。

录自《黄吾野先生诗集》卷二（清乾隆二十五年刻本）。

七夕谣

诸亚雄

天上织女不自由，七夕才得会牵牛。

一年离别今朝聚，通宵达旦话绸缪。

相逢咫尺见面难，欲渡银河乏槎泛。

幸有灵鹊桥梁填，不妨偷渡玉门关。

月白风清气候爽,陈设瓜果满庭廊。

寄语牛郎并织女,宽怀乐意吻牙齿。

焚香膜拜姊妹行,执取针线乞巧忙。

乞得天孙三分巧,何愁自制嫁衣裳。

男耕女织古来行,天上双星苦离辛。

寒暑不辍勤耕织,七夕相逢意外幸。

天上闪电不为奇,因何电报无处递。

若能彼此通款曲,男女何妨心事提。

谁能飞机渡银河,桥梁何须仗灵鹊。

如箭离弦迅且速,转瞬往返免奔波。

年年七夕一相逢,遥遥日期默数中。

幸喜民国改旧历,两度把晤情更浓。

别时容易见时难,今宵相叙着意谈。

可恨老天情太薄,吹散明星挂霞丹。

录自《新世界》(中华民国九年八月十二号,第四版)。

乞巧谣

枫隐

　　羊城以七月六七日乞巧聚米珠为浮图狮凤之形备极工巧翠袖红裙列坐两旁任人平视了无忤色昔年有费数万金者。

重门洞开灯辉煌,红羣簇簇坐两傍。

玉果金瓜陈上座,珠屏翠障罗中央。

有客从旁快称羡,阿姊生成好计线。

莫言乞巧自天孙,此巧天孙都未见。

殷勤敛衽谢家贫,今年仅费三千缗。

不如曩日西门老,三万金多工更巧。

录自《大公报(天津版)》(1923年10月2日第7版)。

乞巧谣

屠守拙

人人七夕争乞巧，我道何如守拙好。

拙人安分葆天真，得失忘怀臻寿考。

人人七夕争乞巧，我道何如守拙好。

巧宦婪贪物议腾，今朝上台明朝倒。

人人七夕争乞巧，我道何如守拙好。

文豪巧笔媲生花，到底难将饥寒疗。

人人七夕争乞巧，我道何如守拙好。

阵前巧将诩常胜，兔死狗烹身不保。

人人七夕争乞巧，我道何如守拙好。

巧贩昧良输劣货，一经检查不得了。

人人七夕争乞巧，我道何如守拙好。

淫巧技奇巧匠身，操心绞脑悲易老。

人人七夕争乞巧，我道何如守拙好。

巧妻每伴拙夫眠，拙妇闺房乐永好。

人人七夕争乞巧，我道何如守拙好。

巧样妆成易诲淫，旁观君子诮轻佻。

人人七夕争乞巧，我道何如守拙好。

玲珑十指夸巧针，压线年年徒苦恼。

人人七夕争乞巧，我道何如守拙好。

巧言鼓弄舌如簧，每致兴戎祸自召。

录自《联益之友》(1928 年第 87 期)。

乞巧歌并序

赵树理

　　由港电传沪讯，谓蓬莱路日宪兵司令部于本月七日下午五时，突有青年男女持手榴弹一枚，由西仓街后门之外墙掷入，当场爆炸，黑烟密布，弹片四飞，

青年男女逃逸,有无死伤无从探知。余于击案之余,感赋乞巧歌一首。歌曰:

> 儿时七夕随姊嫂,月下投丝争乞巧。
>
> 不知乞得巧几多,但见盆前人人笑。
>
> 而今"七七"有青年,不投鬼丝投炸弹,
>
> 豺虎窠中作巧盆,隔墙投去花火溅。
>
> 中西历法固相殊,乞巧之方亦大变。
>
> 投来有色复有声,乞得民族英雄愿。
>
> 乞巧良机夜夜有,民族英雄处处吼。
>
> 遍地时有乞巧人,豺虎安得不发抖?

录自赵树理:《赵树理全集》第 2 卷(大众文艺出版社 2006 年版)。原载 1941 年 7 月 16 日《中国人报》32 号 4 版,署名"若枫"。

(三) 七夕祝词

民国三年七夕庆典词(广州吉山村)

今夕何夕,牛女相会佳期。时维七月,序属初秋。牛郎织女会天河。天上人间多佳话。"牵牛出河西,织女处其东,万古永相望,七夕谁见同?"今有凡间信士,神州故土,广东省、广州市、番禺县鹿步司黄村堡吉山村,南向居住,奉道修建酬恩,七夕乞巧,礼赞天孙①,集福迎祥,子孙聪敏。愿东园桃李,子孙兰桂腾芳;南涧潮平,似春潮而有信;西郊牧笛,金秋硕果累累;北岭梅香,示丰年之好景;三山荔赤,岭南佳果飘香;松径禽音,百鸟和鸣乐唱;山亭远眺,四季景色兴隆;十里橙黄,难忘一年好景。祝曰:天上人间同欢乐,子孙百代衍繁昌。惟愿风调雨顺,国泰民安,物华天宝,人杰地灵,仰天孙之淑德,显懿范之威仪,宁馨②英畏,绳祖武以绍箕裘。蕙质兰心,通乞巧而聪颖。谨表微忱,以为芹献。

吉山村善信同仁顿首

甲寅年七月初七日

(选自民国梁乾初《山村纪事》)

七夕祝辞

七月七夕,谨以香花之供,瓜果之陈,设席于庭中,而致祝于牵牛织女之神,曰:某等生长寒门,不求富贵,愿称健者,敢望期颐。第愚钝无知,莫获启灵之钥;昏愚自恨,谁颁益智之丹;七窍未开,何由面明过去未来之迹;百骸徒具,何术而致升天入地之方。伏冀苍穹,垂怜丹悃,暗中呵护,俾伐毛洗髓以无馀,倏尔聪明,比烛照蓍求而更敏。至于银河团聚,自谂人间儿女之情,莫教金屋暌违,常臻天上神女之乐。

二〇〇五年七夕祝词(广州珠村)

时雍二零零五年,岁在乙酉,金风初起,序属孟秋。欣值七夕良辰,乞巧佳节,广州市天河区珠村,仕女们众多人,代表各家各户,谨以花果饼酒,工艺制品敬献于牛女二星,七姐仙姬,一切神祇。行礼如仪并致祝词曰:

一祝一帆风顺,心想事成,朱衣耀映,紫气辉腾。

二祝喜事成双,喜气洋洋,团结互助,千古流芳。

三祝三星普照,并皆佳妙,福禄寿全,万家欢笑。

四祝四季兴隆,诸事亨通,花好月圆,国泰民安。

五祝五谷丰登,仓库满盈,风调雨顺,欣欣向荣。

六祝六畜兴旺,致富在望,科学管理,受益无量。

七祝七姐下凡,羡慕人间,百业兴旺,锦绣河山。

八祝八仙过海,各显奇才,辉煌成就,漪欤盛哉。

九祝九鼎一言,言果志坚,厉行美德,福泽连绵。

十祝十全十美,万事盛意,词短意长,祝愿无限。

祝此

（四）民间俗曲

掐巧芽（关中西部）

【月调】七月七夕，牛郎会织女，幸喜今晚是佳期，乡里的姐儿把巧祈。

【慢诉】大姐娃开言，二姐娃细听心间，巧娘娘生好，多带几件衣衫，久等今晚，祈巧以在场院。

【紧诉】二姐娃答言我知晓，样样事儿停当了。先看用钱多和少，按照人数摊着要。东头来了外甥女，她家日子比人强。她情愿出钱三百文，其余再摊钱十双。每人再讨两碗面，各样献果都拿上。金花银花姨妹俩，还有秋香和梅香。梅英端上巧两碗，穿汗褡的男娃莫打搅。姐儿正在把话讲，红日慢慢坠山岗。炮响三声把神请，各净手脸忙焚香。

【背宫】姐儿一齐跪香桌，祈告了巧娘娘你且听我学。保佑众姐妹，心灵手又巧，再保奴长大成人配成双。

【五更】大姐娃跪香桌，祈告巧娘听我学。掐个巧尖以在水碗上飘，奴做个龙凤绣鞋刚可脚。二姐娃开言道，大姐听我学，龙凤二字你都占用了。丢下了众家姐妹占什么？姐儿们莫喧闹，来了个疯老婆，敞着裤子裹脚长拉着，烂衫子把裤腰没苫着。

【银纽丝】大权小步来到神前，先观看桌子上什么供献。仙桃并仙果，样样真可观。从没有见过这世面，世事多改变。前后不一般，爱女的人家把娃惯。我老婆跪倒也要还愿，下一世生一个美貌双全。心灵手儿巧，容貌赛天仙，也让我人前撒撒欢。接二连三把头磕，磕的我肚子里怪不受话。早间饭可口，饥了吃得多，吃得太多运转不过。今晌午又吃了些糜面窝窝，一顿吃了十七、八个。肚子胖胀，心里把屁放，穷汉家箱子没样场。

【后背宫】气得姐儿没奈何，那里不羞不耻疯婆娘。人家把神敬，你来胡撒刁，气得我姐儿们个个想走脱。

【后月调】一齐磕头把神送，满院闻着臭烘烘。今夜晚上好扫兴，怒气生。到来年疯婆子捣乱万不能。

录自赵德利主编《西府曲子资料汇编校注》（文化艺术出版社 2010 年版）。据内容，为民国以前所流传而来。西府曲子是陕西曲子的分支，主要流传于关中西部，亦称西府小曲、西府清曲。传说起源于凤翔"雍邑"，故又有"雍城秦曲"之称。

参考文献

说明：七夕节俗文献已注明文献来源信息，故参考文献中只列乞巧歌中的文献。按图书、交流资料、期刊及析出文献、报纸等为类，以时间先后进行排列。

一、图书

[1]《台山歌谣集》，陈元柱，国立中山大学语言历史研究所，1929年。

[2]《武进谣谚集》，伍受真，上海泰东图书局，1929年。

[3]《民间歌谣全集》，朱雨尊，世界书局，1933年。

[4]《琼崖》，陈献荣，商务印书馆，1934年。

[5]《陕西谣谚初集》，陕西省教育厅，陕西省教育厅编辑室，1935年。

[6]《民歌选》，胡怀琛、杨荫深，商务印书馆，1938年。

[7]《儿童歌谣》，柳一青，华华书店，1948年。

[8]《民间文学作品选》上册，高等学校民间文学教材编写组，上海文艺出版社，1980年。

[9]《浙江风俗简志》，浙江民俗学会，浙江人民出版社，1986年。

[10]《户县志》，户县志编纂委员会，西安地图出版社，1987年。

[11]《林县民俗志》，李金生，黄河文艺出版社，1988年。

[12]《三秦揽胜》，毛生铣，程万里，人民日报出版社，1988年。

[13]《菏泽地区志》，山东省菏泽地区地方史志编纂委员会，齐鲁书社，1998年。

[14]《枣庄史话》，枣庄市历史学会，枣庄市教学研究室，山东友谊出版社，1988年。

[15]《陇原物华》，赵养廷，人民日报出版社，1988年。

[16]《齐鲁文化大辞典》，车吉心，梁自絜，任孚先，山东教育出版社，1989年。

[17]《青州民间文学集成》，李建华，山东文艺出版社，1989年。

[18]《湖北民间文学集成·孝感市歌谣集》，孝感市民间文学集成小组，孝感市文化馆，中国民间文艺出版社，1989年。

[19]《浙江省民间文学集成·金华市歌谣、谚语卷》，金华市民间文学集成办公室，浙江文艺出版社，1990年。

[20]《浚县志》，浚县地方史志编纂委员会，中州古籍出版社，1990年。

[21]《山东民间童谣》，山曼，明天出版社，1990年。

[22]《中国风俗辞典》,叶大兵,乌丙安,上海辞书出版社,1990年。

[23]《中国民间文学集成·湖北卷·公安歌谣集》,袁伯华,中国民间文艺出版社,1990年。

[24]《神话与民俗》,朱可先,程健君,中原农民出版社,1990年。

[25]《广西民间文学作品精选·玉林市卷》,罗秀兴,广西民族出版社,1991年。

[26]《黄土风情录》,王世雄,黄卫平,陕西人民教育出版社,1991年。

[27]《徐州民间文学集成》,徐州市民间文学集成编委会,江苏文艺出版社,1991年。

[28]《举世玄奇精华大观》,祝兆荣等,山东科学技术出版社,1990年。

[29]《华县志》,华县地方志编纂委员会,陕西人民出版社,1992年。

[30]《辉县市志》,辉县市史志编纂委员会,中州古籍出版社,1992年。

[31]《绚丽多姿的传统节日》,刘宝民,人民教育出版社,1992年。

[32]《岐山县志》,岐山县志编纂委员会,陕西人民出版社,1992年。

[33]《黄土地民俗风情录》,王森泉,屈殿奎,山西人民出版社,1992年。

[34]《神奇黄土地》,张应之,中国旅游出版社,1992年。

[35]《中国歌谣集成·广西卷》,中国民间文学集成全国编辑委员会,中国歌谣集成广西卷编辑委员会,中国社会科学出版社,1992年。

[36]《惠州古城的传统风俗》,林慧文,广东人民出版社,1993年。

[37]《麟游县志》,麟游县地方志编纂委员会,陕西人民出版社,1993年。

[38]《陇县志》,陇县地方志编纂委员会,陕西人民出版社,1993年。

[39]《中国民俗趣谈》,宁锐,淡懿诚,三秦出版社,1993年。

[40]《曲家寨村志》,曲家寨村志编纂委员会,中州古籍出版社,1993年。

[41]《中国歌谣集成·贵州遵义地区卷》,遵义地区文化局,遵义地区文艺《集成·志书》编辑部,贵州人民出版社,1993年。

[42]《黎城县志》,黎城县志编纂委员会,中华书局1994年。

[43]《可爱的陕西》,刘万兴,李润乾,三秦出版社,1994年。

[44]《怎样旅游》,王大悟等,陕西人民教育出版社,1994年

[45]《中国筵席宴会大典》,陈光新,青岛出版社,1995年。

[46]《华阴县志》,华阴市地方志编纂委员会,作家出版社,1995年

[47]《风俗探幽》,陶思炎,东南大学出版社,1995年。

[48]《中州大地的民俗与旅游》,魏敏,程健君,旅游教育出版社,1995年

[49]《宝鸡县志》,宝鸡县志编纂委员会,陕西人民出版社,1996年。

[50]《海南歌谣情歌集》,龚重谟等,海南出版社,1996年。

[51]《合阳县志》,合阳县志编纂委员会,陕西人民出版社,1996年。

[52]《湖北省志·民俗方言》,湖北省地方志编纂委员会,湖北人民出版社,1996年。

[53]《单县志》,山东省单县地方史志编纂委员会,山东人民出版社,1996年。

[54]《山东省志·民俗志》,山东省地方史志编纂委员会,山东人民出版社,1996年。

[55]《鄄城县志》,山东省鄄城县史志编纂委员会,齐鲁书社,1996年。

[56]《莱州市志》,山东省莱州市志编纂委员会,齐鲁书社,1996年。

[57]《黄土高原的民俗与旅游》,王炽文、孙之龙,旅游教育出版社,1996年。

[58]《中国童谣》,郁宁远,中国妇女出版社,1996年。

[59]《忠门镇志》,莆田市忠门镇人民政府,方志出版社,1997年。

[60]《荣成民俗》,荣成市民俗协会,荣成市报社,山东画报出版社,1997年。

[61]《铜川市志》,铜川市地方志编纂委员会,陕西师范大学出版社,1997年。

[62]《台州民俗大观》,叶泽诚,宁波出版社,1997年。

[63]《民间百神》,张广智,高有鹏,海燕出版社,1997年。

[64]《中国歌谣集成·海南卷》,中国民间文学集成全国编辑委员会,中国歌谣集成海南卷编辑委员会,中国ISBN中心,1997年。

[65]《闾里奇葩——故事与歌谣》,江林,辽海出版社,1998年。

[66]《青岛市志·文化志 风俗志》,青岛市史志办公室,新华出版社,1998年。

[67]《中国歌谣集成·江苏卷》,中国民间文学集成全国编辑委员会,中国民间文学集成江苏卷编辑委员会,中国ISBN中心,1998年。

[68]《临漳县志》,河北省临漳县地方志编纂委员会,中华书局1999年。

[69]《礼县志》,礼县志编纂委员会,陕西人民出版社,1999年。

[70]《合阳风情》,史耀增,陕西旅游出版社,1999年。

[71]《运城地区志》,运城地区地方志编纂委员会,海潮出版社,1999年。

[72]《中国歌谣集成·湖南卷》,中国民间文学集成全国编辑委员会,中国民间文学集成湖南卷编辑委员会,中国ISBN中心,1999年。

[73]《中国歌谣集成·甘肃卷》,中国民间文学集成全国编辑委员会,中国民间文学集成甘肃卷编辑委员会,中国ISBN中心,2000年。

[74]《中国歌谣集成·上海卷》,中国民间文学集成全国编辑委员会,中国歌谣集成上海卷编辑委员会,中国ISBN中心,2000年。

[75]《秦安县志》,秦安县编纂委员会,甘肃人民出版社,2001年。

[76]《每逢佳节倍思亲——传统节日》,徐宏志,辽海出版社,2001年。

[77]《陕西省志·民俗志》,陕西省地方志编纂委员会,三秦出版社,2000年。

[78]《咸阳市志·四》,咸阳市地方志编纂委员会,三秦出版社,2000年。

[79]《根在河洛》,郑淑真,萧河,刘广才,华艺出版社,2000年。

[80]《磁州文化》,磁县文学艺术联合会,新华出版社,2002年。

[81]《忘忧清乐》,崔乐泉,江苏古籍出版社,2002年。

[82]《图说古代社会生活 忘忧清乐,古代游艺文化》,崔乐泉,江苏古籍出版社,2002年。

[83]《精彩歌谣》,张守镇,孟宪明,中州古籍出版社,2002年。

[84]《九江市志》第4册,九江市地方志编纂委员会,凤凰出版社,2003年。

[85]《中国民俗大系·湖北民俗》,李惠芳,甘肃人民出版社,2003年。

[86]《陕西风俗歌》,李世斌,李恩魁,陕西旅游出版社,2003年

［87］《正宁民俗》,王长生,甘肃人民出版社,2003 年。

［88］《中国民俗大系·浙江民俗》,叶大兵,甘肃人民出版社,2003 年。

［89］《中国歌谣集成·河南卷》,中国民间文学集成全国编辑委员会,中国歌谣集成
河南卷编辑委员会,中国 ISBN 中心,2003 年。

［90］《关东节令习俗》,李东红,沈阳出版社,2004 年。

［91］《温塘村志》(河北省石家庄市平山县),曲景义,中州古籍出版社,2004 年。

［92］《水族漫话》,田旭,文化艺术出版社,2004 年。

［93］《陕西东府名胜与民俗·民俗歌谣卷》,王杰山,陕西旅游出版社,2004 年。

［94］《山东民俗》,叶涛,甘肃人民出版社,2004 年。

［95］《盐城民俗》,周玉奇,南京大学出版社,2004 年。

［96］《黑龙江满族述略》,波·少布,哈尔滨出版社,2005 年。

［97］《河顺镇志》,河顺镇志编纂委员会,方志出版社,2005 年。

［98］《梅水风光,客家民间文学精选集》,黄火兴,广东嘉应音像出版社,2005 年。

［99］《天水歌谣》,李益裕,甘肃文化出版社,2005 年。

［100］《雷歌大全》,林涛,中国戏剧出版社,2005 年。

［101］《中国歌谣集成·吉林卷》,吴景春,中国 ISBN 中心,2005 年。

［102］《乡土海南》,常辅棠,南方出版社,2006 年。

［103］《雷州歌大典》,何希春,中国文联出版社,2006 版。

［104］《岩井村志》,刘书友等,远方出版社,2006 年。

［105］《甘肃民俗总览》,王仲保,胡国兴,民族出版社,2006 年。

［106］《民俗文化探幽》,王仲一,洪济龙,陕西旅游出版社,2006 年。

［107］《西安市志》第七卷《社会·人物》,西安市地方志编纂委员会,西安出版社,
2006 年。

［108］《缘聚七夕 乞巧珠村 广州乞巧文化节写真》,杨茹编,广州出版社,2006 年。

［109］《临汾民俗》,杨迎祺,山西人民出版社,2006 年。

［110］《桂林民俗》,苏韶芬,李肇隆,中央文献出版社,2006 年。

［111］《陵阳镇志》,陵阳镇人民政府,莒县地方史办公室,线装书局 2007 年。

［112］《咸阳大辞典》,《咸阳大辞典》编纂委员会,陕西人民出版社,2007 年。

［113］《广州民间歌谣》,萧卓光,中国文联出版社,2007 年。

［114］《百年坡岭村》,郑应松,社会科学文献出版社,2007 年。

［115］《中国民间故事集成·山东卷》,中国民间故事集成全国编辑委员会,《中国民
间故事集成·山东卷》编辑委员会,中国 ISBN 中心,2007 年。

［116］《中国歌谣集成·福建卷》,中国民间文学集成全国编辑委员会,中国歌谣集成
福建卷编辑委员会,中国 ISBN 中心,2007 年。

［117］《中国歌谣集成·广东卷》,中国民间文学集成全国编辑委员会,中国歌谣集成
广东卷编辑委员会,中国 ISBN 中心,2007 年。

［118］《陕西近代歌谣辑注》,宗鸣安,陕西人民教育出版社,2007 年。

[119]《闽南童谣纵横谈》,陈耕,周长楫,鹭江出版社,2008 年。

[120]《中国牛郎织女传说·民间文学卷》,陈泳超,广西师范大学出版社,2008 年

[121]《海南汉族民歌民谣》,符策超,南方出版社,海南出版社,2008 年。

[122]《汉中民俗》,孟学范,中国文史出版社,2008 年。

[123]《传统美术》,史忠民,山东友谊出版社,2008 年。

[124]《老北京的年节和食俗》,吴汾,匡峰,东方出版社,2008 年。

[125]《千阳布艺》,张西昌,陕西人民美术出版社,2008 年。

[126]《庙会风情》,张长怀,三秦出版社,2008 年。

[127]《中国歌谣集成·山东卷》,中国民间文学集成全国编辑委员会,中国歌谣集成
山东卷编辑委员会,中国 ISBN 中心,2008 年。

[128]《宁波老俗》,周时奋,宁波出版社,2008 年。

[129]《传统文化的活化石,邢台非物质文化遗产》,葛立辉,方志出版社,2009 年。

[130]《解读西安方言》,寇振安,国防大学出版社,2009 年。

[131]《中国民间剪纸集成·豫西卷》,倪宝诚,河北教育出版社,2009 年。

[132]《武陟县民俗志》,王光先、薛更银,中州古籍出版社,2009 年。

[133]《中国节庆》,王建国,武晓莉,甘肃民族出版社,2009 年。

[134]《中国歌谣集成·北京卷》,中国民间文学集成全国编辑委员会,中国歌谣集成
北京卷编辑委员会,中国 ISBN 中心,2009 年。

[135]《中国歌谣集成·山西卷》,中国民间文学集成全国编辑委员会,中国歌谣集成
山西卷编辑委员会,中国 ISBN 中心,2009 年。

[136]《鹊桥七夕——广州乞巧节》,储冬爱,广东教育出版社,2010 年。

[137]《中华文化通志·宗教与民俗典·民间风俗志》,高丙中,上海人民出版社,
2010 年。

[138]《传统节日与百姓生活》,李浩,王加华,青岛出版社,2010 年。

[139]《千城记 陕西铜川 药王故里 1》,李子迟,王志标,中国科学文化音像出版社,
2010 年。

[140]《郧西民歌集·上津卷》,赵天禄、尚政国,崇文书局 2010 年。

[141]《和顺县文化艺术志》,常跃生,北岳文艺出版社,2011 年。

[142]《滁州市南谯区志》,滁州市南谯区地方志编纂委员会,黄山书社,2011 年。

[143]《汉绣与非物质文化遗产保护文集》,冯泽民,武汉出版社,2011 年。

[144]《大枣园村志》,青岛市李沧区《大枣园村志》编纂委员会,方志出版社,2011 年。

[145]《天河行》,闻孝书,崇文书局,2011 年。

[146]《六安歌谣集成》,中共六安市委宣传部,六安市老新闻工作者协会,中国文联
出版社,2011 年。

[147]《乡土青岛》,郭泮溪,青岛出版社,2012 年。

[148]《陕西剪纸·西安卷》,蒋惠莉,陕西人民美术出版社,2012 年

[149]《三明风光览胜》,三明市地方志编纂委员会,海峡文艺出版社,2012 年。

[150]《蓬莱民俗荟萃》,宋耀武,山东大学出版社,2012年。

[151]《非物质文化遗产与民俗》,徐华龙,杭州出版社,2012年。

[152]《乡村风物》,张传桂,海风出版社,2012年。

[153]《肇庆市端州区志》,肇庆市端州区地方志编纂委员会,方志出版社,2012年。

[154]《诗歌中的节日 七夕·中秋·重阳》,本书编委会,海天出版社,2013年。

[155]《庆阳民俗礼仪大观》,窦世荣,甘肃文化出版社,2013年。

[156]《民俗千秋风韵长,三江两岸民俗风情》,顾希佳,杭州出版社,2013年。

[157]《西和乞巧民俗研究》,李凤鸣,韩宗坡,王亚红,甘肃人民出版社,2013年。

[158]《汝阳民俗志》,李振学,中国文联出版社,2013年。

[159]《陇东民间礼俗》,米占宏,甘肃文化出版社,2013年。

[160]《陇州社火大典》,阎铁太,陕西人民美术出版社,2013年。

[161]《乾县文化体育志》,赵明博,中央文献出版社,2013年。

[162]《西汉水上游乞巧及乐舞研究》,张芳,敦煌文艺出版社,2013年。

[163]《金塔非物质文化遗产集萃第7辑·民间歌谣》,桂发荣,甘肃文化出版社,2014年。

[164]《荆楚民间风俗》,桂胜,张友云,武汉出版社,2014年。

[165]《河北省志·民俗志》,河北省地方志编纂委员会,河北人民出版社,2014年。

[166]《中华舞蹈志·山西卷》,《中华舞蹈志》编辑委员会,学林出版社,2014年。

[167]《杨桥古街》,何人,余忠良,凤凰出版社,2015年。

[168]《温州老歌谣》,潘一钢,黄山书社,2015年。

[169]《长安节令与旧俗》,宗鸣安,陕西人民出版社,2015年。

[170]《旬邑文库·民间歌谣谚语卷》,《旬邑文库》编委会,三秦出版社,2016年。

[171]《旬邑文库·民间美术卷》,《旬邑文库》编委会,三秦出版社,2016年。

[172]《中国民间游戏总汇·综合卷》,林继富,湖南文艺出版社,2016年。

[173]《行走泰宁》,童杨,海峡文艺出版社,2016年。

[174]《西安古代音乐文化》,王晓如,三秦出版社,2016年。

[175]《人文礼县》,魏建军,中国文史出版社,2016年。

[176]《浙江省传统节日民俗传承人口述史研究》,徐爱华,张远满,浙江工商大学出版社,2016年。

[177]《临水而居》,赵殿,敦煌文艺出版社,2016年。

[178]《宝鸡民俗集萃》,宝鸡民俗博物馆,陕西人民美术出版社,2017年。

[179]《剪纸艺术》,鲍家虎,山东教育出版社,2017年。

[180]《民国歌谣集·中山大学〈民俗〉刊载》,纪玲妹,南京师范大学出版社,2018年。

[181]《阜阳民俗文化研究》,刘宏,张文波,合肥工业大学出版社,2018年。

[182]《邽山秦风》,温小牛,敦煌文艺出版社,2018年。

[183]《牛郎织女神话传说》,毛巧晖,张歆,北岳文艺出版社,2021年。

[184]《陇南老山歌》,杨克栋,敦煌文艺出版社,2021年版。

［185］《嘉兴古城志》，嘉兴市南湖区古城志编纂委员会，方志出版社，2022年。

［186］《中国民间文学大系·歌谣·江西卷》，李小军，中国文联出版社，2022年。

［187］《三羊河畔》，杨金霞，江西高校出版社，2022年。

二、交流资料

［1］《苗栗县志》，黄新亚等，苗栗县文献委员会，1959—1978年。

［2］《陇南民歌初稿》上下集，甘肃省文化局，油印本，1964年。

［3］《礼县民歌集锦》，礼县民歌集成办公室，礼县文化馆，油印本，1981年。

［4］《中国民间歌曲集成·甘肃卷·陇南分卷》上下册，甘肃省民歌集成办公室，油印本，1981年。

［5］《大理白族自治州民间文学集成资料·南涧民间文学选（第一集）》，邓承礼，南涧县民间文学集成办公室，1985年。

［6］《宁化文史资料》第6辑，中国人民政治协商会议福建省宁化县委员会文史组，1985年。

［7］《元氏民间传说故事选》，元氏县民间文学三套集成办公室，1986年。

［8］《中国民间文学集成·四川省·凉山彝族自治州会理县资料集》，会理县民间文学集成编辑委员会，1987年。

［9］《中国民间文学集成·辽宁卷·开原资料本》，开原县民间文学集成领导小组，1987年。

［10］《中国歌谣谚语集成·河南南阳县卷》，南阳县民间文学集成编委会，1987年。

［11］《民间歌谣集成·商丘地区卷》下卷，商丘地区民间文学集成编委会、商丘地区文化局，1987年。

［12］《中国民间歌谣谚语集成·河南项城县卷》，项城县民间文学集成编委会，1987年。

［13］《兴平县风俗志》，张教武，兴平县文化馆，1987年。

［14］《天水民歌集成》，天水市文化局，1987年。

［15］《中国民间文学集成·陕西卷·宝鸡歌谣集成》，白冠勇，1988年。

［16］《中国民间文学集成·河北卷·承德市歌谣分卷》，承德市三套集成编辑部，1988年。

［17］《中国民间文学集成·浙江省金华市·东阳县歌谣谚语卷》，东阳县民间文学集成办公室，浙江省民间文学集成办公室，1988年。

［18］《中国歌谣集成·广东卷·海康资料本（一）》，广东省海康县民间文学集成领导小组，1988年。

［19］《中国民间文学集成陕西卷·华县歌谣集成》，华县民间文学集成编辑委员会，1988年。

［20］《中国民间文学集成·陕西卷·咸阳歌谣集成》，梁澄清，咸阳市文化局，1988年。

[21]《陇南地区民歌集成》,陇南行署文化处,1988年。

[22]《中国歌谣谚语集成·河南淇县卷》,淇县民间文学集成编委会,1988年

[23]《中国民间文学集成·曹县民间歌谣谚语卷》,山东曹县民间文学集成编委会,1988年。

[24]《梁山民间歌谣谚语卷》,山东省梁山县三套集成办公室,1988年。

[25]《中国歌谣谚语集成·山西卷·襄汾歌谣谚语集成》,襄汾民间文学集成编委会,1988年。

[26]《中国民间文学集成·山西卷·长治市歌谣集成(一)》,长治市民间文学集成编委会,1988年。

[27]《中国民间文学集成·浙江省·宁波市镇海区卷》,浙江省民间文学集成办公室,1988年。

[28]《旬邑"乞巧"习俗》,王新民//《咸阳文史资料》第4辑,中国人民政治协商会议陕西省咸阳市委员会文史资料研究委员会,1988年。

[29]《中国歌谣谚语集成·重庆市荣昌县卷》,重庆市荣昌县民间文学集成编辑委员会,1988年。

[30]《中国民间歌谣谚语集成·河南郸城县卷》,郸城县民间文学编委会,1989年。

[31]《中国民间歌谣集成·广东卷·江门市选本》,广东省江门市民间文学三套集成编委会,1989年。

[32]《中国民间文学集成·怀来县故事集·官厅湖畔的传说》,怀来县民间文学集成办公室,1989年。

[33]《中国歌谣谚语集成·河南浚县卷》,浚县三套集成编委会,1989年

[34]《民间歌谣集成·商丘地区卷》上卷,刘广泉主编,商丘地区民间文学集成编委会,商丘地区文化局,1989年。

[35]《中国歌谣集成·南阳地区卷》,南阳地区民间文学集成编委会,1989年。

[36]《中国民间文学集成·浙江省温州市瓯海县故事歌谣谚语卷》,瓯海县民间文学集成办公室,瓯海县文化馆,1989年。

[37]《中国民间文学集成·陕西卷·岐山歌谣集成》,岐山民间文学编辑委员会,1989年。

[38]《中国民间文学集成·梁平县资料集》,四川省梁平县民间文学集成编委会,1989年。

[39]《中国民间文学集成·正定县歌谣谚语卷》,苏平修,王京端,河北石家庄市正定县三套集成编委会,1989年。

[40]《中国民间文学集成·陕西卷·渭南歌谣集成》,渭南市民间文学集成编委会,1989年。

[41]《长岛县民间文学集成》,长岛县民间文学集成小组,1989年。

[42]《中国民间文学集成·陕西卷·长武县歌谣集成》,长武县民间文学集成办公室,1989年。

［43］《中国民间歌谣集成·湖北卷·枝江县民间歌谣集》，枝江县三民集成领导小组，1989年。

［44］《睢宁县民间文学集成》，中共睢宁县委宣传部，睢宁县文联，睢宁县文化局，1989年。

［45］《中国歌谣集成·河南周口市卷》，周口市文化馆，1989年。

［46］《中国歌谣集成·河南焦作卷》，翟作正，焦作市文艺集成·志编纂领导小组，1990年。

［47］《滑县民间歌谣谚语集成》，滑县民间文学集成编委会，1990年。

［48］《中国歌谣集成·河南濮阳市卷》，刘小江，河南省濮阳市民间文学集成编委会，1990年。

［49］《中国歌谣集成·孟县卷》，乔伟林，孟县文教局，1990年。

［50］《中国歌谣集成·河南武陟县卷》，武陟县民间文学集成编辑委员会，1990年。

［51］《中国民间文学集成·彬县歌谣集成》，阎可行，郑智贤，李忠堂，彬县民间文学集成工作领导小组，1990年。

［52］《中国歌谣集成·沁阳卷》，赵岩主编，沁阳市民间文学集成编委会，1990年

［53］《中国歌谣集成·福建卷·将乐县分卷》，将乐县民间文学集成编委会，1991年。

［54］《中国歌谣集成·福建卷·顺昌县分卷》，顺昌县民间文学集成编委会，1991年。

［55］《麟游县文史资料》第3辑，中国人民政治协商会议陕西省麟游县委员会文史资料研究委员会，1991年。

［56］《浠水文史资料》第五辑，中国人民政治协商会议浠水县委员会文史资料委员会，1991年。

［57］《客家歌谣》，邝伟英，台北作者自印本，1992年。

［58］《乾县民俗风情录》，强万康，袁志英，政协干县文史资料文员会，1994年。

［59］《新兴趣谈》，黄尔崇，广东省新兴县志办公室，1995年。

［60］《章丘民俗》（《章丘文史资料》第12辑），政协章丘市文史资料研究委员会，1996年。

［61］《黎城文史资料第4辑，民俗专辑》，政协黎城县委员会文史委，1999年

［62］《仓头村志》，苍头村民委员会，焦作市温县招贤乡苍头村党支部村委会，2004年

［63］《开平民歌写唱常识》，《开平民歌》编写组，2006年。

［64］《奇风异俗话大冶》，余炳贤，湖北省大冶市民间文艺家协会，2006年。

［65］《河头村志》，陆良华，河头村志编委会，2007年。

［66］《恩平民俗录》，卢兆金，广东省恩平市政协学习和文史委员会，2009年。

［67］《河南省非物质文化遗产普查成果汇编·平顶山市类别卷·民间音乐2》，吴佳等，平顶山市非物质文化遗产普查成果汇编委员会，2009年。

［68］《元村志》,申建国,元村志编纂委员会,2012 年

［69］《凤翔民间拾趣》,薛九来,凤翔县档案局,2014 年。

［70］《西汉村的乞巧》,陇南市文学艺术界联合会,2015 年。

三、期刊及析出文献

［1］《佛山的乞巧节》,梁国章,《少年》1923 年第 8 期。

［2］《民俗周刊(广州)》1929 年 8 月 21 日第 74 期,国立中山大学语言历史学研究所。

［3］《民俗周刊(广州)》1928 年 9 月 19 日第 25/26 期合刊,国立中山大学语言历史学研究所。

［4］《民俗周刊(广州)》1929 年 9 月 25 日第 79 期,国立中山大学语言历史学研究所。

［5］《陕西合作》1939 年第 46 期,陕西省合作委员会办事处。

［6］《海乡风情》,王一地,《散文》1982 年第 1 期。

［7］《太阳》,郑彦英,《萌芽》1984 年第 3 期。

［8］《七月七日西和乞巧节》,华杰//中国民间文艺研究会甘肃分会,甘肃省群众艺术馆:《甘肃传统节日》,1985 年。

［9］《新晃侗族生活习俗琐谈》,秋鸿//贵州省民族研究所:《民族研究参考资料第 22 集・民族风情》,1985 年。

［10］《七月七》,郑彦英,《上海文学》1986 年第 3 期。

［11］《临泉地方节日习俗》,马家敏//中国人民政治协商会议临泉县委员会文史研究委员会:《临泉史话》第 3 辑,1988 年。

［12］《挑荠菜——童年生活慢忆之二》,毛锜//毛锜:《听雪记》,上海文艺出版社,1988 年。

［13］《旬邑"乞巧"习俗》,王新民,《咸阳文史资料》第 4 辑,1988 年。

［14］《岁时节日・七月七》,孟学范//陕西省南郑县委员会文史资料委员会:《南郑县文史资料》第 7 辑,1990 年。

［15］《"七夕"五邑姑娘展才技》,冯活源等//刘志文:《广东民俗大观》上卷,广东旅游出版社,1993 年。

［16］《乞巧》,马忠//中国人民政治协商会议咸阳市渭城区文史资料工作委员会:《渭城文史资料》第 2 辑,1994 年 2 月。

［17］《惠州民间节令谣》,叶伟强//惠州市惠城区政协文史资料委员会:《惠城文史》第 20 辑,2004 年。

［18］《请七姐》,杨丹妮//湖北省教育厅基础教育处组:《悠悠楚风润校园,湖北省首届"中小学弘扬和培育民族精神月"教育活动优秀作品集锦》,湖北科学技术出版社,2005 年。

［19］《仇池》2006 年第 3 期,西和县文联。

［20］《七夕节与乞巧》，叶桂兰//王丽娜：《中华民俗通鉴·第 8 卷》，内蒙古人民出版社，2006 年。

［21］《试论雷歌的渊源与雷剧的繁荣发展》，陈志坚//高诚苗：《雷州市雷剧艺术节·资料集》，岭南美术出版社，2007 年。

［22］《女儿节的狂欢与日常——对曹家庄村乞巧活动的社会性别观察》，李亚妮，《妇女研究论丛》2007 年第 6 期。

［23］《陇东、陕西的牛文化、乞巧风俗与"牛女"传说》，赵逵夫，《文化遗产》2007 年第 1 期。

［24］《长安斗门牛郎织女传说考证与民族文化内涵》，傅功振，樊列武，《民俗研究》2008 年第 2 期。

［25］《从几则神话故事说到长安文化和"长安学"研究》，侯雁北//李炳武：《长安学丛书·文学卷》，陕西师范大学出版社，2009 年。

［26］《民间传说中的"七夕节"》，倪宝诚//倪珉子：《倪宝诚文集》，河南人民出版社，2013 年。

［27］《西汉水上游之乞巧风俗》，沈瑞各，沈文辉，《中国乞巧》2014 年第 2 期。

［28］《乞巧女儿 在水一方——在礼县永兴镇寻访乞巧文化传承人》，赵毅，《中国乞巧》2014 年第 1 期。

［29］《浅析甘肃陇南乞巧文化艺术特征》，李旭峰，《戏剧之家》2015 年第 6 期。

［30］《西汉水上游乞巧民俗考察报告—以陇南礼县祁山镇西汉村七天八夜完整乞巧活动为重点》，蒲向明//陇南市文学艺术界联合会：《西汉村的乞巧》，2015 年。

［31］《甘肃省西和县稍峪乡团庄村乞巧歌词》，吕科，《中国乞巧》2016 年第 2 期。

［32］《从一个村庄解读中国乞巧民俗——关于西汉村完整乞巧活动的考察研究（上）》，蒲向明，《甘肃高师学报》2016 年第 2 期。

四、报纸、学位论文

［1］《村口老碾盘》，张长怀，《西安日报》2003 年 11 月 17 日第 8 版。

［2］《七夕乞巧》，寇北辰，郭弋，《洛阳晚报》2016 年 12 月 15 日第 C06 版。

［3］《乞巧节请姐姐》，隋建国，《烟台晚报》2018 年 8 月 17 日。

［4］《七夕节的传说与习俗》，孙景璞，《烟台晚报》2023 年 8 月 21 日 A08 版。

［5］《乞巧文化资源的现代转换研究——以广州珠村为例》，罗华娟，中央民族大学硕士论文，2009 年。

五、网络资源（从略）

后 记

  2008 年我第二次招收民间文学专业硕士研究生。原在西和一中任教的李凤鸣考我处攻读硕士学位。我建议她把研究重点放在清代女性民歌与乞巧歌方面，学位论文选题定为"清代女性民歌与民间乞巧歌的比较研究"。我当时建议搜集一下全国乞巧歌。她收集了一百来首，后来以"各地乞巧歌"为题附在书后。[①] 我也一直关注西和县之外其他各省、市、县乞巧歌的收集。2010 年开始在完成文化部国家重大项目"中国节日志"的子项目《七夕志》的 10 年时间中，[②]走访陕西、河北、山东、浙江、广东等地，增收了不少各地乞巧歌。甘肃农大图书馆副研究馆员吉顺平同志在我处读研究生时在这方面也受到影响，后来我们联合作全国乞巧歌的项目，他在这方面作了大量工作，并且从全国各省、市、县的志书中辑录了有关乞巧节俗的文献。工作中我们随时交换意见，书稿曾打印了几次，每次我看后提出意见，在内容、体例和全书结构方面不断完善，对有的材料中不太合适的内容和较拉杂的文字，也有所删削。这个工作虽然前后进行了近十年，有些热心的同志为我们提供了文献资料，我们已在相关材料的后面标出其姓名，以存其功，并表示深切的感谢！

  七夕节在古近代很多文人的诗文中都被写到，也有个别诗人写到女孩子乞巧的，但较具体写到女孩子乞巧活动的极少，而且由于旧礼教的影响，特别是宋元以后变得越来越偏僻的陇右一带，读书人少，文化欠发达，旧文

---

① 其论文同西北师大文学院本科毕业、中央民大硕士生韩宗坡学位论文《"非遗"保护的自主性、本真性、整体性研究——以甘肃西和乞巧民俗为例》、云南民族大学硕士学位论文《乞巧节俗研究——以甘肃陇南西汉水流域乞巧节俗为例》合为《西和乞巧民俗研究》一书由甘肃人民出版社于 2013 年出版。

② 赵逵夫主编《中国节日志·七夕节》（上下卷），光明日报出版社 2019 年版。

人思想不够开阔,很多地方志中也都不作详细记述。我们为了复原这段历史,花多年之力尽力搜集全国各地乞巧歌,同时辑古今地方志等文献中有关七夕文化的资料附于各省乞巧歌之后,希望为七夕风俗和乞巧风俗的研究提供一点材料,以引起民俗学家和民间文学研究者对它的重视。

我们希望有更多的学者与民间文学、民俗文化爱好者能关注当地历史上乞巧歌及有关资料的收集整理。

赵逵夫

2023 年 8 月 22 日七夕之夜于西北师范大学